論集　蓮實重彦

工藤庸子　編

羽鳥書店

Mélanges sur l'œuvre de Shiguéhiko Hasumi
Edités par Yoko Kudo
Hatori Press, Inc., 2016
ISBN 978-4-904702-61-1

論集　蓮實重彥　目次

姦婦と佩剣
——十九世紀のフランス小説『ボヴァリー夫人』を二十一世紀に論じ終えた老齢の批評家の、日本語によるとりとめもないつぶやき——
蓮實重彥　002

ボヴァリー夫人のことなどお話させていただきます——蓮實重彥先生へ——
工藤庸子　030

『「ボヴァリー夫人」論』では思いきり贅沢をさせていただきました——工藤庸子さんへの返信——
蓮實重彥　037

I

義兄弟の肖像——『帝国の陰謀』とその周辺をめぐって——
田中純｜表象文化論　046

Sign 'O' the Times——『伯爵夫人』を読む——
阿部和重｜作家　057

批評と贅沢——『「ボヴァリー夫人」論』をめぐって——
菅谷憲興｜フランス文学　094

「二次創作」に抗する「二次創作」
——蓮實重彥『「ボヴァリー夫人」論』の「序章 読むことのはじまりに向けて」と「I 散文と歴史」を読む——
石橋正孝｜フランス文学　122

A comme art, et…／Aはart（芸術）のA、そして…… 橋本知子―フランス文学 145
塵の教え――フィクションに関するとりとめない註記―― 森元庸介―思想史 171
さらなる「運動の擁護」へ 柳澤田実―哲学・キリスト教思想 194
批評家とは誰か――蓮實重彦と中村光夫―― 中島一夫―文芸批評 205
蓮實重彦のイマージュ、反イマージュの蓮實重彦――「魂の唯物論的擁護」とは何か―― 互盛央―言語論・思想史 230
「昨日」の翌朝に、「アカルイミライ」の約束もなく――蓮實重彦による「文学史」と「映画史」―― 片岡大右―フランス文学・社会思想史 263

II

蓮實教授との三時間、日本の列車の車中にて ペドロ・コスタ―映画監督 330
映画からこぼれ落ちそうになる男 三浦哲哉―映画批評 334

『監督 小津安二郎』の批評的事件　クリス・フジワラ｜映画批評・プログラマー　364
犯し犯される関係の破棄――曽根中生・蓮實重彥・日活ロマンポルノ――　久山めぐみ｜編集者　395
見ることを与えられて――蓮實重彥への讃辞――　エイドリアン・マーティン｜映画研究　411
メディア化する映画――一九二〇／一九三〇年代から二〇〇〇／二〇一〇年代へ――　中路武士｜映画論・メディア論　430
蓮實について　リチャード・I・スヘンスキ｜映画研究　466
抽象化に対抗して――蓮實重彥の映画批評――　イム・ジェチョル｜映画批評　477
シネマとアメリカ――蓮實重彥のふたつの顔――　入江哲朗｜アメリカ哲学・思想史・映画批評　489

III

遭遇と動揺　濱口竜介｜映画監督　534

胸の高鳴りをおさえながら　三宅 唱―映画監督―548
眼差しに導かれて　小森はるか―映像作家―559
私は如何にして心配するのをやめて「ハスミ・シゲヒコ」の影響を脱したか　内藤 篤―弁護士・名画座館主―566
恩師 蓮實先生　遠山右近―行政官―570
不実なる誘いにのって　小川直人―学芸員―581
蓮實のおじちゃま　とよた真帆―女優―587
『伯爵夫人』とその著者を論じるための権力論素描―編者あとがき―　工藤庸子―595
蓮實重彥 著書目録―615

論集　蓮實重彦

姦婦と佩剣——十九世紀のフランス小説『ボヴァリー夫人』を二十一世紀に論じ終えた老齢の批評家の、日本語によるとりとめもないつぶやき——

蓮實重彦
Shiguéhiko HASUMI

1　サーベルと「淫らな本」

「ぼくはそのころ旧制高校の生徒で、東京の近郊にあったその学校に登校の途中のことだった」と書き始められた一篇の回想記風の文章が、その「登校の途中」に起こったことがらをこう語りついでいる。

電車の席に腰かけてぼくははじめて『ボヴァリー夫人』を翻訳で読んでいた。ガチャリと佩剣《はいけん》の音がして顔を上げると、目の前にぼくたちの教練の教官のu大佐が立っている。お辞儀をして席を譲ろうとすると、大佐はそれを制して、その代わりぼくの手から本を取り上げ、表紙を一瞥《べつ》すると、

「ふん」といって返してくれた。ぼくはかねがね睨《にら》まれているらしい大佐の前で、固くなって『ボヴァリー夫人』を読みつづけた。その日の教練の時間に大佐は開口一番、「この組のある生徒は今朝電車の中で、さわやかな秋晴れの朝だというのに『ボヴァリー夫人』のような淫らな本を読んでおった」といって、これを枕に一場の訓戒を垂れた。こうした次第で、はからずもぼくは風俗壊乱の廉《かど》で起訴されたフローベールに、ささやかな形で連坐する光栄を担ったのであったが、同時にエンマ・ボヴァリーはぼくにとって特別の親愛感を抱かせる女主人公の一人となった。

簡素ながらもどこか味わい深いこの回想文を、二十一世紀に生きるわたくしたちはどのように読めばよいのか。まず、「旧制高校」に「教練」の授業があったという記述からして、ここに語られている車中のできごとが、戦前、もしくは戦中のことであろうと想像することぐらいなら誰にもできる。つまり、それは一九四五年の日本の敗戦以前のことだと推察されるのだが、「ガチャリと佩剣《はいけん》の音がして」という部分を読みながら、それを将校たちの腰につられたサーベルのたてる乾いた金属音としてまざまざと記憶している男女が、この平成日本にはたしてどれほどいることだろうか。

いま、この文章に改めて目を通しているわたくし自身の幼少期には、「佩剣《はいけん》の音」を耳にするのはむしろ日常的な体験だったといってよい。だから、それは途方もない大昔のできごとではないと注意をうながしたいのだが、実際、家庭の中に「佩剣《はいけん》の音」が響いた時期もあったし、いったん家を出れば、市電——都電と呼ばれる前の路面電車——や省線——国鉄、つまりいまでいうJRである——や郊外電車——幹線駅発の私鉄である——の中でも、それを耳にするのがごく普通のことだったといってよい。また、戦後に青年期を迎えたわたくしが、通学中に電車の座席で『ボヴァリー夫人』の翻訳に読みふけったことも、一度や二度ではなかったはずだ。卒業論文を準備している時期など、フランス語の原著のページを大っぴらに拡げていたことさえあったと思う。ただ、十九世紀フランスの第二帝政期に書かれたこの長編小説と、大日本帝国の陸軍将校の腰に揺れるサーベルの音とのこんなかたちでの出会いが、当時は「帝都」と呼ばれていたこの東京を舞台として演じられていたとは想像だにしえなかったので、この回想記をはじめて読んだときには不意討ちをくらって妙にどぎまぎするしかなかった。また、黒革の長靴をはいていたに違いあるまい「u大佐」なる軍人が、「表紙を一瞥《べつ》」しただけで、『ボヴァリー夫人』をたちどころに「淫らな本」と決めつけていることにも、ある種の感慨を禁じえない。それが大佐の言葉通りに「淫らな本」であるかどうかはともかく、少なくとも、それがどのような題材を扱った小説であるかという漠たる知識だけは、この教練の教官によって間違いなく共有されていたと納得するしかないからである。また、「さわやかな秋晴れの朝だというのに」と始められたという彼の「訓戒」にしても、そこには必ずしも軍人的とはいいがたい修辞学的な配慮さえ律儀にほどこされているので、むしろ微笑ましく思われもする。

このエピソードから導きだされるべき結論は、ひとまず、以下の事実につきているといえる。すなわち、ギュスターヴ・フローベールのこの長編小説は、戦前、あるいは戦中の日本社会にあっても、文学とはおよそ無縁の領域においてさえ、人妻の姦通を描いた「淫らな本」としてあまねく知れわたっており、その知識の共有が、旧制高校の教練の教官である陸軍大佐にさえ、その題名を引きつつ生徒たちに訓話をたれることを可能たらしめていたのである。「はからずもぼくは風俗壊乱の廉《かど》で起訴されたフローベールに、ささやかな形で連坐する光栄を担ったのであった」とユーモラスに語られている『ボヴァリー夫人』の裁判は一八五七年のパリでのできごとであり、その百年後にあたる一九五七年はすでに敗戦後の混乱もおおかたおさまりきっていた時期なのだから、この戦前、あるいは戦中における「佩《はい》剣《けん》の音」と「淫らな本」との遭遇は、原著が刊行されてからまだ一世紀もたっていない時期に、この極東の島国の首都で起きていたことになる。そこに、『ボヴァリー夫人』という作品の国境を超えて拡がりだして行く名声を読むべきだろうか。それとも、東京という都市の文化的な成熟ぶりを指摘すべきなのだろうか。

とはいえ、この回想記風の文章は、そうした議論とはいささか異なる時空へとわたくしを導いて行く。これが、個人的に師と呼ぶべき数少ない日本人である故山田𣝣教授の遺稿集『フランス文学万華鏡』（白水社、一九九四年）におさめられた「『ボヴァリー夫人』とぼく」という短いテクストからの抜粋（六八頁）だからである。実際、大学の初年時に「𣝣」という奇態なファーストネイムを持つこの若々しい助教授に出会うことがなければ、わたくしが『「ボヴァリー夫人」論』（筑摩書房刊）などという題名の書物を刊行することなどまずありえなかった。フランスの小説なら、ご多分にもれず、ヴェルコールの『海の沈黙』、カミュの『異邦人』、サルトルの『嘔吐』から、ジッドの『贋金つかい』、アラン＝フルニエの『モーヌの大将』、モーリアックの『愛の砂漠』、ロジェ・マルタン・デュ・ガールの『チボー家の人々』、等々、にいたるまで、中学時代から手当たり次第に読みふけってはいたが、大学の卒業論文の主題にフローベールを選択したのは、おだやかでありながらも深いところで若い心に方向を示唆せずにはおかない𣝣先生の言辞のあれこれに導かれてのことだったというしかない。

はじめてその謦咳に接した瞬間のことを、昨日のことのようによく記憶している。昨日のことのようにという凡庸きわまりない修辞は、それが、わたくしの生活誌において、一瞬たりとも「失われた時」となったことはないということを意味している。大学に入学しての最初の授業のとき、一高だの浦高だのという旧制高校の出身者がまだ何人もまじっていたほんの十数人ほどのフランス語既修クラスに、いかにも呆気なくすっと入ってこられた先生は、教壇にも上られずに「山田です」と挨拶されるなり、われわれと同じ椅子にこちら向きに横座りして足を組まれた。教科書が何であったかはまったく記憶にないが、「山田です」という声の颯爽とした若さが、いまも耳もとに響く。「蒻」というお名前の由来などまったく説明されはしなかったはずだが、その日いらい、同級生になったばかりのわたくしたちは、「蒻（じゃく）」先生、あるいは「蒻（じゃく）さん」と親しみをこめて呼ぶ先生の授業に日々惹きつけられていったのだった。確か、秋学期からだったと思うが、アルベール・チボーデの名高い評論『ギュスターヴ・フロベール』の「フロベールの実験室」の章を教材とした授業が行われたように記憶している。ワープロはおろかコピー機すら存在しない時代のこと故、粗悪なタイプライターによるいかにも読みにくいガリ版刷りのテクストだったが、その授業を通して、文学なるものを読むことの意味をわずかなりとも学べたような気がする。

とはいえ、『「ボヴァリー夫人」とぼく』という先生の文章に触れたのは、学生時代のことではない。初出は「〈世界文学全集12〉『フローベール・メリメ』月報、河出書房新社、一九六二年十一月」とあるから、その年の十月からパリに長期滞在してフランス語で『ボヴァリー夫人』を論じようとしていたわたくしにそれに目を通す機会はなく、一九九三年に先生が亡くなられた翌年に刊行された遺稿集によってはじめてその文面に接し、十九世紀のフランスで書かれた「淫らな本」の翻訳と教練の教官が車中で響かせた「佩剣《はいけん》の音」との、いまではまず想像もできまい遭遇におさえがたい心の震えを覚えざるをえなかったのである。『「ボヴァリー夫人」論』なるものを書き終えたいまも、その光景を思い浮かべただけで、何かがわたくしの中で不穏に揺れ動くのをおしとどめることはむつかしい。

2　戦後、あるいは南座のフェードル

では、やがてこの回想記を綴ることになる不運な旧制高校生が、軍服姿の教練の教官の前に座ったま

ま居心地悪そうに『ボヴァリー夫人』のページをくっていたのは、いつ頃のことと考えればよいのか。「ぼくはそのころ旧制高校の生徒で」という記述を信ずるなら、一九三八年四月から四二年三月までのことだろうと、『フランス文学万華鏡』の巻末にそえられた「山田𣝣(やまだ じゃく)略歴」によって大まかな見当をつけることは不可能でない。一九二〇年生まれの𣝣青年は、十七歳から二十一歳まで、武蔵、成蹊、甲南などとともに帝国大学への受験が可能だった私立のいわゆる「七年制高校」の成城高等学校高等科文科甲類に在学中だったのであり、彼が登校のために利用していたのが新宿発の小田急線だったことも、「略歴」から推察することができる。

だとするなら、一九三九年ごろに六本木から当時は帝都電鉄と呼ばれていた井の頭線沿線に引っ越したわたくしは、幼いながらも親に手をひかれていくどとなく下北沢で乗り換え、小田急線に揺られて新宿まで出かけたり、稲田登戸——現在の向ヶ丘遊園駅である——まで足を運んだ記憶があるから、時代的にいうなら、この光景にふと立ちあってもまったくおかしくない空間に暮らしていたといえる。こと次第によっては、幼さ故に何ひとつ理解しえないままであったにせよ、『ボヴァリー夫人』とぼくに語られているできごとの同時代的な証人たりえたかも知れないのである。そのことの事後的な自覚が、「ガチャリと佩剣《はいけん》の音がして」という一句にいささか過剰に反応させたのではないかと思う。実際、この「さわやかな秋晴れの朝」のできごとを途方もない大昔——例えば、「鹿鳴館の時代」のような——のことと錯覚されたのでは、『「ボヴァリー夫人」論』の著者としては立つ瀬がないというあせりのようなものが、わたくしの心のかたすみにとりとめもなく、しかしとどめようもない執拗さで揺れ動いている。

いうまでもなかろうが、小田急線の車中ではじめてその翻訳を目で追っていた『ボヴァリー夫人』をいずれ自分の手で翻訳して出版することになろうと、戦前、あるいは戦中のこの旧制高校の生徒は思ってもみなかっただろう。ところが、第二次大戦の「敗戦国」たる日本においては、何しろフランスはれっきとした「戦勝国」だったので、高等教育の機関にフランス語教育を担当する若い教官が多く採用された――爵青年も、敗戦の翌年にあたる一九四六年から、同志社で教鞭を執っている――というにとどまらず、その国の文学もまた若者の興味を強く惹きつけ――「実存主義」の流行！――、その結果としてフランス文学の研究も戦前にくらべれば遥かにさかんとなり、社会もまた、複数の『ボヴァリー夫人』の翻訳が存在してもいっこうに不思議ではないかのように事態が推移することになったのである。

　爵先生による『ボヴァリー夫人』の日本語訳が刊行されたのは、日本から軍人という職業を消滅せしめた敗戦から二十年たった一九六五年、中央公論社版の「世界の文学」の一冊としてなのだが、それは、読書中の彼の耳に「佩剣《はいけん》の音」が響いてから、たかだか二十数年後のことでしかない。では、翻訳ではじめて『ボヴァリー夫人』を読んでいた旧制高校の生徒が、やがて東京大学文学部の助教授としてみずからその翻訳を刊行するまでの二十数年という歳月は、二十世紀の日本の歴史にとって、長いのか、それともごく短い期間と見なさるべきなのか。

　ほんのわずかばかり前の時代にすぎない二十世紀に向けるべき視線がこの国においてしばしば乱れがちなのは、一九四五年の敗戦による大日本帝国の消滅なるものが、六十余年も続いた昭和という時代の三分の一にもおよぶ最初の二十年ほどを、あたかもあってなき時間であるかのように見なしかねない視座を知らぬ間に社会に受け入れさせてしまったからだ。実際、こんにち昭和という年号が喚起するイメージは、戦後から高度成長期にかけてのことでしかなく、戦前、戦中の二十年に起きていたことがらは、人びとの思考にはかばかしく浮上しきれずにいる。美空ひばりが「昭和の歌姫」だなどという呼び方が、あっさり定着してしまっているのもそのためだろう。美空ひばりが「昭和の歌姫」だと？　冗談じゃない。彼女はたまたま戦後のどさくさにまぎれて登場した才能ある少女歌手のひとりにすぎず、とうてい「昭和」という時代を代表することなんかできはしまい。「昭和の歌姫」というなら、淡谷のり子をおいてほかには想像しえないと口にする者たちは、しかし、救いがたく「古い」世代と見なされている。

とはいえ、すでに戦前に『嘔吐』（一九三八年）を発表しているジャン＝ポール・サルトルは、その二年前に『晩年』（一九三六年）でデビューした太宰治とともに、「昭和の歌姫」たる淡谷のり子とほぼ同世代の作家なのだ。戦後にも活躍した小津安二郎、成瀬巳喜男、マキノ雅弘といった映画作家たちもまた同様である。また、文学的な世代ということであれば、アラン・ロブ＝グリエは山田爵とほぼ同世代の作家だといってよい。そして、おそらく、爵青年は、アラン青年とほぼ同じころ、ことによるとそれ以前に、『ボヴァリー夫人』を読んでいたのである。昭和という年号は、こうした同時代的な趨勢をあっさり抽象化しかねないのである。

いうまでもなく、敗戦とそれに続く連合国軍の占領によって多くのもの――政治的、社会的な制度、等々――が大きく変わりはした。しかし、戦前、あるいは戦中に生きていた日本人の大半は、ヒロシマ、ナガサキへの原爆投下や、東京大空襲による大量虐殺にもかかわらず、生きのびていた。生きのびていたという事態は、生きのびた者たちのほとんどが、わたくしをも含め、いつ「死者」となってもいっこうにおかしくない苛酷な時間を、たまたま生の側へとくぐり抜けてしまったというだけのことでしかない。『フランス文学万華鏡』に挿入された小冊子によれば、一九四四年九月に東京帝国大学文学部仏蘭西文学科をいわゆる「早期卒業」し、「一二月いっぴに学徒入営、兵隊にとられました」（山田爵最終講義、一五頁）という爵青年が、一年にみたないほどの時期だったとはいえ、かぎりなく死に近いところで日々を過ごしておられたことはいうまでもあるまい。

『フランス文学万華鏡』の「大岡さんのこと」には、文字通り死と深くかかわったはずの大岡昇平氏が、「復員服姿」で「京都の同志社で駆け出しのフランス語教師をしていた」爵青年の「下宿先を突然来訪」したときのことが語られている。「私は驚き、かつ感激した」と書かれているが、その「驚き」と「感激」の二語には、兵役についていながらたまたま生の側へとくぐり抜けてしまった𣝣青年の、言葉にはつくしがたい悦びがこめられていたはずである。再会を悦びあう二人のフランス文学の徒は、南座で歌舞伎を楽しむ。「大岡さんは玉手御前をラシーヌの悲劇の女主人公フェードルに比較して興じておられた」と回想されているが、いうまでもなく、大岡昇平が『野火』の作家となる以前のことである。まだ『俘虜記』の作家でさえなかったはずの「復員服姿」の大岡氏が、いつ「死者」となってもおかしくない苛酷な時間をくぐり抜けられた直後に、京都で弟分の新進フランス文学者と歌舞伎を楽しみながら、あたかも何ごともなかったかのように——何ごともなかったことなど、ありえないはずなのに——フランスの古典主義時代の劇詩人ジャン・ラシーヌの悲劇的なヒロインについて語りあう。そこにあるのは、奇蹟というほかはない生のしたたかな持続そのものである。戦後を支えていたのは、いくつも作りかえられた社会的な制度にもまして、こうした個と個によって生きられた戦前、戦中との持続にほかならない。それは、二人のラシーヌの古典悲劇への関心がそうであるように、𣝣先生にとっての『ボヴァリー夫人』への興味もまた、戦後の「実存主義」の流行などとはいっさい無縁に、戦前、戦中から戦後へと持続していたことによって明らかにされるだろう。その意味で、大日本帝国がこうむった敗戦は、教練の教官に見とがめられながら『ボヴァリー夫人』を読んでいた旧制高校生を、ある意味では、これっぽっちも変化させたりはしなかったことになる。人びとが戦後というとき、このしたたかな持続がしばしば見おとされがちなのだ。

悦ばしいことに、山田𣝣訳の『ボヴァリー夫人』は二十一世紀に入ってから河出文庫で再刊され、わたくしはそれに「解説」を書くという幸運に恵まれた。そのとき、序章と終章を加えれば十二の章からなる『「ボヴァリー夫人」論』をあらかた書きあげていたのだが、その引用部分は、筑摩書房版の『フローベール全集』におさめられた伊吹武彦訳によるものだった。わたくしは、この機にそのすべてを恩師たる山田𣝣訳を典拠として書きかえようと思い立ったのだが、引用文のさしかえによってテクストに文脈の乱れが生じまいかと気づかいつつ行われたその書きかえ作業は思いのほかに難航し、結局のところ、半年ほどの時間がかかってしまった。とはいえ、河出文庫版の『ボヴァリー夫人』の刊行年度である二〇〇九年を𣝣青年が『ボヴァリー夫人』の読書中を教練の教官から見とがめられた車中のできごとから引き離している七十年ほどの時間的なへだたりにくらべてみれば、書きかえに要した六ヶ月という時間など、ほんの短い束の間のものでしかなかったといわねばなるまい。

3 「伏せ字」のかなたに「幸福な確かさ」を

ところで、𣝣青年が「かねがね睨《にら》まれているらしい大佐の前で、固くなって」読んでいたという『ボヴァリー夫人』は、いったい誰による翻訳だったのか。というより、戦前、あるいは戦中において、旧制高校の生徒が教師の目を気にしながら読んでいたらしいフランス小説の翻訳とは、そもそもどのようなものだったと想像しておけばよいのか。それを示唆する文章を、『フランス文学万華鏡』におさめられた「遠い国の叔父貴たち——フランス文学とわたし」に読むことができる。

わたしがはじめてフランス文学を、これがフランスの文学だなと意識して読みはじめたころ、もちろんそれは翻訳を通してだったから、一番気になったのは伏せ字の存在だった。当時伏せ字が用いられたのは主として政治と性に関する場合だったが、わたしに用があったのはもっぱら軟文学ばかりだったから、つまりは小説を読んでいて話が佳境に入るとかならず出くわす〇〇や××が大へんわたしの気にさわり、かつ大いにわたしの気をひいたのである。たまたまわたしの家は父の職業上フランス文学の原書がごろごろしている変った家だったから、中学生（旧制だからあえて早熟ではない）のわたしは翻訳中の伏せ字の箇所を原書に当って、当然父にはきけないから、仏和辞典を自分でひいて意味をさぐるくせがついた。さぐってみた結果は別に大したことでもなく、中学生のわたしでも知っている以外の行為ないし心理を教えてくれるものではなかったが、ただ自由がフランスにあって日本にないということ、フランスは自由で寛大な国柄であるらしいことが、この伏せ字問題をもっとも具体的なきっかけとしてわたしの頭に染みこみ、フランスの作家たちはまずわけ知りのおとなとして、若いころ自分も遊んだのだから今さら若い者に謹厳な顔もできないじゃないか、とさとっている好ましい叔父貴のような存在としてわたしをひきつけたのだった。（『フランス文学万華鏡』、一一一―一一二頁）

もともとは「フランス文学とわたし」という題がつけられていただけだというこの文章の「出典は不明」とあるが、その後の文中に「わたしは現在四十を越して」という言葉が読めることから、一九二〇年生まれの齋先生にとっては、『ボヴァリー夫人』とぼく」とほぼ同時期の、おそらくは一九六〇年代の前半に書かれたものと思われる。いうまでもあるまいが、これをあえて引用したのは、齋青年にとってフランスの小説を翻訳で読むことが、その書物のほとんどで「伏せ字」に遭遇せざるをえなかったというその時代ならではの体験を意味しているからだ。「伏せ字」が書物のページを埋めていたという時代もつい大昔のことと思われがちだが、これは「佩剣《はいけん》の音」より遥かにしぶとく生き残り、わたくし自身が戦後にフランスの小説を翻訳で読みはじめる一九五〇年代の初頭にも、それはまぎれもなく残存していたのである。

「伏せ字」なるものが消滅する事情については後に見てみることにするが、小田急線の車中で旧制高校生が「はじめて『ボヴァリー夫人』を翻訳で読んでいた」というとき、そこにも、「話が佳境に入るとかならず出くわす○○や××が大へんわたしの気にさわり、かつ大いにわたしの気をひいた」という「伏せ字」がまぎれていたかどうかをまず確かめてみなければなるまい。ただ、その詮索にもましてここで興味を惹かれるのは、この文章の書き手にとって、「伏せ字」なるものが「伏せ字」としてはまったく機能していなかったという事実にほかならない。理由は、いたって簡単である。「父の職業上フランス文学の原書がごろごろしている変った家」に生まれ育ったという脊青年が、すでに旧制中学時代から、原著にあたって翻訳には欠けている言葉や文章の意味を、仏和辞典を頼りとしてしたたかに解読しつくしていたからなのだ。

この好奇心が強くかつ勤勉な旧制中学生の父上が、東京帝国大学文学部仏蘭西文学科の第一次黄金期に辰野隆、鈴木信太郎両教授を支えた山田珠樹助教授であり、病弱で早世することになる彼が初婚で娶った茉莉なる女性が森鷗外の長女だったというその家系について、ここであれこれ語ろうとは思わない。ただ、「父はおそらく日本で最初にスタンダールを大学で講義した教師だったが、肺病のため東大をやめて家に引籠もっていた」と回想されているその家庭がどんなものだったかといえば、「大岡さんのこと」に書かれているように、「おそろしく威勢のいい大学出の秀才連が徒党を組んでわが家に来襲し、酒をくらって談論風発する」ことがたえなかったという。それを、中学生の脊青年が「羨しいような、煙ったいような気持で遠くからながめて」いると、「大岡さんが見えると女中たちが騒ぐ」と母上――このとき珠樹氏はすでに茉莉とは離婚されていたから、二度目の夫人だろう――が口にされていたように、「ひときわ颯爽たる美男子と見え、それだけに一そう近寄りがたかった」という大岡昇平氏が山田家に「来襲」する「秀才連」の一人だったことぐらいは、書いておいてもよかろうと思う。その「颯爽たる美男子」が「復員服姿」のまま京都で蓊青年を不意に訪問し、二人して歌舞伎を見ながらラシーヌを語りあったという挿話は、すでに見たとおりだ。

ただ、山田家のとても尋常なものとはいえまい家庭環境にもましてわたくしが惹きつけられるのは、「フランスは自由で寛大な国柄であるらしいことが、この伏せ字問題をもっとも具体的なきっかけとしてわたしの頭に染みこ」んだと回想する蓊先生が、「自由」や「寛大」といった問題に触れておられながら、知識人ならついつい口にしがちな「先進国」としてのフランスだの、日本の「後進国性」だのといった抽象概念などはなから問題としておられないことだ。実際、国籍などにはいっさい拘泥する気配もみせない蓊先生は、外国人であるはずのフランスの作家たちのほうが、「若いころ自分も遊んだのだから今さら若い者に謹厳な顔もできないじゃないか、とさとっている好ましい叔父貴」のような気のおけない存在だったと感じておられる。その親しみやすさは、「フランス文学はとりわけて明快だという」体験的な認識からきているのだが、ここでも、その「明快」さなるものを、いわゆる「フランス的な明晰性」などとはまったく異なる視点から、先生はこう説明しておられる。

鷗外がいくらきげんのいい口調で話していても、わたしはかしこまって聞く。ひざをくずす気になれない。漱石も神経がピリピリしている。気が許せない。文章の表現は明快のように見えても、この両文豪の心は深くよどみ、くすんでいる。他の外国文学の例をあげる前にたまたま日本のこの二人の作家が出てきたから、鷗外・漱石とスタンダール・フローベールと、こう対比してみよう。後二者の心や性格になぞがないというのではない。小説を書き、文学をたしなむほどの人間の心は洋の東西を問わず複雑なひだを蔵している。問題はそのひだに明るい光を当てよう、当てられるはずだという信念と、はだかの自分を読者が正当に理解してくれるにちがいないという信頼とである。わたしはこの信念と信頼とがフランスの二作家においてよりいっそう幸福な確かさをたたえているると思う。（前掲書、一二一—一二三頁）

夏目漱石のみならず、みずからの祖父にあたる森鷗外までを例に引いているところに何やら特殊な意図があったとは思えないが、ここにはかなり怖ろしいことがさらりとした筆遣いで書き記されている。実際、「文章の表現は明快のように見えても、この両文豪の心は深くよどみ、くすんでいる」といったたぐいの明確きわまりない断定を、フランス文学者のいったい誰がそれ以前に書きつけることができたというのか。そんなことはないという国文学系の批評家たちからの反論はあれこれあろうかと思うが、それが問題ではない。フランス文学をめざす者なら、誰もが、何らかのかたちでそれに似た思いをいだき、日本の近代文学を離れていったはずでありながら、そのことの意識がこれほど明快に語られたためしがなかったということを問題にしたいのだ。

おそらく執筆時は東京大学教養学部の助教授だったはずの𣝣先生は、いくら読んでも「ひざをくずす気になれな」かったり、「気が許せな」かったりする鷗外や漱石とくらべてみて、スタンダールやフローベールを、気のおけない親戚筋の年長者のようなものと見なしている。そこには、大正期のさる名高い詩人が覚えたというフランスという遥かな国へのつきせぬ憧憬のようなものはまるでこめられていないし、昭和初期のさる名高い批評家のように、神田でいきなりフランスの早熟な詩人にたたきのめされるといった例外的なドラマも演じられてはいない。スタンダールやフローベールに向かいあった山田𣝣にとって、彼らの心に間違いなく刻まれているはずの複雑な「ひだに明るい光を当てよう、当てられるはずだという信念と、はだかの自分を読者が正当に理解してくれるにちがいないという信頼」とが、日本の文豪たちより「よりいっそう幸福な確かさをたたえている」ように思えたというだけなのだ。思えたという、だけなのだ、とつい書いてしまったが、そう思うことを多くの者が何故か恥じたり、躊躇したり、理由もなく回避したりしているとき、ずばりとそういいきることは決してたやすい話ではない。それをしごくあっさりと書いてしまう山田𣝣という名の奥深くも大胆な師から、言葉にはつくしがたいほど多くの貴重なものをわたくしは受けとめることができた。

「遠い国の叔父貴たち――フランス文学とわたし」を書いた日本人たる山田𣝣にとって、スタンダールとフローベールが「親しみの持てる叔父貴」のような存在だと思えることは、いわばある種の僥倖ともいうべきものだ。とはいえ、𣝣先生は、その「親しみ」なるものをこれっぽっちも特権化することなく、それがあくまで相対的なものでしかないことに充分すぎるほど自覚的である。実際、「いくらフランスの作家にわたしが勝手になれ親しんだつもりでも、むこうはれっきとした世界的文豪である。傑作を書き残したという文学の実践の面では今まで名をあげたすべての作家は彼ら相互の親近性のほうが、彼らとわたしとの親近性よりも限りなく大きい」はずだとはっきり書かれた上で、こうした結論にたどりついておられる。

ただわたしにはとくに好きな叔父貴がフランスに二人いて、わたしは彼らの言っていることをいっそうよくわかろうとフランス語を勉強するし、彼らのことばを理解し得るごとに、わたしは確かな幸福の前味を味わう。わたしは人生に、芸術に、夢想に、仕事に新たな楽しみを見出すように思う。「前味」だけでいいのか?「見出すように思う」だけでほんとうに「見出さ」ないでいいのか? これが『パルムの僧院』と『ボヴァリー夫人』の共通のテーマで、わが愛する叔父貴たちは結局「それでいいのだ」といっている。わたしはこの甘さ(ロマネスクな甘さ、ドン・キホーテの甘さ)をかつては弱さと思って気に病んだこともあったが、今ではそうは思わない。年の功というものであ

蓮實重彥

ろう。（前掲書、一三―一四頁）

スタンダールもフローベールも、その文学に、決定的な結論とは異なるものを滑りこませている。蓮實先生は、二人の作品を通して、そうした作家の姿勢を見ておられるのである。この年齢でかろうじて『「ボヴァリー夫人」論』を書きあげることのできたわたくしは、はたして、この「年の功」なるものを自分のものとすることができているのだろうか。

4　〇〇、××、……

ここで、蓮青年が小田急線の車中で読んでいた『ボヴァリー夫人』が、いったい誰の翻訳だったのかという前記の問いに立ち戻る。もちろん、その可能性がいくつもあるわけではない。それが、発禁解除後に一九二七年に刊行された中村星湖訳の新潮社版の『ボヴリイ夫人』ではなく、一九三五年十一月から刊行が始まっていた改造社版『フロオベエル全集』の第一巻におさめられた、伊吹武彦訳の『ボヴァリイ夫人』（一九三六年）である可能性がきわめて高い。伊吹訳は、一九三九年に二冊本の『ボヴァリー夫人』として改訳され、岩波文庫におさめられることになるのだが、「『ボヴァリー夫人』とぼく」に書かれていることからして、どうもこれは一冊本のような気がするし、また、ざっとながらその雰囲気に触れておいた当時の山田家の書棚に、父上の蔵書として『フロオベエル全集』が揃っていたこともほぼ間違いなかろうと思われるからだ。とはいえ、いま残されている改造社版の一冊本の表紙には題名は印刷されておらず、背表紙にも「フロオベエル全集 第一巻」とあるのみなので、「表紙を一瞥《べつ》すると、「ふん」といって返してくれた」という教練の教官の仕草とは明らかに矛盾する。だから、岩波文庫版の二冊本である可能性も否定できないのだが、題名が印刷されていただろう全集版にかけられていたカヴァーが保存されていないだけかもしれない。そこで、ここではとりあえずその改造社版『フロオベエル全集』の『ボヴァリイ夫人』にも「伏せ字」がまぎれこんでいたか否かを確かめてみることにする。

いうまでもあるまいが、何しろこれは戦前——正確には、わたくし自身の生まれた一九三六年——に刊行された書物だから、そこにいくつもの「伏せ字」が認められてもまったく不思議ではない。とはいえ、「小説を読んでいて話が佳境に入るとかならず出くわす〇〇や××が大へんわたしの気にさわり、かつ大いにわたしの気をひいた」という奪青年の反応にもかかわらず、この全集版の翻訳に読みとれる「伏せ字」は「〇〇」や「××」ではなく、「……、……。」といった、いかにもぶっきらぼうな中止符の連鎖に置きかえられている。

この版の書物の「伏せ字」は全部で八箇所にかぎられているが、これといった恋愛場面が描かれているわけでもない第一部にそれはいっさい存在していない。「伏せ字」の「……」は、ロドルフがエンマを誘って馬で丘への散策に出かける第二部の九章あたりから、ぽつりぽつりと姿を見せ始める。鬱蒼とした森の中で二人が馬から降り、徒歩で開けた場所までたどりついたあたりで男が手慣れた誘惑を始めると、逃げ場もなく追いつめられた女は、思わず「馬はどこです？ 馬はどこです？」と声を荒だてる。そこに、次の一行が読める。

するとロドルフは異様な微笑を浮べ、目を据ゑ、…………………………進み寄つた。（『ボヴァリイ夫人』改造社版、二二八頁）

この「……」の部分を同じ伊吹武彦訳による戦後の筑摩書房版全集の『ボヴァリー夫人』にしたがって

補足するなら、「歯を食いしばり、両腕を開いて」（一三八頁）となり、旧制中学時代の奝青年ならずとも、はたして「伏せ字」にするほどのものかと訝しく思わずにはいられまい。その十数行先のエンマがロドルフに身をまかせる場面での「伏せ字」は、さらに短い。

　ドレスの羅紗が男服の天鵞絨に絡《から》みついた。彼女は溜息にふくらむ白い頸《うなじ》をぐつと反らせた。そして正體もなく泣き濡れて、長く長く身を顫はせ、顔を蔽ひながら……　………。（前掲書、二九九頁）

この「……　………」を同じ筑摩版によって補うなら、「顔をおおいながら身をまかせた」（一三九頁）となるから、当時の状況を斟酌するなら、「伏せ字」はある程度まで正当化されているとひとまずいえるかもしれない。だが、次の「伏せ字」は、その意図がいささか曖昧だといわざるをえない。第十章の、早くお出でとベッドから招くシャルルが無邪気に寝入ってしまうのを待ち、寝室からひそかに抜けだしたエンマが、自宅の庭でロドルフと逢い引きをかさねる場面である。

　しかし蠟燭の光りが眩しいので、彼は壁の方を向いてやがて眠つてしまふ。彼女は……………、微笑を浮かべ、　…………、　…………………のであった。（前掲書、二四〇頁）

ここは「息を殺しながら」、「胸をときめかせ、あられもない姿でそこを抜け出す」（一四五頁）という数行が欠けているのだが、その「……」を導きだしているのが語られている事実なのか、それともその語りに用いられている語彙なのか、そのあたりは何とも判断しかねる。さらに、恋人となったばかりのエンマが、駆け落ちの夢を語り始めるころ、ロドルフはといえば、そんな厄介なことなどとてもできはしまいと自覚している。にもかかわらず、彼が相手の言葉を否定しきれないのは、ボヴァリー夫人がこらえようのない美貌ぶりを誇示し始めたからだ。その「得もいはれない美しさ」について、こう書かれている。

> 束ね髪が頸筋に垂れてゐるところは、まるで、しどけない風情を表現するのに巧みな藝術家の仕業かと思はれた。髪は…………、無造作に、重い束に捲かれてゐた。（前掲書、二七八頁）

十二章に挿入されたこの「伏せ字」は、筑摩書房版では「日ごとの不義の褥《しとね》に解けるがまま」（一六八頁）となっており、ここでは、語られている事実とそれを語っている語彙とのいずれもがそれを導きだしていると見てよい。

第三部では、ロドルフほど熟達した漁色家ではないレオンが、パリ遊学中の異性経験によって大胆さを身につけていたとはいえ、かつての内気さを秘めたそのひたむきさを思い、そのことにエンマがかえって危険な兆候を感じとるしかないという状況でのホテルでの内気な密会の場面に、ほぼこれまで通りの「伏せ字」が使われている。

> 得も云へない純眞さが彼の態度から感ぜられた。彼は反り返つた細く長い睫毛を伏せてゐた。肌の滑らかな彼の頬は、…………とする欲望の爲に赤らんだ——と彼女は思つた。（前掲書、三四四頁）

この「…………」は、筑摩書房版では「彼女の肉体を獲よう」（二〇七頁）となっており、ここで問題とされているのは、おそらく語彙だろう。ところが、二人が辻馬車に乗りこんでしまうと、事態はいささか奇妙なかたちで推移する。この第三部の一章の後半に読める「窓掛を下ろし墓窖よりも嚴重に閉め切り、船のやうに搖れながら」、二人を乗せた馬車がルーアン市とその近郊をくまなくかけぬける挿話については、『パリ評論』誌の編集主幹だったマクシム・デュ・カンが、フローベール宛の書簡で、「君の書いた辻馬車はとても公表できない」（デュ・カン フローベール宛の書簡集、二一五頁）として、その「危険」な細部の雑誌への掲載を自粛するよううながし、フローベールの憤慨にもかかわらず、事態はそのように進展することになったといういわくつきの場面である。だが、デュ・カンの判断にもかかわらず、改造社版の『ボヴァリイ夫人』にはその挿話のほとんどが翻訳されており、その終幕部分にのみ伏せ字が介入している。ところが、それはまったくもって正当化されがたい不可解な「……」なのである。

一度、眞晝ごろ、野原のまん中で、古ぼけた銀のランプに陽の光が激しく射すころほひ、小さな黄色の布カーテンの下から、あらはな手が一つ出て、…………。それは……………、その向ふに今を盛りと咲いてゐる赤爪草《あかつめくさ》の畑へ、……………。（前掲書、三五七頁）

ここにこの三つの「…………」部分は、それぞれ「千切れた紙ぎれを投げた」、「ひらひらと風に散って」、「白胡蝶《しろこちょう》のように舞いおりた」という語句であり、書かれていることにも、それを記述する語彙にも、「淫ら」さなどいささかもたたえられてはいない。その「千切れた紙ぎれ」が風に舞う光景は、前夜にエンマがホテルでしたため、その日に相手に読ませようとして渡しそびれた「逢曳を斷る長い長い手紙」の便箋がちぎられたものを描写しているにすぎず、その手紙がいまや無用なものとなり、そっと捨てられるという状況がここで語られているだけなのである。確かに、それは、エンマが馬車の中でレオンに身をまかせたことを示唆する細部ではあるが、その状況は読者の目から遠ざけられており、「淫らな」語彙など一つとして書かれていない。にもかかわらず、ここにこうした伏せ字が執拗にくり返されるのは、そこに「文化的な誤読」ともいうべきものが介在しているからだろう。おそらく、行灯だけが灯された暗く閉ざされた日本間での男女の昵懇な秘事にあって、間接的に「卑猥さ」のイメージをきわだたせる「枕紙」のようなものを、「あらはな手」の持ち主であるエンマが使用後に窓から捨てたのだという解釈を検閲にあたった者が捏造したのではないかと思われる。

改造社版に読みとれる「伏せ字」は、あと二つ残されている。いずれも、エンマとレオンとの恋が行きづまり、にもかかわらず二人が相手から離れることができなくなったころの、自分自身の欲望を処理しかねるありさまが描かれている第三部の六章に見られるものだ。まず、こんど会ったときこそ「深い悦びを味は」えるだろうと期待しながら、その期待はそのつど裏切られるほかはないといった時期の彼女の振る舞いが、この翻訳でもっとも長い「伏せ字」によってこう締め括られている。

しかし此の失望は、すぐまた新しい希望にかき消された。そしてエンマは一層貪婪な氣持を抱いて男のところへ歸つて行つた。……………………………………………………

……………………………………………………………………………

……………………………………………………………………………

…………………………………………………………………………。

（前掲書、四一四頁）

筑摩書房版によれば、この長い中止符の部分は、「エンマは荒々しく着物を脱ぎ、コルセットの細紐《ほそひも》を引き抜いた。紐は這ってゆく蛇のうなりのように、腰のまわりにうなりをあげた。エンマは、戸がしまっているか素足のままもう一度見に行った。それから、まとっているものをみんな一度にかなぐり捨てた。——そして彼女は青ざめて、物もいわず、真剣に、わなわなとふるえながら、男の胸にとびかかった」(二四七頁)と訳されているものだ。この部分は、プレオリジナル版の『パリ評論』誌の連載のおりにも削除されていたから、「伏せ字」にするのも無理からぬこととは思う。だが、「女といふものは必ず戀人に手紙を出さねばならぬ」という思いにとらわれて筆をとりながら、あてもない幻想に陥り、疲労困憊する場面の「伏せ字」はごく短いものだ。

やがてエンマは疲れ切ってバッタリ倒れた。當てもない戀の興奮は、……………………彼女を疲勞させたのである。(前掲書、四二七頁)

この部分は、「はげしい肉のたわむれ以上に」とあるから、問題となっているのは語彙だろう。女性の裸体がそうであるように、ひと組の男女が素肌でまぐわいあうという状況を描くことそのものが、いずれも紙面からは遠ざけられているのだ。

では、これだけの「伏せ字」がページを埋めつくしている書物を、人はどのようなものと見なしたのだろうか。その部分を仏和辞典を頼りに原書にあたって「意味をさぐるくせがついた」という勤勉な蒔青年なら、それは「中学生のわたしでも知っている以外の行為ないし心理を教えてくれるものではなかった」とあっさり結論づけもしただろう。だが、そうした手段には恵まれていなかった一般読者——それには、「u大佐」も含まれよう——にとってみれば、「伏せ字」の存在そのものが、『ボヴァリー夫人』という長編小説をことさら「卑猥な」ことが書かれた書物だと思わせたであろうことは容易に想像できる。テクストに「卑猥な」細部が多く含まれているから「伏せ字」がふえるのではなく、「伏せ字」が多く含まれているからこれは「卑猥な」テクストなのだという事態の逆転が、いたるところで起こってしまうのだ。社会とは、「卑猥さ」と「伏せ字」とのこの倒錯した関係を助長する装置にほかならなかったのだろう。

5 「余白」と「不在」

これまでの考察が多少とも明らかにしえたのは、フローベールの長編小説『ボヴァリー夫人』が、この日本社会においては、伊吹武彦によるきわめて正確な翻訳の試みにもかかわらず、『「ボヴァリー夫人」論』の著者が生まれた一九三六年いらい、ながらく「伏せ字」なしには読めない状態に放置されていたという苛酷な現実にほかならない。人びとは、一九四五年の敗戦を境に事態が急変し、あらゆる書物から「伏せ字」が消滅したかのように想像しがちだが、それは途方もない勘違いである。すでに記しておいたように、「伏せ字」――ないし、それに当たる記号によるページの処理――は「佩剣《はいけん》の音」より遥かにしぶとく生き残り、わたくし自身が戦後にフランスの小説を翻訳で読みはじめる一九五〇年代の初頭にも、まぎれもなく残存していたのである。

たとえば、いま手もとにある古めかしい岩波文庫版の『ボヴァリー夫人』はページごとにわたくし自身の筆跡によるあれこれ恥ずかしい書きこみのある二冊本だが、その奥付には「昭和三十一年九月二十日 第十五刷發行 定價百二十圓」とあり、「譯者 伊吹武彦」と旧字で書かれており、訳者による検印までそこに貼られている。その点からして、わたくしは、どうやら昭和三十一年、すなわち一九五六年以降にその二冊を買い求め、裔青年と同様、旧字、旧仮名遣いのまま『ボヴァリー夫人』の翻訳を読んだものと思われる。もちろん、あからさまな「伏せ字」には出くわさなかったが、その二冊本の下巻に、奇妙な

「余白」があったことだけはとうてい忘れることができない。いま見たばかりの、第三部の六章の、「そしてエンマは一層貪婪な氣持を抱いて男のところへ歸つて行つた」に続く部分が、戦後に流通していた岩波文庫版でも四行分ほどの「余白」となっており、それについて、訳者による――あるいは出版社による――説明はいっさいそえられていない。それだけに始末の悪いこの「余白」は、いったい何か。それが、はじめて『ボヴァリー夫人』を読んだときにとらえられたわたくしの疑問である。

　巻末の「解説」には「この翻譯はコナール版によつた」とあるので、まだフローベールの原著など目にしたことのない大学初年時のわたくしは、斎先生に「コナール版」とは何かとうかがったことがある。先生は、わたくしの質問の意図を問いただされるなり、「どれどれ」といって持参した岩波文庫を手にとり、「こんなものがまだ売られてるのかい」とびっくりされた。その驚かれるようすから、この余白が、かつては「伏せ字」になっていた部分だろうとわたくしは見当をつけた。「そうだ、伏せ字だよ」と肯定された斎先生が、そのとき「さわやかな秋晴れの朝」に響いた「佩剣《はいけん》の音」を記憶によみがえらせておられたのかどうかはわからない。だが、いずれにせよ、敗戦後に青春期を迎えたわたくしは、戦前、あるいは戦中にはじめて斎先生が読まれた『ボヴァリー夫人』の翻訳に「………」と伏せ字になっていたのとまったく同じ箇所が「　　　」と長い余白になっていたものを読むことで、フローベールのこの長篇小説と接することになったのである。翻訳小説における「伏せ字」が戦後もしたたかに生きのびたと書いておいたのは、そうした事実があったからなのだ。『「ボヴァリー夫人」論』の著者たるわたくしは、訳者の意図とは無縁に、その翻訳が完璧なかたちでは人目に触れることのないような印刷上の配慮――いったい、誰による何のための配慮なのか？――をほどこされたきわめて不完全な『ボヴァリー夫人』を読んだおそらくは最後の世代にあたっており、その意味で、斎先生の世代にかろうじてつらなっている自分に、ほとんど理由のない誇りのようなものを覚える。それは、自分が歴戦の勇士ともあながち無縁でないという、自負心のようなものだといってもよい。

　こんにち、『ボヴァリー夫人』については、生島遼一（新潮社）、菅野昭正（集英社）、杉捷夫（筑摩書房）、中村光夫（講談社）、等々、複数の翻訳が存在している。いずれも、個人的に何らかのかたちで教えを受けた方々によるもので、優れた訳業であるのはいうまでもない。にもかかわらず、『「ボヴァリー夫人」論』の執筆にあたり、まず筑摩書房版の全集におさめられた伊吹武彦訳を引用の出典として書き始め、あらかた書き終えた段階で文庫化された山田𣝣訳にあえて変更したのは、そこに、わたくし自身の「伏せ字」体験の記憶があったからなのだ。

　岩波文庫版から「　　」による「伏せ字」がいつ消滅したか、調べてみればたちどころに明らかになろうが、いまはその余裕がない。ただ、不可解な「余白」を含んだ岩波文庫版を持参して「コナール版」とはなにかと質問にあがったとき、𣝣先生が、「それなら、現物を見せてあげよう」と自宅までわたくしを招かれ、その版のフローベール全集を見せて下さったときのことは書いておきたい。新制大学の一年生だったわたくしは、はじめて目にする原著の紙の上質な肌触りをいつくしむように、ページをくった。いまにして思えば、それは山田珠樹助教授の蔵書だったのではないかと思うのだが、もちろん、そこには岩波文庫版にある四行の「余白」など存在してはいなかった。わたくしは、山田家で、そうとも知らぬままに、かつての𣝣青年の勤勉さを模倣するかのように、仏和辞典をたよりにその部分の意味をさぐった。わたくしがはじめてフランス語で理解したその部分を、河出文庫版の山田𣝣訳から引用して見るとこうなる。

　荒々しく脱衣し、コルセットの細ひもを引き抜く。ひもはしゅっと蛇《へび》のすべるような音を立てて腰のまわりを飛ぶ。素足の爪先立ちで、ドアがしまっているかをもう一度たしかめに行く。それから、さっと一糸まとわぬ全裸の姿となる。——そして、青ざめ、物も言わず、真顔で、男の胸にひしとすがって、わなわなとうちふるえるのだった。（四五八頁）

蓮實先生の口から、きわめて正確な上に見事な訳でもあると何度も聞かされていた伊吹武彦訳と比較して両者の優劣を判断するため、これを引用したのではない。ここで玩味すべきは、原文で何度もくり返される「エンマ」という固有名詞や代名詞としての「彼女」という主語をはぶき、しかも動詞の単純過去形をあえて現在形に置きかえることで、恥じらいをかなぐり捨てたヒロインの必死の大胆さを鮮やかに視界に浮きあがらせる山田訳の生々しさにほかならない。かつてこの部分が「伏せ字」で蔽われており、さらに『パリ評論』誌の連載でも削除されていたことに充分すぎるほど自覚的な訳者なりのこだわりが、この部分に小気味よくはずんでいるように思えるからだ。

訳者というものは、誰しも、ここだけは心をこめて訳したいという箇所を必ずいくつか持っているはずだが、山田訳のこの部分などは、まさしくそうした箇所の一つだろうと思う。『ボヴァリー夫人』とぼく」には、教練の教官である「u大佐」に車中で見とがめられたがゆえに、「はからずもぼくは風俗壊乱の廉《かど》で起訴されたフローベールに、ささやかな形で連坐する光栄を担ったのであったが、同時にエンマ・ボヴァリーはぼくにとって特別の親愛感を抱かせる女主人公の一人となった」と書かれていたが、そのヒロインへの「特別の親愛感」というしかない心情的な執着が、ここに脈打っているように思えてならない。とはいえ、『「ボヴァリー夫人」論』の著者となったばかりのわたくしは、いまは亡き山田睿先生に向かって、遥かに語りかけたい。先生が「『ボヴァリー夫人』とぼく」に書き入れておられた「エンマ・ボヴァリー」という名前は、先生に教えていただいたチボーデの「フローベールの実験室」にもいくつか書かれていながら、じつは『ボヴァリー夫人』のテクストには一つとして書きこまれてはいないのだ、と。

　誰も指摘することのなかったその事実にはじめて気づかされたのは、一九九九年に畏友ジャック・ネーフから『ボヴァリー夫人』の新たな校訂版を贈られたときである。そのころ、文学とはまったく無縁の職務遂行のため多忙をきわめており、研究はいうまでもなく、ものを書いたり考えたりする時間的な余裕さえほとんど見いだせなかったので、せめてもの慰みにと、このフローベールの長編小説をフランス語で久方ぶりにゆっくり時間をかけて読み直してみたのである。同じページに何度も目を通したり、いきなり別のページに移ったりといういかにもとりとめもない読み方ではあったが、あるとき、これという予感もないまま、『ボヴァリー夫人』は「エンマ・ボヴァリー」という固有名詞なしに成立している奇妙な小説的テクストだとはたと気づき、この「発見」に鈍い興奮を覚えたことを記憶している。これほど重要な「テクスト的な現実」に、どうしてこれまで誰も指摘しなかったのかと首を傾げたというのが正直なところだ。そのヒロインを「エンマ・ボヴァリー」と呼ぶことは、この長編小説のフィクション的なパースペクティヴを決定的に乱しかねないと怖れているかのように、作者フローベールは、その完成原稿はいうまでもなく、下書きの草稿においても、書簡にあっても、「エンマ・ボヴァリー」という固有名詞を一貫して排している。にもかかわらず、『ボヴァリー夫人』が一八五七年に刊行されていらい、誰ひとりとしてその事実を指摘する者はいなかった。しかも、フランスをはじめとして世界で書きつがれている研究や批評のほとんどは、あたかもフローベールがそのヒロインを「エンマ・ボヴァリー」と呼んでいたというかのような退屈な議論を、あきもせず続けている。これは、いったい何故なのか。あるいは、それは、何を意味しているのか。

　その疑問に導かれて、わたくしは、それまで四百字詰めの原稿用紙で七百枚ほどをすでに書きためておいた──しかもそのほとんどが、すでに活字化されている──『ボヴァリー夫人』をめぐる論考を、エンマ・ボヴァリーの「不在」という新たな視点から、全面的に書き改める覚悟を決めたのである。そう思い立ったのはいまから十年ほど前のことだったが、その改稿されたテクストの一部を、ジャック・ネーフが責任編集をつとめるジョンズ・ホプキンス大学の由緒ある文学系の機関誌『MLN』に、「エンマ・ボヴァリーの不在――フィクションの「テクスト的な現実について」としてフランス語で発表することができた。原稿を読んだだけでネーフは率直に驚き、かつ喜んでくれた。また、発表されてからは、国際的にもかなりの反響があった論文である。とはいえ、これを真っ先に読んでほしかったのは、ほかならぬ蓮先生だった。

そう書いたのは、「師弟愛の物語」を美しく完結させようとする意図からではいささかもない。わたくしがエンマ・ボヴァリーという誰もが知っている固有名詞が『ボヴァリー夫人』のテクストに「不在」であることに気づいたのは、はじめて読んだ岩波文庫版の『ボヴァリー夫人』に不可解な「余白」――すなわち「不在」――が存在しており、その「余白」が、どこかでわたくしに「不在」を読めとうながしていたように思えてならないからだ。その「不在」こそ、蓮青年にとっての「伏せ字」にほかならない。その意味で、わたくしの『「ボヴァリー夫人」論』は、この長編小説の翻訳をはじめて「伏せ字」――まさしくそれは、四行分の「余白」だった――入りの書物で読んだ世代の日本人にしか書けないテクストだったはずであり、そのことをひそかに自負したい気持ちなのだ。その気持ちを多少なりとも理解してくれそうな人物は、おそらく蓮先生をおいてほかにはいまい。そのことを示唆していたのが、遅ればせに読んだ『ボヴァリー夫人』とぼく」のテクストだったのである。そんな記憶に導かれて書きあげられたわたくしの『「ボヴァリー夫人」論』の言葉の背後には、ときおり「ガチャリと佩剣《はいけん》の音」が音としては響かぬ気配としてはりつめ、「不在」なるものの意味を示唆しつづけているような気がする。

［初出＝『新潮』二〇一四年八月号］

ボヴァリー夫人のことなどお話させていただきます

——蓮實重彦先生へ——

工藤庸子　Yoko KUDO

ちょうど総長の任期を終えて、アジアの映画祭などに気軽にお出かけになっておられたころだと思います。あるとき先生はにこやかにこんなことをおっしゃった——「世界中のあちこちで可愛い若者たちに、お父さんって呼びかけられるのですよ、身に覚えがないのだけれど」。何やら港を渡り歩く船乗りのよう、などと不謹慎なことは申しますまい。以来、映画の世界には、蓮實重彦の男女の非嫡出子が無数にいる、ということを考えております。対比されるのはいうまでもなく、教育研究の制度としての大学です。そこに成立する知の伝承形態には、フロイトのいう「エディプス」的な何かが否定しがたく認められる、というのは先生ご自身の言葉なのですけれど（『私が大学について知っている二、三の事柄』、五八頁）、それはともかくとして、今、わたしたちは『「ボヴァリー夫人」論』と『「ボヴァリー夫人」拾遺』という二冊の書物、二千五百枚の論考を手にしております。表題といい、著者の名前といい、いかにも大学という場にしっくり馴染みそうな端正な風情の御本でございます。だからといって「先生、これらは若き研究者にとって父から息子へと相続される貴き遺産のようなものでありましょうか?」と、まさか藪から棒にお訊ねするわけにもまいりません。文壇的な反響がひととおり出そろったところで、あらためて先生宛ての書簡のスタイルで大学を足場にした自問自答のようなものを書きつづり、なんらかの応答を期待しようという趣向でございます。

話のきっかけに、蒸し返すようですけれど、バルガス＝リョサを——「お前さん、本当に読んだの?」と思いましたね、と鼎談のときにも痛烈な批判をなさっておられましたけれど(『「ボヴァリー夫人」拾遺』、一六二頁)、なるほど目的語次第で、リョサは「まるで読んでいない」といえそうです。つまり読んでいるのはヒロインの「物語」であって『「ボヴァリー夫人」論』で想定された「テクスト」ではない。でも、生身の女の断末魔を目の当たりにしたり、夜ごとに人妻がホテルでコルセットの細ひもを引き抜く音を耳にしたりする文学青年の回想はフィクションなのですから、物語作者が何を書こうと本人の自由ともいえる。興味深いのはむしろ『果てしなき饗宴——フロベールと『ボヴァリー夫人』』が評論として立脚する「虚構のレアリテ」réalité fictive と「現実界のレアリテ」réalité réelle という一対の概念と『「ボヴァリー夫人」論』における「テクスト的な現実」réalité textuelle という概念との決定的なすれ違いです。リョサの場合、現実世界とフィクション世界とを対峙させ、原材料を作品に変容させる作家の営みを「付加された要素」と命名したうえで、テーマ批評、時間論、物語の構造分析というふうに手法を変えながら、それらの「要素」を分類整理してみせる。複雑な模型を分解して、ふたたび組み立ててみせるような鮮やかな手際であり、あまりの鮮やかさが違和感を誘発するともいえそうだけれど、それを問題にしたいわけではありません。要するに作家は、明晰な意識をもつ主体であり、創造者であり、つきつめれば神である、というところまで、リョサは一気につき進んで、ガルシア・マルケス論の表題に「神殺し」という言葉を掲げてしまったりするわけです。

一方『「私小説」を読む』の冒頭でいきなり二人の人物のまえに二つの絵柄のちがう煙草の箱が並べられたりする論述の手法からしても『「ボヴァリー夫人」論』の著者が昔から唯物論者であることは知っていたつもりなのですけれど、あらためて「テクスト的な現実」という言葉によって定式化された概念は、聖なる作家像から切り離され、いかなる超越的権威にも従属しないという意味で、いわば無神論的ではないでしょうか。現にテクストのうえにある言葉たちをしっかり見つめよというだけの教訓的な話ではない。知的所有権の帰属先である著者からも、創造的な主体として物語に君臨する作者からも自由な言語的存在として「テクスト的な現実」が読む者にゆだねられているという了解が出発点にあるのでしょう。文学史によって権威づけられ聖別されたフローベールという固有名詞さえ、なろうことなら遠ざけておこうという方針が、かなり早い時点で立てられていたのかもしれません。一九八〇年代に執筆された『凡庸な芸術家の肖像――マクシム・デュ・カン論』は、すでに書き始められていた「ボヴァリー夫人論」からの「途方もない迂回と逸脱」と解釈できると「あとがき」にも記されています。それは同時に文学研究と呼ばれる制度的な知に対してひとまず戦略的な距離を置く試みでもあったはずです。ふり返れば「ニュー・アカデミズム」などという語彙が文壇で飛び交っていた時代でもありました。ところが『「ボヴァリー夫人」論』については、これが大学とも学会ともいっさい無縁だとは誰一人主張できないような具合に事が運んでおります。応答を求められているのは、明らかにわたしたち自身でありましょう。そこで、いろいろと思うところはあるのですけれど、「テクスト的な現実」における「話者」の役割という一点のみに話題をしぼってみたいと存じます。

『「ボヴァリー夫人」論』の著者が「姉妹編」と呼ぶ『凡庸な芸術家の肖像』では「匿名の話者」と名指

工藤庸子

される不思議な存在が、一般的な用語にしたがうなら「語り手」の役割を果たしています。その「話者」はマクシムの物語に介入して個人的な感想を述べたりするだけでなく、不意に、こともあろうに作中人物マクシムから物語の運びについて因縁をつけられたりもする。意表を突くメタ・フィクションが嵌めこまれたこの著作は「語り」の起源をめぐる探索と冒険の場でもあったと思われます。その後も四半世紀におよぶ理論的な考察がつづけられ、やがて『「ボヴァリー夫人」論』のなかで、欧米系のフィクション論やナラトロジーや構造主義的な物語分析などが網羅的かつ徹底的に批判されたのは、既存の議論が提唱するいかなるシステムも『ボヴァリー夫人』の「テクスト的な現実」に迫り得ないという確信に導かれてのことでしょう。ただちに言い添えておきますが、唯一無二の正しい読解が金字塔のように屹立するなどという物騒な話ではありません。『「ボヴァリー夫人」拾遺』に収められた「珊瑚樹と晴雨計の置かれた天井の低い部屋について」という美しい副題のついた論考がよい例ですが、「話者」がその役割を果たしている現場をこの上なく繊細に、いわば機能的に記述してゆくという手法は『「ボヴァリー夫人」論』においても一貫しています。「テクスト」は「文章」のように前もって構造化されてはいないのだから、それ自体が融通無碍なものであり、いつ何時流れが変わるかわからない。そこで時間的な秩序や空間的な配置を組織する「匿名の主体」が「話者」である——きわめて明快な定義だとわたしも納得しております。

ところが『「ボヴァリー夫人」論』を読みなおしているうちに奇妙なことに気づきました。バルガス＝リョサに倣うなら「作者」と「作品」との関係は造物主と被造物の関係に擬えることができそうですが、これに対して「話者」と「テクスト」との関係は？　「話者」はつねに能動的な主体として「テクスト」に働きかけている、というぐらいの断定は許されそうだと思いきや、じつはそうではない。どうやら逆転劇のようなものが起きるらしいのです。『凡庸な芸術家の肖像』のあるところに、「説話論的な必然」と呼ぶべき不可視の力学がじわじわと形成されてきたら「話者」はこれに譲るしかないのだと謂わんばかりの開き直りのような文章があって思い当たったのです。『「ボヴァリー夫人」論』では十章構成の後半で、たとえば「塵埃と頭髪」「言葉と数字」「運動と物質」と題した章など「説話論」に補強された「主題論」的な展開が佳境に入ったときに、それが起きるような気がします。いやじつはそうした気配は、読み進むほど頻繁に切迫した感じで伝わってくる。ひとつだけ例を引くなら「三」という数字が薄気味わるく氾濫し始める」とありますけれど（五九八頁）、でも、数字を氾濫させているのはいったいどこの誰？ 「テクスト的な現実」の「抵抗」という言葉が、そのことを暗示しているにちがいありません。言葉を操る匿名の主体である「話者」より「テクスト」に内在する論理が優位に立つことがあるらしい。そのとき「テクスト」の論理は「語り」の論理を凌駕してしまうのです（三三五―三三七頁）。作中人物が作家の意志を越え勝手に行動し始めるという話はよく聞きますけれど、ここで起きているのは別のこと。物語的でも心理的でも象徴的でもない、言葉自体の唯物論的なドラマとしかいいようのない何かです。

『ボヴァリー夫人』の「テクスト」の暗闇で密かに蠢く無数の見えない論理の一端がついに浮上して「テクスト的な現実」の自律性と物質性が生々しく輝いた瞬間に「批評的エッセイ」の夢が成就するということか。散文のフィクションのヒロインであるボヴァリー夫人は「めくらの小唄」という韻文の闖入によって殺されたのだと確信犯的に仄めかしている「終章」の終幕は究極の例ですが、なんだか不思議なことが起きている。それは「テクスト」の神聖視でもなく物神崇拝でもなくて、たとえば聖アントワーヌの「物質になりたい！」という台詞にも似た何か……どこからか「テクストになりたい！」という微かなつぶやきが聞こえてくるような……。

原稿用紙にして二千枚という長さについても考えてみました。「真実と誤謬」や「正統と異端」という軸上で語るなら議論を整理して構築的な書物を書くこともできますが、『「ボヴァリー夫人」論』の語りはそうしたものではない。「序章」に十章構成の整然とした見取り図が示されているにもかかわらず、幾何学的な展開というわけでもなくて、同じ場面や断章がくり返し話題になりますし「気化」という小見出しが二度あらわれたりもして、むしろ反覆する運動のようなものがテクストの流れを導いている。うまい言葉が見つからなかったのですけれど、あるときふと、これは「説得」のパフォーマンスではないか、と合点がゆきました。唐突な比喩ながら、ジェイン・オースティンの『説得』*Persuasion*です。恋愛小説の場合、結末ではヒロインが納得して求婚を受けいれるに決まっているのですから、そうとは知らず迂遠なやり方で男と女が迷いながらも相手と自分を説得してしまう、そのプロセスそのものが作品の醍醐味であるわけです。これに対して批評における長さとは結論を急がぬこと、思考のプロセスを短絡させぬことの証しであり、周到にして精緻な思考の粘り強い持続が、しだいにテンションを増す「説得」あるいは「口説き」の運動を模したものになっても不自然ではあるまいという印象をもちました。『「ボヴァリー夫人」論』がオースティンの恋愛小説と決定的に異なるのは、ゴールの地点に予想もつかぬ風景が広がっていることです。欲求不満の人妻と愚鈍な亭主というお定まりの解釈、それこそアルベール・チボーデからバルガス゠リョサまで、多少ともエディプス的に継承されてきた権威ある定説が一掃されてしまったのです。エンマはただ美しいだけのつまらぬ女。シャルルは感性の繊細さにおいて傑出している。エンマの死後にシャルルが見せる獰猛な変貌ぶりを読まずして『ボヴァリー夫人』を読んだつもりになるな、等々。

この辺で先生に二人称の場におもどりいただいて、大学と文学研究という話題を拙い文章のしめくくりにしたいと存じます。「フローベール研究という意識は希薄で、書物として読まれればよいと思っていました」（『「ボヴァリー夫人」拾遺』、一七六頁）というのは、これも刊行時の鼎談でのご発言です。まことに爽やかでございますが、優雅な台詞にはどこか不実な響きが感じられるもの。すっかり真に受けているわけではありません。とりわけ忘れてはならないのは、先生がフランスのフローベール研究者たちと半世紀にわたって育んでこられた厚い友情と学術交流の物語でしょう。今日もっとも信用のおける『ボヴァリー夫人』批評校訂版には、先生ご自身の読解が具体的な細部から作品の全体像までさまざまのレヴェルに反映されています。わたしが学生であったころと今とでは教室で開かれる書物の指針が違う、ヒロインのボヴァリー夫人も同じ女ではない、と想像してみるのは愉しいことです。

制度化された思考の安全地帯で自足するな、変化を求めよ、という呼びかけは、総長としての式辞や講演を編集した三冊の書物はもとよりですが、耳を澄ませば全てのご著作の全てのページから聞こえてくるような気がいたします。さらにまた、退任された直後のインタビュー集『「知」的放蕩論序説』の「あとがき」で、先生は東京大学の総長をつとめた四年間と現場の教師、映画評論家、文芸評論家、フランス文学研究者として過ごした時空とのあいだに断絶はないと明言しておられます。ちなみに一般には不可解であるかもしれない表題に隠された「放蕩息子」という主題が、もともと父権的な知への抵抗を意味しており、行為としての「放蕩」は「たやすくは目的に到達しない者たちの迂回の時間の有効性」と説明されていることも忘れぬようにしたいと存じます。

そうしたわけで話の始めに映画の世界と文壇と大学という区分を立ててしまったことについては、反省しつつ撤回いたします。一方で非嫡出子の問題は？　考えてみれば自分も蓮實重彥の「「知」的隠し子」かもしれないな、名乗りを挙げるつもりもないけれど……などと、ふとつぶやいてみたくなる人が、じつは小説家や評論家や編集者にも、そして大学の教師にも少なからずいるのかもしれず、そんなことを空想するとますます愉しくなるのでございます。

［初出＝『ＵＰ』二〇一五年七月号］

工藤庸子

『「ボヴァリー夫人」論』では思いきり贅沢をさせていただきました

――工藤庸子さんへの返信――

蓮實重彦
Shiguéhiko HASUMI

さる五月のカンヌ国際映画祭の「ある視点」部門で監督賞を受賞した『岸辺の旅』(二〇一五年)をめぐって、監督の黒沢清さんにインタヴューする機会に恵まれました。快い疲労感とともに、いま帰宅したところです。この作品の初号試写が行われたのは、昨年[二〇一四年]の十一月のこと。その時期、黒沢監督はフランス映画『ダゲレオタイプの女』の撮影準備のためパリに滞在しておられたので、この新作についてお話しする機会はこれまでありませんでした。近く新作の撮影に入られ、フランスでの最後の編集作業もひかえておられるので、『岸辺の旅』の公開に向けてのプロモーションとして二日で二十件を超える取材に答えるべく恵比寿のホテルにこもっておられた監督に、九十分という例外的に長い時間をとっていただけたのです。

とはいえ、『映画時評 2012-2014』を刊行したばかりのわたくしは、試写室にかけつけて見た映画を批判的に分析＝記述したり、監督に念入りなインタヴューしたりすることをそろそろやめようと思っていました。公開予定の新作を日ごとに追いかけるという生活は、年齢的にも無理だろうと判断したからです。そんな次第で、侯孝賢の新作『黒衣の刺客』（二〇一五年）をめぐる監督との対話も、泣く泣くお断りしてしまいました。ただ、『岸辺の旅』は、わたくしにしか指摘し得ない魅力的な細部にみちた作品だと思えました。もちろん、それは途方もなく愚かな思いこみにすぎないのですが、その種の勘違いへのほとんど不条理な居直りこそ、映画批評家には不可欠な資質にほかなりません。文学の研究者が自分の研究対象を選択するときにも、それに似た愚かな思いこみが観察されはしないでしょうか。

何とも不可思議な魅力にみちた『岸辺の旅』を味わいつくすには、公開時に劇場にかけつけていただくほかありません。ここでは、その終幕近く、鳥のさえずりが聞こえるのどかな海辺に腰をおろした一組の男女——深津絵里と浅野忠信がいかにもあやうげな夫婦を演じています——が、宿命づけられた別れの瞬間をむなしく待つしかないという悲痛な場面に、見えてはいない鳥の影がさっと地面を横切るショットがあったことに触れておくにとどめます。その一瞬の黒々とした鳥影に、胸を突かれる思いがしたからです。こんな画面がまぎれこんでいるから、黒沢清監督の作品からは目が離せません。そう書きながら、まぎれもない「フィルム的な現実」にほかならぬあの鳥影が自然なものか、それともCGによる人工的なものかを監督に訊きそびれたことに、いま気づきました。かりに前者なら、ここでの黒沢清は、偶然をも味方につける僥倖に恵まれていたことになる。後者であるなら、演出家としての彼の周到さを讃嘆すべきでしょう。このショットにとめどもなく心を揺さぶられたわたくしは、インタビューが雑誌に発表される以前に、この点を改めて監督に問うてみる職業的な義務をかかえこんだことになりました。

蓮實重彦

「ボヴァリー夫人のことなどお話させていただきます」という工藤庸子さんによる書簡形式の書評への返信に、『ボヴァリー夫人』とは無縁の話題を書き始めたりして大丈夫かと心もとなく思わぬでもありません。『凡庸な芸術家の肖像——マクシム・デュ・カン論』が講談社文芸文庫におさめられるにあたって、周到かつ繊細な解説を書いて下さった工藤さんに非礼な振る舞いを演じていはしまいかと、気がかりですらあります。しかし、元同僚としての甘えにすぎないとお叱りを受けるのを覚悟で断言するなら、庸子先生には、それがいつもの蓮實のやり方だとご理解いただけるはずです。実際、とても短いとはいえない『「ボヴァリー夫人」論』や『凡庸な芸術家の肖像』を数年がかりで執筆していたときも、その著者は映画批評や監督へのインタヴューをたえず発表しておりました。映画をめぐる言説から文学をめぐる言説への移行、あるいはその逆のことを、半世紀にわたりごく自然に実践していながら、この自在なモードの変更をどのようにして身につけたのかはよく分かりません。ただ、それが執筆活動に不可欠な蓮實的な贅沢だったのです。

一九七九年からほぼ七年間つづいた雑誌連載が終わり、『凡庸な芸術家の肖像——マクシム・デュ・カン論』が書物として刊行されたのは一九八八年のことでした。ところが、書籍化に向けての綿密な読み直しに忙殺されていたはずの八七年の夏、スイスのロカルノ国際映画祭に滞在していたわたくしは、ある日マジョーレ湖畔を離れ、アルプスを越えて二日がかりでレマン湖畔のロールにおもむき、ジャン＝リュック・ゴダール監督に長いインタヴューを行っている。それは、『光をめぐって』（一九九一年）に収められているものですが、インタヴューという優れて二十世紀的なジャーナリズムの形式に深いこだわりを覚えているのは、わたくしが映画批評を書き始めたとき、監督自身の言葉で確かめずにはいられない驚くべき細部にみちた作品を発表していた溝口健二、小津安二郎、成瀬己喜男という偉大な監督たちが、すでに他界していたからです。その不在に、どのように言葉を向ければよいのかが、映画批評家として直面した最初の課題でした。もちろん、それぞれの作品を論じればよい。ただ、それとは異なる方法はないものか。そのとき、これらの監督の作品の「フィルム的な現実」の生成に深くかかわった方々のお話を聞くことを考えました。小津のキャメラマンだった厚田雄春さんとの共著『小津安二郎物語』(一九八九年)や、成瀬の美術監督だった中古智さんとの共著『成瀬巳喜男の設計』(一九九〇年)などは、そうした試みの成果だといえます。溝口については、傑作といわれていながらプリントが失われている『狂恋の女師匠』(一九二六年)や『日本橋』(一九二九年)をショットごと記憶しておられた淀川長治さんに、何度もお話しをうかがいました。こうした仕事を通して、両親の世代にあたる年輩の方々とどのような対話が成立するのかを日々学んでゆきました。壮年期のわたくしは、映画の最盛期に活躍された個性的な老齢の方々から、いわば「老人専科」として、驚くべき言葉を引き出す術を自分のものとしていったのです。先方の言葉に恭しく耳を傾けているだけではインタヴューは成立しません。思ってもいない一点を不意討ちし、動揺した相手から意識していなかった反応を引き出さねばならない。実際、ゴダールも、そうした不意討ちに動揺しながらもよく答えてくれました。非礼とも映りかねないそんな不意討ちは、ともに映画に身を捧げているという同族意識によって許容されるものなのです。

四年にわたる大学行政の責務から解放された二〇〇一年の秋、ヴェネチア国際映画祭からある部門の審査委員長として招待されました。同時に開催されるエリック・ロメール監督をめぐる国際シンポジウムにも登壇せねばならず、多忙な十日間になるだろうとは覚悟していましたが、この土地ならではの鬱陶しい暑さに辟易しながらリド島の豪華ホテルにモーターボートで到着すると、つぶらな瞳のイタリア人青年が三人も待ちかまえている。出発前の多忙さにまぎれて忘れていたのですが、彼らは北野武監督をめぐる世界で最初の書物の共編者で、数ヶ月前に送っていたわたくしの序文を添えた豪華な極彩色の大型な書物を大切そうに抱えていました。この本はたちまちヴェネチアの話題となり、名だたる映画

蓮實重彦

作家たちから何冊もおねだりされたのですが、若い編者たちからそのプロモーションを委ねられたわたくしは、作品の審査のかたわら、記者会見やインタビューに何度もかり出されました。こうして、それまで未知だった異国の青年たちとつきあっているうちに、敬愛の念をこめた彼らの振る舞いが、厚田さんや中古さん、あるいは淀川先生に向けていたわたくし自身の身振りとそっくりであることに気づきました。それは世にいう敬老の精神とはやや異なり、どれほどの年齢差があろうと、映画への執着においては同族なのだから、多少の無理は許容してくれるはずだという「父親」のような保護者の役割を自分が演じているのだと、そのとき気づきました。十年ほど前には「老人専科」だと自覚していたわたくしは、二十一世紀に入ると、そうと意識する暇もないまま、「老人専科」の若い男女に囲まれる身となっていたのです。ちょうどその頃、ポルトガルやスペインから才能あふれる新人作家が登場したのですが、フランス語版の『監督 小津安二郎』の著者としてのわたくしとの遭遇をことのほか喜んでくれる彼らのうちにも、同じ姿勢を感じとりました。小津や成瀬をめぐる書物の翻訳に尽力され、いまは『蓮實重彦映画論集』という書物の刊行を準備しておられる韓国の若い批評家は、そのメールをきまって《Dear Hasumi-sensei》と書き始めておられますが、そこには日本語の「先生」とはニュアンスがいささか異なり、映画という同じ血筋の確認を前提とした敬意と同族意識がこめられていました。ソウルでたまたま知りあったパリ滞在の長い監督志望の若い女性は、わたくしが『監督 小津安二郎』の著者だと知り、まるで長く会うこともかなわなかった生みの「父親」と出会ったかのようにとり乱しておられました。そうした若い男女から、わたくしは同じ血筋を共有する映画的な「父親」として遇されたのです。

工藤さんが、書簡形式の書評の導入部に、「以来、映画の世界には、蓮實重彦の男女の非嫡出子が無数にいる、……」などといささか扇情的な言葉を綴られたのは、おそらく、その時期に、どこかしら誇張されてはいてもまったくのフィクションとはいいかねるこうした海外での体験をふと洩らしてしまったことが、その背景にあったからだと思いあたります。国籍を異にするそうした若い男女の反応は、日本におけるわたくしの社会的な言動とはまったく無縁なところで、もっぱら「書かれた言葉」だけを通して名前を知っていたいわば虚構の蓮實重彦が、不意に現実の蓮實重彦となった瞬間に見られる親しみをこめた畏怖の表明だといえます。その点、教師として日々若い男女に接していたわが国では考えられない知的な「隠し子」の世界的な増殖——とはいえ、数えることができるほどのものにすぎませんが——は、どうやら映画の世界だけのものだといわざるをえません。

ここで、漸くにして、工藤さんの「ボヴァリー夫人のことなどお話させていただきます」にたどりつくことになります。「文学史によって権威づけられ聖別されたフローベールという固有名詞さえ、なろうことなら遠ざけておこうという方針が、かなり早い時点で立てられていたのかもしれません」と庸子先生が書いておられるのを目にしたとき、その慧眼ぶりに思わず身震いしました。ただ、ここで「方針」と呼ばれているものが意識的な選択であるかは大いに疑わしい。それが「方針」として意識されるよりはるか以前から、著者には、「「テクスト」の神聖視でもなく物神崇拝でもなくて、たとえば聖アントワーヌの「物質になりたい!」という台詞にも似た何か…… どこからか「テクストになりたい!」という微かなつぶやきが聞こえてくるような……」と書いて下さったものがあったように思えるからです。では、「テクストになりたい!」という願望はどのように実現されるのか。わたくしは、それを、テクストに「まどろんでいる言語記号を覚醒させる」というかたちで自分の身に近づけようとしております。先夜、さる必要から、フランスの大学生向けの『文芸批評』という参考書に目を通しておりましたところ、「日本の名高い文芸批評家Hasumiの言葉」として「(テクストという)まやかしの明証性に揺さぶりをかけ、まどろんでいる記号を覚醒させ、それを生きさせる」のが批評家のつとめだと書かれているページに遭遇し、びっくりしました。著者のファブリス・テュメレルFabrice Thumerelという人とは面識がないし、フランス語でそのような発言をした記憶もなかったからです。註には『ル・モンド』紙のインタビューによるとありますから、知人の記者にそんなことを口走ったのでしょう。註記されている同紙の一九九七年三月一七日号を探し出す時間的な余裕はありませんが、書物の著者は、Hasumiの発言を批評家の演ずべき能動性の証左として挙げている。しかし、庸子先生ならご理解くださるように、「テクストになりたい！」はいささかも批評家としての能動的な夢ではない。むしろ、読むことを通して読むという意識主体の放棄につながる振る舞いだからです。その主体の放棄によって、国籍、年齢、性別などから自由になったわたくしの前で、テクスト自身が、その言語の記号のおさまる思いもかけぬ配置を通して、主題論的な体系や説話論的な体系をおのずと織りあげてゆく。工藤さんは「言葉を操る匿名の主体である「話者」より「テクスト」に内在する論理が優位に立つことがあるらしい」と推測しておられますが、その推測を断固として肯定すべく、「テクストになりたい！」という贅沢を自分に許したのです。

「贅沢」と申しました。そう、誰にも許されているわけではないその贅沢を存分に玩味すべく、わたくしは『「ボヴァリー夫人」論』からの必須の迂回として、あえて『凡庸な芸術家の肖像――マクシム・デュ・カン論』を書いたのでした。そこでのわたくしは、「テクストになりたい！」という夢をひたすら自粛していたのはいうまでもなく、わたくしとマクシムとの対話さえ成立させているかにみえます。「蓮實重彥」というより、一時的に『ボヴァリー』から遠ざかった輪郭も定かならざる匿名の主体と、仲間たちからはマックスと呼ばれていたマクシム・デュ・カンその人ではなく、彼自身が書き残したテクストがその横顔を描きあげるあくまで虚構の存在としての「マクシム」との対話といったらよいでしょうか。そこには、映画におけるインタヴューのように、マクシムの意識していない細部を不意討ちしたりしているのですが、その対話のごときものを通して、虚構でしかないとはいえ、その対話を成立せしめる歴史的な背景のようなものさえ見えてくる細工を存分に施しておきました。そうした迂回によって、『「ボヴァリー夫人」論』では、「テクストになりたい!」という贅沢な夢と思いのかぎり戯れることができたのです。この淫靡なまでに私的な贅沢を文学研究と呼ぶことはおそらく禁じられているでしょうが、そんなことはどうでもよろしいと思い切りよく断言しうる年齢に、わたくしは間違いなく達しているはずなのです。

[初出=『UP』二〇一五年九月号]

蓮實重彦

I

義兄弟の肖像——『帝国の陰謀』とその周辺をめぐって——

田中　純　Jun TANAKA

表象文化論／東京大学大学院教授。一九六〇年仙台市生まれ。東京大学大学院総合文化研究科修士課程修了。博士（学術）。著書に『イメージの自然史——天使から貝殻まで』『過去に触れる——歴史経験・写真・サスペンス』（ともに羽鳥書店、二〇一〇年、一六年）など。

『凡庸な芸術家の肖像』は四半世紀を超える年月ののちに、『「ボヴァリー夫人」論』という「対」になる書物を迎えることになる。これらがそれぞれ、マクシムとギュスターヴという、親友であった二人の男性に関わるものであることは言うまでもない。そこにこれらの書物の著者の作品歴における「双生児性」を認めることもさして突飛な発想ではあるまい。だが、そうした双生児性ないし兄弟性について語るならば、もはや絶版となり、不当にも読まれる機会の少ない『帝国の陰謀』という薄く瀟洒な書物が、大部なデュ・カン論の数年後に、いわばその「弟」のように産み落とされていることもまた想起されなければならない。

これらの言葉が、『帝国の陰謀』が取り上げている、権力の「双生児性」に誘導されたものであることは否定しない。「帝国」とはフランス第二帝政、「陰謀」とは大統領ルイ＝ナポレオンとその異父弟にして「私生児」、内務大臣ド・モルニーの企てたクーデタであるのだから。著者みずからがこの二人の関係を「なるほど、「双生児」的と呼んでもさしつかえあるまいこの一組の義兄弟」と称している。

『帝国の陰謀』が読むことを試みるのは、このうちの「私生児」が書き残した二つの文書である。そのひとつは、一八五二年一二月二日にパリ市民が眼にすることになる印刷物、双生児的義兄弟の二つの名が並んだ「布告」という、「行為遂行的」にクーデタという「陰謀」を実現させてしまう文書である。それは「現実」の内務大臣が署名をしたから実効性をもったのではない。逆に、実際にはまだ内務大臣ではない人物の、あくまで「形式的」なものにすぎない署名をもつ文書が大量に印刷され広まったことの「結果」として、ド・モルニーの名が権威を帯びるにいたったのである。そこに著者はドゥルーズ的な「シミュラークル」こそが政治的現実となった事態を見る。この視点はさらに、デリダによるオースティン批判を参照することで、書かれた記号の徹底して無責任な「漂流性」こそが陰謀を成就させ、義兄弟たちが「現前」の儀式を避け、多量の印刷物を通してはじめて、「行為」を「事件」たらしめたという認識へと展開される。デリダは書かれた記号をまさに「私生児」に譬えていた。「一八五一年という年号は、「私生児」がその「漂流性」において勝利する時代の到来を告げていはしまいか」と、著者は思わず書きつける。

さて、『帝国の陰謀』が取り上げるもうひとつの文書は、この「陰謀」の黒幕がド・サン＝レミの筆名で一八六一年に執筆し、ジャック・オッフェンバックが曲をつけたオペレッタ・ブッファ、『シューフルーリ氏、今夜は在宅』の脚本である。興味深いのは、それが「上演」を主題にしているという事実である、と著者は言う。そこには本物の歌手を模倣する偽物の素人によって演じられる劇中劇が組み込まれている――「それを演じる歌手たちは、本物の歌手を「模倣」する偽物の素人を、本物として偽物らしく演じるという複雑な立場に置かれることになる」。この錯綜した「上演」において、もはや記号の「本質」が問われることはない。

若い恋人たちがこの芝居を通して父親を欺き、結婚の許しとともに持参金まで手に入れるという「陰謀」を成功させるという筋立ては、「模倣」の主題を介して、義兄弟によるかつてのクーデタの「反復」を印象づける、と『帝国の陰謀』の著者は言う。それはテクストの内容のみにはとどまらない。テクストへの署名においても「私生児」は、みずからが「陰謀」の黒幕やオペレッタ・ブッファの発注者かつ脚本家という中心人物でありながら、いずれの場合にも、義兄や作曲家のかたわらに目立たぬかたちで名を留めるという、「位置の曖昧さ」を特徴としている。だが、「ド・モルニー」や「ド・サン＝レミ」という名前は同時に、いかにもフランス的な名として、義兄や作曲家の非フランス的な名の隣に置かれることで、「テクストの正統性を形式的に保証する機能」を演じている――ただし、筆名は言うに及ばず、「ド・モルニー」にしても、捏造された名でしかなく、フランス的な「正統性」が実態をもつわけではないのだが。

著者によれば、『ルイ・ボナパルトのブリュメール十八日』でマルクスがルイ＝ナポレオンのクーデタを「笑劇《ファルス》」としての「反復」ととらえたのは正確さを欠いており、ここで問題になるジャンルとは「オペレッタ・ブッファ」であり、しかも、「まだ上演されてさえいない作品を、それが書かれるよりも正確に一〇年前にあらかじめ実演してしまったもの」である。「政治的なものであるべき権力奪取を非深刻化することで実現される政治性のシニカルで楽天的な勝利」、「歴史にとってはいささかも本質的とは見なされがたいものの形づくるシニカルな歴史性」といったように、曖昧で稀薄であるがゆえに「私生児」的なものと見なされがちな「シニカル」なこの「現実」を繰り返し確認して、『帝国の陰謀』という優雅な書物は閉ざされる。

「凡庸さ」をめぐる同様のシニカルなリアリズムに貫かれた『凡庸な芸術家の肖像』よりも、『帝国の陰謀』にいっそうの愛着を覚えてしまうのは、それが見事な「軽さ」を備えているからだろうか――その軽快さをオペレッタ・ブッファ的と称することは適当かどうかわからぬにしても。デュ・カン論や『「ボヴァリー夫人」論』を前にしたとき、その論述自体の「テクスト的現実」と四つに取り組むことの困難を否応なく感じさせられてしまうのに比べ、『帝国の陰謀』は「政治を非深刻化する政治性」という、それ自体は権力に関わる巨大な問題を、あっさりと、しかし、明快このうえない論理で、現在にまでつながる時代の「現実」として了解させる。これは『ルイ・ボナパルトのブリュメール十八日』と対にして読まれるべき――またしても双生児性だ――「政治」論の書なのである。

「政治の源は非行である。兄弟はすべて共犯者である。兄弟が平等なのは、彼らがみな罪人だからである。」――ノーマン・O・ブラウンは『ラヴズ・ボディ』でそう書いた。たとえばそれは、ローマを建国したロムルスとレムスの兄弟である。兄弟殺しをともなうローマ創建の神話に始まり、一九世紀半ばの双生児的義兄弟によるクーデタ――『帝国の陰謀』の著者はそこに「父を同じくしない義兄弟の協力というエディプス的な要素」を認めている――にいたるまで、「政治」のあり方自体は大きく変容しながらも、しかし、そこに兄弟の関係性がたしかに通底している。政治もまた幻想的な想像力の産物である以上、その想像力が要請する物語の論理として、説話論的に「兄弟」や「双生児」というモチーフが招き寄せられ、おのずと双生児ないし兄弟的な政治結社化が生じる、ということだろうか。いま読まれている文章の筆者は『政治の美学』(東京大学出版会、二〇〇八年)という書物で、いわば人類学的な常数としての政治的想像力をこうした結社性に見ようとする議論を試みている。しかし、ここではそれを『帝国の陰謀』に直接関係させたいわけではない。

『帝国の陰謀』が喚起する関心はむしろ、フランス第二帝政をめぐるこの政治論・権力論の著者が数年後には、それなりの規模と地位を有する大学という組織内で、「政治」とも「権力」とも呼びうるかもしれぬものと深く関わることになった経緯にある。十数年後の現在、依然として「シニカル」な政治性や歴史性が支配しているこの時代においてであれば、それを「帝国（大学）の陰謀」とでも称されるべき「事件」として回顧することが許されるのではないだろうか――このような発想はおよそ、虚構的な見立てにもとづく、現実の「オペレッタ・ブッファ」化にいたるかもしれぬにせよ。

『帝国の陰謀』の著者がのちに大学総長として著わすことになった書物に収められている文書の多くは、圧倒的な「声」の「現前性」のもとに語られたスピーチばかりである。よく知られているように、とりわけ入学式や卒業式におけるこの人物の式辞は、常識外れの長さによって、スピーチなるものの規格を逸脱――脱構築――し、学生にとっては「難解」との評を受けるなど、「現前」の儀式をいわば可能な限り裏切ろうと努めたものだった。書かれたものにあってさえ、「話し言葉」で「語る」ことにあまりに巧みな話者であるがゆえに、そのような離れ業が可能となった。

だが、ときに「わたくしはどちらかといいますとデタラメをいいますので」といった発言までもが採録されていることがふとした気の緩みのようなものを感じさせる一方、こうしたスピーチが文字として定着され、書物の形態にまとめられてしまうとき、書かれた記号特有の「漂流性」や「私生児性」にそこで触れたと実感できる機会はさほど多くはない。書かれた記号においてなお、「大学総長」とその声が「現前」している、という印象のほうが強いのである。十数年後のいまもなお聞くべき洞察を含むそのスピーチの内容はここでは問題にしない。関心があるのは、この著者・話者による「スピーチ・アクト」だからである。

『帝国の陰謀』との関係から興味深いのは、総長在任中に三度辞表をしたためた、という記述から始まる、「大学は「黒塗りの高級車」に似てはならない」と題されたテクストであろう。最初の辞表は「独立行政法人」を国立大学に適用するか否かをめぐり、その当時議論されているかたちで法人格をもつべきではない、という結論を大臣に告げるべく文部省に向かったとき、この総長が胸に潜ませていたものであり、宛名は文部大臣だったという。二番目の辞表は、国立大学協会会長としてまとめ上げた独立行政法人化に関わる見解をめぐり、会議の成り行き次第で辞任することもありうると考えて書かれた。その宛名を誰にするかで悩み、最終的には「どうせ不自然な辞表ならいっそ不条理に徹しようと、宛名は会長のわたくし自身としました」。この二通の辞表はいずれも提出にはいたっていない。三通目の辞表は、文部科学省系機関の設立委員会委員をめぐる官僚的な手抜きに抗議して、任命権者の大臣に宛て、同省高官に手渡されたものだったという。

注目すべきはこの二通目の辞表であり、その背景には、独立行政法人化をめぐる国立大学協会の見解を、会長個人の責任で「秘密裏」に用意したという経緯があった。この会長は「隠密の実働部隊の責任者」になることを他大学総長に依頼している——「しかし、秘密裏に検討されていたその案を理事会に提出し、総会の支持をとりつけたうえで正式の委員会に付託するにあたり、秘密裏の検討をする権限など会長にはないという議論になれば、事態が不信任にまで発展しても不思議ではありません。辞表を胸にいだいて総会にのぞんだのは、そうした事情があったからにほかなりません」。——これこそはまさに「陰謀」と呼ぶべきものではなかろうか。『帝国の陰謀』における「署名」をめぐる問題系はそこで、「宛名」に関わるものとして「実演」されるのである。

ここでこの「陰謀」が、「総長」や「会長」の職から退くための文書である「辞表」に関係している点に留意しておきたい。『帝国の陰謀』は現実的な「起源」なき形式的署名によってこそ効力を発揮するシミュラークルにもとづく権力奪取を主題としていた。それは第二帝政という表象のシステムを開始させた「陰謀」である。対してここでは、いずれも提出されなかったか、提出されてもおそらく実効性はもたなかった辞表が問題にされている。とくに第二の辞表は、会長が会長みずからに宛てて提出するという不条理な形式性によって、会長の仕組んだ秘密裏の検討が孕んでいた「陰謀」めいた性格を如実に表わしている。しかもそれは、大学を独立行政法人化するという、いわば大学そのものを位置づける表象システムの根本的な変化に関わっていた。いずれにしても「陰謀」は、「大統領」や「皇帝」、「総長」、「会長」といった「代表」の職が安定して存在し、それを表象する目的のもとに語られるスピーチにおいてではなく、そのような権力が樹立されるか失効する、そのいずれかの契機に深く結びついたかたちで目論まれている。

さて、『帝国の陰謀』の著者は大学総長の職を終えたのち、それよりも遡る学部長時代の回想を記したテクストのなかで、ほかならぬ「総長選挙」(正式には「総長予定者」の選出)という、これも「代表」の成立に関係する出来事の記憶について書いている。奥付に「二〇〇一年十二月発行(非売品)」とある『駒場の五十年　一九四九―二〇〇〇』という冊子に収められたそのテクストは、「あまり思い出したくない車の振動について」と題されている。この車とは、本郷構内で行なわれた選挙に際し、投票用紙を入れた段ボールを開票所である図書館の実施本部に送り届けるものだった。就任したばかりの学部長であったこの人物は、構内の主要な道路にスピード運転を規制するために設けられている盛り上がりを車が乗り越える瞬間にもたらされる断続的な振動を、「いささか不快な鈍い揺れの感覚」として軀がいまも記憶していることに気づく――「あれがすべての始まりだったという不吉な思いが、身体感覚としてわたくし自身のどこかにこびりついております」。

「頭で覚えたことなど、いくらでも忘れたふりを装うことができます」とこの人物は言う。そして、この人物はかなり多くのことを実際に忘れ、ほとんど記憶していないように見える。投票用紙に書かれた名前のどれひとつとして具体的な人物像と結びつかぬまま、学部長という立場上、投票行動の責任を果たさねばならない、その自分の姿勢には「爽快なまでの抽象性」がまつわりついていた、とこの人物は書いている。記憶に残っているのはただ、そうした身振りの抽象性と、繰り返し乗り込むことになった車の車輪が伝える断続的な振動の「妙に生々しい身体感覚」とのアンバランスばかりである。一方、この新任の学部長はもはや、「総長予定者」の名が報告された瞬間のことも、その職が当該者によって受諾されたことの報告も、さらに、そのことを教養学部の教授会構成員に自分が告げたときのことも、まったく忘れ去っている――「これは、たんなる健忘症なのでしょうか。それとも、すでに、むなしい防御的な本能が無意識のうちに機能していたのでしょうか。しかし、消し去りがたい記憶としてわたくしのからだが覚えているのは、図書館から法学部の教室に戻るわたくしを乗せた公用車の車輪から伝わって来る、あの鈍い振動ばかりなのです」。

「代表」を選ぶプロセスの責任者のひとりとしての記憶はこのように曖昧で、はたしてそんなプロセスが現実に存在していたのかどうかすらはっきりしないほど、脳裏からきれいに抜け落ちている。少なくとも、抜け落ちているかのように語られている。みずからがこの出来事の数年後に選出される同様のプロセスの実在さえ、この忘却によって疑わしいものにされようとするかのようだ。そして、これとは対照的に軀が記憶して忘れられない不快な車の振動のほうはと言えば、それは『凡庸な芸術家の肖像』で幼少期のマクシムが騒乱のたびごとに母親のかたわらで経験したと語られている、馬車の揺れを思わせないだろうか――「母とは、彼「マクシム」にとって、馬車の動揺そのものである。辻馬車や無蓋の四輪馬車のシートに彼女と腰かけている限り、革命は外部のできごとにすぎない」。マクシムにとって甘美なものであった揺れに対して、ここでは車の振動が「不快」で「不吉」なものであったという、決定的な違いはあるにしても――それは「母」なるものをめぐる両者の差異を暗示しているのかもしれぬ――、大学総長として語られたスピーチの数々からはうかがい知れないこの人物の身体感覚が、ここには読み取れるように思われる。少なくともそれは、幼少期のマクシムへの連想を隠した、装われたものかもしれぬ忘却と身体的記憶の執拗な残存との巧妙な「上演」ではあるだろう。

眼にされることの少ないであろうこのテクストを取り上げたのは、こうした脈絡に拠るばかりではない。むしろ、同じ冊子に収められた、『帝国の陰謀』の著者ときわめて近い関係にあったフランス文学研究者にして演出家でもある名誉教授による異様なテクストとの対比が、あまりにも鮮明だったからである。そのテクストは「駒場という名のキマイラ」という題名を冠し、マラルメの「〈存在し得ない怪物〉の脇腹を肯定的で純粋な視線で傷つけつつ……」(「リヒャルト・ワーグナー――フランス詩人の夢想」)という句をエピグラフとしている。題名やエピグラフからはほとんど想像できないが、これはこのテクストの著者が中心になって手がけた、「駒場」、すなわち、東京大学教養学部および大学院総合文化研究科の、一九九〇年代初頭における組織改革をめぐる回想である。

このテクストは、学部・大学院組織の改革を、この演出家が、いわばどのように「演出」したかについての「物語」である。便宜上、現在の組織名称を用いて説明すれば、要するにそれは、学部一、二年生全員が所属する教養学部前期課程、学部三、四年生の教養学部後期課程(教養学科など)、大学院総合文化研究科からなる、いわゆる「三層構造」を、従来はもっとも重きが置かれていた前期課程を基盤に構築するのではなく、大学院を基礎に築き上げるという、大学院重点化に対応した機構改革だった。それをこの演出家は「コペルニクス的転換」、さらには、マラルメの韻文についての思考を着想源に、「空中庭園方式」と呼ぶ。そこで「キマイラ」と呼ばれているのはこの三層構造である――「そもそもあるようで、いていない、ないと思えばあるといった存在と非在の回転扉のような化け物を相手に戦うためには、こちらもその幻想獣の奇怪な身振りを、先取りのようにして模倣する必要があったのである」。この物語のなかでは、大学組織の改造が幻獣との格闘と化すのである。

三層構造を「転倒」させるこの改革には、何やら「陰謀」めいた気配がありはしないか。演出家自身、或る委員会に集った精鋭のグループが「執行部の直轄のもとで、全ての情報を掌握し、全てを同時に議論し、その解を策定するという、離れ業をやってのけた」と語り、その委員会を「ほとんどブラック・ユーモアのつもりで「革命評議会」とも呼んだ」と書いている。教授会での速やかな意思決定がそこにともなっていたことを強調する著者には心外かもしれないが、その著者みずからが、「司令塔」としての「表象文化論研究室」と「後背地」としての「フランス語教室」の存在を改革の成功要因として挙げている点からも、この改革という出来事には前衛的集団による「戦略」の産物という印象が執拗につきまとうのである。

『帝国の陰謀』の著者は「司令塔」および「後背地」の一員、それも世代的にも際立って存在感の大きなひとりであった。さらに、この人物が「駒場」の学部長となるのは、演出家の演出した改革のただなかにおいてであった。ほとんど「革命」を語るのにも似た演出家の昂揚した語調の回想と、不快な鈍い振動の身体的記憶に固着した陰謀論の著者の述懐という著しいコントラストをなす二つのテクストは、この二人の関係が近しいだけになおいっそう、どこかしらたがいに補い合うものであるかのように見えなくもない。端的に言おう——ここには何か「ルイ゠ナポレオン」と「ド・モルニー」を連想させるような、政治的義兄弟性がありはしないだろうか。もしそうだとしたら、どちらがいずれに当たるのか。見立てをいささか暴走させれば、マラルメの詩的思考によって霊感を与えられた「駒場」の改革は同時に、ちょうど重なる時期に書かれた『帝国の陰謀』を台本とする「オペレッタ・ブッファ」の劇中劇——あるいは逆に、「オペレッタ・ブッファ」が「改革」の劇中劇——だったとは言えないか（この劇中劇では、本物の「代表」を「模倣」する偽物の「素人」が、「本物として偽物らしく」、本物の「代表」によって演じられるのである）。それともこれは、ここで義兄弟に見立てた二人の世代の人びとを表象文化論の「神々」と称する

「神話」を散々聞かされてきた者のみが抱く政治的幻想なのだろうか。けれど、『ラヴズ・ボディ』でブラウンは、「政治の現実を知るには、神話を信じ、子供のときに語ってもらったことを信じなければならない」と書いていた。

四半世紀という時間は優に出来事を「歴史」に変える。そして、一九世紀半ばに生起した「歴史にとってはいささかも本質的とは見なされがたいものの形づくるシニカルな歴史性」の支配がいまだ時代的に地続きのものであるならば、「改革」や「選挙」や「学部長」、「総長」、ひいては「大学」、あるいは「人文学」、「表象文化論」といったものの「シミュラークル性」「漂流性」「私生児性」などの問題系もまた、いまだそこに残存し続けていることになろう。この文章の筆者が、とりあえずの「歴史家」として、『帝国の陰謀』の周辺に読み取ろうとここで努めたのは、この書物の著者をめぐる「曖昧」で「稀薄」な「歴史になりつつあるもの」の――キマイラ的な――相貌にすぎない。

田中 純

［文献］

蓮實重彥『帝国の陰謀』、日本文芸社、一九九一年。

――『齟齬の誘惑』、東京大学出版会、一九九九年。

――『私が大学について知っている二、三の事柄』、東京大学出版会、二〇〇一年。

――「あまり思い出したくない車の振動について」、駒場五〇年史編集委員会『駒場の五〇年 一九四九―二〇〇〇』、東京大学総合文化研究科・数理科学研究科・教養学部、二〇〇一年、三六―三九頁。

――『凡庸な芸術家の肖像――マクシム・デュ・カン論』、講談社文芸文庫、二〇一五年。

ノーマン・O・ブラウン『ラヴズ・ボディ』、宮武昭・佐々木俊三訳、みすず書房、一九九五年。

渡邊守章「駒場という名のキマイラ」、『駒場の五〇年 一九四九―二〇〇〇』、六五―七一頁。

Sign 'O' the Times――『伯爵夫人』を読む――

阿部和重　Kazushige ABE

作家。一九六八年山形県東根市生まれ。日本映画学校（現・日本映画大学）卒業。一九九四年に『アメリカの夜』（群像新人文学賞）でデビュー。『グランド・フィナーレ』（芥川賞）、『ピストルズ』（谷崎潤一郎賞）、『シンセミア』（伊藤整文学賞、毎日出版文化賞）など。

すべては微睡のうちに見聞きされ、語りつがれている。いや、すべて、というのはさすがに言いすぎかもしれない。覚醒中の経験として示された出来事は、確実にひとつは存在すると読みとれるからだ。それでも説き明かされる大半の事件は、個々人の口にする真偽不明の余話のうちにとどまる。物語上の現実世界における発生の経緯が直接に描かれるのではなく、たいていは一対一の対話《オーラルコミュニケーション》のなかで口授され、過去の逸話や打ち明けられた秘話として作中に組み込まれている。あるいはそのいっさいが、物語上の現実世界の一員として登場している人物の、意識がとぎれた脳裏に浮かぶ心象かもしれない可能性も捨てきれない。だとすれば、そこではなんだって起こりうるわけだ。

ならば確実に存在するはずの、覚醒中の経験とは、どの場面に描かれているのか。作中人物の頭のなかにではなく、その身を取り巻く物語上の現実世界に生じている出来事とはどれを指すのか。少なくとも、主体の眠気が完全に薄れていると見てとれる箇所は、この作品――すなわち『伯爵夫人』終章「Ⅻ」の閉幕間際に認められる（引用はすべて、『新潮』二〇一六年四月号掲載の「伯爵夫人」による）。

> もう夕暮れでございますという聞きなれぬ声が、耳もとでつぶやかれている。ああ、知らぬ間に眠ってしまったのだなと嘆息しながら目を向けると、まだ名前も憶えていない女が枕もとに正座している。

ここで目覚めたのは、二朗と呼ばれる作中人物である――作品の終始にわたり登場し、随所でみずからその内面を開陳しているかのように書かれている唯一の人格だから、主人公のひとりと見なすことができるかもしれない。

作品の最終盤で描かれる、「夕暮れ」の覚醒場面――そこで主人公の目覚めた先が、物語上の現実世界の現在だと仮定し、基点にさだめることが、『伯爵夫人』を読み解くのに最適の手順であるように思われる。かの世界において、まさに「そのどこでもない場所で、たったひとつだけ本当のできごとが起こった」として最も確実視できるのが、当の「夕暮れ」場面であり、二朗の覚醒だからだ。

ならば二朗が、「知らぬ間に眠ってしまった」のはいつのことなのか。じつのところ、『伯爵夫人』において示される二朗の経験から、夢現つの境を完璧に見きわめるのは生やさしいことではない。夢に淫するあまり、作品の全体像が野放図な虚実の混同に染めあげられてしまったからではない。「見よう見真似でできそこないの芝居でもうてば、このあたいがお前さんを許すとでも本気で勘違いしてなさるんかい」などと「「不心得者」を容赦なく責めたてる」言動からもうかがえる通り、規則にはむしろ滅法うるさいのが『伯爵夫人』という散文である。同一シチュエーションの反復・変奏の技法が駆使されるのみならず、挿話の語り手交代がくりかえされるなかに伝聞の再現話がまぎれこむなど、ときには「無に向けての無限連鎖」が試みられているかのような複雑に入り組んだ作品構成がほどこされているため、読み進めるうちに事実関係の遠近感が狂わされてしまうほどだ。その「無に向けての無限連鎖」とはいかなるものなのか。以下に引用しておこう。

〔…〕角張った白いコルネット姿の尼僧が手にしている盆の上のココア缶の図柄を自慢そうに指さすと、そこに描かれている角張った白いコルネット姿の尼僧が手にしている盆の上のココア缶にも同じ角張った白いコルネット姿の尼僧が描かれており、その尼僧が手にしている盆の上にも同じココア缶が置かれているのだから、この図柄はひとまわりづつ小さくなりながらどこまでも切れ目なく続く、つまり無限に零へと接近するかに見えて絶対に零にはならないのよねと〔…〕

これはいわゆる——実在するドロステ・ココアのパッケージから生まれたとされる——「ドロステ効果」もしくは「ミザナビーム」(Mise en abyme) と呼ばれる入れ子構造を指すが、その合わせ鏡にも似たイメージの反復連鎖は必ずしも、『伯爵夫人』が常に志向する身のこなしとはかぎらない。また、当の「ココア缶の図柄」をめぐる解釈も、上記とは異なる見方がのちに披露されることにもなるから、それが唯一の答えであるかのように安易に受けとめるべきではない。ここではただ、反復と規則性という二点の特徴を頭に叩きこんでおけばいい。

いずれにせよ、まずは『伯爵夫人』という作品を成り立たしめる創作上のルールを見抜かなければ、どれが「本当のできごと」なのかを言い当てるのはむつかしい。そもそも主人公たる二朗本人にとってさえ、「床に入ってから、一日のできごとをあれこれ思い浮かべようとするが、どれひとつとして確かな輪郭におさまるものはない」のだから。

したがって、以下の議論はあくまでひとつの解釈にとどまらざるをえないが――たとえいかなる形であれ、微睡のなかから『伯爵夫人』その人を呼び起こし、せめて一瞬でもじかに見つめあうことがかなうのなら、本論にそれ以上の望みはない。

●

二朗が「知らぬ間に眠ってしまった」のはいつのことなのか――あえてわざわざこう問うのは、先に引用した「もう夕暮れでございます」と、作中でその直前に記されている一節、「だが、それは母自身の声だろうか、それとも伯爵夫人の声なのだろうか」との行間が、入眠のタイミングではない可能性をこれから探ろうとしているためである。多くの読者には意外に思われるかもしれないが、作品前半部「Ⅳ」における以下の場面に、本論は睡魔の出現を見ている。

へーいという車夫の声が到着を告げる。女中頭は二朗のむきだしの下腹部をタオルでおおい、懐からとりだした懐紙にくるまれていた安全ピンで落ちないように腰のまわりに固定する。電話で詳細を知らされていた小春が玄関に迎えに出ており、お床はのべてありますという。［…］奥様はおっつけ演舞場からお戻りでしょうが、私の方から詳しくご説明申しあげておきます故、どうか朝まで熟睡なさって下さいませ。そういいながら股間に氷嚢をあてがい、これでいいかしらと陰茎の位置を指先で確かめながら、軽い蒲団をそっとかけてくれる。たまたま睾丸を痛めただけで、濱尾夫人をはじめ、まわりの女たちがいつもとはまるで違う親密さでおれに接してくれるのはなぜなのだろう。二朗は、いささか複雑な思いにとらえられる。

この直後、物語上では「天井から吊された電灯を消して小春が出ていったのと入れ替わりに、こざっぱりとした浴衣姿の蓬子が、四つ切りにしたメロンを盆に乗せて姿を見せる」のだが、じつのところ二朗は「小春が出ていった」時点で「眠ってしまっ」ているのではないかと、本論は勘ぐっている。それ以降、彼にとっては「敬愛する従妹」である蓬子との仲むつまじいやりとりをしばらくつづけているにもかかわらず、その手前で二朗は寝入ったのではないか、という推論を立てているわけだが――そう考える理由は、いずれ明らかにする。

二朗が「知らぬ間に眠ってしまった」のが、そこから八章もさかのぼらねばならぬ「Ⅳ」の上記引用箇所だとすれば、たしかに不自然な部分は出てくる。まず、「帝國・米英に宣戰を布告す」と報ずる夕刊が、作品最終盤の「夕暮れ」場面で示されるということは、物語上の現実世界の現在は一九四一年一二月八日月曜日であると(現実の史実に照らし合わせれば)読みとれる。つまり季節は冬なのだが、いっぽう、「冷たそうなカルピスのコップを二つ乗せた盆をかかえた若い女中」「せめてものお見舞いにと、冷えたメロンを二つも提げた」「こざっぱりとした浴衣姿の蓬子」といった記述が見られる「Ⅳ」は、世間一般の慣習に照らせば、夏の出来事を物語っていると考えられるのだ――仮にその「メロン」が、マスクメロンだとすれば(「浜松情報BOOK」というウェブサイトによれば、明治期に新宿御苑で英国産の品種が温室栽培されたのが「日本で初めての温室メロン」とのことであるが)、同種の別名とされるアールスフェボリット(伯爵のお気に入り)を踏まえて採用された小道具なのかもしれない。

季節感を示す三つの符牒たる「冷たそうなカルピス」「冷えたメロン」「こざっぱりとした浴衣姿」を真に受ければ、「Ⅳ」は夏季の場面と読むほかない。だが、日付や季節の直接表記を周到に避け、史実への言及ないしは衣裳や日用品といった小道具でそれらを示唆する『伯爵夫人』には、同時にあまたのイミテーションがちりばめられてもいるため格段の注意を要する。読み手が一度でも作品の深みにはまってしまったら、読解の混迷から脱けだすのはたやすいことではないだろう。

> ［…］そこには熊笹が生い茂り、何本かの白樺が痩せた枝を伸ばした小さな庭が拡がっており、白樺の木陰には、季節はずれの巴旦杏《はたんきょう》が花をつけている。ここは地下であるはずだから、いったいどのように光合成が行われるのかと訝りながら笹に囲まれた道を進むと、それらの植物は、そのことごとくが、活動写真の舞台装置のように人工的なものにすぎまいとおよその察しがつく。あたかもこちらの心の乱れを読んでいたかのように、左様、この庭の造作は、さる活動写真の美術の方が季節ごとに作り変えておりますと無口な男は振り返りぎみにつぶやく。

むろん、伯爵夫人に誘われて二朗が迷い込んだホテルの「地下二階」に「さる活動写真の美術の方」が「舞台装置のように人工的」な「巴旦杏」などの造花を「季節ごとに」設けているからといって、濱尾家の「カルピス」や「メロン」、または蓬子のまとう「浴衣」までもが「美術の方」の手がけた紛い物として読んでいいことにはならない。そもそも「カルピス」や「メロン」や「浴衣」は偽物であると補足する記述も見当たらないのだから、少なくとも物語上ではそれらは本物としてあつかわれていると見るべきだろう。

だが、上の引用箇所にかぎらず、物語の開始早々、「目の前の現実がこうまでぬかりなく活動写真の絵空事を模倣してしまってよいものだろうか」などと主人公につぶやかせ、終盤でもまったくおなじフレーズを同人の脳裏に浮かべさせる『伯爵夫人』は終始、イミテーションに埋めつくされた世界の複製性を強調してやまず、どこか、本物の価値を軽んじてさえいるかのようでもある。その複製性への傾倒と反復の規則性は、なんらかのルールの存在を暗にほのめかしているのではないかと、絶えず読み手を煽り立ててくるのだ。

その意味では、「亡くなった兄貴」が「まだ元気だった」頃、「幼い二朗」に「語ってくれた」という「長い無声の活動写真」の「魅力」などは、当のルールをいっそう色濃く照らし出しているように読めぬでもない。

> ［…］まあ、この役者が面白いのは、まぎれもない偽物が、いつの間にか本物以上に本物らしく見えてしまうという役柄にぴったりだからなのだが、活動写真なんて、所詮は本物より本物らしく見える偽物の魅力にほかなるまい。まさしくこの二十世紀にふさわしい、いかにもいかがわしい発明品というべきものだ。もっとも、それが正式に発明されたのは十九世紀末のことだがね。

その「魅力」を称えるためなのか、「活動写真」に加えて「欧洲の裸婦たちの卑猥な写真」や「「高等娼婦」でもあった伯爵夫人の裸婦像」などの印画も作中でひときわ存在感を放つが、だからといって、複製されるのは見えるものばかりとはかぎらない。聞こえるものも容赦なく記録され、別種の「いかにもいかがわしい発明品」を介して明け透けに披露されることになる。

> ［…］では、この女の声を録音した特別なレコードを電蓄でお聴かせしますから、そのなだらかな抑揚にあわせてごゆるりとご放出ください。すると、どこかで聞いたことのあるぷへーという低いうめきがゆっくりと高まり、粗悪な録音にもかかわらず、それが、夜ごとに兄貴と聞かされてきた母

の嬌声であると気づくのに、さしたる時間はかからなかった。誰が録音したのか。父とは考えられない。だとするなら、伯爵夫人だろうか。まさか蓬子でもなかろうから、ことによると小春かもしれない。

その「録音」された「嬌声」に耳を傾けるうち、二朗は「不意に、兄貴と毎晩聞かされていた母の嬌声が、じつはあらかじめ録音されていたレコードではなかったのかと思いあたる」。重要なのは、そこで彼が、反復の規則性を音声の特徴として思い起こしていることである。「そういえば、あれはいつも同じように高まり、ゆっくりと引いていったものだ」（傍点引用者）。

それが「いつも同じように高まり、ゆっくりと引いてい」く規則性を持った音声なのであれば、たしかに「あらかじめ録音されていたレコード」である可能性が高いと言える。逆に考えれば、「いつも」と異なる場合には単に複製物が再生されているのではなく、なんらかの異物が取りこまれたか、もしくはどこか一部が削りとられたことを示す、更新の意味をそこから読みとるべきなのかもしれない。

「Ⅷ」で再生された「レコードの母の声」は、「息たえだえにのぼりつめたかと思うと一瞬とだえ、やがてコロラチュラ・ソプラノのようにア行ともハ行ともつかぬ高音を、あたかも深い森の中で見たこともない小鳥がさえずるように長く長く引きのばしてゆく」と詳細に形容されるが、この記述は終章でも同内容がくりかえされている。その際、「いつも」と異なる形で示されるのは、聞き手となる二朗の反応だ。「Ⅷ」での二朗は、「卓越した芸術家のようにみずからの性を自在に演奏してみせる母の即興の才能に、憧憬に似た思いをいだ」いてしまうが、終章「Ⅻ」終盤での彼は、かくも淡泊な感想をもらすのみである。

〔…〕ああ、これは明らかに録音されたレコードだと二朗は確信する。だが、それは母自身の声だろうか、それとも伯爵夫人の声なのだろうか。

もはや「憧憬に似た思いをいだ」くほどの情熱はなく、事実確認を超える興味も涌かない程度に二朗は冷めた受けとめ方をしている。受容の仕方がこうもはっきりと変わっているのだから、彼の反応は前回から更新されたのだと見ていいだろう——ただしここで問いたいのは、感想の中身がどうあらたまったのか、ではない。本論がこの場で明らかにしておきたいのは、「録音されたレコード」を聴くという二度ある経験のあいだでなにが起こったと言えるのか、である。確実視できるのは、「Ⅷ」と「Ⅻ」それぞれの場面間には、不可逆な時間の経過が認められるということだ。すなわち時が流れた結果として、「レコード」の発する「いつも同じように高まり、ゆっくりと引いていったもの」であるはずの「声」のとらえ方が、二朗のなかで上述の通りに変わったのだ。

その不可逆な時間経過を、作品が構造的に浮き彫りにする翌日性とでも呼んでおこう——だとすれば、更新以前の経験は昨日性の側に属すると言えるのかもしれない。ならば両者のあいだにはなにがあるのか——言うまでもなく、それは今日性ということになる。

●

最終盤の「夕暮れ」場面で目覚めた二朗が、「知らぬ間に眠ってしまった」のはいつなのか——それは「Ⅳ」の、睾丸打撲のアクシデントに遭って人力車で帰宅し、寝間の「電灯を消して小春が出ていった」あとのことではないかと、すでに指摘した。「Ⅳ」と「Ⅻ」を読みくらべてみれば、たしかに季節感の矛盾にぶつかりはするだろう——けれども、種々雑多なイミテーションをその身にまとう『伯爵夫人』と最後まで歩調を合わせるには、現実世界の自然律を踏まえるのではなく、作品を成り立たしめる創作上のルールに沿って読み進めるほうが格段に迷いを減らすにちがいない。

かような考えのもとに、さらに議論をつづけよう。

本論はこのように解釈する――「Ⅳ」での災難後の消灯と「Ⅻ」での日没の覚醒は、物語上の時間軸では数ヵ月ほど隔たっているかもしれないが、作品を織りなす反復形式（規則性と逸脱の並行的追求）が浮き彫りにする昨日性と翌日性を介し、構造的に連続していると読める。両場面は、「いつも同じように高まり、ゆっくりと引いていった」似たもの同士に見えるが、かといって、「録音されたレコード」さながらの同一内容の再生＝反復関係にはおさまらない。自己増殖的ないしは自己陶酔的な「無に向けての無限連鎖」をくりかえす合わせ鏡の反復に自足するのではなく、矛盾を露呈させ軋轢さえ生みつつも経時変化を受けいれるのをやめない緊張関係にあると言えるからだ――「こざっぱりとした下腹の襞」は、未知なる他者との経験を積むことで「熟れたまんこ」へと更新されるだろう。

ならばその、重なりつつもずれてゆく「Ⅳ」と「Ⅻ」の経緯をざっと確認しておこう。「Ⅳ」はまず、以下のような推移をたどっていたはずだ。「法科の受験勉強に励んで」いる「高等学校の生徒」であり「子爵様のお孫さん」とも呼ばれる二朗は、濱尾という「級友」と「濱尾の家の芝生」にて「ルー・ゲーリックのサイン」が「印刷」された「硬球」でキャッチボールをおこなったところ、「本塁ベースに見たてていた飛び石で低めのドロップ気味のボールが不規則にはずみ、それを取りそこねた」挙げ句に股間に直撃を食らい、「睾丸を痛め」てしまう。かくして、「濱尾夫人をはじめ、まわりの女たちがいつもとはまるで違う親密さでおれに接してくれる」ことになったわけだ。

［…］その衝撃にぷへーとうめいてうつぶせに崩れ落ちる瞬間、首筋越しに、見えているはずもない

白っぽい空が奥行きもなく拡がっているのを確かに目にしたと思う。だが、そこで記憶は途絶えている。

次に「気がつくと、二朗は、下半身まるだしのまま、濱尾の家の応接間のソファーに寝かされてい」て、「濱尾の母親」や「年かさの女中」から手厚い看護を受けたのち、人力車で送ってもらって自宅に帰り着く。そこから「電灯を消して小春が出ていった」までの過程が、帰宅後の二朗の覚醒中の経験ではないかと考えられる。

対して「Ⅻ」の二朗は、伯爵夫人とひとときをすごしたホテルを出て、「インカ土人秘伝というエキス入りサボン」の効果により、「向こう七十二時間はまったく使いものにな」らない「インポテンツとやらに陥って」いる状態のまま、「ひたすら暗さが印象づけられ」て「ほとんど人影も見あたら」ぬ「東京の夜」を人力車で走り、自宅へ帰ってくる——この経緯を、物語上の現実世界に生じた「本当のできごと」と言えるのかどうかは問わずにおき、一時的な不能に陥っての帰宅と要約すれば、上述した「Ⅳ」の展開《アクシデント》と見事に重なるわけだが、他方、それぞれの出来事を構成する諸々の細部や構文はおおきく異なっている。

見方を少し変えてみよう。『伯爵夫人』を読み進める際、ページ上でも遠く隔たっている「Ⅳ」と「Ⅻ」が似かよった内容を物語っていると読者が気づかされるのは、「へーいとかけ声をかける車夫」（Ⅻ）の一文が、「へーいという車夫の声」（Ⅳ）をただちに思い出させるからでもあるだろう。すると同様のフレーズが反復されるばかりでなく、人力車の到着につづく女中の出迎え、濱尾からの連絡、蓬子の並々ならぬ卒倒への意志などのトピックスが、「Ⅳ」でも描かれていたことに思いあたるといった仕掛けだ。ただし各章の出来事を構成する細部や構文には、やはり明白な相違が見られる。

このように照らし合わせれば、『伯爵夫人』に認められる重なりとずれの組み合わせは、同一シチュエーションの反復・変奏の試みであるとひとまず理解できるだろうが、そうした構造上の連関とは別に、物語上、「Ⅳ」と「Ⅻ」には直接の因果関係を否定できない挿話も編み込まれている。蓬子が、いかにして卒倒への意志を抱き、それを成就させたかについてのなりゆきである。

〔…〕でも、あちらのお宅では、お母さまを始め、お女中さんたちまでが、二朗兄さまの剝きだしにされた「おみお玉」に触れたり、位置を変えたり、じっと眺めたりしておられたというじゃありませんかと蓬子が間近から二朗の顔をのぞきこむ。濱尾の野郎、相変わらずおしゃべりだなあと舌打ちしつつ、いや、肝心のおれは失神してたんで、詳しいことは何もわからんのだというと、まあ、気絶なさったの。あたくしも、結婚前に一度は気絶してみたいとひそかに憧れておりました。歐洲の小説を読むと、ヒロインたちは肝心なときに決まって卒倒するじゃありませんか。

これが、「Ⅳ」ではじめて蓬子が卒倒への意志を表明するくだりである。「でも、卒倒って、本当はどんなことなんですの」と問うてみれば、「きみには失神はまだ無理だね」と二朗にすっかり子どもあつかいされてしまった蓬子は、「あれこれ修業をつんで、いつか二朗兄さまの目の前で晴れて失神して見せますから、ご覚悟よろしくね」などと宣言するのだが、無邪気な好奇心も相まっての買い言葉ゆえ、この時点で彼女がどこまで本気なのかはさだかでない。

それが「Ⅻ」になると、蓬子は「強羅のホテルの商標が印刷された厚い封書」を二朗に送りつけてきて、「とうとう卒倒に成功致しましたという奇特な報告」をおこなうまでにみずからの更新を果たす。「緊急に召集されて舞鶴に向かう婚約者と、彼が途中下車して待っていた小田原で落ち合」い「粗末な旅館で一夜をともにしました」と、蓬子はその「奇特な報告」をつづける。そこで「朝までもつれあ」い、婚約者は「三度も精を洩らしたので、妊娠は間違いなし」などと彼女は書き添えもするのだが、肝心の「卒倒」に関しては本文のあとにこう記している。

追伸として、朝早くのプラットホームで軍服姿のあの人の乗った列車を見送りながら、それが見えなくなるまでひとり萬歳、萬歳と絶叫していたわたくしは、いつしか意識を失ってしまったらしく、気がつくと駅長室に寝かされていました。ハイヤーを雇って強羅まで戻りましたが、晴れて失神を経験しましたことをご報告いたします。

かくして「Ⅳ」と「Ⅻ」は、卒倒への意志をめぐる挿話においても因果関係で結ばれ、「欧洲の小説」さながらの「ヒロイン」を蓬子に演じさせて、ひとつのメロドラマを完結させる——ただしそれが、物語上の現実世界に生じた「本当のできごと」と言えるのかどうかについては、個別の検証が必要となるだろう。

●

「ルー・ゲーリックのサイン」が「印刷」された「硬球」が「二朗の股間を直撃する」顛末（太平洋戦争の敗戦を予見するエピソードと読めぬこともない）を描く「Ⅳ」の前章は、ホテルの電話ボックスで伯爵夫人に「金玉をねじりあげ」られた二朗の苦悶を物語っている。「この痛みは未知のものではない。そう思ってからだで記憶をよみがえらせようと足掻き始めたところで、新たな鈍痛とともに意識が薄れる」（傍点引用者）とあって次章へ移行するのだから、むしろ「Ⅳ」で展開される「濱尾家でのルー・ゲーリック事件」

のほうこそが「よみがえらせ」られた過去の「痛み」の「記憶」であり、気絶中の回想であると読むのが自然の摂理にかなっているのかもしれない。

にもかかわらず、本論がこれまで「Ⅳ」を回想の挿入とはあつかわずに議論を進めてきたのは、世界の複製性を強調し、「本物より本物らしく見える偽物の魅力」を称えているかのようにも見える『伯爵夫人』では、構造的な連続性もさることながら、変装《コスチュームプレー》・変身をはじめとした虚実の反転劇もまた、創作上のルールに則して緊密に組み込まれていると考えられるためだ。

たとえば「日本橋のさる老舗の鰹節屋のご長男と次男の方」が「憲兵大尉と特高警察の幹部に変身」することもあれば、「どう見ても皇族としか思えぬ無口な紳士」が「赤坂の有名な魚屋さんのご用聞きに変装」することもあるのだが、その反転——というよりも変転ぶりが最もあざやかに際立つのが、蓬子の強姦未遂被害告白をめぐって作中に形成される文脈の移り変わりである。

「Ⅶ」の序盤、ホテルの電話ボックスで身を寄せあうなか「ごく他愛もなく勃起し始め」た二朗に対し、伯爵夫人が「指先を股間にあてがうと、それを機に、亀頭の先端から大量の液体が下着にほとばし」ってしまう。「半時もしないうちに二度もお洩らし」などしでかしたため、着替えねばならなくなった二朗は、案内された「殺風景な三つのシャワーのついた浴場」に「閉じこめられて」いるうちに、回想に入る。「毎朝、洗面器にぬるい湯をみたし」て夢精の後始末をしてくれる女中の小春から——「法科の入学試験が終わるまで禁欲しておられるのなら」とあるので、そう遠くない過日に交わされたと思われる会話中——次のように問いただされたことを彼は思い出すのだ。

> ［…］一部始終をすっかりお話しいただきましたよと小春は座り直し、鵠沼海岸のお屋敷のお納戸で、二朗さまがよもぎさまにどんな仕打ちをなさったのか、ご本人からしかと伺っておりますと横

目で二朗をうかがう。いつもの二朗兄さまからは想像できないほどの粗暴さでズロースを引き裂かれると、そそり立つおちんちんを隠そうともせず馬乗りになり、胸からおなかへと唇をはわせ、あろうことか、だいじなところまで舌をのばそうとなさる。そこだけは堪忍してと懇願するあの方を組み伏せ、力ずくで操を奪おうとなさったのは、いったいどこのどなたなのですか。

この話が真実であるのかどうかを読者が確定させるのは至難の業だが、二朗自身は「そんな法螺話を手伝いの女にいってのける従妹の真意はにわかに測りかね」ている。蓬子の「腹いせ」か小春の「戦術」かと内心疑りもするが、かといって二朗は、出来事それ自体を口に出して否定することはせず、どっちつかずな態度を示すのみだ。「あいつには、そんなまねはいっさいさせておらぬ」との彼の明言は、「非力な力士が強い相手に土をつける」のに効果的な「足取りという離れ業」での反撃に出た蓬子の「お手々が玉々をめりこませるほどしめあげてしま」った挙げ句、「まるだしのおちんちんから大量の白濁した液体を畳に迸らせてしまわれた」のではないかと指摘を受けたことに対する、受け身の返答にすぎない。「出まかせもいい加減にしろ」とか「あんな小娘の口から洩れた出鱈目を本気で信じているのかと声を荒だて」た対応についても、「あいつにおれのMをしゃぶらせたことなど一度としてない」という反論に付随して発せられた苦言を超えるものではないのだ。

ではなぜ、二朗はなにもなかったのだとはっきり否定しないのだろうか。いくつかの「思いあたること」があるからだ。「足取りという離れ業」を教えてやったこと以外にも、二朗の記憶には、蓬子の証言と一致する部分がこれだけあったようなのだ。

そういわれると、確かに、従妹の細い臀部をおおっていた花柄のズロースには見覚えがあった。

とはいえ、それは一色海岸でのことで、鵠沼ではなかったなどといえば小春がつけあがるばかりだから黙っていたが、柱時計のうつ四時の響きにも聞き覚えがあったし、二朗兄さまの「尊いもの」という言葉も、あいつの口から洩れるのを確かに耳にしたことがあると思い始めると［…］

もっとも、物語上ではこれを機に、自分は本当はクロではないかと二朗が怪しみだす自問自答的な展開にはおよばない——そもそも当の小春とのやりとり自体、彼の回想として示されているわけだが、会話を想起している最中の現在の二朗が、蓬子の告白内容をどうとらえているかが明かされることもない。

二朗の態度は煮え切らないものの、なにもかもがあいまいなままというわけではない。ひとつの出来事をめぐる（真偽不明の）告白＝伝達の反復運動のなかで、またもや昨日性から翌日性への経時変化が生じているという作品構造上の事実は明らかだからだ。そこで二朗は、出来事の当事者ながらも思い出せるはずの記憶を持たない、というねじれを経験しつつも、どっちつかずな態度を通すことにより（昨日から翌日へとつづく通路をさえぎらぬことにより）、さらなる更新の道だけは閉ざさない。

かように虚実の見分けがつきにくい強姦未遂の逸話が、いま一度の更新によって蓬子のメロドラマに新たな可能性を添えるのが、「Ⅻ」における帰宅後の場面である。「奇特な報告」の綴られた蓬子からの手紙を読了した二朗が、その返信を書ききった直後に、それは見事に果たされる。

［…］ついさっき、蓬子を存分に犯しまくってきたのだと不意の思いつきを口にすると、まあ、許婚までおられるあの方は激しく抵抗なさいませんでしたかと訊くので、抵抗する女を手込めにすることを「犯す」というのだと開きなおる。［…］たっぷり三度も精を洩らしたので、妊娠は間違いなし。

ひたすらうめきまくっていたあいつは、三度目にはとうとう白目を剝いて失神しおったと嘘の追い討ちをかけるが、自分ではそれがまんざら出鱈目とも思えない。

二朗は、夢精への対処のために用意された「いつもの越中ふんどし」が今夜は不要であることの理由として、小春相手にそんな「不意の思いつきを口にする」。「インカ土人秘伝というエキス入りサボン」の効果で「七十二時間の不能」に陥っているため「今夜はお漏らしにならない自信」があることも手伝ってか、なんの得にもならないような「嘘」の説明を二朗は選ぶのだ。

なぜ彼がそうしたのかは、「敬愛するお兄さまへの蓬子からのたったひとつのお願い」が、「奇特な報告」に記されていたことと無縁ではないだろう。蓬子は、「戦場で自分にもしものことがあったら、よもぎさんは未婚の母になってしまう」と心配しつつ「品川の芸者とたった一度だけ経験した」という肛門性交のことを出征間際に打ち明ける婚約者を「懲らしめる意味」で、事前にこんな取り決めを交わしていたのだという。

［…］わたくしが今晩あなたとまぐわって妊娠し、あなたにもしものことがあれば、生まれてくる子の父親は二朗兄さまということにいたしましょう。

そのようないきさつがあったことを「報告」した上で、蓬子はさらに手紙の末尾に「たったひとつのお願い」を書いているのだ。

［…］わたくしが妊娠したとわかったら、あのひとが戦地から無事に戻ってくるまで、どれほど魅力

的なお嬢様と知りあわれても、その方との婚約だけはどうかおひかえください。

これで実際に蓬子が身ごもり、出征先で婚約者に「もしものことがあれば」、「嘘」が嘘のまま——ということはつまり、歪曲や誤りがまったくあらためられぬ状態で——「本当のできごと」として世間に流通することになるだろう。なによりの証拠として、「生まれてくる子」の存在が、出来事の発生＝性交の事実をだれの目にもはっきりと裏づけるにちがいない。部分的には記憶上で一致しているところもあるとはいえ、みずからの経験と当の事実を構成する細部はおおきく異なり、そもそも子種の提供者としては身におぼえがなく、完全に否定していい立場にあるはずの二朗自身が、認知する気まんまんなのである。

〔…〕まずはご貫通とのご報告、心からめでたいことだと受けとめた。敬愛する従妹との約束は必ず守ってやるから、安心しているがよい。

当の返信に、「きみのからだの芯が、みだりに妊娠するほど「熟れた」仕組みであるとはとても思えないが」などと皮肉を書き添えることも二朗は忘れていないが、小春相手に「蓬子を存分に犯しまくってきたのだと不意の思いつきを口にする」のはその直後だから、どうやら彼は「約束は必ず守ってやる」ことに本気であり、早速そこで将来への布石を打っておいたのだとも読みとれる。しかも彼は、「嘘の追い討ちをかけるが、自分ではそれがまんざら出鱈目とも思えない」などと心でつぶやいているくらいなのだから、虚実の境を意識すること自体をもはや放棄してさえいるかのように見えるのだ。

もともとは、「一色海岸の別荘」の「薄ぐらい納戸に二人して身を隠し」て「さわやかに毛の生えそろった精妙な肉の仕組みをじっくりと観察させてくれた」という程度の、あどけない秘め事として語られていた、いとこ同士による痴戯。そんなささいな出来事が、『伯爵夫人』ならではの反復形式（規則性と逸脱の並行的追求）を通じてメロドラマ的な経時変化を遂げるわけだが――ここで見すごしてはならぬのは、「どれひとつとして確かな輪郭におさまるものはない」事実のありようである。「法螺話」や「出鱈目」の指摘を受ける蓬子による（真偽不明の）強姦未遂被害告白と、「不意の思いつき」でしかない二朗による強姦告白の「嘘」――これらふたつの虚偽的な挿話が、時差の矛盾もそのままに小春への伝達を経てひとつの事実として重なることにより、「妊娠」の可能性という「本当のできごと」へと更新されるのだ。

かようにあざやかな変転の過程が、ごく自然なことのように組み立てられている『伯爵夫人』においては、虚実や真偽や夢現つの境は、かくもあいまいなものとなってゆく。ならば本論は、ここでこう問わなければならない。口にしたばかりのみずからの「嘘」を「まんざら出鱈目とも思えな」くなり、虚実の境を意識すること自体をもはや放棄してさえいるかのように見える主人公は、「目の前の現実」で進行中の出来事と、自分の思い浮かべる回想との区別が果たしてついているのだろうか。ホテルの電話ボックスで伯爵夫人に「金玉をねじりあげ」られた際の苦悶と、キャッチボールにおける「おみお玉」の災難は、いったいどちらが自身の脳裏に浮かぶ心象なのか、二朗はただしく理解しているのだろうか。

●

ここまでの議論からも明白なように、「Ⅳ」の消灯場面と「Ⅻ」の日没場面が構造的に連続していると考える本論は、両場面をつないでいるのは二朗の長い睡眠なのだと解釈している――そうだとすれば、作品構造的には、消灯と日没のあいだに挟まるすべての場面が、意識のとぎれた二朗の見る夢に内包されていることを意味するわけだ。すなわち伯爵夫人とすごしたひとときも、ホテルでの官能的な経験も、そこで見聞きした秘事も思い起こされた過去の記憶も、それらいっさいは二朗の脳裏に浮かぶ心象として示されているのではないかと考えられるのだ。

だが、それは単なる夢想でしかないのだろうか。ただの夢にはおさまりようもない、複雑なからくりがそこに見え隠れしてはいまいか。また、点いたり消えたりする規則性が認められる夢というのが仮にあるのだとすれば、その点滅には、どういう仕組みが隠されているのだろうか。

作品全体を通して、二朗が視覚的体験として受けとめているものは、夢でも心象でも記憶でも、どれとも無関係でないことは疑いえないが——いずれにせよ、『伯爵夫人』という散文はこのようにはじまっているのだから、その総称として「活動写真」の一語をつぶやいてしまってもそろそろ許されるのではなかろうか。

> 傾きかけた西日を受けてばふりばふりとまわっている重そうな回転扉を小走りにすり抜け、劇場街の雑踏に背を向けて公園に通じる日陰の歩道を足早に遠ざかって行く和服姿の女は、どう見たって伯爵夫人にちがいない。

ここには一見、「活動写真」への直接の言及がひと言もないかのように思われるかもしれない。だが、この書き出しはまぎれもなく、映画の上映開始を文字通り物語る表現だと本論は考える。

ただでさえ、『伯爵夫人』には「活動写真」にまつわる明示的な記述が頻出するし、受験生にもかかわらず「やたら閑そうに活動写真ばかり見てあるく」ほどの無類の「活動好き」が主人公役をまかされてもいる。それらの事実を踏まえて、作品の冒頭場面を、まるで映画でも観ているような印象をもたらす映像的な表現だと形容したいのではない。あくまでも、映画の上映開始それ自体がそこでじかに描かれていると言いたいのだ。
「傾きかけた西日を受けてばふりばふりとまわっている重そうな回転扉」は、書き出しに据えられるのみならず、いくらか形を変えながらも作中の随所でくりかえし語られるイメージのひとつだ。つまりそれだけ、『伯爵夫人』を成り立たしめる創作上のルールにおいて重い役割をになっていると読みとれるのだが──ならばその、「回転扉」なる装置には、いったいどんな意味が込められているのだろうか。ヒントはここにある。

［…］あそこの回転扉に扉の板は三つしかありません。その違いに気づかないと、とてもホテルをお楽しみになることなどできませんことよと、伯爵夫人は艶然と微笑む。四つの扉があると、客の男女が滑りこむ空間は必然的に九十度と手狭なものとなり、扉もせわしげにぐるぐるとまわるばかり。ところが、北普魯西《プロシア》の依怙地な家具職人が前世紀末に発明したという三つ扉の回転扉の場合は、スーツケースを持った少女が大きな丸い帽子箱をかかえて入っても扉に触れぬだけの余裕があり、一度に一・三倍ほどの空気をとりこむかたちになるので、ぐるぐるではなく、ばふりばふりとのどかなまわり方をしてくれる。

ボリス・バルネットの単独初監督作への言及があると言いたいのではない。作中でくりかえし示される「回転扉」が、わざわざ「三つ扉」であると強調されているところに注目したいのだ。なぜ「三つ扉の回転扉」が問題となるのか。それは「いかにもいかがわしい発明品」たる「活動写真」の一部をなす、映写機の機構と関係している。映写機には通常、上映中のフリッカー（映像のちらつき）を低減させるための部分品として、三枚羽根の回転シャッターが取りつけられている。映写機の稼働中、その三枚羽根の回転シャッターがまわりつづけて光路を開閉することで、観客はちらつきによる眼精疲労から解放され、「活動写真」をいっそう快く「お楽しみになること」が可能になったと言われている。

　これを踏まえて、いま一度『伯爵夫人』を冒頭から読み進めてみよう。「回転扉」が回転シャッターと同義なのだとすれば、「傾きかけた西日」は起動した映写機の発する光ということにはならないだろうか。その光を「受け」つつ「回転扉を小走りにすり抜け」る存在とはなにか。いよいよ本論は、伯爵夫人の「正体を本気で探ろうと」しなければならないときにきているのかもしれない。

　その「活動写真」は、物語上の現実に則して考えれば、夢想する二朗の脳裏に上映された夢のなかの夢みたいなものと解釈できるだろう――それはあの、「ひとまわりづつ小さくなりながらどこまでも切れ目なく続く」ことで「無に向けての無限連鎖」を起こしているかのように見える「ココア缶」の「図柄」にも似た仕組みだと、ひとまず理解していい。あるいは「Ⅳ」の消灯と「Ⅻ」の日没のあいだに挟まるすべての場面が、意識のとぎれた二朗の見る夢に内包されているのだとすれば、『伯爵夫人』において組み立てられているのは、映画に侵食されきった精神の見る夢と記憶の混交により脳裏に上映される「活動写真」の夢、ということになるのかもしれない――となると必然的に、冒頭の「日陰の歩道」でのやりとりからホテルの電話ボックスで伯爵夫人に「金玉をねじりあげ」られる「Ⅳ」の直前までの経緯も、「活動写真」に犯された二朗の夢想と彼自身の覚醒中の経験がひとつに重なって意識のスクリーンに映し出された夢の映画化だととらえるべきだろう。いやいっそ、ここはあえて単純に、映画的に構造化された夢と言ってしまいたい。そんな夢をしょっちゅう見ているからこそ、二朗は「夢精で下着をよごしてばかりいる」のだ。

　したがって、「目の前の現実がこうまでぬかりなく活動写真の絵空事を模倣してしま」うのは至極当然のことなのだ。伯爵夫人が姿を消したあと、ホテル地下の「お茶室」にいる二朗が「またしてもひとりとり残されてしまったこの「どこでもない場所」では、すべてがとりとめもなく推移してとらえどころがない」と思うのも、「ふと、「伯爵夫人」などという女には、初めから出会ったりしていなかったような気が」するのも、帰宅後に「床に入ってから、一日のできごとをあれこれ思い浮かべようとするが、どれひとつとして確かな輪郭におさまるものはない」と感ずるのも、きわめて自然ななりゆきなのだと言える。

ようやっとここで、「Ⅳ」において、「天井から吊された電灯を消して小春が出ていったのと入れ替わりに、こざっぱりとした浴衣姿の蓬子が、四つ切りにしたメロンを盆に乗せて姿を見せ」た際、「小春が出ていった」時点で二朗は「眠ってしまっ」ていると本論が推しはかる理由を述べることができる。「電灯を消」すとは、二朗の意識という「活動小屋」の照明が落とされたことを意味する。そのあとにつづく経緯は、二朗の見る映画的に構造化された夢なのだと言える。そう言いきれる証拠に、当の場面で「姿を見せ」た蓬子は、「枕もとのランプの脇にぺたりと座る」(傍点引用者)。これは「傾きかけた西日を受けてばふりばふりとまわっている重そうな回転扉を小走りにすり抜け」る存在と同様に、映写機の発する光が形づくる映像として蓬子が示されていることを物語っている。

それならば、作中の随所でくりかえし響くことになる「ぷへーという低いうめき」とはなんなのか。ただちにひとつの解釈を提出すれば、あれは「活動小屋」において上映開始を告げるブザーの音ということになるだろう。なぜなら「ぷへー」が鳴るとき、『伯爵夫人』はたびたびこのようなイメージをページ上に展開させているのだから。

［…］その衝撃にぷへーとうめいてうつぶせに崩れ落ちる瞬間、首筋越しに、見えているはずもない

白っぽい空が奥行きもなく拡がっているのを確かに目にしたと思う。だが、そこで記憶は途絶えている。

「そこで記憶は途絶えている」ということは、先述の通り、二朗の意識という「活動小屋」の照明が落とされたことを意味する。場内が暗くなり、映画がはじまる合図として、「ぷへー」が響いているわけだが、それにつづいて「首筋越しに、見えているはずもない白っぽい空が奥行きもなく拡がっている」と語られているイメージが、白い平面であるスクリーンを指しているのはもはや疑うべくもない。意識の中絶はたいていの場合「白っぽい空が奥行きもなく拡がっている」イメージをともなって生ずる。そのたびに「活動写真」が上映されているのだ。

●

ならばなぜ、作品のいたるところに、「活動写真」への直接の言及が多々あるにもかかわらず、「傾きかけた西日」や「回転扉」や「枕もとのランプ」や「ぷへーという低いうめき」や「白っぽい空が奥行きもなく拡がっている」といった暗号めいた隠喩がもちいられねばならなかったのか。そうした創作上の措置に触れていると、主人公が構造的に見ているはずの映画の前景化が周到に避けられているように思えてくるのだが、ならばなぜ『伯爵夫人』は、かように慎重に組み立てられねばならぬ必要があったのか。

言うまでもなく、「このあたくしの正体を本気で探ろうとなさったりすると、かろうじて保たれているあぶなっかしいこの世界の均衡がどこかでぐらりと崩れかねませんから、いまはひとまずひかえておかれるのがよろしかろうといった婉曲な禁止の気配のようなものを、とりたてて挑発的なところのない彼女の存在そのものが、あたりにしっとりと行きわたらせている」ためだ。伯爵夫人の「正体」を絶えず隠しつづけねばならぬために、創作上のルールとしてそれらの暗号が使用されているのである。
ではなぜ、伯爵夫人の「正体」は隠し通されなければならぬのか。「かろうじて保たれているあぶなっかしいこの世界の均衡がどこかでぐらりと崩れかね」ないからだとはいうが、なぜそれが、とことん回避されねばならぬことだとされているのだろうか。
そもそも、伯爵夫人とはいったい何者なのか。二朗の見る映画的に構造化された夢のなかで、彼女はどんな行動をとっていただろうか。それをひと言で言いあらわせば、「金玉潰し」ということになるだろう。

［…］もちろん、さきほどあなたの金玉をねじりあげたのは、身の危険からではないし、ましてや嫌悪感からでもなく、あくまで男女の儀礼に背いた青二才を「懲らしめ」るためでした。ところが、「懲らしめ」の対象である殿方はといえば、いくぶんか手荒に金玉を痛めつけられただけであっさり気絶し、あろうことか、懲罰を下したつもりの女の前ですやすやと心地よさそうに寝息までたててしまう。もってのほかといわざるをえません。

これはかの、ホテルの電話ボックスで二朗相手になされた行為だが、「金玉潰しにかけては天才肌とも呼ばれている」と自称する伯爵夫人にとって、この程度はほんの序の口だと言える。次に引用するのは、「天才肌」の本領が遺憾なく発揮される場面であり、「「懲らしめ」の対象である殿方」も「男女の儀礼に背いた青二才」などではなく、「場数を踏んだ男に違いなく、射精とは異なる男女の悦楽にも長けていそうで、とうてい一筋縄では行かぬ相手」である。

その瞬間を待っていたわたくしは、立て膝になった大佐の股間に素早く屈みこみ、これがとってもほしかったのですといいながら、うずくまって摩羅をしゃぶり始める。「父ちゃん」のものを吸いたければいくらでも吸うがよかろうと相手も余裕を見せたところで睾丸を握り、思いきり捻りあげる。うっという反応があり、さらに力を加えると何やら腱が切れたような手応えがあり、血の混じった液体が口の中に拡がる。けたたましい叫び声があがるかと思っていたのに、うつろな目をしたまま相手は無言で倒れかかるので、それを避けて立ちあがると、自分にそんなことができるのかと驚きながら、倒れたままの相手の顔に足蹴りを喰らわせる。［…］これが作戦の成功だとするなら、成功なるものがあまりに呆気ないことに驚きながら金属の金具を冷静に上下にずらすと、窓はごくスムーズに開く。

この「作戦」の内実は、「戦争」が招いた不条理をただすべく実行された仇討ちであると言っていい。不当な死に追いやられねばならなかったのは、森戸少尉という人物だ。

仲間の兵士たちは、歓声を上げて帰還した仲間を迎える。だが、司令部の雰囲気はまったく違っていた。森戸少尉は敵前逃亡のかどで憲兵隊の監視下に置かれ、軍法会議も催されぬまま自殺を求められる。隊長もすでに自死を強要されていたと聞き、少尉は覚悟を決めるしかない。これが戦争というものかと溜息をつきながら、こうしたときには誰もが母親を思いだすものだと聞いていたが、脳裏をかすめるのは、新婚の妻のことばかりだ。

仇討ちを企図したのは、恩人である上官の死を知って「部隊から脱走」し、「地下組織を転々としながら巧みに人脈をつくりあげていった」という高麗上等兵だ。「誰が見ても愚かというほかはない作戦に捲きこまれながら、十二人もの部下を救った少尉殿の恩に報いるためにも、失敗をすべて現場のせいにして無傷に生きのびている大佐をぞっこん懲らしめねば、どうにも気がおさまらぬ」のだと高麗は語り、「軍部に接収され、憲兵どもが闊歩している哈爾浜の豪華ホテルに、どう侵入すべきか」を伯爵夫人に相談したのだ。

当の大佐は「とうてい一筋縄では行かぬ相手」であり、初の手合わせの際には「いざからだを交えてみると、難攻不落というほかはな」く、「とてもつけいる隙は見いだせず、何度試みても、こちらが先に失神してしまう」と予想させるほどに手ごわい難敵だったわけだが、「肛門を鍛え」たり「局部が鈍感になる」という「秘薬」を手に入れたりとさまざまな準備を重ね、敵の懐深く入るのにも時間をかけた末、伯爵夫人はついに目的を果たす。「大佐は満鉄病院に収容されたが、生命に別状はな」く、「近く日本に召喚されましょうから、ひとまずは大成功」との評価――敵方にいた者の賛辞ゆえ、皮肉まじりではあろうが――さえ受ける結果となる。

その「作戦」に従事する最中、高麗とは別に、「軍部の独走を快く思っていないある筋の信頼できる方」の協力を取りつけていた伯爵夫人は、「大成功」をおさめたあとも当の「組織」とのつながりを保ちつづける。「いつもの生活にもど」った彼女は「あるとき」、「ボリスという男を籠絡せよとの指令を」受けるまでに「組織」との関係を深めている。「殺しはしないから安心してといわれ」て受けた「使命」は、じつはボリスという別名を持つ高麗が標的であることが、現場の「指定されたホテルの部屋」で明らかとなる。「組織」に不利益をあたえて「つきつける証拠にいい逃れもできなくなったと観念し、両手両足を椅子の背と脚に縛りあげられてもさして驚いたり」もしないほど身におぼえもあるらしい高麗に対し、伯爵夫人はみずからの「特技」を使わねばならぬのだ。いったんは「血の気が失せたように首を左右に振り」ながらも、自分がやらねば「組織」の人間が容赦なく手を下すことになると知った彼女は、高麗の「金玉潰し」を引き受ける。「握った睾丸に改めて力を加える」と「筋が切れた実感が両手に感じられ、高麗は断末魔の叫びを洩らす」が、「あえて殺さずに泳がせておいたボリスこと高麗とは、その後、何度か食卓をともにする機会もありました」と言い添えられてもいるわけだから、伯爵夫人はそれ以降も「組織」の一員としてひきつづき、非公然活動にたずさわったのだと読みとれる。

　だとすれば、「殿方に求められるまま、一瞬ごとに戦争の脅威に身をさらしていた」とまで二朗に告白したこともある伯爵夫人とは、いったい何者なのか——「軍部の独走を快く思っていない」とされる「地下組織」からの「指令」を受け、非公然活動に取り組む秘密工作員を演ずる影である。彼女の「正体」が決してバレてはならぬのはそのためである。もしも彼女の「正体」が白日のもとにさらされれば、かかわった秘密工作も露見し、公然の事実の意味がすべて裏返ってしまうわけだから、たしかに「かろうじて保たれているあぶなっかしいこの世界の均衡がどこかでぐらりと崩れかね」ない。いや、本当に問題なのは「世界の均衡」の「あぶなっかし」さなのではないと伯爵夫人は言う。「この世界の均衡なんて、ほんのちょっとしたことで崩れてしまうもの」であり、「崩れていながらも均衡が保たれているような錯覚をあたりに行きわたらせてしまうのが、この世界なのかもしれ」ないと指摘する彼女が、真の問題点としているのは「錯覚」の蔓延なのである。「この世界の均衡はいたるところで崩れかけているのに、それがいまなお崩れてはいないと錯覚するような人ばかりがあたりにあふれている」とき、なにが起こるというのか。「そんな錯覚があおりたてる」ものこそが、「戦争」にほかならないというのだ。つまり伯爵夫人のたずさわる「地下組織」の非公然活動とは、「戦争」を食い止めるべく暗躍するレジスタンスの運動を意味しているのである。

『伯爵夫人』という散文において、当のレジスタンス運動に従事しているのはじつのところ、伯爵夫人や彼女の属する「地下組織」にかぎらない。たとえば小春については、作品の最終盤で「旦那様」が「モールス符号の読めるあの女が、何やら「特務工作」にかかわっているらしいことは、うすうすとながら承知しておった」と新入りの女中に打ち明けている。それとまた、「金玉潰し」の使い手も、伯爵夫人のほかに凄腕が存在するようだ。

［…］わたくしどもの世界には、金玉潰しのお龍という名の諜報機関の一員がおりまして、かつて満州で、敵味方の見境もなく金玉を潰しまくった懲らしめの達人でございます。いまは本国に戻っておるようですが、その筋のものだけに支給されている特殊な香水で男たちを誘惑し、勃起、射精の直後に相手の金玉を握り潰してしまうというのがその特技だと聞いております。

秘密工作員による非公然活動においてもちいられる「懲らしめ」の方法は、「金玉潰し」にかぎるものではない。「おちんちん」が恐れるべき事態は、「睾丸が潰され」ることのみではないのだ。

こう見えても、このわたくし、摩羅切りのお仙と呼ばれ、多少は名の知られた女でござんす。このシャワールームの床のタイルを真っ赤に染めてやったことも二度、三度にはとどまりません。なに、ご心配には及びません。出血致死にはいたらぬ刃物の切りつけ方など充分に心得ております。

そしてなにも、「金玉」なり「摩羅」なりを痛めつける「特技」ばかりが「懲らしめ」に適しているのでもない。「「あんなもの」は長かろうが太かろうが、いったん出すべきものを出してしまえばあとはあえなく無条件降伏といった按配で、勝つのはいつだって「熟れたまんこ」の方」だからだ。いや、敵に白旗を掲げさせるには必ずしも、「「熟れたまんこ」を駆使」したり、「精液が迸る気配が高まるまでしゃぶりつくす」必要すらないのかもしれない。二朗のような「青二才」が相手なら「指先を股間にあてがう」だけで事足りるだろう。蓬子のような「小娘」でさえ（真偽は不明ながら）「足取りという離れ業」を使って「まるだしのおちんちんから大量の白濁した液体を畳に迸らせ」ることが可能なのだから、「おっ立ったちんぼこ」に逃げ場はない。たとえ「M」なる隠語で呼びあっても、「特殊な香水」でも嗅がされて勃起させられたらたちまち見つかってしまう。濱尾家の女中頭のような「百戦錬磨の女」ならば、「ルー・ゲーリック事件」直後の右睾丸の腫脹中であろうと「昂ぶるはずのないものがつい昂ぶって、血に染まった真っ赤な精液が尿道からほとばしりはせぬかと気が気で」なくさせてしまえるのだ。

その際、「百戦錬磨の女」がもちいた「特技」は果たしていかなるものなのか。たしかに彼女は、「車輪の揺れを巧みに利用して左手を裸の尻のあたりに滑りこませると、尾骶骨の椎間板のあたりに指を強くおしあて」たり、「尾骶骨にあてていた左手を引き抜いてだらしなく垂れていた陰茎に思い切りよくあてが」ったりと、手技を弄しているかに見える。だが、そこで二朗がことのほか敏感に感じとっているのは、「せめてお宅に着くまでそっと触らせておいてくださいませね」という声のなまめかしさなのではあるまいか。

〔…〕こうしておりますと、さすがに腫れは引きませんが、多少はお痛みがやわらぐはずですと確信ありげにいう。これは男のからだをよく知っている女に違いないと思い、どうもみっともないものを見せびらかしちまってかたじけないと口にすると、滅相もない、玉々さえお痛みでなければ、他人の目もはばからずにむしゃぶりつきたくなるほどみごとなものを間近から拝見できまして、まことに光栄でございます。奥様も、さすがに子爵様のお孫さんだけあって、日本人離れのした色艶をしていると感嘆しておられましたが、この私の目には、色艶にとどまらず、そのスマートな長さといい、ずんぐりとしていながら無駄のない太さといい、天下一品というほかはないものでございます。あまりお世辞をおっしゃらない坊ちゃままでが、なるほど、これはどこへ出しても恥ずかしくない逸物だとつぶやいておられました。

発言者の立場を踏まえても、これは度を超した誉め言葉というべきものである――つまりこのとき、女中頭が発揮した真の「特技」とは、誉め殺しなのだと解釈できる。だからこそ二朗は、「妙に爽快な気分になって」いるにもかかわらず、「昂ぶるはずのないものがつい昂ぶって、血に染まった真っ赤な精液が尿道からほとばしりはせぬかと気が気で」なくなってしまうのだ。

もはや明らかだろう。「戦争」を食い止めるべく暗躍するこのレジスタンス運動の主体は、女たちである。「聖林や欧洲の活動写真」では、「血なまぐさい修羅場があきるほど描き出されており、そこでは決まって主演男優だけが死を免れる」が、「騙されちゃあいけませんよと伯爵夫人は顔をしかめ」てこう指摘する。

［…］銀幕に描かれる銃撃戦なんて、所詮は殿方がお好きなスポーツの域をでるものではなく、戦争というこの世界の大がかりな失調ぶりのほんの一側面を描いているにすぎない。そもそも、人類の半分を占めているわたくしどもも女の姿がそこにはまったく見あたらず、それがどれほど凄惨なも

> のであろうと、塹壕をはさんでの銃撃戦など、戦争にとってはごく中途半端なものでしかありません。［…］戦争は、都市であろうと農村であろうと、敵の空爆にさらされていようがいまいが、いたるところで世界がおさまっているただでさえあぶなっかしい均衡を狂わせ、銃を構えていない男女からも時間を奪って行く。

「姿がそこにはまったく見あたら」ないばかりか、たとえ登場しても「信仰深くも献身的な看護婦ばかり」であり、単なる「添えものでしか」ない「活動写真」のなかの女たち。かように不当なあつかいを受ける女たちの活動写真的現実は、当然ながらスクリーン上にかぎられた処遇ではありえないどころか、むしろそれらの「銀幕に描かれる」イメージは、現実の世界で広く共有されている価値観の反映ですらあるだろう。むろんその価値観とは、現実の世界で男根中心主義と呼ばれているものにちがいなかろうから、レジスタンスに従事する女たちは、作中で「尊いもの」と名指されている存在を絶え間なく疲弊させ、ときには誉め殺しの目に遭わせるなどして、「不能」へと追いこまねばならない——「いったん出すべきものを出してしまえばあとはあえなく無条件降伏」なのだから、あらゆる「特技」をもちいて女たちは「尊いもの」を骨抜きにするはずである。また、『伯爵夫人』が際立たせようとする「殿方」の「愚かさ」には、「失敗をすべて現場のせいにして無傷に生きのびている大佐」なども確実に含まれているだろう。すなわち「あぶなっかしいこの世界」において、さらに問われているのは、一種の責任回避的なシステムと言えるのではないか。

> ［…］どこでもない場所。そう、何が起ころうと、あたかも何ごとも起こりはしなかったかのように事態が推移してしまうのがこの場所なのです。二・二六のとき、隠密の対策本部が設けられたのも

ここでして、それが青年将校たちに予期せぬ打撃をあたえたのですが、そんな記録などどこにも残されていない。だから、わたくしは、いま、あなたとここで会ってなどいないし、あなたもまた、わたくしとここで会ってなどいない。だって、わたくしたちがいまここにいることを証明するものなんて、何ひとつ存在しておりませんからね。明日のあなたにとって、今日ここでわたくしがお話ししたことなど何の意味も持ちえないというかのように、すべてががらがらと潰えさってしまうという、いわば存在することのない場所がここなのです。ですから、多少は抵抗するかもしれないわたくしを無理に組みしき、あなたがわたくしを本気で犯したとしても、そんなことなど起こりはしなかったかのようにすべてが雲散霧消してしまうような場所がここだといってもかまいません。さあ、どうされますか。

ここに描き出された「どこでもない場所」を、フィクション生成の現場と見ることも、あるいは歴史修正主義の土壌と読みとることもできるだろうが――いずれにせよそこでは、事実の抹消が生じている。伯爵夫人は「さあ、どうされますか」と問うている。「すべてが雲散霧消してしまう」などありえない、それは「錯覚」だと、だれかが休まず伝えつづけなければならないだろう。ならばどのように伝えればいいのか。たとえば、伯爵夫人の語る伝聞の再現話に登場する森戸少尉は、「誰が見ても愚かというほかない作戦に捲きこまれながら、十二人もの部下を救」おうとする最中、突如こんな疑問を呈してみせるのだ。

〔…〕負傷した者はおらず、これほどすべてがうまくはかどったのはこれが夢の中だからではないかとあやしみつつも、少尉はよくやったと全員を賞讃し、長い行軍になるぞと声をかける。（傍点引用者）

また同様に伯爵夫人自身も、大佐の「金玉潰し」という仇討ちを成し遂げた直後の逃走中、「これほど事態がうまくはかどったのは、これが夢の中だからに違いないという埒もない思いに誘われながら、ぶるぶる震えていました」（傍点引用者）と語っている。

先述の通り、森戸少尉をめぐるエピソードは、伯爵夫人の語る伝聞の再現話であり、それはホテル地下の「お茶室」で二朗相手に伝えられている。加えて、仇討ち成功後の逃走という伯爵夫人自身の経験も、当の再現話につづいておなじ場所で述べられている。本論は、ホテルでの経緯のいっさいを二朗の見る映画的に構造化された夢だと見なしているわけだが――だとすれば、ここに登場している森戸少尉と伯爵夫人は実際は、各々が現実の当人自身からは切り離された、二朗の思い浮かべる「夢の中」のキャラクターみたいな存在なのだと言える。そんな「夢の中」のキャラクター的な存在たちが、難事への直面に際して「すべてがうまくはかどったのはこれが夢の中だからではないか」と指摘してみせているのだ。その通りだと、ふたりに答えてやらねばならない。つまりはそこでふたりとも、自分たちの働く場は、「それがどれほど凄惨なものであろうと」も「夢の中」であるという虚構世界の真実をはからずも言い当ててしまっているのだから。森戸少尉と伯爵夫人のキャラクターとして二朗の「夢の中」に形成されたふたりは、「夢の中」にいながらにして虚構世界の真実を暴き立てることで夢と現実のとりちがえをはばみ、「崩れていながらも均衡が保たれているような錯覚」の蔓延を阻止しているのだ。

そしてその、虚構世界の真実を暴いた森戸少尉と伯爵夫人による指摘は、あの「ココア缶の図柄」をめぐるもうひとつの解釈に対応しているとも考えられる。

［…］この図柄はひとまわりずつ小さくなりながらどこまでも切れ目なく続くかと思われがちです。

ところが、それは無に向けての無限連鎖ではない。なぜなら、あの尼僧が見すえているものは、無限に連鎖するどころか、画面の外に向ける視線によって、その動きをきっぱりと断ちきっているからです。

本論は、「錯覚」の蔓延という「無限連鎖」の「動きをきっぱりと断ちき」るための方法を、いよいよ見つけつつある。不当なあつかいを受ける女たちのレジスタンスを物語ってきた『伯爵夫人』は、作品全体を通していかなる運動をとらえてきたと言えるのか。それが明らかとなったとき、「そのどこでもない場所で、たったひとつだけ本当のできごとが起こった」とされる懐妊の意味を、おそらくだれもが悟ることになるだろう。

●

最後にもう一度、作品の最終盤で描かれる、「夕暮れ」の覚醒場面を読みかえしてみよう。物語上の現実世界の現在に目覚めた二朗は、「まだ名前も憶えていない女」を「ひきとらせ」てから、まずはじめになにをおこなっていただろうか。

［…］いよいよ伯爵夫人なしの生活が本格的に始まるのだなとつぶやき、歯を磨きながら時計を見ると、時刻は午後五時を過ぎている。思いきり眠ってしまったものだと呆れながらふと夕刊に目をやると、「帝國・米英に宣戰を布告す」の文字がその一面に踊っている。ああ、やっぱり。二朗は、儀式的と思えるほどゆっくりとした身振りでココア缶の包みを開け、そのひとつをしっかりと手にとり、何度も見たことのある図柄を改めて正面から凝視してみる。

本論が注目するのは、「夕刊に目をやる」ことでもなければ、「ココア缶の包みを開け」ることでもない。「図柄を改めて正面から凝視してみる」ことですらない。二朗のとった行動のなかで最も重要と考えられるのは、「歯を磨きながら時計を見る」ことである。なぜ歯磨きなのか――その意味するところを解き明かしてみよう。

歯磨きとは一般に、歯ブラシと歯を連続的にこすりあわせる行為にほかならない――それを形式的に還元すれば、異種同士による摩擦運動であると言い替えられるだろう。

これを踏まえれば、『伯爵夫人』を成り立たしめる創作上のルールがまた新たに判明する。なぜなら作品の随所でくりかえし示される主たるイメージは、「熟れたまんこ」と「摩羅」の演ずる摩擦運動だからだ。下半身を使うにせよ、口腔をもちいるにせよ、「尊いもの」を「不能」に陥れるにはやはり相応の摩擦運動が必要とされる。そしてなにより、二朗の見る映画的に構造化された夢――すなわち「活動写真」とは、縦に流れるフィルムと横向きに射す光が交差し、摩擦しつづけることによって見るのが可能となるメディアであるのは、いまさら説明するまでもない事実だ。

それは自己増殖的ないしは自己陶酔的な「無に向けての無限連鎖」をくりかえす合わせ鏡の反復とは似て非なるものである。『伯爵夫人』の描き出す摩擦運動は自己自身の愛撫ではなく、常に異種間でこそ試みられ、「画面の外に向ける視線によって、その動きをきっぱりと断ちき」るものだからである。「活動写真」を見る者は、スクリーンから視線を外せばたやすく虚構と現実の区別をつけることができるだろう。虚実は「画面」の内外でわかれており、そこには「錯覚」の蔓延が起こる余地はない。

そのとき――つまりは「画面の外に向け」られた視線の先にあるものとはなにか。それは昨日性と翌日性のあいだに挟まれた現在たる、今日性にほかならない。ならば作品閉幕の際、二朗の瞳がとらえた今日性とはいかなるものだっただろうか。

［…］すると、謎めいた微笑を浮かべてこちらに視線を向けている角張った白いコルネット姿の尼僧の背後に、真っ赤な陰毛を燃えあがらせながら世界を凝視している「蝶々夫人」がすけて見え、音としては響かぬ声で、戦争、戦争と寡黙に口にしているような気がしてならない。（傍点引用者）

「歯を磨きながら時計を見る」——異種間の摩擦運動に取り組みながら今を見ることにより、二朗はレジスタンスの残像を知覚する。「金玉潰し」は「歯を磨」く行為へと経時変化を遂げ、「たったひとつだけ本当のできごとが起こった」ことをそのとき明らかにする。『伯爵夫人』において真に胚胎を経験し、更新されたのは二朗である。彼には当の残像の意味がよくわかっているはずだからだ。少なくとも彼は、「休戦なんて見えすいた嘘」にだまされることはないだろう。「あんなもの」は「錯覚」だと、彼はこの先、休まず伝えつづけることになるのだから。

批評と贅沢——『「ボヴァリー夫人」論』をめぐって——

菅谷憲興　Norioki SUGAYA

フランス文学／立教大学文学部文学科フランス文学専修教授。一九六六年生まれ。東京大学文学部仏文学科卒業。著書に『認識論者フローベール——「ブヴァールとペキュシェ」における医学的な資料をめぐって』(Rodopi, 2010) など。

1　キム・ノヴァクの利き腕、もしくはエンマ・ボヴァリーの不在

さして豪華なものとはいえないホテルの一室に、一人の女がたたずんでいる。緑色のニットの服を着て、髪の毛の色は濃いブルネット。頭に浮かんでくるまがまがしい記憶を振り払うためだろうか、軽く目を閉じてから、やおら画面の奥へと向きなおり、衣装箪笥からスーツケースを引っ張り出して、ベッドの上におく。さらに何着か服を取りだしたところで、箪笥のなかにかかっているグレーのスーツにふと目を留め、そのままもの思わしげな様子で布地に手を触れる。それから、手にしていた服をスーツケースの上に放りだすと、画面右手にある机の前に腰を下ろして、引出しから取りだした便箋の上に何

やら筆を走らせる。その間、女の右横顔をとらえていたカメラは、ゆっくりとその正面へ回り込み、きつめの化粧をほどこした顔を映しだす。しばらくすると、女は不意に立ち上がり、いま書いたばかりの手紙を惜しげもなく破り捨てたかと思うと、まるで意を決したような面持ちで、先ほど取りだしたスーツケースと衣装をふたたび箪笥に戻し、外出の準備に取りかかる。まずは箪笥のなかのグレーのスーツを人目につかないように奥の方にしまいなおすと、紫のドレスとカーディガンを取りだすが、その表情はあいかわらずどこか気づかわしげなままである。

いま拙い筆致で描き出したのは、アルフレッド・ヒッチコックの『めまい』(一九五八年)の一シーンである。あれは確か一九八六年のことだから、今からほぼ三〇年前ということになろうか。当時大学二年生だった筆者が、東京大学駒場の「映画論」ゼミのなかで最初に鑑賞したのが、ジェームズ・スチュワートとキム・ノヴァクの二人が主役を演じるこの作品であった。全学一般教養ゼミナールという駒場特有の教養科目の枠のなかで開講されていたこの授業は、卒業単位には換算されない、いわば正課外の科目とあって、かえって我こそはという猛者たちが集まる場となっていた。担当教師の人気もあってすでに神話的なものとなっていたこの授業を、当時シネフィルでも何でもなかった筆者があえて受講したのは、実は単なる好奇心からにすぎず、映画好きの精鋭たちに囲まれて(実際、この時の友人のなかには、その後、映画学の専門家になった者もいる)、当初は少々居心地の悪い思いをしたことが今でも思い出される。

授業そのものは、毎回まずはビデオで映画の一場面を見せてから、アトランダムに当てた何人かの学生にそれについてコメントさせた後、もう一度画面を見なおしながら、今度は教師がそれを分析してみせるという手順で進められた。学生によるコメントは往々にして悪しき空中戦ともいうべきもので、ストーリーに込められた監督のメッセージ(そもそもヒッチコックにそんなものがあるかどうかは疑わしいのだが)や、作品の背景となる政治的・社会的状況といった知識に偏りがちであった。もちろんそのようなことが問われていたわけではなく、むしろただひたすら「画面を見ること」こそが求められていたのだが、それこそほとんどの学生にとっては端的に理不尽な要求であったのであろうか、少なからぬ数の学生が早々に脱落していったのを覚えている。しかもこれが例年繰り返される現象だということは後から知ったのだが、それはさておき、最初は教室一杯に一〇〇人以上いた学生も、ゴールデンウィークを過ぎる頃には、早くも半分ほどに減ってしまっていた。先ほど拙い描写を試みた『めまい』のシーンが授業で取り上げられたのは、ちょうどその頃のことだったと思う。

その時、自分自身がどのようなコメントをしたのかは、正直まったく記憶にない。おおかた映画全体のなかでこのシーンがはたしている謎解きとしての役割とか、あるいはかつて自分がだました男に思いがけず再会した女が、一方で真実が露見することを怖れながらも、他方で男に惹かれる気持ちを抑えられない様子とか、要するにストーリーの構成や登場人物の心理にかかわるコメントをしたに違いあるまい。とはいえ、よく考えてみるまでもなく、そんなことは自明の理であって、キム・ノヴァク演じるヒロイン自らが、このシーンの直前に挿入される回想と、さらに男に宛てて書いたものの、結局は破り捨てた手紙のなかで、すべての「秘密」を明らかにしているのである。元刑事の友人が、自らの妻を自殺に見せかけて殺したこと。女は共犯者として、その男の妻になりすますことにより、元刑事をこの偽装自殺の証人にしたてる計画に加担したこと。だが、まったく予想もしていなかったことに、いつの間にか女は彼を本気で愛するようになってしまったこと。こういったことがすべて、女優のモノローグとして観客に伝えられているからには、そこにこれ以上解釈すべき謎や心理の機微などあろうはずがないのであって、あとは元刑事がいつ真相を知ることになるかという、純粋にサスペンスの問題が残るだけである。

ところで、このシーンについての教師のコメントは、少なくとも当時の筆者にとっては、まさに目から鱗が落ちるものであった。いささか大袈裟に思われるかもしれないが、「ここで一番重要なのはキム・ノヴァクが左利きであることです」という言葉を聞いた時の衝撃は、正直いまでも忘れることができない。といっても、何がそれほど衝撃だったかを説明するのはそう簡単ではないのだが、あえて言うならば、あるディテール、この場合は女優の利き腕に着目することによって、一挙に画面全体が視界に浮かび上がってきたような気がしたといえようか。キム・ノヴァクが左利きだというただそれだけのことが、カメラの位置や、照明の当て方、あるいは部屋のなかの家具の配置、たとえばなぜ机が向かって右側に置かれているのかといった演出と有機的にかかわっているということが、漠然とながら直観できたのだと思う。はたしてあの時どこまで分析的に理解できていたかどうかは心もとないが、それでも、画面の存在などそれまで考えたこともなかった大学生にとって、それはまさに「表層の発見」とでも呼ぶべき体験であった。まるでカメラのピンボケが急に直った感じにたとえることもできようか。それまでスクリーンの手前もしくは奥に注がれていたこちらの視線が、利き腕というたった一つの要素を介して、映画の画面にぴたりと焦点が合わさったかのような印象を持ったのである。

以上、記憶による脚色をおそれることなく、わが蓮實重彥体験の始まりを描きだしてみた。それは何よりもまず、表層というものが存在すること、しかも表層がそれだけで一つの問題を構成することを教えてくれたのだと思う。あるいはこうも言えようか。表層に目を向けるというたったそれだけのことが、いかに過酷で困難な試みであるかを、あの時のヒッチコックの一シーンが予感させてくれたのだ、と。いうまでもなく、一本の映画の画面のうえに映しだされる情報をくまなく見てとることのできる瞳などあるはずもない以上、見るという行為はつねにとりあえずのものでしかありえない。あの時の筆者にとっては決定的だった女優の利き腕というファクターも、見る主体が違えば、また別のディテールに取って代わられてもおかしくはないだろう。さらにいえば、これは映画という特殊な表象形式に限ったことではなく、たとえば書かれた文字の連なりによって構成される文学作品についても、基本的に同じことが当てはまるはずだ。繰り返される語彙や言い回し、独特の表現形式や統辞法、意表をつく比喩の使用など、書かれたテクストの表層にアプローチするための鍵となる意義深い細部は、決して一つや二つではあるまい。

ところで、今回、『「ボヴァリー夫人」論』*1を論ずるに当たって、あえてヒッチコックの映画の話から始めたのは、もちろんいたずらに奇をてらうためではなく、「エンマ・ボヴァリー」の不在という問題について最初に考えてみたかったからである。いきなり結論から言ってしまえば、八〇〇ページ以上にも及ぶこの浩瀚な書物の著者にとって、ギュスターヴ・フローベールの処女長編小説のなかに女主人公のフルネームが一度たりとも書き込まれていないという事実に気付いたことが、この作品の「テクスト的現実」に思考の焦点を合わせる直接のきっかけとなったのであろう。つまり言語記号としての「エンマ・ボヴァリー」の不在は、先ほど述べたヒッチコックの映画における主演女優の利き腕とほぼ同じ役割を果たしたのだと考えてよい。この本の第I章が「ボヴァリー夫人とは何か?」という問いから始まっているのもそのためであり、そこで目指されているのは、小説のテクストの周辺にいやおうなく形成されてきた思い込みや誤解、あるいは社会的な神話などの夾雑物をひとつひとつ取り除けながら、著者が「テクスト的現実」と呼ぶものを根気よく浮かび上がらせていくことにほかならない。

仄聞するところによれば、「エンマ・ボヴァリー」の不在というこの意表をつく指摘にたいしては、どうやら少なからぬ読者がある種の驚きとためらいを感じているようだ。なるほど、『ボヴァリー夫人』のテクストにこの固有名が一度として記されていないというのは事実かもしれない。とはいえ、ボヴァリーという姓の田舎医者と結婚した女性が、同時にエンマという洗礼名を持つ以上、そこから戸籍名を導きだすことはごく自然な反応ではなかろうか。それがおおむねテクストの外で流通する文化的な記号であることは確かだとしても、だからといって、「エンマ・ボヴァリー」という名前の使用をわざわざ自粛する理由などあるのだろうか、というわけだ。

この点についてあえて付け加えておくべきことがあるとすれば、「エンマ・ボヴァリー」という表記の不在が、文学史的に見れば、一九世紀の姦通小説一般をめぐる了解と深くかかわっていることであろう。工藤庸子の卓抜な指摘によれば、姦通小説のヒロインとは、生まれた時から自分の名前であったファーストネームと、結婚後の法的ステータスを示すファミリー・ネームとの間で、いわば引き裂かれた存在なのだ[*2]。だからこそ、フローベールの小説のなかでは、巧妙な漁色家ロドルフがエンマを口説くのに、「あなたのお名前」を呼ぶことを禁じる人妻の冷酷さをことさらに嘆いてみせるのである。そもそも、この小説の女主人公にとって、「エンマ」という名によって指し示される存在は、「ボヴァリー夫人」という「世間の通り名」もしくは「ほかの人の名」[*3]と最後まで折り合いをつけることなく終わったといえようか。あるいは、『ボヴァリー夫人』とは、ヒロインの二つの名前が属する異なる文脈の間に形づくられる葛藤の物語だといってもよいかもしれない。そして、まさしくこの矛盾こそが、「エンマ・ボヴァリー」という言語記号をテクストから排除するものだととりあえず説明することは可能だろう。

だが、そのような文化史的・文学史的な知識をもってきて、ヒロインの固有名の不在をむりやり納得することはつつしむべきかもしれない。むしろ肝心なのは、このようにして定位された記述の水準に、『「ボヴァリー夫人」論』の著者とともにいかに粘り強くとどまり続けられるかではなかろうか。もちろんそれは容易なわざではないし、ただテクストを虚心坦懐に読めばよいというものでもない。著者自身がこの書物の執筆を「贅沢」な経験と形容しているとはいえ、その「贅沢」をこちらも十分に玩味するためには、逆説的ながら、「知性の逡巡」こそが何より求められるはずだ。そこで、今しばらくの間、「テクスト的現実」という概念にこだわってみたい。

2 失敗作としての『ボヴァリー夫人』

「テクスト的現実」にアプローチするための鍵ということについて若干補足すべく、ここでマルセル・プルーストのフローベール論を召喚してみよう。『「ボヴァリー夫人」論』の著者も「批評的なエッセイ」の系譜のなかに位置付けて高く評価するこの卓越した論考は、今からほぼ一〇〇年前(一九二〇年)に書かれたものであるが、そのなかで『失われた時を求めて』の作者はフローベールのテクストの「文法的な美しさ」*4について論じている。そこに述べられている大胆な見立てによれば、フローベールは様々な文法的独自性、それもとりわけフランス語の動詞の活用形の一つである半過去の独特の用法によって、我々が世界を認識する仕方そのものを変化させたのであり、その意義はカントがカテゴリー論によってもたらした思想上の転回にも比すべきものだということになる。小説家の文体と哲学者の作りだす概念とを同列に並べるこのいささか突飛な断言から明らかなことは、少なくともプルーストにとっては、フローベール作品の新しさを解き明かすための参照軸となるのが、ほかならぬ「文法」であったということだろう。この発想が当時としてはいかに革新的であったかについては、近年、文学研究の側からいくつか無視できない指摘がなされているが*5、確かに学校教育その他の場でいぜんとして「修辞学」が幅を利かせていた二〇世紀初頭に、いち早く「文法」を特権的な分析の道具としたプルーストの創見は否定しがたいものがある。

ここで興味深いのは、半過去形や接続詞の「そしてet」の独特の用法、あるいは副詞の位置といった「文法」の具体的細部を重視するプルーストにとって、フローベールは何よりも『感情教育』の作家として現れてくることだ。『「ボヴァリー夫人』のなかでは、フローベール自身でないものがまだ完全に除去されてはいない」のであり、あくまで『感情教育』において革命は完成した」*6というプルーストの主張は、なるほど、「文体」の完成度に焦点を絞るかぎりにおいては、十分に首肯できるものだ。『感情教育』こそフローベールの才能が真に結実した傑作であり、それに比べれば、『ボヴァリー夫人』はいまだ発展途上にある小説家によるそれなりに出来のいい試作にすぎないという見方も一応なりたつであろう。またそのように考えると、一九七〇年代前後の構造主義的風土において、フローベール作品のなかでも特に『感情教育』が一時もてはやされたのも、決して偶然ではなかったことが了解される。事実、この作品の「テクスト的現実」は、いわゆる文体論や言語学的、構造主義的な分析手法にかなりの程度まで適うものであり、そのような切り口から生み出されたすぐれた研究成果も少なくない。だが、そのことは逆に、いかにそれが先駆的なものであったとはいえ、プルーストの論考自体が必然的にかかえこんでいる歴史的な限界をも露呈せずにはおかないだろう。ともあれ、『ボヴァリー夫人』をその核心において読むためには、また違った視点が必要となることはいうまでもない。

これに対して、『「ボヴァリー夫人」論』の著者が着目するのは、正統的な文学史によって近代レアリスムの傑作とみなされてきたこのフローベールの長編小説に、実は意外なほど多くの齟齬や矛盾が認められるといいうまぎれもない「テクスト的現実」である。冒頭の「僕らnous」とその唐突な消滅からはじまって、あちこちに散見される年代記的な時間の曖昧さや、はてはシャルルの不可解な死にいたるまで、この作品には、生真面目な精神の持ち主にはとうてい正当化しがたい記述が少なからず含まれている。単純なミスとしかいえないディテールも少なくなく、たとえば「序章」で分析されている乗合馬車「つばめ」をめぐる描写の矛盾などがまさにそれに当たろう。ほかにもたとえば、ボヴァリー夫妻にルーアンの劇場にオペラを観に行くようすすめる目的でオメーが口にする「なにしろラガルディーが歌うのは一日きりってことです」という台詞（第二部一四章）と、たまたま劇場で夫妻と再会したレオンが、途中で外に出たために見逃した終幕におけるこのテノール歌手の素晴らしさを絶賛して、エンマに翌日も一人でルーアンに居残るよう説得する場面（第二部一五章）とを、いったいどのように折り合わせたらよいのであろうか*7。このように考えると、表記としての「エンマ・ボヴァリー」の不在という、先ほど問題にした現象も、見方によっては、この小説のテクストがはらむ無数のねじれの一つとみなすこともできるかもしれない。要するに、『ボヴァリー夫人』は「出来損ないの作品」(13)なのである。

ところで、きわめて逆説的ながら、まさにこの点にこそ、フローベールの処女長編小説の歴史的な意義があるのだといえよう。少なくともそれが『「ボヴァリー夫人」論』の著者の見解であり、バルザックでも、プルーストでも、またはフローベールのほかの作品でもなく、なぜ『ボヴァリー夫人』を取り上げるのかという、この本のなかでは正面から答えられることのない問いへの返答にもなっている。とはいえ、なかば破綻した小説が、なぜすぐれて現代的たりうるのであろうか。単に下手なだけの小説ならばどの時代にもあるだろうが、フローベールの作品に見られる齟齬や矛盾がとりわけ刺激的なのは、そこにある歴史性がなまなましく刻印されているからにほかならない。すなわち『ボヴァリー夫人』は、小説という散文形式のフィクションを書くことが、物語を過不足なく語ることには還元されえなくなった時代の作品であり、書くことと語ることとの関係がもはや安定したものではありえないという現実を受け止めつつ書かれたおそらく最初の作品なのである。そもそも、「散文は生まれたばかりのものである」*8という意識に導かれて執筆された作品が、プルーストが求めるような完成された「文体」や堅牢な構成をどうして誇ることができようか。なにも「事件」や「不意打ち」といった蓮實用語を持ち出すまでもなく、フローベールのこの小説の若々しい破綻ぶりには、「散文」という未踏の領域を発見したばかりの小説家の興奮と狼狽のようなものが確かに息づいている。

ところで、失敗作として『ボヴァリー夫人』を読むというこの斬新な発想は、いったいどこから来たのであろうか。この問いに正確に答えることは不可能だが、我々としてはここで中村光夫の「青春」という主題を想起したい誘惑にかられる。とはいえ、世代も問題意識も大きく異なるこの二人の批評家のフローベールをめぐる思考の間に、むりやり直接の因果関係を認めることが問題なのではない。また、そもそも中村光夫は『ボヴァリー夫人』の翻訳者のひとりでありながら、この作品についてはいくつかの短い論考で軽く触れているにすぎないことも忘れてはならない。にもかかわらず、『フロオベルとモウパッサン』(一九四〇年)におけるフローベールの初期作品の分析が今でも十分に刺激的なのは、そこにいまだ何者でもない田舎の文学青年が自らを小説家としていわば捏造していくプロセスがあざやかに描きだされているからだ。中村光夫の主要なテーマの一つが文学の自明性に対する懐疑であることはよく知られている通りだが、実際、この批評家にとって、「文学」とはあらかじめ与えられている「価値」などではなく、個々の作家の「書く」という具体的な営みを通してかろうじて視界に浮上してくる何かにすぎない。興味深いのは、そのような困難な自己生成を典型的に体現していると中村に思われたのが、言文一致に先駆的に取り組んだものの、作家としては「失敗者」に終わった二葉亭四迷*9と、ヨーロッパの近代小説を確立した(といわれる)フローベールであったことだ。つまり、中村のフローベールに対する関心は、文学史に残る傑作をものした大作家に向けられたものではなく、小説という文学形式の転換期と正面から向き合った青年作家に対する共感に支えられていたのである。『「ボヴァリー夫人」論』のなかで「散文の危機」(75)と呼ばれているのも、要するに、この同じ事情を現代的なタームで言い換えたものと理解できよう。このように「制度」となって安定した文学性からは距離をおく姿勢が、二人の批評家に共通したものであることは明らかである。

そもそも、「青春」の主題とは、少なくとも中村光夫にとっては、失われた過去の貴重な一時期に注がれるほどよく郷愁に湿った視線を意味してはいない。いささか大袈裟な言い方をするならば、それは一つの存在が、開かれた無数の可能性に直面しつつ、そのなかで自分を何者かに鍛えあげていく苛酷な試練のことであり、そこではしばしば偶然の積み重ねさえもが決定的な重要性をもつことがある。「荷風の青春」(一九五二年)、「漱石の青春」(一九四五年)、あるいはその「青春の畸形性」を中心に論じた『谷崎潤一郎論』(一九五二年)と中村がひたすら青春の主題にこだわったのも、近代日本文学を代表するこれらの作家たちが、一般に信じられているのとは違って、決して最初から大作家になるべく運命づけられていたわけではないからだ。たとえば元々建築家志望だった漱石の場合に顕著なように、文学は様々な選択肢のなかから、最終的に一つの「賭け」として選び取られたものにすぎない。同様に、『フロオベルとモウパッサン』の著者が試みているのも、のちの文学的成功によって担保されることのない逡巡する若きギュスターヴの肖像、その「青春の生々しい混乱の姿」*10を描きだすことであり、制度としての文学(一九世紀前半の文脈ではロマン主義ということになろう)から徐々に身を引きはがす過程を素描することである。

一人の作家のたどった軌跡を、その到達点から眺めて合理化するのではなく、いまだ不透明な環境のなかでなされる孤独な「賭け」として理解するという姿勢は、中村光夫の評伝に特徴的なものだ。このような批評にとって、「文学」とはアプリオリな価値ではありえず、個々の作家にとってあくまで後天的な天職として、それも「書くこと」の現場においてのみ立ち現れてくることになる。これが『文学批判序説』(旧題『小説論=批評論』、一九八二年)や『絶対文藝時評宣言』(一九九四年)の著者にも共通するスタンスであることはいうまでもないが、ある意味、『「ボヴァリー夫人」論』はこの同じ問題をテクストを構成する言葉の側から捉えなおしたものだといえるだろう。その際に鍵になるのが、先ほども触れた「散文の危機」という認識である。事実、それまではかなり速書きであったフローベールが、『ボヴァリー夫人』の執筆にあたって五年近くもの歳月を費やしたのは、年齢的成熟とともに「よく書くこと」への作家的良心を身につけたというわけではなく、むしろバルザック以後の「散文」という歴史性にある時不意に目覚めてしまったからにほかならない。この歴史性が必然的にはらむ困難と真摯に対峙した結果が、合計一八〇〇枚にも及ぶ膨大な草稿群であり、そこから生まれた「作品」そのものも、一つの完成した芸術作品というよりは、むしろ書くことの不可能性を深く刻印された、時に矛盾する言葉の集積とみなされねばならない。そこに読まれるのは「完璧さとは異質な意味の拡がり——あるいは、その揺らぎ」(23)であり、そのようなテクストを読む行為は、確かに「どこかしら生を生きることに似ている」(22)といえよう。ともあれ、フローベールの名高い長編小説をモニュメントとしては読まないという姿勢が、『「ボヴァリー夫人」論』という大部の書物の緊張感を支える基盤となっていることは肝に銘じておきたい。

3　リシャールから遠く(?)離れて

『「ボヴァリー夫人」論』の白眉をなすのが、シャルルの気化についての分析であることは衆目の一致するところであろう。よどんだ空気の支配する室内へと閉じこもっては、存在を徐々に収縮かつ摩滅させていくエンマとは対照的に、あたかも大気の中にひとりでに拡散していくかのようなその夫シャルルの奇妙に官能的な死は、フローベールの小説のなかでも最も美しい場面の一つをなしている。ところで、このテクストの勘所とでも呼ぶべき箇所にはじめて光を当てたのが蓮實重彥であることは、ここであらためて強調しておいてもよいだろう。実際、今日に至るまで『ボヴァリー夫人』をめぐる言説は、良くも悪くも女主人公エンマに関心を集中させてきたことは否定しがたい事実であり、シャルルを正面から取り上げた少数の例外的な批評を見ても、このエンマの夫を鋭敏な知覚をそなえた「戸外の人間」(613)と捉える論者は皆無である。シャルルの死を「物質へのラディカルな同化」(666)とみなすこの視点は、それでは、いったいいつ頃形成されたものであろうか。ここで見落としてはならないのは、しばしばあまりにも安易に蓮實重彥の批評の起源として挙げられるジャン＝ピエール・リシャールのテマティスムが、「存在の液状化」についてては詳細に論じても、正面から「気化」のテーマを扱うことはなかったという点である。蓮實的批評とリシャールのそれとの微妙ではあるが決定的な差異を見定めるためにも、ここでしばらく、『「ボヴァリー夫人」論』の著者がそのキャリアの出発点において発表したいくつかの論考に目を通してみたい。

一九六五年から一九七〇年にかけて筑摩書房から刊行された『フローベール全集』は、現在でも必須の参考文献であるが、そのなかでも特に「フローベール研究」にあてられた別巻(一九六八年)は、収録されている論考の卓抜な選択といい、蓮實重彥による長文の解説といい、まさに当時の世界水準の研究成果を反映したものとなっている(同じ頃にフランスで同種のアンソロジーを編集したドゥブレ＝ジュネット夫人*11が、両書の目次を比較して、「負けた」と言ったという一部で有名なエピソードがある)。まだ三〇歳を超えたばかりの若手が、全集の最後を締めくくる重要な巻の解説をまかされた経緯は、今となっては正直よく分からない。わずか三年あまりのフランス滞在で、パリ大学に提出する博士論文を完成した留学生は、当時としては稀有な存在だったであろうし、加えて恩師の山田𣝣による推薦もあったのではないかと推察される。「自筆年譜」(『國文學』一九九二年七月号)によれば、「この頃、山田𣝣先生とともに鎌倉の中村光夫邸を訪れる」とあり、蓮實重彥が新進気鋭の少壮研究者として認知されていたのは間違いないだろう。また、東大の助手に着任してすぐ、来日したロラン・バルトの通訳をつとめた際の圧倒的な存在感も、今ではほとんど語りぐさになっている。それはともかく、「フローベールと文学の変貌」と題された四〇頁あまりの論考が、いまだ文芸批評家としても映画批評家としてもデビューする前のこの仏文学徒が「日本語で発表した最も早い文章」(自筆年譜)であることを、まずは確認しておきたい。

けれんみたっぷりの文章で書かれたこの解説をいま読み返してみると、研究史の紹介という本来の役割をそつなくこなしていることにまずは驚かされる。フローベール作品に対する同時代の反応から始まって、作家の死後のイメージの変遷、伝記的研究、アカデミズムによる文献批判を順に跡づけた上で、最後にヌーヴェル・クリティックへと流れ込む現代の批評を概観する記述は、この種の解説としてはまさに模範的なものであり、『「ボヴァリー夫人」論』という「批評も研究もやってしまったように思える大著」*12を書く下地は、すでにこの頃からできてあがっていたのだと得心される。ところで、現代の読者にとってより興味深いのは、この論考の終わりに、批評についての一種の原理論が開陳されていることであろう。「では、これからのフローベール像は、どんなものになるだろうか」というタイトルのもとに、今後の批評の展望を、フローベールにおける言語体験の意味と重ね合わせながら論じるくだりは、短いながらも、その後の蓮實重彦の批評活動を考える上で有益な示唆に富んでいる。

最初に文学における言葉の重要性が指摘されているのは、当時の知的風土を考えれば、さして特筆すべきほどのことではあるまい。ただ、それがほかならぬ水の比喩を用いて語られている点には注目しておきたい。すなわち、フローベールにあっては、言葉とは生に不可欠な一つの条件、言い換えれば、「水のように[…]存在を周囲からそっくりおおってしまう一つの環境」だとされる。「そこでは、泳いでいるか溺れるかのせっぱつまった選択しか許されてはいない」という意味で、言葉は内面や思想を表現するための道具であるどころか、書く主体がくぐり抜けねばならない過酷な試練の場を形づくるものである。「言葉の海」に溺れないようにするためには、「作家は泳ぎの術を心得ていなければなら」ず、書くことは「溺死の恐怖」と常に隣り合わせでしかありえない。もちろん、ここで問題となっているのが

「人と言葉との生なましい触れあい」である以上、同じことは読む行為にも当てはまるはずであり、従って、批評家もまた「すぐれた泳ぎ手」であることを必然的に要求されることになる[13]。

書くこと、および読むことを、遊泳にたとえるというこの発想は、おそらくジャン＝ピエール・リシャールからきたものだと思われる。事実、『フローベール全集』の別巻に蓮實重彥自身による抄訳が収録されている「フローベールにおけるフォルムの創造」が、この小説家の「水コンプレックス」を主要なテーマとしていることは今さら想起するまでもないだろう。リシャールの精緻な分析によれば、フローベール的存在は「ものを吸収し崩壊させる力としての水」[14]に怯えつつも、同時にそれに強く惹かれており、不定形な物質のなかに溶解する危険にたえずさらされている。そのような存在が筆を取る時、言葉もまた表現のための堅固な支点をなすどころか、その無限の可塑性によってめまいをもたらし、書くことをたちまち頓挫させにかかる。作家は言葉の大海にあらがいながら、流動するその塊を辛抱強く鍛えあげて、それを作品というフォルムに定着させなければならない。書くことが泳ぐことのアナロジーにおいて捉えられるのはこのような意味においてであるが、畢竟、それは溺死の危険とひきかえに、「生が手におえないものを救うことで自己を確立し、自己にうち克とうとする作業」[15]だということになる。

リシャールの方法に向けられた多種多様な批判については、今さら繰り返すまでもないだろう。心理主義の残余という観点からの批判に加えて、テマティスムがエクリチュールを一つの創造のドラマとして仕立てあげるに際して導入する人為的なパースペクティブを徹底的に問題化したのが、ジャック・デリダによる「リシャール殺人事件」の内実であることはよく知られている通りである[16]。ところで、文芸批評家・蓮實重彥がその長いキャリアの最初に企てたのが、リシャールをその存在論的・精神分析的文脈からずらすことであったことはやはり確認しておくべきであろう。具体的には、一九六八年の「フローベールと文学の変貌」においてはいまだ曖昧なかたちで肯定されていたように思われるリシャール流の「人間の創造の劇」を、書かれた言葉を読むという純粋に言語的な体験の位相に置きなおしたのが、一九七〇年に発表されたジャン＝ピエール・リシャール論「批評、あるいは仮死の祭典」(『パイディア』第九号。後に同名の単行本に収録)だといえよう。そこでは、リシャールのいう「存在の崩壊」は、フローベールという個体に特有の水コンプレックスから切り離されて、あらゆる文章体験の背後に控える「個々の言葉を超えた言語一般」、もしくは「見えてはいない無限の言葉」*[17]との不可能な遭遇から生じるめまいとされる。宮川淳が「リシャールには過ぎたる深読み」*[18]と評したこの論考によって、テマティスムは、実存の「根本的な姿勢」の解明ではなく、無名の言葉のざわめきに無媒介的に身をさらす「壮大な仮死の祭典」という相のもとに捉えなおされることになる。それは安易に「死」(これを「崇高《サブライム》」と言いかえてもよいだろう)に行きつくことのない「仮死」として、始まりも終わりもない中間地帯でくりひろげられる徹頭徹尾テクスト的な体験なのだ。

「批評、あるいは仮死の祭典」の著者が、この時点でミシェル・フーコーの「J＝P・リシャールのマラルメ」を読んでいたかどうかは明らかにしない。いずれにせよ、一九六四年に『アナール』誌に発表されたこのすぐれた論考が、実存主義的心理学との誹りに対して、おそらく最初にリシャール流テマティスムを擁護したものである点は強調しておきたい。フーコーによれば、リシャールの批評が明らかにするテーマとは、実存のオブセッションといった起源を指示するものではなく、「形あるものと形なきものの戯れ」としての言語の条件そのものにかかわるものである。形ならざるものの「かすかなつぶやき」を背景にして、「過渡的で瞬間的な閃光」たる形式が立ち現れる瞬間を明らかにするのが、テマティスムということになろうか。このような批評はまた、作品の生成をいわば逆向きにたどることにより、「諸形式の溶解、それらの絶えざる敗走」*[19]を可視化することになるのだが、その時、批評家の営為は、言葉の海を泳ぐ行為にどこかしら似てくるであろう。精神分析にも言語学にも還元されることのないこのような分析を、フーコーは端的に「言語の裸形の経験」*20と名づけている。

フーコー／蓮實重彦によるリシャールの読みなおしは、要するに「物語批判」なのだといえよう。小説あるいは詩のテクストに書き込まれた言葉をあたうかぎり偏心させ、まるでそのなかを泳ぐかのようにして、文脈を超えた細部のつながりを見出していくこと。このような読みは、特に『「ボヴァリー夫人」論』の場合、対象が一九世紀の小説という適度に凡庸な物語を内包するテクストであるだけに、マラルメの難解な詩を相手にする場合とは別種の困難を抱えこまざるを得ない。実際、蓮實重彦が行っているのは、散文のフィクションを構成する言葉が物語を形づくる手前の、そこに回収されないテクスト的要素を丹念に拾い出すことにより、フローベールの作品を匿名性の方へと開いていくことだといえよう。だからこそ、恋愛や借金といった物語的な意味へと収斂することのない「存在の希薄化」が繰り返し問題となるのであり、小説のなかでこれを典型的に体現しているのが、ストーリーの水準ではさほど存在感を持たないシャルルということになる。主人公エンマが決して特権的な作中人物として扱われないのも同様の理由によるが、『ボヴァリー夫人』を姦通小説としては読まないというこの選択が、にもかかわらず、フローベールの作品を「何も書かれていない書物」*21と同一視することにつながらない点には注意が必要であろう。そもそも蓮實重彦の前衛嫌いは有名だが、その物語批判もあくまで物語を執拗になぞることによってなされるのは、『表層批評宣言』（一九七九年）における「倒錯者の戦略」以来の一貫したスタンスである。だからこそ、シャルルやエンマといった作中人物の同一性も、とりあえずのものとして維持されることになるのを確認しておこう。

4　エンマからシャルルへ

瞬時に形づくられてはほどけていく言葉の網の目としてのテーマを扱う批評は、では、具体的にはどのように実践されることになるのか。リシャールの強い影響下に始められた蓮實重彦の『ボヴァリー夫人』読解が、どういった軌跡を経て今回の大著に至ったのかを概観してみると、一九七〇年前後に書かれた三つのフランス語の論文が決定的に重要であったことに気付かされる。ひとまずそれらのタイトルを挙げると、第一に、一九六七年に日本フランス語フランス文学会の学会誌に発表された論文「ギュスターヴ・フローベールの長編小説『ボヴァリー夫人』における水の揺籃運動の意味について」[*22]。次に、一九七〇年にパリのコレージュ・ド・フランスで行われた口頭発表で、翌年の国際フランス文学会の機関誌に掲載された「開かれたものと閉じられたもののフローベール的両義性――『ボヴァリー夫人』の両主要作中人物の死」[*23]。最後に、一九七三年に東大駒場の紀要に発表された「フローベールの『三つの物語』における語りと主題論の相関性」[*24]。これら三篇を通して認められるのは、水や液状化といったリシャール的テーマが蓮實重彦特有の「気化」のテーマに次第に取って代わられ、またそれにともなってエンマからシャルルへと分析の重心が移行する様である。どれも日本語には訳されていない論考だが、ここでは無粋であることを承知の上で、紹介も兼ねて簡単にたどりなおしてみたい。

一九六七年の論文は、冒頭に付された注によれば、その二年前にパリ大学に提出された博士論文『「ボヴァリー夫人」を通してみたフローベールの心理の方法』からの抜粋だという。ある程度はフランスのアカデミズムとの妥協の産物であったに違いない博士論文[*25]のなかでも、おそらくここは特に手応えを感じた箇所だったのであろう。とはいえ、『「ボヴァリー夫人」論』の第X章「運動と物質」の下書きとみなすこともできるこの論考は、正直、今読むといささか分かりにくいものになっている。おそらくこれは、全体としてはリシャール流テマティスムの枠のなかで構想されていながらも、そこからはみ出る何かが追究されていたからであろう。より正確には、後に『「ボヴァリー夫人」論』のなかでシャルルが体現することになる「物質へのラディカルな同化」を、エンマにおける「存在の液状化」に半ば強引に読み込もうとしたのがこの論文ではないかと考えられるのだ。確かに、その後の蓮實重彥を知る者にとっては、エンマの「軽さの本能」(バシュラール)を論じるに当たって、たとえ批判的にではあれフロイトの『夢判断』まで援用されているのは違和感がなくはない。また、そもそも知覚の対象との一体化が問題となっていながら、シャルルへの言及がまったくないのも奇異な感じを受ける。事実、エンマの運動への想像力に「もはや自分自身ではなくなるという原初的な欲望」を認め、その高所への誘惑に「重さも責任もなく、空中に漂う」ことへの憧れを見て取るという分析は、むしろシャルルにこそふさわしいものであろう。これらの齟齬は、要するに、まずはリシャール的な文脈を全面的に受け入れた上で、そこに微妙な差異を導入したことから来ているのであろう。

それでは、シャルルが直接分析の対象となるのはいつからかといえば、それが第二の論文の役割ということになろう。先に述べたリシャール論と同じ年に発表されたこの論考の内容に関しては、その副題が示唆するごとく、小説の主要作中人物二人の死の場面を、各々の空間感覚に関連させて考察したものだとまとめることができる。ところで、ここで最も注目すべきは、実はエンマとシャルルを同列に扱うという選択それ自体であろう。これが当時としては多少とも意表をついたものであったことは、論文の最初に、「個人的には、シャルルは[…]エンマと同じ程度に重要な役割を小説の構造においてはたしている」とわざわざ断ってあるのを見ても明らかだ。シャルルをその妻が演じる姦通の物語の脇役、しかも間抜けな道化役としかみなさない紋切型的な読解に対するこの批判が、当時いったいどこまで受け入れられたかは定かでない。いずれにせよ、みずみずしい感性をそなえた「戸外の人」シャルルを、閉ざされた空間へと向かうその妻と対置させることで、ボヴァリー家の悲劇を性格的な要因ではなく、二人の空間意識の隔たりに結び付けるという『「ボヴァリー夫人」論』第Ⅶ章で展開される論旨は、この段階ですでにできあがっていたものと考えてよい。ただし、この論考を今読み返すと、依然として何かが欠けているという印象は否めないのだが、それは一言でいえば、「語り」の問題ということになろう。そのことはとりもなおさず、小説末尾におけるシャルルの唐突な変貌、読者を戸惑わせずにはおかないその凶暴な愚鈍さを分析するための準備が、いまだ整っていなかったことを意味している。

では、説話論的な視点と主題論的な視点を絡めながら作品を分析していく独特の手法は、いったいいつ見出されたものなのか。著者自身の言葉を信じるなら[*26]、それは『三つの物語』を扱った一九七三年の論文においてということになるが、実際、「物語（レシ）と主題（テーマ）」と題されたその第一章の冒頭は、まさしくこの点についての原理的解明に当てられている。『三つの物語』においては「落ちること」といった主題が反復されることで、作品に物語の直線的な流れとは別種の秩序が付与されると同時に、説話論的なレベルでもその都度新たな変化が導入されることが、その理論的な射程をも含めて丁寧に解説されているのだが、これはたとえば、『「ボヴァリー夫人」論』第Ⅲ章における人の移動を促す手紙の主題についての見事な分析へとつながるものであろう。テーマの反復というそれ自体ではいくらでも単調になりかねないものが、物語の論理と有機的に連関することで、いかに説話論的な有効性を帯びるようになるかというのは、蓮實的分析の要諦の一つをなしていることはいうまでもない。ともあれ、「テーマ体系と説話技法の相殺現象」[*27]というアプローチの発見をもって、四〇年後の大著に結実することになる基本的な問題設定および方法論は、この時点でほぼすべて出揃ったといってよい。

以上三篇のフランス語の論文に続いて、おもに東大駒場の紀要を媒体にして、一九七五年から八〇年代末まで断続的に発表された一連の日本語による論考[*28]については、ここであえて詳しく検討するまでもないだろう。これらはすべて後の大著の下書きとみなされるべきものであり、「手」や「塵埃」の主題、時間と空間の構造、題名の問題、さらに「超＝説話論」的と名づけられる外部の要素の介入などが論じられている。これらを現在読みなおすと、特に「塵埃と頭髪」をめぐる論考に顕著なように、次第に「気化」のテーマが前面に出てくるのが見てとれるが、このことは蓮實重彥自身の文章体験の質それ自体と本質的なかかわりを持っているように思われる。事実、溺死の危険に逆らって言葉の海のなかを遊泳するというリシャール的批評のスタンスは、『「ボヴァリー夫人」論』の文章には必ずしもしっくりこないと感じる者は少なくないのではなかろうか。この点を明らかにするために一つだけ補助線を引くとすれば、一九七三年に出版されたドゥルーズの『マゾッホとサド』の翻訳に付された「訳者あとがき」が参考になるかもしれない。そこで示唆されている「マゾヒスムと文章体験との秘かな関係」[*29]についての指摘に従えば、読むこととはそもそも、緩慢に「引き延ばされた未決定状態」[*30]にすすんで身を委ねることである。あたかも空中にまいあがる微細な埃にじっと見入らずにはおられぬフローベール的作中人物を模倣するかのように、作品を読む者は自ら率先して「存在の希薄化」を実践し、いわば言葉と一体化しようと試みることになる。宙吊りの姿勢を言葉との貴重な遭遇の条件として生きるそのような読解が、「液状化」のテーマよりも「気化」のテーマに親和性を見出すのはごく当然ではなかろうか。一方で、なにも精神分析を持ちだすまでもなく、水のイメージは、魅惑とおぞましさのいりまじった深さの誘惑と切り離せないものであり、泳ぐ行為も、それがどこか征服を思わせなくもないという意味で、あえて表層にとどまることで言葉を活性化させる姿勢とは似て非なるものといえる。「仮死」というよりも「崇高《サブライム》」に通じるという点でも、水のテーマは、普通そう考えられているほど、蓮實的主題論と折り合いがよいわけではないのである。従って、『「ボヴァリー夫人」論』ほど、リシャールの提起した「水のコンプレックス」という視点による解読にはふさわしからぬフローベールの作品も想像しがたい」(667) という今度の大著に読まれる断言は、たとえそれが一見どんなに意外に感じられようとも、『「ボヴァリー夫人」論』の著者がこれまでにたどってきた行程の必然的な帰結なのだといえよう。

5　ボードレール、エンマ、アイロニー

この小論を閉じるにあたって、ささやかながら『「ボヴァリー夫人」論』に一つの違和を表明すべく、ボードレールの名を呼び出してみたい。『凡庸な芸術家の肖像』にも脇役として登場する『悪の華』の詩人は、マクシムに一篇の詩を献辞しては、彼を心底驚かせたりもするのだが*31、ほかにも『文学的回想』に述べられているいくつかのエピソードを読む限り、たとえば髪を緑色に染めてデュ・カンのもとを訪れ、ワインをがぶ飲みして帰って行くといったその奇矯な振る舞いは、総じて「凡庸な芸術家」の理解の範囲外にあったようだ。フローベールとは短いながらも共感にみちた関係を維持したこの詩人は、『ボヴァリー夫人』についての同時代でおそらく最もすぐれた論考を残している。『「ボヴァリー夫人」論』においても「批評的なエッセイ」の系譜の端緒として紹介されているこの論考は、しかしながら、蓮實的読解とは本質的に方向性を異にしているように思われる。すなわち、ほかならぬエンマを詩人の似姿としてもちあげて、次第に破滅へと突き進むその振る舞いに逆説的な崇高さを見出すという観点は、「存在の希薄化」の実践を通して言葉と戯れる感性とはどこか相容れないものを含んでいるのではなかろうか。

『芸術家《ラルチスト》』誌の一八五七年一〇月一八日号に掲載されたボードレールによるフローベールの処女長編の書評は、その数ヶ月前に発表されたサント゠ブーヴの名高い書評に対する反発として書かれたものだととりあえずは理解できよう。この第二帝政のお抱え批評家が文学作品の評価基準として道徳を持ち

だすのにいらだった詩人が、「作品の論理」の自律性を論拠に、「機能とジャンルの混同」*32をきびしく糾弾している点は、『「ボヴァリー夫人」論』においても的確に指摘されている通りである(9)。ただしここで見落としてはならないのは、ボードレールにとってフローベールの小説の魅力の中心をなすのが、あくまで女主人公エンマの過剰なまでのエネルギーである点であろう。曰く、エンマを特徴づける三つの資質とは、ものを生み出す至高の能力であり、「心情」という女性的資質の対極にあるとみなされる「想像力」、決断に裏づけられた「行動のエネルギー」、さらには支配に対する極端な好みという意味での「ダンディスム」ということになる。ボードレールによれば、これらはすべて男性的なものであり、それも芸術家に固有の資質とみなすことができる。言い換えるならば、『ボヴァリー夫人』のヒロインは「ほとんど男」であって、美しい女性の肉体のなかに男の血が流れている「奇異な両性具有者」*33とでもいうべき存在なのである。

一九世紀の多くの作家たちに共通する偏見である「女性蔑視（ミゾジニー）」については、ここでわざわざ取り上げるまでもないだろう。女性を動物の「牝」と同一視するかのようなボードレールの多分に挑発的な姿勢は、一方で、それこそジェンダー・スタディーズ的な観点から現代的に解釈しなおすことも十分可能だと思われるが、今はこの問題は論ぜずにおく。ここでむしろ注目すべきは、『悪の華』の詩人がどうやらエンマを自らの分身とみなしているという事実につきている。ノルマンディーの片田舎という「卑小な環境」のなかで、不可能な理想を追い求めては、ロドルフやレオンといった自分よりも資質において劣る「下らぬ男たちに身を任せる」エンマの姿を、ボードレールは「あばずれ女たちに身を委ねる」詩人にたとえている。『ボヴァリー夫人』のヒロインはいわば「ヒステリックな詩人」であり、「自分の想像力の詭弁に引きずられて」現実をたえず取り違えずにはおかないその行動力は、いくぶん滑稽であると同時に、「きわめて崇高」でもある。「要するに、この女は真に偉大である」*34という断言にどこまで首肯できるかはともかくとして、ボードレールがエンマの挫折に近代社会における芸術家の困難な運命を重ね合わせていることだけは間違いないだろう。

この多分に強引な解釈は、その牽強付会な論理にもかかわらず、蓮實的読解の盲点を確実についているように思われる。そのことを立証すべく、ここでふたたびドゥルーズの『マゾッホとサド』、およびその訳者解説を参照してみたい。すでに見たように、『「ボヴァリー夫人」論』の著者がその文章体験をマゾッホ的な風土に位置づけ、言葉を前にして「引き延ばされた未決定状態」に意図的にとどまることを選択するのに対し、ボードレールの方はサド的な「否定の上昇運動」[*35]に明らかに魅惑されているといえる。実際、ボードレールが最大限の共感をこめてエンマの「ヒステリー」と呼ぶもの、つまり自らがとらわれている環境を否定し、そこから抜け出そうとして、かえって自滅するエンマの行動は、ドゥルーズが定義するところの「サディスム的イロニー」のもたらす破壊作用を想起させなくもない。ボードレールがエンマの特徴として挙げる「生への、生を利用し、その享楽を予測することへの、驚くべき適性」[*36]も、あくまでサド的な「量的な繰り返し」にこそ基盤をおくものであり、マゾッホ的な「質的な宙吊り」[*37]とは無縁なことは、小説第三部における加速する物語の展開が明白に示している。逆にいえば、作中人物としてのエンマを正当に評価するためには、「今・ここ」を否定的に超えていく侵犯の動きを、そのあらゆる帰結において肯定する必要があるといえよう。蓮實的読解がなかば戦略的に切り捨てたものが、ボードレールの読解によって可視化されるというのは、まさにこの意味においてである。この相違はおそらく、最終的にはロマン主義の問題にまで帰着するのではないかというのが論者の現時点での予想であるが、そのことはいずれまた論を改めて検証してみたい。ともあれ、ボードレールが魅了されたエンマの過剰さ、自らの死へと性急に突き進むその空転するエネルギーは、サドの作品に見られる絶対悪への志向ともどこかで通底しているように思われるのだ。

とはいえ、以上のような取るに足らない異論も、『「ボヴァリー夫人」論』の著者には最初からお見通しであるかもしれない。その証拠というわけではないが、第Ⅷ章「虚構と表象」におけるエンマの自死をめぐる分析は、この小説のヒロインの服毒自殺に、それが存在論的なものであれ、社会的なものであれ、何らかの特権的な意味を付与せずにはおかぬ論者たちの読解をあらかじめ批判するものとなっていることに注意を喚起しておきたい。エンマは、しばしばそう解釈されるように、自らの死をもって、同時代の社会にラディカルな否《ノン》を突きつけた存在であるどころか、少なくともフィクションのなかでは「自殺させてもらえなかった」*38女とみなされねばならない。それが副題の「地方風俗」の意味するところでもあるが、一九世紀フランスの片田舎における日常生活の規則は、町医者の美しい妻が砒素をあおって命を絶つという劇的な展開によって乱されるにはあまりに堅固であって、エンマの死はあたかも自殺ではない「かのように」(496)、単なる事故死として処理されることになる。そこに認められる否定しがたいアイロニーは、単にヨンヴィルという物語の舞台をなす共同体にかかわるのみならず、女主人公の死の欲動に一種の崇高さを読み取らずにはおられぬこの小説の読者にも向けられているものだといえよう。サド的な否定によって目の前の現実を超えていくどころか、かえって「地方風俗」のしたたかな論理にからめとられて、その死さえも曖昧化されずにはおかないエンマの姿は、一篇の小説のテクストを読むという決して自明なものではない行為が、何に基盤をおいてなされるべきかを示唆しているようにさえ思われる。「テクスト的現実」とは、どうやら一部でそう思われているように、一昔前に隆盛をきわめた「テクスト論」の原理としてあるわけではない。それはむしろ、互いに矛盾することさえ辞さない複数の文からなるテクストが必然的にはらむことになる「曖昧さ」を絶対的に肯定しつつ、「存在の希薄化」を通して言葉への宙吊り状態を生きることにほかならない。「気化」にも比すべきその経験は、シャルルのように言葉のなかに拡散してしまいたいという「贅沢」な願望に支えられたものなのである。

＊1　蓮實重彥『「ボヴァリー夫人」論』（筑摩書房、二〇一四年）からの引用は、本文中の括弧内にページをアラビア数字で示す。

＊2　「鼎談〝生まれたばかりの散文〟と向き合う」、『「ボヴァリー夫人」拾遺』、羽鳥書店、二〇一四年、一八四―一八七頁。

＊3　フローベール『ボヴァリー夫人』山田𣝣訳、河出文庫、二〇〇九年、二四五頁。

＊4　「フローベールの〝文体〟について」鈴木道彦訳、『プルースト評論選Ⅰ』保苅瑞穂編、ちくま文庫、二〇〇二年、二一五頁。

＊5　この点に関しては、『「ボヴァリー夫人」論』のなかでも言及されている『文学言語』の共編者の一人ジル・フィリップによる以下の二冊のフランス語の書物を参照のこと。Gilles Philippe, *Sujet, verbe, complément. Le moment grammatical de la littérature française 1890-1940*, Gallimard, 2002 ; Flaubert savait-il écrire ? Une querelle grammaticale (1919-1921), Grenoble, ELLUG, 2004.

＊6　「フローベールの〝文体〟について」、二一七―二一八頁。

＊7　それぞれ『ボヴァリー夫人』、三五三頁および三六八頁。

＊8　一八五二年四月二四日、ルイーズ・コレ宛のフローベール書簡。この点については、『「ボヴァリー夫人」論』、七五―八〇頁を参照のこと。

＊9　中村光夫『二葉亭四迷伝』（一九五八年）、講談社文芸文庫、一九九三年。

＊10　『フロオベルとモウパッサン』、『中村光夫全集』第二巻、筑摩書房、一九七二年、四三九頁。

＊11　Flaubert, présenté par Raymonde Debray-Genette, Firmin-Didot Étude, « Miroir de la critique », 1970.

＊12　中島一夫のブログ「間奏」、二〇一四年八月二四日の記事から引用。

＊13　「フローベールと文学の変貌」、『フローベール全集　別巻』、筑摩書房、一九六八年、五〇五―五〇六頁。

＊14　ジャン＝ピエール・リシャール「フローベールにおけるフォルムの創造」、同前、二一五頁。

＊15 同前、二三二頁。

＊16 蓮實重彦『「知」的放蕩論序説』、河出書房新社、二〇〇二年、一九五―二〇一頁。

＊17 蓮實重彦『批評 あるいは仮死の祭典』、せりか書房、一九七四年、二五七頁。

＊18 「蓮實重彦著『批評あるいは仮死の祭典』」、『宮川淳著作集Ⅱ』、美術出版社、一九八〇年、六八六頁。

＊19 「J＝P・リシャールのマラルメ」兼子正勝訳、『ミシェル・フーコー思考集成Ⅱ』蓮實重彦・渡辺守章監修／小林康夫・石田英敬・松浦寿輝編、筑摩書房、一九九九年、二一〇―二一一頁。

＊20 同前、二一七頁。

＊21 一八五二年一月一六日、ルイーズ・コレ宛のフローベール書簡。『「ボヴァリー夫人」論』、七三―七四頁を参照のこと。

＊22 «Signification du mouvement berçant de l'eau dans le roman de Gustave Flaubert : *Madame Bovary*», *Études de Langue et Littérature françaises*, Société japonaise de langue et littérature françaises, nº 10, 1967, p. 88-103.

＊23 «Ambivalence flaubertienne de l'ouvert et du clos : la mort des deux personnages principaux de *Madame Bovary*», *Cahiers de l'Association internationale des études françaises*, nº 23, mai 1971, p. 261-275.

＊24 «Modalité corrélative de narration et de thématique dans les *Trois Contes* de Flaubert», *Études de langue et littérature françaises*, Université de Tokyo, vol. XXI, nº 4, 1973, p. 35-79. 以上三つのフランス語論文からの引用は、すべて論者自身の訳による。

＊25 この点については、たとえば「せせらぎのバルト」、『ユリイカ 総特集 ロラン・バルト』、二〇〇三年一二月臨時増刊号、九―一〇頁を参照のこと。

＊26 「シャルル・ボヴァリーは私だ」、『「ボヴァリー夫人」拾遺』、二二七頁。

＊27 『批評 あるいは仮死の祭典』、八〇頁。

＊28 これらを年代順に列挙すると、「手の変貌――『ボヴァリー夫人』論のためのノート」、『外国語科研究紀要』、東京大学教養学部、第二三巻第二号、一九七五年、一―三一頁；「『ボヴァリー夫人』論――説話的持続の問題」、『外国語科研究紀要』、東京大学教養学部、第二六巻第三号、一九七八年、一―六二頁；「『ボヴァリー夫人』論――小説的空間の問題」、『外国語科研究紀要』、東京大学教養学部、第二九巻第二号、一九八一年、二三―一〇八頁；「『ボヴァリー夫人』論――題名を読むこと」、『外国語科研究紀要』、東京

大学教養学部、第三三巻第二号、一九八五年、四九―七五頁：「塵埃と頭髪　『ボヴァリー夫人』をめぐって」、『潭』、書肆山田、三号、一九八五年八月、九四―一一九：「懇願と報酬――『ボヴァリー夫人』の説話論的構造の一側面」、『文学』、岩波書店、一九八八年一二月、五―二三頁。

＊29　ジル・ドゥルーズ『マゾッホとサド』、蓮實重彥訳、晶文社、一九九八年（初版一九七三年）、二一五頁。

＊30　同前、二一三頁。

＊31　蓮實重彥『凡庸な芸術家の肖像 上』、講談社文芸文庫、二〇一五年（初版一九八八年）、第一部第Ⅶ章「旅行者の誕生」。

＊32　『ボードレール批評 3』、阿部良雄訳、ちくま学芸文庫、一九九九年、六五頁。

＊33　同前、六五―六六頁。

＊34　同前、六六―六八頁。

＊35　『マゾッホとサド』、二一二頁。

＊36　『ボードレール批評 3』、六八頁。

＊37　『マゾッホとサド』、一六三頁。

＊38　「シャルル・ボヴァリーは私だ」、『「ボヴァリー夫人」拾遺』、二二六頁。

「二次創作」に抗する「二次創作」

――蓮實重彥『「ボヴァリー夫人」論』の「序章 読むことのはじまりに向けて」と「I 散文と歴史」を読む――

石橋正孝

Masataka ISHIBASHI

フランス文学／立教大学観光学部助教。一九七四年横浜市生まれ。東京大学大学院博士課程単位取得退学、パリ第八大学博士課程修了。著書に『〈驚異の旅〉または出版をめぐる冒険 ジュール・ヴェルヌとピエール＝ジュール・エッツェル』（左右社、二〇一三年）など。

蓮實重彥『「ボヴァリー夫人」論』（筑摩書房、二〇一四年）*1 の読者になろうとする者は、開巻劈頭、これから八〇〇頁以上にわたって繰り広げられていくことになる言説が、自らの社会的地位《ステータス》に対する自省的ともいうべき確認をもって始められるのに立ち会う。いわく、標題による予告に反することなく、それが「テクストをめぐるテクスト」という「二次的」な言説を構成するであろうこと（蓮實重彥が本書の最初に付けた註で「二次的」という語にわざわざ一度だけ触れておき、本文中では一度もそれを使用せずにすませている事実を踏まえてなお、われわれがこの語に拘泥する理由は、追って明らかになるだろう）。かといって、通説に拠ればシャルル・オーギュスタン・サント＝ブーヴをもって嚆矢とする――とはすなわち、ギュスターヴ・フローベールの『ボヴァリー夫人』執筆開始とほぼ同時期に成立を見た――この種のテクストの多くがこれまで散々誘発してきた「倒錯」――「読まずにおくために読む、あるいは読んだから読まずにおくという無意識の集団的な振る舞い」(4)――を「惹起することだけは何としてでも避けたい」(5)との「真摯な思い」(同前)から、『ボヴァリー夫人』をすでに読んだ者だけに読まれることにより、あるテクストの成立の後にそれをめぐって書かれるという執筆の時間的な前後関係を、読まれるべき順序にまで貫徹し、自らの「二次性」がそのように徹底されることによってしか起こりえない「変容」を読者のうちで対象と共に生きる(「二次的」たることを免れる)のにふさわしいあり方――「批評的なエッセイ」という呼び名が、シャルル・ボードレール、マルセル・プルースト、ロラン・バルトといったいくつかの具体例とともに、仮に与えられている――が目指されるであろうこと。

無論のこと、以上のごとき宣言に接した読者の念頭には、ただちに複数の疑問が押し寄せてくる。「読まれるべき書物は何よりもまず『ボヴァリー夫人』でなければならず、それ以前に『「ボヴァリー夫人」論』のページが繰られることなどあってはならない」(同前)といわれる時、『ボヴァリー夫人』を「読む」とはいかなる事態を指しているのか。あるいは、どこまで読めば「読んだ」といえるのか。この問いはいったん措くにせよ、徹底した「二次性」にふさわしいテクストのあり方とは、いかなるものなのか。それは、多くの「テクスト」をめぐるテクスト」に、自らの「二次性」を執筆の順番に留める「中途半端」を許してきた「倒錯」に少しでも抗う力を(例えば、『ボヴァリー夫人』をある一定の水準まで読み込んでいない者には、本質的な次元で決して理解しきれない部分が残るよう仕組まれていたりして)それ自体として持ちうるのか。「倒錯」の回避を望む「著者の思惑どおりに事態が推移しそうもない歴史的な現実が存在しているので、「近代的」と呼ぶしかあるまいその形成過程を概観することで、『「ボヴァリー夫人」論』の「序章」を書き始めることにする」(同前)とは、今まさに自らが陥っている可能性の少なからずある事態について、それを成立させた歴史的経緯を記述の対象にする点ですぐれて自己言及的といえるが、それは

「倒錯」の肯定とまではいわないにせよ、その追認とならざるをえないのではあるまいか。テクストとしての自律性を確保すべく多くの二次的なテクストが当然のように払っている諸々の配慮に加えられる独特な捻り——蓮實批評の「二次創作」としての側面——に主として惹きつけられてきた読者は、自らの「倒錯」に関する二重拘束《ダブル・バインド》的な記述が行われようとしているのに対して、いかに振る舞えばよいのか。そのように自問しつつ、『「ボヴァリー夫人」論』の読者になりつつある者は、息を凝らして論述の続きをたどることになる。

「テクストをめぐるテクスト」という制度（自然さを装う不自然さ）の成立は、メディアおよびその不特定多数の読者の出現と軌を一にしている限りにおいて、読者の大半が対象作品を読んでいないことを前提に、彼らに「受け入れられやすいイメージの提供」(7)があくまでも優先されるのは避けようもない。それゆえ、「批評的なエッセイ」の名に値しない「テクストをめぐるテクスト」は、その書き手が読者より先に対象テクストを読んだという時間的先行性に基づく（読者に対する）優位を、対象テクストに対する「後出しジャンケン」の正当化と取り違えることで、自らの「二次性」を省みることなくそれに安住し、意図的にか無自覚的にか、対象テクストを一般読者に「受け入れられやすいイメージ」に摩り替え、ひいては、対象テクストそのものに自ら取って替わってしまう。つまり、自身の「二次性」を突き詰めずに中途半端なまま放置する「テクストをめぐるテクスト」は、対象テクストから、それとはおよそ無縁のイメージ——すなわち、語の悪しき意味における「フィクション」であり、まさしく二次創作、それも中途半端な二次創作——を捏造することを「読む」ことと取り違え、対象のテクスト性——蓮實重彥は、それが露呈する場を「テクスト的な現実」と呼んでいる——を否認するだけではなく、自らもまた対象と同様にテクストである事実を都合よく忘却する。圧倒的多数の「テクストをめぐるテクスト」を特徴づける中途半端な「二次性」が、倒錯であることを自覚しない倒錯である所以はここに見出される。

とすれば逆に、自らの「二次性」を徹底するとは、対象の精緻な「イメージ」(徹底した「二次創作」)を構築する作業を通じて、対象と自らのテクスト性を絶えず意識し続けることに帰着するだろう。対象より先に読まれ、対象に取って替わってしまう危険性をむしろ率先して高めること。対象より後に読まれた時に、中途半端な「二次性」には不可能な「二次性」の廃棄――後述するように、完全な「廃棄」はありえないので、「気化」に留まるのだが――を引き寄せる道は、それしかない。無自覚な「テクストをめぐるテクスト」と「批評的なエッセイ」とは、互いの対極に位置づけられるのではなく、後者は前者の徹底であるという意味で、不自然さを不自然さとして受け止めた上で、あえてそれに身を投じる意識的な倒錯なのだ。言葉を換えれば、「批評的なエッセイ」という徹底した「二次性」は、無自覚な「テクストをめぐるテクスト」の中途半端な「二次性」があって初めて可能になった、どこまでも「二次的」な存在ということになる。然るに、徹底した「二次性」の基盤にほかならない中途半端な「二次性」とは、『「ボヴァリー夫人」論』が徹底した「二次性」にふさわしくあってほしいと望む「著者の思惑どおりに事態が推移しそうもない歴史的現実」そのものなのだ。あるいはむしろ、「著者の思惑どおりに事態が推移しそうもない歴史的現実」そのものを「反復」してみせる「倒錯」が「批評的なエッセイ」なのだといってしまうべきなのかもしれない。自らを不可能にするもの(一言でいえば、大衆消費社会)に支えられずして成立しない――「批評的なエッセイ」のこの矛盾が、その対象であるフローベール的散文のそれでもあることは、後ほど確認したい。

繰り返しになるが、中途半端な「二次性」としての「テクストをめぐるテクスト」が「テクスト」軽視であり、徹底した「二次性」としての「批評的なエッセイ」が「テクスト」の「物神崇拝《フェティシズム》」であるといった具合に、両者が「テクスト」を間に挟んで対極に位置づけられるのではないし、そんなはずもない。口誦文芸に遡る韻文が記憶術でもあるのに対し、「数えきれないほどの、とはいえあくまで無限からは思いきり遠い有限数の「文」からなっている「言説」(20)にほかならない散文の「テクスト」は、「いま読みつつある「文」そのものを忘れないかぎり、「テクスト」を最後まで読み続けることはおよそ不可能であり、そのかぎりにおいて、「テクスト」は一瞬ごとの忘却を惹起する言語的な装置」(22)である以上、「批評的なエッセイ」であろうとなんであろうと、韻文形式のテクストとは異なり、どのみち散文形式の「テクスト」に全面的にアクセスすることなどできはしないからである。中途半端な「二次性」と徹底した「二次性」の違いは、したがって、そのような不可能性が存在するとは思ってもみない前者に対し、後者がとことん意識的であるといった程度のことにすぎないが、あるかなきかのこの違いが決定的なのである。

ではなぜ人は「テクスト」を読みうるのか——正確には、読みえていると錯覚しうるのか——といえば、「テクスト」が読者の記憶の中で別のなにかに置き換えられているからである。要するに、「テクストをめぐるテクスト」によって口当たりのよい「イメージ」を植えつけられるまでもなく、読者は誰しも、程度の差こそあれ、各人にとって収まりがよく、記憶しやすい「イメージ」に頼らずにはいられない。「テクスト」が本質的に孕んでいる矛盾や曖昧さがそこでは多かれ少なかれ解消されるしかなく、一切が、われわれが住む「現実世界」にほどよく似た、通俗的な一貫性に収斂していく動きに抗うには、ある意味で不自然さに耐え続ける能力が必要とされる。新聞等に媒介された「テクストをめぐるテクスト」が対象を「イメージ」に摩り替えることでそれに取って替わるのを、読者がさも当然のように受け入れてしまうのは、自分でも不断の読書行為で同じことをしているせいなのだ。とすれば、自分よりも相対的にそうした能力に恵まれていると判断される人物に「外部委託《アウトソーシング》」したところで一体なにが悪いのか、というわけであり、事実、それで済んでしまう「テクスト」——「テクスト性」を可能な限り読者に意識させず、「観念的な消費の対象としていつでも要約を受けいれる」(『随想』、一六七頁)情報としての

「コンテンツ」[*2]――が多いのも否定できない。マリ＝エヴ・テランティ『モザイク――新聞と小説の間において作家であること（一八二九―一八三六年）』[*3]によれば、フランスでは一八三〇年代以来、物語をその結末まで事細かに要約し、結果的に文字通り対象を「破壊」（消費以前に消費）してしまうことが永らく批評と見做されていた。これは対象が（一度読まれて「ネタバレ」してしまえば、「消費」されたことになって二度と読まれない）「コンテンツ」的作品である限り、「テクストをめぐるテクスト」の中途半端な「二次性」の持ちえるおそらくは最大のメリットであったが、「テクストをめぐるテクスト」が「文化的な商品の売れ行きを左右するという経済的な利害」(4)が肥大した今日では、神経症的な「ネタバレ」禁止の制度化という形で社会的に封じ込まれるようになっている。こうした状況は、一見、『ボヴァリー夫人』というフローベールの長編小説を、どうかあらゆる偏見を排して――さまざまなことが言われており、その「さまざまなこと」の中には蓮實重彥なる人物のいい加減な言葉がまぎれこんでいるかもしれませんが、むろんそんな言葉も無視して――まずは読んでいただきたい」（『「ボヴァリー夫人」拾遺』、一五二頁）という意向に有利に働くかに見えなくもない。しかし、実際には、『凡庸な芸術家の肖像』が取り上げた怪盗ロカンボール（彼を主人公とするシリーズの最新作がある新聞に連載されると予告されただけで定期購読者が五万人増えた）の例が典型的だが、「ネタバレ」禁止の結果、中途半端な「二次性」としての「テクストをめぐるテクスト」が生み出す「イメージ」が、「ネタバレ」を回避せんとするさらなるイメージ化によって二重に中途半端となり、「記号の記号」というシミュラークルに至る経緯が示しているように、ますます奨励されているのは、「テクスト」を解消して「物語」なり「イメージ」なりに置き換える「コンテンツ」的受容なのだから、それに逆らうタイプの「テクスト」――その最たる例が『ボヴァリー夫人』であることはいうまでもない――の方は、安易な「イメージ」に平然と置き換えられる傾向――『「ボヴァリー夫人」論』の「著者の思惑どおりに事態が推移しそうもない歴史的現実」――が相対的に強まっているようにさえ見える。

　だが、ここでも忘れてはならないのは、「コンテンツ」的受容向けの作品と自らの「テクスト性」に固執する作品との間に、中途半端な「二次性」と徹底した「二次性」の関係とほぼ同様の関係が成立することだ。『「ボヴァリー夫人」論』の「著者の思惑どおりに事態が推移しそうもない歴史的現実」こそ、「著者の思惑どおりに事態が推移する」ための条件になっているのである。「コンテンツ」的受容向けの作品であれ、自らの「テクスト性」に固執する作品であれ、「テクスト」である点に変わりはなく、いずれにしても全面的には読みえないのだから、中途半端な二次創作を引き出すという読みしかできない。結局はどこまでいっても、対象とは無縁の「イメージ」という「見せかけの自明性」(『「ボヴァリー夫人」拾遺』、六頁)にしか行き着かないのだとしても、そのことに居直って「テクスト」の促す記憶喪失を肯定し、中途半端な二次創作を「物語」と「イメージ」の水準に留める安易な道に、ある時ふと満足できなくなった者だけが――逆にいえば、たかが「ネタバレ」くらいであっさりと読まれる価値を喪失してしまう脆弱さを恥じようともしないどころか、消費に最適化されていることを誇示するような軽薄な作品を享受できる「大衆的」感性の持ち主だけが――「テクスト的な現実」と出会い、「ネタバレ」には収まりがつかない徹底した二次創作への不可能な歩みを踏み出すことになる。その意味では、「コンテンツ」的受容を前提に、それを徹底することでしか(というよりむしろ、それに抗おうとすることが却ってそれを促進してしまう矛盾を経ずして)、『「ボヴァリー夫人」論』の「著者の思惑」は達成されえない。

　にもかかわらず、「テクスト」の引き起こす記憶喪失を前提とした粗雑な「イメージ」という「見せかけの自明性」を、なんの疑問も抱かずに「フィクション世界」と名づけて理論化しうるという思い込みに囚われている多くのフィクション論者が、半ば無自覚な差別意識と権威主義に導かれるまま、彼らの議論にとって相対的に適切であるはずの「コンテンツ」からは引証せずに(「ネタバレ」に対する脆弱さをあらかじめ構造化している点で「コンテンツ」的受容の制度化と見做しうる推理小説の代名詞「シャーロック・ホームズ」だけを、アカデミックな研究という二次創作の「キャラクター」に匹敵する「コンテンツ」の例外的スターとして）、ただそれが有名であるからというだけの理由に基づいて「エンマ・ボヴァリー」を引き合いに出して事態を悪化させる時、『「ボヴァリー夫人」論』の「話者」はそれに対する激しい苛立ちを隠そうとしない。シャルル・ボヴァリーの会話は決まって「舗道のように平板」で、「何ごとにつけ「虚実の区別がつかない」女性」（『表象の奈落』、二九〇頁）であるエンマ・ボヴァリーは、不倫と浪費に走った挙句、自殺に追い込まれる、とされてしまうことに。なぜ彼らはその程度の（あてがいぶちの）二次創作で満足できるのか。端的にいって、それは、彼らが「テクスト」を「読む」ことができない以前の問題として、「コンテンツ」を本気で享受したこともないからだと断言できる。『ボヴァリー夫人』の「イメージ」の粗雑さ（「コンテンツ」の「イメージ」に比べて、その度合いは必然的に高くならざるをえない）に鈍感な神経の持ち主でなければ、いやしくも理論を自称する以上、フィクションの対極に位置づけられるはずの言説が、「フィクション世界」というフィクションへの妄信でしかない自家憧着にかくも平然としていられるだろうか。

自分が語っている対象と自分は異なっているという思い込みが、却ってその逆の事態を引き寄せてしまい、そのことが意識されずにいる。『「ボヴァリー夫人」論』の読者は、フィクション論者たち以外にも、そうしたケースが取り上げられるのを目にする。それらはいずれも、「言語による作品を言語で批判的に語るという姿勢のあやうさへの著者たちの自覚のまったき不在」（『随想』、九五頁）を共有しており、自らの「テクスト性」を失念した「テクストをめぐるテクスト」が自足する中途半端な「二次性」に帰着する。「虚実の区別がつかない」状態——いわゆる「ボヴァリスム」——を語る論者が、「フィクションの作中人物の「幻想」について語れると信じているのであり」(69)、当の本人こそ虚実の区別が付いていない。あるいは、蓮實重彥と署名された別の著作に目を移せば、「誰であろうと「作者」としてしか「テクスト」を語りえないものでありながら、いったん「テクスト」が対象となりさえすれば、それを語る主体はきれいに「作者」たることをまぬがれているかのごとく信じこんでいるものたちの便利な記憶喪失」（中公文庫版『物語批判序説』、三〇七頁）が揶揄されたり、模倣としてのフィクションを批判しようとする者がアリストテレスの模倣理論を模倣する様が指摘されたり（『「赤」の誘惑』、一二八頁）、「散文は昨日生まれたばかりのもの」という一行を含むフローベールのルイーズ・コレ宛書簡について、それを「ダシ」に使う研究者たちが、愛人コレの「心」を平然と無視するフローベールの「徹底したエゴイズム」に便乗しておきながら、「おのれの中途半端なエゴイスムを恥じようともしない」（『随想』、一三一頁）醜態が糾弾されたり、「いわゆる「草稿研究」、あるいは「生成論」的批評は、いずれもテクストを素材としながら、それじたいもテクストのかたちにおさまるものであり、そのかぎりにおいて、それもまた「自明の事態」ではなく、その「自明性」を検証するには「生成論」的批評の対象たらざるをえない」（『「ボヴァリー夫人」拾遺』、三三頁）という「言葉の宿命」（同前、三五頁）から自分だけは自由であるかのように錯覚していると論じられたりしている。

しかし、そんなあれやこれやより、『凡庸な芸術家の肖像』の終盤において、「天才」フローベールに嫉妬する凡庸なその友人マクシム・デュ・カンという物語を語る者たちが、自らの物語の「救いがたい凡庸さ」（講談社文芸文庫、下、三六二頁）にまるで気づかないどころか、凡庸さを免れていると錯覚している醜悪さが舌鋒鋭く剔抉されていたことが思い出されずにはいない。誰もが凡庸でしかありえない時代にあって、対象についてはいかに饒舌に語ろうとも、自分自身はその語りから排除して自らの凡庸さを棚に上げ、その結果、凡庸さを否定的媒介としてしか語れない構造を作り上げてしまうことの凡庸さがわれわれ読者に突きつけられたのだった。デュ・カン自身の作品を始め、彼をめぐって流通する言葉を素材としたこの中途半端な二次創作を単純に否定するのではなく、それがもたらす悪循環――「説話装置としてのの歴史そのものの分節機能」（同前、上、一八八頁）の「律儀な残酷さ」（同前）にこれまた律儀に曝されてしまったマクシム・デュ・カンが、例外的な存在であろうとする凡庸な欲望を抱いてしまったり、権力に批判的な距離を取っているつもりでいることそれ自体が権力への無自覚な加担になってしまったりする経緯を元に、フローベールを持ち上げる者たちが、「天才に嫉妬する凡人」といった粗雑な「イメージ」の形で中途半端な二次創作を紡ぎ出し、そのことが事態を悪化させる――を断ち切り、誰であってもいい匿名の話者が元の経緯にまで立ち返り、それを「マクシムの物語」としてもう一度逐一「自由間接話法的に」（『「ボヴァリー夫人」拾遺』所収の鼎談「シャルル・ボヴァリーは私だ」における菅谷典興の発言、二一三頁）なぞり返す徹底的な二次創作の試み、それが『凡庸な芸術家の肖像』であった。同様に、『「赤」の誘惑』は、自らがフィクションではないと思い込んでいるフィクション論が中途半端に素描した二次創作をなぞり返し、それらが無自覚に抱え込んでいるフィクション性を覚醒させていた。『「ボヴァリー夫人」論』もまた、既存の二次創作の徹底化の系譜に連なるとはいえ、わずか一作の長篇小説に対し、その二倍にも及ぶ分量（そして四五年の歳月）が費やされるその徹底度において断然他と隔絶している。

そこで冒頭に提起しておいた問いにふたたび戻ってくる。「蓮實重彥」と署名された数々の文章を愛読してきた者の多くは、主にその二次創作としての魅力――「ネタバレ」禁止（「コンテンツ」的受容の奨励）に対する抵抗である一方で、自らの「二次性」を否認する「倒錯」に陥りかねないほどのテクストとしての自律性が帯びる両義性――に惹きつけられてきたと考えられる。魅力において対象そのものを凌駕し、取って替わろうとする「はしたなさ」から遠ざかろうとすればするほど、それに限りなく似通わざるをえず、そう感じてしまう読者の存在を容認することもあえて辞さないかに見える「いかがわしさ」が蓮實批評の魅力を形作ってきたのであり、実際問題として、「ネタバレ」禁止を歯牙にもかけない魅力的な「再話」の真っ当な提示の帯びるそうした「いかがわしさ」が、それに触れた多くの読者に「批評」

の魅力を覚えさせ、「蓮實重彥」と署名された文章が新たに目につくたびに、それが論じている対象にあらかじめ接しているか否かにかかわりなく、それを読まずにはいられなくなる（そして、対象がたまたま未知未見であれば、それを読んだり読まなかったり――あるいは観たり観なかったり――する）という「悪習」を身に着けさせてこなければ、分量的に『ボヴァリー夫人』の二倍近くあり、小説より読みにくいと多くの人に思われているはずの批評を先に読んでしまう読者が少なからず現われる事態など、到底懸念するには及ばなかったはずなのだ（同じことをアカデミズムの研究者が博士論文等の書籍化に際して書いた場合を想像してみるがよい）。熱心な蓮實読者が『ボヴァリー夫人』を読んでいない可能性は低いものの、仮にそうであったとしても、「読まれるべき書物は何よりもまず『ボヴァリー夫人』でなければならず、それ以前に『「ボヴァリー夫人」論』のページが繰られることなどあってはならないと確信しているのである」という異例の宣言は、「テクスト的現実」（ないし「ショット的現実」）に極力忠実な――自由間接話法的な――「再話」という蓮實批評のスタイルに魅惑され、『「ボヴァリー夫人」論』において「再話」の魅力が増していることを期待せざるをえない者にしてみれば、それゆえにまさに単独でも読みうるものになっているからこそ、その禁止を表明する必要があると認めているかのように響き、『「ボヴァリー夫人」論』を『ボヴァリー夫人』より先に読むことの妨げには必ずしもならないどころか、それをより楽しむために慌てて『ボヴァリー夫人』を読む（「二次性」へとおとしめる）という「倒錯」に人を駆り立てたとしても、なんら不思議はない。

　そして、事実、『「ボヴァリー夫人」論』の「序章」は、蓮實批評が引き受けてきた矛盾――徹底した二次創作という「ネタバレ」禁止に対する抵抗が、対象テクストを読まずに済ませる（あるいはそれを「二次性」におとしめる）「倒錯」を助長しかねないという矛盾――とその魅力がこれまでになく激化していることを認めているように読める。『「ボヴァリー夫人」論』の著者は、その序章の終わりで「「テクストをめぐるテクスト」が煽りたてがちな「倒錯」に加担することのみならず、「テクスト」の誘いこむ記憶喪失に陥ることもまた回避したいと思っている」(28)と述べていた。「「テクストをめぐるテクスト」が煽りたてがちな「倒錯」」を社会に蔓延させている最大の要因が、「テクスト的現実」に反する粗雑なイメージという中途半端な二次創作への自足にあり、「テクスト」の促す自らの「テクスト的現実」に対する記憶喪失がその温床となっている以上、それらを破壊するには「記憶喪失にさからう「テクスト的な現実」の顕揚」(『「ボヴァリー夫人」拾遺』、二〇一二頁)が効果的ではあれ、当然ながら、そのために「自由間接話法的に物語をなぞっていく」(同前、菅谷の発言、二一三頁)二次創作は、『ボヴァリー夫人』のような「テクスト」であれば、どこまでやってもきりがなくなることは、『「ボヴァリー夫人」論』というタイトルを冠された物質としての書物が呈する「不条理としか思えぬ厚さ」(「「曖昧さ」について――『ボヴァリー夫人』を例として」、『群像』二〇一五年七月号、一四七頁)がこれ以上になく体現している。しかし、このように長くなってしまえば、当然にも、自分自身に対する記憶喪失とも戦わなければならなくなる。否、実際には戦うなどという積極的な選択はなく、それから逃れるために永遠に続ける以外の選択肢はない。「二次性」の徹底が文字通りなされていたのであれば、対象を完全に吸収し尽くそうとして無限に長くなった果てに――その「無限遠点」まで生き延びられる者が仮にいたとして――書く者と読む者の双方の記憶に、あらゆる細部に至るまで覚醒した『ボヴァリー夫人』の全テクストだけが残るという形で空中に飛散してしまい、作者を含むあらゆる者から解放されて誰のものでもなくなったそれを読者が先に読んでいるか否かなど、端から問題にすらなりはしなかっただろう。もちろん、そんなことは単に不可能であるが、それしか「二次性」を廃絶する方法はなく、その限りで、『「ボヴァリー夫人」論』のこの厚さですら不十分なのだといわなければならない。それが「不条理としか思えぬ」のは、消滅どころか、厚かましくもそこに居座り、中途半端な「二次創作」が己の「二次性」を棚に上げて対象を吸収したと思い込む厚顔と恥ずかしいまでに似ているからにほかならない。

徹底した「二次性」は不可能な夢として生きられるしかなく、物質としての厚さは、対象をいくら吸収しても吸収し切れずに飛散してしまおうとする強い欲望と共に、実際には消滅できないことをむくつけに曝け出した決定的な敗北そのものとして、中途半端な「二次性」との酷似を受け入れる。『「ボヴァリー夫人」論』は、『ボヴァリー夫人』を読んでいなくてもそれ単独で読めるようにする配慮を周到にはりめぐらす一方で、それに反する振る舞いは——おそらく肝心の一点を除いて——むしろことごとく排除し、テクストとしての自律性＝二次創作性を強める結果にしか終わりようがない（それ自身の読者の記憶喪失——『ボヴァリー夫人』に対するそれはもちろん、『「ボヴァリー夫人」論』自体に対するそれ——を前提にするしかない）のであり、否、むしろ、そうした配慮が「倒錯」をわが身に招く危険を重々承知の上で、だからこそ、それは過度の周到さを伴い、あからさまな倒錯としてなされるのだ。中途半端な「二次性」を回避する徹底した「二次性」が「著者の思惑どおりに事態が推移しそうもない歴史的な現実」を基盤にするしかない矛盾をなぞりつつ激化することによってしか、「二次性」を極めた果てに対象と一体化して消滅する夢の不可能性は生きられないからである。

いうまでもなく、この厚さを提示することは、『「ボヴァリー夫人」論』それ自体もまたテクストであるという自らのテクスト性を真っ向から引き受ける途方もない「覚悟」とセットになっている。「テクスト的な現実」をなぞろうとする徹底した「二次性」が、最終的には「吸収」という近代的な「所有」の身振りに酷似する結果に終わるほかなかろうとも、読者のうちで生きられる経験の過程において、『ボヴァリー夫人』を脅かす記憶喪失に抗う自分自身がどれだけ読者の記憶喪失を免れ、中途半端な「二次性」に置き換えられる事態から可能な限り遠ざかりうるか否か、すべてはその点にかかっており、そのための仕掛けや戦略は、本全体の構成は元より、各章の内部における議論の運び等の形で入念に練ら

石橋正孝

れている。しかし、『「ボヴァリー夫人」論』として一冊にまとめられる前、その元になった論考は複数の異なる媒体に発表されたまま永らく放置されてきた経緯があり、(蓮實重彦本人が『國文學』一九九二年七月号掲載のインタビューで金井美恵子を相手に語っていたところによれば)そうした「拡散状態」が『ボヴァリー夫人』を論じるエクリチュールにふさわしいあり方として選択されていたのは、書物の形を取るよりも、徹底した「二次性」が対象と一体化して自らを廃棄する「飛散」を擬態として先取りする方が、それに近い運動を読者のうちに引き起こしやすいと判断されていたからだろう。もっとも、その判断を「批評家蓮實というものが持っている、ことによったら最後の前衛性」(同前)などと当人が呼ぶのは念の入った遁辞にすぎず、相対的に短い単発の論考の方が記憶喪失に対する耐性を発揮しやすく、書物はその厚さに応じて、記憶喪失に対して脆弱になるといういかんともしがたい(しかし軽視しえぬ)事態に応じた、ごく消極的な態度といえなくもない。対して、拡散的な状態で放置されたエクリチュールを一冊の巨大な本にまとめ上げるべく「全面的に書き改める」(「姦婦と佩剣」、『新潮』二〇一四年八月号、一四九頁。本書二頁収録)ことは、『ボヴァリー夫人』を怒濤のごとく押し流す中途半端な「二次性」を食い止める堤防を、まさにその濁流のただ中で営々と築くことに相当する。

読者に対する戦略のこの転換は、なるほど、それには「人生観の大きな変革」(前掲『國文學』インタビュー一六頁)が必要だろうと思わせるに足る抜本的なものだ。「テクスト的な現実」に極力寄り添おうとする「堤防」が仮にかろうじて決壊寸前の状態を保ちえたとしても、それは読まれている間だけの話であり、読まれた後には、なし崩し的に押し流されてしまうことを免れない。読者はそれを読みつつある間にも中途半端な「二次性」に置き換え、その作業は読了を待ってある程度の完成を見ることになる。「私の『「ボヴァリー夫人」論』も所詮は「見せかけの自明性」にとどまるほかはなく、その意味で、とめどもなくフィクションに接近することになるでしょう」(『「ボヴァリー夫人」拾遺』、四三頁)。瓦解は瓦解でも、軽やかに飛散するのではなく、『ボヴァリー夫人』をめぐって世間に流通する中途半端な二次性と混じり合ってしまったかのように、それらと容易には見分けがたいなにかに変容してしまう。それがそのまま「固定化」したり「風化」したりするのを避けるには、『ボヴァリー夫人』はもちろん、『「ボヴァリー夫人」論』の再読に読者を向かわせ、絶えざる「書き直し」が受けられる機会を増やすだけの力を発揮しえなければならない。そのためには、読まれる過程を通じて進行し、読了後に決定的なものとなるこの「瓦解」をして、いかにあの究極的な書物の「飛散」ないしシャルル・ボヴァリーの遂げる「気化」ないしは空中を拡散していく塵埃の運動の擬態たらしめるのか、そして、「瓦解」が後に残す「なにか」(『「ボヴァリー夫人」論』の読書体験の記憶としての「イメージ」)を、いかにして、中途半端な「二次性」に酷似した、しかし、それとは決定的に異なったなにかになしうるのか。

この問いに対する明確な答えが出ない間は、『「ボヴァリー夫人」論』それ自体のテクスト性を引き受ける「覚悟」が曖昧に回避されていたのも致し方のないことだった。かくも長きにわたって『「ボヴァリー夫人」論』をまとめることに逡巡し、それどころか、半ば断念していた一時すらあったのではないかと思われる蓮實の背を押したものこそ、『ボヴァリー夫人』における「エンマ・ボヴァリー」という表記の不在にある時不意に気づいたことだったとは、当人の弁である。「ちょうど私が、文学について何も書くことができないような状態にあった時期に、ジャック・ネーフが贈ってくれた『ボヴァリー夫人』の批評校訂版で久方ぶりに読み直しながら、あれ? ないぞと気づきました。その「発見」で、『「ボヴァリー夫人」論』が書けるぞと確信しました」(『「ボヴァリー夫人」拾遺』、一八四頁)。すでにかなりの程度まで進められていた個別の分析も、早くから素描されていた「書かれるべき書物のおさまるおよその構成」(12)も、「覚悟」を決めることを正当化するには不十分だった——この事実は『「ボヴァリー夫人」論』が一冊の書物となるために乗り越えなければならなかったハードルの高さを感じさせる。それだけに、その時点までは拡散状態に置かれていた諸論考によって潜在的に素描されるに留まり、曖昧に浮遊しているにすぎなかった「テクスト的な現実」という概念を一気に結晶化させたものが、盲点になっていた「エンマ・ボヴァリー」の不在だったのだといわれると、あっけにとられるのを通り越して拍子抜けしかねない。しかしながら、たかがその程度のことであるがゆえに、決定的なのである。エンマが作中でどう呼ばれているかを誰も逐一記憶していないという記憶喪失の裏返し――こういう言い方が可能であるならば、「負の記憶喪失」――は、記憶喪失に抗う「テクスト的な現実」の効果が、逆説的ながら集約的に露頭している「無」といえる。記憶喪失の作用が二次的にしか及ばない、いわば「負の焦点」であるこの「不在」は、積極的な反=記憶喪失の対象とはなりがたく、そんなことは大したことではないと思われがちなのであり、『「ボヴァリー夫人」論』が構築を目論む「千丈の堤」にとって、「蟻の一穴」そのものだ。誰もがファーストネームとファミリーネームの組み合わせを持っている現実世界とのこの程度の類比に基づく再構成であれば、やってしまっても構わないはずだ、とついつい思ってしまうのだが、その瞬間から中途半端な「二次創作」への屈服は押し止めがたくなって、「堤」を築き上げるまでもなく、一部を築いた端からその崩壊を招くに至る。「エンマ・ボヴァリー」と一度口にしたら最後、その名の下に一貫した主体性を持ち、刑事責任を問える近代的個人として一回限りの生を生きる作中人物が、研究や評論といった名の「二次創作」に登場してしまったり、あるいは、社会的な神話という「コンテンツ」に登場する不死のキャラクターに再生してしまったりするのは避けられず、いずれにせよ、中途半端な「二次創作」を夥しく「族生」させるだろう。「テクスト的な現実」の最も脆弱な点がここにあり、そこから中途半端な「二次創作」が鉄砲水となって噴き出してくるのだと考えれば、「十九世紀ヨーロッパの近代小説では、ファーストネームと嫁ぎ先の姓がセットになって出てくることは絶対に」なく、その点で『ボヴァリー夫人』がいささかも例外ではありえない（「時代のコードをそのまま踏襲しているだけ」）にもかかわらず、「エンマだけが、なぜか「エンマ・ボヴァリー」として論じられるようになってしまった」という「大きな謎」(『「ボヴァリー夫人」拾遺』、工藤庸子の発言、一八四—一八五頁)も、多少理解しやすくなってくる。

中途半端な「二次創作」の圧倒的攻勢から「テクスト的な現実」を守るべく、後者をなぞるようにして構成される徹底的な「二次創作」は、もっぱらこの不在の死守をめぐって展開されなければならない。それが「エンマ・ボヴァリーの不在」という「蟻の一穴」に支えられた負の「二次創作」として「テクスト的な現実」をかろうじて虚空に浮かび上がらせるならば、『「ボヴァリー夫人」論』にその「テクスト性」(記憶喪失に曝されること)を引き受けさせることができるという見通しが、既発表論考を「全面的に書き改める覚悟」につながったのである。「エンマ・ボヴァリーの不在」だけは、『「ボヴァリー夫人」論』の読了後にも中途半端な「二次創作」に置き換え不能な負の異物として残り、読後の「イメージ」を中途半端な「二次創作」から分かつごくわずかな、とはいえ決定的な違いになるとの確信が得られたのだといいかえてもよい。そして、このことが当てはまるのは、『ボヴァリー夫人』をすでに読んだ読者に限られる。『ボヴァリー夫人』を繰り返し読んできた世界中の研究者が誰一人として「エンマ・ボヴァリーの不在」に気づいていなかったという事実は、「エンマ・ボヴァリー」という「二次創作」の誘惑が、ほとんど誘惑と意識されないくらい強力であることを示しているが、そのことを実感できるのは、『ボヴァリー夫人』を読んだことがある者だけだ。『「ボヴァリー夫人」論』八〇〇頁を通して、自分が読んだつもりでいかに読んでいなかったかを痛感させられる読者は、曲がりなりにも読書を通じて形成したはずの「イメージ」が、『ボヴァリー夫人』を読んでいない者も知っている出来合いの「イメージ」とほとんど変わらぬことに慄然とする。だが、自分がいかに中途半端な「二次創作」の誘惑に易々と屈し、読んでいないも同然となっていたかを知る者だけが、『「ボヴァリー夫人」論』のあの長さを、「エンマ・ボヴァリーの不在」の死守によって辛くも維持されえた長さとして受け止めることができるのであり、その間に限り、「読んだこと」と「読んでいないこと」の間にあるこのごくわずかな差が「エンマ・ボヴァリーの不在」に一致する。中途半端な「二次創作」に決して置き換えられない「エンマ・ボヴァリーの不在」のお陰で、『「ボヴァリー夫人」論』を読んでいる間はそれを中途半端な「二次創作」に陥らせずにすんだとしても、読了後は持ちこたえられずに押し流されるがままになってしまうのだ。事実、「エンマ・ボヴァリー」と呼び換える程度のことがなぜ絶対に斥けられねばならないのか、『「ボヴァリー夫人」論』を読んでいない者には理解しがたいばかりか、それを読み終えた者でさえ、この率直な疑問につい同調しそうになっている自分に気づくのであり、そこから再読までは時間の問題である。

「エンマ・ボヴァリーの不在」に支えられ、中途半端な「二次創作」への抵抗として『「ボヴァリー夫人」論』の長さの維持に参加する読者の目には、テクストとしての自律性（＝二次創作性）を確保するために払われる過剰なまでの配慮（その中には、数多の中途半端な「二次創作」に関して読者が知っておかなければならない——が、周到に排除されなければならない——予備知識を「指摘しながら、それについては語るまいと書くという否定的な振る舞い」（『「ボヴァリー夫人」拾遺』、一二七頁）も含まれる）も、『「ボヴァリー夫人」論』が自らの「二次性」を徹底させ、読者に絶えず意識させることによって、暗黙裡にせよ、自らを対象にし続ける自己言及的な運動の一環に見えてくる。ジャック・ネーフの言葉を引きつつ論じられているように、「その限定の補語として自分以外の何ものをも指示することがない」散文が、フローベールの目指した（そして『ボヴァリー夫人』において部分的に実現した）「優れた散文の文章」（『随想』、一三三頁）であった。『「ボヴァリー夫人」論』は、対象であるフローベール的散文を吸収し尽くして自らの「二次性」を廃棄する不可能な欲望を生きる過程で、対象の擬態を演じようとしているのである。こうしたことが起こるのは、『ボヴァリー夫人』それ自体がすでに幾分か「二次創作」であるからだ。『凡庸な芸術家の肖像』の復習になるが、作者が「読んだから書く」（後藤明生）存在として、たとえどれほど優れた才能や感性を誇っていたとしても、広義の大衆すなわち匿名的な消費者（『凡庸な芸術家の肖像』下、二六五頁）でしかありえなくなった時代に生み出される散文のテクストは、特権的な「知」の所有者がそれを伝達するための透明な媒体ではもはやありえず、誰がなにをどう書いてもよく、しかも長さが一定以上に達すると統御不可能に陥るため、なにをもって完成と見做すか決定できる者は存在せず、したがって未完を宿命づけられている点にその「テクスト性」を露わにする。その時、人は書く行為に対する外部からの正当化を一切期待できない状況に置かれ、散文をその無根拠に耐えながら綴るほかないが、自らがそうして綴るテクストの読者にならずには書き続けることができない。『ボヴァリー夫人』を執筆中のフローベール本人が、すでに書いた部分を読んだ記憶という中途半端な「二次創作」に頼り、それに程よく同調しつつ書いていたわけで、そうでなければ、『ボヴァリー夫人』は読みえない作品になっていただろう。この強いられた「二次性」を徹底させることによってしか、「その限定の補語として自分以外のなにものをも指示することがない」「優れた散文の文章」に散文が変容する瞬間は訪れない。それは、テクストが自らを完全に読みえる状態となって自分自身と重なる瞬間、中途半端な「二次創作」という記憶をまったく必要とせずに書かれる文章、過去もなければ未来もなく、現在だけが自分の力によって支えられ、完全な記憶とその完全な喪失が一致する瞬間である。ただ書き、ただ読んでいさえすればそれでいい文章——それが実現した暁には、「何について書かれたのでもない小説、外部に繋がるものが何もなく、地球が支えられなくても宙に浮かんでいるように、自分の文体の力によってのみ成り立っている小説」がその片鱗を一瞬浮かび上がらせるだろう。とはいえ、実際には、エンマとロドルフの逢引きのシーンがそうであるように、「二次性」が徹底されるあまり自らを幾分か対象にしえたとしても、中途半端な「二次創作」という記憶をほとんど必要としなくなるだけであって、文章は依然としてそれを稀薄な大気のようにまとい続けている。

フローベールが自身の「テクスト」の完全な読者になることが仮にもし可能であったとすれば、『ボヴァリー夫人』は「はしからはしまでこうした「優れた散文の文章」で書かれてい」(82) ただろうが、そんなことはありえない。「テクスト」は自らを読み、自らと重なろうと密かに望みながら果たせず、その「二次性」は「気化」に向からのみであって、それすら、「テクスト」が一瞬我を(そして誰に帰属しているかを)忘れて「フィクションの真実」(『ゴダール・マネ・フーコー』、一八九頁)*4を現出させる間の出来事なのだ。自らの「テクスト的な現実」を記憶喪失しているのはなによりもまず「テクスト」自身なのであり、「テクスト」は自らに重なることを永遠に禁じられている。『「ボヴァリー夫人」論』とは、その重なりを部分的にせよ支援しようとする試みに与えられた名である。とりわけ主題論的な分析によって、「テクスト」のごく一部についてなりと、その「テクスト的な現実」を全面的に開示し、それと「テクスト」を向かい合せることは、「テクスト」に自分自身を完全に読ませることであると同時に、相手を完全に読むことで相手と一体化することでもある。「テクスト」が自分自身に重なろうとする潜在的な運動をなぞり、増幅させる「二次創作」は、「テクスト」において「気化」に向から「二次性」と一体化しようとしているのだ。もちろん、「テクスト」の一部に対象が絞られていても、この一体化は擬態としてしか生きられない。ましてや、「テクスト」全体を対象とする『「ボヴァリー夫人」論』にあっては、書籍化以前の「拡散状態」であろうと、主題論と説話論を相殺させる書籍全体の流れであろうと、埃が拡散するようにシャルルやエンマの主体が希薄化していく状態は詳細に描かれるのに、シャルルの死はほとんど描かれないという対照性を浮かび上がらせることであろうと、『ボヴァリー夫人』において、出所不明の小唄の形を取って半ば「超＝説話論」的に介入する韻文(という散文にとってのリミット)がエンマの命を奪っても、その後にシャルルが「気化」しても「テクスト」が終わらず、オメーの受勲をもたらす王の「超＝説話論」的介入がようやく終わりをもたらす構成を論述の順番において正確に逆転させ、その逆転が「どのような分析装置であっても、依然として定義不能な「散文」の前では無効化するしかない」事実を実演し、「その内部に抱え込んだ分析装置を次々と蒸発させていく」*5運動に重ね合わせられる周到な趣向であろうと、すべては不可能な運動をその擬態としてなぞることにしか終わらない「宿命」があらかじめ受け入れられていたのだとすれば、それら一切が、「書くこと」と「読むこと」を一致させる不可能な運動の擬態として読者に生きられることを「エンマ・ボヴァリーの不在」が可能にするという確信があったからだった。

*1　以下、本書からの引用は、すべて断ることなく、頁数のみを本文中に註記する。

*2　蓮實批評における用法とは別に、本稿で「作品」「テクスト」「コンテンツ」をどのように捉えているか、ここで一通り説明しておく。「コンテンツ」概念の登場が、メディアの多様化に伴い、メディアとそれに媒介される情報を区別する必要に促された背景に鑑み、「作品」をそうした時代的変化の生じる以前——すなわち、メディアとコンテンツの一対一対応が前提となっていた時代——に支配的であった「テクスト」の捉え方と位置づける。文学の場合、「作品」とは、したがって、端的に「書物」のことである。「テクスト」は、「作品」がメディアの物質的諸条件から解放され、抽象化された状態であり、「作品」と「コンテンツ」の中間に当たる。「作品」がモノ、「コンテンツ」が情報とすれば、理念的な存在である「テクスト」はそのどちらにも寄り添うことができる。モノである「作品」は消費と結びつきにくく、情報である「コンテンツ」は「ネタバレ」してしまえば価値を失い、消費されたと見做される（もっとも、「テクスト」に「自閉」する「作品」と異なり、ほとんどあらゆる領域を包摂しうる「コンテンツ」は「現実」をも巻き込む場合——例えば、いわゆる舞台探訪である「コンテンツ・ツーリズム」——、テクスト性の極度の否認が却って一回性の「消費」を免れさせることがあるが、シャーロック・ホームズのケースを典型に、それは、

裏返された形で――例えば、ワトスンとホームズが実在し、後者の活躍を前者が記録した実録として虚構のテクストを扱い、その矛盾を合理的に説明する「フィクション世界」を「現実世界」と重ね合わせて構築するシャロッキアーナのように――テクスト主義を回帰させる）。とはいえ、これはあくまで概念としての登場の順番であって、蓮實批評はわれわれが考える「作品」としての受容に含まれるため、「コンテンツ」的受容に先行され、その倒錯的形態になる。同じ「テクスト」を「作品」として捉えることも、「コンテンツ」として捉えることも、究極的には受容する側の態度の問題であるが、推理小説を典型に、初めから「コンテンツ」として受容されることに最適化された「テクスト」もあれば、それを拒む「テクスト」もありうる。「作品」と「コンテンツ」の最大の違いは、誰を「テクスト」の帰属先と見做すかという問題に表れる。「作者」に帰属する前者が書き換えや二次創作を原則として許容しない反面、「読者」に帰属する後者はその点が比較的自由になっている。絓秀実は、近代小説の作中人物がありふれた凡庸な市民として、一回限りの死によってその生のかけがえのなさを保証されているのに対し、近代文学以前もしくは以後の「物語」の登場人物――「キャラクター」――の多くは不死の「怪物」であり、それゆえ、メディアの違いも易々と乗り越え、二次創作を通して増殖すると指摘しているが（「フィクションの「真実」はどこにあるか」、『天皇制の隠語』、航思社、二〇一四年）、この違いもまた、作者に帰属する「作品」の登場人物が「作品」の外部に出られないからだと考えられる（バルザックの人物再登場法も〈人間喜劇〉という大文字の「作品」を枠組みとしている）。われわれのいう「作品」が事実上「近代小説」とイコールであるのは、大衆消費社会の成立により、「著作権」で「作者」が自活できるようになった際、それを可能にした「商品」が「小説」だったという歴史的事実に基づく。なお、井口時男は、「なるほど蓮實は、ロラン・バルトの用語法にしたがいつつ、「作品」は消費の対象であるしかなかったが、「テクスト」は「遊戯の実践として消費をまぬがれる」（『物語批判序説』傍点原文）。「作品」には「唯一の意味」にたどりつくという目的＝終末があるが、「テクスト」にはない、ということだ。／蓮實はこれを、「テクスト」こそが消費の欲望に抵抗する、という含意で語っている。だが、ほんとうにそうか。むしろ、「テクスト」こそ、稀少な財としての文学作品というものが、実はその一つ一つが消費（解読）し尽くせない無限の財であることを保証し、消費者（研究者）の終りなき欲望を安堵させてくれたのではなかったか。そしてまた、八〇年代的な消費社会が奨励したのは、記号としての消費財＝商品との「遊戯の実践」ではなかったか」と批判している（『批評の誕生／批評の死』、講談社、二〇〇一年、二五九頁）。「テクスト」と「作品」のこうした価値序列が、バルトは元より、『物語批判序説』によっても行われているとはとても思えないが、それとは別に、蓮實のいう「消費」は、われわれが述べてきたような一回限りの消費の意味で使われていると考えるべきで、「無限の消費」はもはや「消費」ではなく、こうした概念の恣意的な拡張で批判を行うのは到底フェアとはいえない。井口とはまったく別の意味において、蓮實批評が「消費社会」を前提としていることは、本文中ですでに述べた通りである。

*3 Marie-Eve Thérenty, *Mosaïques : être écrivain entre presse et roman (1829-1836)*, Paris, Honoré Champion, 2003.

*4 芳川泰久が『「ボヴァリー夫人」をごく私的に読む』（せりか書房、二〇一五年）において、『「ボヴァリー夫人」論』の延長上に指摘した「埃」と「（律動的な）音」の「共起現象」（それは、作中人物が恍惚となるたびに発生し、フローベールの書く行為それ自体をも裏側からなぞり返している）に、「フィクションの真実」の一例が見られるほか、蓮實自身の小説最新作「伯爵夫人」において、そのものずばりの「性交」がすべて女性たちの語りの中でしか語られていないため、いかに露骨に語られていようとそれらが「実際に」生じたかどうかは不明になっており、その対比として、主人公は「暴発」や「痛めつけ」によって童貞を守り、最後には語りの中の「性交」とそのありうべき「帰結」をも引き受けてしまう、というシンプルな構造を通して、「語り」が真偽不明のいかがわしい「フィクション」として、「書くこと」の擬態を演じている様を堪能すればよい。

*5 ブログ「The Red Diptych」二〇一四年八月一三日付エントリー「遅れてきた老人――蓮實重彦『「ボヴァリー夫人」論』を読む（4）」(http://howardhoax.blog.fc2.com/blog-entry-132.html」、最終閲覧二〇一六年一月一六日)。

［文献］

蓮實重彦『物語批判序説』、中公文庫、一九九〇年／『凡庸な芸術家の肖像――マクシム・デュ・カン論（上下）』、講談社文芸文庫、二〇一五年／『随想』、新潮社、二〇一〇年／『表象の奈落――フィクションと思考の動体視力』、青土社、二〇〇六年／『「赤」の誘惑――フィクション論序説』、新潮社、二〇〇七年／『ゴダール・マネ・フーコー――思考と感性とをめぐる断片的な考察』、NTT出版、二〇〇八年／『「ボヴァリー夫人」拾遺』、羽鳥書店、二〇一四年

A comme art, et… ／Aはart（芸術）のA、そして……

橋本知子

Tomoko HASHIMOTO

フランス文学／京都女子大学非常勤講師。京都生まれ。京都大学文学部卒業。同文学研究科単位取得退学。パリ第八大学博士課程修了。博士（文学・パリ第八大学）。論考に « Le “coupé”, le “non-coupé”, le “couper” : note sur l’écho joycien »（『仏文研究』46）など。

A comme art（芸術）

まず初めに見えるのは、ひとつの黒。すべての光を、その奥へ、奥へと吸いこんでいく、夜の色。あらゆる場所を埋めつくす、どこまでも深々としたこの黒が、辺り一面を、見知った隣人、見知らぬ隣人を、そしてあなたを、包んでゆく。そこにいるひとはみな、顔を失い、からだを失い、全身喪失者という自分自身の影法師となって、四方八方へと、いつともなく広がりゆく闇の深淵に下りてゆく。あなたは、おずおずと、黒の広がりをまさぐる。ゆびによってではなく、目によって。けれども、どんなに瞬いても、何かに触れることはないし、何かをつかむこともない。これからすぐ、得体のしれない何ものかが蠢こうとしている予感だけが、ただあるのみ。暗闇と呼ばれる、広大無辺なその黒に、やや躊躇しながら身を沈めること。まずはここから始まる。何が？　映画上映が。この黒の深淵がもたらすcécité momentanée（瞬間的失明状態）に、抗いがたくも、視界のすべてを捧げることなくして、一本のフィルムが開かれることはない。

それは、光に映える空っぽの街路を、どこか脱臼したかのような重い足を引きずりながら、眠たげな猫のようにだるそうに、映画館を出ていくときの、あの感覚がすき、と、この上なく端的に言ってのけるバルトの引用する黒と、そう遠いものではない[*1]。かつて、映画館には暗闇があった。かつて、映画館があった。かつて、ひとは映画を観に行った。四〇年以上も前に書かれたこの短文「映画館から出て」が示すものは、それそのものの形としては、もはや失われつつある。近接過去形として記憶にとどめられるさまざまな「何か」――ついさっき見たばかりのフィルムについて、あなたはまだ何も言えないでいる――は、闇のあとにくる光の中において、とりとめなく、しかし鮮明なひとつの画として、その輪郭を明らかにしていった。けれども、そもそも視線が捉えたはずのものは捉えられていなかったのかもしれないし、記憶に立ち上ってくるかすかな残像を前にして、その記憶を確かなものと思えるほど、あなたはもう楽観的ではいられない。そうしているうちに、ひとつ、またひとつと、名画座は閉じられ、往時の映画文化は消えゆき、後には、ただただ無用であり無効であるにすぎない郷愁ばかりが残される。銀幕のぬけるような白いかがやきは、うっすらと膜をかけたようなどこかしらもどかしいＤＣＰの質感にとって代わった。そのもどかしさにあなたはもうすっかり慣れているし、ＤＶＤやブルーレイによって、ひとは居ながらにして、つまり自身のもっとも私的な空間の中に、時には天文学的数字ですらある幾多もの映画を、悦ばしき闖入者として迎え入れることができるようになった。ただ指摘するだけにとどめよう。もうずっと前から、あなたは、闇なきところに光ばかりを求めている。

ひっそりと息をこらして、誰もがひとつの方向を向いている。四方に広がる暗闇の中にはさまざまな人々がいる。「拡散し混沌とした（diffuse et confuse）」[*2]とバルトの言う、この「第七芸術」の称号を与えられた空間では、病のごとく人々の思考に巣喰う、milieu（社会階級）という概念は、ひとまず留保され、みながみな、無名の、ありふれた、ひとりの観客となり、これからスクリーン上に映しだされるものに、一様に見入っている。「フォリー（熱狂）」が昂じて日ごと日ごとやってくる人々の中には、大学人がいる、アクアマリンやエメラルドのひとみをした夢みるひとたちがいる、人生の落伍者がいる、着飾った美術史家がいる、失業者がいる、宣伝に幻惑された者がいる、狂人と間違われる自閉症者がいる。大衆と芸術とが結びついたこの空間は、饐えた汗のにおいと、古びたほこりと、午睡のあとの無気力と、尽きせぬ渇きとがある。ひとはなぜスクリーンに見入るのか。これから映しだされようとするのは、やがて消えてゆく、幻にすぎないもの、語ろうとするや否や、もうどこにもいないもの、「そのうしろ姿ばかりがときおり闇の中に不気味な反映をちらつかせているにすぎないもの」[*3]だというのに。一度でもその不気味な反映を目にしてしまった者は、それを語らずにはいられない。なぜ語ろうとするのか、もう存在しないものについて。それは徒労にすぎないのではないか。闇がのしかかってくる。「映画を語ることは、とりもなおさず、作品の痕跡すらとどめていないこの闇の厚さを、身をもって実感することにほかならない」[*4]。また繰りかえされる。闇に向こうに消えてゆくものが追い求められる。闇があなたの空間となる。そうして幕が開かれる。

S comme style（文体）

橋本知子

「テーマは貧しく、扱われ方は粗雑である」（サーク『悲しみは空の彼方に』について）、「アングルは奇抜さだけを求め、フレーミングは信じがたく、カメラの動きは無根拠、三流文学に成り下がった、あらゆる無能さを示すもの」（ヒッチコック『めまい』について）、「ロッセリーニとプレミンジャーの直系ではあるが、こうした師匠たちに比べると、わざとらしくも子供じみた難解さにおいて、弟子の方は何と稚拙であることか」（ゴダール『コケティッシュな女』について）*5。

ここにある辛辣なことばの数々は、むろん、蓮實重彦氏のものではない。一九五一年の創刊から、装丁と編集方針とを新たにする一九六四年まで刊行されていた、イエロー一色の表紙の、《Cahiers《カイエ》 jaunes《ジョーヌ》》と呼ばれる、古き良き時代の『カイエ・デュ・シネマ』に現れることばである。

ゴダールが同誌の批評の在り方を「特別攻撃隊《コマンド》」と形容するように*6、映画は戦場であり、映画批評は、いずれが真でいずれが贋なのか、何が映画で何が映画でないのかを問い、そうすることによって映画史上の思い違いを正そうとする、必死の擁護と格闘の場であった。旧来の常識、つまり「良質のフランス」をことごとく攻撃する『カイエ』は、それ自身もまたほかの批評家から攻撃されたのだし、『カイエ』の批評家同士でさえもいつも意見の一致をみるわけではない。『カイエ』の内と外という関係において、そしてまた『カイエ』の内での関係において、銃声があちこちなり響いていた。

映画を語るときのことばが刺々しくなるのは、よって必然であったといえる。「すべての映画監督に扉を開くのは、とても危険なこと」と同じくゴダールが言うように、新作を発表する監督のみながみな好意的に迎え入れられたわけではなかったし、また批評家たちが同じ監督の同じ映画を同じように肯定するといったようなこともなかった。

たとえば五段階評価の星取表によると、プレミンジャーの『或る殺人』にゴダールはひとつ星しかつけていないし、ミネリの『走り来る人々』にリヴェットとゴダールはふたつ星を、ゴダールの『勝手にしやがれ』にドゥーシェはふたつ星を、フォードの『バファロー大隊』にモーリヤックはひとつ星をつけるという低評価であり[*7]、また対照的なのは、ニコラス・レイの『バレン』にロメールやリヴェットはふたつ星しかつけていないのに対して、ゴダールは年間ベスト10に選んでいるし[*8]、フリッツ・ラングの『怪人マブゼ博士』には三人がひとつ星しか、ブレッソンの『ジャンヌ・ダルク裁判』には三人がふたつ星しかつけていない上に[*9]、サミュエル・フラーの『拾った女』に至ってはジョルジュ・サドゥールがゼロをつけている[*10]。このようにして、現在では巨匠とされている監督たちでさえもが、ことごとく批判の的となっていた。

蓮實重彦氏の文体は断言的で挑発的といわれている。確かに、氏は容赦しない。しかしそれは、映画批評においてはごくごくふつうのことだったし、あるいは、《Cahiers jaunes》の時代の息吹そのものを伝えるものだろうし、もしかするとその時代の空気を吸ったことのある者だけに特権的に与えられる批評言語としてあるのかもしれない。

かくして、映画監督たちは苛辣きわまりないことばを浴びせられ、その作品の「美」ではなく「非」を明言されるのだった。「眩暈をもよおすような、進行の遅いことこの上ない映画であるが、最もすばらしい映画だというわけではない」（ロッセリーニ『インディア』について）、「かつてヒッチコックが撮ったことのない美しいシーンが四つ、五つほどあるが、それ以上あってほしかった」（ヒッチコック『北北西に進路を取れ』について）、「攻撃的なモダニズムと、無意味なオリジナリティーによって、四半世紀前の表現主義を再現している」（オーソン・ウェルズについて）[*11]。

U comme ut majeur（ハ長調）

橋本知子

ベートーヴェンの弦楽四重奏第九番ハ長調が流れるとき、クレールはつぶやく。「人生はわたしたちの至善ではない」。ゴダール『カルメンという名の女』の中でのこと。これは、ふたりの女性（カルメン、クレール）とひとりの男性（ジョゼフ）をめぐる映画である。あるいは精神病院にいる監督「ムッシュー・ゴダール」をここに加えてもいいかもしれない。クレールは人生と運命と雲について考えている。カルメンはお金について考えている。ジョゼフは何もすることがない。音楽がたえずなり響き、かと思うと、ぷつんととぎれて、抒情の糸をたち切って、それからまた音楽が始まる。強盗と愛をめぐる物語に、感傷はいらない。銀行を襲ってから、カルメンとジョゼフは海へと向かう。車の騒音と波のうねりとが、ひとつとなって、画面を満たしている。ヴォリュームを上げすぎた音の洪水に、何も聞こえなくなり、物語は一瞬、青白さの中に放りなげられて、空白となる。逃避行には欠かせない、光と、空と、風と、海と、そして遠い雲とが、ここにある。

カルメンは言う。「なぜすべてが震えているの？」 ジョゼフは、真摯な、けれども春の靄の中にいるような、間のぬけた応え方をする。「すみません、何て言ったのですか？ 聞こえなかったのですが」。

ゴダールにおいては、「なぜ」も「だから」も意味をなさず、ただ同語反復だけがあるのだという*12。そうした蓮實重彥氏の所論が、ゴダールという難題を解くための方程式となって、もうどのくらいたっただろう。有効な方程式を与えられたいまとなっては、わたしたちはもうこの方程式から自由ではない。

だからカルメンは、「なぜ」ということばを除いて、あとはそのまま繰りかえす。「すべてが震えている」。先ほどの疑問文が、いまでは平叙文となって、断言される。「すべてが震えている。大地も、この家も、わたしも」。そしてさらには弱々しい緩和文となる。「たぶん……たぶん……」。

運命の女カルメンもまた、人生について考えているのだろうか。「なぜ」を禁じられた迷宮に、彼女もまた迷いこんだのだろうか。がらんどうの海辺の家で、彼女が、突如として、荒々しく、男の股間をつかむとき、そのゆびが震えていなかったと、誰が言えるだろう。カルメンはつづける。「わたしの陰部もまた震えている」。ヴァイオリンの音が止む。寄せかえす波の音が聞こえる。「わたしの震え」が、そのまま「世界の震え」となる。それが無垢にすぎないとしても。アルコールがほとばしり、あふれる涙の明喩となり、すべてが歪み、溶けてゆく、世界の崩壊を前にしての、酔いどれ詩人のように——「すべてが燃えている、世界が燃えている、わたしは燃えている」——（リトウィック・ゴトック『理性と議論とひとつの物語』）。

海の音が聞こえる。かもめの鳴声が聞こえる。ベートーヴェンが聞こえる。薄曇りの光の中に、視線は吸いこまれていく。寄せてはかえす波（vague）が、空虚（vague）をありのまま映しだし、そしてつづいてゆく。

M comme Michel（ミシェル）

ミシェルというあるひとについて紹介したい。姓はドラエ、一九二九年生まれ、身長は一九〇センチあるかもしれない、丸顔、はしばみ色のひとみ、髪もおそらく同じ色だったのだろうけども、いまでは天気のいい日によく映える銀色、声は金気をおびたように冷たく鋭く、十二音節《アレクサンドラン》詩句を読むのが得意で、二二もの職業を転々とし、チェスタトン風の小説を書いていたこともある……と、警察調書的に説明できるのかもしれないけれど、むしろこう言った方が明らかだろう。一九五九年にロメールの計らいで『カイエ・デュ・シネマ』同人となり、一九七〇年に同誌を離れるまで寄稿、俳優としても活躍し、ゴダールの『はなればなれに』『アルファヴィル』、リヴェットの『修道女』『アウト・ワン』、トリュフォーの『私のように美しい娘』、ムレの『ブリジットとブリジット』、ヴェキアリの『女たち、女たち』などに出演、リヴェットと共にバルトやレヴィ＝ストロースへのインタビューを行ない、ゴダール『映画史』の4Aは彼に捧げられている。

しかし、映画を撮ることと批評を書くことは同じこと、という信条の『カイエ』同人の中ではめずらしく、自ら作品を制作することはなかったのと、新たな理論を構築するというよりもジャーナリズムとしての映画批評に徹していたのとで、『カイエ』の熱心な読者と、シネマテークに通う「ねずみ」と呼ばれる映画狂《シネフィリー》をこじらせた人々以外には、あまり知られていない。シャイヨー宮にシネマテークがあったころは、薄い青紫色の壁のそばの、誰にも邪魔されない、スクリーンに向かって一番右の列が特等席で、カンカンカンとステッキを高らかに鳴らしながら、ほかの多くの「ねずみ」たちと同じく、ほぼ毎日のように姿を現していた。まだ古き良き時代の空気がただよっていたそのころのシネマテークは、前世代と次世代とが、奇妙に、けれども自然に交差する場所となっていて、一方では『カイエ』のころの面影を残す老輩たちが、もう一方では映画を志す若者たちが、夜な夜なやって来ては、何をするともなく、互いに眷属をかぎわけるかのように、つかずはなれずの距離で引きよせあっていた。

そうしたミシェルは、長身で、姿勢は正しく、ことばをひとつひとつはっきり発音して母音と子音を響かせるその話し方は優雅そのもの、「ねずみ」と呼ぶのはためらわれるほど、瀟洒なところがあった。その当時同じくパリの映画館に通っていた蓮實重彦氏と共通点があるとすれば、長身であるところと高貴なところ、次にはどんな映画の話がとび出してくるかわからないところ、フォードやホークスをはじめとする多くの映画監督たちに向けられるまなざしの真摯さ、そして、おそろしいほどの細部への注意力であった。

一九七〇年に『カイエ』から去ったことの理由については、公的にはすでに説明されている（つまりトリュフォーがそうであったように、政治化する『カイエ』への反発、ということらしい）、けれども、どこかしら靄のかかったようで、本当のところはよくわからない。当時の話になると、ミシェルはいつも手を震わせ、声を荒らげる。去ったのではない、とどまることが困難になったから、退くことを強いられたからなのだ、と言う。『カイエ』第二二四号誌上の説明によると「思想上および理論上の意見の不一致」のため、あるいは、当時問題になっていた出版社フィリパッキの傘下にとどまるか否かの議論のためなのだが、換言すると、この時代の日常的な風景、つまり、「ブルジョワ」の烙印を押されたため、ということになる。六〇年代に入ってからの『カイエ』は、批評の同時代性と革新性を維持するために、さまざまな異なる分野をその内に取りこもうとしていた。一九六三年、バルトにインタヴューすることで文学理論という「他」を導入しようとするのもその努力のひとつであるし、五月革命のころには、政治への意識をさらに高め、急進化し、やがて、同時代の知識人たちがそうであったように、マルクス主義が思考の中心となり、精神分析と記号論とがその後につづくようになる。ダネー、ナルボニ、コモリという名が『カイエ』を代表するようになり、批評は難解《エゾテリック》になり、批評家は秘教《エゾテリック》集団となる。そうした集団の赤一色によって、黄色い表紙の時代を生きた者は「粛清」されたのだった。ミシェルの声は震えている。わたしは瞠目して、ただただことばを失くしていた。

映画を見終わったあと、カフェに流れるのが常となっていたのだけれども、大理石模様のいつものテーブルにつくや否や、機関銃のように話し出すのは、ついさっき観た映画のこと、その俳優たちの出演しているほかの作品のこと、ハリウッドの数々のエピソード、それからフランスの社会、歴史、地理とつづいて、その次には必ずといっていいほど六〇年代の話題になるのだった。街頭デモのことを

「ジャムばかりなめている子供が、もっと欲しいもっと欲しいと叫んでいるようなもの」と形容し、理論という流行《モード》で映画を語ろうとする批評をひどく嫌っていて、そのことばはいつも辛辣かつ明瞭なのだけれども、六〇年代末の『カイエ』に話題がうつると、《abominable, abominable（おぞましい、おぞましい）》を繰りかえすばかり、詳細を知ろうにもそれ以上はどうしても先へ進めないのだった。

ゴダール擁護の批評をいくつか書いたことがあり、ストローブ＝ユイレが資金不足で撮影困難になったときには、彼らに代わりゴダールに連絡をとって援助を申し込んだ、というほどの関係なのに、ド・ベックの『ゴダール伝』については「彼の窃盗癖に言及している点において評価できる」と嘯いたりするくらいだから、近くして遠くあるこの同時代人たちのあいだに何が起こったのか、よくわからない。ざわめいた『カイエ』周辺からは自殺者が出たこともあるというのだが、その血塗られた歴史について、多くを知ることはできない。

『カイエ』の「正史」はすでにいくつか書かれている。六〇―七〇年代の一連の顚末は、内部対立の絶えないこの雑誌の歴史の、ほんのひとつの挿話にすぎないだろう。そうしたところからこぼれ落ちる、蔭の歴史を生きたひとのことばをすくいとろうとしても、わたしの手はうまくつかみとることができないでいる。わたしの記憶力はあまりにも不確かで、あまりにも弱々しい。話が蝶々のようにあちこちへ飛ぶミシェルは、キャサリン・ヘップバーンもかくやとばかり早口でまくしたてるので、蝶々を求めて追いかけても、それをすべて頭に入れるのは至極困難、テーブルの上にノートを出して書きつけようとすると、「そんなものはやめなさい、大学の講義と同じだというのですか、何という侮辱だ」と、あのはしばみ色のひとみを大きく見開いて一喝するので、罵声とともにノートは閉じられ、蝶々の飛行はつづき、次々と発せられることばは捉まえられることもないまま、しばらく宙にただよって、それから水泡のように消えていくのだった。

カフェでのこうした会話が教えてくれたのは、ドライアーにおけるキリスト教思想や、マルケルのドキュメンタリー映画における視点の問題や、アルドリッチ『カルフォルニア・ドールズ』の原題《All the marbles》の意味や、そのほかいろんなことがあったのだけれども、文字という記憶装置を欠いていたため、そのうちの多くはすでに忘却の彼方にある。

時間という死神は、けれども残酷にやってきて、ミシェルはまちがいなく朽ちてゆく。シネマテークへ通っていたときからすでに足が弱っていて、遅々とした歩みで階段を上るくらいだったから（ステッキを高らかにならすのも、その歩みのためだった）、くすんではいるがつややかな乳白色のそのゆび先もまた、時として機敏さを欠くことがあった。あるとき、いつものようにカフェであれこれと話をしていたとき、老批評家は、不注意から紅茶茶碗をひっくりかえしてしまったことがあった。横たわったカップから琥珀色の液体が流れだし、その輪郭の形を変えつつ、あらゆる方向へと広がりゆき、大理石模様の白の上を、サイレント映画のように音もなく、漸進的横移動で染めはじめるとき、わたしはとっさにこう言った、たどたどしいフランス語で。「Boudu sauvé des eauxをやっているのですか？」

ルノワールの『素晴らしき放浪者』（原題Boudu sauvé des eaux）の中で、ミシェル・シモン演じる浮浪者ブーデュは、ある偶然から、書店主一家に招き入れられることになり、ブルジョワ家庭はこの予期せぬ客人によって秩序と退屈を乱されることになる。そのうちのエピソードのひとつ、ブーデュがテーブルにワインをこぼしてしまうという場面があって、「ワインを吸いとるため」と、奥さまがあわてて塩をふりかけるのだけれども、ブーデュはその上にさらにワインをふりかけて、「塩を吸いとるため」と言う。大理石の白色にかぶさる、紅茶の琥珀色は、速度を落としながらも、さらなる浸食をつづけ、ますます拡大するその表面積は、夕方の翳った日に透けて、きらきらとかがやいている。水びたしになったテーブルを前にして、ミシェル——映画批評家の方である——はそのとき、口元をやや横に引いて、あの透きとおったはしばみ色のひとみでほほえみながら、何も言わないままだった。

　パリという都市を、その抒情性においてではなく、雑踏の生々しさとみずみずしさにおいてフィルムに映しだしたのがヌーヴェル・ヴァーグだったと、そして、それと全く同じ質感が、ふと、ルノワール『素晴らしき放浪者』の、望遠鏡でのぞいた視覚の中に現れるのだと、セーヌ河畔をさまようブーデュの姿はヌーヴェル・ヴァーグの捉えたパリの映像と等価であると、三〇年代と五〇年代とはそうしたパリの風景を介して結ばれうると、「映画的風土の等質性」によって時間と距離とが無化されうると、さらには、イメージによって「視覚的秩序の混乱」がもたらされることがあると、蓮實重彦氏は言った＊13。氏のことばは、詩の一節のように、一度読むともう二度と忘れられなくなってしまって、そこだけがコンテクストから乖離して、どこか別の場所で、何度も何度も繰りかえされることがある(それはわたしのことばの中だろうか、彼／彼女のことばの中だろうか)。そしてまた、そのような氏のことばが、事後的に、かつて見た映画の一シーンを——時として、虚構《フィクション》だけではなく、記憶にたちのぼってくる過去の現実の一情景でさえもを——意味づけしてくれることがある。——「映画的風土の等質性」、「視覚的秩序の混乱」——目の前の散文的空間が、突然、映画的なものへと変化する、閃光のごとき瞬間。«Boudu! Boudu!» 奥さまの叫ぶ声が聞こえる。«Boudu! Boudu!» 紅茶をひっくりかえすミシェルは、ワインをひっくりかえすミシェル・シモンのブーデュとなって、パリの風景に溶けこんでゆく。ルノワールの一節が、反復句《リフレイン》となる。

　ミシェルはいま、死の迫りつつある病床にいる。後に残るのは、光だろうか、それとも、映像だろうか。

「…………小説における主題の反復について考えるのは、正しいことだ。…………主題をめぐって物語が動いていることに注目するのは、真実である。…………そして、証拠は真実を疲れさせる、というジョルジュ・ブラックのことばも、また真実である。…………だから証拠を挙げようとするのではなく、『ボヴァリー夫人』をめぐって、記憶に思うがまま語らせてみよう。…………偉大な小説というものはすべておとぎ話である、とすでに話したことがあるが、それはあまり聞き入れられなかったようだ。…………小説とは作者のこころの中で起こったことであり、虚構世界はその小説が書かれた社会とはまた別の論理にもとづいている、と強調しておいたのだが。…………作者の人生を通して作品を読もうとする風潮がおさまり、作品の中のことばのみを読もうとする方法が一世を風靡した――作品の中のことばのみが現実にほかならない――。…………「作者は死んだ」の時代である。…………が、次には逆風が吹き荒れて、主体が解体されてしまうことに対する危機感の現れなのだろう、自伝的なものや、作品の書かれた時代の歴史的社会的背景や、原稿や下書きへの関心が高まった。…………月が太陽に近づき、かすめる。…………完成品、すなわち、出来上がった本以外は何も残すべきではない、出来上がった本が現実に手元にある以上、その本の亡霊的存在、つまり自分の頭をわきの下に抱えこんでいる復讐の亡霊のごとく、その不完全さをこれみよがしに誇示する無様な原稿とはそれは絶対に相容れないものであり、こういう理由から、仕事場のがらくたなどは、それにどれほど感傷的ないし商業的価値があろうとも、断じて後に残すべきではない、とわたしはすでに書いた。…………『セバスチャン』の中で。…………フロベールを作者の死が叫ばれる時代の作家とするなら、作者の生が叫ばれる時代には、もう以前のような方法では読まれなくなる。…………わたしの部屋の壁よりもっと堅牢な壁に守られていて、漏水も隙間風も入ってこない、そんな人々からしてみれば、トランプ札でお城を築くように書き、そのカードのお城が美しい鋼とガラスの城に変化してゆくように読む小説家の告白は、退屈に聞こえるかもしれない。…………フロベールをレアリスムや自然主義と呼ぶことに違和感を感じる、とかつてわたしは言った。…………妻がベッドから抜けだすことに夫は気づかず、愛人が鎧戸に投げかける小石の音も聞こえず、村の住人から匿名の手紙を一通も受けとらない、あるいは、何年ものあいだ馬に乗ったこともない女が、いまや完璧な姿勢で森を駆けぬけ、そのあと関節痛を患うこともない、そういった小説なのだ、あれは。…………文学における医学の表れを考察し、レアリスムの描く身体を論じるカバネスの浩瀚な研究もまた、フロベールの作品群をバルザックからゾラへの系譜にあるものとしてそこに連続線を見出している。…………『ボヴァリー夫人』は、他のレアリスムや自然主義といわれる小説のように登場人物の心理によって行動原理が決定されていない。…………反復される主題こそが、小説の構成原理となっている。…………精神と肉体、観念論と唯物論といった二元論が、フロベールにおいては相克ではなく一元的に存在する、と指摘し、魂と身体とをめぐる主題系を分析したアズレもまた、『ボヴァリー夫人』をフロベールの他のすべての作品と同等に扱っている。…………この小説には、他の作品とは違い、ひとつの謎、あるいは「曖昧なるもの」がつきまとっている。…………小説は主語と述語とによって完結し論理づけられる文章のようなものではない、と彼の言うように。…………《Vot zapomni / Now remember（さあ、覚えておいて）》。…………フロベールのあの小説は、読者のこころにさざ波をたてる。…………読み返すたびに、新たな伏線を発見し、新たな主題のつながりを見出し、ページを開くたびに、新たなことばに驚かされる――いや、ことばは初めからそこに書かれて、い、る、のであって、今まで気づかなかっただけのこと。…………不注意な読者は、この小説を前にして心静かでいられることだろう。…………作家は小説の中に、多くのプラムを隠しておくものだ。…………いつかは見出されると期待して。………主題の反復は、しかし、小説を読まないための逃げ口上とされてしまうことがある。………どのような主題が反復されているか、どのようなことばがどこに書かれているかは、注意深く読まなければ気づかないものだが、作品を読まずしてテーマ批評を読む人々は、そうした主題の糸の絡みあいが、あたかも自明であるかのように錯覚してしまう。………主題の錯綜は、幸せな読者によって、その糸をほぐされる。………螺旋とは、魂を吹きこまれた円である。………作家は世界を探検し、そこにある自然の事物に名を与える最初のひとである、とかつてわたしは言った。………作家は山に登る、霧のかかった山に。………その頂で、誰に会うのか？………少数のよき読者に、だ。………水晶のように、奇妙なくらい透明になった状態の目で、思い浮かべてもらいたい。………時おりわたしは、鱗翅類のはばたきに誘われて、黄泉の国からやってくるのだが、ある日、ふと舞い降りて、とある書物の上に立ちどまったことがある。………早春の、うっすらと霜のかかった敷石のごとき重厚さをたたえた書物の上に。………それは、淡褐色の靴ひもの色と、光沢ある黒檀を思わせるような色と、紺碧色と真珠母色とが奇妙にまざりあった色と、オリーヴ色のつやのごとき真鍮の色と、ピンクのフラノ織の襞の色と、そして最後に黄色によって彩られた（少なくとも、共感覚のあるわたしにはそう見える）名前の人物によって書かれている。………狂ったような飛行でさえも、蝶々同士が正面衝突することのないように、同じような思考と嗜好を持ちあわせている者同士が一度も出会わないでいるということもある。………『ボヴァリー夫人』は、人間の運命の繊細な微積分学を扱うものであって、社会的条件づけの算術を扱うものではない、とわたしは言ったが、後者への関心が主流である現在、前者を扱っている点で、この書物は他と異なっている。………重層《レイヤー》の主題として、シャルルの帽子、ウェディング・ケーキ、ボヴァリー夫妻の新居、エンマの柩がある。………エンマのひとみも、そのうちのひとつだ。………こうした一連の主題の糸口となる、シャルルの帽子は、しかし、それがどのように描かれているかは明らかでも、何が描かれているのかは明らかではない。…………「何か」を求めて、テクストにはまりこんでいくという危険性。…………けれども、この書物が見せるのは、深く下りていくという読解の垂直運動なのではなく、むしろ、別のページの別のことばへとつないでゆく、水平運動だ。…………シャルルの帽子の紡錘型が、ページの離れたエンマのスカートのふくらみの紡錘型の中に、こうして見出される。…………青と赤の水彩絵具からライラックの木を出現させる軽やかな筆の動きのように、主題のつらなりは見出される。…………シャルルの死に「気化」の主題を見出すとは！…………わたしはというと、何に気をとられていたか？…………息を引きとるシャルルのそばの青葉棚（これはかつてエンマが愛人との逢引に使っていた場所だ）と、そこへ飛んでくる昆虫cantharidesの英語訳がbumblebeesなのかbright green beetlesなのかということばかりに気をとられていた。…………本を読むとき、何よりも細部に注意して、それを大事にしなくてはならない。…………文学作品がどのような構造の下に書かれているかという謎を、探偵が推理するように、わたしは探索する。…………雨が降っている。…………烈しく降りかかる大量の水であったものが、収まりつつある植物の動揺を背景にして、しばしば長短のダッシュとなる、静かな金色の斜線へとたちまち変貌する。…………「科学者は空間の一点で起こるすべてのことを見ようとするが、それに対して詩人は、時間の一点で起こるすべてのことを見ようとする」と、哲学者Vivian Bloodmarkは口癖のように言っていた。…………フロベールがいなければ、わたしはいなかっただろう。…………『ボヴァリー夫人』がなければ、雨風にさらされた木材の色によって、クリームのような黄色が挟まれている題名の、わたしの小説も存在しなかっただろう。…………このふたつの小説の第一部がどちらも懐妊の話題でおわっているということに気づいた者が、世界に少なくともひとりいる。…………流星の尾のように、ひとつの主題はまた別の主題へとつらなってゆく。…………記憶の中の一場面もまた、そうした流星のきらめきとともに出現する。…………思いおこされる過去の時間は、映画の中の一シーンのようだ。…………かつてわたしはこう書いた。…………ある日、記憶の中で、ばらばらに、きれぎれに、ちりぢりになった像は、順序正しく並べかえられなければならない。…………ワイプして、インサートして、感光フィルムの隠しようもない摩耗をなおして、望ましくない映像をトリムして、慎重にディゾルヴをかけて。…………死がカチンコの音と共にシーンを終わらせてしまう前に。…………そうすれば、記憶の女神たちに守られた、いとしい者の姿は、時間の劣化にさらされることなく、その美を保ったままでいることができるだろう。…………それが想像上のものだとしても。…………このことはすでに書いた。…………ほかのどんな現実的な思い出よりも、はるかに現実的な、永遠不滅のモザイクとなることだろう。…………すべてはしかるべき姿で、何ものも永遠に変化せず、何ぴとも永遠に亡くなりはしない。…………幸福な者はそれぞれ、自らの映画館をその内に秘めている。…………闇の中から浮かびあがる、忘れじの面影は、記憶のスクリーンに映るクロース・アップとなって、いつまでもほほえみかけてくるだろう。…………このことはすでに書いた。…………わたしの記憶は、しばし、最後のスタンザの初まりで、ためらっている。…………映画はわたしにとって、サンクトペテルブルグの雪のように、白く、美しく、まばゆく、はかない、無定形で無根拠なひとつの確証なのだ。…………」

H comme hapax（ひとつしか例のないこと）

たった一回だけ、《Emma Bovary》ということばが『ボヴァリー夫人』に現れることがある。それは完成された小説作品の中ではない。書いては消され、書いては消され、そうしてついには反古とされる、草稿の中のことである。蓮實重彥氏が指摘しているように[*14]、この名をめぐっての挿話は、自筆最終稿から完全に消去されている。やがては消されてしまう挿話について、しばし考えてみよう。

フロベールの書きすすめ方には決まったリズムがあって、まず最初に、全体の構想を流れるように書いてから、少しずつ、遅々とした歩みで、細かいところを書きつけて、そうした細部がどんどんとふくらんでいくことにより、抽象は具象となり、ひとつの場面が形づくられ、「偏執狂的な厳密さでもって」[*15]ぼんやりとしていた思考が鮮明な像となって立ち現れるのだけれども、あるとき、不意に、そして一気に、多くのことば——備給というのだろうか、隅々まで、この上なく、深く、強く、書きこまれたことばでさえも——が消されてしまう。作品という完成形としてのひとつのテクストが書かれるに至るのは、こうした、書いて、書いて、それから消して、次にまた書いて、という、いつ果てるともしれない蛇行運動を経てからということが、草稿研究によって明らかにされている。未だ作品にあらざる、その一歩手前の状態であるアヴァン・テクストの、あらゆる場所でことばが消失してしまうフロベールの場合、よって作品は、暗示的であったり、因果関係があえて説明されていなかったりと、判然性の拒絶とでもよべるものを呈することとなる。

《Emma Bovary》をめぐる場面もまた、どこか謎めいている。第一部第九章おわり、エンマの「退屈(ennui)」が昂じて、日々のくらしは幻滅しかもたらさず、「ここではないどこか」への憧ればかりがつのりゆくころ。草稿には、次のように書いてある。夜になると、時折、エンマは床から抜け出して、髪をとかし、絹の下着をつけて、「バレージュ織の美しいドレス」を身にまとうのだが、これはヴォビエサールへ赴いたときに着用したのと同じドレスである。以前にたった一度だけ舞踏会なるものに招かれたエンマは、憧憬の社交界を垣間みることができ、見知らぬ子爵にダンスを申し込まれて、いつ果てるとも知れないダンスの旋回運動に身を任せ、いまだかつて経験したことのない眩暈の感覚をえたのだった。

あのときと同じドレスを身にまとうということはつまり、これから、夜半ひとりで、舞踏会の熱狂を、閃光にみちたあの空間を、エンマは再現しようというのだ。鏡の前に立つと、エンマは社交儀礼としてのうやうやしい辞儀をくりかえし、家の中をあっちへ行ったりこっちへ行ったりしてから、蠟燭を点して、明かりの下で、しげしげと名刺を眺めはじめる。その名刺の上に、細いイギリス書体で銘されているのが、《Emma Bovary》の文字なのであり、エンマはいくつか名刺をとりだして、指先で端を折っては、一枚一枚、誰かにわたす仕草をして、二時間も三時間もすごすのだという[*16]。

まずは舞台装置を見てみよう。ここでの名刺（carte sur porcelaine）とは、一九世紀中頃に流行したオブジェであり、元来は貴族階級のものとして、また商用として使われていた。やがて社交界では、舞踏会の手帳を代用するものとなる。白鉛で覆われた質感が磁器を思わせることから、この名（porcelaine 磁器）がつけられたのだという。彩色された部分に箔片が入っているため、光線の角度によって、そのメタリックなかがやきはさまざまな色調となり、日に透けた金色が沈んだ褐色となったり、青と黒と銀とが同色に見えたりする。しかし白鉛の金属粉は有害物質であるため、一八四〇年代にベルギーを発祥の地とし、イギリスやドイツにも普及したこの名刺は、一八六〇年代にはすでに生産中止となった。つまり、ほんの二十数年間だけ存在した、はかない美術工芸品ということになる[*17]。通常のリトグラフとはやや異なった方法で彩色をほどこされた、幾重もの波線、花模様、紋章、人物画などが光沢ある乳白色の紙のうえに浮かびあがる名刺は、よって、当時の印刷術の結晶としてあるだけでなく、それ自体がフェティッシュを引きおこすオブジェであり、エンマにとっては、貴族文化の一端をみずからのものとして所有させうる、夢の小品だったと想像される。

次に時制に注目してみよう。静寂につつまれた中、誰もいないところで、エンマは、記憶にとどまる舞踏会の空間を、「いま・ここ」に呼びもどす。そうした一連の身ぶりはすべて、半過去形にて語られる。「時々、夜になると、彼女は起きたものだった(«la nuit parfois, elle se levait»)」、「名刺を見つめるのに興じるのだった(«elle s'amusait à considérer ses cartes de visite, sur porcelaine»)」、「それを誰かに渡す仕草をするのだった(«elle faisait le geste de les remettre à quelqu'un»)」、というように。儀式めいた夜のひとり遊びをめぐる半過去形の反復性は、舞踏会への招待という、できごとの一回性に並列されることで、あたかも「一」が「多」へといともたやすく変化しえるかのような、虚偽の再現可能性をほのめかす。エンマはまぼろしをみている。そして、そのまぼろしをもたらすのは、賞玩するようにいままさに見入っている、闇夜のなかから浮かびあがる発光体としての名刺、その上に銘まれた、小説の中では一度たりとも発せられることのない彼女自身の名、«Emma Bovary»というこの文字にほかならない。文字が幻影をもたらし、白と黒の印字された符号が、空想のキマイラをひきおこさせ、文字を中心として、そのまわりに偽りの現前が花開き、亡きものとなった時間が、あたかもそこにあるかのような存在の重みをもって、旋回しつづけることとなる。

しかし、ここでは例外的に、エンマは気づいている。絶対的な喪失としてある過去はもはやとり戻せないということに、気づいている。幻影はやがて去ってゆくということに、気づいている。エンマは舞踏会をおわらせる、みずからの手によって。そのおわりを意味するのは、次のような「放りなげる」という身体運動である。草稿にはこう書いてある。「そして、ひとつ、またひとつと、彼女は肩ごしに名刺を放りなげるのだった(«et les jetait l'une après l'autre, par dessus son épaule»)」。饗宴はおわった。熱狂はさめてゆく。彼女の名を冠した純白の紙片は、一枚一枚、なげすてられてゆく。そして、かのバレージュ織のドレスを脱いでから、エンマは、シャルルの眠るベッドの方へ戻るのだった。

こうした「放りなげること」という仕草によって、幻影の消えゆくさまが語られているのは、この小説の登場人物たちにとってはめずらしい。いつもならむしろ、「ふり向くこと」がそこに来るからだ。

たとえば、第一部第四章、エンマとシャルルの婚礼のあと、ふたりを見送るルオー爺は、みずからの婚礼について思いをはせながら、いまは亡き妻を、風にゆれるレース飾りの下の小さな薔薇色の顔を、寒い日には冷たくなった自分の指をあたためてくれたその胸元を、次々と思い起こす。けれども、「ふり向く」と、そこにはすでに何もない。（「そこで爺さんはふり返ったが、もう街道にはなにも見えなかった。」）あるいは、第三部第七章、エンマが街角をさまよい歩くとき、走りゆく馬車の中に、かつてヴォビエサールの舞踏会で出会った子爵を見かけたような気がするのだが、「ふり向く」と、視線はなにも捉えない。（「そうだ、あの方だ、子爵様だ！　エンマはふり返った。通りには人影もない。」）

草稿の一場面に戻ろう。「ふり向く」のではなく「放りなげる」ことによって遊戯のおわりが告げられるとき、そしてそのおわりを自らの手で確かなものとすることができるとき、幻影ははかないということを、祝宴のはなやぎはいつかはおわるのだということを、エンマは理解している。この場面の終結にあたって、語り手は次のように説明している。「この悲しい時間のすごし方（«ces tristes occupations»）で二時間、三時間過ごしたあと、彼女は衣装を脱いで、そして、そっとシーツにすべりこむのだった、眠っているシャルルのそばへと」。前方照応指示形容詞「この」に結びついた価値形容詞によって、いままで語られたことすべて、エンマの夜のひとり遊びすべてが、「悲しい」とひと言で要約される。そのとおり、真夜中にひとりで演じられる不在の舞踏会は、「悲しい」ものに違いないだろうし、そうした悲しさを払拭するかのように、遊戯のおわりにあたって、エンマは、はらりはらりと肩ごしに、名刺をなげているともいえる。それは、蓮實重彦氏があざやかに解き明かしてみせたような、ジョン・フォードにおいて決定的な瞬間に反復される身ぶり*18、つまり、遺作『荒野の女たち』の、蛮族に捕らえられたアン・バンクロフト演じる女医が、ほかの七人の女性とその家族を逃がすため、花を髪にさし、いつもとは違う華やいだ衣装に身をつつんで、自ら囚われの身となり、その華やかさの滑稽さと物悲しさを払拭するかのように、そして自らの運命に絶望的なはなむけのことばを贈るかのように、毒の入った杯をあおって「なげすてる」というラスト・シーンの、暗転のロングショットが捉える身体化された終止記号と、どこか似通っている。

　こうした場面は、しかし、草稿の中だけに現れるものである。夜の孤独な舞踏会が、そして名刺を「放りなげる」というおわりの仕草が、草稿からすっかり消されてしまうとき、舞踏会の高揚が一回性のものであることを、それをもう永遠に自らのものとはしえないことを、エンマは知らないままでいる。あらゆるところに白昼の夢魔が蠢動し、「いま、ここ」は失望しかもたらさず、「ここではない、どこか」へと彼女が虚しく思いを馳せてばかりいるのは、いわば、不在の舞踏会のきらめきに、エンマ自身が終止符を打てないでいるからではないのか。「放りなげる」ことによって、幻想の空間から現実の空間へと戻ることができないからではないのか。一方に、自らが白昼夢をみていることに意識的でいる、草稿の中のエンマがあり、もう一方に、白昼夢の中にとどまりつづける、完成稿の中のエンマがいる。出版されたテクストにわたしたちが見るのは、後者にほかならない。その名《Emma Bovary》を冠した純白の紙片とともに、「放りなげる」という仕草とともに、前者が消されてしまうとき、ただ後者だけが残り、主人公は刹那の熱狂を永遠化しようと悶えつづけたまま、物語が進行する。

　物語をめぐるさまざまな思考《イデー》は、ことばという形を与えられて、空白《タブラ・ラサ》の紙の上にしたためられるのだけれども、横方向の直線一本によってあっけなく消されてしまう、そういった、やがては無に帰されてしまうことばの山々に、草稿は満ちている。いま見てきたこの《Emma Bovary》は、読まれることを想定されていないことばであり、印刷された「書物」としてのテクストの中には存在していないことば、蓮實重彦氏の言う「物質的に不在の記号」あるいは「『神話』的記号」*19であるということを、わたしたちは忘れてはいけない。存在しないはずのものを、完成の一歩手前にあるアヴァン・テクストは見せてしまう。読まれないものとしてのことばは、一度は消されたはずなのに、草稿というマテリアルの上にとどまって、現出と消失とのあいだに宙づりになったまま、依然として存在している。

「『神話』的記号」をめぐる現象は、書簡におけるこの名の表記においてもまた同じである。完成形としての小説作品には一度たりとも姿を見せない主人公の姓名を、フロベール自身が手紙の中で書いていると想定されてしまう事態が起こるのだが、そうした神話化作用の反復性について、以下、見ていくことにする。

かの有名なエピソードを思い出してみよう。プレイアッド版書簡集によると、一八六六年一一月二〇日、フロベールは批評家イポリット・テーヌにあてて手紙を出す。その中で、「エンマの服毒を書いている最中、登場人物に影響されるかのように自らもまた口の中に砒素の味を感じた」、と話している。イポリット・テーヌといえば、「人種・環境・時代」の鍵語のもとにすべてを説明しようとする決定論者として文学史に名をとどめる人物であり、ちょうどそのころ『知性論』の執筆を準備していた。これは認識のメカニズムについての論考であり、心的イメージの強度とそのリアリティについて、テーヌはフロベールへいくつか質問する手紙を送り、その返答としての手紙の中で、フロベールは砒素のエピソードを語っている。後になってテーヌはこのエピソードを著作に引用する。

ここでわたしたちは、同じ誤謬がふたたび繰りかえされるのを目にすることになる。コナール版書簡集補遺によると、フロベールはこう言っている。「ボヴァリー夫人（«Mme Bovary»）が服毒するところを書いているとき、口の中に砒素の味がしました［…］」[*20]。その後、文学研究においては絶対的準拠となっているプレイアッド版は、コナール版を踏襲して、同じく«Mme Bovary»と記している[*21]。よって、小説の中と同じく、手紙においても、フロベールは主人公の姓と名とを同時に書くことを周到に避けている、ということになる。しかし、以上ふたつの版とは逆に、この手紙の受取人であるテーヌは、フロベールの砒素のエピソードを自著『知性論』で引用するにあたって、《Emma Bovary》と表記している[22]。あの神話化作用がここでもまた働いているかのように、「マダム」が「エンマ」にすりかえられているのだろうか、それとも、手紙というマテリアルを手元にしている受取人自身がいうように、フロベールは「エンマ」と「ボヴァリー」を同時に書いていたのだろうか？　一方、フランス国立図書館にてフロベールとテーヌの往復書簡の実物を確かめて、ブリュノー編纂プイレアッド版の誤字をすべて修正したというイタリア人研究者ドナテッリが、テーヌの書簡およびフロベールの返答としての書簡を出版し、その中で《Emma Bovary》という表記をしている[23]。つまりフロベール自身がこのような呼称を用いているというのである。手紙に書かれていたのは、小説作品にあったような「マダム」ではなく、「エンマ」だったのだろうか？　よって、以降、ドナテッリ版に依拠してテーヌ宛の手紙を引用する論文はすべてこの「エンマ」と「ボヴァリー」が並列する表記法に準じることになるのだが、しかし、フランス国立図書館に所蔵されているフロベールの書簡をあらためて見てみると、そこにはフロベールの手によって、《Me Bovary》（「マダム・ボヴァリー」）と書かれている[24]。

《Emma》と《Mme》、一文字欠けたアナグラム。ことばは見間違えられ、別のことばが印刷され、文字は増殖し、流れながれてゆく。ブヴァールとペキュシェのような筆耕の正確さは、わたしたちにはない。いずれにせよ、主人公の名をめぐって、ひとは誤るか、戸惑うか、そのどちらかでしかない。

けれども、名をめぐっていつも同じ間違いばかりが繰りかえされるというのは、どうしてなのか。あるいは、あれほど細部にわたって書きこまれたことばが、こともなげに消されてしまうというのは、どういうことなのか。放りなげられる名刺という、白い浮遊体にきざまれた《Emma Bovary》の文字が、闇夜の奥に迷いこむように、草稿の中に埋もれてゆくのは、なぜなのか。そもそもそうした問いは無意味なのか。やはりわたしたちは、「なぜ」を問うてはいけないのかもしれない。アンナ・カリーナがそう言っているように。「なぜ?」「いけないわ……だから、って言わないと……」(ゴダール『アルファヴィル』)。

＊1　Roland Barthes, « En sortant du cinéma », *Œuvres complètes*, Paris, Le Seuil, t. IV, 2002, pp. 778-779.
＊2　*Id.*, « Sur le cinéma », *Œuvres complètes*, t. II, 2002, p. 256.
＊3　蓮實重彦「映画　この不在なるものの輝き」『映画の神話学』、ちくま学芸文庫、一九九六年、一七頁。
＊4　同前。
＊5　*Cahiers du cinéma*, n° 104, février 1960, p. 52 ; n° 98, août 1959, p. 32 ; n° 106, avril 1960, p. 26.
＊6　*Cahiers du cinéma*, n° 138, décembre 1962, p. 38.
＊7　*Cahiers du cinéma*, n° 101, novembre 1959, p. 40 ; n° 97, juillet 1959, p. 42 ; n° 107, mai 1960, p. 43 ; n° 114, décembre 1960, p. 54.
＊8　*Cahiers du cinéma*, n° 112, octobre 1960, p. 50 ; n° 116, février 1961, p. 2.
＊9　*Cahiers du cinéma*, n° 122, août 1961, p. 47 ; n° 143, mai 1963, p. 53.
＊10　*Cahiers du cinéma*, n° 120, juin 1961, p. 44.
＊11　*Cahiers du cinéma*, n° 99, septembre 1959, p. 43 ; *ibid.*, p. 40 ; n° 98, août 1959, p. 33.
＊12　蓮實重彦「破局的スローモーション」『ゴダール革命』、筑摩書房、二〇〇五年、一三―三四頁。
＊13　蓮實重彦「ジャン・ルノワール、または触覚都市の痕跡」『映像の詩学』、筑摩書房、一九七九年、四九―六八頁。
＊14　蓮實重彦『「ボヴァリー夫人」論』、筑摩書房、二〇一四年、六四頁。
＊15　Roland Barthes, *Le Plaisir du texte*, *Œuvres complètes*, *op. cit.*, t. IV, 2002, p. 234.
＊16　草稿 brouillon 1, f°288 ; brouillon 2, f°6v°, f°13v°, f°17v°。ルーアン大学およびルーアン市立図書館主宰のサイトによる(http://www.bovary.fr)。

＊17 Georges Renoy, *Bruxelles sous Léopold Ier : 25 ans de cartes porcelaine 1840-1865*, Bruxelles, Crédit Communal de Belgique, 1979, pp. 4-5.

＊18 Shigehiko Hasumi, « John Ford ou l'éloquence du geste », *Cinéma*, n° 8, automne 2004, pp. 86-99.

＊19 蓮實重彥『「ボヴァリー夫人」論』、前掲書、六四頁および六六頁。

＊20 Gustave Flaubert, *Correspondance supplément 1864-1871*, Paris, Conard, 1954, p. 92.

＊21 Gustave Flaubert, *Correspondance*, Paris, Gallimard, « Bibliothèque de la Pléiade », édition de Jean Bruneau, t. III, 1991, p. 562.

＊22 Hippolyte Taine, *De l'intelligence,* Paris, Hachette, t. I, 1870, p. 94.

＊23 Bruna Donatelli, *Flaubert e Taine : luoghi e tempi di un dialogo*, Roma, Nuova Arnica Editrice, 1998 (2e éd.), p. 148.

＊24 NAF 28420, Fond Taine, Lettres de Flaubert（最近フランス国立図書館に入った資料のため整理番号は未だない）.

塵の教え——フィクションに関するとりとめない註記——

森元庸介
Yosuke MORIMOTO
思想史／東京大学大学院総合文化研究科准教授。一九七六年大阪府生まれ。東京大学大学院総合文化研究科博士課程単位取得退学。パリ西大学博士（哲学）。訳書に『ニンファ・モデルナ　包まれて落ちたものについて』（G・ディディ＝ユベルマン、平凡社、二〇一三年）など。

『「ボヴァリー夫人」論』第Ⅵ章「塵埃と頭髪」の冒頭で、蓮實重彥は前者、つまり「塵埃」が「西欧の修辞学的な伝統にあっては否定的な意味を賦与されがち」な対象であったことを述べている。これは、ほかでもないギュスターヴ・フローベール『ボヴァリー夫人』においては「「塵埃」の喚起するものが、それとはまるで異なるなだらかな運動性を共有しながら、長く揺れ落ちる「頭髪」のイメージにどこかしら似かよってゆくさま」を「詳しく見てみる」ための予備的な、つまりそれ自体としては後景に配された指摘であるから、むやみに拘泥すべきでないかもしれないが、ともあれそこに付された註に目を向けると、くだんの「修辞学的な伝統」の範例として旧約聖書から次の一節が引かれている。「……君は顔に汗してパンを食らい、ついに土に帰るであろう。君はそこから取られたのだから。君は塵だから塵に帰るのだ」(「創世記」三・一九)*1。

直後で指摘されているとおり、これは神がアダムとイヴを楽園から追放する直前に発した言葉であり、そこでの「塵埃」の形象が否定的な意味合いを帯びているというのはなるほどたしかにそうだ。けれども引用の内容上の前半部、つまりひとが「土」から「取られ」、畢竟「塵」であるというそのことは、聖書に即するかぎりでの端的な事実確認なのでもある。思い起こすまでもなく「神はひとを土の塵から(khoun apo tēs gēs) 形づくった (ep asen)」のだから(「創世記」二・七)。

おぼつかぬ手つきで七〇人訳のギリシア語を添えてみた。「形づくった」に相当する«eplasen»を原形で示すと«plassein»となる。少なくとも現代フランス語はそのまま対応する動詞を持たないが*2、縁語である形容詞«plastique»――「造形的」、「可塑的」といったところが標準的な訳語であろうか*3――が窺わせるように、もともとは(とりわけ土や粘土、石などの具体的な物質をもとに)一定のまとまりを有した形を作り出してゆく手仕事を指す。ラテン語の側では、五世紀に成立したいわゆるヒエロニムス版からこのかた、同じくだりについて一貫して動詞«formare»が用いられてきた(たとえば、一六世紀に成立したクレメンティーナ版では«formavit igitur Deus hominem de limo terrae»)。ただし、ヒエロニムス版の成立より時代をさかのぼるテルトゥリアヌス、あるいは同時代を生きたアウグスティヌスといった教父の著作では、「創世記」の同じくだりを参照するにあたって別の動詞«fingere»を用いた例のあることが指摘される*4。いうまでもなく、この«fingere»を名詞化したものが「フィクション(fictio)」であるわけだが、その原義は「粘土で捏ねること(modeler dans l'argile)」などとも説明され*5、いま見たギリシア語動詞«plassein»にむしろよく対応していることがわかる。

ここで、「フィクション」の語義について蓮實がおおむね依拠する*6ドイツの理論家ケーテ・ハンブルガー『文学の論理』の記述に目を転じると、概念整理をおこなった準備的な一節のうちで、ラテン語《fingere》には「蔑称的（pejorativ）な意味」と「美称的（meliorativ）な意味」のふたつがあったことが指摘されている＊7。「蔑称的な意味」が「いつわり」とともに（fälschlich）「装う（vorgeben）」、「見せかける（simulieren）」、「模造する（imitieren）」といったことを指すのはよいとして、「美称的な意味」とは何のことなのか。ハンブルガーはそれをごく短く「創造的な形成」とだけ説明している。日本語からは、もしかすると（ロマン主義的（?）な）創造性の神話といったものが思い浮かべられるかもしれない。だが、もとのドイツ語は《schöpferischen Bildens》とあって、試みに辞書を見てみると、形容詞《schöpferisch》は遡れば「作る」という意味の動詞《schaffen》に由来する＊8。後者が英語の《shape》と同根であることを言い添えよう。となるとハンブルガーが《fingere》の美称的な意味——彼女によればヨーロッパ諸語において《fictio》を引き継いだ名詞はそれをなお保存している——ということを述べるとき、やはり物に触れて手を動かす者の姿が遠くに透けているわけだ。

とはいえ、物に触れて手を動かすことが「美称的な意味」につながるというのは、本当のところどうしてなのか。確たる答えを出せるわけもないが、ひとつの手がかりとして、六世紀から七世紀にかけて活動した教父セビリアのイシドロスによる名高い『語源』を参照してみよう。古代世界についての百科全書といった性格をもつこの著作のうちに、次のような記述がある。

陶器（fictilia）がそう呼ばれるのは、それらが土から成り（fiant）、造られる（fingantur）からである。事実、造る（fingere）とは作る（facere）、形を与える（formare）、形づくる（plasmare）ことであり、陶工（figuli）という言葉もそこに由来する。陶器が造られる（fictum）というとき、それは虚妄（mendacium）という意味ではなく、形を与えられ、現にあるもの、まとまりをもったものになるという意味においてのことなのである。＊9

「造られる」ものとはなによりまず「虚妄」でないもの、すぐれて「現にあるもの、まとまりをもった」もののことである。その範例となるのが陶器だ。けれども、陶器ばかりが造られるというわけでもない。実際、イシドロスは直後に「だから」と前置きしながら、パウロ書翰の次のような一節へ参照をうながしている。

ひとよ、神に口答えするとは、あなたは何者か。造られた者（figmentum）が自分を造った者に（ei qui se finxit）、「どうしてわたしをこのように造ったのか」と言えるでしょうか。（「ローマの信徒への手紙」九・二〇）

つまり、ひとこそは第一に造られたものである*10。被造物であるというそのステイタスはここで、なるほど人間を決定的に貶め、対比的に神の圧倒的な権威を際立たせる——「焼き物師は同じ粘土から、一つを貴いことに用いる器に、一つを貴くないことに用いる器に造る権限があるのではないか」（同九・二一）。だが、神や人間といった大ぶりな配役をひとまず忘れてみるなら、造る者の側に賦与される権威の由来は、造る営みによって造り出されたものが——空々しい嘘とは反対に——堅固な手触りを有するということのほかにありえない。ハンブルガー自身がどれほど明瞭に意識したのか知るよしもないが、手仕事としての《fingere》を語の「美称的な意味」として理解する筋道は、このようにしてたとえば聖書、あるいは聖書釈義の文脈に（も）認められるのではある。

そのケーテ・ハンブルガーは、文学テクストの考察にあたっては《fingere》の「蔑称的な意味」——具体的にはハンス・ファイヒンガー流の「かのように（Als Ob）」の構造——ではなく、「美称的な意味」

——右に略述した経緯を踏まえて思いきりパラフラーズするなら「形を与える手仕事」の局面——に即かねばならないこと、ひるがえって、そのような意味でのフィクションは「芸術の領域ではただ文学にのみ」妥当することを述べた*11。蓮實重彥はこれを踏まえつつ、「にもかかわらず、二十世紀の後半に活況を呈した理論的な言説の多くは、なお「かのように」の構造がフィクションの定義として妥当するかのように議論を進めている」ことにいらだちを示す*12。かれ自身が綿密に挙例、また分析するように、それら「理論的な言説」が『ボヴァリー夫人』というフィクションの「テクスト的な現実」をことごとく見損なっており、結果として「「テクスト」によって投影されたイメージ」、ないし読み手自身の「想像のスクリーンに投影されたイメージ」*13を分析することに終始してしまっているからだ。自分は夜ごと書物を開いて「絵そらごと（fiction）」のうちを遊ぶのだと述べた「レオン・デュピュイ君」の嗜み*14と通じるかもしれないそうした読みのありかたにあっては、とどのつまり「悪しき「表象」が生きのび、「表象作用」そのものは重視されることがな」くなってしまう*15。

「表象」について、蓮實は別のところで、「それは本質的には「イメージ」の問題だといえるかと思う」とも述べているから*16広義による錯視（illusion）のことが問われているのだとして、では、それによって取り逃されてしまう「フィクションの「テクスト的な現実」」とは何のことなのかを問うてみると、たとえば「「現実」でもあれば「虚構」でもあるというオクシモロンめいた」ものだと慎ましく形容されることはあっても*17。内実が積極的なしかたで定義されることは少ないように見受けられる。むろんそうであるべきなのだろう。蓮實自身、「テクスト的な現実」とは「テクストがそこにあること」、テクストにおいて「まさにそこにあるもの」、ぐるりめぐって「表象以前のもの」なのだということをいう*18。いや、話はひとえに『ボヴァリー夫人』に局限されるべきなのかもしれず、そのとき「この作品ならではのフィクションの「テクスト的な現実」」とは「矛盾する複数の「文」の共存がきわだたせる「不確かさ」、あるいは「曖昧さ」のことにほかならないのだといわれもする[19]。概念としての確かな輪郭を求めてしまえばテクストに固有な「現実」としての不確かさが切り捨てられ、「絵そらごと」を確かなものと恃んでそこに遊ぶのと選ぶところがなくなる。「テクスト的な現実」は、個々のフィクションについて、そのフィクションならではのしかたで、テクストが現にそうあるとおりのありかたを指示するという以上のものではなく、またあるべきでもない。

それならばそれでむしろ方向を逆転させ、「テクスト的な現実」とは正しい「フィクション」の定義そのものを構成するのだと考えてみてもよいだろうか。実際、『「ボヴァリー夫人」論』の一節で、蓮實は次のように記している。

> 「フィクション」は、「世界」といった比喩とは無縁の時空——どこでもない場所——に立って言葉と向かい合う者に、初めて「現実」のほほえみを投げかけてくれるだろう。そのほほえみは、架空の存在の架空の振る舞いをどうとらえるかにとどまらず、架空の物質がテクストにおいてしめるその配置によって、架空の存在の振る舞いを組織化することもありうるという現実を、読むものに理解させてくれる。[20]

散文的に言い換えるなら、「フィクション」とはつまり、「言葉」がそれ自体の「現実」をすぐれて開示するひとつの場のことだ[21]。その開示はどのように果たされるのか。右でいわれる「架空の物質」は直接には、たとえば「新入生」シャルルの名高い「縁なし帽」やエンマの「黄色い夏のドレス」、あるいはふたりの結婚披露宴を飾った「デコレーション・ケーキ」やエンマの亡骸が収められることになった「霊廟」のことを指し、それらが「テクストにおいてしめるその配置」とは、さしあたり何の関係もなさそうなそれら物質どうしが「それぞれの置かれた文脈を超えて意義深い遭遇を演じ」るさまをいわんとしている。蓮實によれば「そのような言語記号の饗応の可能性を秘めたテクスト」こそが「改めて「フィクション」と呼」ばれるにふさわしい。では、こうした饗応の場としてのフィクションを最終的に何が担保するのか——『「ボヴァリー夫人」論』の読者には改めて指摘する必要もあるまい、それは「もっぱら形態的な類似」にほかならないのだった[*22]。

*

蓮實重彦自身は、ケーテ・ハンブルガーへの「評価」について、あくまで「それなりにですが……」と留保を加えている[*23]。ただ、「それなりに」を真に受ければ、言葉の造形的な側面に対する関心が最低限の共通項として浮かび上がる。などと述べて、「他ならぬ言葉がフィクションを立ち上げるのだ」という菅谷憲興の簡明な要約[*24]を迂遠に言い直しただけのこととはなろうが、ともあれそのような読みの姿勢に拠るなら——すでに見たとおり——文学こそが、絵画や彫刻よりもすぐれて造形的な芸術ジャンルなのだという、少なからず挑発的な命題が得られる。

さりながら、「文学」という括りはここであまりに茫漠としているかもしれず、それと無縁というわけでもないが、言葉によるフィクションの造形性ということを掲げてみることで「悪しき表象」の効果をどれほどうまく振り払えるのか、試みに問うてみてよいだろう。ほかでもない小説に材料を汲みながら、いま少し話の穂を接ぐ。

『ボヴァリー夫人』第二部一四章、ボヴァリー家の青葉棚のもと、薬剤師オメーと司祭ブールニジャンが医師シャルルと収税吏ビネーを聞き役にして、りんご酒を飲みつつ演劇の是非をめぐって議論を交わすくだりがある（はっきりとは言及されないものの、エンマは不在のようだ）。オメーがいわゆるヴォルテール派の立場から「たとえば劇文学（théâtre）は［…］世の中の偏見を打破する効用があり、観客を楽しませるごとくに装って徳行を慫慂するもの」と論陣を張るのに対し*25、ブールニジャンの主張は以下のごとくである。

「良い脚本、良い作家がないではないことはわしも存じておる」と司祭は反駁にかかった。「それはそれとしてじゃ、考えてもごろうじ、劇場といえば俗世の虚飾に満ちみちた場所、それだけにまた心をとろかすのじゃろうが、そこへ男女が群れ集う（personnes de sexe différent réunies dans un appartement enchanteur）。そのこと自体けしからんところへもってきて、異教徒めいた扮装、けばけばしい粉黛（fard）、まばゆい燭台の灯、でれでれした声音（voix efféminées）、すべてこうしたものがついには心の放縦さともいうべきものを育成し、無節操な考え、自堕落な思いを誘う。少なくともそれが、カトリック教会を創始した教父がたお歴々の御意じゃ［…］」。*26

訳者山田𣝣の名調子につい引き込まれるが、節回しにとりわけ時代がかった趣きのあるについては、司祭の弁論がそもそもキリスト教思想における演劇批判の定型をみごとに要約しているという事実も与っていよう。右で「教父がた（Pères）」とある近辺を草稿で見ると、そのいくつかに、冒頭でたまさか言及したテルトゥリアヌスの名が（演劇批判をものしたことでも知られる一七世紀フランスの大説教家ジャック＝ベニーニュ・ボシュエのそれとともに）書き込まれている（Brouillon, vol. 4, folio 260v et 263）*27。仔細な検証は素人の手に余るが、関連するテクストを瞥見すると、ブールニジャンの高説には、テルトゥリアヌスの『スペクタクル論（De spectaculis）』がそれなりに下敷きを提供したようである*28。
『聖アントワーヌの誘惑』にカメオ出演し、『サランボー』や『ブヴァールとペキュシェ』ではその著作が有力な典拠として利用されてもいるテルトゥリアヌスは、その筆鋒の苛烈さのために後世が少しく扱いに困りもした二―三世紀の教父だ。そのかれの『スペクタクル論』は、キリスト教世界における最初のまとまった反スペクタクル論として知られる。主張はおおまかにいって二点、まずもってスペクタクルが異教に由来すること、ついでまたそれが邪欲、とりわけ性的放埒を煽り立てることである。引用したブールニジャンの言葉についていえば、「異教徒めいた扮装（déguisement païen）」とあるのが、ごく遠くからであるにせよ前者に対応してはいる。後者については、フランス語による『テルトゥリアヌス著作集』の一八五二年版から、次の一節を参考に供してみたい。

これらスペクタクルにあって、化粧の過剰なこと（luxe des parures）、同じ階《きざはし》に両性の交わること（mélanges des sexes dans les mêmes degrés）、あちらに与《くみ》しこちらに敵《かたき》する策謀、邪欲の炎を煽る結束といったものほどに紛れない躓きの石があろうか。悲劇俳優が声を張り上げる（enflera sa voix）そのとき、キリスト教徒が幾人たりかの預言者の呪詛を思い起こしたりするだろうか。役者のでれでれした節回し（accents efféminés）のただなかで、詩篇作者の歌を思い返したりするだろうか。＊29

逐語的な対応を求めることはもとよりなくて、ブールニジャンの発話が教説上の伝統をおぼろげにでもあれ反映し、つまりは紋切型を構成していることが確認されるなら十分である。そのうえで、この紋切型が何をおこなっているのかを価値中立的に考えてみると、スペクタクルをさまざまな構成要素――「扮装」、「粉黛」、「燭台の灯」、「でれでれした声音」、また別の観点からすればその場に「男女が群れ集う」こと――へと分解してみる操作なのだということに気づかされる。「悪しき表象」の「悪しき」ゆえんが、いかにも素朴であるかもしれないが一定の分析作業をつうじて提示されているわけだ。

それなのにエンマはオペラの観劇のためにルーアンへ出かけた。いや、正確にいえば「最初は、やれ疲れるの、出かけるふんぎりがつかないの、金が掛かるのとごね」ていたところを「この気晴らしが妻の健康によいにちがいないと信じ」るシャルルに連れ出された。シャルルがそうにちがいないと信じたのはオメーからそうにちがいないと吹き込まれたからである。なぜ気晴らしは健康によいのか。想像力を掻き立てるからである。誘い水はずいぶん前に撒かれており、第二部一三章、ルドルフからの別れの手紙を読んで卒倒したエンマの枕元で、すでに薬剤師はこんなことを口にしていた――「それと、いかがでしょう先生、想像力を刺激する必要がありはしますまいか」*30。といって、薬剤師は――これまた紋切型であるわけだが――想像力の破滅的な効果を暗示することも忘れはしない。折しもルーアン劇場に巡業してくる当代の人気歌手ラガルディーについて、かれはこんなふうに評する。「ああいう大芸術家ともなると、きまってむちゃくちゃな浪費家で、ご乱行がつきものだっていうのも、やはりなにがしか想像力をかき立てるようなものが生活に必要なんでしょうな」*31。

それと知らず口車に乗せられるようにして赴いた劇場でエンマの身に何が生じたか、詳しく語るには及ばない。少女時代に親しんだウォルター・スコットの原作によるドニゼッティ『ランメルモールのリュシー』のヒロインにまずは自身を重ね、けれどその恋人エドガーのように「激情をこめて愛してくれた人はまだひとりもいない」と省るから、たちまち胸は苦いものに占められてゆく。かと思いきや、そのエドガーを演じるくだんのラガルディーが舞台に再び現れ、派手〳〵しく立ち回りを演じたとたん、今度こそは抗いようもなくすっかり心を奪われる（「みんなあなたのものです！」）。幕が下りて「胸を締めつけるような動悸」に襲われたところへ、「絵そらごと」の好きなあのレオンがやってきて再会を果たすという時宜を得た筋立ては周知のとおりだ。

なるほど、スペクタクルが「無節操な考え、自堕落な思いを誘」ったといってよいかもしれない。しかし同時に、エンマが、つかのまとはいえ、眼前のスペクタクル的な表象から距離を取ろうと試みたことに注意を払わねばならない。自分にエドガーのような男が不在であることに思い至った彼女は、どうして「結婚生活のけがれも、邪恋の幻滅も味わい知らぬ青春の日に〔…〕だれか大きな強い心を持った人の手に自分の一生を託する」ことをしなかったのだろうかと後悔したわけだが、それにつづけて次のような一節が読まれる。

彼女は今では情熱のむなしさを、そしてその本来むなしい情熱を芸術がいかに針小棒大に描き出すかを知っていた。そこでエンマは舞台の感動にひき込まれないようにつとめながら、ついさっきまで自分の苦悩を如実に再現したかとも思われたこのオペラを、なんのことはない、ただごてごて飾りたてたこけおどしのでたらめとのみ見ようとした。*32

最初の一文(「彼女は今では……」)について短く指摘すると、一九世紀から二〇世紀にかけて活躍した哲学者ジュール・ド・ゴーチエは著作『ボヴァリスム』においてこれを部分的に引用し、エンマのうちに「ある批判的な能力」が芽生えたことの証左であるとみなした。ひるがえって蓮實重彥は「その一例のみをもってエンマの「批判的な能力」を強調するのには無理があり、「作品」のテクストの総体がそれを肯定しているとはとても思えない」と述べてこれを斥ける*33。「無理」とされる理由は必ずしも詳述されないが、著作の各所を手がかりに再構成するなら、かりにも「批判的な能力」を云々するのであれば最低限エンマの読書経験の意義をしかるべく論じ、また、それと無関係でありえない彼女の「相対的に高度な言語行使の能力」、さらにこの能力を支えとした「実際的な」女性としてのふるまいといったものを視野に収めねばならないはずだ、といったところだろうか*34。

以上を確認し、ここではしかし引用の二文目に着目してみよう。原テクストは《S'efforçant donc d'en détourner sa pensée, Emma voulait ne plus voir dans cette reproduction de ses douleurs, qu'une fantaisie plastique bonne à amuser les yeux [...]》。かりそめに直訳を試みて「だから自分の思いをそこから逸らそうとして、エンマはいまとなってはもう、この自身の苦痛の再現を、眼を楽しませるにふさわしい造形上の作りごととばかりみなそうとした」としておく。お気づきのとおり、冒頭で少し触れた形容詞《plastique》が現れている。これをフィクションの「美称的な意味」に引きつけて解釈しようとはいくらなんでも思わない。ただ、その語義が物質と造形のレヴェルと親密に結ばれていることの確認を経たいま、《plastique》という形容詞は、何気なく書きつけられたようでありつつ、自身の思いをフィクションの表象効果から引き離すべく当のフィクションをその部分〈へ分解しようと試みる過程を記述するのに、思いのほかふさわしい語彙なのだとはいってよいはずだ。

とはいえ不思議なことであるまいか。なるほど、舞台上の筋立てから注意が逸れる経験は誰にでもある。意味の層がぼやけ、演じ手の形姿や所作、それをとりまくさまざまの装置といった「造形的な」要素が奇妙に迫り出してくる……。睡魔に襲われて見る舞台の印象とは、えてしてそういうものだ。けれども、ここでのエンマは目覚めながら進んでそうしようとしているのである。没入を中断し、投影された想像世界のまとまりを「造形上の作りごと」へ還元しようとすること。考えてみればこれは強い意味で不自然な選択、それゆえに意志と知性の発動を要求する画然とした精神操作というべきであろう（誤解をおそれずいえば、それは一種、批評家的な態度を選び取ることに似ている）。とはいえ、彼女ひとりの突飛な思いつきというわけなのでもない。再びテルトゥリアヌスの『スペクタクル論』を参照してみよう。というのも、その冒頭に一種の予備的な注意書きとして次のようなことが記されているからだ。

ひとびとは、［スペクタクルがもたらす快楽という］この問題について異教徒がわたくしたちに向けて習慣的に説き立ててくる次のような文句を盾に取ったりする。宗教、そして魂と良心の根底との関係において、ひとえに眼と耳に与えられるばかりの外的な慰めといったものに何ほどの意味があるだろうか、と。*35

スペクタクルは感覚的な快を与えるにすぎない。それは皮相なものに過ぎず、魂や良心にまで働きかけたりはしない。だから、その悪しき影響を思い煩ったりするのはつまらない……。いってみれば「醒めた」作品受容のありかたを提示するこの種の論法は、スペクタクルを愛する者が用いる逃げ口上の典型として、あまたの神学者が近世まで繰り返して取り上げたものでもあるが*36、その先陣を切ったテルトゥリアヌス自身、すでにしてそれを一種の紋切型と認識していたわけである。そして遠く時代を降った小説のなかで、エンマは、むろん宗教的な文脈や目的とまったくかかわりもなく、ひとえにスペクタクルとスペクタクルが煽り立てる想像力の支配から我が身を逸らそうとしてこの紋切型を実行に移し、眼前の舞台を「自身の苦痛の再現」から区別することに一時は成功しかけた（「だから彼女は［…］ひそかにさげすむような憐れみの微笑を浮かべて」さえいた）*37。ことさらゴーチエの肩を持つのでもないが、エンマにそなわった一定の「批判的な能力」――いうまでもなく「批判（critique）」の意味的な核心は「区別」にある――を主張しようというなら、この記述も、それが十分に説得的となるかは措いて、少なくとも補足的な傍証ぐらいは構成しえたかもしれない。

とはいえ、すでに触れたとおり、この内的な操作がエンマにおいて完遂されなかったこともたしかである。なにゆえかを問うと、小さな異同が注意を引く。古代教父の論攷ではスペクタクルの快楽が「眼と耳に与えられる」ものとされ、それを引き継ぐようにして司祭ブールニジャンも視覚的な要素（「扮装」、「粉黛」、「灯」）と聴覚的な要素（「でれでれした声音」）を並べて論じていた。ひるがえってエンマはそれをただ「眼を楽しませるにふさわしい」ものなのだと考えようとした。むろん、小説家の周到な配慮が働いているはずだ。直後のくだりで「先刻のオペラなど子供だましだといった気分」が早々に掻き消え、エンマが役柄からそそられた「夢（illusion）」を介してラガルディー「その人」の生まで思い描こうとする過程は、オペラのひとつの山場、婚礼の場の「六重唱」（フランス語版では第二幕末尾）とともに始まるのだから。エンマによる小さな内的抵抗の試みは、いってみれば「音楽の突風にたちまち吹き散らされた」[*38]。むろん彼女を咎めることはできない。エンマはたぶんそれまで劇場に足入れたことさえなく[*39]、今回にしてもみずから進んで劇場に足を運んだのでなかった――という以上に、オペラは、彼女が「そうみなそうと」した単なる「造形上の作りごと」ではなく、「目と耳に与えられる」十全な意味でのスペクタクルだった。

*

右のように記して、いかにも道を誤ったと思う。こんなふうにして、結局のところ「悪しき表象」に引き込まれるわけだ。その「悪しき表象」を作り出しているのは、もちろん「「テクスト」を読むことが得意でないし、また好きでもない」[*40]人類の一員たるわたくしである。わたくしは「テクスト的な現実」のうちに書き込まれたオペラの情景を現に目のあたりにし、流れる音楽を耳にしたように思い違えている。オペラがオペラではなく「造形上の作りごと」であったとしたなら、などと仮定してみて、ありえたかもしれぬエンマの別の人生を思い描きながら「「作中人物」という「見せかけの自明性」を「自明視」する「物神崇拝」の風土」[*41]に泥《なず》んでいる。そしてなにより、「悪しき書物の悪しき読者であったことでエンマ・ボヴァリーが罰せられた」のだとする通念（フランソワーズ・ガイヤール）に触れつつ、そもそも

「しかし、『ボヴァリー夫人』のヒロインが受けいれる悲痛な最期を、悪しき文学による懲罰か、それとも良き文学なら彼女を救済しえたかという二者択一で論じること」を「このフィクションに対する誤った問題設定」[*42]であるとして蓮實重彦が斥ける、その「誤った問題設定」を別様に変奏して、ヒロインの死、あるいは少なくとも死に至る過程を芸術の効果という主題へ還元的に結びつけている。

芸術の道徳的な価《あたい》という問いは「小説だのといった悪書のたぐい」をめぐる（とりわけエンマと義母のあいだの）諍い[*43]と並んで、もしかするとそれよりいっそう明示的に、スペクタクルについての議論をつうじて小説のなかに書き込まれてはいる。だが、オメーとブールニジャンがそれぞれに開陳する紋切型、あるいはまたそれにつづけて配された観劇の場から、表象の効果のうちにエンマの死を「導きだしたかもしれぬ原因をあれこれさぐり、そこにしかるべき因果律」[*44]を想定するといった錯誤へ引き込まれるぐらいなら、そんなものはいっそ打ち捨てるのが正しい選択であろう。

何でもかんでも論じてみればよいわけでなく、肝心なのは「作品の解釈を豊かにする方向を目ざ」[*45]すことなのだとようやく思い至り、ひるがえって『「ボヴァリー夫人」論』において「ルーアンの観劇の場」が相対的な無関心の対象となっている事実がひときわ意義深く感じられる。記述が不在というのではない。だが、くだんの場面はおよそのところ、エンマとロドルフの出会いの「絵に描いたような「反復」」にほかならず、「語りの大きな変化を誘発するものとはいいがたい」と判断されて[*46]詳細な分析が加えられることはない。たとえば「ロシアの大草原《ステップ》」という「長い譬喩的な表現」についてそうであったように[*47]、「不出来なところ」であるから、あえて論じることをしなかったか。いや、あえて憶測を重ねるなら、ことはもう少し原理的な水準に関係しているはずだ。蓮實重彦にとって、劇文学——あるいは韻文——は小説——あるいは散文——と根本的に対立させられるべきものだからである。

蓮實は「長編小説」を「散文のフィクション」とも呼び換え、それが「昨日生まれたばかり」のものであるとするフローベールの認識の射程を折に触れて強調し、散文が、自身の新しさと相即的に「それにふさわしい「美学」も「詩学」も」持たずにきたことを——むろん肯定すべきことがらとして——指摘する*48。「美学」はさておき、少なくとも「詩学」ともっとも親和する芸術ジャンルは「劇文学」である。その劇文学と小説が明示的に対置されるのは、『「ボヴァリー夫人」論』の刊行から少し間を置いておこなわれた講演においてのことだ。二度にわたる言及のうち、少し長くなるが後者を引こう。

「フィクション」の「テクスト的な現実」という視点は、いわゆる「作中人物」の地位の相対的な価値下落を導きだします。いわゆる「ヒーロー」、「ヒロイン」といういくぶんか古色蒼然とした概念——「叙事詩」や「劇文学」にはふさわしいかも知れない——は、『「ボヴァリー夫人」論』でいうなら、「テクスト」に露呈されている「塵埃」や「水」のような物質、「数字」のような概念、「乗り物」などによる運動感覚、「よろけ」や「かがみ込む」といった身体的な動作、あるいは「頭髪」や「足」や「手」のような人体の一部などが「文」の秩序をこえて饗応しあう主題論的な図式によって相対化され、作中人物は行動の主体というより、むしろ主題論的な必然に還元されているかにさえ見えます。*49

註釈の必要はほとんどないはずだ。「フィクションの「テクスト的な現実」」は、小説を小説にふさわしいありかたで読むことを求めるのであり、逆にいえば、小説を叙事詩のように、そしてまたとりわけ劇文学のように読んでしまうことを戒める*50。小説を読む者は、物質や概念や運動や感覚や動作や身体の一部にこそ注意を向けねばならず、反対に、ヒーローやヒロインを自身の視界から遠ざけねばならない。(ほかならぬわたくしのように)そうした制御の力を欠く者は、たとえばスペクタクルに魅入られるエンマを何かしら悲劇のヒロインであるかのように思い描き、みずからふと思い描いたその通俗的な筋立てをさもありなんとたちまち信じ込んでしまう。

信じやすい者がそれでも信じ込まずにあるためにどうすればよいか。答えは、ほかでもなく「ルーアンの観劇の場」をめぐる蓮實の記述のうちに隠し絵のように織り込まれている。劇場になお見るべき何かがあるのだとして、それは舞台でもなければ演じられるスペクタクルでもない。ひとえに「注目すべきは、正面入口を通って二階席に向かうエンマの存在がたちまち触覚と嗅覚に還元され、劇場という建築空間も、階段、廊下、通路、桟敷の扉など、もっぱらそれにふさわしい細部としてしか感知されなくなって」いること、そしてなにより――そう、なにより――通路に漂う「ほこりっぽいにおい」をエンマが「胸いっぱい吸い込ん」だという「テクスト的な現実」である[*51]。「異教徒めいた扮装、けばけばしい粉黛、まばゆい燭台の灯」に目を向けてはならず、「でれでれした声音」に耳を貸してはならない。そうではなく、かなうことなら階《きざはし》に腰を降ろす手前で小説を開き、そのテクストに立ち戻り、たとえば劇場の通路と農業共進会の日の村役場の二階とにおけるふたつの「塵埃体験の類似」を、たとえばまたエンマとシャルルが塵埃に対して示す反応の類似を、しかしまた齟齬を「詳しく見てみる」のがよい。そのような身ぶりこそが、いかなる生真面目な反スペクタクル論にもまして、スペクタクル――あるいはいっそう正確に「テクスト」をスペクタクルとして読んでしまうこと――の誘惑に対する解毒剤となることだろう。特段の不思議はない。想像を煽り立てる韻文的なもの、劇文学、あるいはスペクタクルに抗うための縁《よすが》を（エンマそのひとによって模索されたように）「造形的な（plastique）」なもののうちに求めるというなら、恃むべきはまさしく小説なのであり、なぜといって「美称的な意味」における「フィクション」は――ケーテ・ハンブルガーによれば――「芸術の領域ではただ文学に」おいてこそ、いや、それ以上に――蓮實重彥によれば――ただ散文による小説においてこそ十全に顕現するものであるのだから。

加えてなお言い添えるなら、ここでの造形は、なにも塵を捏ねて陶器や人間やを造り出す労苦を求めはしない。ただ塵を拡散させ、「ほこりっぽいにおい」をあたりに漂わせれば十分であって、その軽みこそはおそらく小説というフィクション形式を俟って初めて可能な達成である。客席に至るわずかに手前を舞った塵埃は、そのかぎりで、散文と散文ならざるものの閾をたしかに徴づけるのだろう。

＊

まるでとりとめない註記である。いっそうとりとめなく註記への註記を重ねて稿を閉じることをいまさらためらう理由がない。

ほかならぬ「塵埃と頭髪」のなかでも短く言及されていることだが＊52、尼僧院時代のエンマは、母親の死に際して「故人の髪の毛で形見の額を造らせた」（第一部六章）＊53。原文に« elle se fit faire »とあるから、たしかに「造らせた」のである。実のところ、頭髪と「フィクション」のあいだにもやはり歴史を遡る縁があって、ずいぶん前に名前を挙げたセビリアのイシドルスは『語源』の別の箇所で以下のように述べている。

造作者（fictor）がそう呼ばれるのは「造る」に由来して（ab fingendo）のことであるが、それは何かしらのものを構成することを意味していて、たとえば女性の髪を整え、扱い、油を塗り、輝かせる者についていわれるときがそうである。＊54

塵埃から造られる陶器と同じように、頭髪もまたすぐれて「造られる」。さてしかし、『ボヴァリー夫人』のくだんの場面でエンマが「造らせた」という「形見の額（tableau funèbre）」とはいったいどのようなものなのか。蓮實重彦が参照する校訂版の編者ジャック・ネーフは、これについて「故人を偲ぶために造られるオブジェ（Objet fait pour évoquer le défunt）」と簡潔に記しているが*55、専門的な研究によれば、故人への哀悼の徴としてその髪を切り取って小さな額絵ないし装飾品に仕立てあげる風習は一八世紀末からヨーロッパに広がり、少なくとも一九世紀の後半まで存続していた*56。墓の図像があしらわれることがしばしばであったともいう。エンマが造らせた「オブジェ」にあって事情はどうだったのだろう。墓、あるいは別の何かしらが表象されていたのか。それとも、ただ「表象以前のもの」が造形されていたのか。むろん答えを探しているわけではなく、そもそも「形見の額」というこよなく簡素な記述が詮索を許さない。だからこそ、といってよいか、「「テクスト」を読むことが得意でないし、また好きでもない」者に決して「ほほえむ」ことのない小説という「フィクション」のエンブレムに――なるほど舞い散る塵埃と並んで――ふさわしいかもしれない、とぼんやり思いをめぐらせるだけである。

＊1　蓮實重彦『「ボヴァリー夫人」論』、筑摩書房、二〇一四年、三二七頁、および七六〇頁。聖書からの引用は関根正雄訳（岩波文庫版、一九五六年）に拠る。ただし以下では、新共同訳を参照しつつ、文脈に応じて訳文に多少の変更を加える。

＊2　ただし、中世フランス語には動詞«plasmer»があった（Takeshi Matsumura, *Dictionnaire du français médiéval*, Paris, Les Belles Lettres, 2015, v° «plasmer[1]»）。

＊3　リトレ辞典は語義のひとつを次のように説明している。「製陶にふさわしいあらゆる物質を指す。純粋な粘土はplastiqueである」。

＊4 以下の指摘を参照。René Braun, *Deus christianorum. Recherches sur le vocabulaire doctrinal de Tertullien*, Paris, Études augustiniennes, 1977 [seconde édition revue et augmentée], p. 399-400.

＊5 Alfred Ernout et Antoine Meillet, *Dictionnaire étymologique de la langue latine*, Paris, Klincksieck, 2001, v° «fingo».

＊6 蓮實重彦『「ボヴァリー夫人」論』、前掲、四九三―四九四頁。また、同「「かのように」のフィクション概念に関する批判的な考察」、『「ボヴァリー夫人」拾遺』、羽鳥書店、二〇一四年、六五―六七頁。

＊7 Käte Hamburger, *Die Logik der Dichtung* [1957], Stuttgart, Klett-Cotta, 1977 [3. Aufl], p. 53. 以下を参照した。ケーテ・ハンブルガー『文学の論理』、植和田光晴訳、松籟社、一九八六年、四八頁。

＊8 以下の電子辞書の該当項目を参照。*Das Digitale Wörterbuch der deutschen Sprache* (www.dwds.de), v° «schöpferisch».

＊9 『語源』二〇・四・二（以下の対訳版を参照した。Isidoro di Siviglia, *Etimologie o Origini*, a cura di Angelo Valastro Canale, Torino, UTET Libreria, 2 vol., 2006, t. II, p. 646 / 647）。

＊10 この点が強調されるとき、アダム＝最初のひとはしばしば「最初に造られたもの（protoplastes）」と呼称される。

＊11 Hamburger, *op. cit.*, p. 54-55（前掲訳、四八頁）。

＊12 蓮實『「ボヴァリー夫人」論』、前掲、四九四頁。

＊13 同「フローベールの『ボヴァリー夫人』 フィクションのテクスト的現実について」、『「ボヴァリー夫人」拾遺』、前掲、一六、一七頁（また、同『「ボヴァリー夫人」論』、前掲、五七頁、七一頁）。

＊14 「絵そらごと」は、蓮實重彦が依拠する山田𣝣訳が«fiction»に充てた表現である（『ボヴァリー夫人』、河出文庫版、二〇〇九年、一三〇頁）。なお、フランス語については、同じく蓮實が依拠する次の校訂版に拠る。Gustave Flaubert, *Madame Bovary*, coll. «Les Classiques de Poche», préface, notes et dossier par Jacques Neef, 1999, p. 164.

＊15 蓮實「フローベールの『ボヴァリー夫人』」、前掲、一七頁。

＊16 蓮實『「ボヴァリー夫人」論』、前掲、五一七頁。同箇所でいわれているとおり、この意味での「表象」に直接に対置されているのは「描写」である。また、同、五三三頁を参照。

＊17 蓮實「フローベールの『ボヴァリー夫人』」、前掲、四頁。

＊18　蓮實重彥、工藤庸子、菅谷憲興「鼎談　〝生まれたばかりの散文〟と向き合う」、『「ボヴァリー夫人」拾遺』、前掲、一六五頁。

＊19　蓮實『「ボヴァリー夫人」論』、前掲、二七頁。

＊20　蓮實『「ボヴァリー夫人」論』、前掲、五三六頁。

＊21　あるいは以下を参照。「私は、ハンブルガーとともに、小説的なフィクションにおいては、言語によって作りだされる見せかけの生、あるいは現実の幻想は、それ自体が一つの現実にほかならないと認めるものです。それこそ、私がここでフィクションの「テクスト的な現実」と呼ぶものにほかなりません」（蓮實「「かのように」のフィクション概念に関する批判的な考察」、前掲、六五―六六頁）。

＊22　蓮實、『「ボヴァリー夫人」論』、前掲、五二六―五三二頁。強調引用者。

＊23　蓮實重彥、渡部直己、菅谷憲興「鼎談「シャルル・ボヴァリーは私だ」」、『「ボヴァリー夫人」拾遺』、前掲、二〇八頁。

＊24　同。

＊25　『ボヴァリー夫人』、前掲訳、三四九頁（*Madame Bovary, op. cit.*, p.335）。なお、『紋切型辞典』の項目「喜劇（comédie）」を参照。

＊26　同、三五〇頁（*ibid*）。

＊27　ルーアン大学フローベール・センターによってweb上に公開されているテクスト・データを参照した（http://flaubert.univ-rouen.fr/bovary/）。

＊28　これについて、もちろんすでに専門的な研究があるにちがいないが、見つけられなかった。

＊29　Tertullien, «Contre les spectacles», *Œuvres de Tertullien*, traduction du latin par Antoine-Eugène Genoud, Paris, Louis Vivès, 3 vol., 1852, t. II, p. 416-417.

＊30　『ボヴァリー夫人』、前掲訳、三三五頁（*Madame Bovary, op. cit.*, p.324）。

＊31　同、三五三頁（*Madame Bovary, op. cit.*, p.337）。なお、『紋切型辞典』の項目「女優（actrice）」を参照。

＊32　『ボヴァリー夫人』、前掲訳、三六一頁（p.344）。

＊33　蓮實『「ボヴァリー夫人」論』、前掲、七八二―七八三頁。

＊34　これについては、同、七〇〇―七〇七頁の集約的な記述のほか、一四五―一四六頁、二五五―二五六頁、五一〇頁などを参照。

＊35 Tertullien, *op. cit.*, p. 391.

＊36 これについては以下で部分的に論じた。「17世紀演劇論争を再考するために　決疑論をプリズムとして」『フランス語フランス文学研究』第九九号（二〇一一年）、一三一―一四五頁。

＊37 『ボヴァリー夫人』、前掲訳、三六二頁（*Madame Bovary, op. cit.*, p. 344）。

＊38 同、三五七頁（*ibid.*, p. 342）。ただし、これは開幕直後についての記述である。詳述しないが、エンマの観劇は、自身の「思い（pensée）」の起伏が音楽に押し流されるという構図の反復によって枠づけられている。

＊39 これについて、別の観点からの指摘が以下にある。蓮實『「ボヴァリー夫人」論』、前掲、三五一頁。

＊40 蓮實「フローベールの『ボヴァリー夫人』」、前掲、一八頁。

＊41 同。

＊42 蓮實『「ボヴァリー夫人」論』、前掲、七〇六―七〇七頁。

＊43 『ボヴァリー夫人』、前掲訳、一九八頁（*Madame Bovary, op. cit.*, p. 219）。

＊44 蓮實『「ボヴァリー夫人」論』、前掲、七〇七頁。

＊45 蓮實「フローベールの『ボヴァリー夫人』」、前掲、二七頁。

＊46 蓮實『「ボヴァリー夫人」論』、前掲、一八一―一八二頁（ただし、同じ場面について四二七頁に少し趣の異なる記述がある）。また、エンマの死と深く関連する「めくら」の「小唄」の「匿名性」と、『ランメルモールのリュシー』が喚起する「既知のイメージ」を対照させた七一〇頁の記述も参照。

＊47 蓮實、工藤、菅谷「鼎談　〝生まれたばかりの散文〟と向き合う」、前掲、一六七頁。

＊48 多くの言及から、ひとまず以下を参照。蓮實『「ボヴァリー夫人」論』、前掲、七五―七七頁。

＊49 蓮實重彦「「曖昧さ」について　『「ボヴァリー夫人」論』を例として」、『群像』二〇一五年七月号、一五九―一六〇頁。また、一五八頁をも参照。

＊50 もちろん、蓮實重彦そのひとが舞台に無関心どころでないことは、著作『帝国の陰謀』（日本文芸社、一九九一年）、とりわけそのⅥ章「喜歌劇」を思い起こすまでもなく明白である。

＊51 蓮實『「ボヴァリー夫人」論』、前掲、三五〇頁。

＊52 同、三六八頁。

＊53 『ボヴァリー夫人』、前掲訳、六二頁（*Madame Bovary, op. cit.*, p. 103）。

＊54 『語源』一〇・一〇四（*Etimologie o origini, op. cit.*, t. I, p. 820 / 821）。

＊55 *Madame de Bovary*, *op. cit.*, p. 103, NdE 4.

＊56 Carol Rifelj, *Coiffures. Hair in Nineteenth-Century French Literature and Culture*, Newark, University of Delaware Press, 2010, p. 224-237.『ボヴァリー夫人』への言及は以下。*Ibid.*, p. 223.

さらなる「運動の擁護」へ

柳澤田実

Tami YANAGISAWA

哲学・キリスト教思想／関西学院大学神学部准教授。一九七三年ニューヨーク生まれ。東京大学大学院総合文化研究科修士課程修了。博士（学術）。編著書に『ディスポジション――配置としての世界』（現代企画室、二〇〇八年）。

生態心理学者のJ・ギブソンは「私たちは動くために知覚するが、知覚するためにはまた、動かなければならない」*1と言い、私たちの生が行為と知覚の循環にほかならないことを明言した。しかし、この循環はほとんど意識化されないため、私たちは実際に何かを知覚し、認知する場面を分析しようとすると、行為を止めて、できるだけ固定された視点から意識化し、観察し、分析しようとする。運動を捉えることに特価した映画にさえこうしたスタティックな視点への傾向を感じるし、ましてや対象を「客観的」に分析する学問に関しては、自然科学にしても人文科学にしても、こうした定点観察的志向は避け難くある。観察者である自分自身もまた絶えず動いているにもかかわらず、あたかも動いていないかのように観察し、思考することによって、人は絶えず動いている生を常に捉えそこなっているのだ。

もちろんこうしたことに気付く人は、いかにも肘掛け椅子に身を沈めて物思いにふけっていそうな、要するに最も運動からかけ離れているように見える哲学者の中にもいて、案外その歴史は古い。アリストテレスはプラトンが変化や運動を語り得ていないことを批判した。不変の範型としてのイデアを提唱したプラトンが、身体を動かすという意味での運動を嫌ったかどうかはわからないが、アリストテレスがフィールドに出て自然観察をしていたことはよく知られている。とはいえ、こうした哲学者の「運動嫌い批判」が本格化したのは、私たちのリアルな生を極端に形式化したエマニュエル・カントが登場した後のことである。カントを批判したフリードリヒ・ニーチェを筆頭に、一九世紀末から二〇世紀の哲学において運動の擁護は生じた。二〇世紀の前半には、カントを批判的に引き受けたアンリ・ベルクソンが純粋持続について考察したことで知られる。そして二〇世紀後半には、ニーチェの立場を継承したジル・ドゥルーズが、哲学史の文脈に基づいて問題の所在をより明らかにした上で、ベルクソンに依りながら、ひとつの決着として「生成変化の哲学」を提起した。他方で、現象学の系譜のなかからも、運動について思索するメルロ＝ポンティが登場し、その影響下、最近では認知科学、運動研究、生態心理学などの実証科学と連携しながら、環境との関わりのなかで絶えず運動している人間のあり方について研究を進める現象学者が増えている。

このような状況であるから、とりあえず物事を原理的に問う哲学という分野のなかにも、私たちが生きているということを、スタティックに分節化するのではなく、常に動いている運動として捉えるべきだという運動擁護の立場は定着したと言ってよいと思う。しかし、運動を擁護しているからと言って、哲学者が十分に「運動＝絶えず動いていること」について語り得ているのかというと、それはまだ十分に実現しているとは言い難いだろう。たとえば、よく知られているように、ドゥルーズは、生成変化する生について語るために、ふさわしい概念や語り口を、フェリックス・ガタリと共に編み出した。しかし、ドゥルーズ＝ガタリによって生み出された疾駆するかのような書き言葉は、ほとんど一発芸のようなものであったし、その後も各々自らの一発芸を編み出す者こそあれ、哲学的言語として定着したとは言い難い。最近ではティム・インゴルドという人類学者が、ドゥルーズ＝ガタリに大きな影響を受け、近代自然科学の言語と枠組みに支配された人類学にも、ホリスティックな生の理解やそれに相応しい描写（drawing）を導入することを提唱している。しかし、やはりこうしたことも言うは易しで、様々な二元論による分節化を批判する彼の語り方自体は、極めてオーソドックスな弁証法である。要するに、まずは批判すべき対象を明確にし、その批判に立脚するかたちで、自分の立場を明らかにするという伝統的な方法を採るのだ。言葉によって何かを論証するということそれ自体の限界なのだろうが、このような議論の進め方自体がまさに二元論的な分節に則ったものであるのは言うまでもないだろう。インゴルドによるテキストが、こうしたアカデミックな手続きにもかかわらず、生き生きした生の全体性に触れる言葉として読めるのは、彼自身が挙げる具体例の記述に依って立つところが大きい。それは、たとえばイヌイットの神話であったり、彼自身の凧揚げの経験であったり、建築家アルヴァロ・シザのエスキスについての美しい描写であったりする。おそらくこれらが、インゴルドの言うところの、対象を客観的に分析するのではなく、論じたい事柄そのものに参与（participate）する実践＝素描（drawing）なのだと思われる。

変化と運動そのものである生について、私たちはどのように語るべきなのだろうか。哲学が未だに突破口を見出せずにいるこの問題に対して、文学者・蓮實重彦の『「赤」の誘惑――フィクション論序説』は、その問いの核心は「フィクション」という表現形態にこそあるのだと教える。そもそも『「赤」の誘惑』の主題は、表向きは「運動」ではなく、近代文学に特有の「フィクション」という形式であり、本書はいわば『「ボヴァリー夫人」論』の準備段階として書かれたものだと蓮實本人によって位置づけられている。しかし、本書は、「運動」をそのタイトルに掲げている『スポーツ批評宣言　あるいは運動の擁護』以上に、「運動と言語」というこの難問に肉迫している。『「赤」の誘惑』冒頭で「批評の余裕」と対比されている「理論の性急さ」をここで恥ずかしげもなく披露するならば、『「赤」の誘惑』は基本的に、フィクションを現実の模倣（ミメーシス）＝虚構としていわば実体的に捉える諸理論に対する、徹底した批判であり、その批判を自ら実践するという意味での批評である。蓮實によれば、多くのフィクション論が前提とするような、現実と虚構（空想、想像）との純然たる区別、あるいは「現実」の「虚構」に対する、「モデル」の「コピー」に対するような存在論的優位は存在しない。要するに、私の言葉で言い換えるならば、フィクションもまた厳然たるリアリティの一様態なのだ。

蓮實は周到にフィクションを定義することを避け、様々なフィクション論を引きながらあれでもないこれでもない、という具合に否定神学的にフィクションという表現形態について語っていくが、フーコー、ドゥルーズ、そしてニーチェの口を介しては肯定的に、この問題が結局は運動・変化の問題に行き着くことを明らかにしている。ちなみに哲学を専攻する者としては、蓮實が徹底してその動体視力のなさを糾弾する分析哲学者たちについても言及したいところではあるが、今回はそこには立ち入らないことにする。蓮實が本書で導き手にする哲学者は、あくまでもニーチェとその思想の継承者としてのフーコーとドゥルーズである。

フーコーは「言語とは物の隔たり」であると断った上で、虚構とは「その隔たりのなかに自らを維持し、かつ自らのうちにその隔たりを維持しているあらゆる言語、この隔たりのうちに前進しながら、この隔たりについて語るあらゆる言語」*2だと述べる。ドゥルーズについては蓮實は少々遠回しな引き方をしているが、「「赤い」と表現される身体的表現」と区別される「「赤くなる」という非身体的表現」は「表象するのでもなく、指示するのでもなく、いわば介入する」「言語の行為」*3であって、この言語行為こそがフィクションであると示唆されている。この『千のプラトー』第三章のテキストで、ドゥルーズはストア派を引きながら、何か別のものを指示するのではない、「出来事」そのものを自ら表す、いわば内在的な言語について語っている。このことからは、蓮實がフィクションを、外部を措定せず生成していく言語活動として想定していると推測できる。そして終章では、ドゥルーズが再登場するとともに、ニーチェがいわば全編の種明かしのように登場して、「事物における変化の相」「働くもの生きているものそのもの」こそ「仮象」*4、すなわちフィクションだと宣言されるのだ。

本書において、運動は、テマティックなイメージの連鎖によって表されると度々言われているが（この全体のナラティヴに関係しないテーマ的なイメージの連鎖は小津安二郎やフローベールについて蓮實が論じる時にも指摘されている）、こうしたイメージの連鎖は、本書のエクリチュールそれ自体によって実践されてもいる。そのイメージとは、本書のタイトルにもあるように、赤色という色彩にほかならず、そもそも本書は、諸々のフィクション論に、論者の意図とは無関係に頻出する赤色に「身を委ねる」ことから始まったのだと蓮實は述べる。この反復され変奏されるイメージが赤という鮮烈な色彩であることは、当然のことながら極めて重要で、本書第八章の正岡子規論が明らかにするように、赤色は認知の対象ではなく、情動や感情といった運動を直接惹起するものとして機能している。この点についてはメルロ゠ポンティの以下のテキストが参考になる。

わたしたちの身体がそれらの色を生きるとおりに、すなわち平和または暴力の凝結物として、それらの色を生きることである。赤はわたしたちの反応の振幅を増大するとわたしたちがいうとき、そこでは赤の感覚と運動性反応というような二つの異なる事実が問題であるかのように考えてはならない――〔そうではなく〕赤は、わたしたちのまなざしが追い求めそして同化するその組成によって、すでにわたしたちの運動的存在の拡大と考えねばならないのだ。*5

『「赤」の誘惑』の読書体験とは、フィクションの捉えどころのなさに身を委ねると同時に、赤色がもたらす運動を「生きる」ことにほかならない。論述の内容レベルでは、「赤」は当該の理論家や小説家がフィクションを生け捕ることに成功しているかどうかの尺度になっているように読めるが、いかに「赤」を眠らせることしかできない理論家について論じていようと、本書のテキストの通奏低音には常に鮮やかな赤色が潜勢し、読者をその運動に巻き込み続けているのである。

以上の『「赤」の誘惑』読解に基づくならば、フィクションとは、世界を運動として捉える眼差しであり、記述だということになる。さらに先のニーチェの引用をそのままに引き受けるならば、世界を運動として眼差し、記述しようと試みるならば、自ずとその形式はフィクションになると言うことさえできるのかもしれない。この推測があながち間違っていないことは、『「赤」の誘惑』第六章の夏目漱石の『それから』の終焉部分が、極めてリアル（実在論的）な知覚論として解読しうることからもわかる。『それから』の最後には、主人公・代助が、友人からその妻・三千代を奪ったことによって、親兄弟から関係を絶たれ、それまでの生活の支えであった実家からの援助を失うことになり、結果「世の中が真っ赤に」なるまでの、事の次第が記述されている。季節は暑い夏であり、また孤立無援に陥った代助は、追い詰められ、家族も社会も「赫々たる炎火の裡に、二人を包んで焼き殺そうとしている」と感じている*6。こうした記述から、読者はうっかり赤を代助の心理を指示する象徴として読み解きそうになるのだが、蓮實は安易な解釈に陥らないように警鐘を鳴らす。そして、不動／運動という対立軸を導入し、代助の世界が赤くなるためには運動という契機が不可欠であったことを鮮やかに解き明かすのだ。

蓮實によれば、代助は「多くの「漱石」的な存在がそうであるように」「不動であることを好む人物」である。「「時々尋常な外界から法外に痛烈な刺激を受ける」ことがあるという彼は、ときに晴天の日射しさえ耐えられず、昼間でもその場に横たわって瞳を閉じ、すっかり「光線を謝絶」することで神経を生き返らせることにしている」。代助がこんな悠長な生活をしていられるのは、先にも述べたように実家の援助によって生活していたからなわけで、実家と絶縁された彼はいよいよ職を探さなければならなくなる。求職という現実に直面しつつも何の具体的な案もないまま、代助はおそらくは焦燥感に駆られて電車に乗る。すると「赤い郵便筒」や「赤い蝙蝠傘」といった赤色ばかりが目につくようになり、最終的に「仕舞いには世の中が真赤になった」に行き着くまでの「赤色」の氾濫が始まるのである。蓮實は、これらの記述を、不動／運動、目を閉じる／目を開く、無色／有色、雑色／一色といった対立軸に沿った、徹底して論理的な、しかも作品＝フィクションの論理に従ったものとして解釈する。その上で、こうしたフィクションは、なんらかの「現実の模倣」ではないという本書のテーゼを繰り返すのだが、私自身の関心からすれば、この『それから』に記された過程こそ、絶えず動いている私たちの現実にほかならず、この運動を捉えることに成功している当のテキストは、運動を描くのに相応しい表現としてフィクションになっているのだと言ってみたい気がする。

　不動の人・代助にとって、世界は色がなく、動いてもいなかった。冒頭のギブソンの言葉が示すように知覚と行為は循環しているのであるから、文字通り、あまり動かない人にとって世界は動かない。世界が動かないことには、ますます行為者も動かなくなる。世界を動くものとして、その見えの変化を捉えてこそ、私たちは行為する＝動くことができるからである。リテラルに目をつむりがちな不動の人・代助は、かくして自らが生きている世界を常に捉えそこなってきたのだろう。その代助の世界が突如動き出す。職を探さねばと飛び乗った電車のなかで、代助は「ああ動く、世の中が動く」とつぶやく。車窓の外の世界は、「文字通り」彼の視界のなかで、動いていたわけで、代助はこの場面で初めて運動の知覚を意識化しえたのかもしれない。結果、彼は色彩をも知覚できるようになり、赤というこの暴力的なまでに強度ある色を一身に生き、情動というこれまた絶えず私たちの生を成り立たせている運動へと一層飲み込まれることになったのではないだろうか。この描写には、現実の認知のプロセスとして少しも異常な点はない。これは現実である。現に「世の中」は真っ赤になるのである。

フィクションとは運動への眼差しであり、運動を語るための言語行為だと教える『「赤」の誘惑』にあって、この第六章の『それから』は、不動の視点から世界を捉えそこなっていた観察者が運動を知覚できるようになるまでのプロセスが記されているという意味で、自己言及的でさえある。読者は本書の蓮實の眼差しとテキストを通じて、蓮實ほどの動体視力を獲得しえないまでも、随所に散りばめられた赤色を生き、世界を動くものとして捉えることを知るからだ。と同時に、この代助のあり方は『「赤」の誘惑』に後続しつつ、さらに運動を擁護するために、私たちが踏み出すべき方向をも、まさに自己言及的に示唆しているようにも読める。私が注目するのは、不動の人・代助が、世界の運動を、電車のなかで初めて意識化するという事実である。ようやく不動の状態を脱したかのように見える代助であるが、実のところ彼は動くものに乗っているだけで、自らの身体を動かしてはいないのだ。要するに代助は動く電車に乗って、彼の前にスクリーンのように設置された車窓をただ眺めているに過ぎないのである。もちろん「見る」という行為もまた一つの身体行為にほかならないわけだが、たとえば画家が戸外で写生をする際に、対象をよく見るために姿勢を絶えず変えたりするのと違い、代助はおそらくは座席に座って自らの「見え」を調整することもなく、視界に飛び込んでくる赤色をただただ受動的に知覚している。このように自らは不動のままでスクリーンに映し出された「世界像」を眺める代助はあまりにも「近代的」だと言ってよいと思う。そして、以下のような蓮實の言葉を思い起こすならば、この近代的な観察者が二〇世紀型の消費者へと連なっていく。

二十世紀は、まったく新たな消費の対象を人類に発見させてくれました。みずから「運動」するのではなく、他人が「運動」している光景を、しかも金を払ってまで見るという未知の楽しみを、時間のすごし方の一つとして提示してくれたのです。*7

もしもさらなる「運動の擁護」があるとしたら、それは、他人の運動を眺めるだけではなく、自らが動きつつ世界が動くことを眼差し、語ることによって実現されるのではないだろうか。そのためには、他人の運動への動体視力だけではなく、自らが動いていることに対する感受性や動体視力が必要となるだろう。そしておそらくこの自らの運動への感受性や動体視力は、他人の運動や作品を観察したり鑑賞したりするのと同じくらい、自らの日常の他愛ない行為を観察し、享受することによってしか培われないように思う。

スパイク・ジョーンズという一九六九年生まれの映画監督がいる。ジョーンズは映画学校で教育を受けたことがなく、MTVのプロモーション・ビデオやCMの制作から映画製作に移行した映画監督である。私は映画の専門家ではないが、運動という観点から見た時、ジョーンズの映像には、西欧絵画を範とし、フレームのなかに事物を構成するいわゆる遠近法的な映像とまったく異なる手触りがあると感じた。最もわかりやすいのは、作品に繰り返し登場する人物の疾走シーンである。後の映画作品のプロトタイプとも言える、アディダスのスニーカーのCMでは、少年が夜自分のベッドから起き上がり、突如床に広がった穴のなかに頭から飛び込み、走り出す。暗闇のなか彼が走るところに地面ができてゆく。寝そべって足を上にあげると足元に地面が生まれ、天地がひっくり返る。このように一見ありえない（いわゆるフィクション的な）表現がありつつ、同時にあくまでも大地を足で踏みしめる、ヒューマンスケールの身体が拠り所になっていて、映像は最後までそのスケールを離れることはない。ジョーンズは半ばプロのスケートボーダーであることでも知られている。スケートボーダーたちは、ボードという道具を媒介に都市空間を自らが滑走する「地形」として解体し、新たな空間として再生産する*8。街中に新たな空間を生み出しボードで滑走してきたジョーンズ自身の経験やその経験によって培われた身体感覚が、彼の作品を支えていることは余りにも明らかだろう。ジョーンズの映像は、街をボードで自由に滑走するという現実の単なる模倣でもなく、かといって重力に縛られた物理的現実の完全な否定でもない。いわば現実があまりにも豊かすぎて思わず展開してしまった、そんな新たな現実としてのフィクションである。

私はこうしたジョーンズの映像に、アームチェアから立ち上がった、動く者たちによる運動を語る言葉への示唆を感じ取らずにはいられない。冒頭にも述べたように、動く自分に軸足を置き続けることは、観察、分析、そして記述という過程において決して容易なことではない。とはいえ、さらなる「運動の擁護」のために、また、一九世紀型の観察とも、二〇世紀型の消費とも異なるかたちで、私たちが「生きていること=運動」それ自体をいっそう享受するためには、この方向は間違いなく追求の価値があると思うのだ。

*1　J・J・ギブソン『生態学的資格論』、古崎敬ほか訳、サイエンス社、一九八五年、一三八頁。
*2　「隔たり・アスペクト・起源」『フーコー・コレクション2　文学・侵犯』、小林康夫ほか訳、ちくま学芸文

庫、二〇〇六年、一四六頁。
＊3　ドゥルーズ＝ガタリ『千のプラトー　資本主義と分裂病』上、宇野邦一ほか訳、河出文庫、二〇一〇年、一八四頁。
＊4　F・ニーチェ『悦ばしき知識』、信太正三訳、ちくま学芸文庫、一九九三年、一二四頁。
＊5　メルロ＝ポンティ『知覚の現象学2』、宮本忠男ほか訳、みすず書房、一九七四年、一一一一五頁。
＊6　蓮實重彦『「赤」の誘惑——フィクション論序説』、新潮社、二〇〇七年、一四七頁。
＊7　蓮實重彦『スポーツ批評宣言　あるいは運動の擁護』、青土社、二〇〇四年、二四〇頁。
＊8　イアン・ボーデン『スケートボーディング、空間、都市——身体と建築』、齋藤雅子ほか訳、新曜社、二〇〇六年。

柳澤田実

批評家とは誰か——蓮實重彥と中村光夫——

中島一夫　Kazuo NAKAJIMA

文芸批評／近畿大学文芸学部教授。一九六八年石川県生まれ。二〇〇〇年に「媒介と責任——石原吉郎のコミュニズム」で新潮新人賞評論・ノンフィクション部門を受賞。著書に『収容所文学論』（論創社、二〇〇八年）。

小林秀雄ではなく、中村光夫である。

蓮實重彥はそのように言い続けてきた批評家だ。蓮實と中村はともにフランス文学、とりわけフローベールの研究者であり、互いに交流のある先輩後輩の間柄でもある。そうしたバイアスのかかった評価と見なされてきたためか、このことはあまり重視されてこなかった。そして、いまなお小林秀雄は近代批評の祖として神話化され続けている存在であり、一方中村光夫がふりかえられることは少ない。

だが、もし小林ではなく中村が読み続けられる批評家として存在していたら、現在の文学の光景はずいぶん違ったものになっていたのではないか。文芸批評は小林をこそ支持してきたし、小林より中村なのだという蓮實の発言の重大さを取り逃がしてきた。本稿は、そのことを、遅ればせながら明らかにしようとする試みである。

1　「悲劇」——転向イデオロギーの完成

その小林ではなく中村だという蓮實の主張は、吉本隆明との対談「批評にとって作品とは何か」[*1]において激烈に表れた。まさに対談相手の吉本が、小林を祖とする批評のパラダイムに属する典型的な批評家だったからだ。吉本は言う。

> つまり日本語の批評を確定していった最大の人は、明治以降さまざまな批評があるわけですが、ぼくは小林秀雄に帰せられると思うんです。小林秀雄の批評の概念というのは、簡単に言うと、「作品をだしにして自分を語る」こと、「自分は、バルザックが『人間喜劇』を書いたように、天才たちの悲劇を書きたいんだ」というふうなことになると思います。つまりいずれにしても、作品を作者に還元し、作者を自己に還元することだと思うんです。結局、日本語の批評の概念は、そこから始まっているんです。

対する蓮實は、「小林秀雄はすでに中村光夫氏の批判によって超えられているというふうに考えているわけです。具体性という点で、中村光夫氏のほうが遥かに重要な批評家じゃないか」と反論し、さらにこう続けている。

> 小林秀雄の、天才の自意識の物語は、その不自由という現実を快く忘れさせてくれる、解放の錯

覚を煽りたててくれるわけですね。そしてそこで共有される錯覚が、文学を必然的に欲望しない者たちを文学に引きつける。中村光夫氏は、この抽象的な現実回避にもっとも執拗に抗った批評家だとわたくしは思います。凡庸なはずの人間が、ふと聡明になった気になるのは文学の頽廃だということを中村光夫氏は繰り返し説いたわけです。〔…〕つまり、中村氏は、文学から凡庸さを追放し、そのことで聡明さと戯れることの抽象性を最初に指摘した批評家だと思います。まあ、そういうことをされると、誰もあまり嬉しくないわけですが、しかし、そこを通過しない限り、現代という歴史的一時期の文学はいつまでたっても視界に浮上せず、才能ある特権者の劇という、普遍的かつ抽象的な物語が再生産されるだけではないでしょうか。その意味で人は小林秀雄的な批評のパラダイムなどと言いますが、それはほとんど有効性を持っていないと思うんです。

これに対し吉本は、「中村光夫の批評ほどつまらないものはない」と応ずる。小林より中村の方が「遥かに重要な批評家」だとする蓮實の言葉は、この『悲劇の解読』の批評家にとって、己の批評を根柢から否定するに等しい。したがって、それは絶対に受け入れられないものだった。

吉本はこう反論する。中村光夫という批評家は、文学に対する「過剰な思い入れを、とにかく拒否した」、だが中村がそうできたのは、「近代以降のヨーロッパの文化や文学は、女性で言えばたいへんな美人」であるからだ、と。「美人というのは、無意識のうちに、黙っていても男が構ってくれるものだと思っている」、「しかし、不美人は、黙っていたら男は構ってくれない」、かといって「不美人であることはどうすることもできないし、不美人が美について自意識を抱くことは、どうしようもないこと」だ、「そのどうしようもない必然というのを、夏目漱石や小林秀雄はもっている。しかし中村光夫はもっていない。不美人であるということすら勘定していない」というのである。いかにも吉本的なたとえだが、それゆえに中村を語ることで、かえって吉本の本質が浮き彫りになっている。
これに対する蓮實の応答は、そうした吉本の本質を突くものだったと言えよう。

今のお話を聞いてて、一つの事実――これは吉本さんのお仕事全体にかかわる事実だと思うんですが――ある一つの事実の断定に関して、禁じられたり、欠けたりしているものを起点として自分の姿勢を正当化するという一つの方法が出てきていると思います。つまり、自分は美人ではないということですね。そこで自意識を考えざるを得ない、それは正当化され得るはずだ、ということですね。それは、ある種のロマン主義じゃないでしょうか。

つまりこういうことだろう。失恋、挫折、貧困……、吉本の言説は、基本的に「自分は美人ではない」という疎外感から自らを異端とし、さらに異端であるからこそ「正当化され得るはずだ」という「ロマン主義」に基づいている。いわゆる挫折した「呪われた詩人」が「普遍的知識人」になり得るという、ロマン主義的な疎外論である。歴史的に見れば、それは一九五六年のスターリン批判以降、社会主義的知識人の正統性の権威が失墜し、その知的正統性が疑われるようになって猛威をふるうようになったロジックでありスタンスだ。まさに「吉本隆明の時代」である*2。その意味で、この吉本的なロマン主義は、六八年以降、いやソ連崩壊以降においても、ポテンツを下げながらもいまなお持続しているといってよい。蓮實の吉本批判が、依然として必要であるゆえんである。

＊

吉本のロマン主義は、正統=社会主義的知識人からの疎外を温床とするゆえに、その疎外の究極形態たる転向の問題において、吉本らしさは極まる。吉本は『転向論』(一九五八年)で、宮本顕治や蔵原惟人、小林多喜二といった非転向コミュニストを批判し、転向者である中野重治の『村の家』を高く評価することで、それまでの非転向者と転向者の序列を逆転させた。非転向者は、単に「大衆の動向=封建制の優性遺伝的な因子」から「孤立」しているにすぎない。一方『村の家』の主人公「勉次」は、大衆や封建制=天皇制(吉本は「封建制」と「天皇制」をほぼ同義で使用している)を体現する父を通してそれらを熟知しており、父との葛藤、対立を強いられながらも屈服しなかった、真の非転向者ではないか——。

こうして『村の家』は、大衆や天皇制から疎外された者の「悲劇」を描いた作品として評価されるわけである。このとき、一般的な転向小説は非転向小説と読み替えられ、非転向者は何ら悲劇性を有していない、論ずるに値しない者たちへと転落した(この吉本の「ロジック」のもとでは、佐野学と鍋山貞親の転向ですら、天皇制に屈服したぶん、若干「悲劇」性を帯びており、宮本や蔵原、多喜二らに比べればまだマシとなる)。結果、吉本のいう「悲劇」は、宮本や多喜二になれなかった数多の転向者たちを慰撫、解放し、強力な転向(をめぐる)イデオロギーとして機能することになる。

そして、これとまったく同型なのが、小林秀雄の人民戦線問題ではなかったか。かつて平野謙は、小林の『私小説論』(一九三五年)に人民戦線提唱のメッセージを読み取り、小林が主導した雑誌『文学界』にその実践を見た(『文学・昭和十年前後』)。一九三〇年代フランスに発する人民戦線戦術は、ファシズムに対して、共産主義者と、そこまでは振り切れない社会民主主義者(リベラリズム)とが提携、連帯をはかる戦術である。

もともと、ソ連共産党=コミンテルンは、社会民主主義もファシズムも同じだとして、その双方に反対していた。この視点にたてば、リベラルとの連帯など不名誉な後退戦にほかならず、転向に等しいとさえいえる。平野謙は、小林『私小説論』における高名な一節「社会化した私」に人民戦線提唱を見たが、まさにマルクス主義者が社民まで下りてきて、「社会（民主）化した私」＝「社民化した私」になることで、初めて人民戦線は可能になる。小林が「社会化した私」というレトリックを駆使できたのは、すでに続々とマルクス主義たちが転向し、「社民化した私」が広がる、いわゆる「文芸復興期」に突入していたからだ。

このとき小林は、壊滅状態にあるマルクス主義者やプロレタリア文学者に、助け船を出してやろうというつもりだったのではないか。『文学界』に中野重治を誘い入れようと手を差し伸べたように。だが、それは政治的な連帯という以上に、感情（同情）的なものではなかったか。「「悲劇」というものは」、と吉本との対談の中で蓮實は言っている。「文学だけではなくて、社会のなかにある一つの湿った空気のようなものを流し込んでいって、本来ならば、歩調を合わせるべきではない人たちまでをも連帯させてしまう」（「批評にとって作品とは何か」）。おそらく、小林の人民戦線提唱を念頭に置いた発言だろう*3。

＊

一時期蓮實が、宮本顕治に関心を示していたことも、この文脈から理解できよう。小林―吉本パラダイムとは、端的に宮本顕治殺しによって可能となったものだからである。

宮本の『敗北の文学』は、小林『様々なる意匠』をおさえて、雑誌『改造』の懸賞論文（一九二九年）の第一席となった。だが、その後、マルクス主義が退潮する中、小林がヘゲモニーを握っていくことになる。そのヘゲモニーのもとで、「私小説論＝人民戦線」の提唱も可能となったのである。そして吉本隆明が、宮本の非転向を貶め、中野重治の転向をもちあげることで、宮本殺しに駄目を押す形となり、「転向」パラダイムが完成する。小林や吉本を文芸批評の「父」と見なすことは、この「転向」パラダイムへの従属にほかならない。

蓮實は、自ら編集に携わった雑誌『ルプレザンタシオン』(一九九一—九三年)で、一貫して宮本顕治のインタビューを試みようとしていた。それは第一号からの夢だったが、とうとう実現しなかった。宮本に対する興味について、蓮實はこう述べている。「それはまったく単純です。文芸批評家としての宮本顕治のある時期の論文の方が小林秀雄の論文より面白かったというだけのことです」、「私は、少なくともあそこで語られていることが、人々によってもう少し咀嚼されていれば、今日の小林秀雄ひとり勝ちはなかったであろうという立場です」*4。

小林の「ひとり勝ち」は、「天才」の「悲劇」の勝利である。その結果、「漱石と、小林秀雄と、そのあと中上と大江。これだけいれば大体済んでしまうかのように事態は進展してい」くことになる。蓮實が『夏目漱石論』(青土社、一九七八年)を書いたのも、あくまで「もう漱石なんかいらない」という問題提起であり、「漱石なんかについて必死に語るのはやめよう」という「ある種のディコンストラクションとして」にすぎない。そこにあるのは、芥川龍之介に対する宮本顕治同様、漱石を否定する蓮實の「野蛮な情熱」であり、これもまたいまだに持続する、漱石を小説の代表とするパラダイムに対する切断要請なのだ。

知られるように、宮本顕治は、自らが文芸批評家でありながら、次々と文化人、文学者を追放し、「党」を形成し、先鋭化させていった。政治にとって反動的な装置でしかない文学を、宮本は、きれいさっぱり党から排除しようとしたのだ。蓮實は言う。「だから宮本顕治は清々しいし、気持ちがいい。その気持ちのよさが、日本人、あるいは人間の芸術に対して抱く、ごく標準的な感情を超えているでしょう(笑)。非常に興味がありますね」*5。

この宮本の清々しさが、「湿った空気」を切断する。むろんこの宮本の「清々しさ」は、スターリニズムだ、粛清だ、と言われて評判が悪く、省みられることはほとんどない。ならば、と蓮實は、躊躇なくスターリニズムをも肯定しようとするだろう。

僕の関心は、フランス第二帝政期との関係で一九三〇年の問題に重なりあっているんですが、三五年代、たとえばソ連が、いわゆるスターリニズムによって、個人的な芸術とか前衛作家たちを一掃しますね。これはある意味で正しいのです。〔…〕今、スターリニズムは非常に評判が悪い。まあそれは当然だし、僕だって絶対に粛清する側にはつかないという気はあるんですけど、しかし一九三五年の段階で、あれはやはり時代の要請だったわけです。単にソ連共産党の問題とか、そういうものでは全然ない。

だからその不可視のスターリン主義を今どうするかということなのだけれども。そのとき、小林秀雄は山中貞雄かそれとも伊藤大輔かという二者択一が問題となるわけです（笑）。小林秀雄は過渡期に当たっていて、表現においては伊藤大輔を気取りながら、内容、つまり取り上げるべき対象とそこに投げかける記号の姿としては山中貞雄をやっているということです。そして不幸なことは、その過渡期的な姿勢の曖昧さが近代日本の批評をつくったなどというふうに言われてしまっていることなのです。

今さらスターリニズムがけしからんと、吉本さんみたいなことを言ってもはじまらないわけで、実は至るところに、アメリカにも、アメリカ映画でさえも、形式と抑制と凡庸化としてのスターリニズムはあったと考えるのです。＊6

「凡庸化としてのスターリニズム」。蓮實の「凡庸」は、スターリン主義とも結びつく、極めて政治的な概念なのである。

2　「凡庸」——表象＝代行の露呈

ここで蓮實の「凡庸」とはいかなるものだったか、もう一度ふりかえっておこう。

> 凡庸さとは、いわゆる今日の大衆社会といったマス化現象そのものとは直接の関係を持ってはいません。［…］いわゆる近代国家が成立した十九世紀以後に生きる者たちが、必然的にかかえこんでしまった状況なのです。原理として血統だの家柄だのが個人を保証せず、義務教育の普及と議会制民主主義の確立とにより、権利として誰もが何かになれるという社会が形成されてからというもの、才能の有無にかかわらず、文学なり芸術なりを夢想する固体が生産されることになったわけなのです。つまり、自分の問題として凡庸さというのは誰もがかかえこんでいるわけです。
>
> つまり凡庸さとは、何よりもまず、相対的な差異の場であると考えることができましょう。この人の方があの人よりもしかるべき点で冴えている。あるいはしかるべき点で才能を持っている。そういう相対的な差異を人に示すことで、それに対する姿勢や距離のとり方を教えてくれる場だといえましょう。（傍点原文）＊7

「凡庸さ」は、近代国家が「必然的にかかえこんでしまった状況」であり、したがって近代文学もその中に内包されている。いや、それどころか、文学の、とりわけ小林―吉本によって代表されてきた文芸批評の伝統は、「凡庸さ」を助長、補強してはこなかったか。

たとえば、小林秀雄もそれであります。この人は圧倒的に誰よりもこちらの方が秀れているというかたちで、いわば天才を扱った人であります。今日の吉本隆明氏も、やはりこの系譜の中に位置づけられる人であるように思います。［…］たしかに、批評とは、そうした判断力の鋭さの歴史でありました。そしてその歴史は、距離の意識と方向感覚とによって人を安心させるという適度に起伏にとんだ光景の凡庸さを補強してしまう。つまりそれはきわめて安全な言葉なのです。私はそうした安全さの構造そのものに目を向けてみたい。

小林や吉本が批判されなければならないのは、彼らの言葉が、批評的《クリティカル》でもなんでもなく、「安全な言葉」だからだ。それは、天才の「悲劇」を言説化することで、「適度に起伏にとんだ光景の凡庸さを補強してしまう」。彼らの言葉によって、「安全さの構造そのもの」が覆されることは決してない。小林―吉本の「悲劇」は、「凡庸さ」の対立概念ではないのだ。むしろ「悲劇」は「凡庸さ」を補強するのである。そのことによって、人々に「凡庸さ」を忘却させるものなのだ。

蓮實が強調するのは、「凡庸さ」がある時期に「発明」された、歴史的な概念だということだ。それが、蓮實のこだわるフランス第二帝政期であり、己の書物よりも「フローベールの親友」「ボードレールの知人」として知られるマクシム・デュ・カンの時代だ。蓮實は、その歴史性は、いまなおわれわれにとって同時代のものだと言う。

「第二」帝政期とは、むろん大ナポレオンの時代を「第一」とするものだ。一七八九年の大革命後、ナポレオンの没落、王政復古、立憲王政を経て、一八四八年の二月革命によって、フランスは初めて近代的な意味における共和制を樹立する。その初代大統領ルイ・ナポレオンは、だがすぐさま一八五一年のクーデターによって帝政に移行、五二年一二月に自ら皇帝に君臨する。ナポレオンの甥で「小ナポレオン」と呼ばれたこの男自身が、大ナポレオンの二番煎じであり「凡庸さ」を体現する存在だったのだ。

ルイ・ナポレオンは、フランス史上初めて直接投票によって選ばれた大統領であるにもかかわらず、フランスにおいてさえ重要なのは、あくまで大革命と大ナポレオンである。だが、この「凡庸」で曖昧なあやふやさこそ、現在のわれわれもまた共有しているものなのだ。

フランス大革命とは、例えばヴィクトル・ユゴーに象徴される「「知」の民主化」の時代だった。そこでは、特権的な「知」の所有者が、啓蒙思想家としてふるまい「知」を満遍なく民主化していく。いまだ「代弁的な予言者」が機能する一七世紀の「古典主義的なディスクール」の中にあるわけだ。「フランス大革命は、こうした特権者の物語を消滅せしめるどころか、むしろ効果的に再編成した」。そして「ヴィクトル・ユゴーを初めとするロマン主義的な英雄たちは、そうして制度化された物語を完成するに必要な、最後の、いささか滑稽ともいえる役者だったのである」*8。

それに対して、ルイ・ナポレオンがナポレオン三世として皇帝におさまった第二帝政期は、この「「知」の民主化」が行き渡って以降の時期であり、そこではマクシム・デュ・カンをはじめとする、代弁的予言者性を喪失した「凡庸な芸術家」らが立ち騒ぐことになる。彼らの間では「ロマン主義的な英雄たちの代弁的予言者の役割が、薄められたかたちで羨望され嫉妬され」、「模倣と反復のディスクール」を形成することになる。もはや彼らは、才能ではなく模倣の欲望によって「芸術家」となる「素人集団」にすぎない。「だから、あらゆる芸術家は、定義からして凡庸な連中なのだ」。

では、なぜマクシム・デュ・カンは論じられなければならないのか。蓮實が言うには、それは、マクシムがルイ・ナポレオン同様忘却されていること自体に、ある言説の歴史性が見出されるからだ。「凡庸さの共有のみが文学を支えているという意味でマクシムと同じ文学的な環境に生きていながら、ただ彼が凡庸だったという理由で誰もマクシムについては語ろうとしない事実のうちにまさしく歴史が露呈しているが故に、『凡庸な芸術家の肖像』が語られる必要があると考えているのだ。文学史の理不尽な忘却を埋めるのではなく、その忘却の正当性を理由もなく確信することでなりたっている文学史の概念を、改めて文学史的な言説の対象とするために、マクシムが招喚されることになったのである。だからマクシムの物語は、私自身ではない私の物語、あなた自身ではないあなたの物語として語られねばならないだろう」。

「凡庸な芸術家」とは、と蓮實は言う。「自分が何かを代弁しつつ予言しうる例外的な非凡さだと確信する存在なのだとひとまず定義しておこう」。そして、誰もが無数のマクシムであるゆえに、「マクシムなどという固有名詞を必要としなくなっている」のだ、と。だから、個別マクシム・デュ・カンが問題ではないし、彼が忘れられる文学史が問題なのでもない。一七世紀的な古典主義的なディスクールにおいて許されていた代弁的予言者などとうに失効しているにもかかわらず、誰もが己は代弁し予言する特権に恵まれ、それどころか、まるでそれが義務であるかのように「無意識」に「勘違い」してしまう事態。そしてそれは、述べてきたように、「凡庸さ」を忘却し、つい天才の「悲劇」を代弁してしまう文学そのものの事態でもあろう。「文学と文学ならざるものとは異質のいとなみだという正当な理由もない確信、しかもその文学的な環境にあって、自分は他人と同じようには読まず、かつまた同じように書きもしないとする確信、この二重の確信が希薄に共有された領域が存在しなければ、文学は自分を支えることなどできないはずだ」。

そもそも、かつてのような代弁的予言者が十全に機能しているなら、彼らの「代弁＝代行」ぶりが顕在化することもない。それが機能失調したからこそ、代弁者の虚構性が、すなわち彼らが真の代弁的予言者ではなく、何者かの模倣的代行者でしかないという、極めて曖昧であやふやな存在であることが、にわかに暴露されるのである。したがって、「凡庸さ」への着目は、言説の「表象＝代行」性へのそれと不可分なのだ。そして、蓮實が、ことのほか言葉や言説の「表象＝代行」性に敏感な批評家であることは、改めて指摘するまでもないだろう。

＊

蓮實は、言葉が「表象＝代行」作用を露呈させるその歴史性を、フランス第二帝政期に見出した。そして、日本近代文学をも、それと地続きのものとして捉え直そうとした。小林―吉本の「悲劇」パラダイムは、そのことに無自覚であるために、いまだ第二帝政期にあるにもかかわらず、その課題を十分に生きてはいない。「悲劇」を退場させ、代わって「凡庸」を導入しようとする蓮實は、いかに小林や吉本が「凡庸な芸術家」であり、無数のマクシムにすぎないかを示そうとした。『凡庸な芸術家の肖像』という書物は、その中に日本近代文学の総体を梱包してしまおうという目論見でもあったのである。

その目論見の核心は、何より言説の「表象＝代行」性に注目することにあった。それによって、文学＝言葉というものが、議会制（代表制）民主主義なる政治と同じく、「表象＝代行」システムによって駆動していることが明らかにされる。文学の政治性は、マルクス主義の導入以降、長らく「政治と文学」という二項対立において捉えられてきた。だが、このとき従来とは違った形で文学の政治性が問われたのである。

いうまでもなく、代弁しつつ予言するという善意の義務は、選ばれたものにのみ許された特権である。それはたとえば、『現代の歌』の出版にさきだつ数年前にフランスが体験したいわゆる一八四八年の「二月革命」の翌朝に実施された憲法制定議会の議員選挙が、かりに七月王政下の法定人口のほぼ四十倍に相当する九百万人を数える有権者によって戦われたにしても、その資格が二十一歳以上の男子に限られ、しかも居住地に半年以上生活した証明が必要であったということからも説明されるとおり、特権者の選出の儀式すらが、義務というよりは特権の発露によって支えられていたこととあまりに似ている。そしてその結果として議会に登場したのが、代弁しつつ予言する善意の特権者たちであった事実は誰もが知っているとおりだ。〔…〕しかもマクシムは、誰に頼まれたわけでもないのに、代弁しつつ予言する行為を実践し、それを義務の行使だと確信する。この無意識の勘違い。この勘違いを無邪気に正当化することで今日まで生き延びてきた階級を、人は一般にブルジョアジーと呼んでいる。[*9]

一言で言えば、第二帝政期とは、選挙＝民主主義の顔をしたブルジョアジー＝特権者による独裁であり、マクシムらの言説がその制度化に貢献したのだ、と。ブルジョアジーは、代表＝代行の「特権」を「義務」と「勘違い」することで、いつのまにかヘゲモニーを握り、その結果「汎地球的な規模でごくありきたりな日常をも操作して」おり、したがって独裁を行っているも同然なのだ。蓮實は、このブルジョアジーの「勘違い」を「無意識」と言っているが、もちろんそれは「無意識」的な統治なのである。ブルジョアジーは、彼らに有利なように、限定(的でしかない)選挙を、あたかも民衆全体による決定であるかのように擬制することで、選挙＝民主主義＝政治という等式を成立させた。そのツールの一つが文学というメディアだったのであり、それは坪内逍遥に始まる日本近代文学においても事情は同様だった。

有権者にふさわしい「市民」が、いまだ「国民的」に醸成されていないことを逍遥が危惧していることは見やすい。［…］帝国憲法にあっては、国会の議決は天皇の大権の下位にあった。しかし、国会を「普遍性」であるように差し向ける努力が、ここに始まったのである。国会を最上位の「普遍性」とする社会（それは、市民社会として表象されよう）は、そこにある全ての人民が「市民」化した時に、はじめて成立するものではない。ごくごく部分的に「市民」が擬制され、それに相即して国会が開設されれば、それは成立する。[＊10]

むろん、ここで言われているのは民主主義のことだ。そして文学とは、ブルジョア（市民）独裁でしかない政治を、あたかも「普遍性」であるかのように擬制する装置である。小林や吉本は、そこに、「悲劇」による適度な起伏をもたらすことで「凡庸」を忘却させる。政治から遠くにあるように見える文学が、その実、議会と相補的な統治の技術であるという認識から人々を遠ざけてきたのである。小林や吉本の批評は、この擬制でしかない「普遍性」を脅かすことのない、極めて安全な言葉として機能し続けた。蓮實は、そうした文学の安全装置を破壊すべく、小林―吉本が殺した宮本顕治＝スターリニズムを呼び戻そうとしたのだし、小林―吉本の上に敷かれた文芸批評を殺すために、中村光夫を導入しようとしたのだ。

＊

見てきたように、蓮實は、フランス第二帝政期に注目することで、「凡庸さ」を形成する言説の「表象＝代行」作用を焦点化した。それはまた、極めて政治的な意味をもつ行為だったはずだ。なぜなら、それは、世界的にマルクス主義や共産主義の影響力が低下していき、また国内的にも前衛党が文学（文化）を切断していく渦中で、マルクス主義とは別種の政治を文学にもたらすことだったからである。それは実に、この国に蔓延ってきた、転向イデオロギーとしての小林―吉本パラダイムを一掃してしまおうとする野蛮な行為だった。この野蛮さにこそ、批評家蓮實重彥の神髄がある。なるほど蓮實の名前は広く知られていよう。だが、蓮實の、この野蛮なまでの政治性は、いったいどこまで理解されてきただろうか。

その核心が、小林秀雄ではなく中村光夫だという視点なのである。蓮實は、絓秀実との対談「中村光夫の「転向」」*11で、非転向と転向とをひっくり返した吉本の『転向論』を、完全にディコンストラクトしてしまった。これについては別稿（「復讐の文学――プロレタリア文学者、中村光夫」『子午線4』二〇一六年二月）で論じたので詳しくは触れないが、一言だけ述べれば、この対談で、蓮實と絓は、転向や政治の意味を一変させている。転向を、見やすい倫理的な問題ではなく、文学という形式や制度の問題、ひいては言語の問題として捉えようとしたのだ。そのとき、文学（の政治性）を、すでに徹頭徹尾言語の問題として思考した中村光夫という存在が、にわかに参照先として浮上してきたのである。それは、ソ連崩壊後において必然的に要請されるパラダイムシフトであり、つまり現在のことなのだ。

中村光夫は、左翼だのマルクス主義だのとは別の意味で、文学の社会性、政治性を確信しており、それは最後まで一貫していたと言うべきなのかもしれません。彼の言う文学の社会性、政治性は、西欧のレアリスム文学に見られる確固たるブルジョア的な資質として姿を見せるもので、少なくとも、日本のプロレタリア文学はそれに負け続けてしまったという階級的な意識は最後まであったと思う。［…］事実、プロレタリア文学が、あらゆる国でブルジョア文学に負け続けるしかなかったというのは、残酷なまでに歴史的な真実なのです。日本の場合はブルジョア文学が存在し得なかったので、「私小説」に負けてしまった。

ここで言われる「ブルジョア文学」とは、先に述べた「凡庸な芸術家」による文学にほかならない。それは、言語の「表象＝代行」作用を自明視する、いわゆる広義の「リアリズム」のことだ。その、言葉の「表象＝代行」作用によって私＝「私」という等式を成立させてきた以上、日本の私小説も「ブルジョア文学＝リアリズム」に含まれる。

中村光夫が、終生日本の私小説を敵と見なした批評家だったことは知られていよう。だが、それは西洋文学、とりわけ専門のフランス文学を基準としていたからではない。そうではなく、むしろ西洋近代がその科学精神を発揮して確立したリアリズムを標的にしてきたのであり、それが日本では、私小説として最も顕著に表れたわけだ。まずもって、中村が、『「近代」への疑惑』（一九四二年）の批評家であることを忘れてはならない。蓮實は、その視点を受け継ぎつつ、さらにそれをフランス第二共和制における言語の「表象＝代行」作用の露呈へとフォーカスしていった。むろん、両者を結んだのは、フローベール研究であっただろう。

『ボヴァリー夫人』の翻訳に取り組んでいる最中だった中村はある時、蓮實が「ぜひ目を通していただきたいとお願いした」『ボヴァリー夫人』のいわゆるポミエ＝ルルー版*12に接して、蓮實曰く「あれほど無防備に高揚感を表明された中村氏の赤らんだ笑顔を、めったに目にしたことがなかった」ほどだったという。中村は、なぜそれほどまでに「高揚」したのか。なぜ小林ではなく中村なのかに関わる核心的な言葉なので、長くなるが引用しよう。

この書物によって、フローベールの処女長編がいわゆる写実主義小説にふさわしい言葉で書かれているのではないという確信に導かれたからにほかならない。［…］ここ［注―中村が『ボヴァリー夫人』の翻訳」とともに「訳者後記」におさめた一文「母胎からの離脱」］には、『ボヴァリー夫人』を書くことでフローベールが「ロマン主義」から「写実主義」への移行を実現したという、中村氏自身も依拠していたはずの発展の図式を否定せざるをえない覚悟のようなものが語られている。そのことは、言葉がその表象機能とは異なる言語そのものとしてテクストに露呈され始めているという、ある意味ではフーコー的ともいえる「言葉と物」の関係が初めて意識されたことを意味している。［…］『ボヴァリー夫人』の決定稿が、「写実的、具体的描写」の否定の上に成立しているというここでの論点は、文学的な言説の反＝表象的な側面をきわだたせているものだといえる。

しばしば見落とされがちなのは、この批評家にとっての文学があくまで言語の問題だということだ。『二葉亭四迷伝』の「文学抛棄」の章で「文章は小説にあらず」という二葉亭の「信念」を擁護し、尾崎紅葉や幸田露伴の作品が「文章」の魅力でしかなく、それは「小説」とはおよそ異なるものだと論じていた中村氏は、「ポミエ＝ルルー版」に接することで、坪内逍遥の『小説神髄』の「現実写生を旨とする写実主義」の限界をまざまざと感知されたはずである。［…］六十歳に達した中村氏が、いわば「卒業」するために『ボヴァリー夫人』を日本語へと移しかえながら、ミシェル・フーコーなら「言語の露呈」と呼ぶものから「作者の死」の問題にまで触れてしまっていることに、われわれは感動以上の深い動揺を隠すことができない。中村光夫は、日本の文学にあって、「作者の死」にも通じかねない「散文」による「散文性の否定」という視点から小説を論じたただ一人の批評家だからである。*13

文学はあくまで「言語の問題だ」と考える中村は、言文一致運動を通して言語の問題に突き当たり、二葉亭の評伝へと向かった。二葉亭は、坪内逍遥の弟子であるとともに最大の批判者でもあり（小林と中村の関係を想起させる）、逍遥『小説神髄』が、同時期に開花しつつあった政治小説の可能性の芽を抹殺したところから近代文学を開始させたことを発見した（「ふたたび政治小説を」一九五九年）。それは、端的に近代国家の議会制民主主義において「表象＝代行」されず、その「外」へと放擲された人間への視線と不可分だったはずだ。そして蓮實が言うように、もし中村がフーコーに「触れてしまって」いたとしたら、まさにこの地点においてであろう。フーコーは、蓮實のインタビューに答えて言う。

わたしは、年をとるにしたがって、エクリテュールには興味を失ってゆく。文学というフォルムのもとに制度化されたエクリテュールに興味をおぼえなくなってしまいました。それに反して、制度としての文学をそれたところにあるもの、つまり無名のディスクールとでも申しましょうか、拒絶され抑圧された日常的なパロール、時間によって引き裂かれ制度によって拒絶された、つまりは永年「狂人」たちが精神病院の暗がりで口にし続けていたような、階級としてのプロレタリアートが存在して以来労働者たちが絶えず声高く要求していたような、文学という制度の境界線を遂にまたぐことのなかったもの、同時につまりブルジョワ的なるエクリテュールの制度へと入ろうとしなかったはかなくもあり執拗でもある言語が、いまのわたしの興味の中心になっているのです。[*14]

文学嫌悪、文学放棄、文学批判、文学否定……、何と呼んでも構わない。二葉亭、中村、フーコー、蓮實がこの地点で交差する。いや、文芸批評とはもともと文学批判としてしかあり得なかったはずなのだ。だがそのことは、今や「凡庸さ」とともに完全に忘れ去られている。なるほど、文芸批評家の蓮實重彦と中村光夫はフローベール研究において交わった。だが、あくまでそれは、こうした文学の「否定」においてであった。かつて蓮實が、江藤淳に「蓮實さんはその、文学は好きなんですか」と問われ、「これは大問題ですね（笑）。おそらく、いくつか事態を反転していきますとね、自分しか文学が好きな人間はいないという反転になりうる瞬間はあると思います」と蛇行して答えねばならなかったのも、そうした理由によるだろう*15。

3　文学と共和制

蓮實と中村にとってフローベールが重要なのは、そこでは「文学的な言説の反＝表象的な側面」が露わになっており、すなわち散文が散文を「否定」してしまっているからだ。フローベールが「なんにも書かれていない本」を夢想したのも、その反＝表象への渇望からだろう。そこでは、言葉が意味を表象しないので、記号がむきだしのまま露呈することになる。蓮實の言う「魂の唯物論的な擁護」とは、この露呈された記号の「擁護」にほかならない。

むろん、そうした記号の露呈は、決して喜ばしきものとのみは言えない。

記号の露呈といっても、それは送り返されるべきレフェラン（記号の対象）を背後に背負っているわけで、ことばで書くかぎり意味のないことばというのはない。［…］露呈した記号が記号間の関係の消滅の上に成り立っているとしたら、文学はそこで死んだとしか言えない。また、関係のなかにのみあるとするなら、今後はことばが死滅したことになる。文学の死滅とことばの死滅の間にある危うい均衡に身を置こうとしたのが、フローベールのような人たちですね。それを欲望というか、すくなくとも敏感さによってそこへ引きつけられたということでしょう。それは危険な綱渡りです。普通、人はそういう危険なところへ行かなくても、十分にことばを語れるし、ほとんどの人はそうしているのだけれども、そこまで行ってしまった人がいるということです。*16

露呈した記号《シニフィアン》は、意味《シニフィエ》を「表象=代行」していないゆえに、記号《シニフィアン》が無限に関係し連鎖していく事態と、それが結局は意味《シニフィエ》に到達しないことによって記号間の関係=連鎖自体が無効化し消滅してしまう事態との間で、「危険な綱渡り」を行うほかはない。

それを極限まで徹底した場合、そこには人も記号も、宙づりのまま、「なにものによっても「代表」されないし、またなにものをも「代表」しない」*17空間が口を開くことになる。そこでは、人も記号も、匿名のまま、生（意味）でも死（無意味）でもない、「仮死の祭典」を演じるほかはない。だが、その「仮死の祭典」こそ「批評」と呼ばれるにふさわしい。蓮實はそう考えていただろう。そして、その「仮死の祭典」の渦中において、「危険な綱渡り」を持続し得る主体こそ「批評家」と呼ばれるべき存在なのだ、と。

だが、「仮死の祭典」に貢献するのは容易ではない。繰り返せば、蓮實は、そのことをフランス第二帝政期における共和制とその挫折を通して考えようとした。「悲劇」に逃げて「凡庸さ」を徹底できないということは、政治的には共和制を回避していることを意味する。蓮實は、「日本の戦後民主主義が幻想化していったのは、共和国の発想がなかったからだ」と言っている*18。「「民主主義」に対して「共和制」があるということを、日本人は幾分か忘れてきたのじゃないか」と。

民主主義は、政治体制にかかわりなく存在する。ルイ・ナポレオンは、民意によって選ばれ、常に己を支える国民を気にしていたという意味で、極めて民主主義的な大統領だった。だが、国家元首を大統領として戴いていること自体が、共和国の理想に反している。蓮實が、「共和国にとって大統領という存在は、実は矛盾ではないか」と述べているとおりだ。もし真に共和制によってすべての者が全き平等となり、「凡庸＝匿名」化が徹底したならば、彼らを代表する大統領なる存在などあり得ない。大統領とは、すでに神でも王でもない、「凡庸」な者の一員であるにもかかわらず、いまだ民衆を「表象＝代行」し得るかのように振る舞わねばならない、極めて矛盾に満ちた「悲劇」的な存在なのだ。大統領とは、シニフィアンの無限の連鎖に耐えられない民衆がしがみついてしまう、とりあえずのシニフィエなのである。ルイ・ナポレオンが選ばれたのは、誰もが記憶している神話的な名前《シニフィアン》だったからにすぎない（現在の世襲議員の氾濫が、事態の矮小化された反復であることは言うまでもない）。ルイ・ナポレオンの共和制が、確固たる基盤を求めてすぐさま帝政へと移行せざるを得なかったゆえんである。大統領制とは、常に危機にあり、いつでも機能不全に陥り得るものなのだ。

> みんなは、天皇制の危機については言うけれども、大統領制の危機については言わないわけでしょう。これは全部、表象の問題だと思うんです。表象空間は表象によっては成り立ち得ない。大統領空間というのは、大統領を成立させているところの民主主義だけでは絶対に成立し得ないもので、そこに底があり、ぬける天がある。＊19

日本人が共和制を思考してこなかったのは、天皇制があるからだ。後者においては、表象空間が「表象によっては成り立ち得ない」ために、不可避的に大統領を要請してしまうという「表象＝代行」システムの根本的な矛盾が、決して視界に浮上しない。天皇という存在が、あらかじめその矛盾を、すなわち表象空間には「底があり、ぬける天がある」という事態を塞ぎ、そのうえで覆ってしまうからだ。人々は、安んじてその下で微細な優劣を競い、滑稽な「悲劇」を演じ合うことで、互いに「凡庸」にすぎないという事実から要請されるはずの平等の追求を、心地よく忘れることができる。かつて、中村光夫は、三島由紀夫が英雄待望論を展開すると、「君、それは贅沢だよ」と言ってたしなめた（『対談 人間と文学』）。その言葉を借りれば、そこはまあ、何と「贅沢」な場所だろうか。

だが、文学が言語によって成り立っており、言語が表象＝代行のシステムである以上、それは共和制―大統領の問題と同型なのである。したがって、共和制を思考し得ないならば、文学を思考していないも同然なのだ[20]。実際、批評家蓮實重彥は、小林―吉本パラダイムの下では、文学は思考されてこなかったに等しいと言い続けてきたのである。小林秀雄より中村光夫だという蓮實の言葉が、真に受けとめられてはじめて、「生れたばかりのもの」（フローベール）として、「文学の出現」（フーコー）を見ることが出来るだろう。

＊1　『海』一九八〇年七月号、『饗宴Ⅱ』に所収。

＊2　絓秀実『吉本隆明の時代』、作品社、二〇〇八年。

＊3　さらにいえば、このとき蓮實の脳裏に、京大人民戦線だった父・重康のことが横切っていたかもしれない。京都大学教授で美術史家である蓮實重康は、フランスやスペインの人民戦線をいち早く輸入した中井正一が創刊した『美・批評』（『世界文化』の前身）や『土曜日』にも関わり、京大人民戦線の一人として活動した。蓮實が父・重康の人民戦線をどのように見ていたかは不明だが（人民戦線そのものについては否定的な発言が多い）、小林―吉本的な「悲劇」が、見てきたように転向や人民戦線といった主題を必然的に招き寄せてしまうとしたら、それに真っ向から批判的だった蓮實は、意識的であったか否かを問わず、理論的には「父殺し」を敢行していたといえよう。むろん同時に、それまで圧倒的にヘゲモニーを握ってき

た、文芸批評の先達たる小林―吉本に対する「父殺し」でもある。

＊4 蓮實重彥＋上野昂志＋絓秀実「「一九六八年」とは何だった／何であるのか？――一九六八年の脅迫」、絓秀実編『知の攻略　思想読本11　1968』、作品社、二〇〇五年。

＊5 高橋源一郎との対談「作家と批評」、『魂の唯物論的な擁護のために』（日本文芸社、一九九四年）に所収。

＊6 金井美恵子によるインタビュー「蓮實重彥論のために」、『魂の唯物論的な擁護のために』に所収。

＊7 『凡庸さについてお話させていただきます』、中央公論社、一九八六年。

＊8 『凡庸な芸術家の肖像　マクシム・デュ・カン論』、青土社、一九八八年。

＊9 同前。

＊10 絓秀実「ハムレット／ドン・キホーテ／レーニン　近代初頭における詩・小説・演劇」、『劇場文化』二〇〇八年一一月、『増補新版　詩的モダニティの舞台』に所収。

＊11 『海燕』一九九三年一二月、『魂の唯物論的な擁護のために』に所収。

＊12 蓮實の説明によれば、これは「コレージュ・ド・フランスの教授のジャレ・ポミエとルーアン市立図書館の司書のガブリエル・ルルーとがルーアン図書館に残された自筆原稿をもとに序文と註を担当した『「ボヴァリー夫人」新釈版、未刊行草稿を附記』（一九四九）」のことで、第二次大戦以降のフローベールの草稿研究における先駆的な業績の一つである（「「栄光の絶頂」という修辞が誇張ではない批評家が存在していた時代について」、『随想』二〇一〇年、新潮社に所収）。

＊13 「「栄光の絶頂」という修辞が誇張ではない批評家が存在していた時代について」。

＊14 『批評、あるいは仮死の祭典』、せりか書房、一九七四年。

＊15 江藤淳との対話『オールドファッション　普通の会話』、中央公論社、一九八五年。

＊16 『エナジー対話　フランス』、エッソ石油株式会社広報部、一九八二年。

＊17 絓秀実によるインタビューのタイトル。『海燕』一九九三年八月、『魂の唯物論的な擁護のために』に所収。

＊18 『エナジー対話　フランス』。

＊19 金井美恵子との対談「反動装置としての文学」、『文藝』一九九三年春季号、『魂の唯物論的な擁護のために』に所収。

＊20 すでにブログでも指摘したことだが（『間奏』http://d.hatena.ne.jp/knakajii/　2016・4・21記事）、『オペラ・オペラシオネル』以来、実に二二年ぶりとなる蓮實の新作小説『伯爵夫人』（『新潮』二〇一六年四月

号)も、この文脈にある。

「平民主義者」と言われ、「とりたてて挑発的なところのない」(「凡庸」な!)人物とされる「伯爵夫人」は、作中次のように評される存在なのだ。「いくら帝大出とはいえ、どこの馬の骨ともつかぬあんなぼんくらによもぎさんを嫁がせるなんざあ、子爵だった君の爺さんの家系を孫の代で完膚無きまでに平民化させてしまうというコンミュニズムめいた魂胆があってのこととしか考えられん」。

また、型破りの「エロ小説」でもある本作の「エロ」が、かつて対談本『オールドファッション』で、蓮實が江藤淳ともに異口同音のように指摘した、中村光夫の「存在そのものがエロって感じ」とも響きあっていよう。まさに、開戦前夜の「帝国」を舞台に、エロの「平民化」を目論んだ作品であり、本稿で述べてきた思考の延長線上における、一つの実践と言えるのではないだろうか。

蓮實重彦のイマージュ、反イマージュの蓮實重彦
――「魂の唯物論的擁護」とは何か――

互盛央
Morio TAGAI

言語論・思想史／講談社。一九七二年生まれ。東京大学大学院総合文化研究科博士課程修了。著書『フェルディナン・ド・ソシュール』（作品社。和辻哲郎文化賞、渋沢・クローデル賞）、『エスの系譜』（講談社）、『言語起源論の系譜』（同。サントリー学芸賞）。

あれは確か一九九四年の春だったと思う。今は様変わりしてしまった東京大学の駒場キャンパスで、たぶん当時は九号館にあった「外国語図書室」に初めて足を踏み入れた。ひんやりした空気。日中でも薄暗く、人の気配のない空間に身を置いた感触を今でも覚えている。学部生だった私がそこを訪れたのは、卒業論文で取り上げようと考えていた言語学者フェルディナン・ド・ソシュールに関わる一冊の本を手にするためだった。

晩年のソシュールが故郷ジュネーヴ大学で「一般言語学」と題する講義を行ったことは、よく知られている。三回にわたる講義に出席した学生たちの何人かが聴講ノートを残した。ソシュールの没後すぐ、弟子のシャルル・バイイとアルベール・セシュエが学生のノートやソシュールの手になる草稿を収

集し、編集を始める。その結果、師の没後わずか三年にして『一般言語学講義』（一九一六年）という書物が公刊された。のちに構造主義を生む契機となるこの書物が二人の弟子の大胆な編集と加筆の産物だったことも、今や周知の事実だろう。

日本において、その事実を周知のものにした立役者が丸山圭三郎だったことは間違いない。私がソシュール研究を志すきっかけは、高校生の時に手にした丸山の『言葉と無意識』（講談社現代新書、一九八七年）だった。この入門書でソシュールの名を知った私は、続いて『ソシュールを読む』（一九八三年）を、そして『ソシュールの思想』（一九八一年）を求めた。丸山によるこれらの著作を通してジュネーヴの言語学者に接近していった私は、どうにか卒業論文を書き上げ、岩波書店に入社した。入社試験を受けた時も、内定をもらってから就職するか、大学院に進学するかで迷った時も、頭を離れなかったのは『ソシュールの思想』と『ソシュールを読む』を刊行した出版社であるという事実だった。

入社してからもソシュールへの思いを捨てきれずにいた私は、社会人学生として働きながら駒場の大学院に通うことにした。一〇年という時間がかかったが、修士論文を書き、そして博士論文を完成させた。その博士論文を基にした単著を刊行してくれた編集者は、丸山自身が「ライフ・ワーク」と呼んだ三部作に属する『生命と過剰』（河出書房新社、一九八七年）と『ホモ・モルタリス——生命と過剰・第二部』（同、一九九二年）を雑誌連載から単行本化まで担当した人だった。その人が試みたものの実現できなかったのが丸山の著作集だったという話をあとになって聞いた。訳あって岩波書店を退社することを決めたとき、この会社での最後の仕事はその実らなかった企画を実現すること以外に考えられない、と素直に思った。それは『丸山圭三郎著作集』全五巻（二〇一三—一四年）として刊行されている。——こうして振り返ってみると、私の人生に丸山圭三郎という存在がいかに多くの影を落としているのかを痛感せざるをえない。

もちろん、一九九四年の私には、そんなことは知る由もなかった。前年九月に急逝してしまった丸山は、トーク・イベントでただ一度目にしただけの、文字どおり雲の上の存在だった。そんな私が図書室で探していたのは、丸山も全面的に依拠していた「エングラー版」と呼ばれる校訂本である。これはルドルフ・エングラーがバイイ&セシュエ版『一般言語学講義』本文の脇にその原資料と推定される聴講ノートや自筆草稿を六段組で並べる、という病的な緻密さで完成させたものだった。『一般言語学講義』に直接関連する部分は一九六七年から六八年にかけて三分冊で刊行され、一九八九年には大型の合本版が出されている。図書室には、そのぶ厚い合本版が所蔵されているはずだった。

分類番号を頼りに通路を進む。はたして求める本は通路のいちばん奥の棚、しかもその最も高い段にあることが分かった。そばにあった踏み台を運んできて足をかけた。ついに視界に入った最上段に目にしたのは、しかし求める書物の姿ではなかった。エングラー版があるはずの場所には「貸出中」であることを示すダミーのケース。そこには借りている人の名前が記されていた――「蓮實重彦」。

その後も繰り返し見に行った。返却期限はとっくに過ぎているはずなのに、乱暴に書かれた「蓮實重彦」という文字しか目にできない。いつしかそれは私にとって、すっかりなじみの文字になってしまった。返却される気配もないので、まだ入手可能だったエングラー版をフランス図書で購入した。学生には高価な買い物に違いなかったが、大部の本を全頁コピーする面倒は脇に置くとしても、特殊な造りの校訂本のコピーではあまりに使い勝手が悪いことを考えると、このとき自分で購入していなかったら、そもそも研究を続けること自体できなかったかもしれないと思う。だから、私にとってのソシュール研究は、丸山圭三郎だけでなく、幾度も恨めしい気持ちで眺めた、あの「蓮實重彦」の文字とともにしかありえなかった。

結局、私は図書室のエングラー版を一度も見ていない。

互盛央

1　イマージュのソシュール

それにしても、エングラー版などという好事家しか手にしないような本を、なぜ蓮實重彦が借りていたのか。その疑問は程なく解消された。ソシュールに関する文献を渉猟していく中で、『ルプレザンタシオン』に寄せられた一本の論文に気づいたからである。蓮實重彦を筆頭に、高橋康也、渡辺守章の三人が編集にあたったこの雑誌の「最終号」となった第五号の奥付を見ると、この号の「責任編集」として蓮實と小林康夫の名前が挙がっている。私が初めて図書室に足を踏み入れるおよそ半年前の発行である。みずから編集を務め、さらには責任編集の任にもあたったその最終号に蓮實が寄せていたのが、「「魂」の唯物論的擁護にむけて——ソシュールの記号概念をめぐって」と題された論文だった。

すぐに頁を開いた私の目に何よりも先に飛び込んできたのは、冒頭に掲げられたエピグラフ「丸山圭三郎の記憶に」である。この号の発行日は一九九三年一一月二五日。丸山の逝去はその二カ月ほど前の九月一六日である。発行日から逆算すれば、校了は一一月一〇日頃だろう。つまり、この論文は丸山逝去の知らせを受けて、わずか一カ月あまりで執筆されたことになる。しかも、そのために蓮實はエングラー版まで参照していたことを私は知ってしまった。まして、これは「丸山圭三郎の記憶に」捧げられたものだという。それまで抱いていた蓮實重彦のイメージに反して、私の脳裏には「誠実」という言葉が浮かんだ。

実際に論文を読み進めてみると、その内容は「丸山圭三郎賛美」ではまったくない。丸山の見解に対する異議だけでなく、それ以上に厳しい言葉が向けられるのは丸山の弟子である前田英樹や立川健二の著作だった。ちょうど同じ一一月には前田、立川と加賀野井秀一の三人が編集を務めた『言語哲学の地平——丸山圭三郎の世界』（夏目書房）が刊行されている。これは丸山の還暦を記念して企画され、編集が進められていたが、結果として追悼の書になったものである。むろん、全体に「丸山圭三郎賛美」のトーンが漂っている。それだけに、同じように急逝を受けて出版された蓮實論文の特異さが際立っていた。

一九三三年生まれの丸山圭三郎に対して、蓮實重彥は一九三六年生まれ。三歳差にすぎない二人の直接的な接触は、公表されたものから判断するかぎり、決して多くはない。しかも、この論文は丸山本人ばかりか、弟子たちにまで舌鋒鋭く批判を向けている。だとすれば、なぜ蓮實はこれを書いたのか。そこには批判せずにはいられない理由があったはずだ。

「言語を語ること」と「言語について語ること」

この論文は、副題「ソシュールの記号概念をめぐって」が示しているとおり、ソシュールが提唱した「記号（シーニュ）」の概念を問題にしている。より正確に言えば、シーニュとそれを構成する「シニフィアン」と「シニフィエ」という概念をソシュールが提案したことを問題にしている。

その提案がなされたのは、蓮實自身も指摘しているとおり、第三回目の「一般言語学」講義である。一九一〇年一〇月二八日に始まり、翌年七月四日まで行われたこの講義が残り一カ月半ほどになった一九一一年五月一九日、ソシュールは突如として「講義のやり直し」（III C308a, frag. 344 = Saussure 1993, p.91／一一六頁）を宣言した。振り返れば、第三回講義は、第一部「諸言語（Les langues）」を終え、四月二五日に第二部「言語（La langue）」に入ったばかりだった。ここには複数形と単数形の対比が見られる。その対比が意味しているのは、こういうことだ。言語学者にせよ、そうでない者にせよ、言語について語ろうとするなら、まず最初に目の前にするのは声や文字といった具体的な物質であり、それが「フランス語」と呼ばれたり「日本語」と呼ばれたりしている。つまり、そこには複数の「諸言語」が見て取られている。それら諸言語を概観するのが第一部である。だが、それ自体としては音やインクの線でしかない物質は、なぜ「言語」として機能しうるのか。言い換えれば、音を発したり、インクで線を引いたりする行為が「言語を語ること」でありうるのはなぜか。この問いを追求するために開始されたのが第二部だったと言ってよい。

物質を産出する行為が「諸言語」として現れる「言語を語ること」でありうるなら、その行為の向こう側に「言語《ラング》」が想定されねばならない。ここで言われる「言語《ラング》」という単数形は、複数の「諸言語」の中の一つという意味ではもちろんないし、諸言語から抽出された一般概念でもない。なぜなら、対象を複数の言語（諸言語）として見ることそのものの中に「言語《ラング》」を想定することが含まれているからである。だから、「言語《ラング》」は「諸言語」に先行しているが、誰もがまず最初に目の前にするのは「諸言語」と呼ばれる具体的な物質とそれを産出する行為でしかない以上、「諸言語」は「言語《ラング》」に先行してもいる。

言うまでもなく、ここには循環がある。それは「言語を語ること」と「言語について語ること」の循環である。そして、蓮實重彦にとって問題だったのは、まさしく「言語を語ること」と「言語について語ること」の隔たりにほかならなかった。

『一般言語学講義』と原資料

第三回講義のソシュールが「シニフィアン」と「シニフィエ」という用語を提案したことについて、蓮實は論文の冒頭近くで「いくぶんか慎重さを欠いた行為だったとも受け止められかねぬ」（一三三頁）と書いている。問題は、「シーニュ」、「シニフィアン」、「シニフィエ」という三つの用語のあいだに「いかにも厳密すぎる形式的な秩序が存在していること」（同頁）である。よく知られているように、これらの用語は「シーニュ（signe）」と、それに対応する動詞「意味する（signifier）」の現在分詞「シニフィアン＝意味するもの（signifiant）」および過去分詞「シニフィエ＝意味されるもの（signifié）」から採られている。この用語なら、第二回講義で「紙のウラを切らずにオモテを切ることはできない」（II R22, frag. 1833 = Saussure 1997, p. 13／三二頁）と言われていた不可分の関係が「聴覚映像」と「概念」という用語より明確に表現できるだろう。その意味で、実によくできた用語のように見える。

だが、よくできた用語であることが蓮實には問題だった。「この命名法はあまりにも形式的に完璧すぎる」（一三三頁）と断じる蓮實は、その理由をこう告げる。この「完璧すぎる」用語は、それを口にする者に「過度の安心感」を与えかねず、ひいては「言語を思考しようとするものが陥らざるをえない深い諦念に対する感受性が、あらかじめ断たれてしまうことになる」と（同頁）。この「諦念」を看過し、言語について気楽に語ること、それは蓮實にはとうてい許容できないことだった。

丸山とその弟子たちに批判が向けられるのは、「完璧すぎる」用語の欠点をバイイとセシュエの責任に帰し、原資料にはそうではないソシュールの姿がある、と主張しているように見えたからだ。だが、「言語記号の定義についてみるなら、『一般言語学講義』も『原資料』もほぼ同じことを述べており、『原資料』ばかりが特権視されねばならぬ理由はまったく存在していない」（一三五頁）。そのことを確かめるためにこそ、蓮實はエングラー版を手にしたのだろう。実際、丸山が『ソシュールの思想』（丸山一九八一、二〇七頁）で引用している一八九〇年代末のものと推定される自筆草稿N15の一節（N15.5, p. 4, frag. 3310.11 = Saussure 2002, p. 104／一六五頁）については訳文に修正を加えているし（一三四－一三五頁）、さらには丸山の著作で扱われていない草稿N14c（N14c, p. 1, frag. 3305.7 = Saussure 2002, pp. 247-248／四〇九－四一一頁）を詳細に検討してさえいる（一三六頁）。

ソシュールを研究してきた者としては、このN14cが一八九七年に行われた大学夏期講座に基づくものと推定されること、そこに至る生涯を振り返れば、二一歳で刊行した『インド＝ヨーロッパ諸語における母音の原初体系に関する覚え書き』(一八七八年)で当代最高の言語学者の地位を得たソシュールが、一〇年にわたってパリ高等研究院で教鞭を執ったあと、一八九一年に故郷ジュネーヴに戻ったこと、そこから一冊の「書物」を書き上げることを企てたソシュールが中断と再開を繰り返してきていたことを思わざるをえない。結局、その企ては放棄され、一九〇〇年代を迎える頃からは、女性霊媒が語る「インド語」や「火星語」に興味を惹かれたり、あるいはアナグラム研究に没頭したり、地名や伝説を追求したりすることに力が注がれる。だから、「書物」の企てを放棄しておよそ一〇年が経った頃、大学に要請された「一般言語学」講座の担当を逡巡の末に引き受けたソシュールにとってみれば、「一般言語学」という名称は悪い冗談としか思えなかっただろう。みずから企てた「書物」についてすら、パリ時代の弟子に「いやいやながら、それは最後に一冊の書物になるでしょう。そこで私は、熱狂も情熱もなく、なぜ言語学では私が何らかの意味を認める用語がただの一つも用いられていないのかを説明するでしょう」(Saussure 2014, p. 195)と吐露していたソシュールにとって、初学者の学生を相手にした「一般言語学」の講義を担当するのが「いやいやながら」でなかったはずはない。

だとすれば、蓮實が検討する一八九〇年代の草稿と一九一一年の第三回講義のあいだにあるものは「発展」や「前進」ではありえない。だから、N15に見られる「セーム」という用語を取り上げる個所で蓮實が「一九一一年五月十九日の定義に落ち着くまでに」(一三四頁)と言ったり、N14cについて「「シーニュ」、「シニフィアン」、「シニフィエ」という三つの語彙による言語記号の定義に到達する以前に」(一三六頁)と言ったりしているのには違和感を覚えるほかない。ある用語に「到達」して「落ち着く」ことがありうるような過程にソシュールが身を置いたことはないからだ。

ところが、蓮實はN14cの検討を終えた直後、「「ノート」における記述と『講義』のそれとになんらかの違いが識別しうるとしたら、それは、言語記号を「シーニュ」と呼ぶことで、ソシュールがそれまでくりかえし試みてきた語彙の模索に終止符をうち、以後、注釈を放棄しているかにみえることにつきている」(一三七頁)と言う。言うまでもなく、ここで扱われているのは、一八九〇年代の草稿と一〇年以上のちの第三回講義の「違い」であって、聴講ノートとバイイ&セシュエ版の「違い」ではない。しかし、蓮實はその二つの「違い」を区別せずに消去してしまうのだ。

「イマージュのソシュール」

この消去がもつ意味を考えるとき、重要なのは次の一節である。「『一般言語学講義』のテクストと『原資料』の記述との微妙な差異を超えたかたちで、言語記号を「シーニュ」、「シニフィエ」、「シニフィアン」という三つの語彙で定義したソシュール像というものがまぎれもなく存在する。そうした肖像におさまるソシュールを、とりあえず「イマージュのソシュール」と名づけることにしよう」(一三九頁)。この「イマージュのソシュール」は、のちに構造主義が成立するためには不可欠だったものだが、それは「「言語学者」フェルディナン・ド・ソシュールが蒙った最大の不幸」(一三七頁)だとされる。しかも、その原因はソシュール自身にある。すでに見たように第三回講義のソシュールが「それまでくりかえし試みてきた語彙の模索に終止符をうち、以後、注釈を放棄しているかにみえる」のであれば、その不幸とは「ソシュール自身が、ある種の諦めから慎重さを放棄することで引き寄せてしまった「言語学」的な身振りそのものの不幸」(一三八頁)だからである。だが、それは同時に「言語記号を思考することの不可能性という不幸」(同頁)でもあった。なぜなら、その不幸の根底にあるのは、「言語を語ること」と「言語について語ること」の隔たりにほかならないからである。

だとすれば、「聴覚映像」と「概念」と言おうが、「シニフィアン」と「シニフィエ」と言おうが、その「不幸」に変わりはないだろう。ところが、蓮實はこう言うのだ。「「シーニュ」、「シニフィエ」、「シニフィアン」という三つの語彙で言語記号を定義しなければならなくなったとき、充分に意識的だったはずのその不幸を、わずかなりとも軽減しようとする誘惑に、ソシュールが思わず屈してしまっているかのようにみえる」（一三九頁）。「言語について語ること」に関する事柄でみずからの不幸を「軽減しようとする誘惑」に「屈してしまう」姿は、少なくとも私の中にある「ソシュール像」には存在しない。しかし、それ以上に、「シニフィアン」と「シニフィエ」という用語を採用することで「言語記号を思考することの不可能性という不幸」をいささかでも「軽減」できるなどという考えが、かつての弟子に「なぜ言語学では私が何らかの意味を認める用語がただの一つも用いられていないのか」と書いたソシュールにあったとはとうてい思えない。事実、一九一一年五月一九日の授業で、ほかでもない「シニフィアン」と「シニフィエ」という用語を導入した直後、学生は聴講ノートにこんな一節を記録している。

この注意を付け加えよう。そうすることで私たちは、ありうべき曖昧さなしにその全体、

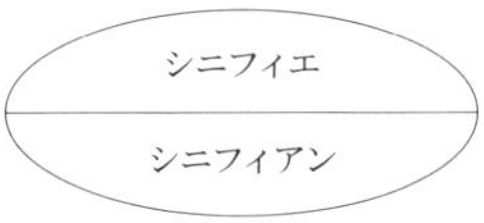

を示す、不在を嘆きうる語を手にしないだろう。（記号、辞項、語など）どの用語が選ばれるにせよ、脇に滑って一部分しか示さない恐れがあるだろう。おそらく、そんな用語はありえない。言語《ラング》では、ある用語が価値の観念に適用されるとすぐに、横線の一方の側にいるのか、もう一方

の側にいるのか、それとも同時に両方の側にいるのかを知ることはできなくなる。
だから、誤解の余地なく連合を示す語を手にするのは非常に困難。(III C310, frag. 1119 = Saussure 1993, p. 93／一一八―一一九頁)

こんな一節を学生に書かせた教師が「語彙の模索に終止符をうち、以後、注釈を放棄している」ように見えるだろうか。バイイとセシュエが使ったジョルジュ・デガリエの聴講ノートにもこれと酷似した記述が見られるが(III D211, frag. 1119)、エングラー版を開けば、この原資料に対応するバイイ&セシュエ版の個所は空欄になっている。つまり、それはバイイとセシュエが採用しなかった記述である。だとすれば、蓮實は原資料とバイイ&セシュエ版のあいだに見出される決して小さいとは言えない違いを抹消している、あるいは無視していることになる。「言語記号の定義についてみるなら、『一般言語学講義』も『原資料』もほぼ同じことを述べており、『原資料』ばかりが特権視されねばならぬ理由はまったく存在していない」という断言は、端的に間違いと言うほかない。

だが、蓮實はエングラー版を手にしていたことを私は知っている。みずから問題にした一九一一年五月一九日の授業を記録した個所の原資料に目を通さなかったのなら怠慢と言わざるをえないし、右の一節に気づいていたのなら、あえて触れずに『原資料』ばかりが特権視されねばならぬ理由はまったく存在していない」と強弁したことになる。もちろん、怠慢だったとは思わない。怠慢な人なら、ずっしり重いエングラー版をわざわざ借り出したりはしないだろう。だから、蓮實には『原資料』ばかりが特権視されねばならぬ理由はまったく存在していない」と強弁する理由があった。私にはそう思える。

2　ソシュールのイマージュ

この論文に七年先立つ一九八六年、公刊された唯一の丸山と蓮實の対談が『国文學――解釈と教材の研究』一月号に掲載されている。当時の蓮實は、二年後に『凡庸な芸術家の肖像――マクシム・デュ・カン論』（青土社）として刊行される連載の最終回が『現代思想』の一月号に掲載されたところだった。丸山はといえば、「ライフ・ワーク」である『生命と過剰』の連載第一回が翌二月に雑誌『文藝』で発表される直前にあたる。

この対談で、蓮實はソシュールに「フィクションへの志向」を見るべきだと主張している（蓮實・丸山一九八六、九五頁）。フィクションとは「とりあえずある事態を想定して、そうした条件下で何が言え、またそれが機能しえなくなる場が何であるかを見るための一種の装置」であり、「その装置を捏造しえたか否かで思想家あるいは作家の偉大さが決まってくるわけで、ソシュールがまさにそうだと思う」と言われる（同書、九五―九六頁）。七年後の論文を踏まえれば、ソシュールが「捏造」したフィクションとは「シーニュ」という用語であり、「聴覚映像」と「概念」、そして「シニフィアン」と「シニフィエ」という用語だろう。だとすれば、七年後の蓮實はこう言っていることになる。第三回講義で姿を現す「イマージュのソシュール」は「不幸」を「軽減しようとする誘惑」に「屈して」、より出来の悪いフィクションを「捏造」してしまった、と。

蓮實が『原資料』ばかりが特権視されねばならぬ理由はまったく存在していない」と強弁しなければならなかった理由は、ここに潜んでいる。

「ソシュールのイマージュ」

「シーニュ」とは、いかなるフィクションか。一九九三年の論文は「それと現実に接することで思考されるものではなく、それと接したことの刻印を介して初めて思考可能になる対象」(一四一頁)と明言している。ここにあるのは「言語を語ること」と「言語について語ること」の隔たりにほかならない。つまり、シーニュそれ自体について語ることはかなわず、あるものがシーニュだったと語ることを可能にするように語る、ということだ。それを蓮實は「イマージュ」と呼ぶ。だから、「ソシュールは、言語そのものではなく、「イマージュ」としての言語を、「イマージュ」を介して思考するという姿勢を選択したことになる」が、「そうした選択をしたことの意味はきわめて重い」と蓮實は断じる(同頁)。

むろん、それは言語学者であるソシュールにしてみれば必然的な「選択」だった。「言語を語ること」と「言語について語ること」は違うことであり、「言語を語ること」を対象化して「言語について語ること」を目指すのが言語学だからである。そして、とりわけ「言語について語ること」において、ある語り方を選択することは、ある視点を選択することであり、それはそのまま対象を決定することである。ソシュール自身が一八九〇年代に「書物」の草稿の中で何度も記していたとおりだ。

> 他の領域では、事物、与えられた対象があり、続いてそれをさまざまな視点で自由に考察できる。ここ[言語学]では、正しいにせよ間違っているにせよ、まず諸々の視点が、それを用いて事物が二次的に**作り出される**諸々の視点だけがある。(N9.2, p. 1, frag. 125, 131 = Saussure 2002, p. 200/三一八頁。ゴシック体の部分は大文字だけで書かれている)

だとすれば、「聴覚映像」と「概念」に代えて「シニフィアン」と「シニフィエ」という用語を使うという「フィクション」を選択したとき、ソシュールはどんな対象を「作り出す」ことを企図していたのか。聴講ノートはこんな記録を残している。「この用語変更についての説明。ある記号体系に内側から入るとき、シニフィアンとシニフィエを想定し、対立させる理由がある」(IIIC 309, frag. 1122 = Saussure 1993, pp.92-93／一一八頁)。「シニフィアン」と「シニフィエ」という用語を選択することは、「記号体系」が「作り出される」ような「視点」を選択することにほかならない。

ソシュールの選択が「体系」を志向するがゆえだったことを蓮實は理解していないわけではなかった。だが、だからといってソシュールの選択を認めるわけでもない。「「イマージュのソシュール」は、言語をひとまず「体系＝システム」として思考せざるをえない状況に自分を追いやっているのであり、そのとき形成されるのが「ソシュールのイマージュ」というひとつの肖像にほかならない」(一四二頁)。「シニフィアン」と「シニフィエ」というイマージュ(フィクション)を選択した「イマージュのソシュール」は、言語を「体系(システム)」として思考する方法を編み出し、さらには構造主義を導いた人、という「ソシュールのイマージュ」をもたらした。その「ソシュールのイマージュ」を蓮實は認めない。なぜなら、そこで選択されているのは、システムを志向する出来が悪いイマージュだからである。なぜ出来が悪いのかといえば、答えはこうだ。「そのとき、彼は、言語と無媒介的に接することを断念している」(一四一頁)。――「言語と無媒介的に接すること」。それこそが蓮實重彥の求めてやまないものである。

だからこそ、蓮實は徹底して攻撃する。「言語と無媒介的に接すること」を阻害する思考を。それどころか「言語と無媒介的に接すること」を別のものにすり替える思考を。

「凡庸」と「愚鈍」

システムに向かっていく「イマージュのソシュール」は、「言語と無媒介的に接すること」を阻害するだろう。だが、それはソシュールが言語学者である以上、「彼には、そうすることしかできなかったのだ」(一四三頁)と言うほかない。だから、ここまではいい。しかし、その「イマージュのソシュール」から「ソシュールのイマージュ」を捏造した構造主義的な思考は、「そうすることしかできなかった」と言わしめる切迫感もないまま、言語それ自体を理解したと勘違いする。

だが、それもまだいいのだ。捏造された「ソシュールのイマージュ」以上でも以下でもない構造主義的な思考を乗り越えるなどと称して「システム以前」を想定し、それこそが「言語と無媒介的に接すること」だと錯覚させる者。そのために構造主義的な思考をバイイ&セシュエ版に帰属させ、それを乗り越える反システム的思考が原資料に、あるいはソシュールがひそかに進めていたアナグラム研究に見出されると主張して憚らない者。蓮實にとっては、それこそが最も唾棄すべき者だった。言うまでもない。「A」を最もよく強化する方法とは、声高に「反A」を叫ぶことだからだ。

蓮實が『原資料』ばかりが特権視されねばならぬ理由はまったく存在していない」と強弁しなければならなかった理由は、ここにある。すでに見たように、蓮實は原資料を読むことの意義を否定しているわけではない。否定しているのは、原資料を「特権視」することのほうである。丸山とその弟子たちは、それゆえに厳しく批判される。バイイ&セシュエ版に象徴される「ソシュールのイマージュ」を原資料を拠り所にして否定することで「ソシュールのイマージュ」を強化しているのは彼らのほうだと蓮實の目には映っているのだ。

丸山との対談が公表されて二年後、一九八八年に柄谷行人と対談本を刊行した蓮實は、その中でこんなふうに言っている。「「記号」にはシニフィアンとシニフィエがあるなどという構造主義的な視点は、流通しないものを流通させようという悪しきイメージ化の戦略でしかない。つまり、凡庸化の戦略なのです。僕は、この凡庸化に対する戦いが批評だと主張しているわけです。そして、凡庸に対して特権性を対置させること自体が凡庸化の流れに手を貸すことにほかならないといっているわけです」(蓮實・柄谷一九八八、四九八頁)。これが一九九三年の論文と同じ主張であることは明らかだろう。蓮實にとって、丸山とその弟子たちがやっていることは「凡庸に対して特権性を対置させること」であり、それは「悪しきイメージ化の戦略」である「凡庸化の流れに手を貸すことにほかならない」のだ。

ならば、蓮實が「批評」と称する「凡庸化に対する戦い」とは、いかなるものか。同じ対談には、こんな言葉がある。「言語を思考するということは、そのイメージに先立ってというか、イメージを介することなく言語を思考しはじめていることの根拠のなさに驚くことにほかならず、僕だったらそうした思考の状態を愚鈍の残酷さとよぶ」(同書、二二二頁)。まさしく、これは「言語と無媒介的に接すること」であり、それが「愚鈍」と呼ばれている。

「凡庸」と「愚鈍」――この二つの語が並置されるなら、丸山との対談が掲載されたのと同じ月に連載が完結した『凡庸な芸術家の肖像』を思い出さないわけにはいかない。著者自身が「すでに書き始められていた『ボヴァリー夫人論』からの逸脱」(蓮實 一九八八、四二五頁)と言うように『「ボヴァリー夫人」論』(筑摩書房、二〇一四年)と不可分の関係にあるこの大著が、マクシム・デュ・カンに「凡庸」を、フロベールに「愚鈍」を見るものであることは言うまでもない。そして、その最終回には、こんな一節がある。「正当な根拠もないままに『ボヴァリー夫人』が書かれたという現実を率直に受けとめることをせず、そこに必然性という物語を導入せずにはいられない精神こそ、凡庸さにほかならない」(蓮實一九八六、四一二頁)。「凡庸」は「根拠」がないものに見せかけの根拠を捏造し、そこに「安堵と納得」(同頁)を見出す。そのために要請されるのが「必然性という物語」――例えば「システム」である。言語をシステムとして見ているかぎり、ある音が、あるインクの線が言語であることの根拠が保証される。安心して身を委ねられるその「物語」は、しかし「言語を語ること」を根底から見えなくさせるだろう。

だから、「凡庸化に対する戦い」が求められる。その戦いは、むろん反対の「物語」を語ってみせることではない。「語るべき根拠も持たぬままに語ること」(同書、四一一頁)あるいは「書くことの無根拠と戯れる愚鈍さ」(同書、四一五頁)――それが蓮實の求める「批評」であり、それゆえのフロベールへの固執だったことは明らかだ。

「露呈された記号」

「愚鈍」は「根拠」を否定する。だから、根拠を捏造するイマージュを拒絶する。だが、そんな「愚鈍」の「凡庸化に対する戦い」とは何を思考することか。そもそも、それは何かを思考することなのか。一九九三年の論文は断言している。「思考するという体験は、その対象がなんであれ、純粋に「イマージュ」の体験であり、とりわけ言語が主題となった場合、「イマージュ」にさからう体験として言語記号を書くこと、すなわちエクリチュールの実践とはいかなる意味においてもかさなりあうことがない」(一四七頁)。「書くこと(エクリチュール)」が「「イマージュ」にさからう体験」であるというのは、たぶんそのとおりだろう。しかし、「書くこと」について語ろうとすれば、それは必ずや「思考するという体験」になり、「書くこと」とは「いかなる意味においてもかさなりあうことがない」ものになる。

ここにあるのは「言語を語ること」と「言語について語ること」の隔たりである。「言語について語ること」は「言語を語ること」に決して追いつけない。だとすれば、「書くこと」について語らず、「読むこと」についても語らず、ただ「書くこと」に、ただ「読むこと」に沈潜していればよいのではないか。――否応なく、そんな問いが浮かぶ。

だが、蓮實重彥はそうすることを選択しない。先に触れた柄谷との対談では、はっきりと「イメージなき思考」(蓮實・柄谷 一九八八、二二五頁)という言葉が口にされている。「イメージ(イマージュ)なき思考」とは、当然のことながら「イマージュなき記号」でもあるだろう。そんなものがあるとして、それはいったいどんな記号なのか。同じ対談では、こう言われている。「流通しない「記号」、つまり容易にイメージに翻訳されない「記号」、僕はそれを「露呈された記号」とよぶ」(同書、四九八頁)。この「露呈された記号」という表現は、二年前の丸山との対談にも現れていたものである。

「分節化されない記号」(蓮實・丸山 一九八六、一〇七頁)とも呼ばれる「露呈された記号」は、「〈物語〉がそれを見せていないだけ」だが、「〈物語〉を別のものに置き換えればそれが見えてくるわけではない」と蓮實は言う(同頁)。つまり、いかなる「物語」や「パラダイム」の中にもないのだ、と(同書、一〇九頁)。それは「情報を持たない」、「記号でしかない記号」だが、「未知の記号ではなく、誰もが知っているもので、既知の文脈にいくらもおさまりがつくもの」である(同書、一一〇頁)。もはや明らかだろう。「露呈された記号」とは、「言語を語ること」が「言語について語ること」に移行しつつも移行しきらない、その移行のただなかにある記号、というよりその移行そのものとしての記号を指している。むろん、それは対象ではありえない。対象でありえない以上、それを示す方法は、「誰もが知っている」記号を「露呈された記号」として捉えるみずからの姿を見せることでしかないだろう。

そう思うなら、柄谷との対談に現れるこんな言葉にも狼狽する必要はない。「「露呈された記号」との遭遇を擁護している」(蓮實・柄谷 一九八八、四九八頁)とみずからを評する蓮實は、こう言ってみせる。「それは、いささかも知的興味から出たものではない。「人生」の問題なのです」(同書、四九八—四九九頁)。この言葉にはいささかの衒いもない、と断言できる。なぜなら、それが「「人生」の問題」でなかったとしたら出現せずに終わったはずの一冊の書物が、確かに私の前に存在しているのだから——『「ボヴァリー夫人」論』という書物が。

3　蓮實重彥のイマージュ、反イマージュの蓮實重彥

蓮實と丸山の対談には興味深いやり取りがある。問題はまさに「露呈された記号」だった。丸山はこの概念に疑問を呈している。「露呈された記号」というのは「でき上がっているものをまず前提としてそこからのはみ出しを指しているのではないか」（蓮實・丸山 一九八六、一一〇頁）と。そんな疑いを丸山が抱いたのは、「蓮實さんの場合はどうもでき上がったノモス（制度）を対象にしているような気がする」（同頁）からだ。それに対して、丸山自身は「文化の中でノモス化する部分としない部分が「今、ここ」にもあるんじゃないか、という立場」（同頁）だと言う。

ここで言われる「ノモス」とはシステムのことでもある。そして丸山は、この対談の翌月に連載が始まる『生命と過剰』で、ノモス（システム）に還元されえない言語の可能性を追求し始めていた。実際、この著作には右の発言に対応する「広義のコトバとしてのランガージュの世界（コスモス）には、個別言語としてのラングの世界（ノモス）化された部分と、いまだにラング（ノモス）化されない部分がある」（丸山 一九八七、一九五―一九六頁）という一節がある。そして、これら「二つの位相」には、それぞれ「〈表層意識のコトバ〉と〈深層意識のコトバ〉」が見出される、と言われている（同書、一九六頁）。

〈深層意識のコトバ〉について、対談での丸山はこんなふうに言う。「脱属人性とか脱主体といったアノニムは構造主義的な場面でのアノニムですが、そうでない、主体とか客体というものが立てられる以前の、発生の場におけるアノニムも考えられるのではないか」（蓮實・丸山 一九八六、一一二頁）。「発生の場」とされるとおり、丸山はシステムとしての言語以前にある言語を志向している。そして、『文化のフェティシズム』（勁草書房、一九八四年）で提示された、人間が他の動物と共有するカテゴリー化・分節化である「身《み》分《わ》け」と、人間だけがもつ言語によるカテゴリー化・分節化である「言《こと》分《わ》け」という区別に

依拠して、次のように表現される。「〈コスモス〉発生の現場にあってランガージュが差異化するその対象は何か？　これは決して、疑似発生論的に立てた〈身分《みわ》け構造〉ではない。そこで差異化され、意味化され、つまりはシーニュ化されるものは、すでに破綻した〈身分け構造〉に生きざるを得ない人間の生体験《ル・ヴェキュ》であり、これが筆者のいう〈カオス〉なのである」（丸山 一九八七、一九六頁）。

人間は言語を手にしたがために生物としての分節構造（「身分け」）が毀損され、そこに「カオス」が生まれる。そのカオスを分節化する言語が「発生の場」にある〈深層意識のコトバ〉だが、ひとたび分節化がなされれば、それは「ラング（ノモス）化」されたシステムとしての言語、すなわち〈表層意識のコトバ〉になる。丸山は、決してノモス（システム）化されず、むしろノモス（システム）そのものを発生させる〈深層意識のコトバ〉にみずから沈潜していこうとした。それが「ライフ・ワーク」の目的だったことは間違いない。すでにその端緒についていた丸山にとっては、「分節化されない記号」ではあっても「未知の記号ではなく、誰もが知っているもので、既知の文脈にいくらもおさまりがつくもの」でしかない「露呈された記号」は、〈深層意識のコトバ〉ではありえず、「でき上がったノモス」、すなわちシステムからの「はみ出し」にすぎないように見えたということだろう。

「信じるふり」をすること

「でき上がったノモス」に安住することを拒絶した丸山は、だからこそソシュールのアナグラム研究を重視するようになっていった。『生命と過剰』の第七章は全面的にアナグラムを取り上げている。翌年の『言葉と無意識』も一般向けの新書としては異様なほどアナグラムに割かれている分量が多い。そして、蓮實との対談でも、ソシュールがアナグラムを見出した「ヴェーダ詩人にしてもギリシャ、ローマの詩人にしても、[…] レトリックを使っているつもりは毛頭ない」と言い、「しかし言葉の下にまったく次元を別にした言葉が動いている」とした上で、その〈深層意識のコトバ〉こそ「パラダイム・チェンジあるいは文化そのものの流動化の原動力」ではないか、と迫っている（蓮實・丸山 一九八六、一一八頁）。

これに蓮實はどう答えたか――「これは僕には皆目わからない。というより考えたくないし、考えるべきでないと思う。というのはそのことを考えようとするよりも、そのことに刺激されて何かものを書いたほうが面白いのではないか、という気がするのです」（同書、一一九頁）。丸山の言う〈深層意識のコトバ〉は存在しない、と言っているのではない。そのようなものがあるのかないのかは分からないが、あろうがなかろうが、自分はそれを「考えたくないし、考えるべきでないと思う」と蓮實は言っている。それが〈深層意識のコトバ〉であろうがなかろうが、「刺激」をもたらして「書くこと」に向かわせるもの、すなわち「言語を語ること」に向かわせるものは確かにある。自分はそれに身を委ねるまでであって、「刺激」がどこから来るのかは考えないのだ、と。

ここには重大な違いがある。丸山は〈表層意識のコトバ〉である「ノモス」としての言語より以前に見出されるはずの〈深層意識のコトバ〉に向かおうとしている。それに対して、蓮實はあくまでも「ノモス」としての言語に踏みとどまる。それは「ノモス」に安住することではない。そうではなく、どこから「刺激」が訪れて「言語を語ること」に導かれ、現に「言語を語ること」が生じているそのただなかにこそ蓮實は固執している。それ自体として見れば音を発することやインクの線を引くことでしかない行為が「言語を語ること」であるのなら、そこには「ノモス」としての言語、システムとしての言語が機能していると想定する以外ない。そのかぎりで、蓮實は「ノモス」としての言語、システムとしての言語を等閑視することはないが、しかし「ノモス」としての言語、システムとしての言語それ自体を解明することにも、ましてやそれ以前に見出される〈深層意識のコトバ〉のようなものに向かうことにも、いっさい関心を向けないのだ。

そのことをはっきり示す発言が対談にある。「文化というものをもっと狭く考えて、あたかも文化とはノモスであるという仮説のようなものを信じるふりをして話を進めているのです。そう想定した限りにおいて何が言えて何が言えないか、を考えてみる。そのとき、その言えない何かが言葉を介して思考を刺激するその現場を楽しみたいというのが僕の立場なのです」(同書、一二五頁)。もはや疑う余地はないだろう。蓮實は「ノモス」としての言語、システムとしての言語を「想定」することは拒否しないが、それは「信じるふり」をしているだけなのだ。それが「信じるふり」であることを忘れ、「ノモス」としての言語、システムとしての言語それ自体を解明できると考えたり、さらには〈深層意識のコトバ〉に向かうことができると考えたりすることは、だから許容しがたい。それは蓮實にとって「不誠実」と呼ぶべきものだったはずだ。

それは何に対する不誠実か。そう問うてみるとき、蓮實重彦の仕事をはじめから貫いていた態度が浮かび上がってくるだろう。

蓮實重彦の「誠実」

蓮實重彦の名を高からしめた著作が一九七七年の『反=日本語論』であることに異論を唱える人はいないだろう。これは『批評あるいは仮死の祭典』(せりか書房、一九七四年五月)に続く二冊目の単著だったが、その巻頭に置かれた「パスカルにさからって」は、最初の単著に先立って雑誌『言語生活』(筑摩書房)一九七四年二月号に掲載された文章を加筆・訂正したものである。元の文章の表題は「私の息子の受けたフランス語教育――言語の一般概念なる非一般概念をめぐって」と言う。この副題は、まるで「一般言語学」という講義の表題に逡巡を覚えたソシュールを想起させんばかりのものだ。

事実、この巻頭文では「言葉とは、本質においてある不自然な何ものかであろう。その不自然が自然であるかに錯覚されてしまうのはなぜか」という問いを掲げたあと、『反＝日本語論』に主題らしきものがあるとすれば、それは、この自然と不自然との大がかりなすりかえを操作するものの解明をおいてはほかにない」と明言されている（蓮實 一九七四、三二頁）。ここで宣言される「自然と不自然との大がかりなすりかえ」を拒絶する蓮實は、無自覚なまま「すりかえ」を行う者を糾弾する。

だが、その糾弾もまた「信じるふり」を前提として行うしかない。つまり、「信じるふり」しかできないものがそれ自体としてあると考える「凡庸」は糾弾しなければならないが、それを糾弾する自分の言葉も「信じるふり」から離れられず、「糾弾するふり」以上のものにはなりえない。だから、「すりかえ」を行っていることに無自覚な者を糾弾する蓮實の言葉は、それが「糾弾するふり」であることを示しながら発される。結果として、それは斜に構えた皮肉——もっと言えば、芝居がかった揶揄のような言葉になる。

一九九三年の論文にも、そんな言葉は散見される。「ソシュールの読み手として決して資質を欠いているわけではない一人の研究者」（一四五頁）、「ソシュールが言語学者であろうが、思想家であろうが、そんなことはどうでもよろしい」（一四八頁）、「立川が語りえぬものだという《動く差異》とやらの運動」（一五二頁）。こうした言葉に触れて不快感や苛立ちしか覚えないとしたら、蓮實の意図を少なくとも半分は見逃すことになるだろう。みずからの目に「不誠実」と映る者を糾弾する時にこのような言葉を書くとき、より正確に言えば、このような言葉を書くしかないとき、私はそこに蓮實重彦の「誠実」を見るからだ。それは「信じるふり」から離れられないことを知る「誠実」である。そして、実際に「信じるふり」から離れずにいる「誠実」である。

『反＝日本語論』に収録された文章には、その「誠実」が率直に表明されている。例えば、一九七六年に書かれた「仕掛けのない手品」では、「制度」としての言語について「真に驚くべきは、こうした陰惨にして残酷な「制度」が、陰惨とも残酷とも思われずに人びとに共有されてきたというその神話的な呪縛作用であろう」とした上で、「呪縛されたものがその呪縛について語ること。それはいったいいかにして可能か」と問われている(蓮實 一九七六、三一七頁)。この問いは、一七年後の論文をも貫いているだろう。

それは翌一九七七年に行われた柄谷行人との最初の対談でも「言語という不可視の「制度」を、その「制度」に侵されたものが語る」という表現で語られている(蓮實・柄谷 一九七七、五一頁)。続く言葉はこうだ。「みんながことばという実体としては見えないけれども、少くともわれわれのまわりに何らかのかたちで機能している気味の悪いものをなぜ本気で気味が悪いと思わないのか、非常に不思議ですね」(同書、五二頁)。言語に対して抱かれる「気味が悪い」という感覚が、蓮實の原点にはある。実際、この対談の二年後に刊行され、蓮實重彦の代名詞のようになった『表層批評宣言』のために書き下ろされた巻頭文「表層批評宣言に向けて」では、この著作でなされていることを次のように記述している。「名付けがたい「不自由」としての「制度」は、それが「制度」であるという理由で否定されるべきだと主張されているのではない。「制度」は悪だと述べられているのでもない。「装置」として、「物語」として、「風景」として不断に機能している「制度」を、人が充分に怖れるに至っていないという事実だけが、何度も繰り返し反復されているだけである」(蓮實 一九七九、七頁)。

「気味が悪い」ものにほかならない言語を「怖れる」こと。それが「充分」でないからこそ、人は「制度」としての言語、すなわち「ノモス」としての言語、システムとしての言語が「信じるふり」をするしかないものであることをたやすく忘れ、その言語について気楽に語ったりする。その「凡庸」を蓮實は糾弾するしかない。もちろん、それは「糾弾するふり」以上のものにはならない。それでも「糾弾するふり」をする「誠実」を貫くのは、言語を徹底的に「怖れる」その先に、「露呈された記号」や「イマージュなき思考」との遭遇が、そして「書くことの無根拠と戯れる愚鈍さ」があると信じているからだ。

『反＝日本語論』の掉尾を飾る「わが生涯の輝ける日」の最終段落は、こんなふうに始まっている。「今日、言葉を思考することに何らかの意味があるとすれば、それは、言葉によって言葉を語りながら、決して言葉の触れえない余白だの陥没点でふと目覚めうる瞬間が確実にあるからだ。人は、誰しもその生涯の輝ける日を持っているのだ」（蓮實 一九七七、三三二頁）。これに続く一節を見るとき、蓮實重彦の「誠実」を疑う理由はない。「そしてその言葉の余白なり陥没点で、ある晴れがましさとともに目覚めるには、「声」であれ「文字」であれ、特別な言語的な近道は存在していない」（同頁）。そうして蓮實重彦は、決して「近道」を求めることなく「書くことの無根拠と戯れる愚鈍さ」に向かう道を歩め始めたのだ。

蓮實重彦のイマージュ、反イマージュの蓮實重彦

一九九三年の論文には「「魂」の唯物論的擁護にむけて」という表題が付されていた。ここで思い出されるのは、一九八八年の柄谷行人との対談で蓮實がこんなことを語り始める場面だ。「かりに自分が自分の批評家であったとすれば、蓮實重彦のこれまでの仕事は、一貫して、魂の唯物論的な擁護であるということになるでしょう」（蓮實・柄谷 一九八八、二三五頁）。自分の「これまでの仕事」、すなわち「近道」を求めることなく「書くことの無根拠と戯れる愚鈍さ」に向かう仕事とは、いつでも「魂の唯物論的な擁護」だった。これは「信じるふり」をしながら発された言葉ではないだろう。直後では、こう言われているからだ。「魂の唯物論的な露呈をさまたげているもの、それはイメージです」（同頁）と。一九九三年の論文が掲載された『ルプレザンタシオン』の同じ号に掲載されている中沢新一との対談でも、「僕が「魂の唯物論的な擁護」と呼ぶものは、いともたやすくイメージの流通を許してしまう文化の均質な支配

に対してさからう記号を存在させることにほかなりません」（蓮實・中沢 一九九三、三〇五頁）とはっきり言われている。

「書くことの無根拠と戯れる愚鈍さ」とは、音を発したり、インクの線を引いたりする行為がなぜ「言語を語ること」でありうるのか、その「根拠」を確定することなく「言語を語ること」そのものを思考することだった。「システム」であれ、「制度」であれ、何かを「根拠」として語るなら、それはすぐさまイマージュと化し、「言語を語ること」は「言語について語ること」にすり替わる。だから、イマージュを拒絶すること、すなわち「唯物論的」であること。――ここにあるのは「反イマージュの蓮實重彥」という肖像にほかならない。

むろん、それは肖像であるかぎり、イマージュ以外の何ものでもない。つまり、「蓮實重彥のイマージュ」だ。そのイマージュには、あの特異な文体も、芝居がかった揶揄も寄与している。一般に「イマージュ」と解されている「映画」を偏愛する者であることも寄与している。それは「反イマージュの蓮實重彥」とは正反対のイマージュをもたらしさえするだろう。だが、「反イマージュの蓮實重彥」と正反対のイマージュをもたらしうる身ぶりをしつつ「反イマージュ」の言葉を紛れ込ませ、それがイマージュでしかないことを突きつけていくこと――これが蓮實重彥の戦略なのだ。その戦略を感知できない者は、「反イマージュを主張する蓮實重彥というイマージュ」というものの馬鹿馬鹿しさに気づかない鈍感さを表明していることになる。そうやって蓮實重彥はみずからのイマージュを翻弄する。

しかし、一方で、この戦略を感知する者の少なさにも蓮實は気づかざるをえない。柄谷との対談では、こう言われている。「蓮實重彥を語る人の多くが、イメージを介してしか論じていないもどかしさを与えるのですが、もっと困るのは、そのイメージが、僕と適当に似ていることです。そしてその相似によって、魂の唯物論的な擁護がいたるところで流産されていると感じる」（蓮實・柄谷 一九八八、一三五頁)。これは、言い換えるなら、「蓮實重彥のイマージュ」が「反イマージュの蓮實重彥」を流産させている、ということだろう。だからこそ、蓮實は「反イマージュの蓮實重彥」を流産させる「蓮實重彥のイマージュ」には似つかわしくない語を書きつける。それが「魂」にほかならない。

「体系化されることのない積極的な差異」

蓮實の言う「魂」とは何か。一九九三年の論文は、末尾近くにこんな一節を記している。

> もっぱら「イマージュ」を介して運動する思考が、「イマージュ」を欠いた世界での体験の記憶をいささかもとどめていないという意味でなら、「ソシュールのイマージュ」の無意識の反芻によって形成される「知」の支配的な形態のことごとくを、たとえば唯物論的な身振りの回避として定義することも可能である。さらには、同じ理由によって、体系化されることのない積極的な差異にほかならぬ複数性の活動を思考から徹底的に追放しようとする風土の無自覚な定着を、近代のニヒリズムのあからさまな露呈ととらえることもできるだろう。そのことに苛立つ風情もないまま思考がかさねられてゆくかのごとき現状を目のあたりにすると、思わず「魂」という古色蒼然たる言葉が筆先からこぼれ落ちてしまう。(一五三頁)

傍点を付されている「体系化されることのない積極的な差異」とは、先立つ個所で「「ラング」が差異の体系だということは、それが体系化された差異からなりたっていることを意味しているはずである。だとするなら、そう書いたものは、当然のことながら、体系化されない差異というものをも知っていることを前提としていなければなるまい。また、「シーニュが否定的で示差的な価値」を持つものだというなら、否定的ではない差異、すなわち積極的な差異というものを知っていることを前提としているはずである」（一五〇頁）と言われていたのを受けている。「否定的で示差的な価値」というのは、丸山が『ソシュールを読む』で引用していた（丸山 一九八三、八八頁）第二回講義の聴講ノート（II R13, frag. 1932 = Saussure 1997, p.7／二四頁）にある表現だ。この表現に着目する蓮實は、ソシュールは「差異の体系」としての言語《ラング》を構成する差異は「否定的」だと記している以上、「体系化されない差異」を知っていたし、「否定的ではない差異」、すなわち「積極的な差異」も知っていたのでなければならない、と言う。

ここでエングラー版を手にするなら、言語《ラング》を「差異の体系」と呼ぶ記述が原資料に見出せないことも、「否定的で示差的な価値」という第二回講義の記述は「文字言語」の特徴として挙げられ、直後に「記号はその価値を諸々の差異からのみ取り入れる」と筆記されているとおり、「否定的」の語はあくまで「価値」にかかっている形容詞であることも、そして原資料に「否定的な差異」という表現が見られないことも確認できるはずである。すでに見たとおり、原資料を読むことの意義を否定しているわけではない蓮實なら、それをみずから確認したか否かとは別に、これらの事実をどうでもよいとは言わないだろう。だから、問題なのは、ここでもやはり、蓮實が「体系化されることのない積極的な差異」というものの存在を強弁しなければならなかった理由のほうだ。

「反イマージュの蓮實重彥」が「体系化」を忌避することに疑問はない。残る問いは、なぜ「差異」は「積極的（肯定的）」でなければならないのか、である。鍵となる発言は、柄谷との対談に見られる。「魂が露呈されるのは、表層なんです」と語り始めた蓮實は、その「表層」とは「イメージのない差異、あるいは無根拠な根拠」だと言う（蓮實・柄谷 一九八八、二五五頁）。「システム」であれ「制度」であれ「深層」に位置づけられる「根拠」に基づいて思考することを拒絶する「反イマージュの蓮實重彥」は「表層」を志向する。蓮實のマニフェストと言うべき著作が『表層批評宣言』と題されていたとおりである。そのまり、「魂」とは「書くことの無根拠と戯れる愚鈍さ」のことにほかならない。つまり、「魂」と遭遇する可能性がある、と蓮實は言う。「イマージュ」とも「根拠」とも無縁の「表層」にこそ、「魂」と遭遇する可能性がある、と蓮實は言う。

だが、なぜそれは「魂」でなければならなかったのか。右の発言に続けて蓮實はこう言っている。「「美しい」という「古色蒼然たる言葉」でなければならなかったのか。右の発言に続けて伴ってはいるわけですが、それをも恐れずに肯定しうる何かがその魂にはそなわっている」(同頁)。あらゆるイマージュを拒絶したまま、それでも「美しい」という記号がありうるなら、それはいかなる根拠もなしに、それ自体としてある。いかなる根拠もなしに、それ自体としてあるものには「否定」が入り込む余地がない。その意味で、それは「肯定」するしかないもの、すなわちどこまでも「積極的(肯定的)」なものである。そういうものに最もふさわしい名称は「魂」以外にないだろう。

「魂の唯物論的擁護」とは何か

一九九三年の論文は、末尾に至って「体系化されることのない積極的な差異」と、そこからソシュールが撤退した結果だとされる「体系化された否定的な差異」を並置し、それら二つの差異の違いを感知する重要性を説いている。理由は「ふたつの差異を隔てる差異の不在化が、いたるところで思考から記憶を奪い、その活動を鈍らせてゆく」(一五四頁)からである。つまり、こういうことだ。たとえ「表層批評」であったとしても、批評とは「言語を書くこと」、「言語を語ること」について語る営みである以外ない。だが、ひとたび語られてしまえば、「語ること」は「語られたもの」と化すのを避けられない。それが批評にとっての宿命なのだとしても、というよりそれが宿命であるからこそ、批評は「語ること」が「二つの差異の間の差異」を越えて「語られたもの」と化したことの「記憶」を、すなわち「二つの差異の間の差異を知っていたことの痕跡」(同頁)を「語られたもの」に見て取り、肯定するものでなければならない。

それが「魂の唯物論的な擁護」である。むろん、「魂の唯物論的な擁護」が説かれるのを私が読みうるのは書物になった紙の上に刻されたインクの線を通してであり、そうである以上、それはいともたやすくイマージュとして読まれうるだろう。だが、私は「反イマージュの蓮實重彥」の「誠実」を疑っていない。だから、この論文の最後の一文も、私はイマージュを拒絶しながら読む。それはこんな一文だった。「「魂」の唯物論的な擁護がいささかの倒錯性も身にまとうことなく、いま始まろうとしている」（同頁）。

徹底して「根拠」を拒絶する「魂の唯物論的な擁護」は、「始まる」ことも「終わる」こともありえない企てだろう。だから、それが「いま始まろうとしている」という宣言めいた言葉は明らかに「倒錯」している。だが、「魂の唯物論的な擁護」が本当に「いささかの倒錯性も身にまとうこと」がないのなら、それは決して「始まる」ことはないだろう。——そうして読む者は宙吊りにされる。

このような宙吊りの状態を、かつて蓮實は「仮死」と呼んだ。そして、「「制度」を途方に暮れさせる」ことは「仮死が享受する瞬時の祭典」だと記していた（蓮實　一九七六、三一八頁）。最初の単著がその表題で『批評あるいは仮死の祭典』と表明していたとおり、蓮實重彥は一貫して「仮死の祭典」としての「批評」を行い、「魂の唯物論的な擁護」を行ってきたのだ。

「「魂」の唯物論的擁護にむけて」と題された論文は、初出誌である『ルプレザンタシオン』を見ると、表題の脇に「〈イマージュの批判　1〉」と添えられていることに気づく。すでに見たように、この論文が掲載された第五号は「最終号」であり、同じ雑誌で「2」以降が続く可能性はない。この雑誌の編集を務めていた蓮實がそのことを知らなかったはずはないだろう。そして、現に続篇は他の媒体でも今日に至るまで発表されていない。

だが、ここで私は悟る。「1」と書いてあれば「2」以降が続くに違いない、と考えることは「根拠」という「イマージュ」に依拠した思考であることに。そのことを教えるかのように、「1」と付して連載であることを「信じるふり」をしながら「イマージュの批判」というタイトルを与えることは、「仮死の祭典」以外の何ものでもない。

ならば、私も「根拠」を拒絶しよう。「イマージュ」を「批判」しよう。そのとき、私があの図書室で何度も見た「蓮實重彦」という文字もイマージュと無縁になる。「蓮實重彦」が借り出していたエングラー版を一度も目にできなかったのも当然のことだったと、そうして私は気づかされるのだ。

互盛央

［文献］

蓮實重彦「「魂」の唯物論的擁護にむけて——ソシュールの記号概念をめぐって」（『ルプレザンタシオン』第五号、一九九三年一一月）については、『表象の奈落——フィクションと思考の動体視力』（青土社、二〇〇六年）所収のものを用い、頁数だけを示した。他の文献は以下の一覧に従って略号で示したが、「一般言語学」講義の聴講ノートからの引用については、エングラー版（Ferdinand de Saussure, *Cours de linguistique générale*, édition critique par Rudolf Engler, Otto Harrassowitz, tome 1, 1967-68; 1989）を底本とし、講義番号、ノートの筆記者、ノートの頁数、断章番号を「III C313, frag. 1193」（第三回講義、コンスタンタンのノート、三一三頁、断章番号一一九三）の形で示した上、Saussure 1993およびSaussure 1997とその邦訳の頁数を併記した。なお、第三回講義については、最新の校訂版であるEmile Constantin, « Linguistique générale. Cours de M. le professeur de Saussure 1910-1911 », établissement du texte par Daniele Gambarara et Claudia Mejía Quijano, *Cahiers Ferdinand de Saussure*, n° 58, 2006に従って訂正を加えた個所がある。また、ソシュールの自筆草稿については、同じくエングラー版（Ferdinand de Saussure, *Cours de linguistique générale*, édition critique par Rudolf Engler, Otto Harrassowitz, tome 2, 1974）を底本とし、ノート番号、頁数、断章番号を「N9.1, p. 2, frag. 132」（ノート九・一、二頁、断章番号一三二）の形で示した上、Saussure 2002とその邦訳の頁数を併記した。

蓮實重彥 一九七四「パスカルにさからって」（『言語生活』第二六九号、一九七四年二月（原題「私の息子の受けたフランス語教育——言語の一般概念なる非一般概念をめぐって」））、『反＝日本語論』（筑摩書房、一九七七年五月）、筑摩書房（ちくま学芸文庫）、二〇〇九年。

——一九七六「仕掛けのない手品」（『現代思想』一九七六年一二月号）、『反＝日本語論』前掲。

——一九七七「わが生涯の輝ける日」、『反＝日本語論』前掲。

——・柄谷行人 一九七七「文学・言語・制度」（『現代思想』一九七七年五月号）、『柄谷行人蓮實重彥全対話』講談社（講談社文芸文庫）、二〇一三年。

——一九七九「表層批評宣言に向けて」、『表層批評宣言』（筑摩書房、一九七九年一一月）、筑摩書房（ちくま文庫）、一九八五年。

——一九八六「『凡庸な芸術家の肖像』への終章」（『現代思想』一九八六年一月号（原題「遊戯の終り」（「マクシム・デュ＝カンまたは凡庸な芸術家の肖像」最終回）））、『凡庸な芸術家の肖像——マクシム・デュ・カン論』（青土社、一九八八年）、講談社（講談社文芸文庫）、下、二〇一五年。

——・丸山圭三郎 一九八六「レトリックの虚構」（『国文學——解釈と教材の研究』一九八六年一月号）、丸山圭三郎『言葉のエロティシズム』紀伊國屋書店、一九八六年。

——一九八八「あとがき」、『凡庸な芸術家の肖像』下、前掲。

——・柄谷行人 一九八八『闘争のエチカ』（河出書房新社、一九八八年）、『柄谷行人蓮實重彥全対話』前掲。

——一九九三「「魂」の唯物論的擁護にむけて——ソシュールの記号概念をめぐって」（『ルプレザンタシオン』第五号、一九九三年一一月）、『表象の奈落——フィクションと思考の動体視力』青土社、二〇〇六年。

——・中沢新一 一九九三「二十一世紀へ向けての唯物論の組織化」（『ルプレザンタシオン』第五号、一九九三年一一月）、『魂の唯物論的な擁護のために』日本文芸社、一九九四年。

丸山圭三郎 一九八一『ソシュールの思想』（岩波書店、一九八一年）、『丸山圭三郎著作集』第Ⅰ巻、岩波書店、二〇一四年。

——一九八三『ソシュールを読む』（岩波書店、一九八三年）、『丸山圭三郎著作集』第Ⅱ巻、岩波書店、二〇一三年。

——一九八七『生命と過剰』（河出書房新社、一九八七年）、『丸山圭三郎著作集』第Ⅳ巻、岩波書店、二〇一四年。

Saussure, Ferdinand de 1993, *Troisième cours de linguistique générale (1910-1911)*, d'après les cahiers d'Emile Constantin, edited and translated by Eisuke Komatsu and Roy Harris, Pergamon.（『ソシュール 一般言語学講義——コンスタンタンのノート』影浦峡・田中久美子訳、東京大学出版会、二〇〇七年）

——1997, *Deuxième cours de linguistique générale (1908-1909)*, d'après les cahiers d'Albert Riedlinger et Charles Patois, edited and translated by Eisuke Komatsu & George Wolf, Pergamon.（フェルディナン・ド・ソシュール『一般言語学第二回講義（一九〇八－一九〇九年）——リードランジェ／パトワによる講義記録』相原奈津江・秋津伶訳、エディット・パルク、二〇〇六年）

——2002, *Ecrits de linguistique générale*, texte établi et édité par Simon Bouquet et Rudolf Engler, Gallimard.（『フェルディナン・ド・ソシュール「一般言語学」著作集』第Ⅰ巻、松澤和宏校註・訳、岩波書店、二〇一三年）

——2014, *Une vie en lettres 1866-1913*, diachronie dressée par Claudia Mejía Quijano, Editions Nouvelles Cécile Defaut.

「昨日」の翌朝に、「アカルイミライ」の約束もなく
——蓮實重彥による「文学史」と「映画史」——

片岡大右
Daisuke KATAOKA

フランス文学・社会思想史／東京大学大学院人文社会系研究科研究員。一九七四年北海道生まれ。著書に『隠遁者、野生人、蛮人——反文明的形象の系譜と近代』（知泉書館、二〇一二年）、訳書にリュック・ボルタンスキー『批判について』（法政大学出版局、近刊）など。

はじめに——荒唐無稽なものの「歴史的必然」

ルルー・ペラニョー氏を擁護すること。その微笑みが、そして親切そうな顔さえもが想像可能であるという事実をわれわれの存在の基本的条件として受け入れ、この言語学的怪物の現実性を退けようとするあらゆる力と苛烈に闘うこと。『反＝日本語論』（一九七七年五月刊）の終章に読まれるこの意志は、蓮實重彥の全著作を活気づけているある猛々しい衝動に彼自らが与えることのできた、最も晴れやかな表現のひとつであろう。意味もわからず諳んじていたラ・フォンテーヌの「狼と羊（*Le Loup et l'Agneau*）」の朗読で一等賞となった六歳のある日を「生涯の輝ける日」として生きたフランスの少女は、やがて「学校にあがって、リエゾンと綴字法との関係を習い、ルルー・ペラニョーさんなどどこにもいないのだと理

解がいってからも、退屈な日の午後には、よく、その親切なおじさんのことを考えた」のだという（反日325）。

この「荒唐無稽」なものの経験こそは、われわれの著者にあって、「歴史」の経験の最も本質的な次元をかたちづくっているものだ。それゆえ、この「わが生涯の輝ける日」を、すなわち『反＝日本語論』の本文全体を、「ルルー・ペラニョー氏に、いかなる自己同一性もそなわっていないことは、いうまでもあるまい」（反日332）との一文によって閉ざす蓮實は、一九七七年新春にある書評紙に掲載された――したがって同時期の――大岡昇平との対談で、『歴史小説の問題』（一九七四年）の著者としても知られるこの小説家と歴史および歴史小説を論じ合いながら、次のように述べるのである――「「歴史」というものは、まさにアイデンティティのないものの典型だと思うんです。アイデンティティのない様々な事件が無責任に立ち騒いでいるのが歴史なんですね」（饗宴Ⅱ419）。

そのようなものとしての歴史を、必然の相のもとに受け止めなければならない。こうして九年後のある対談で、彼は「「赤旗」や「文化評論」などでずいぶん叩かれたこと」への反論として、「歴史的必然をぼくは彼ら以上に信じている」とあえて主張するだろう（饗宴Ⅰ255、強調引用者、以下も特記なきかぎり同様）。もちろん、ここでの語彙の選択はさしあたりのものにすぎず、さらに一〇年以上のちの発言においては、「ある時期のマルクス主義者たちがよくいったあの「歴史的必然」というやつを、いまなお闇雲に信じている」のではないことが確認されつつ、「たまたまそうなってしまったことの偶然性が、必然的たらざるをえないという状況にたえず意識的」であることが重要なのだとして、同じ事柄により一般的な表現が与えられている（訣別386）。

それからまもなく、東京大学総長任期最終年度の卒業式に臨んだ蓮實は、自らの発意によって主賓として招いた（放蕩38）ソウル国立大学総長の傍らで、同じ確信に以下の表現を与えるだろう――「自分では責任のとりえないこの種の事態を率先して受け入れ、それをみずからの必然へと転化せしめようとする試みのうちに、生きることの倫理がかたちづくられるものなのです」(事柄18)。この式辞の中心的な主題をなすのはもちろん、「自分では責任をとりがたい日本の過去のあやまちについても、責任をとるべきだという結論」(事柄25)である。しかし導入部分に当たる先の引用箇所で直接的に言及されているのは、新世紀の最初の卒業式に立ち会うことの偶然——学生たちにとっての、また総長たる蓮實にとっての——を、必然的なものとして引き受けることだ。

じっさい、総長就任に至る道筋の最初のステップとなった教養学部長職への就任要請を固辞し、「前々から妻とも語りあっていた通り、辞表を提出して」(畏れ104)東京大学を去っていたなら、二〇〇一年三月一七日の東京国際フォーラムで式辞を読み上げていたのは別の誰かであり、そこには外国の、それも韓国の大学総長の姿はなく、戦争と植民地支配の過去をめぐる談話が残されることもなかったに違いない。そして別様でもありえたがこのようなものたらざるをえなかったこの日は、一九九二年一二月のある日に口にされた「ドーナッツ」の一語の周囲に、にわかに形成された情動の磁場の遠い帰結である。教養学部長職への公式の就任要請がなされた会議の当日にとり行われた厚田雄春の葬儀で、この小津安二郎の撮影監督の孫によって発せられた「祖父は、ドーナッツを好み」という言葉、「明治生まれのハイカラな厚田さん」の生きた日々の実質を遥かに伝えるこの言葉の「音のつらなりを機械的に口ずさんでいると、ふと奇妙な力がわいて」きたという経験が『小津安二郎物語』(一九八九年)の聞き手をとらえることがなかったなら(畏れ105)、前世紀末から今日に至るまでの日本と世界は、よかれあしかれ、現にそうであるのとは異なった相貌を呈していたはずなのだ。いうまでもなく、「ドーナッツ」の一語は、小津組の名キャメラマンの人生との関係ではこの上なく「豊かな意味の拡がりを含んだ単語」(同所)であるにせよ、それ自体としては、ひとりの大学人の生活設計上の重大局面を左右しうるだけのいかなる要素も含んではいない。それにもかかわらず、「困難な事態の生じたのが厚田さんの葬儀の日だという符号」（畏れ106）、この「荒唐無稽」というほかない遭遇を、ある切実さをもって受け止めること。このようなところにおそらく、蓮實重彦にとっての批評の経験の、また歴史の経験の、いっさいが賭けられている。

しかし『反＝日本語論』に、「わが生涯の輝ける日」に戻ろう。そこには、「歴史」を称するある制度的構築物を前にしてわれわれの著者が系統的に表明する、深い反感と対決の意志の一端が証言されている。じっさい、脳裏に浮かぶペラニョー氏が、「文学史の教科書のページに見つけたラ・フォンテーヌの顔よりも、ずっと親しげな顔」をしていたことを振り返るかつての少女の言葉を紹介するとき（反日325）、その夫たる著者は、この「荒唐無稽な「記号」との遭遇」（反日331）を顕揚することで、「文学史」の名のもとに制度化されてきた物語のはなはだしい価値下落を助長しようとしているのだ。

それではこの反文学史的情熱は、文学と歴史をめぐるどのような認識に支えられているのか。そして同様の熾烈な闘争は、「映画史」に対しても同じ執拗さと一貫性をもって展開されてきたのか。蓮實重彦における「近代性／現代性《モデルニテ》」の――彼が『言葉と物』の著者にならって「われわれにとってまだ同時代であるもの」（フーコー1974, 323＝ゴマフ第Ⅵ章）と呼ぶことを好むものの――経験を、本論考は「文学史」と「映画史」の二つの語を導きの糸として検討する。それにより、「われわれがまだ脱出しきっていない時代」（フーコー2011, 8＝奈落77）――近代ないし現代に与えられた別の表現である――における文学および映画の身分規定を、共通性と差異の双方において、多少なりとも浮き彫りにしうるのではないかと思う＊1。

1　蓮實重彦による「文学史」

「何も書かれていない本」――厄介な夢想

『ボヴァリー夫人』の小説家の創作原理の表明として名高いあの「何についても書かれていない本」、第二次大戦後の一時期の文学的前衛をかくも熱狂させたルイーズ・コレ宛て書簡（一八五二年一月一六日）のこの表現を――あるいはむしろ、後世におけるその一連の解釈を――前にして、われわれのフローベール研究者はほぼ一貫して、ある隔たりの意識を明らかにしてきた。「もう終わったといわれていたギュスターヴ・フローベールを選んでソルボンヌに論文を提出したところ、これが新文学の祖としてあっという間に流行りとな」ってしまう（スポ147、強調原文）という一九六〇年代後半以降の状況から大きな刺激を受け、「文学的テロリストを自認する「テル・ケル」誌同人」（1966, 7、強調原文）の活動に注目し続けながらも（1974a; 1974b）、彼らが身を委ねがちだった単純明快な反表象の姿勢に対しては、蓮實重彦は明確に距離を置いていたのである。

じっさい、一九六八年の紀要論文は、「作品の形式formeという側面からその内的創造の場に照明をあててみた場合、「何も書かれていない本」*livre sur rien* 実現の夢を執拗に追っている風変わりな作家像をそこに認めることがいまではごく普通になってしまっている」（1968a, 75-76）という状況への違和感の表明によって始まっている。「あたかも、エンマがルイ＝フィリップ治下のノルマンディに生きたことじたい間違いででもあったかのように、最近ではフローベールにおける「沈黙」の質や「物語」の死ばかりが話題とされる始末である。ところが、その同じ人間を捉えていたいま一つの夢が、「伝記」の完成というごくありきたりなものであった点を、人はあまり強調したがらない」（同76）。後注では、ジェラール・ジュネット「フローベールの沈黙」を引き合いに出しつつ、「雑誌『テル・ケル』に拠る若い作家、批評家に顕著な特徴である」(同104)との明示がなされている。「伝記=生の記述《ビオグラフィー》」とは、ルイーズ・コレ宛て一八五三年六月二五―二六日付書簡において、『ボヴァリー夫人』を定義すべく用いられる語であり、この論文では一見矛盾しあうこれら二つの夢が、「劇的なもの」を欠落させた記述からなる書物という同じ野心の二つの表現であることが主張される(同76-77)。翌一九六九年一二月一四日の『毎日新聞』への寄稿でも、『ボヴァリー夫人』をこの夢想の実現のようにしてとらえる風潮について、それは「たとえばサミュエル・ベケットの小説群の血統証明としては便利かもしれない」との揶揄が書きつけられている(1969)。一〇年以上のち、一九八二年の紀要論文もまた、その言葉が「あくまで比喩的な領域でしかその正当な意味作用を手にすることのない表現である」ことを強調するだろう(1982, 27)。

一九八六年に文芸誌に掲載された『ボヴァリー夫人』論にあっても、この夢想があくまでも夢想にとどまること、表象作用はフローベールとともに終わりを告げたのではなく、むしろいまなお執拗に存続していることが強調されている。「何も書かれていない本」というあの有名な表現は、「『ボヴァリー夫人』を無をめぐる作品だと断定したい気持ちへと人を誘うものを持っている。無をめぐる作品、それはほとんど現代の文学的な主題である無としての作品まであと一歩ではないか」(1986a, 180)――このように書くとき、蓮實重彦はもちろん、「フローベールはまだマラルメではない」(ブランショ1968, 283)というあの「悪名高い」(拾遺163、菅谷憲興の発言)ブランショの言葉を典型とする、直線的な発展図式の隆盛を念頭に置いている。しかし――彼は続ける――この「告白に読むべきことがらは、『ボヴァリー夫人』がその夢の実現としてある作品だという事実ではなく、想像と生成とがみだりには融合しえない異質のいとなみだとする文学的な前提そのものを前にしたフローベールの苛立ちと、その苛立ちが解消しがたいものだという自覚からくる不安定感そのものにほかならない」(1986a, 180)。

イメージ批判——「何について」の両義性

しかし『ボヴァリー夫人』論を離れるなら、例えば『映画の神話学』所収の「映像の理論から理論の映像へ」（初出一九七一年）では、「いささか語られすぎた展望図なので気が滅入らぬでもないが」としつつ、まさに「あの何も書かれていない本のフローベール、あるいは『書物』のマラルメといった名前」に体現された「一つの文学史」（神話48、強調原文）が、映画をめぐる理論的考察の参照点として引き合いに出されているし、同じ一九七〇年代前半には、あるいはフローベール、あるいはヌーヴォー・ロマン以後の現代フランス文学を論じる文章のうちに、この表現の留保なしの参照の例が見られる（1974a, 141; 1974c, 85）。一九九七年になされたある講演では、「ギュスターヴ・フローベールという作家は、そこに「何も書かれていない書物」という概念を具体化した作品として、名高い『ボヴァリー夫人』を書き上げた」（帰って268）との断言がなされているが、これは映画を主題とする講演中での簡潔な言及であるから、意図された単純化の所産として理解できよう。この理念が積極的に取り上げられ、かつ最も主題的に展開されている事例としては、一九八九年に「文芸季評」として書かれた「描くことの消滅」を挙げることができる。

そこでは、「『ボヴァリー夫人』執筆中のフローベールの夢」が、あえて「ポストモダン文学の理想像」として掲げられる。「既知のイメージに翻訳されることにさからう言葉からなる作品、それが「何も書かれていない本」の実態であるとするなら、近代小説がそもそもの始まりからしてポストモダン的な何かを含んでいることは明らかだろう」（1989a, 40）。このようなことが述べられるのは、ポストモダン的な小説とみなされもするジェイ・マキナニーやB・E・エリス、あるいは新井満や村上春樹の作品の、表象形式の次元での古めかしさを強調するためだ。そして同じ理由から、表題に示唆されているように、小説技法における描写（および分析）の周縁化が嘆かれることになる。描写（および分析）が「こみ入ってくると、それに費やされる言葉そのものの屈折した過剰によって、イメージはきまって乱されるものなのだ」というわけであり（同43）、たしかにその通りなのだが、他の場所でなら（例えば1986a, 173）「古典的」な表象形式として論じられるだろう特徴――「言葉とイメージとの関係がこの上なく厳密」であるという――が「悪しき近代主義者」のものとされている点を含め（同40, 42）、大筋として図式的な議論に傾いているといってよい。そのことは著者自身も明確に自覚しており、それゆえこの「季評」の最後では、描写も分析も希薄なポール・ボウルズの諸短編、もっぱら「語り」の技法に依拠して書かれたそれらの作品の力が称揚されることで、「描くことの消滅」を問題視するという中心的な主張の有効性が、相当程度、「退屈な読みものが量産されている現実をそれなりに納得しよう」（同46）という限定的な目的によって規定されている事実が明言されている。描写の重要性は、同年刊行の『小説から遠く離れて』の中心的な主張でもあって、その付録インタヴューでは、「僕は描写がいまなお決定的だと思います」といわれている（1989b, 6）。この時期の著者は、同時代――一九世紀（中葉）以後の、ということではなく、ごく狭い意味での――の文学の「退屈」な現状を何とかしようと、批評家としての介入の主要な手段として、描写の意義の強調を選択していたのである。

ところでいうまでもなく、描写とは（また分析とは）何かについて書くことにほかならない。それゆえ上記の議論において述べられているのは、何かについて書くことは、「イメージ」にさからうかたちで執拗かつ徹底的になされるなら、「何も書かれていない本」の――完全な成就ではないにせよ――一定の実践につながりうるという逆説である。「何について書かれた……、この中でですね、自分は、何を書いたと……思われますか」――二〇一六年五月一六日、第二九回三島由紀夫賞受賞の記者会見で、八〇歳の誕生日を迎えたばかりのこの「新鋭」に向かい、ある記者はこのように問いかける。数秒の沈黙ののち、「いや、まったく何も書いていいません」と応じる『伯爵夫人』の著者は、記者に質問を投げ返して、

「あの、お読みになってくださったんでしょうか。そうしたら、何が書かれていましたか」と尋ねる。ここで問題になっているのも同じ二重性だ。われわれの著者は、小説を構成する言葉を「イメージ」に従属させるかたちで問われる「何について」を退けるためにであれば、フローベール的夢想を率直に参照できると感じる。しかしその一方、「イメージ」にさからうという同じ目的のために、「何について」の次元を積極的に強調することもあるわけだ。「何も書かれていない本」が、フローベールの言葉を読まずに済ませるための「イメージ」として機能してしまうとき、彼がそれに距離を置くのは当然だろう。

「昨日」──荒唐無稽なものの誕生の日付

ともあれ、一九六〇年代末からほぼ一貫したものというべきこうした留保は、二〇一四年の『「ボヴァリー夫人」論』にも引き継がれている。『ボヴァリー夫人』そのものがフローベール的な夢の実現としてあったのではないことは誰の目にも明らかである」、「『ボヴァリー夫人』が「反＝表象的詩学」を貫徹した作品だとは間違ってもいえないし、また、この作品をそうとらえることは新たな「テクスト的な現実」の無視にもつながり、『ボヴァリー夫人』と聞けば「反＝表象的詩学の実現」と鸚鵡返しに答えておけばよいという『紋切型辞典』の項目の豊富化にも貢献しかねない」、「「何も書かれていない本」として構想された『ボヴァリー夫人』が、あからさまに「反＝表象」的な作品だと主張したいわけではない」、「アントワーヌ・コンパニョン〔…〕が、「反＝ミメーシス」〔…〕的な思考と呼んだある時期の文学理論が陥りがちな概念を駆使しなければ、『ボヴァリー夫人』は語れないと主張したいわけでもない」、「「何も書かれていない本」が夢でしかなく、それを書くことなどとうてい不可能であり、『ボヴァリー夫人』には「多くのことが書かれている」とこれまでに何度も指摘してきた」、等々（ボ74, 82, 516, 533, 534）。

夢想の表明である限りでこのうえなく貴重なものでありつつも、フローベールの作品があたかもその端的な達成であるかの錯覚を促しかねず、ある時期の文学的前衛を特徴づける単純な反表象的情熱の記憶をよみがえらせがちな点で、この実現不能の理念は取り扱いに注意を要するものだ。じっさい、「フローベールの「何も書かれていない書物」とマラルメの「書物」とに二十世紀文学の起源を見ようとする論の大半は、アントワーヌ・コンパニョンの指摘を俟つまでもなく、碌なものではない」(拾遺165)。魅力的でもあれば厄介なものでもあるこの表現を中心に据えることなしに、フローベールの言語実践とその背景にある歴史意識を明快に言い表すすべはないものか。二一世紀の蓮實重彦はこうして、前世紀には注目してこなかった文言——「散文は昨日生まれたもの」(ボ75; 赤179、拾遺9-10も参照)——をルイーズ・コレ宛て書簡(一八五二年四月二四日)から取り出し、散文の「昨日性」の概念を提案する(随想123-138)。あまりにも語られすぎてきた夢想が読まれる同年一月一六日の書簡にあっても、この概念との関係で、文学が「叙事詩を離れて小説に、詩を離れて散文に向かい」つつあるという別の指摘が取り上げられるだろう(随想135; 拾遺9)。「誰もが好んで引用しがちな」(随想134)あの理想の表明にしたところで、こうした文脈の中に置かれることでこそ、それにふさわしく読みうるようになる。

もちろん、小説が西欧の伝統的な詩学の内部には居場所を持たない「荒唐無稽な現象」であるといったことは、われわれの著者にあっては馴染みの主題にほかならない。例えば一九八九年の『小説から遠く離れて』では、「小説とは、ヨーロッパ文化の歴史にとって、身分のほどもいかがわしい私生児であり孤児なのだ」との定義がなされ、「虚構の散文という形式におさまる小説は、美学的な私生児性をその最大の活力として時代を征服したのだといってよい」と主張されている(遠く222-223)。同様の事柄はすでに、一九七八年の「小説の構造」でも主題的に論じられていた(奈落257)。そして二〇〇三年以来、やがて『「赤」の誘惑』(二〇〇七年)としてまとめられるフィクション論を断続的に雑誌掲載しつつあった時期の著者は、二〇〇六年の論文集『表象の奈落』にこの三〇年前の論考をあえて収録し、「「小説」はこんにちに至るも定義不能のものとしてあり、ヨーロッパ的思考のある部分は、そのことに明らかな苛立ちを表明してもいる」（1978, 151）という初出時の一節を、「事態を散文で記述するフィクションとしての「小説」は、ヘーゲルいらい今日にいたるも定義不能のものとしてあり〔以下同〕」（奈落254-255）と手直しすることで、新たに意識されるようになった問題設定をかねてよりの探究のうちに統合する。こうして、これら二著から『「ボヴァリー夫人」論』に至る思索の過程で、蓮實重彥は主として英語圏のフィクション論を批判的に検討し、ポール・ド・マンの立場に励まされながら――「文学が虚構であるのは、それが何らかのかたちで「現実」を承認することを拒絶するからではなく、言語が現象世界の原理、あるいはそれに似た原理に従って機能することがア・プリオリにたしかではないからである」（ド・マン1992, 32＝赤142; ボ534）――、「いまなお人類の思考を不吉に脅かしつづけている」（ボ499）散文のフィクションの謎に迫ろうとする。

昨日生まれた散文と明日の革命

この上なく問題提起的なこのフィクション論について、本稿で主題的に検討することはできない。ここでは、「フィクション」を記述する「散文」が生まれた「昨日」という日付が、「散文の昨日性」の概念を創出させるまでに蓮實重彥の思考を活気づけえたことの意味について考えてみたい。「昨日」という時間性の前景化は、「ぼくの書きたいもの」（随想135に引用）、すなわち来たるべき何ものかとしての「何も書かれていない本」への注目にあって焦点化される、「明日」という時間性を周縁化しようとする意志の所産として理解しうる。「明日」が焦点化されるときに何が起こるのか、この来たるべきものとの関係で、「昨日」が、そして「今日」が、どのようなものとして生きられることとなるのか、この点については、アラン・ロブ＝グリエの傑作『ニューヨーク革命計画』（一九七〇年）に捧げられた論考、「革命の計画」（一九七九年）における記述が参考になる。
「文句はこうなの。《昨日までは、これは大変な事件だった……今日では、ジョンソンの酵素入り洗剤ひと撮みで、絨毯は新品同様になる》。その下に誰かが、フェルトのサイン・ペンで、《そして明日は革命》と書きこんでいるの」（ロブ＝グリエ 1972, 151＝1979, 347、強調は蓮實による。なお「大変な事件」の原語は「drame」すなわち「ドラマ」）。地下鉄駅構内で見かけた広告——「白のナイロンずくめの近代的サロンの絨毯の真ん中で、血の海に倒れている女」を描いたもの（同所）——について語る作中の少女の言葉を敷衍する著者は、革命の「明日」に向けて秩序付けられる時間意識にあって、「昨日」は「疲労困憊させるドラマの時間」に、「今日」は「厄介な話を厄介払いする消却の時間」に還元されざるをえないこと（1979, 348）、しかも革命が必然化するものとされる流血の犯罪のため、「明日」は「進展ではなく、反復」、「到来ではなく、回帰」として（同350）、「昨日」に重なりあうほかないことを指摘する。このような事態を避けるには、「何よりもまず、「昨日」に続く「今日」の翌朝に「明日」が位置しているとする時間意識を捨ててかかることが必要だ」（同所）。そしてこの課題を前にして『ニューヨーク革命計画』で選択されたのは、疲労の「昨日」を抹消する時間としての「今日」を経ることでもたらされる革命の「明日」が、かえって「昨日」への回帰を帰結してしまうという構造、この「恥毛の二等辺三角形」の物語を戦略的になぞることで、それを「内側から突き崩そうとする試み」であった（同所）。

成就の時としての「明日」を展望することは、「昨日」の時間のいっさいを、やがて消滅によって報われるべき労苦の堆積に還元する。「今日」の時間はといえば、そこでは「昨日」を「明日」へとつなぐ——そうして結局は「明日」から「昨日」への回帰を準備することになる——媒介の役割をしか果たすことはあるまい。「今日」を、現在を、この目的論的な秩序から、破局的なものたらざるをえないメシアニズムの構造から解放するにはどうすればよいのか。「革命の計画」において提示されたロブ＝グリエの戦略は、そのためのひとつのやり方である。「来たるべき」ものへと向かう時間性を保持しつつ、「メシアニズムなき〈メシア的なもの〉」(デリダ2007, 151)の論理によってそれを「脱構築」するデリダ流の戦略も、またひとつのやり方だ。前者はいうまでもなく、後者にしたところで、蓮實重彦によって全面的に退けられているということはなかろう。じっさい「来たるべき」ものの概念は、とりわけ一九七〇年代にあって、大いに彼の思考を活気づけていた。しかしデリダであれ、ブランショであれ、メシアニズムの逆説的な純化とでもいいうるものを志向する精神が、「「表象」の「不可能性」とやら」ばかりを特権化して可能的なことがらと「ともにある」ことをないがしろにしがちであるように見えるとき(奈落363, 364)、彼らの営みはわれわれの著者を苛立たせるに至る。じっさいこうした人びとにかかると、フローベールの生きた「今日」は充実した現在としての資格を奪われ、恋人宛ての書簡に書きつけられたあの夢想のいつとも知れぬ成就の時としての「明日」を準備する「昨日」、あの堆積する労苦の時間へと押しやられてしまうことになりかねない。大文字の〈書物〉の理念を抱いたあの後の世代の詩人についても同様であって、「言葉を[…]偶然性にまかせる」という企図において『ボヴァリー夫人』の著者と『骰子一擲』の著者を——さらにはまた、アナグラム研究におけるソシュールを——つなぐ単一の経験について語る一九八五年の蓮實重彦が、「ブランショが興味を示したことでソンをした詩人」としてマラルメを定義するのは、まさにこの理由による(マス48)。彼によれば、少なくともデリダはこうした問題を自覚していた。フローベールを語ったまれな機会におけるこの哲学者の、「いかにも窮屈そうな息づかい」(奈落47)……。

　こうして提案されるのが、「明日」との関係においてではなく「昨日」との関係において「今日」を生きること、「来たるべき」何ものかの待機の次元を周縁化し、何ものかが出来した「昨日」の翌朝の時間、たしかに何かが変わり、しかしその帰結はいまだ定かならぬ時間として、「今日」を生きることだ。「散文」の、そしてのちに見るように「人間」の生誕の「昨日性」を強調すること、それはわれわれがそれぞれの「今日」を固有の戸惑いとためらいとともに生きることを可能にするための、ひとつの方法なのである。

「歴史」から「環境」への移行か、それとも「歴史性」の侵入か

こうした課題は、「昨日性」の概念に凝縮されて表現されるはるか以前から、われわれの著者の主要な関心事をなしていた。例えば、「小説は西欧文明の中では一種の迷子みたいなもの」であるとし、この「迷子性」への「居直り」を「小説の擁護」と結びつける一九八八年の発言にあっても（饗宴Ⅰ 405）、それとは別の事柄が述べられているのではない。道に迷ってあること、それは「昨日」の決定的な出来事の余波にさらされて生きることだ。そしてそこへの「居直り」を顕揚することで、蓮實重彦は偶然的なものが必然の相を帯びて現れざるをえないこの経験の苛酷さと貴重さを、何らかの「明日」の約束によって縮減することを退けている。

同じ観点から参照しうるものとして、一九七五年、『ボヴァリー夫人』をめぐる探究に「一つの終止符をうつ時期が近づきつつあるのを実感」(1975, 13) しつつ書かれたマニフェスト的文章、「作品、または失語の理想境」を挙げることができる。中心的な主張の語られた一節を引こう――

> 重要なのは、フローベールの告白を盲信して、『ボヴァリー夫人』を「何も書かれていない本」として読みながら、そこに新たな「現代文学史」の発端を認めることにあるのではない。いうまでもなく『ボヴァリー夫人』には多くのことがらが書かれているし、またフローベールはそれを如何に書くべきかに骨身をけずったというのもまた事実なのである。［…］フローベールの創造の劇を無視

することが、今日にふさわしい『ボヴァリー夫人』の読み方だと信ずることは、かりにそのことで「ヌーヴォー・ロマン」や「ヌーヴェル・クリティック」、あるいは「構造主義」や「記号学的分析」とフローベールとの濃厚な血縁関係を証明しうるかにみえても、一つの文学史に対していま一つの文学史の確立を目論むその魂胆によって、「作品」とともに文学に登場したフローベールがはらんでいた真の問題を曖昧に圧し殺すことにしか貢献しないだろう。なぜなら、フローベール以来、文学は「歴史」ではなく「環境」になったのだからである。（同10-11）

語彙の選択は二一世紀の著者のものと異なっているにせよ、「昨日生まれたもの」としての散文の経験を生きるフローベールを擁護すべく、『ボヴァリー夫人』の作家の「今日」を押しつぶすものとの苛烈な闘いが宣言されていることには変わりない（なお「作品」については、例えば漱石24-27, 69, 290、私小説11、表層138-を参照）。確認しておくべきは、ここで「歴史」と「環境」を対比させる修辞的戦略が採用されていることは、反歴史的身振りをいささかも意味してはいないということだ。この点を明らかにすべく、より誤解の余地のない一節を参照しておこう。一九八二年の「映画理論の現在」では、「世界と人間とを解読し認識するためのいわば透明な手段とみなされ」ていた言語や他の諸記号が、やがて「ほぼ一九世紀の中葉と限定しうる一時期から、その透明さを徐々に失って、思考にさからう混濁した環境として存在の前に立ちはだかりはじめる」として、同じ「環境」の語が同じ役割を担って用いられている。しかしそのことは、ここでは、まぎれもない「歴史」の経験として言い表されるのだ――「言葉が記号として露呈したといってもよいそうした現象は、当然のことながら表象体系そのものの崩壊と同時的に進行する。それは、普遍的な表象体系と思われたものへの歴史性の唐突な侵入といいかえてもよい［…］」（快調167）。

要するに、われわれの著者にあっては、特異にして身許の不確かな出来事の立ち騒ぎとしての「歴史」の経験を圧殺することで「環境」の露呈を妨げる制度的構築物が、時に「歴史」と称されて闘争の対象となるわけだ。そして「作品、または失語の理想境」に戻るなら、読まれる通り、そこで敵として名指されているのは「文学史」である。

反文学史的情熱

「われわれも文学史という言葉をつい使ってしまうのですけれども」(魂92)……。三好行雄との対談(一九九〇年)の中ではこのように述べられているが、公表された著作や発言において、蓮實重彦がこの語を——それに積極的な理念を担わせることがないのは当然として——批判的含意抜きに用いることはまれである。一九八八年に小倉孝誠との共著として発表された「フローベール研究の現状」が、「はじめに」において、「ヌーヴォー・ロマン」のかつての隆盛のうちに「フローベール的テクストを復権し聖別化する動き」を認めつつ、それが「すでに文学史的な事件として記載済み」であることを確認しているのが(1988, 226)、ほとんど例外的な何かとして強い印象をかき立てるほどだ。すでに見た『映画の神話学』(一九七九年)における「一つの文学史」への言及も(神話48)、こうした稀な事例に属する。また『絶対文藝時評宣言』(初出一九九〇—一九九二年)においては、「一九八九年という年は、マルセル・プルーストの『失われた時を求めて』の個人全訳が完成した年として文学史に記憶されねばなるまい」(絶対42)との一文が目を引く。しかし開高健における「文学史の醜い反復」(絶対37)が、またカフカにおいて「現実的」な課題だったものの「文学史的な系譜」への回収(絶対100)が否定的に語られるこの時評の基本的な調子からするなら、ここにあるのが、井上究一郎の記念碑的訳業に決定的な地位を与えるような「文学史」の不可能性を見越したうえでの挑発以外のものではないことは明白である。総じて、中立的な記述が問題となる場合には、この語は避けられる傾向がある。

こうして、裕福なブルジョワ家庭の子息であったフローベールさえもが妹の破産後は売文の道に入らざるをえなかった次第と関連しては、「文学の歴史で売文以外のやり方で生きられた人というのはまずいないと思う」（1996a, 39）と、そして治安維持法下の日本にあっても「心ある人びと」は必ずしも沈黙したわけではなかったという事実を強調する機会には、「この時期に書かれた小説やエッセイの中で、文学の歴史に残るものも少なくありません」（知性vii）と述べられるのだし、フローベールゆかりのトゥルーヴィルは「文学的な記憶につらなる土地」（目が124）として、泉鏡花を生み古井由吉がドイツ語を教えた金沢は「文学の記憶をとどめた土地」（齟齬65）として提示されるのだ。特殊たらねばならぬという一般的な欲望に煽りたてられてきた近代文学の過去を振り返りながら、「過去一世紀に及ぶ文学の歴史」、「過去百年の文学の不幸な歴史」（遠く57, 58）が語られるのも、同様の傾向の一環といえる。

「文学史」の語を前にして、蓮實重彦は殊のほかの冷淡さを示す。なるほど――『凡庸な芸術家の肖像』（一九八八年）からいくつかの例を挙げるなら――、「文学史的な常識」（上136, 478）、「文学史の常識」（上142, 433）は弁えておかねばならないし、「後世の文学史的な知識」（上204）、「文学史と呼ばれる物語」（上260）、「二十世紀の文学史的な知」（上279）が有用な情報を提供してくれるとき、それを拒む理由はあるまい。しかし、「文学史という多少とも制度的たらざるをえない言説」（上123）は疑ってかかるべきものであって、「文学史と呼ばれる思考の制度が組織化する展望」（上259）に甘んじるなどもってのほかである。「文学史に特有の抽象的な誇張」（上231）への警戒を、怠るべきではないのだ。じっさい、フローベールの「反神話化の試み」として有益なデュ・カンの『文学的回想』を、才能ある友人への嫉妬に駆られた「凡庸な男の手になる醜い書物」としてきた「文学史的な過去」は、何といっても「深く悲しむ」べきものではないか（下344）。

ところで、「文学史は、マクシムをこの凡庸な物語の中に閉じこめることを、ギュスターヴへの忠実さだと錯覚することで語りつがれる通俗的な文学であることに自足してきたといってよい」（下362）のだとするなら、求められているのは物語を書き改めること、そうして文学史の内部におけるデュ・カンの地位を上昇させることであるようにも思われてくる。しかしそうではないと蓮實重彦はいう。「不幸な群小作家の再評価というあの退屈な儀式をとり行なおうとするのではない。［…］文学史の理不尽な忘却を埋めるのではなく、その忘却の正当性を理由もなく確信することでなりたっている文学史の概念を、改めて文学史的な言説の対象とする」（上123）こと、それこそが必要とされているのだ。

つまり文学史の部分的な修正が、少なくともそれだけが問題なのではない。「『エルナニ』事件というのは、十九世紀のフランス文学史がつくった虚名」（仏176; 物語84も参照）であるというとき、また「できあいの文学史的な常識」（反日121）への安住を告発するとき、そこでは「文学史的な見取り図」（仮死184）の意義そのものが懐疑にさらされている。「文学史と呼ばれるあの超＝虚構」（物語301; 303, 308, 311, 313も参照）をどうするか。それこそが問題である。フローベールにあっては「書くという行為」そのものが、そして「作家にとって現実を描写することじたいが可能か否かという問題」が問われているというのに、「そうした自覚もなしに、また作家の想像力の飛翔を無視し、文学史の上に位置づけようとしたところで何になるだろうか」――すでに、一九六八年の「フローベールと文学の変貌」ではこのような問いかけが、作家自身の言葉（ジョルジュ・サンド宛て書簡、一八七一年一月一二日）とともに差し出されていた。「「現代の批評は『歴史』のために『芸術』をゆずり渡してしまったのではなかろうか？」というフローベール自身の疑問は、いまなお疑問としての意味をとどめているようにわれわれには思われる」（1968b, 489）。こうして、すでに参照した「作品、または失語の理想境」にあっては、「「作品」が文学から歴史を奪ってしまった」という歴史的出来事が確認され（1975, 8）、この「作品」の経験を圧殺しようとする大がかりな馴致の装置が告発されることになる。「「文学史」は「作品」のいささかも意図的ではない抹殺によって堅持される一つの秩序」なのである（1975, 9）。

この執拗な反文学史的情熱は、もちろん、「構造主義」の磁場のもとに新たな文学批評が隆盛を見た一九六〇年代フランスの知的状況から、われわれの著者が受けた刺激の大きさを証言している。ソルボンヌでの博士論文審査（一九六五年）において、新しい方法にも理解と関心を示す指導教官ロベール・リカットとは対照的な無理解を隠そうともしなかった「第四共和制的な先生」を回想しつつ、一九八九年末の蓮實重彥は彼を指して、「ランソンとか、そういう古い文学史の人」（饗宴Ⅰ525）と呼ぶ。当時にあって、「文学史」はこうして、知的な不活性の典型的な符牒となっていたのであり、例えば一九六七年のハンス・ローベルト・ヤウスはだからこそ、それをあえて一個の「挑発」として再提示しなければならないと感じたのだった（ヤウス2001）。もちろん、蓮實重彥は構造主義と歴史を対立させる素朴さとは無縁である。一九八二年になされた渡邊守章との対談において、彼は六〇年代以降の状況をこのように要約する――「現代フランスの〈知〉の相貌が、歴史性よりも共時性を重視する構造主義的な考えの上に成り立っていること、しかし同時にそれは新しい歴史観を確立するための模索でもあること」（仏276）。だがこの「歴史観」の再確立に向けての努力が、彼にあって新たな文学史への積極的な企図と結びつくことはないだろう。

渡邊守章とフーコー以後の文学史

この点で、同じくギュスターヴ・ランソンからダニエル・モルネへと受け継がれたアカデミックな文学史への不満を抱えつつソルボンヌに学び、フーコーの仕事から知的インパクトを受け、そのうえでそれぞれのやり方で「歴史」の重要性に思いを致しながらも、二人の対話者の「文学史」をめぐる姿勢が、対照的な軌跡を描くことになるのは興味深いことだ。じっさい、一九九〇年代後半以降の渡邊は、「文学史を書くことになろうとは夢にも思わなかった」にもかかわらず（渡邊1988, 75）、放送大学の教材として、二つのフランス文学史の中心的な編者を務めている。一九九八年の『フランスの文学』は、副題にあるようにあえて「十七世紀から現代まで」に記述の範囲を絞り、「フーコーの説く「古典主義の時代」と「近代性の時代」という大きな二つの枠組みを、いわば一種の作業仮説として用いて」いる（渡辺・塩川1998, 19）。通常の文学史と同様に中世と一六世紀を包括する二〇〇三年の『フランス文学』も、やはり――石井洋二郎による総説的な第一章で明言されているように――フーコーの所説を踏まえつつ、一六世紀と一七世紀の間の断絶によって生じた「古典主義」の時代と一八世紀末の新たな断絶以後の「近代性」の時代の二つを大枠とするものだ[*2]。「これは一つの歴史である」との宣言で始まるその「まえがき」で、渡邊は「作家や作品の生成や構造だけではなく、それらの受容の総体を視野に入れつつ、「文学」と呼ばれる文化現象を、歴史の構成要素でもあり、更には歴史を突き動かす力線の表象ともなりうる「場」として捉え返そうとするもの」として「文学史」を定義し、それが「社会と文化の歴史的な地平やその変容・断絶を常に検証しつつ、文学の問い掛けを読み解こうとする」ものであることを強調している（渡邊2003, 3）。

渡邊守章は、『言葉と物』の主張をそのまま受け入れているのではない。「バロック的なものと古典主義的なものとは、やっぱりひとつの大きな文化のパラダイムの両極で［…］、ある時期まではバロック的な要素が非常につよくて、ある時期から突然古典主義になるなんていう簡単なものではない」（渡邊1987, 206）と述べる彼は、フーコーの議論の一面性を自覚している[*3]。また、先に言及した蓮實との対談と同じ機会になされた山口昌男との対談で、「フランスには、つねに古典主義的なものが制度として生きながらも、なおかつそれを修正してゆく力がいつでも生きている」と主張し、「その力がたとえばロマン派であったり、象徴派であったり、シュルレアリスムであったりする、そういう対立のダイナミズムがはたらいてきた」(仏125)と続けるとき、そして「古典主義的なもの」の現代に至るまでの存続というこの観点からフーコーとラシーヌの読書体験を比較し、『監獄の誕生』、『知への意志』、『言葉と物』の著者本人に向かい、「ミシェル・フーコーとは、最後の古典主義的大作家なのかもしれませんよ」(渡邊2007, 19)と示唆してみせるとき、彼は認識論的断絶の仮説の全面的な適用をあえて退けている。こうして、「近代性」の時代への移行の意義を語るフーコーの議論に大いに刺激を受けてきた同じ人物によって、一七世紀の同時代性が主張されるのである――「ぼくたちの思考の地平みたいなものが、やっぱり決定的に西欧十七世紀によって開かれたもののなかにいるのじゃないかと思うんですよ」(渡邊1987, 255-256)。まさにこのような姿勢により渡邊は、われわれの「近代性」を「古典主義的なもの」の現存によって二重化し、一七世紀以降の文学的フランス全体を事件として生き直すことを、日本の読者に提案することができたのだった。

フーコーとともにあるためのひとつのやり方

「「構造主義」乃至「ポスト構造主義」的言説がともすれば陥りがちであった無償の知的遊戯の解毒剤として、時には、古く懐かしい『フランス文学史雑誌』を繙くのも、あながち悪いことではなかろう」(渡邊1991b, 56)――一八九四年に創刊され、フランスの文学研究における伝統的な権威として振舞ってきたこの雑誌の意義にこうして立ち返って見せるとき、渡邊守章はそれゆえ、「文学史」という枠組みの一定の再評価をも提案しているわけだ[*4]。われわれのフローベール専門家はといえば、かつて卒業論文のために読んだエルネスト・ボヴェ(拾遺203)の論文――「現在の若手の研究者だったら読みもしないような古典的な研究」(拾遺158、菅谷憲興の発言)――を再読するために、二一世紀においてなお、一九一一年の『フランス文学史雑誌』を繙いている。しかしかつての同僚の勧めにこうして同調することは、蓮實重彥にとって、「文学史」と呼ばれる制度的言説の再構築への積極的な賛同をいささかも意味してはいない。

ここには二人のフーコー理解の、あるいはフーコーというこの「道具箱」の活用法の、明確な違いを見て取ることができる。先ほど渡邊のもとに確認した二つの時代の共存の仮説は、われわれのフローベール学者にとっては受け入れがたいものであるはずだ。彼にとってフーコーが貴重なのは、『ボヴァリー夫人』が書かれた時代、「十九世紀中葉までは現在と地続きの地平だという感性的な確信がある」と断言する彼にとってまったき同時代と感じられる（訣別190; 物語31、どんな176-178, 186, 195、凡庸上7なども参照）この時代の画期性を、それに先立つ全時代との決定的な断絶によって証し立ててくれることによっている。何しろ『言葉と物』の著者は、「古典主義時代」の終焉を画す出来事として「人間」の誕生を語るのであり、それゆえ、「フーコーにとって、「古典主義」的な人間とは純粋な幻想」にすぎないとすらいいうるのだ（奈落76）。ここから、蓮實重彥の著作を特徴づけるあの「人類」の一語への好みが生じる。それは、「われわれにとってまだ同時代であるもの」に先立つ全時代におけるわれわれの生物学的同類のすべてを、また以後の時代にあっても、「人間」というこの「最近の発明」にふさわしい生を十全に生きえずにいる同時代人たちのすべてを指し示すため、ぜひとも必要とされる言葉なのである。

そして、歴史をめぐるフーコーの認識をこのように受け止めたうえで、蓮實は彼の方法の限界を見定め、いわばその反転をもって自らの方法となそうとする。この点についてはすでに、一九七八年の『フーコー・ドゥルーズ・デリダ』所収のフーコー論（初出一九七五年）において示唆されていた。『言葉と物』を構成する二つの部は、「同じ言葉からなってはいない」ということ――すなわち、古典主義時代の表象空間を構成し、分析と記述を務めとするものとして成立した言説を論じる第一部のフーコーは、自らの言説によってこの古典主義時代の言説を矛盾なく分析・記述することができたのに対し、その崩壊以後を論じる第二部にあっては、論の対象としての言説の消失に伴い、それを分析・記述すべき彼自身の言説をも維持しえないものとしてしまったということが、そこでの眼目である。『言葉と物』の第二部は、実質的には何ものをも語ってはいない。「表象」がその限界に達したのであれば、「言説」は当然のことながらここで崩壊するほかはないからである」(フドデ51-52)。

フーコーが逢着したこの困難に、蓮實はほぼ三〇年後の著作『ゴダール マネ フーコー』（二〇〇八年）でも立ち返っている。『言葉と物』の仕事の延長線上に期待され、そこでの議論を完成させるべきものとして神話化されさえしたマネ論はフーコーの没後に刊行されたが、そこでの彼の「いつになく自信なさげ」(ゴマフ226)な様子を指摘しつつ、彼は次のように述べる——

> フーコーは、マネにかぎらず、「われわれにとってまだ同時代であるもの」としての一九世紀についてはほとんど何ひとつ語っていないのであり、それは、彼の提起する「考古学」の限界だとはいわぬまでも、それがあらかじめかかえこんでいる論理的な不可能性にほかならない。彼は、エドワール・マネとともに、「われわれにとってまだ同時代であるもの」という現実の中に位置しており、ほとんど自分自身でありながら同時にほとんど自分自身ではないマネを語ることで、いかなるフィクションも始動させえなかったのである。(ゴマフ119)

この限界ないし不可能性について、一九九一年の国際シンポジウム(「ミシェル・フーコーの世紀」)での口頭発表に基づく「フーコーと《十九世紀》」では、もう少し肯定的な理解が提案されていた。そこでは、古典主義時代をしか語らないフーコーの身振りは自覚的な無知ゆえのものとされ、自己の世紀に忠実であるひとつのやり方として解釈される。「彼のまなざしは、われわれがもはやそうではなくなっているものに向けられている。だが、彼の身体は、われわれがまだそうであるところのものに触れようとしているのだ。十九世紀とは、いまミシェル・フーコーの身体に触れつつあるものにわれわれが与えようとする一つの名にほかならない」(奈落87)。

とはいえ限界は限界である。「「われわれにとってまだ同時代であるもの」に対する畏怖の念」(ゴマフ120)をフーコーと共有し、「分析の対象があたかも透明性におさまっているかのように、つまりは十七世紀や十八世紀の知に特有な言説の体系の内部でその意味を解読しうるかのように」(奈落79-80)振る舞ってしまうことを自らに禁じつつも、「つねに自分の所属していない世紀ばかりを回顧する」(奈落84)ことで自らの同時代を間接的に指し示すというフーコーの方法を反転させること。分析と記述によっては汲み尽くしえないことの明晰な自覚のもとに、「われわれがまだ脱出しきっていない時代」の諸事象ないし諸記号に眼差しを向け、それらに対して、ただそれらに対してのみ、言葉を組織すること。フーコーが一八世紀末に見定めた古典主義時代の終焉を画する「人間」の発明を、一九世紀中葉に彼自身が見定める「散文」の生誕に重ねあわせ——この操作の帰結として生じる世紀前半の経験の圧縮については、ここでは問わないこととする*5——、以後はこれらの「事件」を新たに生き直すことのみが問題であるとする観点に立って、このような方法を選択するなら、何らかの「文学史」の企図への系統的な無関心は、その当然の帰結であるといえる。

「近代日本の悲劇」

「最初に安岡・藤枝をお書きになって、次に漱石・志賀直哉・大江健三郎、と文学史的山脈をぽんぽんと踏破しちゃうわけですけれども」……。『小説から遠く離れて』単行本(一九八九年)の付録インタヴューで、絓秀実によるこの指摘を打ち消して、蓮實重彦は以下のように答えている――「そういう視点からするなら、最初に小林秀雄をやったと思うんですが、小林については部分的にしか書いていないし、芥川も谷崎もやっていない。志賀直哉にしてもマイナーな作家として扱っているわけだし、漱石にしても、むしろ文学史からは孤立させちゃおうという意識のほうが強かった。ですから、高い山脈を踏査しつつ文学史を批判するという意識は全然なかったんです」(1989b, 8-9)。

一九世紀中葉に決定的な歴史的断絶を見定めるこのフランス文学研究者が、明治以後の日本文学を論じるにあたって、文学史的取り組みに関心を示さないのは自然なこととして理解しうる。しかも一九九六年のある座談会では、「日本近代文学といわれているものは、実はモダニズム(近代的なもの)ではなく」、一種の「バブル」、「バブルモダン」にすぎなかったことが主張され、「実はモダンだったのは、僕は二葉亭四迷しかいなかったと思っている」との告白がなされている。真に近代的たらんとするなら、「そこに戻る」しかないというのだ(1996a, 43)。

じっさい、「近代日本における近代たることの困難」(1991b, 278)をたえず強調し、この点の自覚において中村光夫を高く評価する彼にとって、二葉亭こそはこの困難、あるいは悲劇の、このうえない体現者であり続ける。こうして、『浮雲』の、また『其面影』や『平凡』の著者が「優れた作家であったかどうかにはほとんど興味を示していない」中村の『二葉亭四迷伝』を再読する二〇一六年の蓮實重彦は、この著作の意義を、「「言文一致」の創始者の「失敗作」を、個人の問題ではなく、「近代日本の悲劇」として描きあげたこと」のうちに見ることになる。近代的なるものが「「失敗作」を通してしか実現しがたい」というこの国の運命をめぐる認識は、もちろん、文学的近代の日本における展開の――あるいはその挫折の――、さらには日本的近代の問いそのものにつながっている(2016b)。

しかし本稿ではこの重要な問いについては、こうして示唆することしかできない。ここではただ、潜在的な環境としてある「言葉」を露呈させ、顕在化させること、それこそが「われわれにとってまだ同時代であるもの」にふさわしい歴史的振る舞いであるという観点を、蓮實重彦が自らの国の文学的近代に向き合う際にも維持していることを確認するにとどめたい。ともあれこうした観点からするなら、制度的な言説としての文学史は、まさに歴史の名において退けられなければならないわけである。

「文学言語」にさからって

そのことをいっそう明らかにするために、『「ボヴァリー夫人」論』とその周辺のテクストにおいてしばしば言及される最近のフランス文学研究書、『文学言語』(二〇〇九年)を見てみよう。文体論を専攻する二人の研究者、ジル・フィリップとジュリアン・ピアによって編まれ、「ギュスターヴ・フローベールからクロード・シモンにいたるフランスの散文の歴史」と副題されたこの著作の第八章、「散文の発明」は、「いかにも意義深」く、「「散文は昨日生まれたもの」というフローベールの言葉の引用で始まっている」と蓮實重彦はいう(ボ78)。たしかにそのとおりだ。しかしこの研究書で主張されている事柄は、散文の生誕の「昨日性」を語るときに彼が考えていることと、さほど重なるところはない。

そこでは、これまでしばしばフローベールの創意に帰せられてきた文体上の諸特徴のすべてが過去に——あるいはラ・フォンテーヌのような一七世紀の詩人の、あるいは七月王政期のジャーナリズムの言語のうちに——用例を持っている事実が指摘され、そうした要素がフローベールとその同時代人によって「初めて統一的で一貫した美学のうちに取りまとめられた」(PHILIPPE et PIAT 2009, 337)こと、それにより、「もはやただ詩のみに固有のではなく、［散文を含めた］文学一般に固有の言語があるのだという考え」(同343)が一般化し、こうしてフランス語の内部において、「普通の言語」からの「文学言語」の「自律化」がなされた次第が論じられている。この自律化の時代は、二〇世紀末に終焉を迎えた可能性が示唆されもするのだが（同529）、一九世紀中葉における「散文の発明」によってこの時代を創始した最大の功労者として復権の対象とされるのがゴンクール兄弟である。「ゴンクール兄弟の重要性は、文学的観点からは議論の余地があるけれども、フランス語の歴史においてははなはだしく大きい」――シャルル・ブリュノー『フランス語の歴史』（該当巻は一九七二年刊）におけるこの指摘を二度にわたって引用しつつ（同94, 335-336）、『文学言語』は「フローベールがフランス文学のカノンの中心を占めてゆくにしたがって、人びとは彼が持っていたわけではない言語学的重要性を彼に与えるようになった」こと、「また反対に、ゴンクール兄弟の文学作品の価値下落が、一種の文学的共通語《コイネー》の構築において二人が果たした役割の過小評価に大いに寄与した」ことを説く（同336）。同書における「散文の発明」は、それゆえ、フローベールが、しかしとりわけゴンクール兄弟が著作活動を行った時代にその日付を定められた出来事であって、「以後、固有に「文学的」な言語というものがあるのだという考えが、集合的想像力のうちで受け入れられるようになった」（同337）のだという。一九世紀中葉という過去の一時点において、旧来の修辞学とも伝統的な韻律法とも無関係の言語学的諸特徴を帯びた「文学言語」が――「共通の言語実践の保存庫」という規範の場ではもはやなく、「新たな言語実践の実験室」として（同17）――成立し、その使い手たちが文学的なものを体現するという了解が、社会的に共有されるにいたったというわけだ。

「文学言語」と「文学性」。これは一九七〇年代末の蓮實重彥が、文学をめぐる二重の神話として論じていたものにほかならない。『文学批判序説――小説論＝批評論』所収の「虚構の磁場」（一九七九年）では、「無意識の共有財産」というべき「価値としての「文学性」の概念」（文学324）、そして「通常の記号流通とは異質の言葉づかいとして」の「文学言語または詩的言語」（文学323）が俎上に載せられている。「「制度」とも「物語」とも「イデオロギー」ともいいかえることができる」（同所）これらの「神話」を前にして、いったいどうすればよいのか。「文学性」に関しては、「中上健次がそれを濃密に身にまとい、三田誠広が希薄にしか所有していないという理由で、前者が賞賛され、後者が嘲笑されるといった場合」(文学322)、「その虚構の説話論的な磁力がどこまで波及しうるかを視野におさめつつ、その存在をとりあえず容認すること」(文学324-325、強調原文)が勧められる。では、「文学(的)言語」または「詩的言語」についてはどうか。「環境としての言葉に触れるか、あるいは触れずにおくか」というそれだけが問題であるとする著者にとって、何らかの言語内言語が「環境としての言葉の内部に特権的な領域を囲い込んでいる」などという仮説は、厳しく退けられるほかない(文学327、強調原文)。「日常言語と「詩的言語」を距てる境界線などどこにもありはしない。詩的言語と呼ぶにふさわしい何ものかは、存在するものではなく、あくまで事件として環境を垂直に貫くできごとであり、その痕跡を言語の上に残したりはしないだろう」(同所、強調原文)。

一九七九年のこの認識は、おおむね二一世紀の蓮實重彦にあっても維持されているものに違いない。すでに見たように、フローベールがその「昨日性」を確認した「散文」は、彼にとって、フーコーがその「最近の発明」を語った「人間」と同様、一八世紀末ないし一九世紀中葉あたりを一度限りの誕生の日付として持つものではない。「実際、「散文は昨日生まれたもの」と口にすることは、「一八五二年四月二十四日土曜日」に生きていた者の特権ではなく、それは、その言葉が書きつけられる瞬間からも、それが読まれる瞬間からも等しく「昨日」でなければならないような漠とした拡がりである」(随想134)。このような認識から、例えば、中村光夫の逆説的な「文学史」(1990, 59; 69, 78も参照)に対する持続的な評価が生じてくる。「大衆消費社会」のただ中にあって、「闘技をその生活の一部」とすること。このような立場のうちに中村の「本質」を見る二〇〇二年の蓮實重彦は、そのようにしてのみ「世界の中での自己実現としての「文学」がかろうじて現れてくるのであり、「文学」が無前提的に存在するというのではありません」として、『風俗小説論』(一九五〇年)の意義を以下のように要約する——「いわゆる「風俗小説」の限界は、「文学」が存在するという前提を疑っていないところで書かれていることにあります。中村光夫によるこの「文学批判」は、いまでも有効であるばかりか、ますますその意味をましてさえいるはずです」(2002, 185)。

「文学」をめぐる社会的自明性の成立を、あえて言語学的水準にのみ焦点を当てることでたどり直すという『文学言語』の——疑いもなく啓発的な——企てへの留保を、蓮實重彥が言及するそのたびごとに書きつけずにはいないのも当然だろう。「だが、そこには、「正当性を欠いた非嫡出子」としての「散文」という意識はきわめて希薄です」(拾遺12)、「「文学言語」が可能性と不可能性の両義的な共存としてしか成立しえないものだったという意味では「神経症」的なものたらざるをえないという事実の無視も、いささか気にならぬではない」(ボ79-80)、「「散文の危機」の「昨日性」がフローベールによって十九世紀中葉に意識されていながら、フランス本国においてさえ、そのことの歴史的意義は、『文学言語』が刊行された二十一世紀にいたるもいまだ深くきわめられているとはいいかねる」(ボ81)、等々。

そもそも『「ボヴァリー夫人」論』の基本的な方法論的前提は、「文」と「テクスト」、または「文」と「言説《ディスクール》」の齟齬の認識にほかならない(cf. 拾遺176-177)。「言語学は、文をもって終わる」(バルト1979, 5＝ボ19)のであり、言語学的に扱いうる対象としての個々の「文」をいくら分析しても、そのことのみをもってしては「テクスト」の読解は成立しえない＊6。そのように考える著者は、「「文」について「真」であることは「テクスト」について「真」であるとはかぎらない」として、以下のように断定する——「「文」をめぐる理論のほとんどは、言語学的な知見にもとづくものから文法的な知見にもとづくものまで、「テクスト」を読むことに貢献することはないといってもよい」(ボ19)。彼にとって『ボヴァリー夫人』が貴重なのは、それがこうした言語学的水準への還元不能性を、この上なく強烈に生きたテクストだからにほかならない——「その後のフローベールは、あれほど迷って書くことはなかった。おそらく、散文の生誕の「昨日性」に当面してしまった真摯な当惑が文章を不自然に歪めており、その歪みがテクストに指示対象的な間隙を招き入れ、精緻に表象されているかに見える文を読解不能に陥れている。その破綻ぶりに惹かれるのです」(拾遺214)。

フローベールについてさえ、『感情教育』(一八六九年)――「作中人物の内面がほとんど透けて見えてしまう」(拾遺162)――の、また『三つの物語』(一八七七年)――「ある技法なり、作家的な成熟度をもってすれば書けてしまう」(拾遺214)――の限界を指摘する蓮實重彦である。日常言語からの一連の隔りによって特徴づけられるフランス語内部の囲い地としての「文学言語」が、文の水準での大胆さゆえにフローベール以上にゴンクール兄弟の貢献によって打ち立てられたとする新しい文学史的アプローチを前にして、ぜひとも同調したいという気持をかき立てられなかったとしても無理はあるまい。文学とはそのようなものではない、いや文学がそのようなものであっても一向に差し支えないが、その場合、『ボヴァリー夫人』という「散文のフィクション」の価値は、むしろ文学ではないところ(cf. 拾遺7-8)、その「挑発的な非文学性」(拾遺162)にこそ存することになろう――淡い象牙色に包まれたあの瀟洒なたたずまいの量塊を埋める文字のいっさいは、そのことを証明しようとのほとんど凶暴な意志に貫かれているように見える。

2　蓮實重彦による「映画史」

「映画」対「映画史」

では、近代小説と並び著者の批評が取り組む主要な領域をなす映画についても事情は同じだろうか。一八九五年に、すなわち「古典主義時代のエピステーメー」の終焉後に生まれた映画は、やはり固有の歴史＝物語を――「映画史」と名指されるべき何かを持ちえず、にもかかわらずこの言葉が発せられるとしたら、それは事件としての映画を圧殺するための大がかりな陰謀の一環としてでしかないのだろうか。「ぼくがこだわりを持つのは、小説と映画というこの二つの、西欧が抱え込んでしまった畸形児そのものなんです」（饗宴Ⅱ374）といった証言を読み、「小説を第一の西欧文化に対する反逆者というふうに考えますと、映画は第二の反逆者であったわけです」（帰って29）との定式化に触れ、さらには、この両者が詩と絵画と対比的に理解されて一個のカップルをなしている事実を確認するなら（文学281-282; 1989b, 2-3）、「文学史」に反対するのと同様の情熱が、「映画史」を前にした蓮實重彦を活気づけていたとしても不思議ではない。

じっさい、映画の領域での代表作のひとつといいうる『監督　小津安二郎』（一九八三年三月）の論述は、「映画」と「映画史」の対立によって構造化されている。例えば第一章冒頭近く――「問題は、小津の相対的な偉大さを映画史的な視点から確信しあうことではない。そのフィルムの表層に推移する光と影とに視線を送りながら、映画が何でありえ、また同時に何でありえないかを、「フィルム体験」の場で生なましく触知することが重要なのである」（小津13）。あるいは第四章では、小津の貴重さが「映画史に残る傑作」を残した事実にではなく、「小津的「作品」を介して、驚きを不断に生産しうる環境としての映画と親しく戯れることを可能にしてくれる」点に求められている（小津87）。ここには、「フローベール以来、文学は「歴史」ではなく「環境」になった」という、すでに引いた一九七五年の認識と同じものが、やはり著者独特の含意を込めて用いられる「作品」の一語ともども、文学ないし小説から映画へと領域を移して、そっくり再現されている*7。

同様の議論は、小津論と同年同月に刊行された『映画　誘惑のエクリチュール』にも見出しうる。同書所収の「触覚的体験としての批評」（初出一九八一年五月）では、「画面が視線に送り込む無数の情報を、複数なるもののもっぱら表層的な戯れとしてはうけとめようとはせず、そこに中心を、あるいは階層的な秩序を設定し、その中心意識と階層性に従って取捨選択を行ってしまう」営みであるとして、しかじかの映画を「映画史的に地位づけてしまう」ことが告発される（誘惑303）。それに対し、「見ることが煽りたてる情報の中心化＝階層的秩序化をいたるところでくつがえし、構図と説話論的な持続とをたえず曖昧に揺れ動かしたままでおくこと、それが批評体験と呼ばれる複数の解放運動である」（誘惑306）。

古典的ならざるホークス

「映画史」を遠ざけることで「映画」に接近すること。このような方法からするなら、小津の映画を「「古典的ハリウッド映画」のパラダイム」と比較し、そこからの「偏差の測定」によってその現代的性格を証明しようとする類の議論が批判の対象となるのはごく自然なりゆきだろう。「一時代の映画的コードの諸体系」との関係のありようを見定めるのではなく、あくまで「映画という表現形式の限界」と、小津がいかに向き合っているかを理解しなければならないのだ（小津21）。「古典主義時代」の終焉ののちに生まれた映画、すなわちフーコーが主題的に論じることをためらいがちに差し控え、あえてためらいを遠ざけえた機会には不首尾に終わるしかなかった――と蓮實重彥はみなす*8――、「われわれがまだ脱出しきっていない時代」をその固有の環境とする映画は、西欧の伝統的な芸術諸ジャンルと異なって、「古典的」な一時期の不在によって特徴づけられるものであってもおかしくはない。

　こうした姿勢は、一九七九年に相次いで刊行された最初の三冊の映画論集の基調を引き継ぐものといいうる。第一作となるはずでありながら出版社の事情で刊行が遅れることになった『映像の詩学』では、「いつもながらその杜撰さから「映画史」と呼ばれてしまう、あの直線的な継起・発展の因果律」（詩学524）が退けられ、「虚構としての「フランス映画史」の崩壊」という「すぐれて今日的な事件」（詩学98-

99）が祝福される一方、この事件の契機となった「ヌーヴェル・ヴァーグ」が「すでに一つの映画史的事象たりはじめている」（詩学526）事実が否定的色彩のもとで語られる。

第二作として予定されていたが最初の映画論集として刊行された『映画の神話学』には、以下の言明が読まれる——「映画史的な発展の諸段階が予想させがちな楽天的展望を、一連の欺瞞と自家撞着の露呈として、厳しく排除してかからねばなるまい。というのも、度重なる輝かしい刷新の機会を持ちながらも、映画は未だに映画であることを止めえないでいるからである」（神話56）。それゆえに、「これまで映画史が築きあげた輝かしい記念碑を誇らしげに整理統合したくなる誘惑を断ち切り」、「映画」の原理そのものに向き合わなければならない、というわけだ（同所）。「映画史とは、無自覚なるシニシズムがむなしく肥大させる錯覚の歴史でしかないのだろうか」（神話253-354; 231も参照）との疑念が晴らされる見込みについて、同書での蓮實重彦は決して楽観的ではない。

そして第三作『シネマの記憶装置』——「記憶装置」とはそれ自体、「映画史」の一語の役割を周縁化する意図から考案された概念であろう——所収のジョナス・メカス論（初出一九七四年）は、この点でまったく範例的である。既存の「商業映画」でも「作家の映画」でもない「別の映画」を提唱する「個人映画」の旗手とされるメカスであるが、彼はじっさいには「おのれの堅持する映画史的展望に従って一篇の映画を否定したりはしない」（記憶71）こと、そこで問題となるのはむしろ、「方向感覚のなかば意図的な失調」、「時間意識の混乱」のうちに、スクリーンに映りうるすべてに眼差しを向けることなのだと蓮實重彦はいう。メカスにあって、「すべては、いま、ここという時空に、「映画」と呼ばれる未知でも既知でもない負の陥没地帯をかたちづくり、「映画」であったもの、ありつつあるもの、あるであろうところのものを隔てる境界線を無効にしてゆく」（記憶68、黒丸圏点原文）。そこからは当然、「映画史」の解体が導き出されることになろう——「メカス的時間意識の崩壊は、「映画史」を、現在へと注ぐ視線を強固なものにきたえあげるものというより、逆に、視線を馳せようとする瞳の「主体」そのものをいたるところで揺るがせ、過去と現在と未来への距離感を廃棄せしめる無時間の堆積へと変容させずにはおかぬのだ」（記憶68, 70）。

こうして――一九八五年二月のあるコラムの表題にあるように――「映画的記憶とは、映画史的知識の問題ではなく創造的な無知の饗宴でなければならない」（煽動259）のであってみれば、ハワード・ホークスを「「古典的ハリウッド映画」のパラダイム」（既出、小津21）によって理解するなどもってのほかということになろう。じっさい『映像の詩学』所収の「ハワード・ホークス、または映画という名の装置」（初出一九七七年）では、彼を「ハリウッドの古典的技巧派」とする見方が厳しく退けられ、その「作品」が「言葉の根源的な意味での前衛」として、「永遠に「来たるべき」フィルム」として顕揚される（詩学92）。「ハワード・ホークスは、条理と不条理とを、ともに遥かに越えてしまっている」とする著者は、サミュエル・ベケットの現代劇に引き立て役を演じさせたのちに[*9]、あえて以下の断定をなすにいたる――「いつの日か、二十世紀文学史はホークス的「作品」を前にしてみずからのあまりの貧しさに驚きいるに違いない」（詩学76）。映画史の「古典的」一時期の典型的な作家であるどころか、ホークスは「間違って二十世紀を彷徨する永遠の未来人なのである」（詩学77）。

映画史のうちなる認識論的切断

そうはいっても、この時期の映画論にあって、「映画史」はつねに拒絶の対象とされているのではない。『監督　小津安二郎』でサイレント時代の小津作品の多くが失われている事実が「映画史的な不幸」（小津8）であるとされ、『映画　誘惑のエクリチュール』でボリス・カウフマンの死を事件として受け止めえない感性の持ち主が映画を撮ってしまうことが「無知と鈍感さからくる映画史への冒瀆」（誘惑45）であるとされるとき、また一九八四年三月のあるコラムで、ニキータ・ミハルコフが「一作ごとに、ソ連映画史を冒瀆」し、ウディ・アレンが「一作ごとに、アメリカ映画史を冒瀆」しているのは許せないとして（目が91；快楽131-132も参照）、そうした作家たちが「自国の映画史的な伝統への畏怖の念をあっさり放棄」（目が93）しているさまが告発されるとき、同じ著者にあって「文学史」の一語が担ったためしのない価値がそこに込められているのは明らかだ。文学の領域では、類比的な事態を前にしての反応は、「ジョイスがいたのはいつだと思う？」（饗宴Ⅰ423）、「フローベールは多分、今後日本に優れた小説が書かれなくてもいいというくらいの気持をぼくに起させてくれる」（饗宴Ⅰ54-55）といったかたちを取るにすぎない。

　それでは、そうした場合の「映画史」とは何を意味しているのか。例えば、それはラオール・ウォルシュだと蓮實重彦はいう。「ウォルシュは、映画史そのものなのだ」（誘惑56）。そしてウォルシュがそうであるような映画史は、映画そのものと重なり合っているように見える。九三歳で死んだ映画作家を追悼すべく書かれた「運動＝物質＝死」（初出一九八一年四月）において、その作品の「偉大さ」があらゆる言葉を無効にしてしまうことを説いたのちに、著者は以下のように述べるのである——「かくして映画は、不断の勝利を確認する。映画史は、その言説をあらゆる瞬間に凌駕し続けるからだ」（誘惑54）。それをめぐる言説をつねに凌駕する映画史。ここで映画史は、映画をめぐって語られるべき物語であることをやめ、映画という歴史的な出来事に与えられたもうひとつの名前と化している。ウォルシュの作品は、「抒情よりはその経済原則を、物語よりはその説話論的構造を、つまりは可視的な現象よりはその不可視の体系をフィルムにおさめ」てしまうことで（誘惑57-58）、「運動の軌跡ではなく、運動そのものが画面である」ところに成立する「純粋形態の活劇」を実現する（誘惑60）。そして、「活劇はもちろん映画の同義語」（誘惑62）にほかならない。同じことがらが、『映画の神話学』では「古典悲劇」の比喩によって定式化されている。『ハイ・シエラ』においては、「心理と運動と舞台装置とが古典悲劇の簡潔さというか、ほとんど透明性に近いかたちに純化され、たがいにからみあっている」（神話226）。

映画的なるものの純粋な露呈は、『映像の詩学』所収のフリッツ・ラング論でも古典主義演劇の比喩を招き寄せている。例えば『飾窓の女』と『スカーレット・ストリート』とは、まだ誰も目にしたものもない「映画」それ自身のように美しい」（詩学186）のであり、そうして「いまなおわれわれの映画的感性を不断に惑わし続けている」（詩学173）がゆえにラングの作品は「現代的」（詩学174、強調原文）なのだが、その「宿命劇」は「まるで古典劇におけるがごとく、［…］真一文字に破局を目ざす話の筋の、厳密な単一性に支えられている」（詩学189）というのだ。こうしたわけで、一九七〇年代から八〇年代前半にかけての蓮實重彥の映画批評にあっては、全盛期のハリウッド映画の諸作品を「古典的」と形容されることが避けられ、あえて「現代」、「前衛」、さらには「未来」といった語に結びつけて論じるという戦略が採用されながらも、比喩の水準ではその形式的特徴に関し、西欧の伝統的文学ジャンルの主流をなす演劇における古典主義が系統的に参照されることで、古典的なものの——つまりは過ぎ去りしものの——生動的な活力とでもいうべき発想が暗示されることになる。じっさい、いわば「不可能なホークス」としてのゴダールの肖像を描き出す『勝手にしやがれ』から『気狂いピエロ』まで」（初出一九七一年一一月）において、「それ自身が映画の原理そのものであるハワード・ホークスの透明な姿に、ゴダールの混沌が二律背反的な執着を示し、その矛盾した執着が、ホークスを志向した彼を、いつしかホークスから大きく逸脱させてしま」う次第が語られるとき（詩学458）、そこには時代錯誤を厳しく禁じる明確な断絶の——すなわち古典的なものの終焉の——意識が認められるのである。

同様の視点は、三〇年以上のちの『ゴダール革命』（二〇〇五年）においても維持されている。こうしてその「プロローグ」では、ムルナウの『サンライズ』（一九二七年）に代表されるような、「「すでに忘れられ、なお禁じられ、つねに見えない」フィルムを改めて撮ることの不可能性」(革命7)の意識こそが、『勝手にしやがれ』(一九五九年)の映画作家を突き動かしてきたことが主張されるのだし、「エピローグ」では、「正しいイメージではなく、ただのイメージにすぎない」(『東風』、一九七〇年)というあの名高い表現を一般的な真理として受け止めてはならないことが強調されるのである——「それは、デイヴィッド・W・グリフィスからジョン・フォードにいたるまで、ハリウッドの映画作家が「正しいイメージ」ばかりを撮ってしまっているので、自分はロッセリーニに倣い「ただのイメージ」を撮るほかはなかったという歴史的な敗北宣言のようなものだ。「正しいイメージ」などこれっぽっちも見たことのない誰かがこれをとなえたとしたら、それは文字通り悪い冗談でしかないだろう」(革命206)。

フーコーが古典主義時代とそれ以後の間に見定めたような一種の認識論的切断が、その全体が「われわれにとってまだ同時代であるもの」のうちに内包される映画の歴史の内部にも刻まれているようなのだ。じっさい一九九八年になって、蓮實重彥はこのように述べる——「一九三五年のハリウッド映画とソ連の映画とで起こっていたことは、明らかに認識論的な切断に近いものがあったんです」(どんな199)。五〇年代半ばのさらなる切断を含め、初期の議論にあってもまったく示唆されていなかったのではないこの問題は、一九八五年以降に主題的に探究されることになる。

「映画史的展望」を求めて——『リュミエール』の創刊

一九八五年、それは『季刊　リュミエール』(一九八八年、全一四号)が創刊された年だ。「「画面を見よ」というのは、僕がそれ以前の一〇年で言っていたことであって、「リュミエール」ではなるべくそういうことを言わないようにしていました」(帰って218; 238も参照)——一九九六年にこのように振り返られる映画雑誌の「責任編集」をひとりで担うことで、蓮實重彥は何より、「歴史的な文脈」(帰って217)の前景化を試みる*10。

それゆえ、秋の創刊に先立つ同年四月に行われ、この「映画供養の雑誌のようなもの」（いかに50）の熱っぽい宣伝によって締めくくられる講演「映画はいかにして死ぬか」――なおそれを巻頭に収めた同題の著書は、「横断的映画史の試み」と副題されて八月に刊行される――では、一九七七年のホークス論とは戦略を変更し、「古典的なハリウッド映画」（いかに19）の積極的な定義が示されることになる。「三〇年代のはじめに、あるいは二〇年代の終りに映画が音を持ち、そのことによって、いかに物語を経済的に語るかという持続的な反省が行われ、五〇年代のはじめまでのほぼ二十年間に、ジャンルの違いはあってもほぼ一定の形式を獲得する」（いかに18）。こうして成立した種類の映画が古典的と称されるのであって、この定義はアメリカ映画以外にも適用可能である。じっさい、同様の定義の試みは、同年五月発表の「山中貞雄論」でもなされている――「古典的という言葉は、もちろん歴史的な意味で理解されるべきものだ。つまり、トーキーとともに三十年代に成立し、五十年代に成熟と崩壊を同時に知ることとなったスタジオ・システムの中で量産された白黒映画というのがそれにあたる」（1985a, 328）。映画における「古典的」なものの歴史性のこのような強調は、当然、何らかの不可逆的な過程の自覚の作業としての、「映画史」の意義の再浮上を伴わずにはいない。こうして、一九七四年のメカス論では「映画史的展望」を堅持することの負の側面が強調されたのに対し（既出、記憶71）、一一年後の講演では「映画史的な展望」の不在によって東京国際映画祭が断罪され、そのたしかな保持のゆえに香港映画祭が顕揚されることになる（いかに43, 44）。

それでは、映画史的展望を持つとはどのようなことか。「五十と七十三という問題」（いかに49）に向き合うことがそうなのだと蓮實重彥はいう。すなわち、まずは、三〇年代に成立した古典的なハリウッド映画が、「政治的な不幸」と「文化的な不幸」（いかに26）――「アメリカ映画が最初に持った左翼知識人」

（いかに22）の世代を直撃した「赤狩り」と、観客数激減をもたらしたテレビの台頭——によって、五〇年代に崩壊し始めたという事実の持つ重みを受け止めること、そしてこの五〇年代の終わりに突如として世界的注目を集めた「ヌーヴェル・ヴァーグ」の勢いが沈静化したのちの七〇年代初め、ジョン・フォードの死んだ一九七三年前後に、「古典的なものと現代のアメリカ映画の断絶」（笑う52）を直視し、「死を抱え込んだ映画の現在を誠実に生きる」（いかに46）幾人かの映画作家が、世界のあちらこちらに散発的に現れ、ゴダールやトリュフォーらが持ちえた集団性など期待しえぬ者たちの孤独な営みを通し、映画の歴史の内部に「何かしら途方もない始まり」（1985b, 13）を刻みつけていた事実を遡行的に見出して、この七三年を「二〇世紀後半の映画史の一つのメルクマール」（快楽211）として認めることだ。

この遡行的な眼差しは、新たな映画史を要請することになろう。そして——一九八五年の蓮實重彦によれば——「もちろん、その映画史は、まだ書かれてはいない。それは、いま、『リュミエール』創刊号の特集「73年の世代　ヴェンダース、エリセ、シュミット、イーストウッド」としてかろうじて素描されようとしている」（同12）。こうして、フランスの文学と思想の領域では「古典主義時代」の終焉以後にもっぱら眼差しを注いできたこのフローベール研究者、「近代的」な経験とその自覚をほぼ唯一の基準として明治以後の日本の小説を論じてきたこの文芸批評家、「古典的」と称されるハリウッド映画の「来たるべき」ものの次元を強調すべく努めてきたこの映画批評家は、古典的なものの成立と以後の運命を、「われわれにとってまだ同時代であるもの」のただなかで生きられたドラマとして跡づけるという新たな冒険に乗り出すのである＊11。

D・W・グリフィスあるいは古典的なものの現存

古典的なものの確立は、一方ではデイヴィッド・ウォーク・グリフィスのうちに、それもその監督第一作のうちに求められる――「『ドリーの冒険』にみられる画面と物語の分離を、「古典的」な映画と名づけてみたい気がする」（1986b, 31）。ここで指摘されているのは、同一の光景の意義深い反復によって物語の展開を効果的に理解させるという――すなわち「大胆な単純化による物語の経済的有効性」（同32）を実現するという――グリフィスの創意である。一九八六年の『リュミエール』、グリフィスを特集した第六号に掲載された「単純であることの穏やかな魅力」は、こうしてもたらされる効果に「ドリー効果」の名を与え、論を進めるにつれてその内包を豊かにすることで、この一九〇八年の作品に直接的には見出しえない並行モンタージュを含め、この作家の以後の技法すべてが「ドリー効果の繊細化」（同37）として達成されたものであること、いやそればかりか、「古典的な説話形式と表現技法の萌芽が、音もなければ色彩も持たないこの一巻物の短編にすべて含まれている」（同39）ことを解き明かしていく。しかも、ここに確立した古典的表象形式は、いまなお映画を捉え続けているのだという――「われわれは、ドリー効果が分節化した映画の歴史の中にここ七十年来閉じこめられている」（同31）。

それゆえ、この「古典的」映画を創始したグリフィスの名は、「映画」そのものの同義語であると主張されることになる――「あらゆる固有名詞を保護する普通名詞としてのグリフィス。それは映画という単語の同義語として、そう名ざされることもなく、日々、いたるところに流通しているように思う」（同32）。そして著者はまた、「ドリーと呼ばれる少女が意義深い分節化を演じてしまう世界の物語、それをとりあえず映画史と呼ぶことにしよう」（同30）とも提案しているのだから、グリフィスと「ドリー効果」という「決定的な結節点」（同32）のもとで、「古典的」なもの、「映画」、「映画史」はひとつとなる。

もちろん、この「穏やかな魅力」による庇護は、同時に拘束としても意識される――「誰もが一九〇八年の短編から逃れられないと想像することは、映画にとって絶望的な事態である」（同39）。だからこそ、「公式の映画史」（同32）はこの映画作家に限定的な役割しか与えず、「装われた記憶喪失」（同39）を維持してきた。こうしてむなしい隠蔽を試みるのではなく、「グリフィスの現在を意識した映画史」(同所)をあえて企てることでこの拘束に向き合い、まさにこの困難な作業を通して、そこからの解放を展望すること。それこそがゴダールの、トリュフォーの、あるいはスピルバーグの試みにほかならないのだと著者は結論づける。

グリフィスとの関連で語られるとき、古典的なものは現在をも規定し続けている原理とみなされ、たしかに拘束的性格が意識されつつも、その存続は喜ばしい庇護として感じられることをやめない。論文掲載号の「巻頭のことば」ではじっさい、グリフィスが「なおわれわれの同時代人のように振舞ってくれる」という印象が感謝の情を湛えた筆致で記され、「映画は、グリフィスがいてくれたので、歴史という名の無慈悲な時の流れを知らずにすんでいる」とまで断定されている(事典201)。そして一九八八年の『リュミエール』最終号では、『イントレランス』の監督が「たえず「来たるべき」作家」であることが主張されるだろう。「彼が二〇世紀の半ばに不遇のうちに死んだなどという映画史の世迷い言」を嘲笑する蓮實は、そこで「映画のもっとも若々しい嫡子」グリフィスの二一世紀における誕生を予告してみせる(余白221)。

幸福な時代とその終わり

しかしすでに一瞥しえたように、他方では——そして主として——、一九八五年以降の蓮實重彥が映画における古典的なものの確立を見定めるのは一九〇八年の無声映画のうちにではなく、それから三〇年近くのち、一九三〇年代半ばの一連のトーキー作品のうちにである。『リュミエール』掲載の諸論文に基づき、雑誌終刊後に「リュミエール叢書」の一冊として刊行された『ハリウッド映画史講義』(一九九三年)は、「赤狩り」のインパクトを論じた第一章も重要であるが——「アメリカ共産党と映画との複雑かつ必須の関係」(2006)というこの主題は、のちに上島春彦『レッドパージ・ハリウッド』に引き継がれることになる――、ここでは映画における古典的なものの問題との関連で言及するにとどめざるをえない。その書き下ろしの「序章」は、ホークス、フォード、ウォルシュに代表される「古典的」な映画作家を、撮影所システムという「母胎」に庇護され、「映画と無意識に戯れる」という「幸福が約束されていた時代の監督たち」として定義する(ハリ8)。そして「現代的」な作家とは、このような「無意識の振る舞い」を禁じられた「不幸」によって特徴づけられるものとされる(ハリ9)。それでは、幸福な時代の映画、古典的な映画とは、どのような映画だったのか。同書第三章(初出一九八八年、第一三号)における定義を引こう――「あたかも映画が視覚的なメディアであることを否定するかのように、イメージの独走をおのれに禁じ、もっぱら説話論的な構造の簡潔さと、そのリズムの経済的な統御に専念するもの」(ハリ183-184)。すなわち、「シュトロハイム以降の古典主義的なアメリカ映画」とは、「物語に従属することのない過剰な視覚的効果を抑圧しながら、見るという瞳の機能を必要最小限にとどめおくことで成立した、ほとんど不条理と呼ぶほかはない反視覚的な記号だったのである」(ハリ184)*12。

著者はそこで、「ヘイズ・コード」――アメリカ映画製作配給者連盟が定めた倫理規定で、一九三四年から一九六八年までのアメリカ映画を支配した――による一連の制約が、古典的ハリウッド映画の確立に寄与したという仮説を提示する。この自主検閲の制度こそが、「視覚的な効果を犠牲にしてまで物語の簡潔さの追求をあらゆる映画作家に要求したのであり」、こうして獲得された「説話論的な経済性」を、この「プロダクション・コード」廃止後のアメリカ映画は失ってしまったというのだ(ハリ174)。以後に始まった「見せることの至上権争い」が、かえって映画を真に「見世物」にすぎないものへと変化させてしまったという逆説を指摘する著者は(ハリ175)、こうした変化に結局のところは同調しているように見えるスタンリー・キューブリックに対比させて、「視覚的な効果よりもいまだに物語の優位を確信しているかにみえるクリント・イーストウッドのような、むしろ反動的ともいえる作家」（ハリ190）の試みを貴重なものとして評価する。

署名は変貌する、しかしどのように？――「レンフィルム祭」の余白に

そして著者は、一九三〇年代半ばにおける古典的なものの確立というこの動きを、世界各国に見いだしていく。「視覚的なものであれ、聴覚的なものであれ、映画がしかるべき感覚を誇張すると生き延びられない時代が、三〇年代に世界的に成立していた」（口語766；魂320も参照）。この点が最も主題的に論じられるのは、「レンフィルム祭」カタログに収められた「署名の変貌」である。「ボリス・バルネットやアブラム・ロームを遅まきながら知ってしまったいま、彼らを生んだ国の映画を改めて見直さない限り、やがて百年に及ぶその歴史の最も神経過敏な部分を取り逃し続けるほかない」（巡礼191）――『リュミエール』においてハリウッドの古典的映画の成立とその崩壊を跡づける作業を行った直後の蓮實重彦は、「スターリン主義時代のソ連にこれほど「自由な」映画作家が生きていたという事実」（余白207）への驚きをもたらした一九八五年のロカルノ国際映画祭におけるボリス・バルネット作品との遭遇以後、アメリカ映画史との比較を示唆する「コード成立以前」の総題のもとに「社会主義リアリズム以前のソ連映画」を特集した（巡礼125）一九九〇年のヴェネチア国際映画祭、そして「タルコフスキーとパラジャーノフ以後」のレンフィルム撮影所作品を特集した（巡礼157）ロッテルダム国際映画祭でのさらなる発見に刺激されて、自ら「レンフィルム祭」（一九九二年）を監修することになる。こうして、「あっというまにサンクトペテルブルグと改称されてしまった旧ソ連の大都市」（日記231）を訪れて作品の選定を行い、尋常ならざる情熱と労力によって成立させたこの歴史的な映画祭によって、彼は「あらゆる瞬間に幸福なものだったとは言いかねるソ連映画半世紀の歴史の悲惨と栄光のかずかずを視界に浮上させる」（1992,

26) ことを試みたのだった。

「新たに開発されたトーキーの技術によって音声と音響とを身につけてからほんの数年のうちに、映画は、おのれの資産であったはずの貴重な視覚的な効果の伝統を奇妙にも禁欲し始める」――「署名の変貌」はこのように説き起こされる。そして、「「バロック的」とも呼べよう誇張された構図の歪みや時間の亀裂といったもの」が消失し、「説話論的なるものの優位」のために「透明性を画面にゆきわたらせ」、作品を構成する画面に見えるすべてを、「見ている瞳に不用意な衝撃をもたらすことなく、物語をごく自然に納得させるための説話論的な要素」へと還元するところに成立するものを、「「古典主義的」な美学のときならぬ蘇生」として提示する（1992, 20、強調原文）。

この動きを、まずは一九三四年の『或る夜の出来事』（フランク・キャプラ）の興行的成功によって象徴させ、かつて「未来人」と称されたホークスをこの古典主義的美学の徹底者、「透明感を高度に洗練して意識的な形式にまで高めた」存在として捉え直したのちに、著者はそれをアメリカ一国の問題ではなく、「物語を素直に納得させるための「自然さ」を何よりも重視するという一般的な動向の現われ」とみなすことを提案する（同所、強調原文）。日本における「伊藤大輔から山中貞雄への移行」（同所）も、またソ連の一九三五年を特徴づけるエイゼンシュタイン批判と「社会的リアリズム」の勝利も、この世界的な動向の中で理解されるべきなのだ。「「スターリン主義」という便利な言葉を持ち出せばすべてが解決するというがごとき安易さだけは排されねばなるまい」（同21）。当時のソ連で起こっていたことを同時代的傾向のひとつの表れとみなすという同じ立場の逆向きの表現として、一九九四年のある対談では、「一種のスターリン主義的な平明さ」を達成した山中貞雄が、また「スターリニズム的傾向を極端に推し進めた」ホークスが語られることになる（魂321）。こうして冷戦終焉前後のこの時期、スターリン時代のソ連とローズヴェルト時代のアメリカの間に「イデオロギー的な対立など到底認められ」ないほどの並行性を見出し（文明219；日記242、訣別159-162も参照）、「はたして冷戦はあったか」（文明219）と問いかけ、「「冷戦」という名の和解」（余白211）を語ることで、われわれの著者は当時隆盛を見た「歴史の終焉」の議論にさからい、「歴史が終わらない」（1989c）ことを彼なりのやり方で主張したのである。

ともあれ、この古典的なものの成立は、映画作家が自らの作品に刻みつける「署名」のあり方を変容させた。こうして、「映画における作者の視覚的な署名ともいうべきものが、一九三五年頃を境に、画面から影をひそめてしまう」。しかしこの画面の匿名化を前提として、「視覚的なものには還元しえないより微妙な違い」、「ルビッチ・タッチなどという場合の「タッチ」に当たるもの」が、新たな署名として意識されるようになる。この新たな署名を署名たらしめるのは、「大がかりなシステムの内部に同質の作品として流通しているものの微妙な差異を識別しうる繊細な感性」にほかならないが、そこに認めるべきは「断じて人類の普遍的な資質ではなく、映画のメディア化という現象が必然的に生み落とした歴史的現実」である。「それは作者の匿名化という事態と同時に起こった現象なのであり、欲望の対象として映画を無差別に消費することと、微妙な差異に着目しつつしかるべき作者に執着することとは、同じ一つのシステムの内部における相互補完的な振る舞いなのだ」（同24；帰って290-291も参照）。

では、古典的映画の終焉を受けて、作家の署名はどのように変化することになるのか。ソ連の状況についていえば、一般には、「スターリン批判」と「雪解け」ののち、視覚的な効果への抑制が解かれることで——一九九〇年のヴェネチア映画祭がレトロスペクティヴ企画において定式化したように——、「パラジャーノフ＝タルコフスキー以後」と形容しうる時代が始まったとされる。しかしアメリカ映画において、ヘイズ・コード消滅後に全般化した映画の「見世物化」に距離を取ってみせた蓮實重彥は、ここでも、視覚的効果の復活とは別の試みに目を向ける。すなわち彼は、制度化された抑制の消滅ののちにも視覚的な効果の禁欲をあえて維持し続け、そのことで「思考そのものとしてある画面」を実現しえたミハイル・ロンムの作品、「視覚と化した思考とも呼ぶべきものの運動」によって見る者を突き動かさずにはいない『一年の九日』（一九六二年）のうちに、「新たな署名の可能性」の開示を見るのである（同25; 日記120-126も参照）。

じっさい、古典的な映画に課せられていた形式的な制約は、作品の活力の源泉でもあった。その最も逆説的な証言は、ヘイズ・コードの支配下にあって、その制約を逆手に取ることで「ハリウッド映画史上で最も粋で最もスマートな」（目が555）ジャンルとして成立した「スクリューボール・コメディ」であろう。幾多の傑作を生んだこのジャンルのうちにこそ「表象形式の深淵」（1991a, 140）を垣間見る著者にとって、映画における「古典主義」の終焉を「解放」として言祝ぐことが、かえって大衆の欲望に同調しつつ映画を「見世物」へと還元する動きとして警戒の対象となるのは当然だといえる。

こうして、「古典的」なものの——あるいは三〇年代半ばに先立つ時期を含めた、映画における「幸福」な時代の——終焉は、解放の朗らかさによってよりは喪失の痛みによって受け止められることになる。「映画史」をめぐるこのような自覚がよく表れているものとして、一九九三年六月に雑誌掲載された山根貞男への公開書簡を読むことができる。そこではまず、ムルナウの『サンライズ』を再見して得た感動が、以下のように表現される——「これが撮られた一九二七年という時代には、まだ、トーキーさえ実用化されてはいないのに、その時点で映画史が断絶されたとしても、失われるべきものはほんのわずかなものにすぎないだろう。そう思わずにはいられぬほど、ここで映画は、その限界をきわめつくしてしまっている」（畏れ156）。しかし結論として説かれるのは、「映画には歴史があるという事実」（畏れ160）を直視しなければならないこと、それゆえそのような錯覚に身を委ねるのは許されないということだ——「いま、ムルナウを見れば、誰だってそういってみたい誘惑にかられるでしょう。だが、いまムルナウを見ることの唯一の意味は、それとはまったく逆のことばを口にすることにあるはずです」（畏れ

161)。この公開書簡は、「映画には歴史があるという事実を意識してしまったものだけがその不幸を厳しい幸福へと変容させることができるはずです」と題されている。

「映画」対「映画史」、再び

「映画に「歴史」は存在しない」——二〇〇九年夏のある文章で、蓮實重彦は断言する。「「映画史」とは語義矛盾もはなはだしい概念である。その誕生からたかだか百十五年しかたっていない映画に、「歴史」を生きる余裕などあったはずもないからである」(時評190)。一九九七年のある国際シンポジウムでは「私は映画史を専攻しておりますので」(帰って266)と自己紹介していた批評家は、それからほぼ一〇年後には、「海外ではときに「映画史家」として紹介されることもあるが、そのつど、それは語義矛盾もはなはだしい概念だと抗弁している」のだと証言し、「その抗弁の意味を理解してくれるのは十人に一人いるかいないか」にすぎないことを嘆いてみせる(時評192)。同様の転換は、二〇〇八年七月、すなわち「映画史」の単純明快な拒絶が宣言されるちょうど一年前に刊行された著書の序論的文章、「映画崩壊前夜に向けて」にも読み取ることができる。じっさいそこでは、先ほど引いた一九九三年の公開書簡の結論が厳しく戒めていた誘惑に、躊躇なく屈することが説かれているのだ——「一九二七年に映画が消滅したとしても、何一つ失うものがないほど、映画の歴史はすでに充分なまでに豊かだと誰もが何のためらいもなくつぶやく」(前夜17)＊13。こうして、幸福な時代とその終焉をめぐるドラマは、「映画史」ともども視界から消えてしまう。いったいわれわれの映画批評家に何が起こったのか。

これまで見てきた一九八〇年代半ばから一九九〇年代初めの時期——『リュミエール』の三年半から「レンフィルム祭」監修と『ハリウッド映画史講義』刊行まで——を特徴づける「映画史」的アプローチは、教養学部長就任(一九九三年二月)から総長職(一九九七年四月—二〇〇一年三月)に至る大学行政の経験とそれに伴う「映画評論家廃業」(日記326-; 快調320-; 笑う229-)の日々を経たのちの今世紀初めにも保持されていた。例えば二〇〇一年一〇月に行われたあるインタヴューでは、「視覚的な表象から説話論的なメディアへという三〇年代中期に起こっていたこと」の世界的な共通性が、「伊藤大輔から山中貞雄までの」、あるいは「ムルナウからホークスへの」「覇権の移行」として語られている(放蕩107)。同年一一月のある講演でも、「伊藤大輔から山中貞雄への覇権の移行」が中心的な話題となり、それが「プドフキンからマムーリアンへの」、また『メトロポリス』から『スピオーネ』への」移行といい換えられている(映画論332)。

しかしここにはまた、一〇年前とのニュアンスの違いをも見て取ることができる。「われわれは、というより映画は、いまなおこの「覇権の移行」のもとに生きている」と述べられ、それこそが「映画が体験しえた唯一の「変化」」だと断定されるこの講演では(同所)、かつて強調された一九五〇年代の「崩壊」の重要性は意図的に周縁化され、むしろ逆に、「溝口健二とヒッチコックのこの時期の充実ぶり」によって、「終焉」の時代としての五〇年代のイメージを修正することが提案されるのである(映画論331)。五〇年代の「崩壊」の、そしてそのことの痛切な自覚から生まれた「七三年」の問題をあえて相対化するこの身振りによって、ここでの著者の議論は、三〇年代半ばの重要性というその主張にもかかわらず、一九〇八年に創出された「ドリー効果」を映画史における唯一の出来事であるかのように論じた「単純であることの穏やかな魅力」の議論に近づき、決定的な結節点の時期を変更したそのヴァリアントの様相を呈している。やがて二〇一六年初め、原節子追悼を機に、一五歳の彼女が主演した『河内山宗俊』(一九三六年)を論じる著者は、一九八五年の山中貞雄論では日本映画史における「古典的」なものの成立として語られた出来事を、「ヌーヴェル・ヴァーグ」の最初の出現として再提示するに至るだろう——「「ヌーヴェル・ヴァーグ」は、フランスのそれに二十年先だって、一九三〇年代の中ごろに日本で生まれたのである」(2016a, 194)。

そしてすでに引いた二〇〇八年の「映画崩壊前夜に向けて」を読むなら、そこには三〇年代半ばの一連の作品はもとより、グリフィスの監督第一作よりもさらに時間をさかのぼり、一八九五年、すなわちリュミエール兄弟による発明の時点に立ち返って、以後の映画的体験の全体がすでにこの始まりの瞬間のうちに含まれていたことを説く蓮實重彦の姿を見出すことができる*14――「そこにはすでに映画が完璧に生きられており、画面のすみずみにまでみなぎっているいつ消滅しても悔いはないといった映画自身の覚悟のようなものが、誰にも素肌で感じることができる。そんな画像が、人を未来へと誘うはずもない」(前夜13)。映画は発明のそのときから「崩壊前夜」を生きてきたというこの発想は、五〇年代の問題を、また「映画史」の意義を、決定的に相対化してしまう――「ここで問題にしている映画崩壊前夜の自覚とは、すでに映画史に登録されていた撮影所システムの機能不全などとはいっさい無縁の概念である」(前夜22)。こうして、二〇〇五年の『ゴダール革命』ではムルナウとゴダールの置き換え不能性をすべての議論の前提として掲げた同じ著者によって、わずか三年後には以下の主張がなされることになるのだ――「十九世紀末のリュミエール兄弟を二十世紀末のゴダールになぞらえるとき、そこにはいかなる時代錯誤も演じられてはいない」(前夜16-17)。

ゴダールの憂鬱をどうするか

『映画崩壊前夜』所収の「あられもないまでに豊かな肉の映画」は、この点からすると興味深い。カール・ドライヤーの遺作(一九六四年)を紹介するこの二〇〇三年の雑誌記事での蓮實重彦は、「『ゲアトルーズ』とともに映画は終わったと口にしても誰の胸も痛まない」(前夜185)といったんは断言したのちに、幸福な映画の不可能性を前にしてのゴダールの認識を共有し、その「陰鬱なメランコリー」を理解しうる者として、「ドライヤーの全作品とどのように向かい合えばよいのか」と自問してみせる（前夜186）。彼によると、選択肢は三つしかない――「(1)平成日本にはすぎた贅沢として見るのをきっぱり自粛する」、「(2)ゴダールのメランコリーなど知らぬふりを装い、これが映画だとつぶやくことの爽快さにフィクションとしてでも身をまかせる」、「(3)ゴダールの歴史的な不幸をきわだたせる残酷な何かとして、ドライヤーを受け止める」。そして(1)は「真摯なモダニスト」、(2)は「軽薄なポストモダニスト」、(3)は「頑固なヘーゲル主義者」向きの選択肢だとされる（前夜186-187）。「個人的には(2)を選ぶ覚悟でいる」という著者は、それでは「軽薄なポストモダニスト」であって、「モダニズム」とも「ヘーゲル主義」ともいっさい無縁の存在であるのか。「『ゲアトルーズ』の一般公開［…］にかろうじて間に合った者の特権」によってそうするにすぎないという自己正当化の身振りが、そしてそもそも選択に必要とされたという「覚悟」の強調が、決断の困難を示唆することによって、(2)と「ポストモダニズム」の優位をはなはだしく相対化している。なんといっても、「ゴダールを記憶から遠ざけることはかなり難しい」のだ（前夜187）。

この観点からするなら、二年後の『ゴダール革命』の「プロローグ」での蓮實は、「ゴダールのメランコリー」を率直に共有することで、多少とも「ヘーゲル主義者」として振舞うことになったのだといえるかもしれない。『（複数の）映画史』の、また『ＪＬＧ／自画像』の作家の憂鬱に、どこまで付き合うべきか。これらの作品の――二〇〇二年のある対談での発言を引くなら――「いかにも嘘っぽいまじめさ」（笑う103）を、どうすればよいのか。この問題を前にしての苛立ちが、蓮實重彦に「ゴダールに対して革命を起こそう！」と叫ばせ、「ゴダール暗殺もありえます」とさえ口にさせてきた（映画論293、二〇〇二年八月の講演）。ことを穏便に済ませるには、「時代遅れのドイツ・ロマン派詩人」（革命108）の側面をあたう限り縮減したゴダール像を構築し、楽天的なゴダールを想像可能にするしかない。二〇〇五年の論集のエピローグ「ゴダール革命に向けて」――「ゴダールに対して革命を起こそう！」を全面改稿したもの――でも、『ＪＬＧ／自画像』の作家の「孤独」が「どこかしら切実さを欠いた虚構めいたもの」（革命205-206）として相対化されているし、同じ目論見から、すでに二〇〇〇年にも「あんなに人を遠ざけておいて何が孤独か」（2000, 159）との発言がなされているが、さらなる努力の成果として、『ゴダール　マネ　フーコー』（二〇〇八年）を読むことができる。

　とりわけ、書き下ろしの「Ⅲ」では、エドワール・マネとともに近代絵画が、そして映画が誕生したという『（複数の）映画史』（「３Ａ」）の謎めいた断定が論じられている。マネの絵画には、「その後に「映画」の名で呼ばれることになる貴重な何かが、まぎれもない潜在態として生々しく息づいている」（ゴマフ48）。そうであるなら、ここに映画の誕生を見定めてもよいのであって、「一八九五年の周辺に起こったあれこれの発明騒ぎなど、映画の歴史にとってはほんの挿話的な些事にすぎない」（ゴマフ47）。『（複数の）映画史』にあって、「いわゆる「映画史的な言説」の年代記的な秩序がほぼ無視され尽くしている」（ゴマフ50）のは当然であろう。ここにいるのはもはや、「すでに忘れられ、なお禁じられ、つねに見えない」ものとして過去のフィルムを語り、歴史的過程の不可逆性を強調するゴダールではない。「理不尽な楽天性と孤独」と題された「Ⅺ」で紹介されるあるインタヴューで、この映画作家はマラルメ――一八九八年に死んだ――がルイ・フイヤードの映画を見ていたに違いないと強弁している。『ゴダール　マネ　フーコー』におけるゴダールは、率先して「アナクロニスム」を――「「時代錯誤」すなわち「歴史的な時間の流れ間違い」」（ゴマフ224）を――実践する存在にほかならないのだ。

　こうした作業を経ることにより、二〇〇三年には「悲観的な認識がゴダールの『映画史』の暗い基調音をかたちづくる」（前夜186）のだと述べた同じ著者が、この言葉を含む雑誌記事を再録した二〇〇八年の著書の書き下ろしの序論においては、悲観主義《ペシミズム》なきゴダール像を提示できるようになったわけである――「映画に未来はないというリュミエール兄弟のつぶやきにこれっぽっちのペシミズムもこびりついていなかったように、ゴダールの『映画史』にもペシミズムは影すら落としていない」(前夜16)。誕生の瞬間から未来を奪われ、しかしまさにそれゆえに、たえざる新生によってのみ存続しえてきた映画。そのようなものであるかぎりにおいて、たしかに映画に歴史など存在しないことになろう。『映画崩壊前夜』の蓮實重彦は、一九七九年の『映画の神話学』の一節、「映画に未来はない」との見出しのもとに置かれ、「いわゆる映画史的展望」の拒絶が書きつけられた一節(神話13)を引用し、「ここでいいたいことは、四十年前のテクストにこめられたのとほぼ同じことがらである」(前夜19)と述べることで、一九八〇年代半ばから九〇年代初めにかけて強力に打ち出され、二一世紀の最初の数年においても曖昧に維持されていた映画史的アプローチを、自ら封印してしまったように見える。

「未来なき発明」の「昨日性」

「八十歳を迎えたころから、それが二十一世紀を生きようとする高齢者の特権だというかのように、いともあっさり時代の概念を放棄してしまう」にいたったエリック・ロメール(時評14)に、ならってみたのだろうか。そうかもしれない。「古典的」なものと以後のその不可能性というかたちで歴史を語ることに、そしてそれが必然的に「ヘーゲル主義」的な、あるいは「時代遅れのドイツ・ロマン派」的な修辞を招き寄せてしまう事実に、うんざりしたのだろうか。そうかもしれない。しかしいずれにせよたしかなのは、「散文のフィクション」の秘密を探究し、やがて『「ボヴァリー夫人」論』の著者になろうとしている者にとって、「われわれがまだ脱出しきっていない時代」のただなかに生まれた映画の内部に重大な歴史的断絶を見出すような発想が、次第に現実感を失っていったのだろうということだ。

「映画は未来なき発明だ」――リュミエール兄弟はそういった。『(複数の)映画史』の作家はそれを受けて、「つまり、現在の芸術、与え、かつ与える前に受け取る芸術だ。芸術の幼年期と言おう」（「1B」）と解説する（ゴマフ57）。「映画崩壊前夜に向けて」の著者は、すでに見たようにゴダールとリュミエール兄弟をまったき同時代人とみなす視点から、一九世紀末の発明以来変わらぬものとされる映画の現在を、以下のように語る——「映画の現在は、生成と消滅とをたがいの同義語としつつ、きっぱりと未来を断つ。映画は、未来へと注がれる視線を無視して成立したのである。映画の未来は、革命のそれがそうであるように、不確かであることをその本質として持つ」（前夜12）。

未来を、「明日」を知らないこと。幼年期のうちに、すなわち「昨日」の生誕の翌朝にあって、あらゆる不確かさとそれゆえの戸惑いの中で、「今日」を生きること。この「昨日性」の経験を強調するならば、映画の歴史のうちに「古典的」と呼びうる幸福な時代を想定する視点は影をひそめるほかない。『工場の出口』（一八九五年）以来の映画は全体として、「散文のフィクション」と、さらにはまた、「われわれにとってまだ同時代であるもの」にふさわしい困難な新生を経たものである限りでの詩や絵画と、同じ幼年期を生き続けていることになるのだから。『（複数の）映画史』が位置づけていた「芸術の幼年期」にあっては、エドワール・マネとシネマトグラフがそうであったように、フイヤードも、マラルメも、フローベールも、マネも、ルノワール——オーギュストではなく、もちろんジャンのほうだ——も、親しく同時代的な体験を共有しあっていたはずだ」（ゴマフ225）。

おわりに——天使と恩寵

「アカルイミライ」の約束の徹底した不在のうちにあるほかない（前夜19）、「昨日生まれた」ばかりの映画、そして散文。この昨日性の経験が、フーコー的な意味での「人間」、決定的な断絶ののちに広がる時間を、「われわれがまだ脱出しきっていない時代」として生きるこの「最近の発明」に固有のものであるのは、いうまでもない。「構造と体系の名において思考する「テクノクラシー」の代弁者と非難されもしたフーコーが、実は「人間」を事件として回復しうる可能性を狂おしいまでに希求する欲望の人」（表層74、強調原文）であること。『表層批評宣言』（一九七九年）の著者は、この点を強調した。同時期の「聡明なる猿の挑発」（一九七七年）では、次のように述べられている――「ミシェル・フーコーは、学者のイメージからも実践家のイメージからも限りなく遠い顔をしている。無時間的な顔と、かつて書いたことがあるが、その時間を廃棄したかのごとき顔の奥には、断片化した歴史どもが音をたててさわぎたてている。現在という生命の歴史が。そんな顔が、人間を殺したりするはずがない。構造や体系のみを語って人間を思考から排除するわけもない」（奈落117、強調原文）。

しかし「映画」を、「小説」を、「散文のフィクション」を語り、時には「文学」の一語にさえ肯定的な響きを帯びさせることもある（cf. 漱石20-24; 魅116, 143, 153）蓮實重彥は、固有にフーコー的な文脈を離れたところでは決して、印象深く思考喚起的なやり方で「人間」を語ることがない。超歴史的な――「集団的かつ普遍的な」（凡庸上7）――実在としてある「人類」、「テクストを読むことに慣れて」おらず（拾遺183; ボ64）、「本を読むことが嫌い」で（2008b, 343）、「ものを見ることを知らない」（2005, 190）この「人類」は、彼の著作に頻出するおなじみの登場人物であり、お気に入りの挑発の相手である。しかしその一方、われわれの著者にあって、フーコーを傍らに欠いたあらゆる機会に、「人間」の影は薄い。じっさい、フーコーの名が繰り返し言及される二〇一五年のある対談では、「人間」の二つの「反人類的」（2015, 2）所産が以下のように提示される――「普遍的な「人類」とは異なる「人間」というものが、ひとまず近代と呼んでよかろう一時期に世界に姿を見せてしまった。その有限な「人間」が捏造したもののひとつが散文のフィクションとしての長編小説、もうひとつが現実とも仮象とも決めがたい映画だと考えています」（2015, 1）。だがこれはまれな事例だ。あたかも、「人間」の一語が喚起するものはなおあまりにも「人類」のそれと重なり合うところが大きいとでも懸念されているかのように、「人類」の一員がフーコー的な「最近の発明」にふさわしく自己の存在を変容せしめるその時、その者を名指すべく印象的に用いられるのは、「人間」ではなく「天使」の一語だ。こうして、小川紳介と淀川長治の間に成立するのは「天使の会話」であるとされる（口語719）。人間ならざる――「そもそも映画を撮るということは、人間をやりながら片手間にできるものではない」（口語716）――小川紳介の追悼は、「天使たちのひそかな集まり」によって、すなわち別の天使が彼の仕事を受け継ぎ、「それをまた別の天使に向かってリレーするというような」、そのような仕方でなされるだろう（口語725）。

小川紳介の死（一九九二年）に際してなされたこの講演――「キャメラの向こう側に身を置いた瞬間、小川伸介は人間であることを止めた」と題された――における「天使」とは、「ヴェンダースが言った意味での〝天使〟」（口語719）なのだという。そして他の箇所でも、われわれの著者が天使を語るのは、このドイツの映画作家の『ベルリン・天使の詩』（一九八七年）との関連での、相対的に見てわずかな機会にほぼ限定されている（笑う61；光261）＊15。しかし、まれでありながら印象的な天使たちの出現に目を向けることは、われわれを「光」の、「僥倖」の、「恩寵」のテーマへと導いてゆく。そしてこれらのテーマが、「古代」のそれと結びつきつつ形成している磁場の所在を見極めてゆくうちに、われわれはいつしかフーコーの思考圏を離れ、『言葉と物』の著者と並びつねに蓮實重彥の思索の傍らにあった別の哲学者の思考圏に身を置いていることに気づく。じっさい、「ジル・ドゥルーズと「恩寵」」（一九九六年）において、蓮實はこの二〇世紀フランスの哲学者はあたかも「一度たりともギリシャの地を離れたためしがない」かのようであり、「ミシェル・フーコーのように、長い迂回を試みながら、遥かな距離を踏査したのちにそこへとたどりついたのではない」のだとして、両者を対比している（奈落25）。

では、蓮實重彥にあって、歴史の経験と恩寵の経験はまったく対立しあっているのか。一九九一年に樋口一葉の「古代的な香り」(1991b, 315) を語り、九六年には彼女が「宇宙か何かに漂っている」(1996c, 52) 可能性を示唆することでその歴史的な位置づけ作業を退けた文芸批評家が、翌九七年の講演に基づく一葉論に「恩寵の時間と歴史の時間」の表題を与えていることからするなら、そのように考えることもできよう。しかしここで問題となる「恩寵の時間」は、「新開の時間」ともいい換えられている。この「歴史を欠いた抽象的な時間」は、「近代化の歩みをおぼつかなく踏み出した明治以後の日本」においてこそ可能になったものなのだ (魅20)。「古代的」であること、「恩寵」を受けてあることは、こうして、おそらくは「天使」であることとともども、「近代」という歴史的経験を可能性の条件としているように見える。

＊1　なお本稿執筆に際しては、蓮實重彦の著作活動を網羅するウェブ上の書誌「蓮實庵」が大いに役立った。
URL: http://okatae.fan.coocan.jp

＊2　ここで、二つの文学史の目次構成を詳しく見ておこう。一九九八年の『フランスの文学』では、一七・一八世紀が「古典主義時代」(二―四)、一九世紀が「近代」(七―十二)、二〇世紀が「現代」(十二―十四) という時代区分が採用されており、総論的性格の序章・終章を除けば、これらの語を含まないのは一七世紀の「モラリスト」、一八世紀の「フィロゾフ」を個別に扱う二つの章 (五、六) のみである。二〇〇三年の『フランス文学』では、「二つの見取図」を提示する第一章、「中世」、「十六世紀」を扱う第二、第三章を経たのち、一七・一八世紀が「古典主義時代の文学」(四―六)、一九世紀が「近代性の文学」(九―十二)、二〇世紀が――一八世紀末以後の「近代性」の時代の継続であるとされつつも (石井2003, 13)――「二十世紀の文学」(十三―十五) として扱われる。ただし、時代区分上は「古典主義時代」に包摂さ

れる「啓蒙思想と文学」には独立した二章が割かれ（七―八）、また「近代性」の時代の内部、フローベールとボードレールが活動した一九世紀中葉に、「「近代の近代」、あるいは同じmodernitéという単語でも「現代性」と訳したほうが近いような事態」（石井2003, 20）の発生が見定められている。そこには、一七世紀に古典主義時代を、一八世紀末に近代性の時代をもたらした二つの「結節点」に続く、「第三の結節点」（同所）といいうるものがあることが示唆されるのである。

*3 『ルプレザンタシオン』創刊号（一九九一年）の高橋康也・蓮實重彦との鼎談では、「フーコーだって、［…］「一般文法」と「分類学」と「貨幣を通じての経済の分析」の三つに十七世紀が還元されるとは思っていなかったでしょう」（渡邊1991a, 20）として、戦略的に選び取られたこの一面性が擁護されている。なおフーコーの一七世紀理解に対してなされてきた批判の概要については、片岡2016をも参照のこと。

*4 なお工藤庸子も、クレマン・モワザン『文学史再考』に関して、「「文学史は再び脚光をあびている」という著者の宣言に納得させられます」と書いている（工藤1998, 210, n. 12）。

*5 この観点からするなら、『作家の聖別』（ベニシュー2015）を嚆矢とするポール・ベニシューの「フランス・ロマン主義の哲学的歴史」の企図は、世紀中葉にフローベールやボードレールによって体現された変容が認識論的断絶といいうるほどの重大な意義を持っていることを前提としつつ、世紀前半の経験のうちにそれとの両義的な連続性を認めるものとして理解しうる。菅谷憲興はこの点を強調しつつ、サルトル『家の馬鹿息子』および蓮實重彦『凡庸な芸術家の肖像』との比較に意義を見出している（菅谷2016）。工藤庸子も同じ比較の意義について語っている（工藤2015, 459）。

*6 してみれば、「自分にかんするかぎり、「侯爵夫人は五時に外出した」などと書くことはいつまでもこばみつづけたい」と語ったとされるヴァレリーも、そのことを読者に報告しつつ、彼がこの約束を守っていないことを非難する『シュルレアリスム宣言』の著者も（ブルトン1992, 13）、「テクスト」の謎をとらえそこねているということになろう。あの途方もない『伯爵夫人』は、その結末近くに以下の言葉を書きつけることで、「文」に勝利する「テクスト」としての自らに、逆説的な身元証明を与えている――「伯爵夫人は午後五時に外出されました」（2016c, 99）。

*7 小津作品を映画史的位置づけから解放するというこの身振りは、一九八六年一月の『読売新聞』の連載記事でも維持されているし――「いま、世界は、小津安二郎の映画を生なましい同時代的な作品として発見しつつあるところだ」（余白85）――、ずっとのちの二〇〇三年にも、小津をめぐり、「過去の作家として映

画史にはおさまりのつかない「同時代の作家だ」と発言」したアメリカの映画史家の言葉を紹介する蓮實は、そこに見られるのが「私たちとまったく同じ姿勢」である旨を強調している（OZU8）。

＊8　一九八四年のフーコーの死に際して蓮實は、生前の彼がピエール・リヴィエールの手記をめぐる著作の映画化を担う凡庸な監督への信頼を打ち明けていたことを回想し、同年に『シネマ1』――「映画史を嘘のような透明さで描きあげる爽快きわまりない書物」（目が74; 事典248-253も参照）――を刊行したドゥルーズと比較して、「ルネ・アリオを信用してしまうというところに哲学者としてのフーコーの限界があるのかなあ」（煽動240）との自問を書きつけている。ただしドゥルーズの映画論への当初の絶賛は、やがて執拗な批判に取って代わられる（cf. 1996b, 176, 196-197; 映画論10-11; 2015）。

＊9　なおのちの『物語批判序説』では、『勝負の終わり』への言及によって第二部第一章を閉ざすことで、ベケットの一種の名誉回復がなされている（物語217）。

＊10　最初の三冊の映画論集刊行に先立つ一九七八年においてすでに、彼は「映画史というものを放棄してしまう事件」としての「作品」を語りつつ、映画史的な仕事についても、「いままでそういうものがあまりに無視されすぎたので、クロノロジックな歴史として制度化されてもいいから、もう少しやっておきたいという気持ちはもっている」と述べることで、一定の意欲を表明していた（帰って9, 11-12）。それゆえ八〇年代半ばになって、突如として新たな問題関心が生じたというわけではない。「昔からやりたかったけれどもそういうものを書く場があまりなかったので「リュミエール」を使ってやったということです」――一九九六年にはこのように振り返られている（帰って239）。

しかしその一方、一九八三年の二冊の映画論刊行ののちに、方向転換への意志が生じたことも証言されている。『映画　誘惑のエクリチュール』の「文庫版あとがき」（一九九〇年）には、同書刊行に「続く七年間は、著者の個人的な視点に立つなら、あえてこの種の映画論集を出版しまいと心に決めての、映画への別のアプローチを模索しつつ過ごされた禁欲の一時期でもあった」とある（誘惑397）。また二〇〇七年には、『監督　小津安二郎』刊行後の心境が、以下のように回想されている――「あのような形で、それまで批評や評論を書いてきた人をこけにするようなものはもう書くべきではないという思いが非常に強かった」（溝口172; 放蕩152も参照）。

＊11　『リュミエール』第四号（一九八六年）掲載の成瀬巳喜男論は、「映画史という名のむなしさ」、「映画史的言語そのものの抽象的保守性」を語り、それに替わる新たな「映画的言説」を展望する点で、この映画雑誌の

全般的傾向との関係では異質に見える（余白67, 69, 77）。

＊12 ところで、このような「説話論的構造」の純化に対する評価は、文学——より正確には小説——をめぐる議論とどのような関係にあるのか。明瞭に語られることは少ないが、例えば一九九二年のあるインタヴューでは、そのことが比較的具体的に述べられている。「一九三五年頃にハリウッドで成立した説話論的な形式」を「十九世紀の小説のそれより遥かに抽象的」なものとみなしたうえで、そこではこの二つの表象形式の双方が、その本質的な差異においてともどもに肯定されるのである——「十九世紀の小説ってものには、説話論的還元をほどこすと消えてしまう細部だの迂回だのの面白さというものが一杯詰まっている。どんどん横道にそれてゆく面白さとか、必ずしも物語では大きな役割を果たしてはいないけれども極めて魅力的な人物とか。／ハリウッド映画は、そうした過剰な小説的要素を抑圧することで成立しています。ぼく自身は、映画的な物語にとってそうした抑圧はよいことだったと思っているので、十九世紀の物語性とアメリカ映画のそれとは、やはり本質的に違ったものだと考えたい」（口語770）。

＊13 同様の主張は、二〇〇七年七月のある講演にも見られる——『サンライズ』［…］という映画がありさえすれば、それ以後の映画は必要なかったと言ってもいいのです」（2007b, 61）。そこでは、「トーキーと呼ばれているものはサイレントの一形式にすぎず」（2007a, 18; 2008a, 44も参照）、「一九二〇年代の中期こそが映画の「最盛期」だったのだと主張されるばかりか（2007a, 21）、「二〇世紀の歴史は、一九二七年で終わったとしても、それ以前の世紀と同じくらい豊かではなかったかと、わたくしは考えております」（2007b, 61）と述べられることで、問題が歴史一般をめぐる議論へと拡張されているのが興味深い。

＊14 二〇〇一年一一月の講演では、「一八九五年に映画が誕生したことは間違いのない事実ですが、人類が映画という新たな表象形式の存在によってその思考と感性を大きく変化させるのは、それよりも二〇年後のことにすぎません」として、ハリウッドへの映画の中心の移行という出来事との比較において、リュミエールの発明の意義が相対化されている（映画論323）。

＊15 それ以外に目に止まった例として、「天使たちへのサイン」と題され、「一種の天使的な秘密結社」（饗宴I 430; 398も参照）が語られる高橋源一郎との対談（一九八八年）がある。二〇〇七年に阿部和重の言葉を借りて提示される「人でなし」としての映画監督という見方も——「映画監督という仕事は、まともな人間にできるものではない」（溝口184）——、同じ事柄の別の表現であろう。

〔文献〕

蓮實重彥の著作／単行本（刊行順）

【仮死】『批評　あるいは仮死の祭典』、せりか書房、一九九〇年一〇月〔一九七四年五月〕。

【反日】『反＝日本語論』、ちくま学芸文庫、二〇〇九年七月〔一九七七年五月〕。

【フドデ】『フーコー・ドゥルーズ・デリダ』、河出文庫、一九九五年五月〔一九七八年二月〕。

【漱石】『夏目漱石論』、講談社文芸文庫、二〇一二年九月〔一九七八年一〇月〕。

【神話】『映画の神話学』、ちくま学芸文庫、一九九六年一月〔一九七九年一月〕。

【詩学】『映像の詩学』、ちくま学芸文庫、二〇〇二年八月〔一九七九年二月〕。

【記憶】『シネマの記憶装置』、フィルムアート社、一九九七年三月〔一九七九年五月〕。

【私小説】『「私小説」を読む』、講談社文芸文庫、二〇一四年九月〔一九七九年一〇月、増補版一九八五年一一月〕。

【表層】『表層批評宣言』、ちくま文庫、一九八五年一二月〔一九七九年一一月〕。

【文学】『文学批判序説　小説論＝批評論』、河出文庫、一九九五年八月〔一九八二年一月、原題『小説論＝批評論』〕。

【誘惑】『映画　誘惑のエクリチュール』ちくま文庫、一九九〇年一二月〔一九八三年三月〕。

【小津】『監督　小津安二郎』、筑摩書房、増補決定版、二〇〇三年一〇月〔一九八三年三月〕。

【仏】『フランス』（渡辺守章・山口昌男との共著）、岩波書店、一九八三年五月。

【物語】『物語批判序説』、中公文庫、一九九〇年一〇月〔一九八五年二月〕。

【マス】『マスカルチャー批評宣言Ｉ——物語の時代』、冬樹社、一九八五年七月。

【いかに】『映画はいかにして死ぬか——横断的映画史の試み』、フィルムアート社、一九八五年八月。

【煽動】『映画狂人シネマの煽動装置』、河出書房新社、二〇〇一年一二月〔一九八五年九月、原題『シネマの煽動装置』〕。

【快楽】『シネマの快楽』（武満徹との共著）、河出文庫、二〇〇一年五月〔一九八六年一〇月〕。

【凡庸】『凡庸な芸術家の肖像——マクシム・デュ・カン論』、講談社文芸文庫、上下巻、二〇一五年五、六月〔一九八八年一一月〕。

【遠く】『小説から遠く離れて』、河出文庫、一九九四年一一月〔一九八九年四月〕。

【饗宴Ｉ／Ⅱ】『饗宴』、日本文芸社、全二巻、一九九〇年三、五月。

【光】『光をめぐって　映画インタヴュー集』、筑摩書房、一九九一年八月。

片岡大右

【目が】『映画に目が眩んで』、中央公論社、一九九一年一一月。

【ハリ】『ハリウッド映画史講義——翳りの歴史のために』、筑摩書房、一九九三年九月。

【巡礼】『映画巡礼』、マガジンハウス、一九九三年九月。

【絶対】『絶対文藝時評宣言』、河出書房新社、一九九四年二月。

【魂】『魂の唯物論的な擁護のために』、日本文芸社、一九九四年四月。

【畏れ】『誰が映画を畏れているか』(山根貞男との共著)、講談社、一九九四年六月。

【文明】『文明の衝突か、共存か』(山内昌之との共編著)、東京大学出版会、一九九五年四月。

【口語】『映画に目が眩んで　口語篇』、中央公論社、一九九五年一〇月。

【どんな】『われわれはどんな時代を生きているか』(山内昌之との共著)、講談社現代新書、一九九八年五月。

【知性】『知性のために——新しい思考とそのかたち』、岩波書店、一九九八年一〇月。

【訣別】『20世紀との訣別——歴史を読む』(山内昌之との共著)、岩波書店、一九九九年二月。

【齟齬】『齟齬の誘惑』、東京大学出版会、一九九九年九月。

【日記】『映画狂人日記』、河出書房新社、二〇〇〇年三月。

【帰って】『帰ってきた映画狂人』、河出書房新社、二〇〇一年二月。

【余白】『映画狂人、小津の余白に』、河出書房新社、二〇〇一年八月。

【事典】『映画狂人シネマ事典』、河出書房新社、二〇〇一年一〇月。

【事柄】『私が大学について知っている二、三の事柄』、東京大学出版会、二〇〇一年一二月。

【放蕩】『「知」的放蕩論序説』(絓秀実・渡部直己・守中高明・菅谷憲興・城殿智行によるインタヴュー)、河出書房新社、二〇〇二年一〇月。

【快調】『映画狂人万事快調』、河出書房新社、二〇〇三年二月。

【スポ】『スポーツ批評宣言　あるいは運動の擁護』、青土社、二〇〇四年四月。

【OZU】『国際シンポジウム　小津安二郎　生誕一〇〇年記念「OZU 2003」の記録』(山根貞男・吉田喜重との共編著)、朝日選書、二〇〇四年六月。

【笑う】『映画狂人最後に笑う』、河出書房新社、二〇〇四年九月。

【魅】『魅せられて——作家論集』、河出書房新社、二〇〇五年七月。

【革命】『ゴダール革命』、筑摩書房、二〇〇五年九月。

【奈落】『表象の奈落――フィクションと思考の動体視力』、青土社、二〇〇六年一二月。

【赤】『「赤」の誘惑――フィクション論序説』、新潮社、二〇〇七年三月。

【溝口】『国際シンポジウム　溝口健二　没後五〇年「MIZOGUCHI 2006」の記録』（山根貞男との共編著）、朝日選書、二〇〇七年五月。

【前夜】『映画崩壊前夜』、青土社、二〇〇八年七月。

【映画論】『映画論講義』、東京大学出版会、二〇〇八年九月。

【ゴマフ】『ゴダール　マネ　フーコー――思考と感性とをめぐる断片的な考察』、NTT出版、二〇〇八年一一月。

【随想】『随想』、新潮社、二〇一〇年八月。

【時評】『映画時評　2009―2010』、講談社、二〇一二年五月。

【ボ】『「ボヴァリー夫人」論』、筑摩書房、二〇一四年六月。

【拾遺】『「ボヴァリー夫人」拾遺』、羽鳥書店、二〇一四年一二月。


蓮實重彦の著作／それ以外のもの（刊行順）

【1966】「最近のフローベール的事件を拾う」、『フローベール全集』、筑摩書房、第三巻、一九六六年二月、月報六―八頁。

【1968a】「「ボヴァリー夫人」と「フローベール地誌学」の三段構造」、『明治學院論叢』、明治學院大學文經學會、一九六八年三月三〇日、第一三八号、七五―一〇八頁。

【1968b】「フローベールと文学の変貌――解説にかえて」、『フローベール全集』、筑摩書房、別巻、一九六八年六月一五日、四七五―五一七頁。

【1969】「フローベール　ボヴァリー夫人」、『毎日新聞』、一九六九年一二月一四日、一三面。

【1974a】「「解放」の文学から文学の「解放」へ――「ヌーヴォー・ロマン」と「テル・ケル」派批評」、『國文學　解釈と教材の研究』、學燈社、一九七四年七月号、一三九―一四三頁。

【1974b】「ソレルスの中国訪問」、『海』、中央公論社、一九七四年一一月号、一七八―一七九頁。

【1974c】「快楽・言語・世界――フローベールの場合」、『現代思想』、青土社、一九七四年一二月号、七七―八五頁。

【1975】「作品、または失語の理想境――『ボヴァリー夫人』論にむけて」、『ちくま』、筑摩書房、第七一号、一九七五年二月二八日、八―一三頁。

【1978】「小説の構造　ヨーロッパと小説」、『國文學　解釈と教材の研究』、學燈社、一九七八年一二月号、一五〇―一五七頁。

【1979】「革命の計画――ロブ＝グリエの『ニューヨーク革命計画』」、『海』、中央公論社、一九七九年新年特大号、三四三―三五一頁。

【1982】「『ボヴァリー夫人』論――小説的空間の問題」、東京大学教養学部外国語科編『外国語科研究紀要』、第二九巻第二号、一九八二年三月一〇日、二三一―一〇八頁。

【1985a】「山中貞雄論」、『山中貞雄作品集』、実業之日本社、第二巻、一九八五年五月。

【1985b】「なぜ「73年の世代」なのか」、『リュミエール』、筑摩書房、第一号、一九八五年九月、一二一―一二三頁。

【1986a】「書くことの逆説　「ボヴァリー夫人」論1」、『海燕』、福武書店、一九八六年三月号、一七二―一八三頁。

【1986b】「単純であることの穏やかな魅力　D・W・グリフィス論」、『リュミエール』、筑摩書房、第六号、一九八六年一二月、二九―三九頁。

【1988】「フローベール研究の現状（一九六五―一九八八）」（小倉孝誠との共著）、『文学』、岩波書店、一九八八年一二月号、二二五―二四七頁。

【1989a】「描くことの消滅」、『季刊思潮』、思潮社、第三号、一九八九年一月、三七―四七頁。

【1989b】「麗らかな午後の日差につれて」（絓秀実によるインタヴュー）、『小説から遠く離れて』付録、日本文芸社、一九八九年四月。

【1989c】「［小説の現在と未来］（2）歴史と共に終わりなし」（クロード・シモン、大江健三郎と行った「ノーベル賞受賞者日本フォーラム文学賞ワークショップ」から）、『読売新聞』、一九八九年一一月七日、夕刊、一一面。

【1990】「昭和批評の諸問題――一九四五―一九六五」（浅田彰・柄谷行人・三浦雅士との共同討議）、柄谷行人編、『近代日本の批評Ⅱ　昭和編 下』、講談社文芸文庫、一九九七年、四七―一三三頁〔『季刊思潮』、思潮社、第七号、一九九〇年一月、二六―六〇頁〕。

【1991a】「スクリューボールまたは禁止と奨励　ハリウッド三〇年代のロマンチック・コメディー」、『ルプレザンタシオン』、筑摩書房、第一号、一九九一年四月二〇日、一六―一九頁。

【1991b】「「近代日本の批評」再考」（浅田彰・柄谷行人・野口武彦・三浦雅士との共同討議）、柄谷行人編、『近代日本の批評Ⅲ　明治・大正篇』、講談社文芸文庫、一九九八年、二七三―三五六頁〔『批評空間』、福武書店、第三号、一九九一年一〇月、六―三八頁〕

【1992】「署名の変貌――ソ連映画史再読のための一つの視角」、『レンフィルム祭――映画の共和国へ』、国際交流基金・朝日新聞社・大阪国際交流センター・川崎市市民ミュージアム、一九九二年六月、二〇―三二頁。

【1996a】「日本近代文学は文学のバブルだった」（後藤明生・久間十義との鼎談）、『海燕』、福武書店、一九九六年一月号、二〇―四七頁。

【1996b】「ドゥルーズと哲学」（財津理・前田英樹・浅田彰・柄谷行人との共同討議）、『シンポジウムⅢ』、太田出版、一九九八年六月、一五一―一九九頁（『批評空間』、太田出版、第二期第九号、一九九六年四月、一二一―五四頁）。

【1996c】「一葉は何ごとをも終えようとはしなかった。彼女は始まりとも終わりとも無縁な作家なのです」（絓秀実によるインタヴュー）、『文藝』、河出書房新社、一九九六年秋季号（八月）、四六―五四頁。

【2000】「ゴダールを語る3――蓮實重彦との対話」（浅田彰との対談）、浅田彰『映画の世紀末』、新潮社、二〇〇〇年四月、一二九―一六五頁（『批評空間』、太田出版、第二期二五号、二〇〇〇年四月、三八―五四頁、原題「ゴダールの『映画史』をめぐって」）。

【2002】「中村光夫――賭けとその勝利　「大衆消費社会」の批評家」、『文學界』、文藝春秋、二〇〇二年二月号、一八四―一八六頁。

【2005】「ゴダールとストローブ＝ユイレの新しさ」（浅田彰との対談）、『新潮』、新潮社、二〇〇五年五月号。

【2006】「映画ファン必読の労作」、上島春彦『レッドパージ・ハリウッド』、作品社、二〇〇六年七月、帯。

【2007a】「フィクションと「表象不可能なもの」――あらゆる映画は、無声映画の一形態でしかない」、石田英敬・吉見俊哉・マイク・フェザーストーン編『デジタル・スタディーズ第一巻　メディア哲学』、東京大学出版会、二〇一五年七月、一七―三九頁（国際シンポジウム「ユビキタス・メディア――アジアからのパラダイム創成」の一環として、二〇〇七年七月一三日に東京大学本郷キャンパスにて行われた講演）。

【2007b】「眼と耳／映像と音」（フリードリヒ・キットラーとの対話、中路武士構成）、『デジタル・スタディーズ第一巻　メディア哲学』、前掲、五七―六三頁（前掲シンポジウムにおける対話の記録）。

【2008a】「ドキュメンタリーとフィクションのはざまで鳴る「音」」（菊地成孔との対談）、菊地成孔『ユングのサウンドトラック〈ディレクターズ・カット版〉』、河出文庫、二〇一五年九月、一四二―一五五頁（『エスクァイア日本版』、二〇〇八年二月号、四四―四七頁）。

【2008b】「批評の断念／断念としての批評」、『早稲田文学①』、二〇〇八年四月一五日、早稲田文学会、三三七―

三八〇頁。

【2015】「映画を「人類」から取り戻すために」（伊藤洋司との対談）、『週刊読書人』、二〇一五年二月六日・三〇七六号、一—二、四面。

【2016a】「まだ十五歳でしかない彼女の伏し目がちなクローズアップの途方もない美しさについて——山中貞雄監督『河内山宗俊』」、『文學界』、二〇一六年二月号、一九四—一九七頁。

【2016b】「近代日本の悲劇」（「講談社文芸文庫　私の一冊03／『二葉亭四迷伝』　著：中村光夫」）、『IN POCKET』、二〇一六年三月号、二二〇—二二一頁。URL: http://bungei-bunko.kodansha.co.jp/recommendations/3.html
【2016c】「伯爵夫人」、『新潮』、新潮社、二〇一六年四月号、七—一〇二頁。

その他の著作

石井洋二郎、「フランス語の文学とは——一つの見取図」、渡邊守章・柏倉康夫・石井洋二郎編『フランス文学』、放送大学教育振興会、二〇〇三年、一一—二六頁。

片岡大右、「マチルド・ド・ラ・モールのために——サン＝レアルからスタンダールにかけての文学＝鏡の変容」、『仏語仏文学研究』、第四九号（塩川徹也先生古希記念号）、東京大学仏語仏文学研究会、二〇一六年秋刊行予定。

工藤庸子、『恋愛小説のレトリック——「ボヴァリー夫人」を読む』、東京大学出版会、一九九八年。

——「匿名の軽やかな誘惑について」、蓮實重彦『凡庸な芸術家の肖像』、講談社文芸文庫、前掲、下巻、四三〇—四七一頁。

菅谷憲興、「ポール・ベニシュー『作家の聖別　フランス・ロマン主義1』」、『cahier』、日本フランス語フランス文学会、一七号、二〇一六年、三一—三三頁。

デリダ、ジャック、『マルクスの亡霊たち』、増田一夫訳、藤原書店、二〇〇七年。

ド・マン、ポール、『理論への抵抗』、大河内昌・富山太佳夫訳、国文社、一九九二年。

バルト、ロラン、「物語の構造分析序説」、『物語の構造分析』、花輪光訳、みすず書房、一九七九年。

フーコー、ミシェル、『言葉と物』、渡辺一民・佐々木明訳、新潮社、一九七四年。

——『臨床医学の誕生』、神谷美恵子訳、みすず書房、二〇一一年。

ブランショ、モーリス、「ヴィトゲンシュタインの問題」、清水徹訳、『フローベール全集』、筑摩書房、別巻、一九六八年。

ブルトン、アンドレ、『シュルレアリスム宣言・溶ける魚』、巖谷國士訳、岩波文庫、一九九二年。

ベニシュー、ポール、『作家の聖別　フランス・ロマン主義1』、片岡大右・原大地・辻川慶子・古城毅訳、水声社、二〇一五年。

ヤウス、H・R、『挑発としての文学史』、轡田収訳、岩波現代文庫、二〇〇一年。

ロブ＝グリエ、アラン、『ニューヨーク革命計画』、平岡篤頼訳、新潮社、一九七二年。

渡邊守章、『フランス』（山口昌男・蓮實重彥との共著）、一九八三年、前掲。

――『フーコーの声』、哲学書房、一九八七年。

――「なぜ、いま〈表象〉か」（高橋康也・蓮實重彥との討議）、『ルプレザンタシオン』、筑摩書房、第一号、一九九一年〔a〕、一六―三〇頁。

――「マラルメ、ワーグナー、クローデル――革命と終末の廃墟に」、『ルプレザンタシオン』、筑摩書房、第二号、一九九一年〔b〕、五四―六一頁。

――「文学史とは何か」（三谷邦明・藤井省三・高橋世織との座談会）、『文学』、岩波書店、一九九八年一〇月、第九巻第四号、六九―九三頁。

――「まえがき」、渡邊守章・柏倉康夫・石井洋二郎編『フランス文学』、二〇〇三年、前掲、三―六頁。

――『哲学の舞台』（ミシェル・フーコーとの共著）、朝日出版社、増補改訂版、二〇〇七年。

渡辺守章・塩川徹也、「総説」、渡辺守章・塩川徹也編『フランスの文学――17世紀から現代まで』、放送大学教育振興会、一九九八年、一五―三六頁。

PHILIPPE Gilles et PIAT Julien (dir.), *La langue littéraire : Une histoire de la prose en France, de Gustave Flaubert à Claude Simon*, Paris, Fayard, 2009.

II

蓮實教授との三時間、日本の列車の車中にて

ペドロ・コスタ　Pedro COSTA

映画監督。一九五九年リスボン生まれ。監督作品に『血』(一九八九年)、『溶岩の家』(一九九四年)、『ヴァンダの部屋』(二〇〇〇年、第55回カンヌ国際映画祭フランス文化賞受賞)、『コロッサル・ユース』(二〇〇六年)、『ホース・マネー』(二〇一四年)など。

冷気ただよう一〇月下旬の朝のことだった。太陽からは光が射し、東京駅をおおうように青々とした空が拡がっていた。

上背のある体躯に長外套をまとった蓮實教授は、すでに新幹線の乗り場で待ちかまえていた。茶色い革製のブリーフケースを両手でしっかと握りしめた彼の顔には、人を惹きつけずにはおかない、謎めいた微笑が浮かんでいた。

私はこの男が気に入った。それどころか、以前からこの人物を少しばかり知っていたかのようにも感じていた。小津安二郎についての彼の書物を読んだことがあったからだろうか。

彼もまた私の映画をいくつか見ていて、幸いにもどうやら気に入ってくれたらしい。たぶん、自分に

いくばくかのシンパシーを感じるところがあったのだろう。

なにより、このときになってようやく実感したのである――これからの三時間、蓮實教授を旅の伴侶とするという特権に恵まれたことの幸運を。

私はこの男を信頼することができたし、また同時に、車窓の向こうでめまぐるしくその姿を現す日本という国を信用することができたのだ。


列車が速度を上げると、私は、自分のなかでひそかに「蓮實のパラドクス」と呼んでいるものについて思考を巡らし始めた。映画評論の書き手として非常に特別な存在とされている彼の著述には、それ以上になぜか、方法についての考察というか、世界や人間を見つめ、観察する独自のやり方が認められるのである。

その映画論は、まったくもって唯一無比のものであり、大多数の評論家や批評家の議論に真っ向から異を唱え、対立の姿勢を見せている。

そこにあるのは信念のようなものだ。彼はそれを小津のなかに、あるいはフォードやホークスのなかにも見出している。つまり、世界への、映画の力を通して見た私たちのこの世界への、絶対的信頼である。

蓮實は批評家の視点から書くだけではない。むしろ、映画作家の視点から書いているのではないだろうか。どの映画を論じたどのテクストでも、映画の外からではなく「内側」から彼が語っているかのように感じられるのだ。

私たち作り手がする仕事を、彼もまた同じように行っている。一篇の映画を見て描写するのに、作り手が制作において直面するような、具体的かつ唯物的な問題を考察せずにはいられないのだ。限られた空間でどう役者を動かすのか、ある身振りやアクションの速度をいかに調節するか、どのように構図を決め、どのようにフレームに手を加えていくか、相容れることのない異質な要素をつなげるさいにどこで均衡をとるのか——蓮實はこうした問いのすべてについて、映画作家でなければしないような仕方で書きつらねていく。

どの文章を読んでも、彼はいつだってこの秘密の能力を手放しはしない。蓮實が作り手と同じように仕事を進め、同じように分析していることは明白だが、おそらく彼は、そんな結論を認めようとはしないのだろう。

蓮實は何も明らかにはしない。

称えるべき映画の随伴者として、映画に確証を与え、映画をそのままに支えている。

ジャック・リヴェットが映画に与えた定義——外にあるものと秘められたものの結びつきを、思いもよらない身振りによって説明もなしに露呈させること——は、彼自身の定義とも重なっている。

仙台を通過したあたりで、小津を論じた蓮實の本が、「食べること」「着換えること」「見ること」「住むこと」「立ちどまること」といった題が付された章に分かれていたことを思い出した。

ロベルト・ロッセリーニなら、このことをどう考えただろうか?

『インディア』の作者はかつて、一篇の映画を作るのに必要なことは、黒板に図面を引き、そこに「食」「衣服」「慣習」「気候」というように、限定された国や共同体の観察から知りえたもののいっさいを書き出していくことだけだと語っていた……そうすればそれがシナリオとなり、映画は撮影に入ることができるのである。

ペドロ・コスタ

映画を作るとは、映画について書くことでもある。

およそこうした沈思黙考に、私は完全に没頭してしまっていた。私の左手側には美しい眺望が続き、目の前ではもうひとりの乗客が落ち着き払って坐っている。両者に挟まれた私は、この人物が小津について書いた記述の精確さを思いつつ、それと照合するように窓外を流れていく日本の田園地帯の具体的な現実を、ただただ眺めていた。田畑で作業する農家の人びと、住宅の屋根、ワンボックスカー、牛の色彩、川、標識……。

こうして私たちの三時間は、瞬く間に過ぎ去っていった……。

私は、旅程のほとんどを口もきかずに過ごしていたことに気がついた……熟練の観察者たる蓮實教授は、無口で陰鬱な気質である私を、諦念とともに眺めていたにちがいない。

少しばかり恥ずかしくなった私は、あまり楽しくないお供で申し訳ないと弁解した。すると彼は、その深みのある穏やかな声で、成瀬巳喜男も非常に物静かな人だった、と私に告げた。「彼は、世界が自分を裏切ったと感じていたのです」と。

成瀬、小津、そして蓮實——私たちの弱さを、やさしく語る男たち。

［翻訳＝中村真人］

映画からこぼれ落ちそうになる男

三浦哲哉　Tetsuya MIURA

映画批評／青山学院大学文学部准教授。一九七六年郡山市生まれ。東京大学大学院総合文化研究科超域文化科学専攻博士課程修了。著書に『サスペンス映画史』（みすず書房、二〇一二年）、『映画とは何か　フランス映画思想史』（筑摩書房、二〇一四年）など。

1　不意打ちの経験

映画をめぐる蓮實重彥のテクストにおける語りは、不意打ちの経験から立ち上がる。そこから「話者」の立ち位置の摑みどころのなさ、その語りの具体性、めざましい運動感覚、等々といった独特の質が帰結する。

任意の頁を開いてみればそこかしこで読者が出遭うことになる、そのような不意打ちについての記述の中で、とりわけ印象ぶかく思われたものをひとつ引用することから、この話者の語りがいかなるものであるかについての若干の考察を書きはじめてみたいと思う。ロバート・アルトマンの『ウェディング』(一九七八年)のある一場面についての記述である。アルトマンについての当時の世評一般に同調することができず、また、この作り手が例外的な傑作をものしたかは疑問であると慎重な留保をつけながら、しかし、それでもその貴重さを認めることになるのは、次の光景がもたらす不意打ちゆえのことである、というように語りは進む。その記述は、ユーモアと喚起力に充ち満ちており、一挙にそこへ引き込まれてしまう。

たとえば新婦の母親を愛してしまう新郎の伯父。あの図体がでかいばかりで影の薄かったギュスターヴ・フローベールにそっくりの男が、唐突に女をだいてダンスを踊りはじめる瞬間にぷかーっと存在そのものを拡大させ、それまでとは比較を欠いた巨大さでこちらに迫ってくるありさまはどうか。この不意の拡大ぶりを前にする観客は、いきなり胸にだきしめられたキャロル・バーネットその人のように、この過剰な存在を何とも扱いかねて、処置に窮するほかはない。ほとんど不条理というしかないその愛情の吐露に立ち会ってしまったわれわれは、それ以後、この巨漢がひとことチューリップと愛する人の名を口にするたびに、それまでは画面の奥のその大がらな人影に律儀におさまっていた彼が、スクリーンのこちら側までふくれあがってこぼれ落ちそうになるので、思わず人目をさけて押しもどし、もとの輪郭におさまるように説得したい気持にかられる。*1

ここで書かれているのは、スクリーン上で展開する映像の客観的な記述を超えた、ありえない事態であるようにも思われる。まず「ぷかーっと」存在を拡大させると言うが、人間がぷかーっと巨大化するなどということはありえそうにない。「ぷかーっと」膨らむのは、ふつう煙などの気体であるだろう。この意表をついた副詞の選択が示唆しているのは、フローベール似だという男が、一人の人間の肉体の固体性に留まるのでも、あるいは映像の平面性に留まるのでさえなく、軽々と気体のような自在さで大きさを変えてこちら側にこぼれ落ちてしまうかもしれない、そのような何かであるという気配だろう。

実際に映像にあたってみると、この男を演じるパット・マコーミックはやや唐突なズームアップで捉えられ、フレーム一杯に窮屈そうに収まるその体の大きさが強調されている。この映画の作り手がそうした佇まいの滑稽さに、ほとんど遊戯的に反応している、ということも伝わってくる。しかし、上の引用が述べていることは、そのような観察を軽々と超えている。なにしろこの大男は、「スクリーンのこちら側までふくれあがってこぼれ落ちそうにな」り、そう語る話者は、「思わず人目をさけて押しもどし、もとの輪郭におさまるように説得したい気持にかられる」というのだから。

スクリーンの外へと大男が「ふくれあがって」きて、それを映画館の観客である話者があわてて「押しもどそう」とする、と語られる事態の滑稽さは、その話者として署名する蓮實重彥その人が、同じく映画批評家という肩書にも、あるいはフランス文学者という肩書にも不釣り合いな大男であるという事実を知っていればさらに増すだろう。スクリーンの男をフローベールに酷似していると指摘した話者は、自身、フローベール研究者でもあり、この文章が書かれていたころからすでに着想のあった『「ボヴァリー夫人」論』を、数十年ごしの二〇一四年に上梓している。フローベール研究者の大男が、スクリーンからこぼれ落ちそうになるフローベール似の大男を思わず押しもどそうとしている、と述べているのだから、一体これは何なのだろうか、と驚愕しないでいることはむずかしい。

これらの言葉をどう読めばいいのだろうか。もっとも無難なのは、この一連の語りを、ある種の修辞として理解することだろう。読者を巻き込み、生々しく画面と向き合わせるという目的のための「喩え」として一連の誇張表現が用いられた、と捉えることも可能ではあるだろうし、実際にパット・マコーミックがスクリーンのこちら側へとこぼれ落ちてくることなどはそもそもありえないのだから、「押しもどす」という動詞によって読者の運動感覚に訴えかけて、より一層この巨大さを強調することが、こうした表現の狙いである、と理解することもできないわけではないだろう。

また、この文章のつづきを読み進めれば、ここで選ばれている表現が、「不意打ち」の擁護という、結論的なメッセージを伝達するための手段である、という見取り図を得ることもできるかもしれない。だとすれば、「唐突に」、「処置に窮する」、「思わず」といった語彙とともに語られる話者の身体的反応は、この「不意打ち」の急なさまを表現するために用いられたものであるということになるだろうか。

「ロバート・アルトマンまたは大胆な繊細さ——『ウェディング』の自然と不自然」と題されたこのテクストにおける話者のこの作品についての主張は、単純化しようと思えば、以下のように要約しうるだろう。すなわち、アルトマンの作品において真に貴重な瞬間はまさにこの大男の唐突で「不自然」な存在の肥大ぶりのほうであって、世間で「アルトマン的」と評価されているところの一見して「奇想天外」な登場人物たちの振る舞いや、「現代アメリカ社会の批判」、または「ブラックユーモア」のほうではない。後者は、「典型的な秩序の攪乱者たちであって、その横紙破りの痛快な言動は、映画に保護されることではじめて観客の瞬間的な共感を獲得しうるものにすぎ」ず[*2]、とどのつまり観客を真に驚かせることはないからだと話者はいう。それに対して、フローベール似の大男のほうは、「心理的必然だの劇的必然だのを自覚する意識すらない一種の機械仕掛けの人形みたいなもので、その歯車の装置がちょっと狂ってしまった結果、自分でも気がつかぬうちに途方もなく不自然な逸脱を演じてしまう」。それは「映画そのものにとって過剰な隆起点をかたちづくっている」[*3]。

「映画に保護される」、「過剰な隆起点」等の独特の表現が何を意味するかについては後でまた戻るとして、話を進めよう。この文章の話者にとって何よりも重要だったのは、同時代的風俗との同調やそれへのもっともらしい皮肉や批判、その当節流行していた映画的装いといったことを絶対的に超えてしまったものの不意の出現をいかにして、その絶対性において言語化しうるかという点にある。だから、話者は、文字通り、パット・マコーミックの姿を「映画」そのものからこぼれ落ちかねないものとして記述した。

さて、だとすれば、やはりここには単なる「喩え」を超えた何かが含まれているというべきではないだろうか。つまり、ここで生きられた不意の遭遇には、「現実的」というべき側面があるように思われるのだ。もちろん、もし話者がすんでのところでそれを押しとどめていなかったならば、そのままこの大男がスクリーンの外に転がり出てしまったはずである、などということではない。もし本当にイメージが話者を物理的に襲うならば、それはもはやイメージではなくなってしまうだろう。ここで問題とされているのはイメージがイメージのままで、それでも話者に直接的に触れるという事態の法外さである。そのような意味における「イメージとの接触」という現実を、話者は記述しようとしているように思われるのだ。

「イメージとの接触」とは何か。それをより具体的に理解させてくれるのは、アルトマン以上に、ジャン・ルノワールである。『ウェディング』について語っていた話者は、この文章の後半で、不意に、次のように断定する。「作中人物の必然性を欠いた理不尽な膨張という主題はいうまでもなくジャン・ルノワールのものだ」*4。そして、『ボヴァリー夫人』(一九三三年)のヴァランティーヌ・テシエや『黄金の馬車』(一九五三年)のアンナ・マニャーニや『ゲームの規則』(一九三九年)のノラ・グレゴールをめぐる同系列の記憶が次々とたぐり寄せられる。ここで直接、問題となっているのは「膨張」の主題であるが、それは「接触」と結びついている。そもそも『ウェディング』のパット・マコーミックの「膨張ぶり」は、キャロル・バーネットを「だきしめる」という動作によって際立っていた。

ルノワールこそは映画の「接触性」を示す特権的な名であると話者はいう。それは、このアルトマン論の数年前に書かれた「ジャン・ルノワール、または触覚都市の痕跡」において全面展開されていた主張である*5。「いうまでもなく」と前置きされているのは、映画史上の決定的なできごととして――以前／以後を画すものとして――ルノワールの作品がすでに作られているからであり、その記憶のうえにこのアルトマン論が書かれているからだと、さしあたりいえるだろう。

ルノワールをめぐるこの最初の論考は、蓮實重彥の映画論の主著のひとつといっていいだろう『映像の詩学』において、ジョン・フォード論、ハワード・ホークス論とともに、ある種の「映画原論」のシリーズを構成している。ではルノワール的な「触覚性」とは具体的に何を意味するのだろうか。次にこのルノワール論へと移り、考察をつづけよう。

2　ルノワールと触覚性

一九五〇年代末からフランスで起こる映画の刷新運動であるヌーヴェル・ヴァーグを、――そして七〇年代のアルトマンの最良の部分を――先駆ける存在として話者はルノワールを特筆し、この作り手が彼らの数十年前に実現させていた途方もない空間を「接触都市」と表現する。「接触都市」とは何か。簡単に振り返っておこう。要点は二つある。第一に、三〇年代の古き良きフランス映画における神話的な「パリ」の姿が、ラザール・メールスンといった美術監督の手によるセットで人工的に再現されたものであるというしばしば等閑視されてきた事実を確認したうえで、ルノワールが例外的にロケーション撮影で現実のパリの姿を捉えたということ。第二に、とはいってもルノワールのロケーション撮影が、六〇年代後半にアメリカで流行し始め、アルトマンの「作風」もしばしばそこに包括されてしまうニューシネマのドキュメンタリー・タッチなどとは一線を画すものであったことである。ただ街中でカメラを廻して同時代的風俗を取り込み、最新の「映像表現」と調和させるといったことではなく、ある存在がある別の存在と、不意に接触的な遭遇を果たす、そのように特異な空間――つまり「接触都市」としてこの作り手がパリを構想したことこそが重要であるというのだ。

そのことを了解させてくれる最も際立った例として引かれるのは、『素晴らしき放浪者』(一九三二年)の次の場面である。『『素晴らしき放浪者』のルノワールこそが真のフランス映画にほかならず、それがまさしく「映画」そのものだという確信こそが」*6 ヌーヴェル・ヴァーグ世代の共通の地盤になっていたと前置きしつつ、シャルル・グランバル演じる書籍商レスタンゴワが、ミシェル・シモン演じる放浪者ブーデュと遭遇を果たす決定的な場面を、話者は次のように語る。

われわれが驚くのは、むしろブーデュを捉えた画面そのものである。望遠鏡が捉えた光景にふさわしく、浮浪者の姿は円型に黒く縁取られた中央の丸さの中に浮きだしてくる。それは、二階の窓からしかもセーヌ河を背景として眺められた光景でありながら、奇妙に距離感を欠いた画面である。そしてアイリスの手法に似た円型の枠がとりはらわれてごく普通の長方型に戻った画面には、遠近法的な奥行きを欠いた人混みが等しい距離で視界をみたしている。[…] 瞳が捉えるすべてのものは、見られることによって、われがちに画面の表層へと浮上し、距離の階層的秩序を否定せんばかりにたち騒いでいる。等しく奥行きを欠いた断片的な存在であるが故に、競って開かれた二階の窓へとせりあがってくるのだ。それは視覚的というよりはほとんど触覚的な体験ともいうべき光景である。*7

話者を驚かすのは、浮浪者ブーデュの奇態な風体そのものではないし、いわゆる物語展開の緩急といった曖昧なものによってでもない、と断られたうえで、以上のくだりは書かれている。不意打ちをもたらすものは、望遠鏡で戸外を見ていた男のいる室内と、屋外を歩くブーデュの距離が唐突に廃棄される、そのような画面連鎖の推移である。

すさまじいのは、望遠鏡の偽りの距離を介して通底しあう戸外と室内だ。レスタンゴワ氏はかたわらの若い女中の存在を忘れるほどに、望遠鏡が捉えたブーデュに惹きつけられる。思わず、美しいの一語を洩らしたことは、すでに述べたとおりだ。浮浪者の投身自殺の一瞬をレンズ越しに目撃し、彼ははじかれたように街頭に駆けだしてゆく。歩道でブーデュの脇を歩んでいた散歩者の誰よりも目ざとく、事態の重大さを察した書籍商は、抜手を切ってセーヌ河を横切り意識を失った浮浪者を救いだして自宅に運び入れる。あたりを埋めつくした群衆が、本屋のウィンドーに押し寄せてくる。素晴らしいのは、この内部から外部へ、そして外部から内部へと往復する運動の力学だ。その往復運動を生きる中年の書籍商は、青年のような若々しい視力と、柔軟な筋肉とを不意に回復したかのような素早い身のこなしで見るものを驚かせる。女中マリアンヌとの愛戯の瞬間には享受しなかった活力が、思いもかけず全身を若返らせてしまったのだ。このレスタンゴワ氏の身軽さと迅速さとは、ほとんど夢のみが可能にする時空の短絡現象といったものである。*8

振り返れば、アルトマンの『ウェディング』においてパット・マコーミックの場面がもたらす「不意打ち」が、まさにルノワール的な意味における「触覚的な体験」と同種のものとして感受されていたことはあきらかだろう。絵画的制度にもとづいた「偽りの奥行き」を廃して、存在が接触的に迫ってくるがゆえに、この二つの場面は見るものを脅かす。いや、接触的に迫るというのではなく、端的に、接触するのだ。『素晴らしき放浪者』においては、レスタンゴワ氏に「美しい」とつぶやかせたこの望遠レンズを介した遭遇が、さらにブーデュの河への投身へ、そして迅速な救出の身ぶりへと矢継ぎ早につながっていったのだが、『ウェディング』において理不尽な図体のあの男が画面からこぼれ落ちようとするとき、この場面を記述する話者自身が思わず演じ、反射的に補っていたのは、そこに欠けていたレスタンゴワ氏の救出の身ぶりだったとさえいえるかもしれない。

ここで確認したいのは、『素晴らしき放浪者』のルノワールがあらゆる映画的な接触体験の祖型であるなどということではない。そうではなく、接触体験が、ある一つの作品の中の完結したできごとではなく、このようにして起こる接触が、距離を廃棄することで、作品という虚構の枠そのものをも宙に吊り、「時空の短絡現象」として、作品の内と外とを問わぬ複数のできごとを接触させるということだ。

「ジャン・ルノワール、または触覚都市の痕跡」で示されるのは、「接触」が、「接触」と「接触」とを「接触」させる構成的な原理であるということである。そのことは、『素晴らしき放浪者』などにおけるルノワール的接触が、一九五〇年代末に起きたヌーヴェル・ヴァーグの諸作品と時空間的な距離を廃したある直接的な関係を持ってしまうことを次々と例示しながら、実演的に証明される。レスタンゴワ氏の身に起きたできごとが観客を不意打ちするというとき、そのできごとは、たとえば、『勝手にしやがれ』（一九五九年）におけるミシェルの身に起きたできごととも短絡する。「彼は、ブーデュを水から救うべく往来へと走りだすレスタンゴワ氏と同じように、扉も廊下も階段もまるで存在しはしないかのような身軽さで、無媒介的に外界に身をさらす」*9。

映画観賞体験を「接触」と言うことが、比喩ではなく、その現実性においてそうだというのは、以上述べられた意味においてである。それは映画が生々しく迫ってくるありさまの間接的な喩えに尽きるのではない。それは二重の意味において、映画体験のある種の直接性を示す契機である。第一に、映画がそれに従っていると見なされている「制度」――たとえば絵画的な「遠近法」や、画面同士の「連続性」を作りだすためのアイラインのマッチングなどといった諸規則があり、それらが守られることで、映画が表象する時空間が観客にとって首尾一貫した「現実的」なものとなるだろうという想定があるが、話者はそうした想定を批判し、それとは別のイメージの現れ方がありうるという。映画が表象する時空間は、我々が映画の外で生きていると考える「日常空間」とは徹頭徹尾異なる、その意味ではどこまでも不自然であることをやめない、いびつな場でしかない[*10]。「現実らしさ」を捏造する制度に曖昧に意識を預けることなしにイメージの連鎖を見ることができさえすれば、映画が表象する時空間がつねに矛盾を孕み、歪み、でこぼことし、無数の孔が空いていることに気付かされずにはいないだろう。だからこそあるイメージが、そのような映画の不自然さそれ自体と一致して「隆起点」をかたちづくるということがある。イメージの物質性が顕わになるのはそのときだろう。それはもはや制度的な抽象としての時空間的連続性に従属することを半ばやめ、それゆえ、直接的なしかたで観客に触れるといいうるのだ。

そして第二に、「距離の廃棄」において触れ合うのは、いまや物質として感受されるイメージと観客であるだけではなく、イメージとまた別のイメージである。接触の「現実性」、という表現が曖昧だというなら、プラグマティックな構成力と言い直してもよいかもしれない。接触は在りうる、そう考えることによって、曖昧な「遠近法」の秩序においては決して感得されることがなかった、細部同士の具体的なつながりがあらたに見出され、言語化される。そのような地平が開かれる。この地平は、その文学論において「テクスト的現実」と呼ばれるものと通じ合っているだろう。観客に触れるイメージの群れは、あらたに配置をなし、「物語」とは別の水準におけるかたちを獲得するだろう。

この「現実性」は、テクストそれ自体に、あるいはイメージそれ自体に帰属しているが、しかし、それを構成するのは話者の「テクスト的身体」というべきものである。「こぼれ落ちそうになる」マコーミックを押し戻そうとする、と書くとき、話者は自分の身体をテクスト上で再構成しながら、この接触体験を言語化する。むろんそれは、話者の実体としての蓮實重彦が自伝的に映画を語っている、ということとは別の水準で理解しなければならない。そうではなく、無数の接触を記憶にとどめ、それら接触をもたらすイメージ同士の関係を話者が浮かびあがらせるとき（フローベール似の男とブーデュとミシェル・ポワカール）、それを可能にする媒体として、この話者は自身の身体を差し出しているということだ。とはいえ、媒「体」とはいっても、それはかさばりをもたない身体であるだろう。時空を超えて互いに交差する無数の接触体験によってのみ書かれ、感覚化される、純粋な表面としての身体があり、その身体は「ぷかーっと」と膨張するマコーミックのそれと同様、いかなる質量も有しないと考えるべきなのだ。

3　乱闘と境界

やや話が脱線するかもしれないが、「時空の短絡現象」に触発されるまま、ここでいう接触体験が、映画に限られることなく拡散しうるものであることを付け加えておこう。レンズ越しであれ、そうでない場合であれ、見るものと見られるものとが不意に接触的な関係に入り、安全な距離の彼方にいたはずの見る側に理不尽な身体的反応を惹起せしめるという事態は、スポーツ論においても特権的な瞬間をかたちづくり、同様に、高揚と官能の体験として書かれうる。

たとえば、女性の野球評論家であるとされる草野進という虚構の人物と蓮實重彦との対談において、「南海」の二番、新井のランニング・ホームランに話題が及んだときも、できごとは接触的な刺激として感受されている。「そしたら三塁を走りぬけた新井がホームめがけてとびこんでくる。セーフ。本当に久し振り……。背筋から腰にかけて戦慄が走りぬけ、いま考えても、あのとき失禁しなかったのが不思議なくらい……」と、草野は述懐する[*11]。「ランニング・ホームラン」を演じる身体もまた、ベースボールのある種の隆起点を示しているからだ。

『スポーツ批評宣言　あるいは運動の擁護』のために書き下ろされた「MLB二〇〇三年度のポストシーズンはドン・ジマーの一人勝ちで終わった」で語られる「乱闘」の場面についても見てみよう。すでに東大総長の職を辞していたとはいえ様々な行事のたぐいで忙殺されているとも語る話者は、その現場に立ち会えなかった「不甲斐なさを、心から悔いてい」[*12]たと前置きしつつ、早朝のアメリカのホテルでいくつもの新聞をたぐりながら、その前日の夜に「ベースボールの神々」が「顕現」[*13]したとしか思えないという祝祭的な乱闘を追体験しようと活字に没頭する。遅ればせながら、できごとの現場との距離を廃棄する「短絡現象」を生起せしめんとするかのように。

映画だけではなくベースボールにおいても「乱闘」が擁護されてやまないのは、それもまた安定した制度的虚構としての「遠近法」を乱す接触的なできごとであるからだ。その目で遭遇しえなかった代わりに、話者はニューヨーク・タイムズの記者がそれを適切な言語表現として記述しえたことを喜び、引用する。「雑種の子犬のように怒りっぽく闘争心にみちたボストンのエースのマルチネスは、この日、九八球のボールにとどまらず、七二歳のヤンキースのベンチ・コーチさえ投げてみせた」[*14]。相手投手のビーンボールを目にして、瞬発的に、監督ドン・ジマーがルール上それを超えてはならないと定められた白線を横断してマウンドに走り寄るという運動は、レスタンゴワ氏の疾走と同様の意味における「夢のみが可能にする時空の短絡現象」のひとつであり、自分以外の観察者がそれをしかるべく受け止めたことに、安堵以上の感情が吐露されるのだった。

フィールドに描かれた白線という境界をめぐっては、それとの関係からキャッチャーというポジションを論じたきわめて示唆に富むテクストがあることも想起される。

捕手は他界に住まう人だ。ベースボールにあっての他界とは、もちろんファウル・ラインの外側を意味している。そこに落下したボールがゲームを中断させるしかない外部である。あらゆるプレーヤーの中で、キャッチャーだけが直角に交叉する二本のファウル・ラインの外側に守備位置を持つ。彼は、だから、二重の外部に住まっているのだ。そのことに意識的でない選手にキャッチャーはつとまらない。阪神いらいの若菜は、内部への未練を断ち切れずにひたすら捕手を失格し続けている。

味方の野手たちにとって、捕手は、文字通り外部の存在である。そのことだけでも薄気味悪いはずなのだが、あろうことか、あらゆる捕手は仮面で素顔を隠したまま、まるでカーニヴァルに浮かれた身元の知れぬ男女のように、投手と真正面から向かいあうことになる。しかも彼らだけが、味方の野手たち全員をつぶさに観察しうる特権の持主なのだ。捕手は、ミシェル・フーコーのいう一望監視装置《パノプティコン》の看守みたいに、見られずしてすべてを見ている絶対の権力者なのである。*15

話者として蓮實重彦と署名する人物がその実人生における捕手歴を持つからというだけの理由で、その批評家としての姿勢までを「捕手的」といえば、行き過ぎた短絡の誹りを免れないだろうが、とはいえ、ファウル・ラインという境界と接したすぐ外の位置取りが、これまで挙げてきた一連の文章を語る話者のそれと共通することもまた否定しようのない事実である。巨体をもてあましたフローベール似の大男がフィールド外にこぼれ落ちるのを押しとどめようとする身ぶりは、ファウルボールを処理するキャッチャーのそれと重なるように思えてならない。フィールド内の八人の野手が生きざるをえない切迫した現在進行形の時間の流れから、捕手だけは自由であるという指摘がなされていることも重要である。捕手は「外」の時間を生きており、単一の「現在」の流れに拘束されない。そうした特殊な時空に住まう捕手の姿勢と結びつけることによって、ジョン・フォードの作品において頻出するという「投げる」身ぶりを一つも見逃すまいとする、フォード論の話者のあの執拗さについても理解が深まるように思う。ただし、捕手だから、投げるものであればなんであれ敏感になってしまう、というようなことが問題なのではもちろんない。様々な球筋を無数に受け止めつづけ、掌のうえの接触的な記憶として、それら無数の「投げる」身ぶりを関連づけ、差異を取り出す。そのように、ある接触の経験を別の接触の経験と「時空を超えて」接触させる身体がとる姿勢のひとつに、捕手のそれもある、ということなのだ。また、マスクに表情を隠すことでイン・フィールドのプレーヤーを抑圧する、といわれる役割についても、それがこの批評家の多かれ少なかれ自らに任じたものだったということは誤りではないだろう。

　このように連想の糸をたぐってきてあらためて気付かされることがある。スクリーンからはみ出しそうになるフローベール似の男であれ、セーヌ河に落ちるブーデュであれ、屋内と屋外とを驚くべき俊敏さで往復するレスタンゴワであれ、ブルペンとイン・フィールドの境界を反射的にまたぎこすドン・ジマーであれ、虚構としての「遠近法的」な秩序を超えることで話者に不意打ちをくらわし、自分が住まうはずの表象空間を無政府主義的に活気づけるのではあるが、しかし、そうした例外的な運動は、ほとんどの場合、秩序そのものを不可逆的に転覆してしまうのではなく、それが起こるのと同じようなあっけなさで、元の状態に復帰してしまう点である。というより、この話者が指摘することがなかったなら、そのような例外的な運動が演じられたということすら、多くの者は憶えておらず、憶えていたとしても重要視することはなかった、というほうが本当のところに近いだろう。いいかえるならば、これらのできごとは、ほとんど不可視だったのである。

　ジマー氏の乱闘事件に関していえば、それがニューヨーク・タイムズで大々的に報じられていることが報告されているわけだが、しかしあえてそれが単行本への書き下ろしというかたちをとってまで特筆されているのは、このようなできごとが、ベースボール・ジャーナリズムの後進国と話者が考える日本においてならば、あっさり抹殺されていただろうという懸念があってのことだ。ベースボールの「隆起点」というべきできごとは、あまりにもしばしば、道徳的に許されぬ行為として抽象化され、忘却されてしまうからだ。

その点で付け加えておくべきなのは、この乱闘事件の後で、審判が誰をも退場とせず、「あたかも何ごともなかったかのように試合が再開された」[*16]ことを話者がとりわけ強調している点である。「乱闘」と呼ばれる事態に心を動かされながらも、むしろそれが、元も子もない全面的な破壊とはまったく逆の結果に収まる点が見逃されてはならないと考えられているのだ。逸脱とちょうどそっくり対となった復帰の肯定という姿勢は、たとえば、「映画小辞典」における「なぐる」の項目でも繰り返されている。

「なぐる」

椅子が飛び、テーブルが壊れ、ガラスが破れ、窓ごしに外に放り出される者までいるというのに、酒場の男たちはなぐり合いをやめない。西部劇を活気づけるこの乱闘の真の目的は何か。相手を殺さぬことである。[…]『静かなる男』(52)の名高いなぐり合いも、当然和解の前提なのだ。それがハリウッド映画の鉄則である。[*17]

接触的に「不意打ち」をもたらすできごとは、しかし、ほとんどの場合、元の状態に戻り、多くのものにはその運動が生起したということさえ忘れられてしまう。「接触」の主題は、こうして、その運動の「無償性」をめぐる思考へと導かれるだろう。振り返れば、話者がフローベール似の男を「押しもどそう」

とするときも、彼の逸脱を、目立ち過ぎぬよう元に戻そうという配慮がなされていたともいえるのだ。
ここまではこの話者の語りにおける「接触」の主題について考察してきたが、次は「無償性」に移ろう。「接触性」とともに、「無償性」への生来的とも思われる傾向こそが、話者の語りを駆動しているように思われるからだ。

4　ホークスと無償性、透明性

「無償性」の主題と特権的に結びつくのはハワード・ホークスである。最初に書かれたホークス論である「ハワード・ホークス、または映画という名の装置」は『映像の詩学』に収められ、先に述べた通り、そこでホークスは、ルノワール、フォードとともに、「古典的」とよばれる映画の実質をある際立ったしかたで示す事例とされている。ルノワールが映画における「接触性」およびその「猥雑さ」を「絶対化」した存在ならば、「無償性」を「絶対化」するのはホークスである。そのホークス論は次のように始まる。

ハワード・ホークス的「作品」とは、透明なあまり視界に影すら落そうとはしない不可視の装置である。[*18]

ヌーヴェル・ヴァーグによる再評価が徐々に知られるようになってきてはいても、まだ在りし日のハリウッドの職人監督のひとりという程度の認識こそが一般的である状況が、この文章が書かれた当時はあったのだという。「およそ単純で無内容な素材と喜々としてたわむれる」という、肯定的評価とはいいがたい佐藤忠男の評言が引かれているが、そのような無視を誘うものこそ、ホークスの見えがたさ、つまり「透明さ」であったと話者は示唆している。そして、まさにこの「透明さ」において彼の傑出ぶりをあきらかにしようというのがこの文章の目的であるのだ。ではその「透明さ」とは何か。

誰もが知っているごとく、ホークス映画では最も古典的なハリウッド映画の技法が画面を正確無比な構図におさめており、一枚のレインコートはレインコートに、一丁の拳銃は拳銃にそっくりのイメージをかたちづくっている。だが、その古典的な構図の中央を、瞳を無効にする不可視のできごとが走りぬけるのだ。そのできごとを、とりあえず運動という言葉に翻訳しておこう。なぜとりあえずかといえば、それが起ったことがただ嘘としか思えない迅速さで空間を横切り、その軌跡がどこにも残されてはいない運動こそが、ホークス的「作品」の真の主題にほかならぬからである。それは、ほとんど人目に触れない運動というか、みずからの軌跡を律儀に消滅せしめるがごとき運動の否認にほかならない。[*19]

ホークスの運動は、それ自体を否認する運動である。だとすれば、意識してその軌跡を把握することが難しいのは当然のことでもあるだろう。では、自身を否認する運動とは具体的にどのような運動をさすのか。『リオ・ブラボー』(一九五九年)における一挺のライフルが、ジョン・ウェインの手元を離れていたにもかかわらず目にも止まらぬ速さでそこへと戻る運動、『脱出』(一九四四年)のローレン・バコールの手元からハンフリー・ボガートへ、そしてまたバコールへと空間を横切るマッチ箱の運動、そして『リオ・ロボ』(一九七〇年)において通り過ぎたばかりの線路の上をそのまま逆行して元の位置に戻ってしまう列車の運動、などがそれにあたると話者は列挙する。私たち読者の多くはその作品を見ていたとしても、たとえばウェインが相手を倒した爽快さの印象や、バコールとボガートが恋の火花を散らしているという印象や、列車の場面が滑稽だったという印象等々だけをおぼろげに記憶するだけで、そもそもそれがどのような運動によって生じたものかは忘却されていることがほとんどだったのではないだろうか。この話者がしようとしていることは、この消えた運動そのものを想起させ、その性質をテクスト上に定着するという逆説的な試みだった。

運動それ自身の否認であるこの往還運動は、「透明」であるだけでなく、「無償」でもある。『男性の好きなスポーツ』(一九六四年)においてロック・ハドソンが大がかりな救命具によって、水底から水面への生還を果たす場面において、話者は、彼を浮上させるその装置が突如あまりに巨大に膨張する瞬間を想起しつつ、この典型的にホークス的な「装置」の無償性、そして無意味さを指摘する。きわめて大げさに作動し、発明に多大な労力を費やされただろうにもかかわらず、その効果は、潜って水面に戻るということで消尽されてしまう。何も生産的な結果を残さないのだ。『ハタリ!』(一九六二年)における猿の捕獲装置や、『ピラミッド』(一九五五年)においてそれを作った本人である王妃自身を捕獲してしまう生け捕り装置などをさらに例示しつつあきらかにされるのも、それらの作動の無償性である。この「往還運動」が、さらに、別の主題体系であるところの「幼児的退行」と「代置＝交換」を導き出し、たとえば人間と動物とが、大人と子どもとが、男性と女性とが、ただひたすら無意味に変換させられつづけるのがホークス映画であるという結論を提示しつつ、ただし、それら装置が日常的な秩序に対する挑発として機能するとはいえ、むしろホークスが特異なのは次の点においてであると話者は主張する。

ホークス的な挑発性は[…]、日常的な言語の制度化した安定を撹乱することで詩的言語とやらの復権を目論んだりはしない。日常言語と詩的言語といったすでにそれ自体が古典的な対立を越えて、詩的言語の挑発性と呼ばれる概念そのものを挑発し、その無廃を宣言するのだ。つまりそれは、詩人の存在そのものを撃つ透明な挑発性なのである。ホークス的透明装置を支える理不尽な映画的欲望とは、その無償の挑発性にほかならない。[*20]

ホークスについて語りながら、おそらく話者はここで自身の批評家としての戦略をそれに重ねて示している。ここで目指されているのは、たとえば日常言語としての娯楽映画を詩的言語へと異化し、活性化する瞬間を求めることではない。あるいは、映画を、その外部から体系づけ、論理構造を記述しつくそうとすることでもない。体系としての「ラング」に収まることのない映画は、そもそもそのような対象とはなりがたいからだ。また、革命を目指して映画の慣習を破壊しつくそうとすることでもない。しばしばそうした姿勢こそが批評家に求められるものだという通念があるが、その場合、そうした試みの前提となる抽象化の操作によって、運動それ自体は取り逃されることになるからだ。だからそうした批評は、ホークスに追いつけない。そうではなく、自らを目にも止まらぬ早さで「透明」にする、「透明装置」としての映画の機能こそがあきらかにされなければならないと話者は考えている。

一九七四年に刊行された最初の書物である『批評　あるいは仮死の祭典』は、ジル・ドゥルーズやミシェル・フーコーやロラン・バルトやジャン＝ピエール・リシャールといったフランスの同時代の思想家たちを日本へ一早く紹介しつつ、彼らとの対話において、自分独自の批評的姿勢を予告するくだりを含んでいる。その姿勢を全面展開したものこそが、このホークス論だと考えることはできないだろうか。バルトへのインタビューにおける次の発言がそれにあたる。

『サド・フーリエ・ロヨラ』の序文の中で［…］こういっておられます。「実際のところ、今日では、ブルジョワ的イデオロギーの外部には、いかなる言語的な場も存在しない。つまりわれわれの言語活動は、ブルジョワ的イデオロギーに発し、そこに還りつき、そこに閉じ込められたままになってしまう。可能なる唯一の反撃は、直接それに攻撃をしかけることでも、破壊することでもなく、ただ盗むことのみである。すなわち、文明科学的な過去のテキストを断片に粉砕し、それと認知しがたい言いまわしにしたがってその輪郭を散布させることなのだ。それはちょうど、盗んだ商品に人目をあざむく化彩をほどこすようなかたちによってである。」

［…］きわめて興味深く読みましたが［…］たとえば、言葉を盗み、それ《［ママ］》徹底的に隠蔽することのほかに、完全に透明な商品を、目にとまらぬ早さで交換させることによって、その存在感が途方もなく希薄化させるといったかたちでの反撃は、ありえないでしょうか。それは、娯楽映画とか、流行歌とか、通俗小説といったジャンルで現実に起っている問題だと思うのですが。」[*21]

「ブルジョワ的イデオロギー」がすみずみまで浸透したわれわれの社会で流通する言葉に対して、いかにして「反撃」を与えるか。この問いの前提として、二人は「紋切り型」ないし「ステロタイプ」の専制という事態について確認している。バルトは自身が「ステロタイプを絶対に肯定しえないという強い気持」を抱かずにいられないことを強調する。「ステロタイプとは、反復され、その反復の結果、ある重量を帯びてしまうような言語のことです」[*22]。「ステロタイプ」ないし「紋切り型」のやっかいさは、それを批判する言葉さえも「紋切り型」とする点にあり、簡単に述べれば、そこから「ブルジョワ的イデオロギーの外部には、いかなる言語的な場も存在しない」という困難な認識が帰結したのだった。「言語を盗む」と要約されるバルトの戦術に理解と共感を示しつつ、自分自身の戦術の着想が語られる。この時点では曖昧な表現ではあるが、「目にとまらぬ早さ」、「交換」といった語彙は、あきらかにこの数年後に書かれるホークス論の一端を予告しているように思われるのだ。

ホークスに託して話者が語る「透明性」は、無意識のまま用いられる「ステロタイプ」ないし「紋切り型」とははっきり異なる。それはただ単に「普通の」映画なのではなく、また、映画自身を批判する自意識的な映画の手前に留まっている。「機能」それ自体が過剰なほどに徹底されることで、ほとんど無内容に、透明に、そして、無償になってしまうという逆説を生きるものこそがホークスの映画である。だからそれはいわゆるイデオロギー批判を目指す言説と様相において対極である。話者がそこで目指しているのは、映画の機能に徹底して内在し、ほとんどそれと一体化して、それを記述する言語自身までもが透明性と無償性を帯びようとする地点である。

こうした言語実践だけが発揮しうる批評的な効果がある。そこで獲得された言葉の無償性と軽さが、ひるがえって、作品の運動を抽象化しようとする「ステロタイプ」的な言語の重さと硬直性を、また、そうした言語に引きずられる反‐ホークス的な他のあまたの映像の遅さを、告発するのだ。そして、このような言語実践は、結果として、ホークス作品の見え方を、あるがままに、劇的に変えてしまう。古き良き保守的なハリウッド映画のひとつとしてひとが漠然と持っていたその神話的イメージは、この話者のテクストと重ね合わされることで急激に鮮明な輪郭を帯びる。そこでは、たとえば男と女、大人と子ども、人間と動物、生命と機械などの抽象的な位階秩序が「目にもとまらぬ早さ」で循環し、宙吊りになり、個体性さえも融解する。そこでは、イデオロギー的に理解されるのとは別の意味における真の「前衛性」が獲得されるとさえ話者はいう。また、なによりも重要なのは、自らの運動の軌跡さえも消し去る「無償性」こそが、「紋切り型」の支配する現代社会において、批評の言葉を自家中毒からかろうじて逃れさせるチャンスであると考えられている点だ。

「紋切り型」や、「抽象的」な言説への批判的な意識と、そこから帰結する言語の無償性への志向。そのような姿勢をあたうかぎり推し進め、批評的な戦術へと高めた点に蓮實の言説の比類のなさはあった。したがって、その批評は、何らかの固定的なメッセージや命題として流通するのではなく、ルノワール的かつホークス的な運動を言語テクストとして実践してみせることによって、つまり、「接触」し、「機能」することによってのみそのつど現実化する、アクロバティックな営みである。言葉が停滞すれば、当然ながら、その機能が発揮されることはない。

「いうまでもなく」という、この話者に特有の前置きも、このような文脈においてはじめてその意味を理解することができるだろう。一般人が「さて」、というのとほとんど同様の頻度で用いられる「いうまでもなく」は、よく指摘されるように、読者を選別する高踏的なメタ・メッセージとして機能しているだけではない。そこで述べられる程度のことが知識としていまだに共有されていない現代社会への皮肉が示されているというだけでもない。なぜ、「いうまでもない」のか。そこで語られようとしている言説が、可能性としては、しかじかの制度にしたがって時間さえかければ誰もが知ることができるという意味で、「可能態」の領域にあることが意識されているからだろう。しかるべき前提条件が知られるならば、そしてしかるべき理性を備えた者ならば、当然それを言いうると思われる言説が問題であるとき、それは「いうまでもなく」と前置きされることになる。より精確に言うならば、それは「可能態」である以上、自分がその言葉を書く以前からすでに存在していることになる。だからそれをあえて現実化しようとしつつあることの冗長さ、ある絶対的な「遅れ」が示唆されているのだともいえる。

では、「いうまでもある」ことはどのようなことか。「可能態」を超える、いまだ到来したことのない言説だけがその資格を持つ。映画論であれば、映画という制度の「隆起点」で起こる、荒唐無稽な接触体験がそれにあたるといえるだろう。しかしここでも重要なのは、それが「接触」であって、突き破り、穿ち、破壊するという、抜き差しならぬ制度そのものの否定ではないことだ。仮に言説の可能性の条件そのものに変更を迫る、そのような絶対的な破壊や、あるいは、絶対的な創造がありうるのだとして、しかし、起きてしまえば、すべては過去になり、別の可能態のカテゴリーが（いうまでもないことだが）増えるだけだろう。つまり、絶対的な解放は原理的にありえない。この点で、たとえばドゥルーズにおける、「可能態」の言説と対置された「創造行為」への楽天性が、この話者には共有されてはいないことを指摘することもできるかもしれない。あるいは、時代の異なる複数の制度間の差異こそを問題とする「歴史主義的」姿勢にも、この話者は一定の留保をつけているように思われる。そうではなく、接触が起こるほとんど不可視の宙吊りの「一瞬」に留まろうとする姿勢こそが、この話者の語りの独創性をなしているのではないだろうか。

「いうまでもある」できごとは、ほんのわずかな、場所も、時間もほとんど占有しえない、そのような何かとして触れられることしかできない。起きた瞬間に燃え尽きてしまい、仮に制度を挑発し、別の制度をもたらすのだとして、そのことさえにもほとんど気付かれず、新しく嵩を増した可能態の言説に包摂されずに留まる、そのようなできごとだけが、「いうまでもある」ことだと話者は確信しているかのようだ。それが無償性の真の意味であるだろう。ホークスとともに、話者がその特権的な例としてあげるのはフォードであり、繰り返し回帰するイメージの「白」こそが、「いうまでもある」ことの最たるものとされるのだが、近い将来の刊行が予告されてもいるその作家論にここで立ち入ることは差し控えよう。代わりに、ベースボール論から示唆的なくだりを引用しておきたい。

三浦哲哉

選手たるもの、誰かの期待に応えようなどと思ってはならない。チームのためにプレーをしてはならない。自分のためにプレーしてもならない。観客のためにプレーしてもならない。ましてや監督のためにプレーしてもならない。プレーとは、球場に思いもかけぬやり方でベースボールの魂を出現させるための無私の身振りにほかならない。[*23]

このテクストは「読売巨人軍再建のための建白書」の中に位置づけられてはいるが、しかしここで書かれる提言は両義的である。なぜなら、あらゆる功利的な目的──その最たるものが「勝つため」という目的である──を留保することこそが、最大の提言だからだ。だから提言としてのある種の実効性が考えぬかれた指摘を含むのだとして、建設性への意志には奇妙に背を向けた消極性の印象もまた覚えぬわけにはいかない。ただし、繰り返すが、この無償性、または無私性への志向は、映画やベースボールを曖昧なイメージで括り、利己性や利他性のもとにそれを従属させながら、そこに存在したはずの現実の運動を抑圧してしまう言葉こそを、批判の相手として持っている。そこから、「批評は闘争である」というもう一つの命題が派生する。

6 「よろしい」

「可能態」としての言説との距離を示す符牒としての「いうまでもなく」とはやや異なり、また、使用頻度もそれと比べれば少ないが、あえて相手の一般性の論理の土俵で対決に応じようという意思表示のために話者が用いる前置き、というより啖呵として、「よろしい」の一語があることも指摘できるだろう。

ただ単に無私性を純化させるのではなく、ミイラ取りがミイラ取りになる危険をも充分承知のうえで、あえて、論敵たちの陣地へと踏み込む覚悟を簡潔に示すこの語は、フォードやペキンパーの西部劇で登場人物たちが発し、そのことで登場人物たちをときに敗北へと導きもする「Why not!」の翻訳であるようにも思われる。自分のテクストは、つねにハリウッド映画を意識して書いていると蓮實はことあるごとに述べている*24。だとするならば、ハリウッドの活劇の多くで繰り返された、無償の運動がいつのまにか抽象的な善意の闘争に巻き込まれ、登場人物たちを望みもしなかった勝利や敗北へと導く構造までも、引き受けてしまうことは当然といえるかもしれない。「不意打ち」は、それをきっかけに「責任を果たす」ことをも話者に要求し、ホークス的無償性と単純にいうことがむずかしい領域へと話者を連れていくこともあるように思われるのである。

そこで開始される闘争の身ぶりは、ここまで列挙してきた無償の遊戯としての「乱闘」とは異質であるだろう。そのベースボール論においては禁忌とされてきたはずの「勝ち負け」の語が用いられるのはそのようなときだ。「戦友」と呼ばれる映画評論家、山根貞男との書簡集『誰が映画を畏れているか』において、匿名の話者というより一個人としての蓮實は、映画を擁護するための自分たちの闘いについて、また、その両義性について、次のように振り返っている。

ところで、われわれはそうした闘いに勝ったのでしょうか。もちろん、それが勝ち負けを意識して組織された闘争でなかったことはいうまでもありません。批判するにせよ、擁護するにせよ、われわれは好き勝手なことだけを書きまくってきました。だが、ぼく自身についてみれば、それは二重の意味で負け戦さだったように思えます。無関心という「差別」がいまなお映画を支配していることは［…］明らかでしょう。だから、これまで書いてきたことのいっさいは大して役に立っておらず、われわれが批評を書き始めた時期とほとんど状況は変わっていないのだという意味で、明らかに負け戦さなのです。

だが、負け戦さの意味はそれに尽きているわけではない。ぼくがことさら深刻に受け止めているのは、「お前さんは映画がわかっていない」、「わからないなら黙って引っ込んでいればよろしい」という装われた「差別的」な言辞が、映画の蒙る「差別」の実態に苛立つこととは無縁のたんなる「特権的」な身振りとして演じられるという風潮が、いつともなく定着してしまったという状況です。そして、そうした「特権的」な言辞の流通ぶりを許してしまったものが、ぼくの映画批評の実践と全く無関係だとはいえないことに、多少とも忸怩たる思いを禁じえないのです。

そのことに責任を感じているなどと、殊勝な言葉を口にするつもりはありません。こうした状況の到来は、ひとりの批評家の個人的な影響などといったものを遥かに超えた歴史的な現実であり、ぼくはいま、そうした歴史的な現実を前にして、勝ったとはとうていいえない闘争の成果を、嘆かわしい思いでみつめているのです。*[25]

「好き勝手なことだけ」を書いたという「無償性」が確認されつつも、しかし、それらの仕事は、やはり責任と無縁ではありえず、それゆえ「本来ならばやらなくてもよかった仕事」ではないかという疑いが生じてもいる*[26]。たとえば九〇年代に書かれた『ハリウッド映画史講義』については、「五〇年代作家を誰よりも見てきたという自負」と、それら作品の遭遇体験こそが期せずして書かせたものであると述べられているが、しかし、透明な「ハリウッド映画」が翳っていく歴史過程を実定的に示す点で、その語りは無償性からやや遠ざかっているようにも思える。きわめて「有用な」ハリウッド映画史の入門書であることによって、逆に、「ホークス論」で示された「透明性」をめぐる議論は、一般に流通しうるかたちへ再定式化されているようにも思われる[*27]。同様のことは、軽やかな「テクスト的現実」の水準における言葉と思考の運動を擁護しつつも、むしろ、それを絡め取ろうとする言語論的制度とあえて徹底的に付き合う膨大な労力が印象に残る『「赤」の誘惑』における教育的な記述からも感じられる[*28]。また、当初の研究対象であったフローベールそのひとではなく、その同時代の友人である「凡庸」なマクシム・デュ・カンを論じた長大な『凡庸なる芸術家の肖像』をながらく文学論の主著としてきたという事実にも、これと同種のデリケートな両義性があったというべきだろう。無償の運動そのものだけではなく、それを紋切り型へと変換し流通させる「凡庸さ」の在りようを併せて言語化することなしに、闘争はありえないからだ。さらに、映画を「歴史実証主義」に還元する振る舞いを厳しく批判しながら、誰よりも精緻な歴史家の仕事を引き受けつづけている近年の姿勢もそれに共通するといえるだろう。

これら一般性の水準における仕事がただ消極的なものであったわけではないことは付け加えるまでもないだろう。それらが「いうまでもなく」と「よろしい」の前置きとともにあえて綴られる「可能態」の領域における言説であることを話者が自ら厳密に示しているのだとして、やはりそれは質と量において途方もなく貴重な達成であるというほかない。というより、これら一般性の水準における言説は、その無償性こそを本性とするホークス的、ルノワール的運動をかろうじて見させるために、同時に、描き出される必要があったというべきではないか。言語という制度の「隆起点」を体現する天才フローベールが存在するためには、制度の中へ曖昧に同化する秀才マクシム・デュ・カンがいなければならず、したがって話者は、この二人をその歴史的な原点のひとつとする一人二役を演じつづけてきたといえるのではないだろうか。また、その驚くべき産出力がありうるためには、この両極が必要だった。

ここまで、蓮實重彥のテクストにおける語りをいくつかの主題とともに辿ってきた。全貌というにはほど遠く、あまりに断片的なものでしかなかったが、最後に指摘できるのは、話者が無償の接触経験をかくも見事に言語化しえたのは、「いうまでもなく」と「よろしい」の語を符牒とする「可能態」の言説をも同時に語りつつ、その一人二役のサスペンス劇を演じつづけることによってではないかということだ。「凡庸」で抽象的な制度の側の言説、つまりは「紋切り型」へと落ち込む危険から一瞬ごとに逃れ、乱闘を招き寄せつつ相手を攪乱し、だがそれだけではなく、あえて大胆にそこへ同化しては判別しがたかったその姿を丹念に可視化し、自壊させ、結局のところ見事に「無償性」の側へと生還する。

　フローベール似の大男をスクリーンのこちら側で支えようとする話者自身のありえないはずの姿を想起することからこの論考を書きはじめたが、その意味するところを、以上を踏まえて、次のように言うことができるかもしれない。映画の「無償」の運動がもたらす「接触」というほとんど不可視の体験は、落ちそうだが落ちない、一人二役のぎりぎりの宙吊りの劇として書かれる必然があった[＊29]。ホークス論の結論でいわれていたように、この営みには終わりがなく、不均衡は是正されず、大局的には敗北であるかもしれない。膨大な作業の末にその生産性は差し引きゼロになり、本質的に無意味である。だがそれゆえに絶対的に素晴らしい。

＊1　蓮實重彥「ロバート・アルトマンまたは大胆な繊細さ――『ウェディング』の自然と不自然」、『映画　誘惑のエクリチュール』所収、冬樹社、一九八三年、一〇二―一〇三頁。
＊2　同前、一〇四頁。
＊3　同前、一〇四―一〇五頁。
＊4　同前、一〇五頁。

＊5 蓮實重彦「ジャン・ルノワール、または触覚都市の痕跡」、『映像の詩学』、ちくま学芸文庫、二〇〇二年。
＊6 同前、一〇四頁。
＊7 同前、一一七—一一八頁。
＊8 同前、一二四—一二六頁。
＊9 同前、一二七頁。
＊10 映画的表象空間が、何を描くことができ、何を描くことができないのかをより具体的に再検討するのは、ほぼおなじ時期に書かれた『映画の神話学』である。蓮實重彦『映画の神話学』、ちくま学芸文庫、一九九六年。
＊11 蓮實重彦「どうしたってプロ野球は面白い——草野進との対話」、『スポーツ批評宣言 あるいは運動の擁護』所収、青土社、二〇〇四年、一五七頁。
＊12 蓮實重彦「MLB二〇〇三年度のポストシーズンはドン・ジマーの一人勝ちで終わった」、『スポーツ批評宣言あるいは運動の擁護』所収、前掲、二〇〇四年、一三二頁。
＊13 同前、一四三頁。
＊14 同前、一三四頁。
＊15 蓮實重彦「捕手は二領域を自由に往復する道化たる自覚を忘れてはいけない」、『スポーツ批評宣言 あるいは運動の擁護』所収、前掲、一五八頁。
＊16 蓮實「MLB二〇〇三年度のポストシーズンはドン・ジマーの一人勝ちで終わった」、前掲、一三六頁。
＊17 蓮實重彦「映画小辞典」、『映画狂人シネマ事典』所収、河出書房新社、二〇〇一年、四六—四七頁。
＊18 蓮實重彦「ハワード・ホークス、または映画という名の装置」、『映像の詩学』所収、前掲、五四頁。
＊19 同前、五八—五九頁。ここで用いられている「古典」や「透明性」の語は、フランスの批評家アンドレ・バザンに由来するが、蓮實の立論は、バザンによる古典的ハリウッド映画の形式論の抽象性への批判意識を背景とすると考えられる。その点については以下の対談も参照することができる。蓮實重彦・伊藤洋司「映画を「人類」から取り戻すために アンドレ・バザンからドゥルーズに受け継がれたもの、ゴダール「古典的なデクパージュ」への回帰とその実践——伊藤洋司氏との対談——」、蓮實重彦『映画時評 2012-2014』所収、講談社、二〇一五年。
＊20 蓮實「ハワード・ホークス、または映画という名の装置」、前掲、八六頁。

＊21　蓮實重彥「ロラン・バルトとの対話」、『批評　あるいは仮死の祭典』所収、せりか書房、一九七四年、二三二頁。

＊22　同前、二一九頁。

＊23　草野進・渡部直己『読売巨人軍再建のための建白書』、角川文庫、一九八九年、一〇二―一〇三頁。

＊24　蓮實重彥・柄谷行人「マルクスと漱石」、『柄谷行人蓮實重彥全対話』、講談社文芸文庫、二〇一三年、六〇頁。

＊25　蓮實重彥・山根貞夫『誰が映画を畏れているか』、講談社、一九九四年、二三八―二三九頁。

＊26　たとえば次の書物の「あとがき」を参照。蓮實重彥『ゴダール・マネ・フーコー――思考と感性とをめぐる断片的な考察』、ＮＴＴ出版、二〇〇八年。

＊27　蓮實重彥『ハリウッド映画史講義――翳りの映画のために』、筑摩書房、一九九三年。

＊28　蓮實重彥『「赤」の誘惑――フィクション論序説』、新潮社、二〇〇七年。

＊29　この点については、落ちそうであるにもかかわらず、落下の運動そのものの表象には明らかな限界があるという映画のサスペンスの両義性について論じた次の重要なテクストを参照。蓮實重彥「映画と落ちること」、『映画の神話学』所収、前掲。

『監督 小津安二郎』の批評的事件

クリス・フジワラ　Chris FUJIWARA

映画批評・プログラマー。一九六〇年ニューヨーク生まれ。国際的に評論活動を行い、各国の大学で教鞭を執る。著書に*Jacques Tourneur: The Cinema of Nightfall* (2001)、*The World and Its Double: The Life and Work of Otto Preminger* (2007)、*Jerry Lewis* (2008) など。

働くなど、いまは絶対に、絶対にいたしません。僕はストライキ中なのです。

——アルチュール・ランボー

(ジョルジュ・イザンバール宛ての書簡、一八七一年五月一三日)

今日において、映画批評とは何であるのか。その存続そのものがかねてより幾度も疑問に付されてきたことを考えると、映画批評はいまや、絶滅危惧種の神話的存在であるかのようにも思えてくる。誰か近年の映画批評について口火を切る者があれば、彼や彼女が、批評の危機を招いた理由として使い古されてきた言葉をいま一度持ちだしてくることは目に見えている——曰く、インターネットのせいで「無料」の情報という経済と「ユーザー・コメント」なるものの文化が蔓延し、プロの専門家として文化を論じる者たちをその地位から追いやっている、あるいはまた、新聞や雑誌といった紙媒体の読者数や広告収入が減り、文芸を扱う枠がさらに限定されている、などなど。さらに、言及は比較的少ないとはいえ、映画批評の制度版ともいうべき強力なライヴァルとして、アカデミックな映画研究が一九七〇年代に登場してきた点が挙げられることもあり、その興隆は、映画研究者のジェフリー・ノーウェル＝スミス言うところの、「映画批評を死に至らしめかけた」「災厄」[*1]とされている。だとすれば、二〇〇六年に「この二一世紀の初頭において、映画批評家という職業は、ほとんど虚構的な存在である」[*2]と書いた蓮實重彥が間違っていたと信じられる者など、はたして存在するのだろうか。しかし、この職業が活況を呈しているかに見えていた頃（一九六〇年代、七〇年代）、あるいは少なくとも、その存在が認知されているのであればあってしかるべき最小限の敬意を払わせるくらいはできていた、そんな時代にあっても、映画批評にはどこか虚構のような、いつ消滅してもおかしくはないといったところがあると思われていた節もある。したがっておそらく私たちは、いまや映画批評は存在していないということを前提として、こう問い直すべきである――すなわち、映画批評とは何であったのか。

二〇〇四年に『InterCommunication』誌上で行われ、「批評が消えゆく世界の中で」と題された青山真治との対談――もとは日本語で発表されたが、のちにフランス語にも抄訳されている――で、蓮實は次のように語っている。

日本でまだ知られていない映画作家を紹介する場合、これは日本の映画作家も含めてですが、優れた作品を「批評」を通じて人々にどう認識させるかということについて、六〇年代から書き始めて七〇年代、八〇年代と過ごしてきた私にはまだ解消できない問題が残ります。つまり、批評家としての私は、〔批評が、「コメント」なる宣伝のための寸評にとって代わられている現在の風潮に逆らって〕今も八〇年代、九〇年代と同じことをしているわけです。[*3]

ここでは、批評の目的とその文化的地位の凋落が、見事に要約されたかたちで語られている。とはいえ、批評という行為については何もふれられていない。私が以下に続く文章で焦点をあてたいと考えているのは、まさにこの行為をめぐる問題である。だがその前に、批評という行為についての蓮實の見解を云々するにあたり、彼が英語かフランス語で発表したものからしか語りえない私が、論者としてもっとも相応しい立場にいるわけではない、ということはお断りしておきたい。幸いにも、こうしたかたちで公刊されている文献のリストは、あくまで母国語によるアウトプットと比べた場合に限れば、ごく短いものと考えられる。英語文献でいえば、蓮實は共著者として『映画の突然変異』〔*Movie Mutations: The Changing Face of World Cinephilia*. Edited by Jonathan Rosenbaum and Adrian Martin (London: British Film Institute, 2003)〕に論文を寄せているほか、一人の映画作家をとりあげた論集に寄稿したものとしては、侯孝賢、ダニエル・シュミット、ビクトル・エリセ、加藤泰、成瀬巳喜男といった作家を論じたテクストがある。フランス語で読めるものには、『トラフィック』誌に充実した論考が数篇掲載されている以外にも、文学関連のテクストが数多くあり、さらに、蓮實によるロラン・バルトやミシェル・フーコーへのインタヴューも含まれている。なかでももっとも重要なのは、単著としてのモノグラフである『監督 小津安二郎』の仏語版が刊行されていることである。批評行為についての蓮實の見解を論じようとしている私の文章も、このテクストに依拠して進めることになるだろう。

もちろんそのような論の進め方に、そもそも一人の監督を論じたものであって、映画批評についての理論的考察が目指されていたわけではない一冊の書籍に不当なまでの重きを置いてしまいかねない危険が伴うことは、十分に自覚しているつもりである。とはいえ、この書物には、映画や映画批評に広範な有効性をもつ記述がふんだんに盛り込まれている。たとえば、蓮實は小津について、「その作品を見ているかぎり、人は決してできごとの中間に快くとどまるわけにはいかないだろう。一篇のフィルムには確実に始まりがあり終りがあって、画面は、そのつど更新される現在として生きられるものだからである」(19F/7J、強調は原文)*4と書いているが、こうした見立ては、小津作品にかぎらず、映画一般にも適用できるもののようにも思われるのだ。蓮實は小津を、たんに偉大な監督であるにとどまらず、その作品が「映画という表現形式の限界そのものを露呈せしめるかたちで撮られて」おり、「たえず映画そのものの不可能性と向きあっているが故に」「現代的で革新的」(31F/21J、強調は原文)な作家として捉えている。小津の作品が感動的なのは、それが「ときとして、ほとんど映画ではなくなることがあるからにほかならない」(32F/21J)。

小津作品が、映画の限界にあって、映画とそれを観る者との関係そのものを無効化しかねないがゆえに映画の特権的な範例となるとすれば、おそらく映画批評は、映画を観るという体験の限界にあって、体験それ自体の不可能性を認めることに妥当性を見出すがゆえに、その体験の特権的な形式となる。じっさい蓮實は、「映画と批評」という短いテクストを、次のような一文で始めている――「批評は存在しない、批評とは、事件として生きられる体験だからである」*5。なんとも挑発的な等式であるが、批評とは書き物の一ジャンルであり、思考の一形式であり、ひとつの生の様式でもあると読解するならば、いくらか驚きも減じるのではなかろうか。どうやら蓮實は、(批評文を作成する、というような)ひとつの目的に向かっていく活動として一義的に批評を捉えているのではなく、ジョルジョ・アガンベンの定式を用いていえば、「目的のない手段」*6ともいうべき活動と考えているようだ。とすれば、批評という冒険は、ランボーが「見者の手紙」に記したような詩人の冒険――「彼は未知なるものへと到達します。そのとき彼は、狂気にのまれ、終いには自分の見たものを知解できなくなってしまうかもしれない。それでも彼は、たしかにそれを見たのです！」[*7]——と比されるべきものといえるのかもしれない。ここでいう「未知なるもの」が、「解放こそ、映画をめぐるあらゆる言説がかかえこむべき業務にほかならない」(38F/29J)と書く蓮實のエクリチュールにとって、未知の範疇にないことを思い出しておこう。失敗を運命づけられた道を往くというプロメテウス的使命を担う者としてのランボーの言葉に、映画批評家のなすべき業務を見たとしても、そうひどく的を外しているというわけでもないだろう。

＊

蓮實の本が西洋の読者に対してもつ力を理解するには、西洋における小津像が、ポール・シュレイダー[*8]、ドナルド・リチー[*9]、デイヴィッド・ボードウェル[*10]の三人の書き手によって形成されてきたという事情を理解しておかなければならない（ノエル・バーチが西洋での小津受容にそれほど決定的な影響を与えなかったのには、彼が戦後の作品を完全に無視したかたちで小津を読み解いているという理由もあるだろう[*11]）。小津を「映画の超越論的スタイル」を示すモデルのひとつとするシュレイダー、小津作品を伝統的な日本家庭の凋落という大きな物語から読解するリチー、古典的な映画の規範から小津が逸脱していくその様式的変遷を詳細に検討するボードウェルの三者が小津の観方や論じ方に及ぼした影響は、いまなお絶大なものであり続けている。

西洋で主流となっているこうした小津像に対し、蓮實の本はどのような異論を唱えているのだろうか。まず蓮實は、小津の一篇のフィルムを見るとはどういうことかという問いを関心の前景に押し出し、その論述の過程でシュレイダーやリチーの論法を批判する[*12]。蓮實がリチーを論難するのは、彼が「否定的な言辞」を用いて、小津を（キャメラがほぼ、あるいはまったく動かないといった）不在や欠如という観点から定義しているという点である。その言辞がもつ否定の方向を反転させ、「欠如の言葉で語らるべきは［…］むしろ小津を見ている瞳そのもの［…］ではないのか」と断じる蓮實は、むしろ小津には、否定しがたい「豊かさ」がそなわっていると説く（25F/13-14J）。他方でシュレイダーに対しては、小津の映画を、禅や日本的なものといった価値が注入された「超越的な」精神性の反映と捉えることの誤りが指摘されている。こうした反駁は、小津を論じるうえでの定番でもある『晩春』のいわゆる壺の画面をめぐって、ひときわ激しいものとなる。蓮實は、西洋の論者がこのショットに示す執着を「異様」と形容し、（［シュレイダーとリチーの訳者である］山本喜久男の言を敷衍して）日本人がその画面の壺以外の部分にも注意を向ける傾向があるのに対し、シュレイダーやリチーのような西洋人は、壺だけを目に入れて、それ以外のいっさいを無視してしまうという（219-220F/244J）。

いわば『晩春』の「壺の画面」をめぐって相反する解釈がなされているわけだが、この議論には、（その学問領域を名指しはしないものの）文化研究《カルチュラル・スタディーズ》の問題が絡んでいる。蓮實は、「一つの画面の意味を全的に開示させることをおこたることによって、解釈がはじめて文化的な意味の領域に至る」（221F/246J）として、文化的先入見に基づく解釈の貧しさを強調し、さらに、「見ることが文化的な振舞いである以上、視線はとうぜんのことながら自由ではない」（217 F/241J）とも述べている。こうした評言には、広範な意味が含まれている。というのも、見ることとの文化論的な次元に注目することは、文化研究に主導権を握られたアカデミックな映画研究の手法を、映画批評から区別する指標でもあるからだ。蓮實にとって文化論的な次元とは、映画を見ないように観客を惑わす雑念でしかない。『生まれてはみたけれど』の画面に映る、母が子の背にとりつけた注意書き（「オナカヲ コワシテ ヰマスカラ ナニモ ヤラナイデ下サイ」）を、蓮實は「東京という都市の歴史の貴重な資料」（45F/35J）と評しているが、ここでは、いかにも彼らしい転倒が演じられている。つまり、小津の映画が当時の記録資料となるとしても、それは、しばしば作品解説に用いられているような大それた象徴的なテーマ（たとえば、戦後における多世代家族の崩壊といったような）がそこで描かれているからではなく、ひとつの視覚的な細部が、食べること／食べないことをめぐる小津の主題論的な体系に組み入れられているからなのだ*13。同様に、『生まれてはみたけれど』で地位の低い勤め人の抱える社会的な問題が提示されるにしても、子供たちによるハンガーストライキの決行がその問題を顕在化させるというかたちで、食べる／食べないという同一の主題論的な体系からその状況が表現されるのである（45-46F/35-36J）。

『麦秋』には、原節子が思いがけず杉村春子の息子（二本柳寛）との結婚を承諾すると、お祝いだからといって、不意に杉村が原にアンパンを振舞おうとするくだりがある。これについて蓮實は「いきなり相好を崩してアンパンを食べないかと誘うとき、人はそのアンパンの一語に深く感動する」（42F/32J）と書いているが、ところでこの感動は、日本語を解さないままに映画を観ている者にも共有できるものなのだろうか。そうではないとして、この人間には、蓮實が『麦秋』について語った言葉を適切に理解できるものなのだろうか。背景にどんな文化を持っていても、あるいは日本語を理解できなくても、この場面に感動を覚えることはもちろん可能である。しかしそうだとしても、その感動が杉村春子の口から「アンパン」の一語が発せられたことによるものだという発想を、日本人以外の者がするとは考えにくい。英語字幕も、この食べ物がいかなるものか（「赤い豆のペーストが入ったパン」）という以上のことを伝えておらず、その文化的含意までは掘り下げていない。日本語を母語とする者はこのような瞬間にアンパンの名を耳にすると驚くのかもしれないが、ほとんどの外国人は、そのような驚きから完全にといっていいほどに隔絶されているのである。その結果、原節子がアンパンを受け取るのを固辞するときに見せる微笑は、曖昧なままであり続けるほかなくなってしまう。その一方で、この曖昧さは日本人とそうでない者の双方にとって共通するものでもあり、しかもそれは微笑についてのみならず、彼女がなぜ杉村の息子との結婚に同意したのかという問題にも及んでいる。というのも、蓮實も書いているように、「物語の流れの中に、その心理的な必然がほとんど語られてはいない」(43F/33J) からだ。「アンパン」の語が説話の中心に位置づけられているのは、食べること(と、食べないこと)が、小津作品の主題論的な体系に属していると目されているからなのである。

日本文化についての知識がなければ正しい理解は得られないであろうと思われる箇所は、ここだけではない。『麦秋』に登場する鯉のぼりについて、蓮實は(アンパンについて語ったときと同じ言い回しを用いて〔仏語版では、ともに「深い感動 une profonde émotion / une émotion profonde」という語が使われている〕)「この画面は、人をとめどもなくうろたえさせる」(141F/126J) と書いている。はたしてこの感動は、鯉が象徴するものを知らない場合にも、同じ深さで得られるものなのだろうか。私としては、感動の深さは変わらないと言っておきたいところである。私とて初見のさいには、日本文化で鯉が男子を象徴することなど知らなかったのだ。いずれにせよ蓮實は、このショットの力を説明するにあたり、そこに含まれる文化論的な意味にはふれずにすませている。つまり鯉のぼりのショットは、(祖父母がそろって目を向けている対象を映した画面というよりもむしろ) ただ移ろいゆく時間を示しているにすぎないものとして見ることができる、というのである。この場面が感動的なのは、なんらかの象徴体系から力を得ているからではない。二人の人物が同じ方向を見ているということが、小津においてはきまって「出発」と「死」を導入するものである (141F/127J) がゆえに、この場面は感動的なのである。鯉によって形成される文化論的意味は、観客の感動をもたらすという点では二義的なものであり、それだけでは情動の高まりは得られない。映画の主題論的な体系に属するものだけが、私たちを動かすことができるのだ。

蓮實の本の批評的行為は、小津において映画の限界を示しつつ感動をもたらしているものへと差し向けられている。こうした方向へ歩みを進めるべく、蓮實はまず、一篇のフィルムを見る体験を構成する極小の要素という、ことさらに単純な水準から探求を始めている。ここで見出される二つの要素とは、視線と時間である。映画をこの二点へと還元して捉えれば、蓮實自身が言うように、「あらゆる映画は、無声映画の一形態でしかない」[*14]とも考えられる。根本原理へと立ち戻ることで、蓮實は、映画と生の近接性をあらためて私たちに認識させようとしているのである。

じっさい小津は、『麦秋』の終わり近くにある、鳥の餌を買いに出かけた祖父（菅井一郎）が踏切で列車が行き過ぎるのを待とうと道端に腰かけ、列車が通り過ぎたあともそこに坐りつづけるという場面において、この二つの極小の要素を強調することで自身の映画を可能なかぎり生と密接に結びつけようとする（この場面については、蓮實の本でも短い言及がある［186F/156J］）。祖父が踏切のところで歩みを止めるまでの部分からしてすでに、この場面では、場所が人を見つめているという感覚が際立っている。はじめは菅井が家と高塀のあいだの路地を歩くショットにおいて、さらにはその直後の、石碑が立ち並ぶところを通過するショットにも、そうした視線が感じられるのである。視線を送るという、キャメラのアングルと緊密な呼応関係にあるこの行為は、ここまで映画のどの人物にも帰せられていない。踏切にさしかかり、下降する遮断機を目にしてその歩みを緩めたところでようやく祖父が、まずは左へ、ついで右へと視線を向けるのだが、この時点でも彼の視界に対応するショットは存在しない。それゆえ私たちは、ここでは右と左のどちらから列車がやってくるかはさしたる問題ではないとの認識に至るのである。このあと、祖父が路傍に腰かけるとカットが割られ、彼を同じように寄り気味に捉えたショットが三回繰り返されることになる。最初のショットの祖父は、大きくため息をついて前方に視線を向けてはいるものの、その顔の表情からして、とくに何かを見ているわけではなさそうだ。続いて、高速で踏切を通過する列車を捉えた引きのショットを挟み、二つ目のショットに画面が切りかわると、その頭部はやや上方へと傾き、列車とはあさっての方向を向いている（このとき後景では、列車の通過が完了している）。

さらに、再び引きのショットで上昇する遮断機が映されたあとの三つ目のショットでは、祖父の目線は地面と平行に戻されている。まばたきとつばを飲み込むようなしぐさを示す彼が、このショットにおいて何を見ているのか、あるいは何も見てはいないのかという点については、ここでも判別することができないのだ。このショットのあとには、晴天ながらも精妙なかたちを描いた雲がところどころに浮かぶ空を映したショットが続き、ここで場面は閉じられている。場面全体が精確なイメージを描いて私たちに提示しているのは、視線と結びついた映画内の時間、物語の流れとは多かれ少なかれ切り離された状況にある時間である。ここでは、過ぎ行く列車と、祖父の意識の志向性という二つの要素が時間を生み出している。その志向性を抜きにすると、列車が祖父と関係なく過ぎ去っていったのと同様に、祖父もまた無関係に過ぎ去る客体として、無時間性の文脈に置かれて見られることになる。祖父の志向性それ自体に生が宿るのは、列車の運動とではなく、映画ではそうと特定されないまま、事後的に（彼がそれに気をとられることを外見上やめた後）空と同定できるその客体と結びつくときである。だから、祖父の視線の時間と過ぎ行く列車の時間とのあいだに接点がないということは、『麦秋』の物語を宙吊りにすることにもなりかねない。私たちが映画の限界に触れている、あるいは危険なまでにその限界に近づきつつあると感じるのは、こうした瞬間なのである。

『麦秋』のこういった場面に目をこらす者は、小津の映画では「すべては表層に露呈され、隠されたものなどなにひとつありはしない」(104F/90J) という蓮實の言葉に賛同することしかできなくなる。映画的記号のこうしたリアリズムに、蓮實の本はひたすら忠実であり続けようとする。たとえば、この書物は日本語で『監督 小津安二郎』と題されている。この文字は日本語版の口絵にもそっくりそのまま掲載されているのだが、実のところそれは『東京物語』のクレジットの複製写真である。その他の図版は原書を踏襲している仏語版にこの図版だけが載っていないというのは、フランスの読者には漢字が読めないだろうという配慮からだけでなく、読めたとしても、そこに映るクレジットの文字が、端的に『*Yasujirô Ozu*』とされた仏語版の題名と合致しなくなってしまうからなのだろうが、ともあれ、仏語版の書名がこの本を一人の映画作家についてのモノグラフと規定するにとどまるのに対し、日本語版では、そこに収められた文章が、小津の映画に書き込まれた文字、つまり画面にはっきりと映っているものの実在性を摑みとることを通じて得られる体験とかかわるであろうことが強調されているのである。これみよがしに「監督」の語を付しているのは、この書物が、映画的体験の素材をまとめあげる模範的な原理として小津を論じるものであると告げるためなのだ。

この書名、あるいはむしろその口絵からしてすでに、私たちは蓮實の本の鍵となる主題のひとつを予示されている。それは「そこには、文字通りの画面しか存在しない。画面は、その背後に何かを隠したりしてはいないのだ」(215F/239J) という簡潔な文で述べられていることでもある。視線にできるのは、画面が隠している別の潜在的な画面を求めて、その画面を横滑りさせる、あるいは現にそこにある画面の傍らで「その場で宙に吊られる」以外に何もない (216F/240J)。物語映画ではたいていの場合、観客の視線が画面の背後へと進むことができるという錯覚が与えられるのだが、小津はそんな錯覚にへつらいはしないのである。

蓮實によれば、そうした錯覚を禁じられて居心地の悪くなった観客は、「もののあわれ」や「幽玄」、「俳句」あるいは「日本的なもの」といった別の錯覚を介して小津の映画を見ることにかまけてしまう (216F/240J)。それに対して蓮實は、ありもしない幻想を追うのではなく、自身の瞳を行使する——蓮實自身の言葉でいえば、自分の視界に収めたものを先入見にまみれた思考に従わせるのではなく、「見たものを思考する」(217F/241J) ことを勧めている。その格好の例となるのが『晩春』の壺である。私たちは、ある種の予断によって壺の意味を理解する傾向があるために、自分が壺のショットを見ているのだとつい考えてしまうが、しかしそうすることで、そのショットの背景に何があり、その一部分を占めているにすぎない壺やその他の各要素が全体にどのように張りめぐらされているかといったことに目を瞑ってしまっている。とすると、ここで蓮實が私たちに要求しているのは、ジャン＝リュック・ゴダールがニコラス・レイの『にがい勝利』を見たように映画を見る、ということだと言ってもいいのかもしれない。ゴダール曰く、「ここではもはや、関心は事物《オブジェ》に向けられるのではなく、事物と事物の間にあるものに向けられている。そしてその間にあるものが対象《オブジェ》になっているのである。ニコラス・レイはわれわれに、われわれが非現実的なものとしてさえ見ていなかったもの、われわれが目にしていなかったものを現実的なものとして見るよう強いている」＊15。

　画面では何を見ることができて、何を見ることができないのだろうか。蓮實によれば、視線は映画では表象しえない（151F/132J）。一見すると、この命題は賛同しがたいものと思われる。じじつ、映画が視線以上に力強く、また感動的に見せているものなどありはしないと思える例を挙げるのに、ひとはその記憶をまさぐる時間をそれほど要さない。『めまい』において浴室からあらわれるキム・ノヴァクを見やるジェイムズ・スチュワートの視線や、『市民ケーン』で床に広げたジグソーパズルから顔を上げてオーソン・ウェルズを見るドロシー・カミンゴアの視線、さらには『リオ・ブラボー』の冒頭でディーン・マーティンを上から見下ろすジョン・ウェインや、同じ作品で女物の赤い下着を腰に当てていたウェインへと目を向けるアンジー・ディキンソン、のみならず、寺院に並ぶ木像の顔を見ていた『西鶴一代女』の田中絹代もいるではないか……しかし、蓮實に「見ることは［…］視覚的な対象ではない」（151F/132J）と書かれてしまっては、私たちはいま一度、じっさいに画面に映っているものを見直さざるをえない。映画において私たちの目に見えているのは、厳密にいえば、ある人物が見ているということ、つまり、開いた瞳をある方向へと差し向けている状態であり、したがって、意識の作用面《ノエシス》と対象面《ノエマ》を結合する知覚行為としての視線そのものは、不可視なままにとどまるほかないのである。時間の移ろいという内的感覚が目に見えず、キャメラで捉えることができないのと同様に、視線それ自体は目に見えず、キャメラで捉えることもできない。映画のなかで私たちが見る顔には、いや実人生においても私たちに視線を送る顔には、見るという行為があるべき場所に不在があり、顔はその不在を、露呈しもすれば隠しもするのである[*16]。

蓮實が恋愛や活劇の場面とも縁深い構図＝逆構図の切り返しショットを考察する(154F/136J)のは、映画が特権的に扱う領域のひとつでもある、こうした位置関係のくい違いという論脈においてである。蓮實は、このショットの組立こそ映画の本質であるなどという迂闊なことは口にしない。むしろそれは映画の限界を露呈させるものである。『浮草』で中村鴈治郎と京マチ子が交わす「凝視の闘い」に目をこらす蓮實は、「瞳と瞳とが交わりあうという同時的な現象に対して、映画がまったく無力であることを改めて思い知らされるのである」と書いている(197F/169J)。映画が視線そのものを捉えられていないことは、こうした瞬間にとりわけはっきりと露呈されるのだ。

それにしてもなぜ蓮實は、『浮草』のこの切り返しショットを特異なものとして、他と峻別して扱うのだろうか。小津の映画が構図＝逆構図の切り返しショットを多用するというのは、そのときいわゆる「一八〇度ルール」〔向かいあう二者を結ぶ線を越えてキャメラ位置を変えてはいけないという、映像編集上の慣行。イマジナリー・ラインの法則〕を侵犯するために視線がかみ合っていないような感覚が生じているという話とともに、もはやあらためて語るまでもないほどによく知られている。それでもなお『浮草』のシークエンスに特筆すべきものがあるとすれば、それは、ここで雨が降っている、そして天候という主題が、蓮實の本で「晴れること」と題された一章を割かれるほどに重要視されているからだ。じっさい、「あってはならない天候の激変が起るとき、小津安二郎の作品は映画が映画たりえなくなる限界点にぴたりと身を重ねあわす。そこでわれわれが目にするものは、一篇のフィルムのクライマックスであると同時に、映画そのもののクライマックスでもあるのだ」(198F/169])。天候という主題が小津の「主題論的な体系」に組み入れられているからこそ、場面はここで言われる「クライマックス」〔仏語版ではparoxysme(激発)という訳語が当てられている〕へと到達する。あるいはまた、そうであるからこそ、小津の「主題論的体系」は、作家個人の生み出す宇宙という枠組みを超え、映画の限界へと到達するのである。

ところで、エドガー・G・ウルマーの『恐怖のまわり道』には、助手席で眠る車の所有者〔エドモンド・マクドナルド〕に代わってハンドルを握るトム・ニールが、舞台で歌う恋人の姿を幻視する場面がある。バックミラーにキャメラが寄ることを引き金として幻想シーンが始まるまで、この映画の多くの部分がそうであるように、私たちは特定の天候状況をとりたてて意識することがない。ところが、幻想シーンが終わってキャメラがバックミラーから引いた位置に戻ると、突如として雨が降り始める。開閉式の屋根をとりだそうと停車したトム・ニールは、そのとき同乗者がすでに死亡しているのに気づくことになるのだが、その事実が証明しているように、突然の雨は彼にとってまさしく凶兆だったのである。雨の到来と時を同じくして、走行する車の後景には、ライトに照らされ白く浮かび上がった道路脇のフェンスが後方へと流れていくさまが映っている。このフェンスは映画という装置のメタファーであり、作品内部にその存在が書き込まれていることを露呈させるものである。その等間隔に並ぶ白い支柱は、フィルムの各フレームを分割する黒い帯——それは、連続する静止画像を動いているように見せかけるための運動になすすべもなくさらされ、この場面のフェンス同様に、高速でその場を過ぎ去っていく——とよく似ている。さらにいえば、このフェンスの映像は、明らかに後方から投影された合成映像である。はっきり合成とわかってしまうと、映画の視覚的な世界がまったくの作り物であり、トム・ニールによる恋人の幻視に負けず劣らずリアルでないと知らしめることになりかねない。そしてこの危うさは、エドモンド・マクドナルドの死によって表象されるニールの危機というかたちで物語の次元にも置き換えられている。したがってフェンスは、蓮實のいう映画の限界——不断に動き続けることが実存の条件である、あるいは少なくとも物語のリアリティを信じる条件である映画にとっての限界を、私たちが認識しうるかたちで際立たせ、『恐怖のまわり道』という作品の内部に、二重に映画を刻印しているわけだ。『浮草』における向かいあう構図＝逆構図のショットがそうだったように、私たちが突如として映画の限界を感知できるようになるのは、思いがけない雨が画面との関係に亀裂を生じさせたからなのである。

同一の動作で釣りをする父子の姿を描く『父ありき』の名高い場面*17を観る者もやはり、映画が映画を超えて、もはや映画であることをやめてしまうという、これと似た不安に襲われることになる。蓮實によるこの場面の分析は並はずれたものである。視線は視線であることをやめ、場面の運動のリズムと一体となっており、「まるで、流れる時間そのものを、風のように皮膚の表層でうけとめているかの印象なのだ」(158F/140J) と蓮實はいう。蓮實からすれば、画面上の人物たちは川の動きや時間の流れと一体化しているのである。この同一化には観る者も加わっている。そしてそれは、観る者が映画そのものとひとつになるということでもある。しかし私たちは、映画が映画であることにとどまろうとすれば、この運動はいつか停止しなければならないという思いにとらわれることになる、と蓮實はいう。映画とひとつになることには、私たちが映画の外へと連れ出されてしまうという危険がつきものなのだ。この場面に導入されている「息苦しい」「緊張感」から解放されるには、人物たちの規則正しい運動を中断するほかない (158F/140J)。じっさい、この運動の規則性にはある種の容赦のなさが感じられる。きらきらと光る川面の反映は、その印象をさらに増幅しているのである。

あるいはまた、蓮實が分析したこのような瞬間を、オットー・プレミンジャーによる『帰らざる河』の名高い長回しのシーンと比較してみることも可能である。マリリン・モンローのスーツケースが川に流されるこの場面で、川岸に置かれたキャメラは、手前にいるロバート・ミッチャムが激流に流される舟に乗ったモンローとロリー・カルホーンめがけてロープを放り、二人を救出するところを捉えている。舟を下りようとしたモンローがうっかり手放したスーツケースは川に流され、いったん画面の外へ消えてしまうのだが、ショットが変わらないままキャメラが人物たちの動きに合わせて移動すると、画面のはるか後方にふたたびその姿を現すことになる。ところで、英国の批評家V・F・パーキンスがシネマスコープ画面の演出に多大な可能性を与えた例として分析したことで有名となったこの場面[*18]では、それを観る者が川の運動と一体化することは不可能である。そしてそれは、事実としてそうであるにすぎない。川が運び去るのはマリリン・モンローでなくその荷物であり、しかも荷物それ自体は、川の運動においてもはや重要なものではなくなっている。それは、たんに打ち棄てられるものとして場面のなかに登場する。とはいえ、「棄てること」がプレミンジャーの主題論的な体系に属しているという場合にかぎれば、この監督がスーツケースをわざわざ映していることを重要だと感じることもできないではない。私たちは、失われたスーツケース(ロバート・ミッチャムとロリー・カルホーンが川岸から離れようと歩みを進めるときにも、いまだ画面のはるか後方に映っている)がなんらかの象徴であると「読む」ことをしてもよいし、しなくてもよい。重要なのは、映画の流れが川の流れともはや結合していないことである。人物たちの運動と川から離れるキャメラは、川の流れの容赦なさと客体性から解放された、あらたな運動を生み出している。それに対し、流されるスーツケースは、流される事物であることの運命を甘受するほかなく、客体的な世界に絡めとられてそこから逃れることができない。『父ありき』の父子に迫っている運命とは、こうしたものである。とするなら、ここでは、観客が自然の流れの客体性から隔たった位置を維持する代わりに、マリリン・モンローのスーツケースが犠牲となっている、と言うこともできる。一方『父ありき』では、私たちを場面の緊迫感から救うのは、蓮實によれば、「こんな光景が永遠に続くはずはない」という確信しかないのである（158F/140J）。

　こうした救済の感覚を得るためには、当然ながらまず先に、緊迫感にとらわれなければならない。映画批評は、そうした感覚が存在することを私たちに思い出させてくれるし、さらにはそれを映画体験の中心に位置づけもする。こうした感覚について語るには、アカデミックな映画研究における今日の標準からすると許容しがたいような飛躍が必要となる。文化研究が権勢をふるうなか、アカデミックな映画研究は映画そのものから背を向け、見ることの文化論的次元を経験的に体現するものとしての映画の観衆へとその矛先を変えている。ところが蓮實は、小津作品が概して理解されていないという点を除けば、この書物では観衆の問題をいっさい考慮していない。もちろん蓮實は高名な学者だが、映画批評家であるときの彼は学者ではない。蓮實の本をアカデミックな仕事と捉えるのは、英語圏の映画研究の文脈においては無理筋というものであろう。蓮實に観衆の問題に対する関心が完全に欠如しているからだけではない。蓮實の批評において感動なるものに与えられた優位性が、映画研究での慣習的な感動の位置づけと齟齬をきたしている、ということなのだ。たとえば、たまたま私の目の前に、テレンス・マリックの『天国の日々』を論じたアカデミックな文章がある。そこでは、この作品のある瞬間が有している強度が、感動とは異質のものであり、おそらくは無関係なものでさえある、という主張が繰り返しなされている。マリックがクロースアップで捉えた一枚の葉には「情動を指示するコードが付与されているのではなく、物質としての現前が与えられている」[*19]のであって、映画のクライマックスが有している「強度は、感動にかかわるものではなく」、むしろその画面で「調和的に奏でられる物質的律動」を「感動という名で解するのは誤りである」[*20]と、この著者はいう。その分析に説得されるか否かはともかくとして、これが蓮實の本とはかけ離れた世界にあることは確かだろう（たとえ蓮實にとって、小津の後期作品が「他界だの彼岸だのとはいっさい無縁の、いま、ここであることの体験」（104F/90J、強調は原文）という、物質的リアリズムの極致を提示するものであったとしても)。蓮實の本の白眉は、彼が激しく心を揺さぶられる体験に言及する瞬間に訪れる。それはおそらく、残酷かつ恐ろしい、うろたえんばかりの反応を示すほどの体験でもあるだろう。この体験においては、フィルム体験が無化され、映画そのものが否定されることにもなりかねない。ジャック・リヴェットはかつて、映画の目的は「おのれを包んでいる繭から人びとを連れ出し、恐怖に陥れること」*21であると述べていたが、そこで語られていたのは、まさにこの体験ではなかったか。あるいはまた、ジル・ドゥルーズが「純粋な光学的音声的状況」で観客を宙吊りにする映画の力能をとりあげ、戦後映画の主人公たちがなすすべもなく見舞われる麻痺状態と類比的に「それは耐えがたく、許しがたい何かを把握させ、把握されるとみなされる」*22と語ったときに念頭に置かれていたのも、こうした体験のことだったはずだ。「不断の現在」としての「生の環境」である小津の映画は、それを観る者から、作品との「距離」のとり方を選択する能力を奪ってその「存在を脅やかし、無理にもその戯れの渦中へと人を引き込む」(106F/92J)。しかし、だからといって、この距離を再設定することが批評家の責務、あるいは特権として期待されているわけではない。この点に関して、蓮實自身は明確に語っていない。とはいえ、この書物を読むかぎり、蓮實にとって映画について書くことが、映画の「渦」を乗り越え、観る主体がそれを統禦する位置につくことであると考えなければならない根拠は、どこにも見当たらないのである(想像するに、蓮實は、作家とは距離と同一化という「二つの罠」を避ける者のことであるとするドゥルーズに賛同するのではなかろうか)*23。

この書物の蓮實は、実際の観衆が示す反応を特徴づけたり、予測したり、はたまたそれをコントロールしたりといったことに、いっさい関心を持っていない。では、『彼岸花』の披露宴に「落ちつきを失ってしまう」(89F/73J)、あるいは『風の中の牝雞』で田中絹代が転落することになる階段の光景を前にして「思わず息をのまずにはいられない」(106F/91J)、そんな感情の起伏を豊かに示すこの観客とは、いったい誰のことなのだろうか。つまり、この書物の「主語」は誰なのか、ということが問題となる。仏語版では、「on〔不特定の人物を示す不定代名詞〕」が主語として多用されている。日本語のテクストにおいては、たとえば「人が映画から学ぶものは画面に描かれているものではない」(6J) というように、「人」という主語が使われていることがわかる。ここでの「人」は明らかに、特定の個人を指示しない主語、つまり「人称でないもの non-personne」[*24]である。また、蓮實のテクストには、「われわれは、そのとき、映画によって文字通り動かされるのだ」(29J/38F、強調は原文) という文がそうだったように、「われわれ」という語も散見される[*25]。蓮實のいう「われわれ」とは、どういった個人の集まりのことを指しているのだろうか。

　本の冒頭で蓮實は、これは日本の人びとに向けて書かれたものであると明確に語っている。だとすれば、「われわれ」は日本人のことを指していて、外国人である私たちは、招待されてもいない講演に立ち会ってしまったにすぎないのだろうか。そんなことはありそうにもない。仏語版の序文で、蓮實は、「もっとも日本的でない映画監督」のはずの小津が、日本でその作品があまりにも知られているがゆえに世間から理解されていないという状況――それを蓮實は、フランスにおいてルノワールが置かれている状況と比較している――があり、そうした無理解を是正することが当初の執筆意図であったと、フランスの読者に説いている。「われわれ」がある集団を指す主語だとするなら、それは、小津に対する集団的な無理解を共有していない者たちを指しているのである。

　ここで強調しておきたいのは、蓮實における観る主体の非人称性――感動という激しい感情の動きをもつ主体を非人称的と呼ぶのは、ことによると逆説的に思われるかもしれないが――である。非人称的な情動をそなえたこの主体を、アメリカの映画批評家であるポーリン・ケイルの用いる「you（あなた）」と対比して考えてみよう。彼女は、一般の観客が映画に対して示すであろう反応や、あるいはたんに観客が映画のなかで起こる出来事をどう見るかといったことを記述するのに、いつだって「you」の語を、多くの場合「feel（感じる）」という語を伴って使用する。それはたとえば、（『レイダース／失われた聖櫃《アーク》』について）「この映画は、運動感覚にかぎっていえば、あなたを刺激してくれる」、（タヴィアーニ兄弟の『カオス・シチリア物語』の）「最初の二つのエピソードに、あなたは心が満たされたように感じることだろう」、ノーマン・ジュイソンの『月の輝く夜に』は「我を忘れるほどの幸福をあなたに感じさせてくれる」、といった文章にあらわれている＊26。「you」が映画を見ながら感じることを記述するケイルのこうした文章には無数の例が挙げられるが、そこでいわれる「you」とは、明らかにケイル自身のことであり、あるいはそうでなくとも、彼女と価値観を同じくする内集団のうちの誰かにほかならない（レナータ・アドラーがケイルの仕事を痛烈に批判しつつ評しているように、「「you」とは、ケイル女史にとっての「I」であり、あるいは彼女にとっての「we」の一員、もしくはそうなる見込みの者である」＊27）。ケイルが映画批評の語り口にもたらした影響の大きさには、彼女自身の人気のみならず、その忠実な弟子筋や文体模倣者（さほど彼女の影響下にいなかった者たちのなかには、こうした人たちを「似非ポーリンPaulettes」と呼ぶ者もあった）の中に、アメリカのジャーナリズムで栄えある地位にまで昇りつめた者が多数いたという状況も一役買っているのだが、ともあれそのおかげで、「you」はアメリカの映画批評のいたるところで使われるようになったのである。たとえば、私が数年のあいだ映画評を担当していたボストンの『フェニックス』紙においても、「you」を使うことは標準となっていた。このなんとも高圧的でイデオロギー的な響きのある「you」が厭で、私はしばらく、それよりは規範性が薄いと感じられる「we」で代用しようと試みたこともある。しかし、私が「we」を使おうとすると、そのたびに編集者はそれを「you」に変更してしまう（ある編集者に抗議したら、「we」だって「you」に劣らずおこがましいと言われ、私はしぶしぶ変更を受け入れたのだった）。では、自分が論じる映画から引き出された感情的ないしは知的な反応になにかしら明確な表現を与えるのに、私はどんな形式を採用すればよいのだろうか。『フェニックス』紙は一般向けの新聞であり、学術誌ではなかったので、「the viewer（観る者）」や「the spectator（観客）」に置き換えるという選択肢はまずとられない。「one（ひと）」を使うことはありうるかもしれないが、英語の書き言葉としては、いかにも古臭くて堅苦しい。それに、一人称単数は往々にして文章が締まらない（「映画を見ていて、私は……と感じた」というように）。だから私は、問題そのものを迂回するという戦略に徹し、代名詞は極力使わず、「心揺さぶられないことは想像しがたい」とか、「映画のこうした点から、以下のことが明らかになる」とか、「それを観た者の多くは……と感じることだろう」といった表現を用いるようになったのである。

以上のことは、あまり関連性のない蛇足ととられるかもしれない。しかし、私がここで考えたいのは、なぜ映画について書く者──蓮實やケイル、あるいは私自身や他の批評家でもよい──は、なんらかの情動的反応なり認知プロセスなり何なりを、書き手当人ではない映画の観客に負わせる必要があると考えるのか、そしてなぜそれが、言語の使用をめぐる論争を引き起こしてしまうのか、といったことである。私としては、その必要性を感じることが、フィルム体験の本性にかかわる何かを露呈しているように思えてならない。つまり、同じ時間、同じ客観的内容を有する体験を共有している*28以上、自分が感じていることも他人と共有されている、もしくは共有されるべきである、と考えているのである。論争が生じるのは、この状況において「主語」が何か、あるいは誰なのかを立証することが難しいからだ。だとすれば批評は、体験の主体をはっきり限定せずにその体験について書くことと定義されることになるのだろうか。批評では、フィルム体験は抽象化され、人称性を剝奪される。それは、自身のフィルム体験と同じものを他者に要求しなければならないと批評家が考えている、ということではない。この体験は、そもそものはじめから、誰か特定の観客の体験ではなく、映画の体験──それに主語があるとすれば、映画自身が主語となるような体験なのである。

小津について書く蓮實の文章には、私たちには心動かされる義務があると感じさせるようなところがある。「われわれ」や「人」を構成しているのはこの義務にほかならず、それ以外にはいかなる実質性も有していない。つまり、こうした主語が指示しているのは、共通のアイデンティティを持ち、そのアイデンティティを共有しない人間を排除することで成立するような共同体ではない。心動かされるということが、小津の映画に感動を覚える感性が純粋に潜在的なものであることと同様に、非人称性を帯びたものとなるのは、この意味においてである。小津の映画の観客が体験する感動は、ある特定の時間、特定の空間のいかなる具体的な個人とも結びつかない、非人称的な感動である。蓮實の本では「映画的な感性」という語句が繰り返し登場するが、おそらくここにおいてこそ、蓮實のいう「われわれ」の真の指示対象が位置づけられることになるだろう。目もくれられずに追いやられた観衆という概念に代わって導入されるこの「映画的な感性」という概念から、私たちはいかなる思考を引き出せるのだろうか。「映画と批評」という短文の冒頭に置かれた「批評は存在しない、批評とは、事件として生きられる体験だからである」という一文を、いま一度考察してみよう。観衆という概念は、ある作品との遭遇を同時に共有する観客たちの集団として構成されている。この遭遇は、観衆から見れば映画という事件であり、映画から見れば観衆という事件である。この事件をひとつの事件として構成しようとすれば、それを担うのは「映画的な感性」を行使することでしかありえない。映画的な感性が動かされることがないのであれば、映画を上映し観衆がそこに居合わせることに、何の意味もないのである。

蓮實は『秋刀魚の味』の終幕近くに映される階段のショットを、小津作品の特権的な瞬間と見定めている。この階段の出現によって私たちのうちに響いてくるのは、父親の孤独といったものではもはやなく、小津の後期「作品」そのものの絶対的な孤立ぶりである（107F/93J）*29。そのような画面を目にしてしまった後では、「人は、もはや映画について語ることなどできはしない」（109F/95J）。ここで蓮實がしているのは、小津の映画にある特定の仕方で反応するのを奨めることでも、生を記録するかのようにただ自身の反応を描写することでもない。たとえばそれを、映画に対する自身の主観的反応が客観的に妥当するように、カントが美的判断に求めたのと同じ普遍性や必然性をフィルム体験にも要請している、と言ってもよいのかもしれない。しかしそこには、それ以上のことも含まれている。批評は非歴史的なものであるが、それは、批評家が自身の判断をあらゆる時代のあらゆる観客に妥当するものとしている、という意味ではない。蓮實にとって、映画の体験になんらかの普遍性や必然性が要請されることがありうるとすれば、それは、小津作品が映画の限界に直面する地点、映画そのものが崩壊に見舞われ、脅やかされる地点においてでしかない。「もはや映画について語ることなどできはしない」(109F/95J)、そのような地点においてこそ、批評のなすべき職務が発生する。蓮實の本からはそう定義するほかないこの職務は、したがってなんとも逆説的なものとなる——映画について語ることができなくなることによって、批評の終焉という体験を把捉し、その体験を生き抜くことが、その職務だというのだから。

＊

小津の映画という体験をめぐる蓮實の記述を読むと、「シネフィリー」を映画の画面にフェティッシュな願望を託すこととして理論化する記述*30のいずれもが疑わしいものに思えてくる。この理論によれば、イメージとの出会い方に特定の好みや必然性(とくに劇場での上映)を求めることの裏には、シネフィル個人の神経症的な心理構造を肯定し、正当化する目的が隠されているという。しかし、蓮實が映画との遭遇に向ける関心は、こうした自己強化活動とはまったく異なるものだ。蓮實にとり、小津の映画と遭遇する観客が最高度の感動に至るのは、映画がほとんど映画ではなくなる瞬間においてにほかならない。その最高度の瞬間において小津の映画が担っている機能は、観客個人の神経症構造を強めるというよりもむしろ、観客と映画との関係そのものを脅やかすことなのである。

ことによるとそれは、ゲームのようにも思われるかもしれない。結局のところ、映画は完全に映画であることをやめはしない。映画の完全なる否定から、何かが小津の映画を引き留めているのである。蓮實は崖っぷちまで近づいて引き返すというフェティッシュな快楽を描いていて、ここが生き延びられるぎりぎりの瞬間というときに無に帰することを回避したということだけが、個人の心理構造を再肯定することを目的としたこの体験において価値あるものとされているにすぎない、という反論がなされる可能性もないではないだろう。けれども、そんなことが蓮實を衝き動かしているわけではないということは、はっきりしておく必要がある。二〇〇四年の青山との対談で、蓮實は、一九七〇年代の東京の映画文化が「封切りの時に見るということの決定的な怖さ〔と驚き〕」*31を体験することを可能にしたと語っている。蓮實のシネフィル的懐古は、この怖さと切り離せない。それは豊かな「映画的記憶」を形成するための条件である、と蓮實はいう。

ただ、こういうことはいえるでしょう。東京が七〇年代の中頃くらいから結構いろいろな映画を見られる場所としてかなり浮上してきたと思う。そのことの重要さは、今はＤＶＤで何でも見られるぞという途方もない勘違いに対応している。やはり封切りの時に見るということの決定的な怖さ〔と驚き〕ですね。〔公開時にドン・シーゲル、アルドリッチなりフライシャーなりを見てしまった人たちがいたという怖さが東京に生まれたんだと思う。それはパリにもあったし、ニューヨークにもあったんだと思いますが、幸い日本がある程度田舎であったということで、自分の体験に固執できる人がいたわけです。ところがパリは、こんなものが見られるんだということの驚きをあっさり消費してしまっていたわけです。もちろん東京で見られないものをパリでたくさん見られるというようなことは事実あるにしても、日本の周縁性というものが奇妙なかたちでわれわれ〔の映画的記憶〕を鍛えてくれたという気がしています。[*32]

　ここでは、映画をDVDで見られるという錯覚について言及されていることに注意されたい。原書刊行から一五年後の一九九八年に書かれた仏語版の序文で、現存する小津の全作品がヴィデオで見られるようになったという現況を述べる蓮實は、にもかかわらず、「たとえヴィデオ再生機に頼って書かれたとしても、ここに読まれる文章は、今日あるようなかたちであることに変わりはないだろう」(11F)と断言する。この断言がいわんとしているのは、著者がはじめて小津の映画と遭遇したときの原型ともいうべき遭遇の在り方が何よりも重要であり、その在り方が変わることはない、ということである。なぜこんなことがいえるのか。この在り方には、時間に根ざした妥当性を要求する権利があるからだ。蓮實は、自分は『一人息子』の撮られた一九三六年に生まれ、『晩春』によってはじめて小津を発見した世代に属している、と書きつけている。続けて彼は、一九六三年一二月、「〔ある異国の街〕」で「小鳥が戯れる池」のかたわらにある冷えきったベンチに腰かけながら読んだ新聞の訃報欄から小津の死を知らされたという体験を物語る(20F/9J)。このマラルメ的回想は、蓮實の時間と小津の時間とのあいだに、解消しがたい結びつきを生み出している。小津の死という出来事が見えない傷となり、二〇年後に発表されることになるこの本の執筆を要請したのである。

　ヴィデオで作品研究ができたとしても本の記述は変わらないと蓮實が断言した理由は、こうした意味において理解できる。仏語版の序文において蓮實は、この本はヴィデオを使わずに映画監督を論じたモノグラフとして最後の部類に入れられるだろう、と指摘する(11F)。この指摘は途方もなく重要である。

もはや映画は、研究者が文学作品を参照するのとあまり変わらない環境下で参照しうる対象となっている。その「読解」はどこから始めてもよいし、どこで終えてもよい、ある部分を何度でも見直せるし、読解のペースも自由に変えられる、といった具合に、文学研究と変わらぬ自由を享受しているのである。それだけではない。ヴィデオによって映画は、所有し、馴致することのできる対象と化したのである。

映画に降りかかったこうした運命を視野に入れれば、映画に映画として（ヴィデオで代理したものでなく）遭遇することが架空のものでなかったためしなどないということも想像できるようになる。『恐怖のまわり道』で車中のトム・ニールの背後に後方から投影された白いフェンスがそうだったように、映画はいつだって、遭遇したそばから私たちを置き去りにする。映画が停止し、私たちの思うままに検討が加えられるのだとすれば、それが意味するところは、映画が時間のなかで存在することをやめ、いまや空間のなかにのみ存在している、ということでしかありえない。劇場での上映のあいだはそのような瞬間は訪れず、観客たちはみな、映画の途切れることのない流れに一緒になってとらわれている。いずれにしても、ヴィデオの到来以後の今日、そうしたことは神話のなかの出来事である。とくに、映画と遭遇するもっとも有力な手段としてデジタルが定着（それはテープのリニア構造からの解放である）して以降、劇場上映をめぐる状況は神話も同然の状態にある。こうした面から光をあてれば、蓮實の本を悲劇のテクストとして読むことも可能である――映画的遭遇が特定の個人による空間との遭遇へと変質してゆく歴史の転換を前にして、流れゆく映画と、人称も所有格もないかたちで遭遇することの価値をひたすらに言いつのる奮闘の記録として。

結語にかえて、文中では明示的に提起されてはいない、しかし蓮實のテクストの底流をなしているひとつの問いを添えることで、この文章を締めくくることにしよう――すなわち、批評はいつ生じるのか。これに対しては、プレミンジャーの『バニー・レークは行方不明』で放たれる最後の台詞*33の意味を転倒させ、次のようにパラフレーズすることが、ひとつの回答になりうるかもしれない――批評はいまなお生じるだろう、もはやそれは不可能となったのだから。

クリス・フジワラ

＊1 Geoffrey Nowell-Smith, "The Rise and Fall of Film Criticism," *Film Quarterly*, Vol.62, No.1 (Fall 2008), p.11.

＊2 "Lettre de Tokyo," *Trafic*, No.58 (Summer 2006), p.132.

＊3 "Dans un monde où la critique tend à disparaître," translated by Hirotoshi Ogashima, *Vertigo*, Vol.2, No.34 (2008), p.92〔日本語版：「批評が消えゆく世界の中で――映画・運動・顔〔対談 青山真治×蓮實重彥〕」、『InterCommunication』二〇〇四年夏号；蓮實重彥『映画論講義』東京大学出版会、二〇〇八年、四二八頁。なお、本稿において引用文中の〔 〕で括られた箇所は、日本語原文には存在しないが引用元の訳文には存在している文言を、文脈上必要と思われる範囲で、訳者が再翻訳したものである〕.

＊4 蓮實の小津本の参照頁は、文中の（ ）内に示す。フランス語版（*Yasujirô Ozu*, translated by Ryoji Nakamura, René de Ceccatty, and Shiguéhiko Hasumi [Paris: Éditions de l' Étoile/Cahiers du cinéma, 1998]）の参照頁は、数字の後ろに「F」を、日本語版（『監督 小津安二郎〈増補決定版〉』筑摩書房、二〇〇三年）の頁数には「J」を、それぞれ付すこととする。

＊5 『映画 誘惑のエクリチュール』ちくま文庫、一九九〇年、三五三頁。

＊6 "Notes sur le geste," in *Moyens sans fins: Notes sur la politique* (Paris: Éditions Payot & Rivages, 2002), pp. 59-71〔「身振りについての覚え書き」、『人権の彼方に 政治哲学ノート』高桑和巳訳、以文社、二〇〇〇年、五三―六六頁〕.

＊7 アルチュール・ランボー、ポール・ドムニー宛ての書簡、一八七一年五月一五日。

＊8 *Transcendental Style in Film: Ozu, Bresson, Dreyer.* Berkeley: University of California Press, 1972〔『聖なる

映画 小津／ブレッソン／ドライヤー』山本喜久男訳、フィルムアート社、一九八一年〕.

＊9 *Ozu: His Life and Films.* Berkeley: University of California Press, 1974〔『小津安二郎の美学 映画のなかの日本』山本喜久男訳、フィルムアート社、一九七八年〕.

＊10 *Ozu and the Poetics of Cinema.* Princeton: Princeton University Press, 1988〔『小津安二郎 映画の詩学』杉山昭夫訳、青土社、一九九二年〕.

＊11 *To the Distant Observer: Form and Meaning in the Japanese Cinema.* Revised and edited by Annette Michelson. Berkeley: University of California Press, 1979〔本書のうち、小津を論じた章のみを抄訳したものとして、「小津安二郎論 戦前作品にみるそのシステムとコード」(西嶋憲生・杉山昭夫訳、『ユリイカ』一九八一年六月号)がある〕.

＊12 蓮實の本でボードウェルの扱いがかなり小さいのは、本書の初版が、一九八八年に刊行されるボードウェルの『小津安二郎 映画の詩学』よりも五年も前に出版されているということから説明がつく(増補決定版にあらたに加えられた章では、ボードウェルへの言及が四度なされている)。一九八三年の初版と、それを底本とした仏訳においては、ボードウェルとクリスティン・トンプソンが一九七六年に『スクリーン』誌に寄稿した共著論文"Space and Narrative in the Films of Yasujirô Ozu"〔「小津作品における空間と説話」出口丈人訳、『ユリイカ』一九八一年六、八、九月号に分載〕に対し、小津の関心は、彼らが論じるような当時の映画的規範からの逸脱にあるのではなく、むしろその作品が、ときとして「映画ではなくなる」(32F/21J)ということにあるとの反駁がなされている。

＊13 蓮實のこの書物では、西洋の文脈においてはかなり型破りな概念をもつ語法が用いられている。ここでいう「主題論的な体系」とは、小津の映画の関心を物語とは異なる水準へと移行させるものである。その水準が特徴とする諸要素の豊かな融合は、「説話論的な持続が生なましいリズムを刻」んでいる「具体的なできごと」として触知される。小津の作品が「もっぱらフィルムの運動として見るものの映画的な感性に迫ってくるのはそうしたときである。われわれは、そのとき、映画によって文字通り動かされるのだ」(38F/28-29J、強調は原文)。主題論的な体系はさらに、映画を作家の映画たらしめるという点においても、途方もない重要性を帯びている。「小津にとどまらずあらゆる作家が、そこで思いきり自分の想像力を解放する場こそが主題論的な体系なのだといってもよい」(119F/101J)。

＊14 "Fiction and the 'Unrepresentable': All Movies are but Variants on the Silent Film," *Theory, Culture &*

Society, Vol. 26, Nos. 2-3 (2009), pp. 316-329〔日本語版：「フィクションと「表象不可能なもの」——あらゆる映画は、無声映画の一形態でしかない」、石田英敬、吉見俊哉、マイク・フェザーストーン編『デジタル・スタディーズ第一巻　メディア哲学』東京大学出版会、二〇一五年、一七—三九頁〕.

＊15 "Au-delà des étoiles," in *Cahiers du cinéma*, No. 79 (January 1958), p. 45〔「星のかなたに」、『ゴダール全評論・全発言Ⅰ　一九五〇—一九六七』奥村昭夫訳、筑摩書房、一九九八年、二三二頁〕.

＊16 Cf. Giorgio Agamben, "Le visage," in *Moyens sans fins*, pp. 103-112〔ジョルジョ・アガンベン「顔」、『人権の彼方に』前掲書、九五—一〇五頁〕.

＊17 蓮實も指摘するように、この場面はすでに『浮草物語』に原型が見られ、のちにそのリメイクである『浮草』でも反復されることになる (158F/140J)。

＊18 V. F. Perkins, "River of No Return," *Movie*, No. 2 (September 1962), pp. 18-19. パーキンスの議論は、チャールズ・バーによる一九六三年の重要論文 "CinemaScope: Before and After" (*Film Quarterly*, Vol. 16, No. 4 [Summer 1963], pp. 4-24)でとりあげられ、より広い議論へと接続されている。

＊19 Anne Rutherford, *What Makes a Film Tick?: Cinematic Affect, Materiality and Mimetic Innervation* (Bern: Peter Land, 2011), p. 31.

＊20 *Ibid.*, p. 29.

＊21 Jacques Aumont, Jean-Louis Comolli, Jean Narboni, and Sylvie Pierre, "Le temps déborde: Entretien avec Jacques Rivette," *Cahiers du cinéma*, No. 204 (September 1968), p. 20.

＊22 *Cinéma 2: L'image-temps* (Paris: Les Éditions de Minuit, 1985), p. 29〔『シネマ２＊時間イメージ』宇野邦一ほか訳、法政大学出版局、二〇〇六年、二四頁〕.

＊23 Gilles Deleuze, Claire Parnet, *Dialogues* (Paris: Champs essais, 1996), p. 66〔ジル・ドゥルーズ、クレール・パルネ『ディアローグ　ドゥルーズの思想』江川隆男・増田靖彦訳、河出文庫、二〇一一年、七八頁〕.

＊24 Cf. Émile Benveniste, "Structure des relations de personne dans le verbe," in *Problèmes de linguistique générale*, Vol. 1 (Paris, Gallimard: 1966), pp. 225-236〔エミール・バンヴェニスト「動詞における人称関係の構造」高塚洋太郎訳、『一般言語学の諸問題』みすず書房、一九八三年、二〇三—二一六頁〕.

＊25 蓮實自身も訳文作成にかかわった仏語版では、「nous（私たち）」という語が、日本語の「われわれ」よりもっと自由なかたちで用いられているように思われる。たとえば仏語版の一六四頁で、『麦秋』の家族写

真の場面について「Cette scène nous touche（この光景は私たちを感動させる）」と書かれているのに対し、日本語では端的に「この光景は感動的である」としか書かれていない。両言語が感動体験を伝達する仕方にはたしかに違いがあり、おそらくフランス語の方が、体験を個人の主体に帰する場合が多いのだろう。とはいえフランス語でも［nousを用いない直訳として］「Cette scène est touchante」という言い回しは、まったくもって可能である。

＊26 *5001 Nights at the Movies: A Guide from A to Z* (New York: Holt, Rinehart and Winston, 1982), pp.613, 390, 496.

＊27 "The Perils of Pauline," *New York Review of Books* (August 14, 1980). <http://www.nybooks.com/articles/1980/08/14/the-perils-of-pauline/>

＊28 歴史的に異なる時間、異なる場所でそういった事態が生じたとしても、その事実は変わらない。ダグラス・サークの『悲しみは空の彼方に』を観るのが一九六三年のニューメキシコ州サンタフェであっても、あるいは二〇〇三年のパラグアイの首都アスンシオンであっても、スーザン・コーナーは映画のなかの同じ瞬間に母親の葬列にたどり着くのである。

＊29 なぜ蓮實の本では、「作品」という語が（「小津「作品」」というように）文中で括弧にくくられているのだろうか。おそらくそれは、「作品」としての映画が、私たちのフィルム体験に直接入り込んでくるわけではないということを、私たちにあらためて認識させるためであろう。その意味でいえば、「作品」の語を括弧に入れることは、小津の「文体」をめぐる議論を回避するという原則（56F/47J）と関連しているのかもしれない。また、「作品」という語は、一篇のフィルムの流動性を否定し、それを固定された不変のものとしてしまう。おそらく、小津の映画に「作品」の語をあてることを疑問視した蓮實は、バルトのいう「テクスト」のように、つねに動きのなかにあり——「「テクスト」が（たとえば図書館の書架に）とどまっていることはありえない」——、「つねにある種の限界体験を含意する」状態を、小津の映画にも求めるという選択肢を念頭に置いていたのではないだろうか（"De l'œuvre au texte," in *Œuvres complètes*, Vol.3 [Paris: Éditions du Seuil, 2002], p.910［「作品からテクストへ」、『物語の構造分析』花輪光訳、みすず書房、一九七九年、九四―九五頁］）。とはいえ、蓮實がそのような自身の考えについて多くを語ろうとはしていないのは、小津の映画をいかなる理論的枠組みにも従わせまいといった、本書で一貫してとられている明確な戦略にそうした振舞いも含まれているからであり、それゆえに一定の説得力をもっている、というこ

とも認識しておかなければならない。蓮實は、バルトやドゥルーズの言葉を借用したりはしない。唯一の例外として「終章」で一度だけバルトに言及しているにしても、「神話作用」という用語で、小津の映画を見えなくさせている「思考と感性の硬直ぶり」を示すだけのことにすぎない（217F/241J）。にもかかわらず、蓮實が小津の映画を「豊かな意味作用の磁場」と形容するとき、私の脳裡には、「還元不可能な複数性」というバルトによるテクストの定義や、谷間を散歩する自身の体験に即してテクストの読み手の体験を描写するその記述――「彼が知覚するのは、互いに異質でちぐはぐな実質や平面に由来する、多様で還元不可能なものである。〔…〕これらの偶発的なものは、どれも半ばしか同定できない。それらは既知のコードから来ているのだが、しかしその結合関係は唯一であって、これが散歩を差異にもとづいてつくりあげ、差異としてしか繰りかえされないようにするのだ。「テクスト」に起こるのも、これと同じことである」（"De l'œuvre au texte," p.912〔同前、九七―九八頁〕）――が浮かんでくる。「作品」を括弧に入れるということは、蓮實がその語を小津の映画に適用することを完全には拒絶していない、ということでもある。しかし、小津の映画もまた、複数性や多重性といった、「作品」と呼ばれるものとはまた別の、バルトが「テクスト」と呼ぶものが秘めている力を保持している。それは時間という次元においてのみ遭遇しうるものであり、それこそが蓮實にとって批評するにふさわしい対象となるのである。

＊30 Christian Keathley, *Cinephilia and History, or The Wind in the Trees* (Bloomington: Indiana University Press, 2006); Dale Hudson and Patricia R. Zimmermann, "Cinephilia, Technophilia, and Collaborative Remix Zones," *Screen*, Vol. 50, No.1 (2009), pp. 135-146を参照。

＊31 "Dans un monde où la critique tend à disparaître," p.91〔「批評が消えゆく世界の中で」、前掲書、四二三頁〕.

＊32 *Ibid*〔同前〕.

＊33 「よく眠りなさい、あなたたちは確かに存在しているのだから」〔その存在そのものが周囲から疑われていた娘の失踪事件が解決したことを承けての台詞〕。

〔翻訳＝中村真人〕

犯し犯される関係の破棄——曽根中生・蓮實重彦・日活ロマンポルノ——

久山めぐみ　Megumi KUYAMA

編集者／文遊社。一九八二年生まれ、神戸出身。東京大学学際情報学府修士課程修了。『曽根中生自伝　人は名のみの罪の深さよ』、『野呂邦暢小説集成』などを編集担当。

1　性愛／映画の困難について

横長の矩形のなかで、やや窮屈そうに、裸の躰をからませ合う女と男。喘ぐ女の白い胸。愛を語り、見つめ合い、性交になだれ込んでいく二人。大手映画会社の一社である日活が一九七〇年代から一九八〇年代にかけて量産した特異な映画群である日活ロマンポルノ。ロマンポルノ作品を見ながら考えるのは、こんなことだ——そもそも性愛というものは、映画にとってどういった題材なのか。

まず想起するのは蓮實重彦*1の著名なテーゼ、「見つめあう二つの瞳にキャメラは徹底して無力だ」である。映画には「並行して繰り拡げられる二つの行為をフィルムに定着させるにあたっては、両者を交互に捉えた画面の反復的継起としてしか処理しえない」という「記号論的な現実」がある。このため、「同じ空間を共有しえぬ二つの存在の表情は、……決して一つの自律的なショットにはおさめることができない」。さらに、「事物と存在とに向けて開かれた瞳、その機能を妨げるいっさいの障碍物がとり払われた空間、そしてそこで交わる二つの視線、それはわれわれにフィルム体験を保証する場合としての映画館の構造を端的に反映するイメージ」である（『映画の神話学』二章「映像の理論から理論の映像へ」）。いかにも見つめ合い、多くを語り合っているかのように二人のクロースアップを交互に繰り返すことで、視線の交わりを表象する映画は多いが、蓮實によると、交わる視線の表象は、「映画自身の生の条件」にも触れることになるのだという。「見つめあう二つの視線にあえてキャメラを向けようとすることは、映画の最も神経過敏な部分に触れてみることにほかならず、それは、意識的であると否とにかかわらず、映像と存在との微温的な共存関係を、たちどころに脆いものとする決意を要求し続ける」（『映画の神話学』）。

愛し合う二人や、二人のあいだで高揚する欲望。こういったものを捉え損ねながらも捉え損ねていることにすら気づかず、切り返し画面で、愛を語る者同士、あるいは欲望をたかめ合う者同士の視線を交互に映す。その表現は、「瞳と瞳がすべてを了解しあうという、……メロドラマ的図式の偽の連帯性」（『映画の神話学』）に終始せざるをえない。男と女の「偽りの連帯」を映しだすに過ぎない映画のいかに多いことか。この陥りやすい罠は、性愛を映画で映しだすことの困難さを示すものだ。

それでは、まったき結合としての官能を表現する際、映画はどのような装置であるのか？　蓮實重彦著『映画の神話学』をふたたび繙くと、次のようにある。「視線の成立に必須なその距たりの意識は、当然われわれの視覚の複眼性に由来するものだが、この人間的な瞳の機能は、接触もしくは統合の機会を個体から奪うという意味で、根源的エロチスムを排する性格を帯びているとみることができる」。この指摘は、映画における官能表現の、観客による受容について考えるうえで、重要な示唆を与えているのではないか。つまり、見るためには視線の対象と視線の主体とのあいだに距離が必要である。たとえいかに画面上で激しく絡まり合い、官能の場面を演じていたとしても、見ることが必然的に伴う距離そのものが、観客が融合の感覚を共有することを邪魔しているのではないか、ということである。

さらに、雑誌『モノンクル』のインタビュー*2で、蓮實重彥は性器の映画表現について、次のように述べている。まず、ハリウッド映画においては、ヘイズ・コード*3により厳しく制限された結果、髪、唇、脚などのセックス・シンボルによって、性器の表象は代替されることになった。さらには、映画のスクリーンそのものが横長であることが制約となる。「映画の画面というのは、女性を立たせることがまず、むずかしい。それから、女性を横たわらせることもむずかしい。非常に不自然なかっこうをしなければいけない。で、映画というものは、かならずしも、女体が全身として露呈されやすいものではない……したがって、局部のクローズ・アップに行ってしまう」。このような事情により、どのような手法がとられるのか？「まず、お互いに見つめ合っている眼があって、それを交互にモンタージュで示して、そして、たとえば、そのとき無言で見つめ合っている眼が欲望を現わし、彼らがやがて近づき、接吻し、そして音楽が昂まる」。肉体の露呈からの回避は、モンタージュによって性的欲望のたかまりを表現する手法の多用につながる。

性愛の映画的表現には多くの壁があるようだ。視線が必要とする距離やスクリーンの横長の矩形といった映画そのものの成立条件も、プロダクション・コードなどの外在的要因も、ともにそのフィルム的定着を困難にしているのである。

2 「性器の禁じられた露呈」からの自由

久山めぐみ

曽根中生という映画監督がいた。曽根は一九七一年、日活ロマンポルノ黎明期に三三歳で映画監督としてデビューし、会社の屋台骨となった。『嗚呼!! 花の応援団』などの一般映画のヒット作も撮ったが、一九九〇年付近に映画業界から去り、二〇年のあいだ、映画監督としてのアイデンティティを破棄した。映画業界の人びととの連絡も絶ち、「行方不明」と噂されたまま、二〇年の月日が経過した。その期間は「映画監督・曽根中生」にとっての一度目の「死」であったが（それは、プログラムピクチャー出身の映画人が一九八〇年代後半に共通体験しなければならなかった、業界全体の退潮と同期している）、二〇一一年、公の場に「復活」、そしてその後の三年間を再び映画監督として生き、一昨年（二〇一四年）、肉体的な「死」を迎えた。曽根の映画は公開時（一九七〇年代）から高く評価されていたため、曽根は日活ロマンポルノにおける初めての「作家」として評価された監督のひとりである。

日活ロマンポルノは性愛を描くことの困難へどのように対峙したのか。まず、曽根の映画における性行為のフィルムへの収め方の変遷を見てみたい。デビュー作『色暦女浮世絵師』の最初の方で、ヒロインである絵師の妻（小川節子）が、強姦魔である裕福な町人の息子（前野霜一郎）に白昼、向島の河原で強姦されるシーンが、曽根が描いた最初の性交である。実は初めて監督として撮影に臨んだのがまさにこのカットであったという強姦場面を、曽根は、組み敷かれたヒロインの無理に開かれようとする両脚のクロースアップ、強姦魔の足で押さえつけられ、もう片方の足ではだけられる裸のフルショット、睨み上げるヒロインのクロースアップ、暴行され、土を摑む手のクロースアップなど、かなり多い数のカット割で処理している。単線的な変化を遂げるわけではないものの、曽根の性交場面のカット数は次第に減少し、クロースアップよりも、性交する二人とキャメラの間に一定の距離を介在させたキャメラ位置からのショットにセックスシーンの基盤を置くようになっているようだ。例えば、『わたしのSEX白書　絶頂度』で、朝帰りのやくざのヒモ（益富信孝）とストリッパー（芹明香）の同衾シーン。股間を映さないための障害物としてキャメラの手前に置かれたランプシェードを挟み*4、ベッド脇から二人を捉えるキャメラは、二人の動きに合わせ横移動するもののベッドとの距離を保っている。ストリッパーの胸、喘ぐ顔が見えてはまたランプシェードにすっぽり隠され、長い時間、そういった欲望喚起的な身体の部位が見え続けるということはない。萩原憲治によるキャメラは、この性交を流麗なワンカットで捉えている。また、『女校生100人㊙モーテル白書』の、女子高生と売春客との性交場面の特筆すべき長回し*5。ベッド脇から俯瞰するキャメラは、二人が奥の部屋で性交に行きつく前に会話している段階でも、誰もいないベッドに向かって固定され、二人の足元しか見えない。二人はやがて全身がフレームイン（ベッドイン）し、正常位から女子高生の要望に応じてバックに体位を変える。その長いセックスの間、キャメラは厳格に固定され、もとの位置から微動だにせずワンカットに収める。キャメラが陰部や胸、表情をはっきりと映し出すことはない。

敢えて近づかず、敢えて見せない。曽根映画における距離の感覚は、曽根がいかに、視線と性愛とのまやかしの関係に敏感であったかを物語る。観客には喘ぐ女と女体をとにかく見せればよい。見るべきモノを見さえすれば、条件反射のように欲望をたかめるだろう——そんな認識の安易さへの自覚は、曽根映画における性交の前に冷たい距離を介在させることとなった。（このことは、デビュー作『色暦女浮世絵師』からすでに、そして後述の『わたしのSEX白書　絶頂度』や『天使のはらわた　赤い教室』は言うまでもなく、曽根がひんぱんに、〈性交あるいは性器を無理に見せつけられる男性の怯え〉をフィルムに収めたことと、無関係ではない。それは、のちに詳述するように、ロマンポルノとその観客の関係性についての、曽根の批評的視点を含んでいるからだ。）

ところで、前述の『モノンクル』誌のインタビューのなかで、性行為を映画で表現する際、どういった修辞がほどこされるのかと問われた蓮實重彥は、さまざまなメタフォール（隠喩）の形を取ると答えている。燃え上がる炎によって性欲のたかまりを表現したり、貨車の連結器によって性的結合を表したり、あるいは、まったく関係ない風景があらわれる、といったカットをその例に挙げている。

性器をフィルムに露呈することが出来ないことへの解決法としての代替的な、比喩的なカット。こういった処理は、映画のひとつの限界を示す。だから蓮實にとって、すぐれた性愛映画の作家の条件は、性器の露呈の禁止が強いる「性的表現の比喩性」から自由であるということなのだ。蓮實は日活ロマンポルノの作家を批評するうえで、神代辰巳とともに、曽根中生もまた、この自由をそなえた作家と評価している*6。「性行為の隠喩的・換喩的表現にエロティシズムの基盤を置くことなしに、もっぱら日常的に表層としてある部分のみを強調しつつ曽根中生はエロスに肉迫する」（「曽根中生『わたしのSEX白書 絶頂度』」／『官能のプログラム・ピクチュア』所収）。

たしかに曽根の映画では、性愛や性意識の比喩的なカットが少ない。かわりに曽根が好んで撮ったのは、たとえば『わたしのSEX白書 絶頂度』で、性交後に三井マリアがふとももにティッシュペーパーを挟んでベッドから後ろ背に手洗いへ去っていくカット、三井が帰宅後、風呂なしアパートの狭い台所で、温められた湯にひたした手ぬぐいを股間にあてているシーン、あるいは風呂上りの芹明香が鏡に向かい、けだるく陰部にパウダーをはたく場面、そういったものだ。これらは、女性の生活の一場面における、誰に向けられたものでもない日常的な行為のなかに溢れ出たエロスである。曽根映画のエロティシズムは、日常／現実という層のなかにあって、なまめかしい色を帯びている。

3　「ワイセツ」な映画

「私はワイセツを撮る」。一九七三年一一月、雑誌『えろちか』で、曽根中生はそう宣言した。曽根が引き受けた猥褻さ――それは「犯罪性」「汚い」「稚拙」「残虐」といったものを意味するのだと、曽根は語る（『曽根中生自伝　人は名のみの罪の深さよ』）。エロスの表現は愛情、寛容、あるいは美を描く方向にむかってもよい。ところが曽根はこういったものを自らの課題としては選択しなかった。『えろちか』への寄稿に曽根はこんな体験を記している。曽根はその頃（映画監督としてのキャリアを始めておよそ二年後）、とある地方都市の映画館で、自身の七作目となる『色情姉妹』を深夜興行で鑑賞したという。その帰り道のこと、乗車したタクシーの中で、曽根は自らの素性は隠しながらタクシー運転手と会話をかわした。「ああいうのは露骨すぎて俺にはどうも……。それに裸だけで筋も何んもなかとでしょうが」「そんなことはないよ。日活のロマンポルノは結構おもしろいよ」「『恋の狩人』なんかでしょうが」「なんだ、知ってるんじゃないの」……「『恋の狩人』なんかでしょうが」という言葉のニュアンスには、日活のロマンポルノを観ているし、ポルノを覗きたいという衝動がはっきりうかがえた」。曽根は、性に関する日本人の精神的土壌は「閉鎖的安定」である、ということに気づく。そして、ロマンポルノの観客たちの性意識を批判し、『えろちか』の同じ論考のなかで、次のように述べている。「自分自身のプライベートな性は、あかるみに出すことを嫌う、自らの内部で確認することさえも拒否する閉鎖性の発露故にである。閉鎖的安定の中に自己をひたらせながら、対岸にあるものとして性表現を眺めている彼等を満足させるためには、形を変え品を変えて、どんどん刺激性を拡大増幅させる手段がとられねばならない」（「私はワイセツを撮る」『えろちか』所収）。観客たちは、自らの性を自己の内部に押し込め自閉しながら、目の前のポルノグラフィで展開される性を、彼岸にあるものとして眺めているという。ポルノ観客のその自閉した安定性を、曽根の「ワイセツ」は、その鋭利さと猥雑さでもって、破壊することを目指した。

そのために、曽根は自らの内面的恐怖をフィルムのうえに露呈させることを辞さなかった*7。自身が広所恐怖と呼ぶその感覚は、たとえば『女高生100人㊙モーテル白書』での、「女子高生100人モーテル遊び」事件を取材中の雑誌記者（岡本麗）が不良たちに犯されるに至る前、取材相手を訪ねて行った先、校庭でサッカーボールを蹴り合っている不良たちがいつの間にか雑誌記者を取り囲み、彼らにボールを激しく躰にぶつけられるシーンとして形象化している。「非常に観念的ではあるけれど、広いところに出てくると、週刊誌の記者は怖いんですよ。たとえばそれは、グラウンドでサッカーボールをぶつけられるシーンなんかに表れているんです」（『曽根中生自伝　人は名のみの罪の深さよ』）。リンチ、強姦といった残虐なことがらが曽根の映画において開けた場所において起こるのは、必然性がある。広い場所は恐怖の空間なのだ。

曽根は画面を襖などで左右に区切り、もともと矩形であるスクリーンのなかにより小さな矩形を作る構図を好んだことは、西成彦が『シネマグラ』収録の『女高生　天使のはらわた』に対する批評のなかで指摘している。「そのフィルムに登場する人間の顔をした天使たちは、直線によって囲われた矩形の中で身の安全を保証しようと躍起になる自らの本性をいささかも包み隠そうとはしない」（西成彦「とびはねて天使は……」『シネマグラ』一九七九年春号）*8。狭い場所への志向性。その文脈に、曽根が自らを仮託せんとばかりに描いた不良少女たちのひとり、『色情姉妹』の三女のいわば「プライベートルーム」として、汲み取り式のトイレの狭い室内が選ばれていたことを付け加えてもよいだろう。しかし三女は、唯一安心できるこの空間においても、汚穢の孔の下側に置かれた仰角のキャメラによって、自慰を覗き込まれる。狭い場所に自閉することも、必ずしも安全をもたらすわけではない。さらに、密室空間がその内部から自壊してゆくドラマである『悪魔の部屋』も、この列に付け加えるべきかもしれない。誘拐事件を起こした男は自己崩壊に向かうのだが、その過程で、ホテルの一室の安全な内側で、人質にした女と心通わせるわずかなときを過ごす。一室に閉じこもるなかで、外部の存在（外部への意識）を保証していた外景ショットはテレビ画面に代替されるようになり、やがてはそれも消え、ただ内部が膨張していく。内部の肥大による負荷に耐えられなくなり、男は自ら部屋の外部に向かって窓を破って、落下していく。窓が割られた瞬間、画面になだれ込んでくるのは、高層階に強く吹きつける風の音と街の騒音である。

ところで、曽根映画の通奏低音は、工事現場の破壊音である。日活ロマンポルノは室内シーンでも外音を伴うことが多い。これは曽根に限らない、ロマンポルノ全体の特徴であったという*9（橋本文雄・上野昂志『ええ音やないか』）。しかし、曽根映画の室内シーン（および狭い場所のシーン）に鳴り響く音には、しばしば、工事現場の無機質な音が選択される（『色情姉妹』『女高生　天使のはらわた』『わたしのSEX白書　絶頂度』）。「私の映画では『壊す』ことが多くて、『作る』映画っていうのは撮ったことがありませんからね」（『曽根中生自伝　人は名のみの罪の深さよ』）。牛が女郎屋の障子を突き破り、客として来た力士のジャンプによって二階が崩落する『㊙女郎市場』、解体中の日活撮影所の建物をフィルムに収めた『スーパーGUNレディ　ワニ分署』など、枚挙にいとまがないほど、曽根は破壊を描いた作家でもあった。だから曽根中生の映画において、内部・内側は、そこに安定的な存在（男女）が位置する密室空間ではなく、外部から邪魔され、破壊され、忍びこまれる、拡散的なものだ。

しばしば外部による侵入は、視線が見るために必要な距離を失う瞬間と一致する。たとえば、『実録エロ事師たち』のなかで、千束の安アパートで隣室どうしである、白黒ショーのスター男優・歌麿ボーイ（江角英明）と女優（星まり子）の夫婦と、東北出身の娼婦。それぞれの部屋は上部にしつらえられた鏡で接続されている。（それは、芸の向上のためである。）娼婦の接客中、性交の途中であおむけになり、鏡をみつめる彼女が、隣室にいるはずの歌麿ボーイに向かってウインクするシーン。このカットでは、隣室にいる同士が鏡ごしに視線を交換しあう。本来視線があってはならぬ場所における視線の出現は、距離感の不気味な喪失をもたらす。さらに不気味な視線といえば、『ためいき』のラストシーンで、これから幸福に暮らすはずの新婚のマンションのベルが鳴り、ヒロイン・立野弓子（立野弓子）が見ると、いつのまにか玄関に入り込み、レンズを室内に向けて佇んでいるキャメラ。キャメラは本来その背後にいてしかるべきキャメラの視線の主体が不在なままに、シャーッというフィルムが回る音を響かせている。

距離を前にした安定というものは、曽根映画において、あり得ない。むしろ曽根映画において、距離は現前しつつも、統御不可能なままに無化する不気味さ・不可解さを備えたものであると言えるのではないか。曽根映画の距離は、見られる者ではなく見る者のほうを脅かし、欲望の機構に巻き込む*10。

4　不連続な女たち

最後に、日活ロマンポルノにおける女性の情欲の表象にまつわる二重性にも触れたい。すなわち、ヘテロセクシャルの男性をメインターゲットとして製作されたロマンポルノにとって、喘ぎ声をあげる女性、悶える女性など、女性の欲情するシーンは、それ自体、観客が見ることを欲望するものであった。つまり、性交中の喘ぐ女性のバストショットに代表される女性の欲情シーンは女性のエクスタシーを映画上に表現することそのものを一義的に目指したシーンであるというより、その多くは男性観客のニーズにこたえるためのものであったと考えるのが自然である。しかしながら、女性の欲情を映画的表現とするために、彼女たちの心理に踏み込むなど、なんらかのかたちで欲情を自然なもの、説得力があるものに見せる必要性がある。だから製作者たちは、女性性、女性心理、女性の性意識の内実を描く方向性にも、同時に向ったのではないか。

事実、ロマンポルノ製作者たちは、女性の欲情の表象について、さまざまな方法を実践している。たとえば、きちんとしたドラマを組み立て、女性の欲情を納得可能なものとする。女性の心象風景を多く取り入れる。欲情の受け手となる相手方（主に男優）との視線劇を描き、欲情を視線のメカニズムに落とし込む。あるいは、女性の発情の対象を彼女の視点から捉えたカットを紛れ込ませることすらある。（加藤彰監督『恋狂い』の、長い航海に出た夫を待てない新妻・白川和子の欲情の対象、すなわち、腰をくねらせて踊っている若者男性のいきのいい尻を、彼女の視点から捉えたカットは忘れ難い。）

しかし、このような女性の性意識の扱い方は、何に対して女性が欲情するかを、ほとんどが男性である製作者たちが推論のうえ、男性観客にとって把握可能な（受容可能な）かたちに変換するというプロセスを伴う。そしてその表象は、ときとして歪曲や矮小化を回避しえない。曽根中生はこの問題に、とくに敏感なロマンポルノ作家であった。曽根の尖鋭性は、『わたしのSEX白書　絶頂度』に顕著である。この作品には、劇的なドラマはない。三井マリア演じる採血係の美人女性は、弟に近親相姦の欲望を抱きつつ日々を送っているのだが、近所のやくざ（益富信孝）の誘いにより、コールガールの世界に足を踏み入れることになる。三井の内面はまったく表情に出ない。彼女の視点によるカットは少ない。そのため、弟に対する姉の欲望の内実が具体的に説明されることはない。また、（採血中の三井の閉じられた両脚の間から血が流れるのを反転させたラスト近いカットをのぞき）彼女の性意識を比喩的に示すイメージカットもない。（頻出する、注射器にゆっくりと流れ込む血のカットは、どちらかというと実在的な印象を与える。）そして、なぜコールガールになったのか、そもそも彼女がどのような性格なのかも、最後までよくわからないままだ。

わからないことだらけであるにもかかわらず、この映画における女性表象が尖鋭的である理由は何か。この映画にかんして、「ヒロインはなぜ、同居する弟を襲おうとするのか」とインタビュアーに問われた曽根の説明に、それは明瞭だ。「そのへんが、私にもわからないんです。それを白鳥さん＊11に聞きたいな、と思っていました。『白鳥さんじゃないと書けないホン』って言ったのは、その部分なんです。あれは女性の作家じゃないと、多分出てこないでしょう。しかも、最高の表現だと思うんですよね。で、そういったものは、わからないものとして提出した方がいい、下手にわかったふりをして理屈づけられるような形で提出したって意味がないと思いました」（『曽根中生自伝　人は名のみの罪の深さよ』）。

自らの考える型に当て嵌めることなく、ただ、そこにあるものとして撮る——これが、曽根の根底にある演出の方法であった。だからこそ、男性観客の性的欲望の充足を前提とする日活ロマンポルノのなかで、曽根は女性の性を自然なかたちでフィルムに収めることに成功した。『わたしのSEX白書　絶頂度』は、女性の手による脚本とのたまさかの出会いが可能にしたものであった。しかし、曽根の映画ではしばしば、プロットからは余剰と言える場面や、人物像や内面が不可解である登場人物（男女問わず）が現れる。曽根の映画において、細部は全体的な整合性に優先するため、細部のひとつひとつが強度を備えた断片であることができる。その演出方法はもちろん女性たちにも及ぶため、女性たちをあらかじめ設定された人物造形や想定される行動パターンから、ときとして逸脱させる。だから、曽根映画の女性の人物造形は複雑であり、流動的であり、その分、リアリティがある。

そのなかでも、曽根映画に「襲う女」が頻出することについては、もっと考察する必要があるだろう。前述の『わたしのSEX白書　絶頂度』における「弟を襲う」シーンもそのひとつだ。このシーンは、部屋を訪ねてきたやくざから封筒に入れて手渡されたエロ写真を盗み見しながら、ヒロインがこたつの中で、自慰しているところから始まる。最中に、弟が帰宅する。姉は弟にやくざとのつきあいがあることをなじりながら、弟に自らの陰部を見せようとする。弟の指に吸いつき、押し倒す。弟は押し入れに隠れてしまう。怯える弟。ヒロインはなおも自慰を続け、押し入れの襖を足で開きながら、弟に陰部を見せつける。怯えと欲望とのあいだで揺れる弟は、懐中電灯で、姉の悶える表情と、陰部を交互に照らす。……

キャメラはヒロインが足で襖を開けるまでを、窓側の、離れたところから、横から収める。その遠い位置からは陰部もヒロインの表情も見えず、通常、ポルノ映画で女性の自慰シーンを欲望喚起的に収める際のような、煽りの位置ではない。抑制された観客の欲望は、弟が襖をこじ開けられて見せつけられる段階にきて、初めて達成される。つまり、ヒロインの自慰する陰部を見たいという観客の欲望が実現するのは、同時に、(見る主体である) 弟にとっての、恥辱の瞬間でもあるのだ。

このシーンは、とりもなおさず、本稿が問題としてきた、ポルノとその観客の安定的な関係性に対する曽根流の批評を含んでいる。さらに、この作家の認識のなかでは、男性の性的充足が恥辱とわかちがたく結びついているということも、この「襲う女」のシーンの圧倒的な迫力は示唆しているようである。

*

蓮實重彥は本作の批評「吸血鬼への書かれなかった手紙」のなかで、次のように記す。『絶頂度』とは、犯し犯されるというポルノ的概念をはるかに超えて、いかに吸うか、吸いとるかをめぐる困難な試みを描いた吸血的倫理に貫かれた映画にほかならない」(『シネマの記憶装置』、一九七九年)。蓮實は採血係であるヒロインや、やくざ、弟たち登場人物を吸血鬼と見立てる。いかなる心理劇や人物造形にも根拠をもたないこの映画における性欲は、犯し犯されるポルノ的関係性を破棄してしまっている。愛し愛されるわけでもなく、犯し犯されるわけでもないセックス。即物的、としかいいようのないこの性交の表現は、曽根中生の倫理的認識の産物というべきものである。

「高田奈美江が私に求めるものは何もない。私から彼女に与えるものは更にない。その関係だけを映画にしよう」。これは、実在の不良少女・高田奈美江の日常生活を、女優経験のない、当時中学を卒業したばかりの本物の不良である高田自身が演じることで描いた一般映画『BLOW THE NIGHT! 夜をぶっとばせ』公開時の曽根の発言である*12。曽根はこの映画を撮り終えたことで、撮るべきものを撮りつくしたと自ら考え、その何年かのち、映画監督としての人生をやめることを選んだのだという。

「……映画的な時間や空間の造形に関しては独特のこだわりを見せる監督だった神代辰巳が、こと女優の演出に限っては、その肉体の動きのみならず、その内面の持続によりそうかたちでキャメラを回していたという事実を証言している。もちろん、そうした演出上の配慮は、それまでも行われていたものだ。だが、「日活ロマンポルノ」の女優たちが演技からは最も遠い素肌の肉体をも監督にあずけねばならぬ脆弱な存在であることに、神代辰巳はことのほか敏感だったのである。撮ることが、すでに裸体である女優たちを、さらに裸にする行為であってはならない」(蓮實重彥「神代辰巳を擁護する」『映画崩壊前夜』)。女優たちに対する曽根の向き合い方は、神代辰巳の配慮とも、また、そのほかのロマンポルノの作家の配慮とも、異なる次元にあったのではないか。被写体との共犯や協働ではなく、被写体との乾いた関係性をフィルムに収めること——これを曽根は実践しようとしてきたのではないだろうか。曽根中生の「吸血的倫理」の内実を、いまこそ考え、語るべきである。

＊1　『映画芸術』の年間ベスト10で、一九七四年から一九八三年までの間、日本映画ベストの選考自体をおこなわなかった一九七五年をのぞき、蓮實重彦のランキングには毎年必ずロマンポルノ作品が登場している。以下のとおりである。一九七四年『四畳半襖の裏張り　しのび肌』『濡れた欲情　特出し21人』(神代辰巳)。一九七六年『わたしのSEX白書　絶頂度』(曽根中生)『花芯の刺青　熟れた壺』(小沼勝)。一九七七年『悶絶!!　どんでん返し』(神代辰巳)『レイプ25時　暴姦』(長谷部安春)。一九七八年『人妻集団暴行致死事件』(田中登)。一九七九年『天使のはらわた　赤い教室』(曽根中生)『赫い髪の女』(神代辰巳)『愛欲の標的』(田中登)。一九八〇年『妻たちの性体験　夫の眼の前で、今……』(小沼勝)『少女娼婦　けものみち』(神代辰巳)。一九八一年『嗚呼！おんなたち　猥歌』(神代辰巳)『あそばれる女』(小沼勝)。一九八二年『恥辱の部屋』(武田一成)『悪魔の部屋』(曽根中生)。一九八三年『ダブルベッド』(藤田敏八)。また、日活が創立一〇〇周年を記念して二〇一二年におこなったロマンポルノの大規模な特集上映『生きつづけるロマンポルノ』でも、蓮實は山根貞男、山田宏一とともに、上映作品の選定をおこなった。

＊2　「かつて眼が性器であった」(『モノンクル』一九八一年九月号、『映画狂人最後に笑う』所収)における伊丹十三によるインタビュー。

＊3　ハリウッド映画における映画製作倫理規定（プロダクション・コード）のこと。一九三四年から自主的な検閲装置として機能し、ハリウッド映画のスタイルを形作った。

＊4　日活ロマンポルノにおけるセックスシーンは、花瓶などの障害物を置くことで、性器が見えないように工夫されることが多かった。

＊5　セックスシーンを長回しで処理すること自体は、ロマンポルノにおいて頻繁に採用されている。曽根は、セックスシーンに限らずかなり多く、自らの映画で長回しを採用している。長回しについて、曽根は次のような見解を遺している。「俳優の芝居も、頭の中で考えてやる芝居っていうのは、だいたい現実とそんなにかけ離れたものでもない。ところがキャメラっていうものを介在させて撮っていると、俳優も監督も予想しないようなものが映っているんです。キャメラを覗いていたらわからないんだけど、ラッシュを見たときに、『えっ、こんなことをやってたのか』って改めて思うように、客観視したときにとんでもないものが映っているわけだね。それに魅せられると、長回ししたくなるんです」。「長回しっていうのは、ある物を重量感があるように見せるんですよね。だから、二人が話している間に話を長く、沈黙してる間もそのまま何もかも撮っていると、すごく重量感が出てくる」(『曽根中生自伝　人は名のみの罪の深さよ』)。

＊6　神代辰巳への評価については、蓮實重彦「神代辰巳を擁護する」（『映画崩壊前夜』、二〇〇八年）に詳しい。

＊7　曽根は『シネマグラ』のインタビューのなかで次のように語っている。「……ともかく、路地とか、そういった狭い場所に僕は母胎回帰的なノスタルジーを感じるところがあるんだな。『天使のはらわた』でも引込線のシーンなんかそうだ。それに対して僕は広い所に滅法弱くてね。広所恐怖症なんですよ。電車に乗るときもドアの端のところに陣取るわけ」（『シネマグラ』一九七九年春号）。

＊8　西成彦は同論文「とびはねて天使は……」（『シネマグラ』一九七九年春号）で、『女高生　天使のはらわた』の女主人公にとって、「矩型の中に身を置くことも危険であるなら、そこからすっかり姿を消してしまうこともまた危険」であるとしつつ、曽根中生の映画においては、矩形の導入など「線の安定感」すなわち構図の安定感は、「けっして安定した小宇宙（劇空間）の構築を意味するわけではない」と指摘している。

＊9　日活ロマンポルノはオール・アフレコである。ロマンポルノの録音について、録音技師橋本文雄が貴重な証言を遺している。

「上野　日活ロマンポルノというと、舞台に安アパートとか学生下宿とかが多くなりますね。そうすると街ノイズも多くなってくる……／橋本　そうですね、よく使いました。だから屋内シーンなのに、屋外と同じように街ノイズを薄く入れるっていうのは、ロマンポルノの特徴だったかもしれないですね」（橋本文雄・上野昂志『ええ音やないか　橋本文雄・録音技師一代』）。

＊10　上野昂志は「距離を犯す」（『映画＝反英雄たちの夢』、一九八三年）のなかで、「距離」は映画を〝見る〟ことに不可欠」でありながら「あたうる限り隠し通そう」とされていると指摘し、しかし、「距離」がひとたび「スクリーンに投影されると、驚くべきエロティックな輝きを見せてしまう」と述べている。そして、小沼勝『熟れた壷』を「〝距離〟を侵犯することにその主題を据え」、曽根中生『わたしのSEX白書　絶頂度』を「〝距離〟を宙吊りにすることに一貫した主題を定めた」映画であると分析する。

＊11　『わたしのSEX白書　絶頂度』の脚本は、スクリプターの白鳥あかねが担当している。

＊12　「監督からの自戒をこめたメッセージ」（『BLOW THE NIGHT!　夜をぶっとばせ』パンフレット、一九八三年）。

見ることを与えられて——蓮實重彥への讃辞——

エイドリアン・マーティン　Adrian MARTIN

映画研究／モナス大学准教授。一九五九年メルボルン生まれ。著書に *Mise en scène and Film Style: From Classical Hollywood to New Media Art*（2014）、*Last Day Every Day, and Other Writings on Film and Philosophy*（2012-2015）など。

結局のところ、映画とは、わたしたちがスクリーンの表層に見ているもののことである。

——ジャン＝ピエール・クルソドン

（映画批評家・研究者によるＭＬ〈A Film By〉における、二〇〇八年六月二三日付の投稿より）

1　一台の列車が前進する

「一台の列車が前進し、私たちのほうへと向かってくる。蒸気機関に牽引された列車は速度を落としつつ、やがて小さな駅のプラットフォームの端へと到達する」――二〇〇四年に書かれ、「ジョン・フォード、あるいは身振りの雄弁」と題された蓮實重彦の文章は、こんなふうに始まっている*1。技術的な用語がここにいっさい含まれていないことに注意されたい。ロング・ショットかクロースアップかといったことには触れられず、キャメラのレンズやアングル、構図をどのように切り取っているかということも語られない。ただ一台の列車が前進するというひとつの出来事、画面上で起こる出来事のみが記され、そしてそこにさりげなく、この映画にとって、どんな映画にとっても受容の拠点となる「私たち」という観客の位置が添えられているのである。

蓮實の文章や講演は、しばしばこのようなかたちで始められる。ひとつのアクションや身振りが、できるかぎり単純かつ明快に描写されるのである。私たちは、映画から直に、何ら努力も要さずに招き入れられる。見るべき何かを、目にとどめるべきものを、目撃すべきものを、映画から与えられる。一台の列車が前進する――これ以上に基本的で、どんな観客にも取りつきやすく、わかりやすいものがあるだろうか。見ることを与えるという、映画によるこの儀式的な身振りは、最終的にずっと多くのものをその内部に含み入れることになる。映画はただ単純に見せることをしているわけではない。そうではなく、むしろ複雑な層をなしながら、映画であることを実演しているのだ。それは、映画が終わることによってようやくその地点に到達するようなものである。見せるというささやかな行為から出発した私たちは、ここに至り、芸術としての映画の力と複雑さを十全に感じられることとなる。

そして蓮實は、こうした理解、こうした啓示へと私たちを導いてくれる――その（現在のところ）五五年にも及ぶ批評の実践を通じて、もう幾度もそんなことが繰り返されてきた。とはいえそれは、そのたびごとに徐々に段階を踏みなおすことでなされてきたことでもあるだろう。ある意味それは、徐々に実演し開示するという映画自身の特性を模倣しているといえるかもしれない。蓮實の分析にみられるその見事なレトリックの技芸とはこういったものであり、それこそが、彼が映画批評の世界にもたらした格別の贈りものなのである。

2　考古学的な恍惚

フォードが『ドクター・ブル』（一九三三年）に登場させるこの列車による導入の直後に、蓮實はある記憶からの連想をさしはさむ。映画史上、最初にして最も名高いあの列車――リュミエール兄弟の『ラ・シオタ駅への列車の到着』（一八九五年）である。蓮實は別のところでそれを、初期サイレント映画の考古学的な恍惚と形容しているが、そうしたかつての興奮がのちの映画に反復されているのを思い起こさせるというのも、彼の言説を特徴づけるもうひとつの身振りである[*2]。こうした恍惚はさまざまなところで見出され、ここでは二つの例を挙げるに留めるが、蓮實はそれを、侯孝賢やペドロ・コスタの作品にも認めている[*3]。そこで力強く喚起されるのは、およそ次のようなことである――最初の映画は、ただそこに映る事物を見せていただけではない。それは、見せることという歴史的なアクションないしは身振りを演じていたのである。最初の映画は、私たちに見るものを与えたのであり、だからこそ私たちは驚嘆の念を禁じえなかったのだ。

こうした特異なセンス・オブ・ワンダー（驚きの感覚）が映画にふたたび灯される瞬間を、蓮實はつねに捜し求めている。それはノスタルジーではない（ニコラス・レイに倣えば、「私たちはもう家へ帰れない《ウィ・キャント・ゴー・ホーム・アゲイン》」のだから）。そこでは、ひとつの理想が求められている。そしてこの理想から私たちは、蓮實が本質的と考えているものをあらためて知らされることになる。蓮實にとって映画とは、本質的に視覚的な芸術であり、イメージや身振りやアクションが動きのなかに置かれたものにほかならない[*4]。長年にわたる熟考の果てに、彼は、このメディアの歴史において音声は、後知恵のようなものでしかないとの認識に至っている。蓮實にとって、技術的に後から継ぎ足されたものでしかない音声は、レーモン・ベルールのいう「映画の身体」に本当の意味で統合されることはないのである*5。

3　気づくこと

物事はそこにあり、私たちに見られるべく、見ることを与えられている。それは物理的な対象（前進する列車）かもしれないし、あるいは人間の身振りかもしれない（蓮實は長年、こうしたさまざまな事物や身振りの総覧作成を続けてきた。ヴィレム・フルッサーと同様に、身振りという記号の分類事典というにふさわしいものの端緒を切り拓いてくれたのである）。見るべきものは画面上にある――それは、ジャック・リヴェット、ジャン・ドゥーシェ、ウィリアム・ラウトといった批評家たちが、映画を分析するさいにしばしば鮮やかな仕方で引き合いに出す、目にも明らかな証拠と同じ類いのものである。

とはいえ、誰の目にも明らかなはずの証拠が見られないままにとどまり、哲学者のスタンリー・カヴェル（や、彼の用法を引き継いで、映画研究者のアンドリュー・クレヴァン）がいうように、「認知されない」ままにされることもある。そんなとき蓮實は、分別を欠きはしない怒りの声ともいうべき態度を表明することも辞さない。フォードを論じる「批評家たちは、それに気づきもしない」、その至芸は「誰の目にも明らかなはずなのに、この映画作家に特有のものが感知されることはめったにない」などと憤ってみせるのだ。

したがって、何かに気づき、それが論じられなければならない――何かを切り取って検討し、ついでそれが作品内でどうなっていくかを追跡しなければならない。こう言ってよければ、蓮實とは〈偉大なる気づきの人〉である。彼は、あなたや私がいまだ気づいていないものに気づいている。それはまた、彼が優れた批評家であり、優れた教師であることの証でもある。ひとたび彼があるものを指摘し、それを特別な対象として夢中で追いかけるように仕向けると、たちまち私たちは、気づくことの訓練を仕込まれることになる——アクションのなかに、運動や逃走のなかに、それがさまざまに変奏され（決定的な仕方で）変形されても、そのあらゆる形態のなかに潜むなにがしかに、気づき続けることができるようになっているのだ。じっさい、ひとたびこのような仕方で見ること（と知ること）を仕込まれてしまえば、ただひとつの細部や身振りが指摘されただけなのにもかかわらず、それ以外のものに気づくのが難しいと感じるようにさえなってしまうかもしれない——私たちの精神や存在に備わる分析能力が、いかに飽くことのない欲望にとらわれているかということの証左であろう。

では、蓮實が『ドクター・ブル』の冒頭で気づき、ことさらに取り出してみせたのは何だったか。「客車から不意に投げ出され、どさりと地面に落ちる黒い郵便バッグ」である。つまり、投げることという、それ自体としてはとくに目を惹くこともない、平凡で日常的な動作——それは、小津の映画で首からスカーフを外す女性たちや、きまって天候の話をする人びとの身振り[*6]にも言えることだ——が出発点となる。

この簡潔な身振りから、いかなる思考が組み上げられ、いかなることが判明するのだろうか。のちに明らかになるように、きわめて多くのことがここから導出される——ジョン・フォードの〈映画〉全体がここから理解できてしまうとさえいえるほどに。

4　身振りの体系、論理、網状組織

　多くの場合、蓮實はごく小さい特異な細部から出発し、それを外側へと広げるかたちで論を展開する（二〇〇〇年に書かれたホークス論では、例外的に、作品とジャンルを横断的に広く比較検討したのちに、「画面上で起こる、思いがけないほどささやかでありながらも特異な出来事」へと内向するような展開となっている*7）。気づきのあとになすべきは、まずは熟視と再検討であり、画面をくまなく調査し、メモに書きとめ、さらなる考証を積み重ねていくことである。そのなかで投げるという身振りに着目する私たちは、たちまちそれをいたるところに、おそらくはサイレントの時期から一九六六年の『荒野の女たち』まで一貫して、ジョン・フォードの全作品に見出すことになる。

　次なる手順は差異の識別である。投げるというこの身振りがじっさいになされるときのヴァリエーションを吟味し、それらをグループごと、タイプごとに振り分けていく。この段階における蓮實は、どんな構造主義者にも勝るほどに、精妙に弁別された諸要素を整理し、類似と反復のなかにあらゆる差異を見出している。しかもそれは図表や箇条書きのようなかたちでなされるではなく、散文のかたちで——言葉の流れとなって、すばやく精確に私たちの頭のなかで再現されるのである。

　フォードにおける投げることを例にとってみても、それはさまざまな機能をさまざまな水準において果たしていると見ることができる。それは、物語の連鎖を始動させ、あるいは断ち切りもする（郵便バッグが投げられることで物語が始まるのだし、槍を投げることで物語が停止することもあるのかもしれない）。あるいは、作中人物の驚きや怒り、情欲といったものを示す、表現的、情動的な機能も有している。さらに、ある空間内で、もしくはモニュメント・ヴァレーのような風景を前にして、事物や身体が動いているということの純粋な美しさ——またしても考古学的な恍惚である——を示すこともある。それだけでなく、たとえば吐きだすこと（嚙み煙草を口から痰壺へ「放る」）のように、投げることとの変奏として直観的に把握されるべき動作も存在する。

蓮實は、そのレトリックを前進させる運動のなか、ここしかないという一点で——それこそ文章家としての彼の技術に説得力を与えているものだが——、いままさにその途上にある批評の旅の出発点においてなされた以上に大胆な断言を放つ危険をおかすことができる。「決定的な瞬間において身近な事物を投げることのできる者だけが、真にフォード的というにふさわしい」とか、あるいはまた、「小津の映画では、空は晴れることしかできないのである」[*8]といった文は、そのことをよくあらわしている。

完全に孤立した身振りなどありはしない。身振りがそこにあれば、それと隣接し関連する身振りとの物理的、意味的なつながりが生まれることは避けられない。歩みを速めたり走ったりすれば、息は切れるし姿勢も変化する。あたたかい室内に入れば、着ているものを減らさなければならない。優れた監督は、どうすれば自然で日常的とも思えるこうした動作のつながりを見出せるか、それをいかにして意味深く、入念かつ体系的な仕方で作品に落とし込むのかといったことをよく心得ている。そして蓮實のように優れた批評家は、そうしたプロセスを言い当てるやり方をよく心得ているのである。

投げることと結びつく身振りの一例として、たとえば喫煙することを挙げてみてもよい。煙草に火を点ける動作には、マッチを投げ捨てる動作がつきものなのだ。ジョン・ウェインのような俳優が相互に結びついたこれらの身振り（喫煙すること／投げること）を画面上で演じるとき、二つの動作が完遂するまでの時間は、あらたな場面の始まりを、そこで何かが起きうる可能性を告げることになる。じっさい、『静かなる男』（一九五二年）でモーリン・オハラが不意にその姿をあらわすとき、「あたかも、彼が煙草に火を点けたことで、夢とも見紛うこの生き物が現出したかのようなのである」。

身振りがひとつの体系をなすとき、それはまた、蓮實が論理と呼んでいるものへ参入する——反復されるパターンのみならず、変化をともなった生きたプロセスを含んでいることが、たんなる体系との決定的な差異となっている——ことになる。ここに、ジル・ドゥルーズが構造主義の論理を、いくつかのセリーをなして連鎖するシニフィアンが、諸要素を交叉させ、交換しあうことであらたな連なりや結びつきを生みだすという、より真正で上位にある論理——哲学者はそれを多セリー構造と呼んでいる——へと延長した一九六七年の論文*9の影響、あるいは少なくとも、それとの類縁性を見るものもあるかもしれない。たとえば蓮實は、ホークスを論じるにあたり、この監督の喜劇にみられる転倒や交換、反復の運動を跡づけてゆく。ここでいう転倒とは、文字通りの画面上の出来事でもある。ホークスの男たちは(その喜劇的様態において)しばしば転び、逆さまの姿勢をとらされるのである。

こうした論理を手にした蓮實はさらに、映画研究でいう作家主義なる世俗宗教に、そこではもはやほぼ失われてしまった、特異で格別な威厳や洗練を与えている。個々の作品がその内部で表現の体系を形作っているだけではない。真の作家であれば、複数の作品——製作された時期や環境のちがいによって、どれほど異質なものに見えようとも——がまさしく網状の組織というべきものをも形成し、相互に言及と触発をやりとりしつつ、互いを豊かなものとするのである。「われわれの主題論的な展望から見れば」、『ドクター・ブル』と『男の敵』(一九三五年)のように一見して関連性のない作品を「関連づけているものを認識できるようになる」と、蓮實は書く。しかし、ここで重要なのは、たんにある監督の作品における「個人的な強迫観念」やセルフ・オマージュとしてあらわれる規則性や一貫性を指摘するといった、作家主義批評が常套としてきた手法のことではない。むしろ私たちは、よりドゥルーズ的な、ポスト構造主義的な精神でもって、蓮實とともに、論理を超えた論理をそなえた多セリー的領野へと分析的操作を切り拓いていく。

たとえば、「ジョン・フォード、あるいは身振りの雄弁」でフォードの男性主人公の孤立ぶりを強調するというところまで論述を進めた蓮實には、そのような分析の手つきが認められる。たしかにフォードの男性主人公は、ものを投げるという身振りによって、所与の共同体からの離別を現実のものとし、あるいはそれを同じ身振りで際立たせるといったきらいがある。ところが、評論家たちは『捜索者』［一九五六年］のイーサン・エドワーズのような）男性主人公を一人だけとりあげて、個別にその人物に共感するか非難を浴びせるかを決めるなどという誤りをおかしていると蓮實はいう。そうではなく、個々の作品で孤独に演じられるこうした身振りは「ものを遠くへ放り投げることで表現される感情を通じて連帯している」。複数の作品から、ひとつの群衆が形成されるのだ。

ここでようやく私たちは、画面上を前進する列車が向かう先にいた、あの「私たち」観客へと立ち返ることになる。私たちは映画から、そこに潜在している力を現働化するよう乞われている。ヴァルター・ベンヤミンが芸術作品の「批評可能性」(Kritisierbarkeit) という言葉に託したのは、まさしくそうしたことではなかったか。なぜなら、見ることを与えられたものに私たちが気づかなければ、それをどこかへ接続しなければ、それを作動させ、私たちがその証人とならなければ……そうしなければ当の映画は、ある意味で、その豊かさを十全に発揮して真に存在していることにはならないからだ。映画は私たちに、創発的な分析者となることを求めている。批評という創造的再構成を施すことで、画面上にあるものの拡がりと深さを、そこで繰り広げられる響応を証明してほしいと、私たちに訴えかけているのである。

5　現代的《モダン》なものへの移行

グリフィス、フォード、ホークス、ウォルシュといった往年のハリウッドの監督への愛を長年にわたって培ってきたことをもって、あるいはまた、画面上で単純明快であることの価値を認め、これみよがしなバロック的美学を忌避してきたことでもって、蓮實を古典主義者と断じることはできるだろうか。真実はそのまったき対岸にある。というのも、蓮實の分析では多くの場合、ある決定的な地点において、映画でいわれる古典主義の教義を置き去りにして、現代的なものへと移行するという、重要な踏み越えがなされるからだ。その身振りは、彼を批評家たらしめているものでありつつ、また、一九三〇年代から現在までを貫いて彼が生きてきた映画の、さらには社会の歴史を要約しているものでもある。

それにしてもジョン・フォードである。この監督の(とりわけアメリカにおける)熱狂的な擁護者たちも、まさか蓮實から「フォードの演出は、心理や物語の論理にかかわるのではなく、個々に切り離された身振りをいかに連続体として組織するかにかかわっている」と教わるとは思ってもみなかっただろう。それはまた、ホークスのコメディ映画を支える思考が「本質的に形式主義的」なものであり、「真のホークス的な問題は、転倒や交換の結果ではなく、あくまでその過程に存している」[*10]という指摘にもまったく同様にいえることである。

ルビッチやヒッチコック、ラングといった作家を研究する者ならば、一九六〇年代・七〇年代の思想(構造主義、記号論、ポスト構造主義、脱構築)にも抜かりなく目を配り、それによって「精読」のスキルを磨いてもいるのだろうが、そんな彼らにも、蓮實のいうように、複雑な形式が見事に組織されたフィルム的対象——製作時の文脈がどれだけ商業や産業に依存するものであっても、あるいはプロの仕事が求められる、古典的なものであったとしても、そうしたことはある——が、分析それ自体の精緻さと拮抗し、また多くの場合、それをも凌駕することになるような瞬間が到来する。まさしくこのとき、古典映画それ自体が現代的なものへと移行する。

ドゥルーズが完全に肯定的な意味でいう「根源的に種別化された理論的対象を生産するもの」[*11]——

私たちの文脈では、映画、分析、観客の三者が織りなす異種連合がそれにあたる——は、蓮實の仕事を基礎づけるもうひとつの身振りとも結びついている。蓮實が映画の分析に「外部の知識」を持ち込むことを厳格に禁じていること（たとえば、国家や社会、歴史といったものについての社会学的通念は「画面を抹殺しようとする者たちの安易な連帯」*12と断じられる）は、このような観点から捉えられる。優れた映画は、それ自体で全的な構造や経験を生み出しているのであり、そうしたものが（誰にでもわかる日常的な語を用いれば）作品の「世界」を形作っている。世界と向き合うにせよ、戯れるにせよ、そうした行為を開始するのに、世界以外の幻影は必要とされない……つまり、「それ自体には、形態も、意義も、表象も、内容も、所与の経験的現実性も、仮説として機能するモデルも、現象の背後の可知性もない形式的要素に基づく結合法」*13を、私たちが直観することができるなら、そのような幻影はいらないのだ。ドゥルーズの用いる「現象の背後の可知性もない」という言い回しは、とりわけ蓮實とも響きあいつつ、私たちの思弁を下界へと引き戻してくれる。列車が前進し、男女の別なく主人公が何かを投げるとき、私たちは現象の背後や奥にではなく、まさしく現象の中に可知性を見出そうとしているのである。

しかしこの誇らしくも高度なフォーマリズムが達成された瞬間、蓮實はそこに、ある種の決定的な自意識が映画の歴史と形式にまぎれこむのを目にすることになる。じっさい、映画とは二〇世紀芸術そのものなのだから、あらゆる映画は——言明される意図がどうあれ——現代性とモダニズムの徴の下に生み出されているのだし、その徴を身に染みこませてもいるのだろう。それは、とりわけ一九六〇年代においてゴダールや大島、ジェリー・ルイスやその他多くの人びとをひとつのカテゴリーにまとめあげていた文化的な表徴、ないしは歴史的な傾向である。批評家としての蓮實は、ドイツにおけるフリーダ・グラーフェ、オーストラリアにおけるジョン・フラウスといった人たちと同様に、その時期をある固有な強度でもって生き、当時は新しくラディカルでもあった時代の空気や社会、芸術といったものに含まれるものすべてと歩調を合わせてきたのだった。とはいえ、私がここでとりあげる映画的自意識を、蓮實はそれほど悪いものだとは考えていない。解明すべきものとして取り組む必要があるとはいえ、少なくともその初期段階において映画芸術にあらわれているかぎりでは、それは問題とならないのだ。映画的自意識とは、（最悪の意味における）マンネリズムでもなければデカダンスでもない。むしろそれは、数十年後にポストモダニズムの徴の下に糾合するものよりも（蓮實の世代の者たちにとって）品位あるものとされている。

　蓮實が映画に見てとる自意識とは、個人的な苦悩や、気取りや見栄の張り合いといったことではない。むしろそれは、いかなる芸術的メディウムにもみられる自己定義という示唆に富んだ観念にかかわっている。メディウム固有の特性が明白に示される感覚を指すこの観念は、美術史において、クレメント・グリーンバーグやマイケル・フリードをはじめ、彼らの理論を時代に合わせて修正してきた数多くの追随者たちのように、モダニストを自任する人びとの手によって流通してきたものである。蓮實は、その著書のなかで、小津の現代性とその作品の自意識——それは、美術でいうモダニズム思想の伝統に独特かつ創発的な仕方でひねりを加えている——を「小津は、映画が映画である条件そのものを表層化させることで、心理を通過することなく、無媒介的に見ている存在を動かすのである」と記述している。「現実的である以上に映画的」であろうとするなどという「ほとんど無謀とも思える」欲望をもつこの監督は、「映画特有の現実」を強調する。小津は「映画とその限界への不断の接近を選択した」と、蓮實はいう[*14]。この限界——に加えて、ある映画がその限界をいかに指し示し、刻印しているか——へと注目することで、蓮實は、古典主義をわきまえつつもメディウムへの意識を持つモダニストでもあるという、誰にでもできるわけではない絶妙な配合をなしえているのである。

6　理解への到達としての見る行為

蓮實の偏愛する映画——たとえばエリセや溝口、小津や（もちろん）フォードの作品——の多くにおいて、私たちは、その終幕で見ることを与えられるという特別で奥深い瞬間に到達する。それは——冒頭の前進する列車やものを放り投げる手がとくだん強調されてはいなかったように——いつだって澄み切った、簡潔で飾り気のない瞬間である。多くの場合、言葉は発せられず、あったとしてもほんの僅かな言葉が付されるだけで、何かがそこで見せられている。『リバティ・バランスを射った男』（一九六二年）で棺の上に置かれたサボテン、『ミツバチのささやき』（一九七三年）の窓に佇む少女、オフュルスの『忘れじの面影』（一九四八年）で物言わぬ使用人のもとへ帰還したルイ・ジュールダンと卓上の一通の手紙は、そのような仕方で映画の結末に映されているし、コスタの『骨』（一九九七年）では、謎めいたかたちで不意に、ある人物を見つめる視点が提示される……。

もっとも偉大で豊かな作品において有無を言わせぬままに結末を導くこうした瞬間は、にもかかわらず、蓮實が（フォードや侯孝賢について）雄弁と呼んでいるものの勝利を告げている。その表現の力は、身振りや形態、構造といったあらゆる水準を統合した総体としての映画によって達成され、勝ちとられるものである。私たち観客は、そこである理解へと到達する——つまり、抜かりなく感性を研ぎ澄ませ、映画とともに真の意味で動き、その多層的な展開を完全に把握していれば、私たちはこうした地点へと到達するのである。

こうした瞬間を不断に追い求め、発見と説明をし続ける蓮實は、彼と似て非なる立場にあるアラン・マッソンが、その『ポジティフ』誌での旺盛な執筆活動と『映画における物語《レシ》』と題された著書*15で展開する批評的道程に、この地点において合流する。マッソンと同様に、蓮實もまた、ある主題論的なモチーフが予想を超えた機能を果たすかのように私たちを不意打ちするときの驚き——蓮實はそれを「主題論的な驚き」と呼ぶ——を高く評価する。そしてマッソンも、蓮實と同様に、あらゆる可能な水準においてたえず自身の形式を組み上げつつ、たえずそれを動きのなかに溶解させてしまうメディアとして映画を捉えている。つまり、偉大な映画においてあらゆる意味が——意味作用が——そのなかに凝縮されるような瞬間が到来するとき、それはあたかもほとんど偶然に起こったかのように感じられる。突如として、あらゆる筋や映画に内包される意味が、思いもよらぬ仕方で一本の糸となってまとまるのである。脚本家であれば、驚きもありながら完全に理にかなった結果がもたらされたとでも言いたくなるところだろう。ピアラ、レネ、コスタ、アケルマン、カサヴェテス、タルコフスキーといった作家たちは、作品の結末でそのような圧倒的な衝撃をもたらす瞬間に到達することをつねに目指していたし、つねにそうした瞬間に向けて映画を作りあげていた。他方、それ以外の多くの監督たちは、哀感や痛切さを求めつつも、それを生みだす手口をあまりにもあからさまにさらけ出してしまうことで、その試みに頓挫してしまうのである。

それはまた、蓮實自身の洗練されたレトリックを特徴づけているものでもある。自身がもっとも敬愛する映画と同様に、蓮實はその文章の結論部をいたずらに飾りたてるようなことはしない。急展開で騒ぎ立てることもなければ、劇的に、センセーショナルに、あるいは黙示録的に終わりを迎えることもない。その論述のフィナーレを飾るのは、しめやかな漸次弱音《ディミヌエンド》である。テクストの終わりに到達した蓮實はむしろ、簡潔ながらも鮮やかなレトリックを用いて、その出発点で提示された当初の命題や前提をいま一度言いかえて述べようとする。フォードの『リバティ・バランスを射った男』の真の結末を、ジェームズ・スチュワートの「マッチを吹き消し、それを投げ捨てようとする」動作とそこにあらわれる態度や姿勢に位置づけつつ、「火の消えたマッチを手にして作中人物が中断したこの身振りほど、フォードにふさわしいものなどありはしない」と蓮實が述べるとき、あるいはまた、小津についての見事な観察から得られた事実を「誰もが、真夏のよく晴れた暑い一日に死ななければならない運命を背負っている。またその葬儀や法事に参列すべく彼らは真夏に喪服を身につけることになるのだ」[*16]と述べるとき、まさしくそうした命題の反復がなされているのである。

批評的雄弁に間違いはありえない。物事は、私たちが初めてそれを見ることを与えられたときから変わることなく、つねにそこにある。いまになってようやく、私たちの理解が、感情的な理解を含めたそれが、現象の可知性に追いついただけのことである。私たちは、自身が見てきたものが達成した事柄を捉えられるように、その真価に敬服することができるように――映画に、そして師としての批評家に導かれて――おのれを鍛えてきた。その事柄を、敬意をもって本当の意味で見ることができるように、自身を磨き上げてきたのである。それはまさしく「旅」――映画に見入るとき、私たちが乗り出す唯一の旅とはこうした旅にほかならない。

作家主義に情熱を燃やす者がみなそうであるように、蓮實もまた、偏愛する監督の「遺言」ともとれる最後の作品――そうした企図の有無はともかくとして――には敏感にならざるをえない。では、フォードの『荒野の女たち』はどのように終幕を迎えるのか。もちろん、投げることによって、である。その身振りは、アン・バンクロフトが扮するヒロインの一人によって演じられる。

> 投げることの主題は、その至上形態において映画の中心人物の孤独を照らし出す。じっさい、彼女の最後の身振りを思い出してみるとよい。毒入りのワイングラスをあおったこの女性は、諦念をおびた微笑とともに盃を地面に投げだすのである。その姿はフェイドアウトでゆっくりと画面から消え、やがて暗転した画面に「The End」の文字が浮かび上がる。この女性の退場は、投げることと

いうフォード的な主題を特徴づけている離別の合図と響応しあいながら、『荒野の女たち』のみならず、フォードの作品全体に終止符をうつ。これほど見事にみずからのキャリアに幕を閉じた映画作家は、彼をおいては誰一人としていない。

7　魔術的な直観

エイドリアン・マーティン

残念ながら、私が接することができるのは、蓮實重彥の仕事のごく一部にかぎられている。私は英語とフランス語で書かれた文章しか読んでいないし、それをもとに考察してきたにすぎない。だからこそ、日本語で書かれた蓮實の膨大な著作を読める人たち、講演や上映に際しての作品紹介、さらには大学での講義といった場所で彼の謦咳に接しえた人たちがうらやましくて仕方がない。そうした世界からとり残された私たちは、多大な遅れをとりもどす必要がある。

私がこの讃辞の執筆にとりかかった頃、過去のかけらが蘇ったかのように、かつての蓮實が手がけた驚くべき仕事が英語圏で日の目を見るということがあった。一九七二年に採録され、翌年日本語のみで発表されたロラン・バルトへのインタヴューが、いまになって英訳されたのだ。この秀抜なインタヴューは、フランスきっての批評家でありエッセイストでもあるバルトとその仕事について、多くの洞察が披瀝されていることでも特筆すべきだが、とはいえここでは、そのいずれにも言及はしない。むしろ私がもっとも感じ入ったのは、バルトがこの卓越した対話相手の言葉に、心から感銘を受けているさまを示していることである。そこでいわれる讃嘆と敬意の言葉は、礼儀や社交のための気遣いをゆうに超えている。じっさい、このインタヴューに臨むバルトの快楽は、蓮實による映画の分析がそうだったように、段階を追いながら着実に彼のうちに積みあがっていく。

そのように明確に問題を捉えていただけたこと、それを本当に嬉しく思います〔…〕あなたの見解は実に正鵠を射ている〔…〕それはまさしく真実です。聡明な視点だと思います〔…〕まさにおっしゃるとおりです。あなたの烱眼ぶりには驚き入るほかありません。これは大変な批評です〔…〕どうやらあなたは魔術的な直観と予知能力を本当にお持ちでいらっしゃるようだ。[*17]

バルトはまったくもって正しかった。映画の分析と批評において聡明な視点から烱眼ぶりを発揮する、われらが師たる蓮實重彥は、魔術的な直観の持ち主である。いまや私たちは、蓮實という桁違いの手本を傍らに置いて、みずから聡明な視点と烱眼を持てるよう、彼同様に映画芸術の真実を見抜く能力を育みつつ、それを実践へと移すことを学ばなければならない。

＊1 "John Ford, or The Eloquence of Gesture," *Rouge*, no.7 (2005), <http://www.rouge.com.au/7/ford.html>を参照。このテクストは、光栄にも蓮實先生のお力添えをいただき、（英語で書かれた草稿を参照しつつ）私自身が英訳し〔自身が主宰するオンライン批評誌上で〕公開したものである。また原文のフランス語版は *Cinéma*, no.8 (2004), pp.86-99に掲載されている。なお、以下に引用される蓮實によるフォードへの言及は、すべて *Rouge* 掲載の英語版に拠ることとする。〔さらに日本語版として、「身振りの雄弁――ジョン・フォードと「投げる」こと」（『文學界』二〇〇五年二月号、一〇二―一三七頁）がある。また、以下に

おいて参照される蓮實重彦のテクストの多くに日本語版が存在するが、ヴァージョンによっては改稿、翻訳に伴う語句のずれなどの理由からかなりの異同があるため、本稿の引用は基本的に、英語版のテクストをもとに訳者が適宜翻訳したものであることをお断りしておく。〕

＊2 Hasumi, "*Café Lumière*," *Rouge*, no. 6 (2005), <http://www.rouge.com.au/6/cafe_lumiere.html> を参照。なお、この論考は "The Eloquence of the Taciturn: An Essay on Hou Hsiao-hsien," *Inter-Asia Cultural Studies*, Vol. 9 No. 2 (2008), pp. 184-194の抄録である。

＊3 "*Café Lumière*" (ibid.)及び "Adventure: An Essay on Pedro Costa," *Rouge*, no. 10 (2007), <http://www.rouge.com.au/10/costa_hasumi.html>〔日本語版：「冒険について――ペドロ・コスタ試論」、『ペドロ・コスタ 世界へのまなざし』せんだいメディアテーク、二〇〇五年、八一一六頁（のち、加筆修正版が『新潮』二〇〇八年五月号に掲載）〕を参照。

＊4 "Fiction and the 'Unrepresentable' : All Movies are but Variants on the Silent Film," trans. David Buist, *LOLA*, no. 1 (2011), <http://www.lolajournal.com/1/fiction.html>〔日本語版：「フィクションと「表象不可能なもの」――あらゆる映画は、無声映画の一形態でしかない」、石田英敬、吉見俊哉、マイク・フェザーストーン編『デジタル・スタディーズ第一巻 メディア哲学』東京大学出版会、二〇一五年、一七一三九頁〕を参照。

＊5 この点については、拙著 *Mise en scène and Film Style: From Classical Hollywood to New Media Art* (Palgrave, 2014) の第六章（"Sonic Spaces," pp. 108-126) で私なりの観点から論じたことがある。

＊6 "Ozu's Angry Women," *Rouge*, no. 4 (2004), <http://www.rouge.com.au/4/ozu_women.html>〔日本語版：「小津安二郎とその「憤る女性たち」」、『映画論講義』東京大学出版会、二〇〇八年、九三一一〇三頁〕及び "Sunny Skies," trans. Kathy Shigeta, in David Desser (ed.), *Ozu's* Tokyo Story (Cambridge Film Handbooks, 1997), pp. 118-129〔日本語版：「Ⅶ 晴れること」、『監督 小津安二郎〈増補決定版〉』筑摩書房、二〇〇三年、一五五一一七八頁〕を参照。後者のテクストについては、Alex Clayton & Andrew Klevan (eds), *The Language and Style of Film Criticism* (London: Routledge, 2011) 所収の拙論 "Incursions" で、数頁を割いてとりあげている (pp. 61-64)。

＊7 "Inversion/Exchange/Repetition: The Comedy of Howard Hawks," in Adrian Martin & Jonathan Rosenbaum (eds), *Movie Mutations: The Changing Face of World Cinephilia* (London: British Film Institute,

2003), p.85. この試論は、二〇〇〇年の東京国立近代美術館フィルム・センターにおけるホークス回顧上映を機に刊行された冊子〔『NFCニューズレター別冊「ハワード・ホークス再考!」講演集』（二〇〇〇年）のこと。「転倒＝交換＝反復――ハワード・ホークスのコメディについて」と題された蓮實の講演は、のちに『映画論講義』（前掲書、二二一―四六頁）に収録されている〕を初出とする。

＊8 "Sunny Skies," p.120〔日本語版：一五七頁〕.

＊9 Gilles Deleuze, "How Do We Recognize Structuralism?," in *Desert Islands and Other Texts 1953-1974* (New York: Semiotext(e), 2004), pp.170-192, 305-308〔「何を構造主義として認めるか」小泉義之訳、『ドゥルーズ・コレクションI 哲学』河出文庫、二〇一五年、五四―一〇一頁〕.

＊10 "Inversion/Exchange/Repetition," pp.83, 84〔日本語版：二九頁〕.

＊11 "How Do We Recognize Structuralism?," p.173〔邦訳六〇頁〕.

＊12 "Sunny Skies," p.128〔日本語版：一七七頁〕.

＊13 "How Do we Recognize Structuralism?," p.173〔邦訳六〇頁〕.

＊14 "Sunny Skies," pp.122, 128〔日本語版：一五九頁、一七七頁〕. この章を含む『監督 小津安二郎』の仏語版（*Yasujirô Ozu* [Paris: Cahiers du cinéma, 1998]）では、一八八頁と二〇五頁に類似した記述が（いくらか改変されたかたちで）登場する。

＊15 Alain Masson, *Le récit au cinéma* (Paris: Cahiers du cinéma, 1994). 溝口、小津、成瀬についての蓮實の仕事と詳細に比較すべき鮮やかな分析を典型的に提示しているマッソンの記事としては、"Idées du plan," *Positif* no.557/558 (July 2007), pp.9-12を参照されたい。

＊16 "Sunny Skies," p.127.〔日本語版：一六四頁〕

＊17 "For the Liberation of a Pluralist Thinking," trans. Chris Turner, *Cultural Politics*, Vol.11 No.3 (November 2015), pp.301-314〔日本語版：『批評あるいは仮死の祭典』せりか書房、一九七四年、二一〇―二三九頁（初出は『海』一九七三年四月号）。なお、フランス語の原文（«Pour la libération d'une pensée pluraliste»）は『ルプレザンタシオン』第一号（筑摩書房、一九九一年）を初出とし、のちにスイユ社刊行のロラン・バルト全集（第四巻）に収められている〕.

［翻訳＝中村真人］

メディア化する映画
——一九二〇／一九三〇年代から二〇〇〇／二〇一〇年代へ——

中路武士　Takeshi NAKAJI
映画論・メディア論／鹿児島大学法文学部准教授。一九八一年熊本生まれ。東京大学大学院学際情報学府博士課程単位取得退学。共著に『デジタル・スタディーズ1　メディア哲学』、『デジタル・スタディーズ2　メディア表象』（ともに東京大学出版会、二〇一五年）。

1　はじめに——一九二〇／一九三〇年代

一九三五年二月二七日、アメリカ合衆国カリフォルニア州ロサンゼルス。くすんだ灰色の街に、赤い路面電車が警笛を鳴らしながらゆっくりと走行する音が響き渡る。立ち並ぶビル郡の一角に電信電話会社「パシフィック・テレフォン・アンド・テレグラフ・カンパニー」がある。その主任をつとめる女の個室に、女性電話交換手たちが詰めかけ、「今夜うちでアカデミー賞パーティなの。来ない？」と誘う。だが、女は多忙を理由に断る。「やることが山ほどあるの。楽しんできて。ラジオで聴くわ。おやすみ」。電話交換手たちは残念そうに立ち去る。するとすぐにドアをノックする音が響く。彼女たちと入れ替わりに、今度は女に思いを寄せているらしい上司の男が食事の誘いに来たのだ。男は優しいまなざしを彼女に向けながら語りかける。「友人たちとディナーに行くんだが、レストランでアカデミー賞授賞式を放送するそうだ。一緒に行かないか？」。しかしやはり女は「仕事を片付けなくては」と断る。男は「おやすみ」と口にして部屋をあとにするが、彼女はすぐさま「ベン」と男の名を呼んで彼の足を止め、「二ドル賭けるわ。作品賞は『或る夜の出来事』。みんなは『クレオパトラ』と言うけど。私が勝ったら、明日お祝いね」と、彼の誘いに対する埋め合わせを申し出る。「クリスティン、いいとも。じゃあね。君が勝ったら電話する」。「待ってるわ」。女は仕事に戻り、男はエレベーターに乗り込む。

女――クリスティン・コリンズの個室。西陽が強く差している。時間が少し経過したようだ。彼女は書類に目を落としながら、落ち着かない素振りで部屋を歩き回っている。壁に据えられた戸棚、その上に置かれたラジオから第七回アカデミー賞授賞式の生中継が聞こえている。司会をつとめるアーヴィン・S・コッブが作品賞にノミネートされている映画のタイトルをゆっくりと読み上げている。『影なき男』……、『クレオパトラ』……」。「過大評価よ」と女は一人つぶやく。ラジオの声はつづける。『或る夜の出来事』……」。「ゲーブルとコルベールの傑作だわ」と彼女。「それでは封筒を……。受賞作は……『或る夜の出来事』！」。その声とともに拍手が聞こえる。クリスティン・コリンズは、ラジオが置かれている戸棚を叩きながら小さく飛び跳ね、歓喜の声をあげて笑う。「やっぱり。わかっていたわ。思ったとおりよ」。そこに電話が鳴る。きっと上司の男に違いないと思い、彼女は受話器を取るやいなや、「私がおごるわ」と笑顔で口にする――。

二〇〇八年に公開されたクリント・イーストウッドの『チェンジリング』の終盤に置かれたシークェンスである。ここで描かれているのは、電信電話会社のなかで日々の仕事に追われ、それでも仕事帰りや休日には映画を楽しみ、二月末のアカデミー賞授賞式のラジオ放送に一喜一憂する、ロサンゼルスに住む女性の日常生活世界である*1。そもそも、イーストウッドが三三年ぶりにユニバーサル・ピクチャーズで撮り上げた『チェンジリング』で描かれる一九二〇年代末から一九三〇年代半ばは、電話やラジオや映画など、さまざまなメディアが社会に広く普及し、もはや日常化しつつある時代であった。

たとえば、アンジェリーナ・ジョリー扮するクリスティン・コリンズは、朝、ラジオのスイッチを入れて、流れてくる音楽とともに起床する。その仕草には生活感が満ちている。彼女の職業は電話交換手の主任で、社内をローラースケートで滑りながら部下たちにいろいろな指示を与える。古典的ハリウッド映画のさまざまな場面を喚起させるこの電話交換手という職業に就いた女性は、一九二〇年代末にはすでに、電話が大都市を基盤にしながらアメリカ全土をつないでいくナショナルな形態に変容して「ありふれた存在になる」*2につれ、その労働が機械のように標準化され、その声が規格化されていたのだった*3。

また、彼女の一人息子のウォルターはかなりのラジオっ子で、夜眠りにつくまで、当時のNBCラジオの人気番組「エイモス・アンド・アンディ」*4に熱中している。そして映画も大好きらしく、休日には母子で、チャールズ・チャップリンの『サーカス』か、ハリー・レヴィアーの『謎の飛行士』を観に行く計画を立てている。しかしその当日、一九二八年三月一〇日、リビングに置かれた電話が鳴り響き、母親に仕事が入って、その計画は永遠に実行されなくなってしまう。彼女が仕事で不在のあいだに、息子が誘拐され行方不明になるからだ。

ロサンゼルス市警によるウォルター・コリンズの行方不明の捜査をめぐって、ジョン・マルコヴィッチ扮するグスタヴ・ブリーグレブ牧師は、長老派の教会をラジオ局の中継基地としながら、演説を生放送して厳しく批判する。警察組織の腐敗を訴える彼の言葉は、ラジオというマスメディアを通して、各家庭に伝えられる。それに対して、ロス市警は御用医師による偽の診断を記事にして掲載するなど新聞というマスメディアを利用して、社会的な批判をかわし、捜査ミスの隠蔽を行う。そこで象徴的に使用されるのが写真キャメラとフラッシュだ。たとえば、「チェンジリング（取り替えっ子）」という主題が導入される、偽の母子再会の儀式において演じられる記者会見では、鈍い音ともに何度もフラッシュが焚かれ、ロス市警の意向に沿うようなかたちで写真が撮られ、情報操作されたそのイメージが一面に掲載された新聞が流通することになる。その新聞をもとに、クリスティン・コリンズは警部に断罪された挙句、精神病院に収容され、その院長に精神異常者として治療とは程遠い凄まじい拷問を受けることになるだろう。

つまり、このイーストウッドの映画には、三浦哲哉が指摘しているように、「メディア批判の主題」があり、「新聞などのマスメディアを利用した警察の隠蔽工作のプロセスが前半、詳細に描かれる。また、ヒロインが勤める電話会社の内景、頻繁に焚かれるキャメラマンのフラッシュ、ラジオ放送局であるかのような教会など、二〇年代後半にすでに横行していたメディアによる現実のスペクタクル化がはっきりと示されている」*5。

電話、ラジオ、新聞、写真――このメディア化した社会のなかで、その一部である映画は次第にその表象形態を変容させていった。そして、ウォルター・コリンズが誘拐されたワインヴィル養鶏場連続殺人事件から七年後、映画の終盤で描かれる一九三五年にアカデミー賞を受賞した作品こそが、フランク・キャプラの『或る夜の出来事』なのだ。『チェンジリング』のエンディングで、クリスティン・コリンズが「これでやっと確かなものをつかみました。……希望よ」とその赤い唇を開いて口にしたあと、クレジットと重なってロングショットでスクリーンの中央に映し出されるのは、街中を走行する赤い路面電車と、ロイヤル・シアターに掲げられた『或る夜の出来事』の看板である。

この典型的な「国民的映画」の興行的成功は、クリスティン・コリンズが「ゲーブルとコルベールの傑作だわ」と口にするように、役者の魅力に負うところが大きい。しかしながら、それ以上に重要だと思われるのは、『或る夜の出来事』の背景としてあった社会のメディア環境の技術的・産業的・文化的・政治的・イデオロギー的変化、そしてそれにともなう映画表象の美学的変容、すなわち一九二〇年代末から一九三〇年代半ばにおいて確立された「映画のメディア化」にほかならない。

本稿では、蓮實重彦が一九九〇年代に発表した二つの論考「署名の変貌——ソ連映画史再読のための一つの視角」(『レン・フィルム祭——映画の共和国へ』〔レン・フィルム祭カタログ〕、一九九二年)と「あらゆるメディアは二度誕生する」(浅田彰編『マルチメディア社会と変容する文化』、NTT出版、一九九七年)を読み解きながら、この一九二〇年代末から一九三〇年代半ばに生じた「メディアとしての映画」の成立現象について考察する。そして、一九三〇年代当時の映画に対するメディア論的言説を参照にしつつ、それとは対照的な蓮實の映画批評の戦略的方法について再考し、二一世紀の映画をめぐるメディア状況への接続を試みることにしたい。蓮實の映画批評を、メディア論的視点を踏まえてとらえ返していくこと——これが本稿の課題である。

2 「メディア」としての映画

蓮實重彦によれば、「あらゆるメディアは二度誕生するというのが私の仮説であります。あらゆる表象形態は、二度目の誕生を迎えたときに、初めてメディアとして完全に機能するのだと言い換えてよいかもしれません」*6。

たとえば、印刷技術の歴史。蓮實によれば、一五世紀半ばのヨハネス・グーテンベルクによる活版印刷の発明をもって活字文化が始まったという事態の把握は、必ずしも正しいものとは言えない。なぜなら、細長い金属棒の先端に一文字ずつ掘って作られた活字を箱に並べて文字列を組み、その版木にインクをのせて、葡萄絞り機の原理を応用しながら紙に強くプレスするという活版印刷術は、数世紀ものあいだ、目立った進歩をとげることなく「惰性態」におかれていたからだ。もちろん、この複製技術は、手で書き写す写本よりは書物の生産を増加させ、エリザベス・アイゼンステインが示すように知識生産の様式に大きな影響を与え*7、知識の普及と教育の波及を促し、マルティン・ルターによる宗教改革を引き起こし、いわゆる「出版資本主義」を導いただろう。あるいは、出版された言語は、その流通の過程で標準化され固定化され、国語として定型化され、ベネディクト・アンダーソンが指摘するように「近代国家」の形成を導いたのかもしれない*8。しかしながら、蓮實によれば、惰性態におかれたままの印刷技術が今日の活字文化をつくったのではいささかもなく、一九世紀半ばに熱力学を利用した輪転機が印刷術に応用され、それにふさわしい文章が輪転機によって印刷されたとき、初めて活字文化はメディアとなったのである*9。つまり、輪転機による印刷の「速度」と印刷物の「大量性」こそが、印刷技術の「第二の誕生」なのだ——この飛躍的な発展という事態を見落としてしまう「メディア論」のすべては、「抽象性」に陥りやすい「単純」で「粗雑」な議論にすぎない*10。この「速度」と「大量性」によって、数十万の読者を対象とした新聞が登場し、大衆ジャーナリズムが興隆することで、印刷技術はメディア化したのである。

さらに、このメディアとしての活字文化は「第二の自然」になったと蓮實は付け加えている。メディアそのものは決して自然ではないものの、そこに書かれている物語やそこに流通しているイメージを、人々があたかも「自然なものであるかのように」受容することになるからだ*11。メディアは記号を伝える文字どおりの媒介として透明化し、日常生活世界に組み込まれることになった。ヘーゲルがかつて述べたように、近代において人々は、朝の礼拝の代わりに新聞を読むのであり、一般大衆が書物や雑誌に日常的に目を通すようになったのである。

蓮實によれば、近代の「小説」とは、このような「第二の自然」に対する「自然ならざるもの」「人工的な何か」として成立した言語芸術であり、活字メディアとの距離をとってその内側から検証を企てる批判的な試みにほかならない。「第二の自然」は「まやかしの自然」であって、それは決して自然ではないことを、作家は作品という人工的手段によって示したとされる。「たとえばギュスターヴ・フロベールという作家は、そこに「何も書かれていない書物」という概念を具体化した作品として、名高い『ボヴァリー夫人』を書き上げたわけです。また、詩人のステファヌ・マラルメは、『書物』というほとんど内容をともなっていない作品を構想しています」[*12]。

つまり、「あらゆるメディアは二度誕生する」ということは、メディアは第一に「物質的な技術」として、その機能も役割も定まらぬまま誕生し、そして第二に「観念的な文化」として、物語やイメージを媒介する自然化＝透明化された道具になって誕生するということだろう。

このように考えてみると、たとえば電話は、一八七六年にアレクサンダー・グラハム・ベルによって発明され特許が取得された段階では、たんなる電信の延長線上で音声を一方的に送り届ける技術として誕生したにすぎない（第一の誕生）。それが「メディア化」するには、電話産業によって全国を一元的に統括するネットワークがシステム化され、電話機が各家庭に普及し、コミュニケーションが市場化され、個室と個室とをつなぐ私生活に密着した社交性が確立される一九二〇年代末を待たねばならない（第二の誕生）。その変容に応じて、メディアとしての女性電話交換手たちも、顧客一人一人の名前や住所を把握し、地域の情報に詳しい機転のきくネットワーカーから、会社の主任に監督され、労働が標準化され、その声が規格化され、対応がマニュアルによってパターン化される交換機械と化すことになるだろう[*13]。

ラジオもまた、一八九五年のグリエルモ・マルコーニによる無線電信の実用化を経て、専門的な技術能力を身につけたアマチュアたちが無線ネットワークを形成する送受信的・相互媒介的技術として誕生したが（第一の誕生）、それが「メディア化」されるのは、ウェスティングハウス社によるラジオ局「KDKA」の開局後、不特定多数の全国のリスナーへ向けてプログラムが一方向的に放送され、各地域の家庭が番組を同時に消費するという大衆文化が成立する一九二〇年代である（第二の誕生）。無線から放送へ、技術から家電へという転換によって、ラジオはメディアとなったのだ[*14]。

イーストウッドが『チェンジリング』で描き出していた一九二〇年代末、当時飛躍的に進歩した印刷技術（新聞や雑誌）とともに、電話やラジオは相互に結びつきながら「第二の誕生」を果たし、メディア環境の構成はラディカルに変容していたのである。そこでは、さまざまな技術がメディア化し、大衆の日常文化のなかに組み込まれていた。では、一八九三年にトーマス・エジソンによって、そして一八九五年にリュミエール兄弟によって第一の生を受けた映画は、一体いつその第二の生を受け取ったのだろうか。

「映画のメディア化」は、無声映画からトーキー映画への移行、あるいは黒白映画から色彩映画への移行、さらには画面のスタンダード・サイズからワイド・スクリーンへの移行によって完成されたわけではないと蓮實は述べている[*15]。そもそも、これらの技術は、過当競争による経営危機に陥っていた映画産業が、観客の好奇心を引くための新機軸として打ち出した、新たな見世物性の導入として映画史的には理解されるべきだろう。テクノロジーの進化という側面からのみ映画をとらえてはならない。また、一九二〇年代において隆盛した劇映画前に上映されるニュース映画の数々も、ある程度はメディア性を高めたとは言えるものの、フィクションとしての映画の質に根本的な影響を及ぼすことはなかった。では、映画の「第二の誕生」はいつなのか。蓮實の考えでは、その時期は、「恐慌で大きな打撃を受けたアメリカ合衆国の映画産業が立ち直りの気配を感じさせた一九三〇年代の中期」であり、より正確には「一九三三年—一九三四年の周辺」であるという*16。なぜその時期に「映画のメディア化」が想定されるのだろうか。

一九三三年三月四日、フランクリン・ルーズベルトが第三二代アメリカ合衆国の大統領に就任する。彼はすぐさま、一九二九年の株式大暴落によって惹き起こされた大恐慌を克服するため、「ニューディール政策」を展開していくことになるだろう。蓮實によれば、

> ハリウッドの映画産業そのものが、ルーズヴェルト大統領に多くの負債をおっていたのです。というのも、失業者をかかえたアメリカ経済が大恐慌から立ち直るには多くの雇用を創出せねばならず、そのための施策として、特定の産業を法的に保護しないという合衆国憲法の精神に反して、映画産業を優遇するという特殊な措置がとられたのです。ほとんど社会主義の計画経済を思わせるそうした優遇措置によって、映画産業はみるみる力を回復し、ほぼ一九三四年を境に、失っていた多くの観客を映画館に呼び寄せることができたのです。*17

これを契機として、映画が「きわめてわかりやすい視覚的表象」となり、「画一化」の動きを示し、初めて「国民的なメディア」になったと蓮實は言う。これこそが、映画の「第二の誕生」なのだ。そして、その誕生を促した「わかりやすさ」は、「視覚的な効果の禁欲の要請」として理解される。

めまぐるしい編集、複雑な移動撮影、きわだった光と影のコントラスト、大胆なキャメラアングル、

極端なクローズアップによる細部の誇張、非日常的な装置、等々といった「前衛的」とも呼びうるサイレント期特有の視覚的効果が、いたるところでゆっくりと映画から姿を消そうとしていたのである。それと同時に、「バロック的」とも呼べよう誇張された構図の歪みや時間の亀裂といったものなども、物語にとっては過剰な装飾として遠ざけられることになるだろう。スクリーンに推移する光と影とは、それ自体がまというる形式的な魅力と視覚的なインパクトとを放棄し、もっぱら語りの一貫性の維持に貢献しうる表象としての有効性において価値あるものとされてゆくのである。映画における視覚的なるものは、ほんの数年のうちに、説話論的なるものの優位にとってかわられてしまったのである。[*18]

多種多様で複雑な視覚的効果は抑制され、誰にでも理解可能な物語にあらゆる要素が還元されることになる。この「瞳の抑圧」と同時に、作品に盛り込まれた物語の主題もキャプラの映画のように「ごく単純で健康な社会倫理」[*19]を代弁するものとなってゆく。そこにおいては映画スターも、見世物的な魅力を持つ存在から、物語装置の一部分として、説話論的要素の一つとしてキャラクター色の強い存在へと変貌してゆくことになるだろう。そして、そのことによって人々は映画を視覚的な対象として見なくなってゆく。見られるはずの映画は、視覚を無視した想像される対象として、倒錯的な記号として商品化されてゆく。

つまり、映画は、それについて人々が語り、それをめぐって口にされる言葉に耳を傾け、その作中人物を演じている役者についてあれこれ夢見る観念的な対象になったのです。画面から少し目を離していても物語はすべてわかるわけです。この時期から、映画は、画面ではなく、その背後にある物語を想像させることによって人々の心をとらえるものになったのです。これが映画の「第二の誕生」にほかならず、そこにメディアが成立する基盤ができたということなのです。*20

「それについて人々が語り、それをめぐって口にされる言葉に耳を傾け、その作中人物を演じている役者についてあれこれ夢見る」――このような「映画のメディア化」の一側面こそ、イーストウッドが『チェンジリング』で描いていた、アカデミー賞の「賭け」のシークェンスにほかならない。大衆社会において「メディアとしての映画」が成立し、映画へと向けられる社会的関心が、作品の視覚的側面から、そこに喚起される「イメージの流通」という観念的側面へと移行したのである。型破りな男女の常識外れな行動が騒ぎを起こしつつも、最終的には二人がロマンティックに結ばれるという「スクリューボール・コメディ」というジャンルを生み出したとされる『或る夜の出来事』は、アカデミー賞で作品賞・監督賞・脚色賞・主演男優賞・主演女優賞という五部門を制し、この作品以後のハリウッド映画の転機となるような興行的な大成功を収めたわけだが、それは「視覚的な効果の禁欲」＝「わかりやすさ」という時代の機運に、そして誰もがたやすくそれを想像し、それについて人々が平等に語りうるようなイメージの形成と流通と共有に多くを負っているのだ。そのことは、クローデット・コルベールを真似たスカートを捲りあげる仕草が、映画とは無縁の場で、今日に至るまで、さまざまなメディアを通してとめどもなく反復されてきたことからも理解できるだろう。

この映画の説話論的転回の背景としてあるのは、無声映画からトーキー映画への技術的・産業的な移行にともなう「物語内容（意味／メッセージ）」への観客の関心の移行にほかならないが、ここで注目しなければならないのは、その「物語内容」を注視し自己検閲するために、すでに一九三〇年に作成されていた「プロダクション・コード（映画製作倫理規定）」の遵守が表明され、一九三四年にそのコードの施行を管理するために「映画倫理規定管理局（PDA）」が設立されたことだ。なぜなら、北野圭介が指摘するように、「倫理規定は、商業映画を「娯楽」として位置付け、人類にとって「道徳的な価値」をもつものとみなし、重要な「芸術」の一つとして「人間の思想、感情、経験」を表出する文化媒体であると規定し」[*21]たからである。「自己検閲機構の完成」によって、映画＝物語という図式が確実化され[*22]、ハリウッドは「公的に認められた文化としての認証と資格」を得たのである。そして、イーストウッドが、同じく一九二〇年代・三〇年代を描いた、二〇一一年公開の『J・エドガー』でも描かれているように、ジェームズ・ギャグニーというギャング映画専門のスターも（民衆の敵）、一九三五年にはFBIの麻薬捜査官になるだろう（Gメン）――さらにその後はブロードウェイの父にまでなるのだ（ヤンキー・ドゥードゥル・ダンディ）。この作品の「メディア批判の主題」に明らかなように、ニュース映画やグラフ雑誌、新聞やコミックスなどと同様に劇映画も広く政治的に利用され、FBI初代長官の神話形成に大きく貢献していくことになる。こうして、映画はメディア化し、文化化したのだ。

さらに、映画産業は、文化に資本を集中的に投入し、需要と供給を組織化し、大量に生産したイメージの広範な流通と反復によって、映画作品を製品として標準化し類似化させ、受容する大衆を平均化・画一化していく。テオドール・アドルノとマックス・ホルクハイマーが複製技術による啓蒙の退行形態として徹底的に批判した「文化産業」[*23]もまた、ここにおいて成立したのである。

3　「抵抗」のポリティックス

蓮實重彥は、「第二の誕生」を遂げた映画は、「ショットの起源たるキャメラの隠蔽」、すなわち観客の意識からキャメラの存在を遠ざけることを目指していたと指摘している。そしてその結果、画面には

「透明な安定性」がゆきわたることになる。

> トーキーの出現は、たんに映画がイメージに音響を付加したという技術的な変化にとどまらず、作家たちに視覚的な禁欲を課すことでキャメラの存在を徹底的に隠蔽し、そこに介在する主体を意識に浮上させることのない透明性を画面にゆきわたらせるという新たな制度の成立も意味していたからである。そのとき、一本の作品のあらゆる視覚的な側面は、見ている瞳に不用意な衝撃をもたらすことなく、物語をごく自然に納得させるための説話論的な要素とならざるをえない。これは技術的な変化というにとどまらず、ある種のイデオロギー的な要請に基づく映画の再編成と捉えられるべきものである。*24

この「ある種のイデオロギー的な要請に基づく映画の再編成」は、美学的な問題として、一つの作品と一つの物語との「自然な調和」を生み出すものであるが、その背景としてあるのは、プロダクション・コードの成立という政治的な問題である。つまり、政治的＝美学的な要請によって、映画は、それ自体としては不自然なものであるにもかかわらず、「第二の自然」として機能しはじめたのだ。

さらに、このイデオロギー的な要請に基づく「画面の透明さ」と「物語を納得されるための自然さ」の獲得は、ハリウッド映画だけで生じた現象ではない。一九二〇年代の多様な実験、前衛的であった視覚的効果の抑制は、一九三〇年代のさまざまな国家で、同時的に惹き起こされていた。それはたとえば、フランス映画では、「シュルレアリスム」の前衛映画作家ルネ・クレールが、一九三〇年のトーキー第一作『巴里の屋根の下』以降、いわゆる「詩的レアリスム」へと移行したことを思い返せばよいだろう。あるいは、日本映画ならば、伊藤大輔の傾向映画から山中貞雄の物語映画への覇権の移行に*25、それを確認することができる。

その時期はちょうど、第二次世界大戦を目前に、映画がそれぞれの国家の支配的権力による統制下に置かれるようになった時期でもある。一九三四年、アドルフ・ヒトラーとヨーゼフ・ゲッペルスによって「ドイツ映画法」が制定され、ドイツ表現主義的な表象様態は——ジークフリート・クラカウワーの指摘のごとく、その画面には権力の持つ狂気が描き出され、ナチの前兆が漂っていたわけだが[*26]——、レニ・リーフェンシュタール的なプロパガンダ映画のそれに取って代わられる。

同じく一九三四年、「全ソビエト連邦作家同盟会議」では「社会主義リアリズム」というスターリン政権によって推奨されていた科学的な装いが「公式」の教義として採択され、ジガ・ヴェルトフやセルゲイ・エイゼンシュテイン、レフ・クレショフらの一九二〇年代の野心的な試みは批判され、民衆に「わかりやすい」物語映画が作られていくことになる。その代表作が、一九三四年にワシーリエフ兄弟が撮り上げた『チャパーエフ』にほかならない。この「十月革命後の内乱期における赤軍パルチザンの隊長チャパーエフの英雄的な活躍ぶりを描いた作品」は、「明確な主題」「生きた人物像」「誰にもわかりやすい語り口」によって、画面と物語とを安定的に同調させ、各方面から絶賛され、多くの共感を受けた[*27]。そこでは、視覚的な効果は禁止され、観客の視線は放棄される。なぜなら、「画面の視覚的な効果に目を奪われている限り、説話論的な要素としての画面が担っているメッセージの読み取りに、そのつど失敗し続けるしかないだろう。というのも、「社会主義的リアリズム」とは、そのメッセージにほかならず、画面そのものに露呈された視覚的な形象ではないからである」[*28]。こうして、ドイツや日本にとどまらず、資本主義のアメリカ合衆国と同様に、社会主義のソビエト連邦でも「映画のメディア化」が実現される。そこにおいては、「思想」がイメージとして大衆に広く伝播し、映画はその流通を透明に媒介するメディアにすぎなくなる。一九三〇年代、世界のいたるところで、「映画のメディア化」が、その産業的・文化的・政治的・美学的な基盤を確立していたのだ。

では、このような時代のなかで、映画を、そしてメディアを語る言説は、どのような政治的＝美学的な批判を繰り拡げていたのだろうか。ここでは、部分的とならざるをえないが、「映画論」と「メディア論」の先駆者と呼ばれる三人の理論家——ヴァルター・ベンヤミン、ベラ・バラージュ、中井正一——を取り上げて、一九三〇年代の言説を検討してみたい。

ヴァルター・ベンヤミンは、一九三五年から一九三九年にかけて執筆した「複製技術時代の芸術作品」において、大衆を相手にし、大衆からコントロールされ、大衆によってその芸術的成果をのちにチェックされる映画俳優について論じながら、第二稿の第XII節で次のように述べている。

> ここでもちろん忘れてならないのは、映画が資本主義の搾取から解放されないかぎり、このチェックを政治的に有効に利用することはできないということである。なぜなら、このチェックのもつ革命的な可能性は、映画資本によって反革命的な可能性に変えられてしまうからである。映画資本が促進するスター崇拝は、〈人柄《パーソナリティ》〉というあの魔法——それは久しい以前から、〈人柄〉の商品としての性格が放つ、怪しげな輝きになってしまっているのだが——を温存するだけではない。このことと表裏一体をなしているもの、すなわち公衆を崇拝する態度は、同時に大衆の心性の腐敗を促進する。ファシズムは大衆から階級意識を奪い、その代わりにこのような腐敗した心性を植えつけようとしている。*29

さらにつづく第XIII節では、ニュース映画のように、映画のなかに誰であれ登場する可能性があること、そして日刊紙の「投書欄」に誰でも投稿することができるように「今日の人間は誰でも、映画に登場したい要求をもっている」こと、さらにロシア映画の演技者たちが労働過程のなかにいる自分自身（労働者）を演じていることを指摘したうえで、ベンヤミンは以下のように記している。

西ヨーロッパでは映画が資本主義によって搾取されているため、自分の姿が複製されるのを見たいという今日の人間の正当な要求は無視されている。ちなみに失業もまた、この無視の原因となっている。自分の姿が複製されるのを見たいという要求を大衆がもつのは、まず第一に生産のための労働工程のなかであるはずなのに、失業は彼らを生産から締め出してしまうからである。このような事情のもとで映画産業は、荒唐無稽な空想や怪しげな思弁によって大衆の関心を煽ることだけを考えているのである。この目的のために映画産業は、強力なジャーナリズム機構を活動させはじめた。スターたちの出世物語や恋愛事件を売り物にしたり、人気投票を行ったり、美人コンテストを催したりした。これらはみな、映画に対する大衆の根源的で正当な関心——自己認識への、したがってまた階級認識への関心——を、買収めいた方法で堕落させるためのものである。したがって、一般にファシズムについて妥当することが、特殊には映画資本について妥当する。すなわち新しい社会構造に対する不可避の欲求が、ひそかに少数の有産階級の都合によって搾取されるのである。すでにこの理由からして、映画資本の接収は、プロレタリアートの急務である。*30

ベンヤミンは、蓮實が指摘していた一九三〇年代の「映画のメディア化」を、その時代の真っ只中でこのように批判的に捉えていた。「複製技術時代の芸術作品」としての映画は、伝統的な芸術作品から「アウラ」を剝ぎ取り、「視覚的無意識」を押し拡げ、芸術の「展示的価値」の可能性を一気に増大させ、大衆が参加しうる新たな芸術の道を拓き、「気散じ」という受容（映画のショック作用）を通して、人間を絶望的に閉じ込めていた「酒場や大都市の街路、オフィスや家具つきの部屋、駅や工場」といった「牢獄の世界」を「十分の一秒のダイナマイトで爆破」して、「その遠くまで飛び散った瓦礫のあいだで、悠々と冒険旅行を行なう」[*31]ことを許した。ベンヤミンはそこに映画の可能性を見出していたのだが、しかしながら、ここではその可能性が資本主義とファシズムによって搾取されてしまっていることが指摘されているのである。そのため、ベンヤミンは政治の美学化に対して、芸術の政治化を置くことになるだろう。この二つの引用文に、資本主義やファシズムによって「第二の自然」と化した映画への批判を読み取ることは難しくない。

中村秀之は、このテクストが執筆された時期に注目し、蓮實の論考にも言及しながら、一九三〇年代に進行した「映画の物質的基盤を経験の水準から隠蔽し、見るという具体的な経験を物語の抽象性へと回収しようとする動き」に抵抗して、ベンヤミンは「映画の物質性を肯定し、それに即した受容の方法を指し示している」と指摘している。そして、「トーキーへの移行が完了しつつある時期に無声映画に準拠して映画を論じたこと」の「積極的意味」を見出している[*32]。つまり、「映画のイデオロギー的再編」(第二の誕生)、「イメージの広範な流通と反復」(第二の自然)に抵抗して、ベンヤミンはフィルムの物質性を生々しく露呈させる無声映画の実践を対置したという主張である。視覚的無意識を直接開示するような視覚的効果を積極的に受け止める「気散じ」的受容、すなわち「物語の連続性」ではなく「映像の断片性」に身体的・感覚的に反応する鑑賞こそ、トーキー以後のメディア化してしまった映画の時代に回復せねばならないとベンヤミンを読み解きながら中村は述べており、その「練習に最適な映画」として、古典的映画へと独特な態度を取ってきたジャン゠リュック・ゴダールとジャン゠マリー・ストローブおよびダニエル・ユイレ(ストローブ゠ユイレ)の作品を挙げている。

また、ベラ・バラージュは一九二四年にウィーンで書き上げた『視覚的人間——映画のドラマツルギー』において、印刷術を基盤にした言葉や書物によって人間の精神が「読まれる」状態から、無声映画に映し出される表情や身振りによって人間の精神が「目に見えるようになる」事態への文化的変容を描出していた。無声映画は、事物の顔を、自然の表情を見せ、相貌の「微視的ドラマ」を提示したのだとバラージュは訴え、文学や演劇とは根本的に異なる、クロースアップやモンタージュといった視覚的効果のインパクトの理論化を試みていた[*33]。しかしながら、一九三〇年に発表した『映画の精神』において、バラージュは「サウンド映画」への「悲劇的予言」をし、約二〇年後の一九四九年に刊行した『映画の理論』において、「それを逐語的に繰り返せねばならない」と述べ、次のように記している。

サイレント映画の発展は、やっとその後期になって真の飛躍をなしとげた。しかし、新しい時代、すなわちサウンド映画の時代がやってきて、サイレント映画の発展を中途で停止させてしまった。ちょうどその頃映像カメラは、鋭敏な神経と幻想をわがものとしはじめていたところだった。視点と編集の技術が発達して、素朴な客観性を保っている素材の抵抗を克服することがやっと可能になったところだった。サイレント映画は、まさに、他の芸術におけると同じ心理的繊細さと形象力を獲得しようとしていた。そのとき、サウンド映画が発明された。これは大きな地滑りのようなものだった。あの視覚的表現の豊かな全文化は、危機にさらされている。[*34]

さらにバラージュによれば、映画がトーキー技術を得てから二〇年ものあいだ、つまり蓮實の言う「映画のメディア化」が進展した時代において、トーキー映画は「芸術にまで高まることもなく、芸術として完成されもしなかった。映画は全体として、再び撮影された演劇になった」[*35]。一九三〇年から一九五〇年のあいだ、バラージュにとってトーキー映画は、全体的には「たんに、喋り、音楽をきかせ、物音を再現する」にとどまっており、無声映画のように人間的知覚から隠されていた形態と運動の相関関係を発見するにはいたらなかったのである。

さらに、中井正一[*36]もまた、一九三六年六月に『学生評論』において発表した「コンティニュイティーの論理性」という短いが重要な論文のなかで、一九三〇年代当時の映画をめぐって、以下のように記している。

今現象するいわゆる映画は、演劇映画、ことに大衆の涙と笑いをめざす芝居映画が、あたかも映画の全部であるかのごとく考えられている。映画は事実を映すことがその本質であるのに、演劇の実写が映画の仮面をかむって現象している。今日の映画は一言にしていえば、幕に映された演劇である。いわば薄い演劇である。平面にされた演劇である。まだみずからの能力を知らない巨大なるものである。昔羊の群れの中に自分が獅子であることを知らずに育った獅子の子のように、森のかなたに獅子の咆哮を聴くまで、羊を喰うことを知らない無知な力である。[*37]

そもそも、中井が見出した映画固有の可能性=本質とは、フィルムとレンズという「物質的客観性」を通して、「事実を記録すること」そして「事実を再現すること」にほかならず、演劇的な物語（意味内容）を表象するような、あるいはプロパガンダ装置として「思想」を伝達するような――「日本プロレタリア映画同盟（プロキノ）」が展開していたが――、透明な道具=現象ではない。しかしながら、映画の「生産が集団を基礎としなければならないこと、機械を基礎としなければならないこと」によって、一九三〇年代の「現今の状勢では巨大なる資本を要する」事態が生じており、その「資本は利潤を要し、利潤はその資本の限界内に大衆を強要し、and so on……である」[*38]。映画は金融資本のなかで、ジャーナリズム（新聞・雑誌）やデパートや蓄音機会社と連携し、消費的大衆――利潤対象としての大衆／資本が創造した大衆――を生産者の意図のなかに動員してしまうのだ。映画という獅子は、無知のまま、羊のごとく草原の上に睡らされてしまう。

中井のこの論文の意図は、そのような消費者の代弁者としての学生に「批判力の新たな出発」を要請することであった。金融資本に絡め取られた物語映画、思想伝達装置としての映画、つまり物語や思想を表象する透明な道具として「メディア化した映画」へと抵抗し、映画の多様な物質性を、「フィルムの論理」を取り戻すことを求めたのである。

フィルムでは、その感覚的表象素材が物質的客観性の領域にみずからを規定しているのである。そこでは自然の現象論理すなわち自然弁証法と、人間の現象論理すなわち社会弁証法とが、媒在メディウムなしに、みずからが媒介ミッテルとなって、一コマ一コマは常に契機モメントとなって、なまで火花を発して組みあうこととなるのである。モンティーレン組みあわせとは決してアセトンと鋏の操作ではない。かかる自然の論理の現象と、人間の論理の現象が、物質的客観性の中に組みあい、模写しあい、見透しあい、邂逅しあうことでなければならない。シラーが美は現象の中に見いだす自由だといったが、今私たちはそれを自然の弁証法の中に見いだす人間の弁証法であるといいかえなくてはならない。かかる意味のモンタージュ組みあわせこそ真の映画芸術の課題でなければならない。[*39]

北田暁大が蓮實を引きながら指摘するように、これは「「第二の誕生」が進行するまさにそのまっただなかで、意味論的に漂白されていくメディアの物質性、おのおののメディアの媒介の仕方、意味への作用のあり方の固有性を奪還しようとする言説」*40にほかならないだろう。先に挙げたベンヤミンやバラージュの言説もまた、同じく一九三〇年代に「第二の誕生」を遂げ、「第二の自然」と化してしまった「メディア化した映画」への「抵抗」として、映画の固有性や物質性を取り戻そうとする言説として理解することができるだろう。

4　「批評」のストラテジー

しかしながら、このように「メディア化した映画」のなかで、無声映画的な視覚的効果や観客の身体性を回復させ、物語映画をかたくなに拒絶し、イメージの広範な流通と反復を否定し、それへの抵抗を繰り拡げるために映画固有の物質性を取り戻すことだけが要請されるべきなのだろうか。あるいは、「メディア化した映画」を、資本主義を基盤にした複製芸術の「文化産業化」としてたんに切り捨て、規格化された類似品の大量生産・大量消費による思考の頽廃、啓蒙の自己崩壊とみなしてしまってよいのだろうか。

「二〇世紀における複製の問題は、たんにそれを否定すればすむというよりは、否定すべきものとしてではなく、新たに思考すべき生の条件として現実に抱え込んでしまったものである」*41と指摘する蓮實重彦にとって、そのような姿勢はいずれも「抽象」にすぎないだろう。そうではなく、視覚的な効果の禁欲と説話の優位の確立を果たした、透明な画面の「自然な」物語映画こそ、肯定的に受け入れなければならないのではないか。つまり、画面の透明感を高度に洗練したハワード・ホークスを、そして山中貞雄を擁護する必要があるのではないか。長谷正人が中村秀之を批判しながら述べるように、「マス・メディアが流布させる物語映画をめぐる画一的な語りとイメージの反復に対して批判的に介入」するためには、ゴダールやストローブ＝ユイレばかりではなく、「「メディア化」されてしまった透明な物語映画（＝古典的映画）」こそを、ベンヤミン的な気散じの技法によって見るべきなのではないだろうか[*42]。

そして、そのような実践者こそ、蓮實をおいてほかにはいない。「類似したものがあたりに氾濫している環境のなかでの、類似を否定することのない差異の迫力」[*43]を、モルフォロジーによって、作家論によって、そして何よりもテマティスムによって読み解いていくことが、その批評的な戦略であったはずである。その戦略は視覚的効果のインパクトが著しい無声映画だけでなく、またゴダールやストローブ＝ユイレの実践だけでなく、それと同等の言説をもって、凡庸で透明なトーキー映画をも擁護しようとする、二〇世紀の批評家の政治的な身振りである。では、そのような批評はどのような感性によって可能となるのだろうか。

プロダクション・コードが制度化されたあとのハリウッドにせよ、あるいは社会的リアリズムを公式な教義として採択したあとのソビエト映画にせよ、「メディアとしての映画」の成立にともなって、「作者の匿名化」という現象が一般化し、「映画における作者の視覚的な署名というべきもの」が「画面から影をひそめてしまう」という傾向が生じた。そして、アメリカ映画の画面に作者の「視覚的な署名」を読み取ることは「ほとんど不可能」となり、「メディアとしての映画の内部で、個々の作品の表情はいたるところで類似したものとなっていく」。つまり、「フレッド・アステアとジンジャー・ロジャースが主演していれば、監督が誰であろうと、RKOミュージカルとしてほとんど同じものと見なされたのである」[*44]。しかしながら、二人が出演しているマーク・サンドリッチの作品とジョージ・スティーブンスの作品の識別がつくように、そこには視覚的なものには還元しえない「より微妙な違い」があると蓮實は指摘し、次のように述べている。

その微妙な違いは、ことによると、ルビッチ・タッチなどという場合の「タッチ」に当たるものかもしれない。メディアとしての映画の確立にともなって作者の匿名化が進行する時代にあって、作者の署名は、まぎれもない筆跡としてスクリーンに読み取れるものではなく、題材に多くを負うことになる作品全体の肌触りの微妙な差を通してかろうじて受け止められることになるだろう。[*45]

さらに、蓮實によれば、メディアというシステムの内部に同質の作品（類似品）として流通しているものの微妙な差異を識別しうる感性的な能力は、断じて人類の普遍的な資質ではなく、「映画のメディア化」にともなう「作者の匿名化」という現象によって必然的に産み落とされた「歴史的現実」である。つまり、ここでは「欲望の対象として映画を無差別に消費すること」と「微妙な差異に着目しつつ、しかるべき作者に執着すること」が、同一システム上の相互補完的な振舞いとなるのである。一九三〇年代以降の映画は、ある種のイデオロギー的な要請に基づく再編成のもとで類似せざるをえないが、同時に、その類似を超えて、そこに「微妙な差異」を識別することで作者を擁護するという姿勢が一般化したのだと蓮實は述べている[*46]。

複製技術時代の二〇世紀の文化的生産様式に導入された、この「作者の視覚的な署名」の「微妙な差異」こそ、たとえばジョン・フォード作品における「翻える白いエプロン」のように[*47]、あるいは『或る夜の出来事』における「女の太股」と「自動車の停止」のように[*48]、「メディア化した映画」のなかで蓮實がその「包括的な視線」によって見出し、批評として覚醒させる「記号」である。それは、語られる物語よりも、その物語を支えているショットの連鎖に着目することで実践される。どこまでも澄み切った「透明」な画面のハワード・ホークス的「作品」のなかに潜在的に微睡んでいる記号に、すなわちフィルム的感情を刺激して、「メディアとしての映画」の条件を揺るがしつづける「不可視の装置」（逆行装置、捕獲装置、交換装置、循環装置……）」[*49]に触れ、そのテマティックな体系を顕在化させること、そしてさらに匿名化のなかで作者を徹底的に擁護することが、蓮實的な批評の政治的な身振りなのだ。複製芸術という類似のなかに、それを否定することのない差異を見出し、類稀な「動体視力」によってその表層の細部に触れ、作家を擁護するこの批評姿勢は、アメリカ映画をその類似性ゆえに偏愛していたフランソワ・トリュフォーに、あるいは「古典的デクパージュの顕揚と擁護」を力強く訴えるゴダールに、そしてホークスの「天才」を絶賛するジャック・リヴェットに、さらには「もし深くハワード・ホークスの映画を愛さないなら、映画を深く愛せない」とつぶやくエリック・ロメールに、すなわち「ヒッチコック＝ホークス主義」を打ち出したヌーヴェル・ヴァーグの「作家政策（作家主義）」に連なるものでもあるだろう。言うまでもなく、この批評戦略は創造行為に直結しており、映画のなかに「新たな署名」を誘発する力をもっている。

ところで、このような「メディア化した映画」の類似性のシステムは、いまだに継続しているのだろうか、あるいは崩れ去ってしまったのだろうか。第一の生が第二の生によって死を迎えたとするならば、第二の生はどうなってしまったのだろうか——そこで「映画はいかにして死ぬか」[*50]という問いが提示されることになる。

すぐさま思い出されるのは、一九三〇年代そして四〇年代の映画の類似性を保証していた「スタジオ・システム」が一九五〇年代から六〇年代にかけて徐々に崩壊し、また「プロダクション・コード」が一九六六年に廃止されたことである。

ハリウッドのスタジオ・システムは、一九五〇年代から六〇年代にかけて、パラマウント訴訟による垂直統合の崩壊、マッカーシズムによる赤狩りの旋風、テレビジョンの興隆による製作本数の低下、大衆の娯楽の変化による観客数の減退、そしてシステムを支えていたヨーロッパ系亡命作家たちの帰国

（再亡命）など、多岐にわたる政治的・産業的な犠牲によって衰退していく。このような危機的状況を脱すべく、ハリウッドは3D映画によるアトラクション性の回帰を狙ったり、シネマスコープやヴィスタヴィジョンなどワイド・スクリーンを開発して超大作を撮りはじめたりして、どうにか観客を呼び戻そうとするが、それにともなう人件費の高騰などによって、資本の回収と蓄積のリズムをみずから崩壊させてしまう。他方で、プロダクション・コードの禁止条項に抵触する題材の映画が、事務局の許可を必要としない配給網で次々と封切られ、興行的な成功をおさめるという現象が発生し、プロダクション・コードは有名無実化していく*51。

蓮實の『ハリウッド映画史講義――翳りの歴史のために』（筑摩書房、一九九三年）によれば、このスタジオ・システムの崩壊とともにプロダクション・コードが実質的に廃止されたときに、アメリカ映画が失ったものは「説話論的な経済性」*52である。ここで奇妙な転倒が生じることになる。

> システムとしてのハリウッドの崩壊は、「ヘイズ・コード」の消滅によって加速され、初めて映画を「たんなるビジネス」にすぎない「見世物」にしてしまったのである。説話論的な要素にすぎなかったショットはいたるところでスペクタクル化し、物語の構造の簡潔さに代わって視覚的効果のための装飾的側面が強調され、シナリオと編集の優位をいたるところでくつがえしてゆく。*53

「物語からイメージの優位へ」という転倒である。一九六六年から七〇年にかけて、かつては「夢の工場」とも呼ばれていた、語り、想像し、夢見る対象であったハリウッド映画の神話性は崩壊するにいたる。蓮實は、このハリウッド神話の消滅によって、アメリカ映画に三つの変化が導入されたと指摘している。まずは、イメージのスペクタクル化にともなう物語の簡潔さの抹殺。つぎに、見ることで納得する観客と、語り想像するシネフィルという受容の二分化。そして、オーソン・ウェルズ的な反時代性の系譜を体現するものが、視覚的効果よりも物語の優位を確信しているかにみえるイーストウッドのような反動的作家の側に移ったことである[*54]。

崩壊の兆しを見せはじめた映画のなかから、なおも、画面の視覚的効果を禁欲しつづけ、物語の簡潔さに貢献するショットの可能性を見出し、オルタナティヴな語り方を発見した作家たちの出現——これこそ、イーストウッドらの「七三年の世代」であり、ハリウッド神話崩壊後の、しかしたんにスペクタキュラーなイメージやパロディとは異なる「新たな署名」を可能とした世界的運動であり、蓮實がその批評で徹底的に擁護したものである。透明な映画の画面を濁して映画を死に向かわせるのではなく、「メディア化した映画」の内側から「時代錯誤の反時代性」[*55]によってそれを刷新する運動は、一九三〇年代か四〇年代的な技術をもつ五〇年代の作家であったドン・シーゲルのもとで映画を学びながら、同時にシネフィルでもあったイーストウッドによってこそ可能となったと言えるかもしれない。蓮實は、一九三〇年代のホークスを擁護するのと同じような批評的身振りで、一九七〇年代以降のイーストウッドを擁護することで、そこに古典的な知性に基づいた過剰な視覚性への批判を読み取り、一見すると透明な消費対象である映画が、それと同時に、そのなかに決して消費されることのない多様な複数の記号を潜在的に抱きかかえていることを示してきたのだ。

もちろん、「第二の自然」と化した映画に対する絶えざる批判として作品を撮っている——それゆえつねに映画を文化と対立させている——ゴダールの重要性を、蓮實ほど説得的に示してきた批評家はいない。ただ、それだけではなく、ゴダールとともにイーストウッドを擁護することにこそ、蓮實の批評の本質的な戦略があるのだ。資本主義的な物語映画を否定するのではなく、メディア化した複製芸術である映画の表層に微睡んでいる記号を顕在化させ、テマティックな体系を言説化することができるかどうかという点に、蓮實的な批評はかかっているのである。それは、イメージを広範に流通させ反復させる映画もその一部を構成する、メディア化しスペクタクル化した情報社会への周到な批評の戦略にほかならず、それゆえ、その社会に対する批評的な眼と新たな署名をもつ作家を生み出すような創造的回路を組み立てることができたのである[*56]。

5　終わりに——二〇〇〇/二〇一〇年代

これまで本稿では、蓮實重彥の論考をもとに、一九三〇年代に世界各地で同時に生じた、ある種のイデオロギー的な要請に基づく映画の再編成の問題、すなわち「メディアとしての映画」の成立（第二の誕生/第二の自然）——視覚的効果の禁欲による画面の透明化、物語を納得させるための自然さの重視、イメージの広汎な流通と反復、作者の匿名化など——について考察してきた。一九三〇年代の映画をめぐる言説は、この映画のメディア化に抵抗して、類似品として規格化された透明な物語映画を敵対視し、フィルム固有の物質性の奪取を訴え、それに見合う受容の在り方を模索したと言えよう。しかしながら、蓮實はそうではなく、この「メディア化した映画」の類似性を肯定し、そのなかに微睡んでいる「微妙な差異＝記号」を見出して顕在化させ、作家を擁護しつつ、複製芸術の内側からスペクタクル化した情報社会を批判してきたのである。

では、トーキーの開発をその技術的・産業的条件とした「映画のメディア化」に比較しうるような、現在における「映画のデジタル化」について、蓮實はどのような批評的態度を示しているのだろうか。

蓮實は二〇世紀末の段階では、コンピュータによるデジタル的な画像処理がある種のジャンルの映画ではしかるべき視覚的効果を発揮するにいたっていることを認めつつも、それがあくまで「アナログ的な感性を補足する技術の域」*57にとどまっていることを指摘していた。一九九〇年代、映画のデジタル化はポストプロダクション時になされるCG技術による人工的な加工処理や合成処理によって加速化しつつあった「イメージのスペクタクル化」に過ぎず、それは必ずしも映画を変えないという認識だったのかもしれない。また、映画の変化を考えるためには、テクノロジー的な条件だけでなく、「社会的、メディア論的、イデオロギー的な条件」*58を考慮しなければならないが、電子メディアによる「デジタルな表象形式」に関しては、なお「誕生期の楽観性」のなかにあり、いまだに芸術家が「その内部、あるいは外部から、自分自身の距離なりあるいは批判的な視点なりを提示するような機会」が来ていないと蓮實は述べている*59。

しかしながら、二〇〇〇年代から二〇一〇年代の現在にいたるなかで、二一世紀の映画とメディア環境は、ラディカルな技術的・文化的・産業的変容を迎えた。もはやアメリカやフランス、日本などのほとんどの映画館では上映媒体はすべてフィルムからデジタルへと移行し、デジタル・キャメラによる映画撮影は一般化し——イーストウッドも二〇一四年の『ジャージー・ボーイズ』以降は、すべてデジタル形式で撮影している——、受容形態も劇場だけでなく、さまざまなスクリーン（テレビからパソコン、モバイル・メディアまで）へと広まった。「指標性（インデックス）の揺らぎ」を背景とした映画の固有性あるいは物質性の喪失。「映像圏」の拡大にともなう、イメージの新たな流通と共有。空間的な遍在性だけでなく、時間的な操作性による映画体験の変化。デジタル・リマスターとデジタル・アーカイヴ。そのようななかで生じる「古典回帰」——「映画のデジタル化」によってもたらされる「ポストメディウム的状況」である*60。

蓮實は、二〇〇七年に発表した論考「フィクションと「表象不可能なもの」——あらゆる映画は、無声映画の一形態でしかない」（石田英敬＋吉見俊哉＋マイク・フェザーストーン編『デジタル・スタディーズ1 メディア哲学』、東京大学出版会、二〇一五年）において、この映画とデジタル・テクノロジーの問題系に切り込んでいる。

この論考において、蓮實は、これまで本稿で述べてきた「第二の誕生」を迎えたあとのメディア化したトーキー映画も含めて、すべての映画は無声映画の一形態でしかなく、その一〇〇年を超える歴史を通して音声を本質的な要素として持つことはなかったと主張している。なぜなら、二〇世紀を通して、視覚的な記号の記録装置としての映画キャメラは、聴覚的な記号の記録装置である録音機と一度として自然に同調することはなく、むしろ排斥しあっていたからだ*61。映像の複製と音声の複製との同調を回避させる「声の禁止」という抑圧が、テクノロジーの進歩とは異なったイデオロギー的なレヴェルで作用していたのである。しかしながら、二一世紀に普及したデジタル・ヴィデオ・キャメラを撮影に使用することによって、蓮實は映画が無声映画の一形態であることをやめるかもしれないという「希望的な観測」をもっていると述べている。なぜなら、デジタル・ヴィデオ・キャメラは「映画の歴史で初めて、映像と音声の同時的な複製を可能にする装置として機能し始めて」おり、いまだに録音技師は、独自の装置で音声を収録しているものの、「映画はサイレント映画のそれとは異なる撮影方法を身につけつつあるとひとまずいうことができるかもしれない」*62からだ。二〇一五年に書かれた後記において、蓮實は「視覚的なものと音声的なものの同調は、少なくとも映画の領域においてはいまなお実現されておらず、映画とは無縁の人たちによるYouTubeへの投稿画像を量産するにとどまっている」と述べ、「その同調が可能となった瞬間、映画は死を迎え入れることになる」と記している*63。これはなによりも「ショット」とその「連鎖」を「視覚的な署名」とする蓮實の映画批評からの「映画のデジタル化」への批判と読み取れるだろう。

だが、おそらく「デジタル的な表象形式」はすでに「誕生期の楽天性」を享受する段階から、一二〇年におよぶ映画史と共存しつつある段階に移っているように思われる。デジタル・テクノロジーはもはや「第二の自然」と化しつつあり、それに対して、映画の内側から批判的な視点を提示するような映画が生まれている。二〇〇一年の『愛の世紀』後半部からはじまるデジタル・ヴィデオ・キャメラの使用から、二〇一四年の『さらば、愛の言葉よ』の3Dの使用にいたるまで、二一世紀のゴダールは、「第二の自然」と化しつつある「映画のデジタル化」に対して、「自然ならざるもの」をつきつけてはいないだろうか。あるいは、デジタル的な思考と感性に裏打ちされた、若い世代による映画が、世界でも日本でも生まれてきてはいないだろうか。「映画のデジタル化」は、テクノロジー的だけではなく、もはや産業的そして社会的な条件となって、新たな映画の可能性――第三の誕生?――を現在進行形で導きつつある。蓮實は「きわめて微妙な設問」*64としてその問いを保留しているが、それは我々へと課された課題であろう。二〇世紀の一形式にはとどまらない、二一世紀の新たな映画を語る言葉を紡ぎ出していかねばならない。

*1　このシークェンスの直前には、クリスティン・コリンズの息子をはじめ二〇人もの少年を誘拐して殺したゴードン・ノースコットの絞首刑が、サン・クエンティン州立刑務所において、彼女の眼前で執行されている。きわめてイーストウッド的な「復讐の主題」が過剰なまでに視覚化されているのだが、その非日常的な場面とのコントラストのためか、このメディアに取り囲まれた日常生活世界の描写は不気味に際立っている。

*2　クロード・S・フィッシャー『電話するアメリカ――テレフォンネットワークの社会史』、吉見俊哉・松

田美佐・片岡みい子訳、NTT出版、二〇〇〇年、二三二―二四三頁。

＊3 吉見俊哉『「声」の資本主義――電話・ラジオ・蓄音機の社会史』、講談社（講談社選書メチエ）、一九九五年、二三一―二三二頁。

＊4 この番組に関しては、水越伸『メディアの生成――アメリカ・ラジオの動態史』（同文舘出版、一九九三年）による以下の記述を参考のこと。「もっとも人気のあった番組は「エイモス&アンディ（Amos and Andy）」である。白人が黒人のまねをしておしゃべりをするボードビル・ショー以来のパターンで、フリーマン・F・ゴズデンとチャールズ・J・コレルが演じていた。このコメディは、人種差別に根ざしたギャグのくり返しと、南部訛りをモチーフにしたブラック・ユーモア的な面白さで、ラジオがはじまって以来の空前のヒットとなった。大統領であったクーリッジも、この番組の放送される時間には、ホワイトハウスで執務することを嫌がったといわれている。「エイモス&アンディ」というただひとつの番組のために、NBCは番組シンジケート機構を設立することになった。また、連続番組という発想も、この番組の登場によって、はっきりと形式化されたのである」（一八〇頁）。

＊5 三浦哲哉『サスペンス映画史』、みすず書房、二〇一二年、二六五頁。なお、イーストウッドは一九七一年の監督デビュー作品『恐怖のメロディ』で電話とラジオを主題として以来、一貫して映画のなかで自己言及的・批判的にマスメディアを取り扱っていることも付言しておく。

＊6 蓮實重彥「あらゆるメディアは二度誕生する」、浅田彰編『マルチメディア社会と変容する文化』、NTT出版、一九九七年、五三頁。この考察は『帰ってきた映画狂人』（河出書房新社、二〇〇一年、二六五―二七八頁）にも再録されている。

＊7 エリザベス・アイゼンステイン『印刷革命』、別宮貞徳訳、みすず書房、一九八七年。

＊8 ベネディクト・アンダーソン『定本 想像の共同体――ナショナリズムの起源と流行』、白石隆・白石さや訳、書籍工房早山、二〇〇七年。

＊9 蓮實、前掲書、五三頁。

＊10 蓮實重彥『ゴダール マネ フーコー――思考と感性とをめぐる断片的な考察』、NTT出版、二〇〇八年、一六二―一六三頁。

＊11 蓮實「あらゆるメディアは二度誕生する」、五四頁。

＊12 蓮實、同書、五四頁。フローベールは新聞記事をもとにして『ボヴァリー夫人』を書いていることからも、

活字文化をその内側から批判していることがわかる。フローベール『ボヴァリー夫人』と「近代」に関しては、蓮實重彦『『ボヴァリー夫人』論』(筑摩書房、二〇一四年)、とくに「I 散文と歴史」(三〇―八六頁)を参照のこと。

＊13 吉見、前掲書、一二〇―一三八頁。

＊14 水越、前掲書、六一―一〇七頁。

＊15 蓮實、前掲書、五四頁。

＊16 蓮實、同書、五四頁。

＊17 蓮實、同書、五五頁。

＊18 蓮實重彦「署名の変貌――ソ連映画史再読のための一つの視角」、『レン・フィルム祭――映画の共和国へ』[レン・フィルム祭カタログ]、一九九二年、二〇頁。

＊19 蓮實「あらゆるメディアは二度誕生する」、五五頁。

＊20 蓮實、同書、五九頁。

＊21 北野圭介『ハリウッド100年史講義――夢の工場から夢の王国へ』、平凡社(平凡社新書)、二〇〇一年、一〇九頁。

＊22 この「物語としての映画」という見方に関しては批判的立場もある。たとえば、北野圭介は「三四年以降の映画は、確かに変わっていった」としながらも、「でも、これを、たまになされるような、映像の完全な物語化といった言葉で片付けてしまうのは性急」であると、一定の留保を付け加えている。なぜなら、北野によれば、キャプラのようなポピュリズムは物語の主題にだけ存在したのではなく、スペクタキュラーな映像と音にも存在したからだ。「画面一杯に集まった大勢の人々の、じっと黙って堪える姿、口々に心の中を訴えるざわめきが、視覚的であると同時に聴覚的なスペクタクルとなって映し出され、その上で、その熱狂の渦のなかから主人公の行動力と決断が醸成され、ついには爽快な倫理観を解き放つことになる」(北野、同書、一一二頁)。このスペクタキュラーな集団性に基づいた視覚的な高揚によって、語られる物語のドラマツルギーに迫力が与えられているし、スペクタキュラーな映像によって、上流層の豪奢な生活を示すアールデコ調のインテリアや、富裕な人々の着るきらびやかなコスチュームが映し出されていると北野は述べている。

＊23 マックス・ホルクハイマー＋テオドール・アドルノ「文化産業――大衆欺瞞としての啓蒙」、『啓蒙の弁証

法――哲学的断想』、岩波書店（岩波文庫）、二〇〇七年、二五一―三四七頁。
＊24　蓮實「署名の変貌――ソ連映画史再読のための一つの視角」、二〇頁。
＊25　蓮實重彦「21世紀の映画論」、『映画論講義』、東京大学出版会、二〇〇八年、三二二頁―三三三頁。蓮實は「伊藤大輔から山中貞雄への覇権の移行」を、山中の発言に則して「プドフキンからマムーリアンへの覇権の移行」と言い換えている。アメリカ映画においてそれは「WBミュージカルからRKOミュージカルへの移行」として立ち現れるし、あるいはフリッツ・ラングのように一人の映画作家がその歴史的断絶を経験していた場合は「『メトロポリス』から『スピオーネ』への覇権の移行」として呼び直すこともできると指摘している。
＊26　ジークフリート・クラカウワー『カリガリからヒトラーへ――ドイツ映画1918-1933における集団心理の構造分析』、丸尾定訳、一九九五年〔新版〕、みすず書房。
＊27　蓮實「署名の変貌――ソ連映画史再読のための一つの視角」、二二頁。ちなみに、『チャパーエフ』は、アンドレイ・タルコフスキーの一九六〇年の処女作『ローラとバイオリン』で少年サーシャと青年労働者セルゲイが観にいこうと約束する作品である。
＊28　蓮實、同書、二二頁。
＊29　ヴァルター・ベンヤミン「複製技術時代の芸術作品〔第二稿〕」、『ベンヤミン・コレクション1――近代の意味』、浅井健二郎編訳・久保哲司訳、筑摩書房（ちくま学芸文庫）、一九九五年、六一一頁。
＊30　ベンヤミン、同書、六一三―六一四頁。
＊31　ベンヤミン、同書、六一九頁。
＊32　中村秀之「飛び散った瓦礫のなかを――「複製技術時代の芸術作品」と映画」、『瓦礫の天使たち――ベンヤミンから〈映画〉の見果てぬ夢へ』、せりか書房、二〇一〇年、四八―五〇頁。
＊33　ベラ・バラージュ『視覚的人間――映画のドラマツルギー』、佐々木基一・高村宏訳、岩波書店（岩波文庫）、一九八六年。
＊34　ベラ・バラージュ『映画の理論』、佐々木基一訳、講談社、一九五九年、一六二頁。
＊35　バラージュ、同書、一六一頁。
＊36　中井正一は、蓮實重彦の父である美術史研究者の蓮實重康と知的交流があった。京都大学出身の蓮實重康は同人誌『世界文化』の前身にあたる『美・批評』の同人であった。南波克行によれば、戦後、国会図書

館副館長であった中井から蓮實重彦は『美学入門』を手渡されたという（「Incidents（偶景）」http://green.ap.teacup.com/nanbaincidents/18.html［最終アクセス日：二〇一六年四月三〇日］）。ちなみに、蓮實は中井を評し、「運動する知性が素描する「現在」のあやうさを、あえて肯定しようとする好奇心」にほかならず、「思考を瞑想から思い切り遠ざけ、実践を通してその豊かな共有による社会の活性化をめざしている」と記している。「西田哲学の牙城と思われていた京都から、近代建築を可能にしたテクノロジーを謳歌し、複製芸術としての映画の未来に賭け、集団スポーツの美を肯定的に分析し、探偵小説やジャズの魅力を語りつつ、機械的な生産様式にふさわしい機能美を擁護する美学者が出現するなど、誰が予想しえただろう。中井正一の検挙は、こうした運動する知性と好奇心とを、一挙に昭和の日本から奪った。彼の文章は、かくしていまだ炸裂せざる時限爆弾として放置されている」（日本経済新聞社編『半歩遅れの読書術Ⅱ——私が本当に伝えたいこの一冊』、日本経済新聞社、二〇〇五年、九八—九九頁）。

＊37 中井正一「コンティニュイティーの論理性」、久野収編『中井正一全集 第三巻 現代芸術の空間』、美術出版社、一九八一年、一六五頁。

＊38 中井、同書、一六五頁—一六六頁。

＊39 中井、同書、一七一頁。

＊40 北田暁大「メディア論的ロマン主義——横光利一と中井正一、メディアの詩学と政治学」、吉見俊哉編『一九三〇年代のメディアと身体』、青弓社、二〇〇二年、一六七頁。同じく、北田暁大「《意味》への抗い——中井正一の映画＝メディア論をめぐって」（『マスコミュニケーション研究』第五六号、二〇〇〇年）も参照のこと。

＊41 蓮實重彦『映画への不実なる誘い——国籍・演出・歴史』、NTT出版、二〇〇四年、五二頁—五三頁。

＊42 長谷正人「映画のメディア化、気散じの戦略そしてイーストウッド」（映像のオントロギー第三四回）（『Internet Photo Magazine Japan』、http://www.ipm.jp/ipmj/eizou/eizou51.html［最終アクセス日：二〇一六年四月三〇日］）。なお、本稿はこの論文から大きな教示を得た。記して感謝したい。

＊43 蓮實、前掲書、五三頁。

＊44 蓮實「署名の変貌——ソ連映画史再読のための一つの視角」、二四頁。

＊45 蓮實、同書、二四頁。

＊46 蓮實、同書、二四頁。

＊47 蓮實重彦「ジョン・フォード、または翻える白さの変容」、『映像の詩学』、筑摩書房（ちくま学芸文庫）、二〇〇二年、一一頁―五二頁。

＊48 蓮實重彦「自動車の神話学」、『映画の神話学』、筑摩書房（ちくま学芸文庫）、一九九六年、九五頁―一四九頁。蓮實が指摘するように、『或る夜の出来事』のような「女の太股」と「自動車の停止」という図式を「根源的な祖型性」にまで回帰させたのが、ゴダールが一九六七年に撮り上げた『ウィークエンド』である。

＊49 蓮實重彦「ハワード・ホークス、または映画という名の装置」、『映像の詩学』、五三頁―九五頁。

＊50 蓮實重彦『映画はいかにして死ぬか――横断的映画史の試み』、フィルムアート社、一九八五年。

＊51 蓮實、同書、一五頁―三一頁。

＊52 蓮實重彦『ハリウッド映画史講義――翳りの歴史のために』、筑摩書房、一九九三年、一七四頁。

＊53 蓮實、同書、一七五頁。

＊54 蓮實、同書、一八九頁―一九〇頁。

＊55 蓮實重彦「映画作家クリント・イーストウッド」、『映画 誘惑のエクリチュール』、筑摩書房（ちくま文庫）、一九九〇年、一四二頁。

＊56 ジル・ドゥルーズもまた、セルジュ・ダネーへ宛てた手紙のなかで、映画から生まれた情報批判について記し、またFEMISの学生へ向けて、情報やコミュニケーションへの抵抗行為としての映画的創造行為について述べている。ジル・ドゥルーズ「セルジュ・ダネへの手紙――オプティミズム、ペシミズム、そして旅」、『記号と事件――1972-1990年の対話』、宮林寛訳、河出書房新社（河出文庫）、二〇〇七年。ジル・ドゥルーズ「創造行為とは何か」、『狂人の二つの体制――1983-1995』、宇野邦一監修・廣瀬純ほか訳、河出書房新社、二〇〇四年。

＊57 蓮實「あらゆるメディアは二度誕生する」、五三頁。

＊58 蓮實「21世紀の映画論」、三二五頁。

＊59 蓮實「あらゆるメディアは二度誕生する」、五九頁。ただし、この直後の頁において、浅田彰は、電子メディアとしてのテレビはすでに「第二の自然」となっており、一九六〇年代のナム・ジュン・パイクのヴィデオ・アートの実験が批評的な試みであったと指摘している。

＊60 「映画のポストメディウム的状況」については、三浦哲哉「結びにかえて――自動性とメディウム」（『映画とは何か――フランス映画思想史』、筑摩書房（筑摩選書）、二〇一四年）が、簡潔かつ適切にまとめ、これ

からの映画の可能性を説得的に示している。また、『表象』08号（特集：ポストメディウム映像のゆくえ、表象文化論学会、二〇一四年）も参考になる。「映像圏」については、渡邉大輔『イメージの進行形――ソーシャル時代の映画と映像文化』（人文書院、二〇一二年）を参照のこと。

＊61 蓮實重彥「フィクションと「表象不可能なもの」――あらゆる映画は、無声映画の一形態でしかない」、石田英敬＋吉見俊哉＋マイク・フェザーストーン編『デジタル・スタディーズ1　メディア哲学』、東京大学出版会、二〇一五年、二二頁。

＊62 蓮實、同書、二九頁。

＊63 蓮實、同書、三九頁。ただし、「映画と有縁の人たち」による動画サイトへの投稿・配信も行われていることを記しておきたい。それと同調するかのようなアナログ的なフィルムへの回帰もまた、デジタル化あるいはポストメディウム化の状況と無縁ではない。

＊64 蓮實、同書、三〇頁。

蓮實について

リチャード・I・スへンスキ　Richard I. SUCHENSKI

映画研究／バード大学准教授。映像芸術センター（CMIA）を創設し、ディレクターを務める。一九八二年セントルイス生まれ。著書に *Projections of Memory: Romanticism, Modernism, and the Aesthetics of Film*（2016）、編著に *Hou Hsiao-hsien*（2014）など。

私がはじめて蓮實重彦の批評的方法に真摯な興味を抱くようになったのは、二〇〇三年に京都で在外研究をしていたときのことだった。その名声と影響力の大きさを知り、彼の発表した文章を渉猟しはじめた私は、そこでジョン・フォード、小津安二郎、ジャン・ルノワールという、自分にとっていまだその作品を汲み尽くせぬままに決定的な重要性を持ち続けている三人の映画作家が抜きんでた扱いを受けているのを、戦慄しつつ発見したのである。教員となって最初に主宰したゼミナールがこの三人の映画作家の比較研究をテーマとしていたので、時宜を得た私はここぞとばかりに、いま英語で読むことのできるいくばくかの蓮實の論考*1を学生たちに紹介したものだった。新鮮だったのは、蓮實の批評スタイルが、美文に頼るものでも還元的な形式主義の産物でもなかったことだ。そうではなく、まずささやかな細部を精密に観察し、そこへ徐々に層をなすように関連するものを結びつけていくといった具合に、粛々たる厳密さをもって議論を積み重ねていき、そうした積み重ねによって、映画の本性や構造、映画体験といったものに洞察をもたらしつつ、また同時に、作品自体をより謎めいたものにするのである。こうした方法論は映画研究ではあまりに稀少だが、美術史の分野にはそれに相当するものが存在する。フォードの映画における投げられる事物をめぐる蓮實の議論は、たとえばマイケル・フリードやアンドレ・マルローの著書で画家の手が再帰的に論じられている*2ことと生産的な比較ができるのではないだろうか。私としては、蓮實の柔軟でニュアンスに富んだ文章を通じて学生たちに理解してほしかったのだ——たんにある作家の認識可能なスタイルの特徴を同定するだけでは十分ではないということ、真の批評とは厳密かつ創造的で動的なプロセスを伴うのであり、その解釈の範囲や解明しうる可能性は、偉大な映画作家たちの構築する映画的世界がそれぞれに特異な仕方で先取りしているものに限界づけられているということを。

このことがとりわけ当てはまるのは、たとえばジャン=リュック・ゴダールのように、モンタージュと演出の局面を見事に結びつけ、スタイル上のパターンへと統合した映画作家、しかもそのパターンが、当の作家ならではの映画に対するアプローチの仕方を反映しているというようなタイプの映画作家である。蓮實もゴダールによるランプの使用について雄弁に書いているが、語りがいがあるという点では、その映画内での書物の扱いも負けてはいない【図1―4】。たとえば『JLG/自画像』(一九九五年)には、弁証法的な対をなすようにゴダールの書架を往還する移動撮影が含まれている。右から左、また左から右へとキャメラが移動するとき、目ざとい観客の瞳は、オーソン・ウェルズの写真が立てかけられた脇の一角にある二冊の書物に吸い寄せられることになる(黄色のランプがあることでその本の位置がより強調されている)【図5】。この二冊——ダンテの『神曲』の「地獄篇」と「煉獄篇」は、『ヌーヴェルヴァーグ』（一九九〇年）で長々と引用されているほか、『JLG／自画像』と並べて見ることが企図されていた＊3『映画史』（一九八八―九八年）においてもきわめて重要な参照項となっている書物である。この点からすれば、ゴダールの実践をもっとも的確に描写しているのは、ロベール・ブレッソンの次のような箴言なのかもしれない――「観念というもの、これは隠しておくこと、だが人が見出すことのできるような仕方で。もっとも重要な観念とは、もっとも見出しがたく隠された観念だろう」＊4。

それ以外の、コンセプトや系譜にそこまで重きを置かないタイプの映画作家たちは、こうした類いの小道具をより遊戯性あふれるかたちで使用している。小津映画に登場する事物が一風変わっているのは、それが、一方で物語空間を日常的な現実に根付かせ、また同時に、その空間を別の、より抽象的な平面へと押し込めるという、二重の機能を担っている点である。煙突や湯沸かし、箒、店の看板、電話線といったものはみな、物理的な実体をもつ事物として小津の映画の一部を占めているのだが、しかしその配置はしばしば、デ・スティルの幾何学的抽象やバウハウスを思わせもする【図6・7】。小津はまた、驚くほどの形式的一貫性をもって自身の映画を組み立ててもいる。試しに映写技師に頼んで、製作年が一〇年も異なる二つの小津作品からランダムに択んだ断片を流してもらったことがあるのだが、たとえ白黒時代の作品とカラーのものを続けて見たとしても、目線と空間編成が完璧に近いかたちで一致しているために、二作品がほぼ継ぎ目なくつながってしまうのである。だとするなら小津は、撮影所の職人の仮面をかぶったモダニストの芸術家だったのだろうか。その問いに対する部分的な回答は、彼の映画の舞台装置にあらわれている。たとえば『東京の合唱』（一九三一年）の室内装飾には、キュビズム以降の作風の静物画もあれば、着物をまとった女性を近代絵画風に描いた肖像も架けられており、こうした絵画の形態を反復するように机や書棚、畳や戸口といったものが配置されることで、この場所は、生活空間のみならず映画の画面を構成する要素としても定義されることになる【図8・9】。同じ作品の別の場

右上　図1――ジャン＝リュック・ゴダール
　　　　『気狂いピエロ』（1965）
右下　図2――ゴダール
　　　　『彼女について私が知っている二、三の事
　　　　柄』（1967）
左上　図3――ゴダール『新ドイツ零年』（1991）
左中　図4――ゴダール『JLG／自画像』（1995）
左下　図5――ゴダール『JLG／自画像』

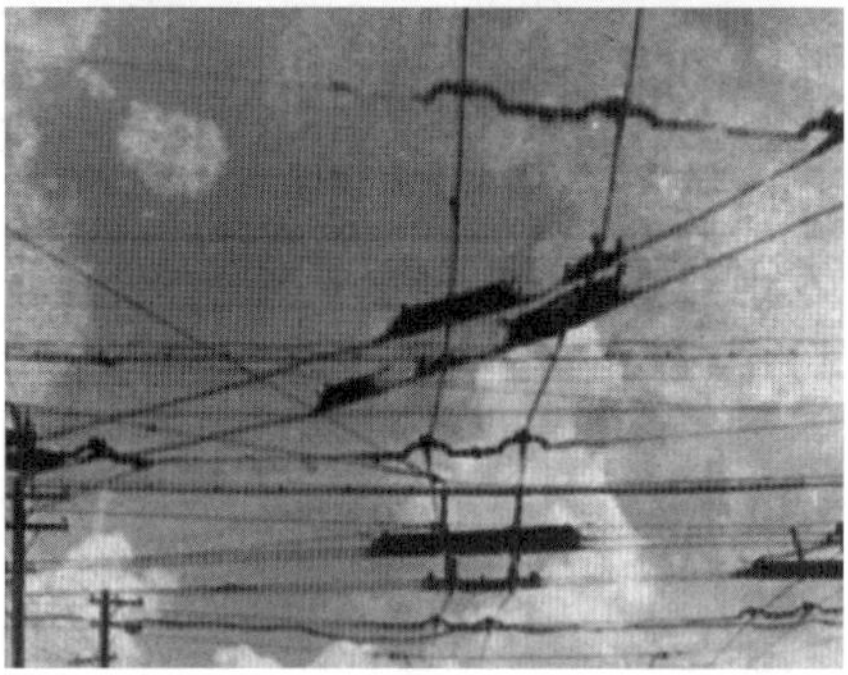

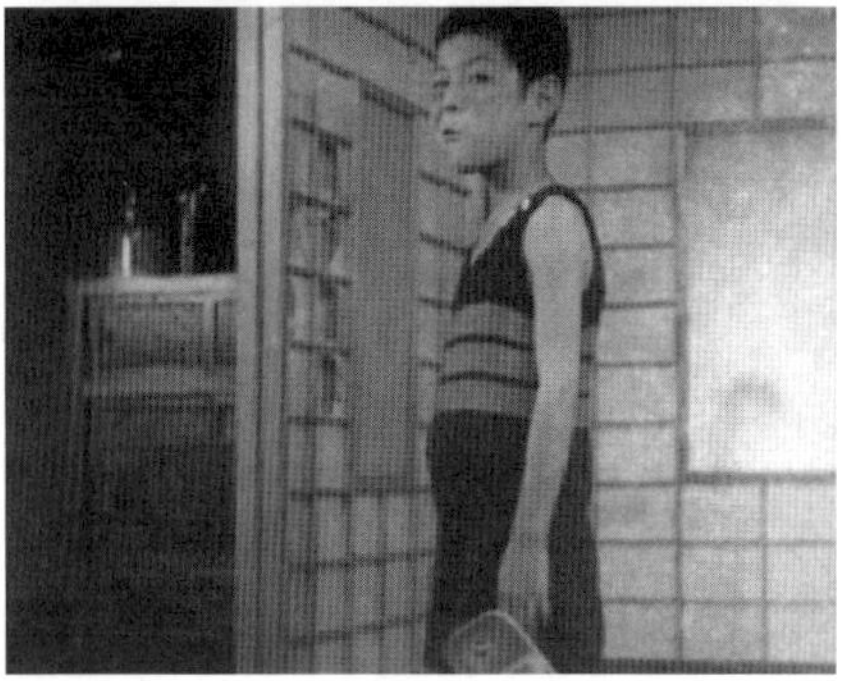

右上　図6――小津安二郎『東京の合唱』（1931）
右下　図7――小津『東京の合唱』
左上　図8――小津『東京の合唱』
左中　図9――小津『東京の合唱』
左下　図10――小津『東京の合唱』

面では、聞き分けのない子どもが障子紙を突き破って食べる【図10】ことで、このように念入りに計算された空間のバランスを乱してしまうのだが、小津のなんとも可笑しみのある喜劇的なアプローチが発揮されるのは、こうした場面なのである。

小津の場合と似ているが、ジョン・フォードのもっとも重要な西部劇作品群を観る者は、そこに映るモニュメント・ヴァレーがしばしば、ほぼ同一の視点から撮られていることに驚くにちがいない。この地を撮影した最初の監督というわけではないにしろ、フォードは、『駅馬車』(一九三九年)に始まる一連の作品において、モニュメント・ヴァレーという場所を映画として再発明したのである。構図や人物の動作の配置は、画家であり彫刻家でもあるフレデリック・レミントンや写真家のティモシー・オサリヴァンといった、一九世紀の先達たちの視覚的手法を土台としているが、そこでの形態上のリズムや動きに伴う空間の連続的変容には、フォード独自のものが認められる。不動のままそびえたつ岩山とその下を早駆けする馬の運動を対比しつつ、フレーミングによって岩の地質学的な巨大さを際立たせることで、フォードは、モニュメント・ヴァレーそれ自体を、複雑な連関をなしつつ作品間で横断的に呼応しあう、内的なネットワークを形成する場とすることを可能にしたのである【図11・12】。かくして、フォードによる戦後初の西部劇である『荒野の決闘』(一九四六年)の追悼的な性格は、わずかに傾いだ墓標とその背景にそびえる自然のモニュメントを平行関係に置くことで強められ、さらにそのことが、『黄色いリボン』(一九四九年)での、ダンスから墓地へという驚くべき場面転換の含みもつ意味を深化させているる【図13―15】。あるいはまた、フォードの西部劇でもっとも暗澹たる作品である『捜索者』(一九五六年)でも、こうした視覚的な呼応関係を活用することで、その図像的象徴表現に豊かな変化をもたらしているのである【図16・17】。

さらに、フォードによるこうした空間への執拗な回帰を丹念に追っていけば、表現上の変遷がその

右上　図11――ジョン・フォード『駅馬車』（1939）
右下　図12――フォード『荒野の決闘』（1946）
左上　図13――フォード『荒野の決闘』
左中　図14――フォード『黄色いリボン』（1949）
左下　図15――フォード『黄色いリボン』

ときどきの歴史的状況とどのように交叉しているかが理解しやすくなる、ということもある。『バファロー大隊』(一九六〇年)でもっとも視覚的な訴求力のある瞬間は、主人公の顔を仰角からクロースアップで捉えたまま動かずにいるショットだが、ここでは、主人公の禿頭が描く曲線が、後景の岩山の稜線をそっくり写しとったかにみえるように構図が切り取られている【図18】。西部劇というジャンルの人種的不均衡を正そうとする意図が明らかな映画でこのような並置がなされているのだから、そこに〔黒人の主人公に〕気高さを付与するという機能が託されていることは明白である——ただし、それ以前の作品で理想像を体現する存在としてジョン・ウェインを撮ったショットでは、その人物像の強さが男根を思わ

上　図16——フォード『黄色いリボン』(1949)
中　図17——フォード『捜索者』(1956)
下　図18——フォード『バファロー大隊』(1960)

せる岩山に由来するものだとしても、たっぷりと距離が保たれているために両者の関係性が有機的なものだったのに対し、似たように撮られているこの画面では、当初の目的を超えて、ラトレッジという人物に非人称的な、彫像のような堅固さを与えてしまっているように見えるのではあるが【図19・20】*5。

とはいえ、どんなに精緻に画面を記述した批評であっても、ひとつの作品が孕んでいる情動的な部分を十全に伝えることはできないだろう。たとえば、『捜索者』でイーサン・エドワーズが惨劇の跡を目にしたとき、その衝撃を高めるかのように流れる音楽と、そこで演じているウェインの窄められた頬、風にはためくスカーフとの間で交わされる複雑な相互作用は、批評の言葉では語りきれない【図20】。蓮實はこの困難を認識しているし、その著作を読めば、範例的な身振りが作品内部で、さらには複数の作品にわたって進化をとげるとき、いかに批評が建設的なかたちで方向転換を迫られるか、というよう

上　図19――フォード『駅馬車』（1949）
下　図20――フォード『捜索者』（1956）

なことがよくわかる。一見とるに足らないこうした細部に厳密かつ徹底的な仕方で焦点を当てることによって、蓮實の文章は、作家の（つねに十分に意識されているわけではない）創造的想像力と、上映されるフィルムの刻々と流れていく運動に能動的に飛び込んでいく観客の体験との間で演じられる対話をなぞるように書かれている。上映環境に後押しされて夢見心地の集中が得られれば何より――蓮實の映画批評は、いまだこうした映画の観方が息づいていることを暗に証明している――だが、ここでの主眼は、特異な細部を思い浮かべるとき、観客や読者や批評家がどのようにそれをパターンへと変形しているか、という点にある。だからこそ適切にも、蓮實の論考の多くは、結末になるまでその賭金が明らかにされないのである。

侯孝賢についての私の編書*6に蓮實が寄せてくれた『フラワーズ・オブ・シャンハイ』（一九九八年）の見事な分析も、たしかにそのように書かれている。二〇〇三年一二月、はじめて東京を訪れた私は、ちょうどその時期に、この監督が小津へのオマージュとして繊細かつ創意あふれるかたちで作り上げた『珈琲時光』（二〇〇三年）のワールド・プレミアが重なるという幸運に恵まれた。それだけに、その一二年後、有楽町朝日ホールで私が講演を行い、そこに蓮實と侯がそろって列席してくれたというのは、とりわけ意味深いことだった。なかでも忘れがたいのは、講演後の質疑応答で蓮實が投げかけた問いである。侯孝賢におけるモンタージュと視点の使用法について指摘した私の講演に対し、蓮實は、一九八三年に『坊やの人形』や『風櫃の少年』によって自身のスタイルを確立する以前に作られた三つの喜劇作品に、いま話されたことを当てはめるとすればどうなるのか、と質問したのだった。そう問うことで蓮實は、批評においては、ときに中心から離れてみることが対象に照準を合わせる最善の方法であるということを、動揺とともに、あらためて思い出させてくれたのである。

＊1　なかでも、映画批評サイト「Rouge」で発表された二篇の論考（“Ozu's Angry Women” [Issue 4] 及び “John Ford, or the Eloquence of Gesture” [Issue 7]）がある。

＊2　とりわけマルローの *Les voix du silence* (Paris: Gallimard, 1951) の最終節と、フリードの *Courbet's Realism* (Chicago: University of Chicago Press, 1990)、並びに *The Moment of Caravaggio* (Princeton: Princeton University Press, 2010) を参照。

＊3　「ジャン＝リュック・ゴダールのご酔狂」において、ゴダールは「できれば、『JLG／自画像』が『映画史』と同時に上映されるようにしたかった。そうすれば、作品と、作家が自画像をつくりながら自分の作品に署名するやり方とを同時に見ることができたはずだ」と語っている（Alain Bergala, ed., *Jean-Luc Godard par Jean-Luc Godard, tome II: 1984–1998*, Paris: Cahiers du cinéma, 1998, p. 312〔『ゴダール全評論・全発言Ⅲ　一九八四―一九九八』奥村昭夫訳、筑摩書房、二〇〇四年、四九九頁〕）。

＊4　Robert Bresson, *Notes on the Cinematographer*, translated by Jonathan Griffin (Copenhagen: Green Integer, 1997), p. 44〔『シネマトグラフ覚書』松浦寿輝訳、筑摩書房、一九八七年、五一頁〕.

＊5　こうした連想がより明示的になるのは、『シャイアン』（一九六四年）においてである。冒頭と終わりに登場するアメリカ先住民の彫像のショットは、モニュメント・ヴァレーをワイドスクリーンでいかにも美しげに撮ると、過剰な意味が付加されて画面が重苦しく、よそよそしいものになってしまうということを、図らずも暗示している。

＊6　Richard I. Suchenski, ed., *Hou Hsiao-hsien* (Vienna: Österreichisches Filmmuseum and New York: Columbia University Press, 2014).

〔翻訳＝中村真人〕

抽象化に対抗して——蓮實重彥の映画批評——

イム・ジェチョル　林載喆　LIM Jae-Cheol

映画批評。一九六一年ソウル生まれ。光州国際映画祭のプログラム・ディレクターやシネマテーク・ソウルのチーフ・ディレクターを歴任。『映画の素肌——蓮實重彥映画批評選』(二〇一五年)を韓国で出版。編著に『オーソン・ウェルズ』『ジャン゠マリー・ストローブ』など。

はじめて蓮實氏の文を読んだ時、相当困惑したことが思い出されます。九〇年代の前半、彼の文にはじめて接したとき、なんとも見当もつかない文だという感じをうけ、はじめそれは私の日本語の理解力の問題ではないかと考えました。しかし、きっとそれだけではないとわかるようになりました。蓮實氏の文にはじめて接した人たちは、程度の差異はあっても、みな困惑を感じたのではないでしょうか。なにか強烈なものが投げかけられていると感じるのに、その方向を分からせてくれるものがないときの、漠然たる不安感が同時に存在します。

日本語の文章としては句読点もとても少なく、呼吸がとても長い彼の文章は、そのまま読んでいると息も続かぬほどで、一種の「呪術的リズム」が感じられるほどです。挑発的であり、ある面では攻撃的といってもよかろう口調、そして従来の日本語の文章としてはほとんど想像のつかないほどに呼吸の長い文章。そのような部分のため、日本でも実際好評ばかりだったわけではありません。酷評するひとも少なくなく、彼が書く文章は日本語の文章ではないという指摘もあったと聞きます。

一篇の映画を見て文に移すとき感じる難しさの中で、ただちに持ちあがる難題は、画面の上にひろがるものを言語に移すことが、なんと多様な方式で可能であることかという問題です。とても短いシークエンスをとりだしてそれをことばに表現してみよといったなら、十人なら十とおり、みな違う文が創り出されるということです。もちろん、相対的により的確に表現した文がありうるとはいえ、その優劣の差異というものも、結局は相対的なものにすぎないのです。いましがた見た映画をことばで表現するということが、そう簡単でないばかりか、はなはだしくは、そこに正解というものはないという事実。まさにそれがイメージを言語に移すときに私たちを困惑させることですが、この問題をたいてい私たちは「抽象化の圧力」を通じて解決します。どういうことかというと、「見たもの」を、それよりさらに大きなある範疇の力を借りて説明すること、それがまさに映画の文を書くことに作用する抽象化の圧力です。私たちが読むことになる大部分の映画の文は、こうした抽象化をとても自然に受け入れた文です。抽象化やさしくいえば、私たちが見たものを、より大きな、ある別のものを動員して説明することです。私たちの圧力は、私たちが見たものをすでに知っているある範疇に変換、ないしは翻訳することを、果てしなく要求します。それは私たちが知っているいかなるものも、広い意味での「物語」の枠に編入されることによってのみ、それが他の人びとに伝達可能なものになるためです。私たちが映画を見るとき、決定的に見たと信じていたものも、それを他人に伝達するためには、日常的なレベル、すなわち標準化された世界へと引きずりださねばなりません。抽象化の力を通して私たちは、ある対象が計測可能な深さをもっているとか、あるいはその内部に根拠をもっていると信じるようになり、自分の体験自体も、そんな日常的なものに変貌させざるをえなくなります。

　このような抽象化を通して、私たちは共通の理解が可能になりますが、その対価として映画からはさらに遠ざかるばかりです。蓮實氏の文は、この抽象化の圧力に対する激しく頑固な抵抗だということができます。抵抗の方法は、なによりも映画との距離をなるべく減らしてゆくということです。映画との距離があくまさにその瞬間に、抽象化の圧力は作動しはじめます。そのためその距離を願わくは無限に零に近づけること、まさにこの道しかないのです。言いかえれば、映画に最大限密着することです。映画と合体したといってもいいほど近づいた状態で、それがなすことを追うことが、まさにこの抵抗でしょう。「映画を模写する」といってもいいこの抵抗の身振りは、そのためにとても過剰なにものかにならざるをえないのです。蓮實氏のことばによれば、「一篇のフィルムを、物語に、人物論に、作者の思想に、時代思潮に、映像の審美趣味に還元してしまう常識化する偏見にさからいうる一つの道」*1は、この方法のほかにありません。

　映画との距離が零になるほど接近するということ。これは通常の方法で可能なことであるはずはありません。蓮實氏の用語を使えば、それは「遭遇」という事件をとおして経験されるしかないのであり、彼はこれを「批評体験」と呼びます。私たちに投げかけられたものが、映画の記号であれ現実の記号であれ、彼のおもな関心事は事実この「事件」としての批評体験です。前にみた抽象化の圧力を代弁することが物語といえますが、この物語が相対的な差異の配置であり、特殊性‐一般性の凡庸な階層だとすれば、批評体験とは絶対的差異の体験であり、どんな体系にも編入しえない単独性の体験なのです。

　彼のいう批評体験とは、あまりに短く希薄な一瞬間の体験であるので、その体験をした人もその体験が本当に存在したのか半信半疑になるような、そんな体験です。しかしそれはそれほど貴重な体験であるとはいえ、それだけに他人とそれを共有したいという強い熱望を呼び起こす体験でもあります。「誰かにこの貴重なものを伝えたい」ということこそが、批評のまさに出発点でしょう。彼が映画館を愛するのは、それこそがこの短く希薄な体験を特権化した場所、正確にいえば、特権化する可能性が与えられた唯一の場所であるためなのです。

「瞬視の体験」としての批評体験は映画体験の本質であり、したがって蓮實氏にとって、甚だしくは、映画は決定的な一ショットに出会えばそれで十分なものとなります。このショットと続くショットがどのように連なっているかというのはそのあとのことであり、ドキュメンタリーとフィクションの区別もそんなに重要なことではありません。彼にとっては「ショットとは、そこで生成と消滅とが同時に演じられるフィクション」であり、「とうてい人類には馴致しえぬ希薄な何か」なのです。かくしてショットこそが「映画が人類にもたらした最大の驚異」だと果敢にも宣言します＊2。結局批評体験とは、このショットとの、驚くべきものとの対面なのです。

＊

映画批評は、国の違いをこえて難しいものです。まずそれはジャーナリズムの括りがある場合が大半であって、文自体がそのような時間限定的なものと見なされる側面が大きいためです。新聞や雑誌に映画評が寄稿されてもそれが長い間記憶される文になるとは誰も思いません。もちろん、ふつう各国に大衆的な認知度が高い批評家たちが存在しますが、その大衆性の基盤になるものとはたいてい、彼らがテレビに出ていることに由来します。大衆的な批評家の文は、大衆的であるだけに自分だけの特別な観点が不在です。したがって、そんな大衆的な文が外国語に移されて読まれる確率は低くならざるをえないことになります。すなわち、批評は理論的な文に比べても翻訳される確率はさらに低いのではないか、という考えが浮かびます。たとえばアメリカのロジャー・イーバート (Roger Ebert) だけをとってみても、海外でも思いのほかよく知られている評論家ですが、かといって海外で多く読まれているかといえば、きっとそうではないことでしょう。

大衆的と見なしがたい批評家の文がまれに翻訳がされていることをみて驚くこともあります。アメリカの批評家マニー・ファーバー（Manny Farber）の文がフランス語に翻訳されているようだというのがその例になるでしょう。ファーバーの場合、彼の駆使する英語が大変独特なものであり、外国語への翻訳が容易いことではなかろうということを考慮すれば、まさに例外的なことに思われます。このような批評が外国語に翻訳がされるということは、明らかに、その人がもつ特別さ、すなわちその個性と深く関連があるということができるでしょう。

ロジャー・イーバート以前にアメリカでもっとも有名だった批評家の一人として、私たちはポーリン・ケイル（Pauline Kael）を思い出すことができます。彼女は「『ボニーとクライド〔邦題 俺たちに明日はない〕』事件」ともいうべきジャーナリズム的な騒動により一挙に名声を博しました。『ボニーとクライド』が封切されたとき、『ニューヨーク・タイムズ』のボズレー・クラウザー（Bosley Crowther）は酷評しました。反面、ケイルは『ニューヨーカー』でこの映画を激賞しました。映画は大きな興業成績を得て、『ニューヨーク・タイムズ』に対して読者たちは抗議をすることになりました。映画が封切された時期は一九六七年であり、新しい「青年文化」の登場とともにこの論争は世代間の争いとなり、ケイルは一挙に有名になったのです。これ以後にアメリカの映画批評には大きくふたつの派閥が存在することになりましたが、一方をアンドリュー・サリス（Andrew Sarris）とすれば、もう一方がポーリン・ケイルです。作家主義を擁護したサリスとは異なり、ポーリン・ケイルはこれを批判しました。ケイルの強みは、評論家だけでなく映画監督たちをも重視した点にあります。ケイルの大衆的な認知度は高く、彼女の成功は大衆の趣向に対して優れた直観を持っていたためです。

反面、マニー・ファーバーは大衆的な評論家ではありませんでした。「白象の芸術」と「白蟻の芸術」〔既成の芸術を食い破る芸術を白蟻になぞらえた表現、Faber (1962) "White elephant art and termite art"〕とを対比させたファーバーは、ふつう白蟻の芸術、すなわちB級映画を激賞した人として思いだされますが、一九五〇年代のB級映画を称賛した先見性が、事実彼の強みではありません。ただ当時B級映画を支持した人物はファーバーが唯一ではなく、彼のような見解は優れた鑑識眼をもった人なら出すことができたものでした。彼の強みはむしろ、B級映画に対する称賛を文章の力で見せてくれたところにあります。彼の文は、それが述べる映画に対する洞察以前に、そこに至る過程において映画を説明し描写すること自体が素晴らしかったのです。

彼はそれを日常的な表現を用いて、とても詩的に使用します。言い換えれば、詩的と思われるものを持ちだしてくるのではなく、詩的であると思われないものを持ってきて詩的に使用することが、その核心であるでしょう。造語ではないかと思えるほど特異な装飾語を多く駆使しつつ、作品に対する態度はとても断固たるものです。このような側面に、ジョナサン・ローゼンバウム (Jonathan Rosenbaum) やジム・ホバーマン (Jim Hoberman) のような彼より下の世代の評論家たちは、ファーバーの影響を大きく受けました。影響力という面で、彼は「批評家たちの批評家」といってもいいでしょう。

活動した時期の差異があり、たがいに影響関係があるということはできないものの、ファーバー〔蓮實氏より一九歳年上〕は蓮實氏といろいろ似た点が多そうです。映画の表面の表情に対して執着しつつ、言語を過剰に使用することでそれを成し遂げようとするところ、そして、映画の評価には断固たるところなど、このように呼んでよければふたりとも「タフガイ的な散文家」の面貌を獲得することになります。蓮實的に表現すれば、批評体験の過剰性に対しては言語の過剰で立ち向かうしかないのであり、これを通して新たに開かれる次元が、批評の究極的に「創作的な」側面ではないかと考えることになります。

＊

蓮實氏は、映画は（それ自体でも動くが）人々を動かす力がある、といったことがあります。それは映画が自分自身をも動かしているということです。基本的に、映画を見ようというのはその映画に引きずられるようなものがあるからであり、映画を見るには映画館へと体を動かさねばならないためです。当の本人が金と時間を使って映画を見ようと通い詰めるのは、映画が人を動かすからなのです。このような動きの蓄積によって、私たちは映画を見ることに対してある自覚に到達するのです。

蓮實氏はフランス文学を専攻する著名な文学評論家でもありますが、ときに文学について彼が書く文が、映画についての文に比べて愛情が感じられない、ということばを聞くこともあります。実際彼は若い時期から映画を見ており、彼にとって映画が「片づけなければならない課題」であったことは一度もありませんでした。文学は彼の専攻であり、事実として本職であるため、本人の意思に関係なく「課題」に他ならぬ仕事を遂行しなければならなかったこともあったのでしょう。しかし、映画は好きだから見るものであり、好きなればこそ、その映画を見に彼は足を運ぶことをしました。実際、大学の教壇にあった八〇年代に、蓮實氏は夏休みを利用してロカルノ国際映画祭に自腹で行くこともしました。

このような点で、蓮實氏はものすごい映画狂であるということができます。以前のさまざまな文のなかから短い文や対談をまとめた本に彼が「映画狂人」シリーズという名をつけたことにもみえるように、すすんで「映画狂」を自任しています。重要な点はしかし、「映画狂」は、ある程度職業的な含意をもっている「映画人」とは異なることです。映画に対する自覚をし、映画について自由に語ろうとするとき、映画人より自由なのが映画狂です。映画に対して自分が関係者でないという条件こそが、映画について興味深く語らせるのではないかと夢みるからです。ここで注目しなければならないことは、彼が映画を過度に愛するために盲目的になるという点です。彼の文がこのように独特なのは、彼がバランス意識などもたずに盲目的であるためであり、よってその文の狂人たるもまさにここからくるものなのです。

いま、批評文化に蔓延しているある態度は、度を越して穏健だというものです。言い換えれば、好き嫌いを表現することをしません。しかし蓮實氏はこの点いささかの躊躇もありません。たとえば巨匠と呼ばれる監督のなかにも冷静に考えれば虚名ではないかと思われる人々が少なからずいます。イングマール・ベルイマン、スタンリー・キューブリックのような者たちは、映画をもって気取っている印象をうけることがあります。なのに多くの者たちが外部の権威に寄りかかって彼らを高く評価しています。しかし本当に重要なことは、映画を作った監督が映画を必要としているのかいないか、という点にあります。言い換えれば、それを語り表現することにおいて、監督がほんとうに映画を必要としているのかということです。

「破局的スローモーション」*3という、ゴダールについての美しい文で、蓮實氏は「ゴダールはいささかも個性的な作家ではない」という驚くべき陳述をしながら、彼に何かを期待する私たちの「愚鈍」に痛烈に反駁します。なにかを求める私たちの期待の視線を、果てしなく撹乱させるゴダールの足取りは、実際それを見る私たちの「問題」であって、ゴダールの問題ではないということです。しかしゴダールのどの映画も、映画でなければ表現することができないものである点は、否定することができません。さらに、彼の映画にはいかなるメッセージもありません。大部分の観客は、映画からメッセージを受けとり、そのメッセージに同意することができればその映画は良い映画だと考えますが、メッセージは実は副次的なことにすぎません。ベルイマンのような監督が、なんらかの類のメッセージを伝達しようと努力する反面、ハワード・ホークスの映画にはいかなるメッセージもありません。彼は何ごとも語りませんが、それを通して映画とはなにかを見せてくれます。それればかりか、ホークスの映画が素晴らしいのは、メッセージがないだけでなくスタイルもないのです。

このように蓮實氏には映画にメッセージを問うことに対して反感があり、そんな自分の見解を持ち出すときは、独断的ともいうほど断固とした態度を見せます。映画批評はこのような興味の誘発が重要です。そして、その興味がある程度充足されるとき、私たちは強烈なコミットメントの道へと誘われることになるのです。映画に対して良いものは良い式の態度をとれば、どんな興味を持たせることもなく、コミットメントの可能性も閉ざされてしまいます。彼は明らかに悪い映画に対して反感を表現するとき、ある程度誇張することもしますが、それも自分の文に読者の注目を括りつける力があることは、否定することはできません。

＊

九〇年代後半に映画がデジタルで撮られはじめてから、フィルムで映画を見ることができる機会は次第に、思っていたより速く、無くなっています。当時映画について多くの錯覚が起きた理由のひとつは、映画というものの物質性がどこにあるのかという問題と関連しています。例をあげれば、六巻のリールに巻かれている九〇分の映画なら、その六巻のリールに巻かれているフィルムが映画の実体であると主張することができそうなものですが、なにか釈然としない感じを否めません。私たちが映画の実体であると頑なに言いうるものに対面するのは、六巻のリールが映写機にかけられスクリーンに上映されるときだけです。それこそが映画の実体でしょう。そうであれば、映画の物質的な実体とは捉えることがとても難しいものだなと、また考えざるをえません。

ビデオがはじめて出てきたとき、いまや映画は劇場に行かずとも見ることができるぞと人びとは考えました。いざそのビデオは映画館に比べてあまりに画質が落ちているだけでなく、それは映画の影ぐらいに思われ、はなから映画そのものだとは考えませんでした。しかしいまや少しずつデジタルに取ってかわられてゆき、映画館という空間自体が必要でなくなっているのではないかと考えるようになっています。ビデオテープが出ようとも、レーザーディスクのようなものが出ようとも、基本的にそんな媒体は映画館で見るものよりはるかに劣るという認識をしていたのに。

デジタル化が全面的に進行して浮かぶ考えは、しかし、いまビデオで映画を見ることと映画館で見ることとは、ほとんど変わるところがないという状況にまで至ったのではないかということです。以前はビデオなど二次的なメディアで映画を見るのは映画館で見ることよりはるかに劣るということを前提にしていたのが、いまそんな優劣の序列は維持することが難しくなったのです。映画館で映画を見ることが家庭で映画を見ることと違うのは、いまや、スクリーンがとても大きいということと、他の観客がいるということだけです。

以前、映画を見ることについて一種の（垂直的）階層秩序がありました。その階層とは、封切館があり、再封切館があり、同時上映館があったということです。そこにビデオが出てきて再封切館と同時上映館がなくなりました。そしてインターネットが登場して封切館の意味まで変わることになります。メディアの発展とともに、映画を見る環境は次第により水平方向に動くことになるのです。

蓮實氏はこれについてどのような表現するかといえば、メディアの発展とともに「普通の映画」というものが失われてゆくのだといいます。彼のいう「普通の映画」とは、スタジオによって機械的に撮られた映画たちです。このような映画は、自分の映画が特別だという意識自体なく作られた映画であるため、観客がその映画を「発見」することができる余地がはるかに大きかったのです。「普通の映画」が上映されていたころ、自分で映画を発見することが大きな快楽でした。ただ定期的にかかる映画に、すばらしい映画が偶然あるのです。

しかし現在「普通の映画」というものがない時代です。今日どんな映画も巨大になるばかりでなく、あらゆる映画が自分は特別であると主張する、そんな時代です。甚だしくはインディペンデント映画ですら自分たちは特別だと主張します。それが最悪の状況に帰結し、広報、マーケティングを強くする映画であればあるほど勝者になるのです。ではメディア環境に対して映画批評がどんな役割をすることができるか、これが悩まれることではないかと思います。このように変化する環境のなかで、映画批評はだんだん無力になっていきます。

蓮實的な意味での批評体験も、日増しに稀なものになります。蓮實氏にとって決定的なショットの発見は大きな意味をもっていますが、ショットの強度はそれにもかかわらず日増しに弱くなってゆく現実が存在しているのです。ショットが強度を持つためには、連なるショットからの断絶への意識が前提ですが、その前提としての断絶の意識は、日ごとに稀になっています。映画を作っている側、見ている側どちらにも、このような風潮はより蔓延しており、まあまあのショットの連続を私たちは見るだけです。それにより私たちの感性も日増しに鈍くなってゆくのです。

いまこの状況に対して、なにか壮大なことをして状況を変えることなどできそうにありません。むしろ「最小限のあること」を求めることが、より現実的ではないかと思います。「映画」が「映画」自体でありつづけるためのその「最小限」のひとつは、映画に特有の拘束と不条理を私たち自身が喜んで引き受けることでしょう。蓮實氏の次のような言葉は、現在私たちが処する状況をまさに要約しているばかりでなく、「円熟の映画狂人」が私たちにする忠告にもみえます。

〔…〕劇場でふと後を振り返ったことがあるが、不特定多数の寡黙な男女がいっせいに同じ方向へ視線を向けているさまが何とも薄気味悪く、背筋に悪寒が走りぬけた。〔…〕映画を見に行くことは、社会的な体験である以上に、むしろ反社会的ともいうほかはない不条理への信仰のようなものだといえる。この不条理への信仰が集団的に共有される場が映画館だとするなら、その暗闇には何やら不穏なものが漂っている［…］。映画館［…］に立ちこめているこの名状しがたい不穏さだけは、人類が見失ってほしくないと思っている。[*4]

＊1　蓮實重彦『映像の詩学』、筑摩書房、一九七九年、一〇六頁。

＊2　蓮實重彦『映画崩壊前夜』、青土社、二〇〇八年、一一三—一一五頁（「ショット」）。

＊3　『季刊GS ゴダールスペシャル』、冬樹社、一九八五年（「あなたに映画を愛しているとは言わせない」www.mube.jpに再録）。

＊4　蓮實重彦『映画時評 2009-2011』、講談社、二〇一二年、二四五—二四八頁。

シネマとアメリカ——蓮實重彦のふたつの顔——

入江哲朗　Tetsuro IRIE

アメリカ哲学・思想史・映画批評／東京大学大学院。日本学術振興会特別研究員（DC1）。一九八八年東京生まれ。論考に、「健さんとシュワちゃん」（『ユリイカ』二〇一五年二月号）、「タトゥイーンの太陽と火星の大地」（同誌二〇一六年一月号）など。

1　蓮實的ふるまい

蓮實重彦が東京大学第二六代総長の座に着くことが決定したのは、一九九七年二月七日に実施された学内選挙によってである。そのことが発表されると、『週刊新潮』はさっそく同年二月二〇日号に、「東大新学長に就任した異能「蓮實重彦氏」の言行録」と題する特集記事を掲載している。週刊誌がわざわざ四頁を割いていることからも反響の大きさが窺え、また、記事のなかで紹介されている証言の数々も、「異能」の持ち主に関して当時流通していたさまざまなイメージを伝えている点で実に興味深いのだが、この記事を読んでいて（少なくとも私が）もっともおもしろいと思えるのはやはり、記者の取材に対する蓮實自身の応答である。たとえば以下のくだりは、典型的な蓮實的ふるまいであるというか、蓮實の文章が好きな者も嫌いな者もどちらも自らの判断の根拠として挙げることのできる恰好のサンプルであるように思われる。

　では、蓮實さんご自身は、どう思っているのだろうか。

「学長に選ばれないよう、かなりおおっぴらに〝ぼくには入れるな〟と耳打ちして回ってたんですけど、その甲斐はあまりなかったようです。記者会見でも申し上げたとおり、厳粛な判決と受け止めていますので控訴はしません。ぼくの人生の九〇%は後悔ですが、学長になってしまったこともその一つですね」

　と相変わらずのスタンスである。

「この春から二年間くらいの予定で、パリと東京を往復して仕事をしないかという誘いが来てたんです。それにぼくは、老後の楽しみにと思って、何本も映画の脚本を書き溜めていてね、年末には、そのうちの一本を撮ろうという計画もあったんですよ。それは漱石の『草枕』を題材にしたソフトポルノで、『秘本・草枕』というタイトルだったんです。学長を引き受けた今となっては、もうどちらも実現不可能でしょうね」*1

　これが典型的な蓮實的ふるまいであるとはどういうことかを考えることが本稿の議論の足がかりとなるはずなのだが、しかしまずそれ以前の問題として、もし蓮實のことをほとんど知らない者がこの記事をいまはじめて読んだとすれば、以上のような談話が次期総長就任の決定直後の週刊誌に掲載されたという事実に、一九九七年という時代の遠さを強く印象づけられるのではないだろうか。というのも、仮にこの談話が二〇一〇年代の週刊誌に掲載された場合、「世間」はまず間違いなくこれを「炎上案件」だと見なすはずだからである。それはすなわち、週刊誌の発売当日には、読者のひとりがこの箇所をスマートフォンで撮影した画像をツイッターに「ネタ」として投稿しており、当初はこの談話をおもしろがる反応がいくつか寄せられたものの、投稿がツイッター上を伝播してゆくうちに、この談話のなかに斜に構えた嫌味な態度を読みとって不愉快な感情を抱く者たちが現れ、ウェブという環境によって増幅された彼らの怒りが、非難の電話というかたちで東京大学に押し寄せることになる——そのようないわゆる「炎上」の光景を、この談話から容易に想像できてしまうということである。批判者たちのコメントとして想定できる文例はいくらでも思いつくけれども、それを列挙するのはさすがにぞっとしないのでやめておく。

ともかくも重要なことは、現在においてはもはや、自他のあらゆる発言の「炎上」しやすさをあらかじめ計測するような視点が、多くの人びとのあいだで共有されているという事実である。二〇一〇年代に言論に携わっている者たちは、あるときは事前の計測によって少しでも「炎上」しそうな発言は差し控えるよう努めたり、あるときはつい計測を怠ってしまった不用意な発言のせいで実際に「炎上」をこうむったり、あるときは「炎上」することを覚悟のうえであえて大胆な発言を打ち出したりしている。しかしいずれにせよ、「炎上」の可能性に多少なりとも敏感でなければ言論人は務まらないという了解が二〇一〇年代の言論の状況を覆いつくしていることは、誰にとっても否定しがたい現実である。対して一九九七年には、ツイッターやフェイスブックはおろか、グーグルもいまだ誕生してはいない。

とはいえ、率直に言って、さきの蓮實の談話がいつなされたものであろうと、そこに人を食った態度を読みとること自体は決して不当ではないだろうし、「相変わらずのスタンスである」と書く記者もまたその読解を促していると言える（したがって、もしかしたら一九九七年にも、東京大学への非難の電話は二、三本くらいは実際にかかっていたかもしれない)。たとえば社会学者の大澤真幸は、ある対談のなかで、学生時代に蓮實の文章を読んでいたころから「ハスミっていうのは「斜《はす》から見る」というふうに書くべきではないか」とつねづね思っていたことを告白したうえで、「「斜」から「見」るからこそ逆説的に真実が見えるとか、変化球を投げ続けることにこそ意味がある、と言えるような時期が、確かにあった」のであり、その意味で「蓮實さんのやりかたは時代の精神の必然性と共振していたと思う」と述べている*2。言うまでもなく、この発言が含意しているのは、いまや「時代の精神」は別のものへと変わってしまったという判断であり、大澤はその転換点を二〇〇一年の9・11テロに見出している。さきの蓮實の談話も、次期総長に選出された者がいかにも口にしそうな紋切型には決して収まっていないという意味ではまぎれもない「変化球」だと言えるし、そうした「変化球」的発言は現在の「時代の精神の必然性」――そのようなものが存在するとして――とは簡単には共振しないという大澤の分析も、二〇一〇年代に生きている者としては首肯せざるをえないだろう。しかしそのことを認めたうえで、私が――そしておそらく蓮實の愛読者の多くが――疑問に思うのは、週刊誌の記者に応答しているときの蓮實は、はたして何かを「斜から見」ていたのか、むしろ彼の視線はこのうえなくまっすぐなものだったのではないか、ということである。

たとえば、「学長に選ばれないよう、かなりおおっぴらに〝ぼくには入れるな〟と耳打ちして回っ」たという蓮實の発言がおもしろいのは、それが耳打ちはふつうこっそりやるものだという常識にきっぱりと背を向けているからである。そしてその身ぶりによって、東京大学における学長の呼称として伝統的に用いられている「総長」という言葉は、山崎豊子の『白い巨塔』(一九六五年)をはじめとする諸作品を介して巷に流通している、権謀術数が渦巻く象牙の塔での密談という大学人事の(おそらく現実とは無縁の)イメージから離陸し、東映の任侠映画の傑作『博奕打ち　総長賭博』(山下耕作監督、一九六八年)の冒頭の、初代総長を失った天竜一家の寄り合いにおいて「叔父貴、跡目は松田が継ぐのが筋です」と言い切る鶴田浩二の真摯なまなざしの方へと近づいてゆくことになる[*3]。

それから、何と言っても抜群におもしろいのは、ソフトポルノ『秘本・草枕』である。これを記者を煙に巻くための「ネタ」にすぎないと捉えてしまえば話はそれまでであるが、しかし、蓮實が『陥没地帯』（一九八六年）や『オペラ・オペラシオネル』（一九九四年）や『伯爵夫人』（二〇一六年）といった小説も著していることを知る者には、やはり『秘本・草枕』の脚本が実在しないなどとはどうしても信じられないだろう。蓮實の『夏目漱石論』（一九七八年）において「横たわる存在の周囲にかもしだされる［…］曖昧な風土を、最も見事に描きつくしている」[*4]と評された『草枕』を題材にしているというのだから、『秘本・草枕』が完成することがあれば、その映画にはもしかしたら、『もどり川』（神代辰巳監督、一九八三年）のクライマックスのような、水に浮かぶ小舟のうえでの情事の場面が含まれているのかもしれない。

このように想像をたくましくするにつれ、週刊誌に寄せられた蓮實のたわいもない談話が、何だかとてつもなく〝贅沢〟なものなのではないかと思われてくる。ここで言う〝贅沢〟とは、蓮實が自らの批評においてしばしば用いた語彙のひとつであり、その意味はたとえば一九八四年に発表された「大衆消費社会では知識人もまた絶えざる〝芸〟を要求される」という文章においてわかりやすく説明されている。しかしそれを読みなおすことによって思い出されるのは、本来〝贅沢〟は、蓮實から奪われたものとしてあったはずだということである。この文章の冒頭で蓮實は、和服を着て白足袋を履いた老齢の志賀直哉が竹馬にうしろ向きに乗っているという不思議な写真を見たときのことを想起しながら、次のように語っている。

　いま思い起してみると、どうやらそのとき、竹馬にうしろ向きにまたがる老齢の大作家の姿が、たとえようもないほど贅沢なものに見えたような気がする。同時に、ああこうした贅沢は、もうわれわれの時代には存在しないんだなという感慨にとらわれたようにも思う。自分には禁じられた何ものかへの甘美な追憶のようなものに、柄にもなく浸っていたのかもしれない。いずれにせよ、志賀直哉の曲乗りには、もはや歴史の領域に組みこまれて手には触えぬもののみが持つ贅沢さがまつわりついていたのである。*5

そして続く箇所で、〝贅沢〟の定義が与えられる。それは「比較を超えたところで遂行されるもっぱら無償の振舞いであ」り、そんな一瞬を捉えた志賀直哉の写真は、「解読さるべきではなく、もっぱら納得さるべき記号として、所属や分類の概念とも無縁の世界に漂うばかり」である*6。〝贅沢〟の対極には〝芸〟という言葉が置かれ、この言葉がもっともふさわしい作家として三島由紀夫の名前が挙げられる。「つまり、戦前＝戦後という贅沢の許された世界がすでに終り、文学という価値の信仰だけでは作家たりえず、人気商売に徹することで芸をみがくしかない世界が始まっているのだという歴史意識に目覚めた、高度成長期的な作家の先駆的典型として三島由紀夫は文壇に位置づけられるべき存在なのだ」*7。

ここに現れている、〝贅沢〟を許されている志賀直哉と〝芸〟に徹するしかない三島由紀夫との対置は、一九八〇年代の蓮實がよく引きあいに出していた〝愚鈍〟なギュスターヴ・フローベール対〝凡庸〟なマクシム・デュ・カンという構図とほぼ重なるものと見てよいだろう*8。そして、八〇〇頁以上を費やしてデュ・カンの生涯を論じた『凡庸な芸術家の肖像』（一九八八年）を読んだ者なら誰しも同意すると思うのだが、蓮實の批評がもっとも輝くときのひとつは、〝凡庸〟な存在の足跡を丹念に辿りながら、ふと、それを記述している自分もまた〝贅沢〟の許されない時代の〝凡庸〟な存在にすぎないことを強烈に意識し、しかしそこで留まらずに、そのような時代の条件とは何かを見極めるべくいま一歩先へ踏み出そうとする、まさにその瞬間にある。こうした瞬間に発現しているものを、ここではひとまず〝凡庸さの臨界〟と呼んでおこう。言うまでもなく、さきの蓮實の談話に私が感じている〝贅沢さ〟は、〝凡庸さの臨界〟とは異なるものである。では、両者は蓮實の批評においてどのような関係を結んでいるのか——実はこの問いはすでに、本稿が取り組もうとしているより大きな問いのひとつの側面を成している。しかしそのことを説明するには、〝凡庸さの臨界〟についてもう少し具体的に検証することが必要である。

2　ふたつの顔

〝凡庸さの臨界〟は、〝凡庸〟な存在を論じるときにのみ発現するわけではない。たとえば、蓮實の記念碑的な著作である『監督 小津安二郎』(一九八三年)では、まず序章において、一九六三年一二月のパリの公園で読んだ新聞によって小津の訃報に接したときの記憶が語られている。「小津は、いかにも不自然な不意撃ちとしてわたくしから奪われてしまったのである。『監督 小津安二郎』は、奪われた小津をとり戻すための試みにほかなるまい」[*9]。そこから踏み出される一歩は語の本来の意味における凡庸さからはほど遠いものであったし、その歩みにおいて採用された、感性をもっぱら「説話論的な構造と主題論的な体系の豊かな語らい」[*10]へと動員するという戦略が映画批評の歴史に刻んだ功績は、いまだ論じつくされてはいない重要なテーマである。「誰もが小津を知っており、何の危険もともなわぬ遊戯として小津的な状況を生きうると確信しているのは、誰も小津安二郎の作品を見てなどいないからだ」[*11]といった言葉がくりかえし現れているからには、蓮實自身もまた、自らがそこで成し遂げつつある革新の意義を十分に認識していたはずである。しかし注意すべきなのは、蓮實においてはこの自覚は決して、小津の作品を見ているのは自分だけだという特権的な意識と同一のものではないということである。このことは終章を読むことによって確かめられる。

　小津を奪われることに端を発した蓮實の道程を締めくくる終章は、「見ることはむつかしい。とりわけ小津を見ることはむつかしい」という述懐とともに始まる*12。その「むつかし」さゆえに人はしばしば、「白昼の作家としての小津がフィルムの表層に定着しえた光線のまばゆさを見る」ことを放棄し、「小津と「俳句」、小津と「もののあわれ」、小津と「幽玄」といったもっともらしい命題」にすがることによって「小津的なものと戯れ」ようとしているのだと語られる。「そうした選択が招き寄せる思考と感性の硬直ぶりを、十九世紀フランスの小説家ギュスターヴ・フローベールは「紋切型」と呼んだ」*13。ここでフローベールの名前が挙げられているとはいえ、事実上はこの〝紋切型〟もまた蓮實独特の語彙のひとつと言うべきものであり、これはさきに述べた〝愚鈍〟対〝凡庸〟という構図においては必ず後者と結びつく言葉でもある。引きつづいて蓮實は、小津の『晩春』（一九四九年）をめぐる言説がおしなべて〝紋切型〟に収まってしまっていることを論じ、しかしその後すぐさま、映画のなかで娘役の原節子に結婚を決意させるべく説得に努めていた笠智衆の言葉もまた「とうてい観客を説得することもなかろう「紋切型」の羅列でしかな」かったことを読者に思い出させる*14。そして、『晩春』の最後のくだりをめぐる次の一節が書かれることになる。

　花嫁衣裳の原節子が、結婚式の日の朝、二階の部屋の畳に両手をついて、父親の前に頭をさげる瞬間はこの上もなく感動的である。角隠しでいつも見えていたひたいを眉毛のところまで隠したままその瞳を心持ち上目づかいにして、これまで世話になった礼を述べる儀式的な仕草は、「紋切型」の最終的な勝利を父に告白しているかのようだ。茶室での儀礼的なお辞儀で始まった『晩春』は、多くの黙礼、出会いや別れの挨拶をつみかさねつつ、この花嫁の別れの一礼で終るわけだが、人は、ここでの感動の質を分析する権利をほとんど放棄したい誘惑にかられる。きまって勝利する「紋切型」に対して、『晩春』という作品が残酷な曖昧さとでもいうべき態度しか示してはいないからである。それを何とか言葉にしようとすれば、新たな「紋切型」の犠牲になるほかはないような気がする。[*15]

この一節を読めば明らかなように、「奪われた小津をとり戻すための試み」であったはずの『監督 小津安二郎』が最後に辿り着いたのは、小津を完全に「とり戻す」ことなどできはしないというある意味では当然の現実であった。「誰も小津安二郎の作品を見てなどいない」という現状に苛立ちながらも、いざ小津の作品を見ようとし、その体験を「何とか言葉にしようとす」ると、自分もまた「新たな「紋切型」の犠牲にな」っているのではないかという怖れに囚われてしまう。重要なのはもちろん、蓮實のこの告白が、すでに十分な量の言葉によって小津の作品の「感動の質を分析」してきたあとになされているという事実である。終章の最後の段落には、「小津的なもの、という暗黙の申し合わせの支配から小津安二郎を救い出すために」できることは、ただ「その作品を見続け」、そして「あの画面からこの画面へと滑走しつづけ」ることだけであり、「間違ってもその一つを特権化したり」してはならないと書かれている[*16]。しかし、「作品を見続け」てさえいればいつか「小津安二郎を救い出す」ことができるという保証はどこにもなく、また「あの画面からこの画面へと滑走し」ているつもりが実際には「特権化」されたひとつの場所に留まりつづけていたという〝紋切型〟の罠もつねにすぐ隣で待ちかまえている。そのことを強く意識したうえで、それでもなおなされつづける「あの画面からこの画面へ」の「滑走」——私が〝凡庸さの臨界〟という言葉で名指そうとしたのは、まさにこうした絶え間ない運動の軌跡である。

以上のことをあらためて確認したのは、実のところ、巷に流通している蓮實的ふるまいのイメージが、〝凡庸さの臨界〟とは対極の位置に収まっているからである。そして、『週刊新潮』の記事への言及をとおして示唆したように、私は必ずしも、そのようなイメージが根拠を欠いたものだとは考えていない。さきの記事での蓮實の応答を〝贅沢な断言〟と呼んでおくとすれば、実際にはむしろ、蓮實の文章から〝贅沢な断言〟と思しき例を拾うことはあまりにもたやすいのである。

たとえば、「漱石の小説のほとんどは、きまって、横臥の姿勢をまもる人物のまわりに物語を構築するという一貫した構造におさまっている」という『夏目漱石論』第一章冒頭の有名な断言であれば*17、疑いぶかい読者は、漱石の小説のなかに誰かが横たわる描写がいくつあるかを自分で数え上げながらこの第一章を読みすすめることによって、蓮實の断言の妥当性を計測することができる。しかしながら、「フォードは美しい」という一文によって始まる『映像の詩学』(一九七九年)巻頭のジョン・フォード論における、「ジョン・フォードとは、不幸にも美しさのみで映画たりえてしまった例外的な作家が、なお映画を生き続けんとして身にまとった世をしのぶ仮の名前にほかならない」という断言の場合は*18、これが妥当性を計測できる類の言説ではないことは一読して明らかであり、このフォード論が優れた批評であるか否かの評価もひとえに、この断言が(〝贅沢〟をめぐる蓮實の言葉をふたたび借りて言えば)「解読さるべきではなく、もっぱら納得さるべき記号として」読者に迫ってくるか否かにかかっていると言える。それでは、以下のもろもろの断言については、どう考えればよいだろうか。「批評は存在しない、批評とは、事件として生きられる体験だからである」*19。『バリー・リンドン』は『嗚呼!!花の応援団』に比較さるべき荒唐無稽な笑劇として、ウェルズの『上海から来た女』を想起させ楽しめた。正確に三十七回笑った」*20。「私は長嶋監督のやることならほとんど予言できる」*21。「映画でオーストラリア人が活躍することによって世界がよくなるはずがない」*22。『ツリー・オブ・ライフ』は、それが映画として存在することすら容認しがたい撲滅すべき作品である」[*23]。

枚挙にいとまのないこうした断言を並べて蓮實的ふるまいの輪郭をかたどろうとする際には、しかしながら、次のふたつの点に十分な注意を払わなくてはならない。『監督 小津安二郎』から引用した一節のなかに「ここでの感動の質を分析する権利をほとんど放棄したい誘惑にかられる」という言葉が見られたけれども、これらの断言のなかには明らかに、この「誘惑」に屈してしまっているものも含まれているだろう[*24]。また、そこには蓮實の定義する意味での〝贅沢さ〟をまとっているものもあるように思われるし、「人気商売に徹する」ために実践された〝芸〟も少なからずあるはずである。しかし、ここでは便宜的にこれらをまとめて〝贅沢な断言〟と総称しているにせよ、個々の断言に対する分析は本来それがなされた際の文脈を参照することなしにはできないはずであり——これが第一の点である——、たんに(読者の常識をしばしば揺るがすような)断言をしているという事実のみをもって蓮實的ふるまいを云々することはできない。なぜなら——これが第二の点なのだが——、そもそも批評家という存在に求められている役割のなかに、個々の作品や文化的な事象に対して判断を下すことが含まれているはずだからである。「この作品は良いような気もするし悪いような気もする」と語る批評家より「この作品は良い」と言い切る批評家の方がはるかに批評家らしく感じられるという事実を否定する者はほとんどいないだろう(したがって、断言の数と「炎上」のリスクとのあいだに正の相関が成り立っていると思しき二〇一〇年代には、批評家でありつづけることはますます難しくなっているのかもしれない)。もちろん、いまは批評家の定義を問題にしているわけではないので、いっさい断言をおこなわない批評家が存在する可能性もたしかにあるのだが……。

と、ここまで議論を進めた段階で、本稿ではまだ触れていない、蓮實に関するもうひとつのイメージのことを思い出した読者も多いのではないだろうか。それはすなわち、一文がやたらと長い難解な文章を書く、というイメージである。一文がやたらと長いということは、要するになかなか断言しないということではないのか。

そのもっとも有名な実例が『表層批評宣言』(一九七九年)冒頭の原稿用紙二枚半にわたるひとつづきの文であることは、さきに参照した『週刊新潮』の記事がその一文の書き出しの部分をわざわざ引用していることからも確かめられる。そして記事は続けて、「かつて蓮實氏に傾倒していたという三十代の雑誌編集者」の次のような言葉を紹介している。「確かに難解な文章なんだけど、難渋してもなんとか判ってくる。何かに正面から当ろうとする文章じゃなくて、読んでいくとなんとなく判ってくるという文章で、そのものずばりを説明したりはしない、いわば文学的文章なんですよ」[*25]。蓮實は「斜から見る」人だという大澤の言葉も、こうしたイメージに端を発するものだと考えられる。そしてそのイメージを延長してゆけば、句点の登場をどこまでも先延ばしにすることによってあらゆる断言を回避しようとする批評家という像へと行き着くことになる。しかしそれにしても、こうしたイメージと、〝贅沢な断言〟からなる蓮實的ふるまいのイメージという、いっけん相容れないふたつの顔は、いったいなぜ、蓮實重彥というひとりの批評家のうちに同居することができているのだろうか。

蓮實の批評がときに異様に長い一文を要請するのは、おそらく、それが〝凡庸さの臨界〟への志向を宿しているからこそである。すなわち、『監督 小津安二郎』の終章において述べられた「あの画面からこの画面へ」の「滑走」を、文体の水準において実践した結果があの長い一文だというのが私の仮説である。もちろん、これを論証するためには、蓮實の長い一文の実例を俎上に載せて修辞学的な分析を施す必要があり、しかし残念ながら本稿でそれをおこなう余裕はない。したがってこれは仮説に留まらざるをえないのだが、この仮説をひとまず認めることによって見えてくるはずだと私が考えているのは、〝凡庸さの臨界〟と〝贅沢な断言〟とのあいだの、前者を志向すればするほど後者が超越的な位置へと押し上げられてしまうという、ある意味では共犯的とも言える関係である。

この特異な関係を理解するために、比較対象として江藤淳という批評家の場合を考えてみよう。江藤を論じる際にしばしば問題となるのは、彼が村上龍の『限りなく透明に近いブルー』（一九七六年）を酷評し田中康夫の『なんとなく、クリスタル』（一九八〇年）を絶賛したという事実である。似た系統に属しているようにも見えるこのふたつの作品に対して下された判断の違いを議論の足がかりとしながら、たとえば「アメリカ」をめぐる江藤のジレンマを浮き彫りにしたのが加藤典洋の『アメリカの影』（一九八五年）であり、同じ出発点から始めて「サブカルチャー」に対する江藤の倫理的な態度を読み解いたのが大塚英志の『サブカルチャー文学論』（二〇〇四年）である。しかしいずれにおいても、江藤が各々の状況で下した判断の履歴を通覧することによって江藤自身の思想が見えてくるはずだという前提は共有されている。

これは至極当然のことのようにも思える。しかしながら、では蓮實の場合も同様に、〃贅沢な断言〃の履歴を（それがなされた際の文脈まで含めて）通覧することによって蓮實自身の思想が見えてくるかと言えば、実は必ずしもそうはならない。なぜなら、蓮實の〃凡庸さの臨界〃への志向があまりにもラディカルなものであるがゆえに、それが描く軌跡をシミュレートし、それがどこで止まりいつ〃贅沢な断言〃へと飛躍するのかを予測することは、読み手にとってきわめて困難だからである[*26]。このことは、〃贅沢な断言〃の総体が蓮實自身の思想よりも大きな理念を映し出しているかのような印象を効果としてもたらす。とりわけ映画批評の領域においては、こうした理念はたとえば〃シネマ〃というかたちで現れることになる。

3　シネマ

映画評論家の安井豊作は、二〇一五年に発表されたある論文のなかで、「「シネマ」とは、日本においては一九七〇年代、青山［真治］氏も師と仰ぐ蓮實重彦氏によって導入された概念である」と述べている[*27]。これはいっけん不正確な記述であるようにも見える。なぜなら、たしかに蓮實は一九七九年に『シネマの記憶装置』という本を著してはいるけれども、そこでは〝シネマ〟という概念がたとえば〝フィルム〟や〝映画〟とは異なるものとして明確に規定されていたわけではないからである[*28]。では安井が問題にしている〝シネマ〟とはいったい何なのか。さきの論文には詳しい説明はないため、一九九三年に書かれた彼の別の文章を参照してみよう。そこでは、蓮實の批評が「破局的スローモーション」という一九八五年発表のジャン＝リュック・ゴダール論――安井によればそれは「以前と比較しても明らかに異なる［…］単純平易な文体」を持つものであった――の前後である「転回」をこうむったという可能性が指摘されたうえで、次のように記されている。

では、その「転回」とはいかなるものであるか。まず、「転回」以前の蓮實の批評は、対象とされる個々の映画について、それが「シネマ」であるか否かを問うものであった。これはヌーヴェル・ヴァーグの批評と同じものである。そこでは、「シネマ」という概念にもとづいた、映画の差異化（選別・排除）がおこなわれていたのである。だが、「転回」以後の批評において、映画内部の差異（相対的な価値）は問題ではない。その差異を可能にしていた映画自体の同一性が危ういものとなっている。したがって、そこでは「映画」と、「映画ならざるもの」との差異において、「映画」が擁護されることとなったのである。[*29]

ここにも〞シネマ〟の定義は見当たらないが、少なくとも、一九七〇年代から八〇年代半ばまでの日本においては蓮實の批評が〞シネマ〟の境界を定めていたと解釈することはできる。しかしそれについて述べるまえに安井の言う「転回」に関して付言しておくと、蓮實の映画批評に対する態度が一九八五年前後に変化したという可能性は、実は蓮實自身の言葉によっても裏づけられる。たとえば、一九八三年に出版された『映画 誘惑のエクリチュール』が一九九〇年に文庫化された際に新たに付されたあとがきには、一九八三年以降の七年間は「あえてこの種の映画論集を出版しまいと心に決めての、映画への別のアプローチを模索しつつ過ごされた禁欲の一時期でもあった」という言葉が見られる*30。「別のアプローチ」とは具体的には、安井の言葉を借りれば、「「批評家」であると同時に、「編集者」であり、「インタビュアー」であり、「ジャーナリスト」であり、「イベント仕掛け人」であるといった具合に、自身の役割を複数化しはじめ」たということを意味しており*31、蓮實が編集長を務める季刊の映画雑誌『リュミエール』が創刊されたのも一九八五年のことである（一九八八年に終刊）。

したがって、一九八五年前後に何らかの変化があったことはおそらく間違いない。しかしそれを、蓮實の批評の争点が「「シネマ」であるか否か」から「「映画」と、「映画ならざるもの」との差異」へと移行したと捉える安井の解釈は、私には同意しがたいものである。たとえば蓮實の「映画への別のアプローチを模索し」ていたという言葉においては、問題となっているのはあくまでも「映画」への「アプローチ」の仕方であって、「アプローチ」されるところの「映画」そのものが危殆に瀕しているという意識はそこからは窺えない。

もちろん、他方で蓮實は、一九八五年に『映画はいかにして死ぬか』というタイトルの著書を上梓してはいる*32。しかしそこに収められた同題の講演で具体的に論じられているのは、一九三〇年前後からの「二十年間に、ジャンルの違いはあってもほぼ一定の形式を獲得」したハリウッド映画が、一九五〇年代に「赤狩りとテレビの影響による観客数の減退、それから亡命作家たちの再亡命」という三つの要因によって「崩壊」していった過程である[*33]。その「崩壊」によって、「それぞれの製作会社が、専属の役者、専属の監督、専属の技師たちを使って、その会社独特のカラーを持った映画を毎週毎週作っていくといった一種の流れ作業」を実現させていた「スタジオ・システムの伝統」を失ってしまった「いまのアメリカ映画」には、たとえば雨のシーンの撮影に際してかつて駆使されていたはずの高度な技術さえまともに継承されてはいないと語る蓮實は、続けてこう慨嘆している。「最近のアメリカ映画には、そういった惨憺たる例がいろいろなところに出てくるので、本当にアメリカ映画は死んでしまったなぁという気がいたします」[*34]。

この一文に二度現れている「アメリカ映画」という言葉は、それぞれ異なる意味を持っている。そして、安井が蓮實の批評から受けとった〝シネマ〟という概念は、まさにこのふたつの「アメリカ映画」を映画の内部において差異化するものとして想定されていたはずである。すなわち、後者は〝シネマ〟であり前者は〝シネマ〟ではない、というわけである。こうして確認されたのは、『映画はいかにして死ぬか』において「死ぬ」とされているのは〝シネマ〟だということであり[*35]、したがって、一九八五年以降の蓮實が〝シネマ〟ならざるものも含めた「映画自体の同一性」の危機を感じはじめたとする安井の解釈を支える根拠はやはり蓮實の批評のなかには見出せないように思われる。むしろ、「「シネマ」であるか否か」から「「映画」と、「映画ならざるもの」との差異」へと問題が移行しているという感覚は、同時代の映画に対する安井自身の認識に由来したものだと考えるべきだろう。ではそれはどのような認識か。そしてその認識と蓮實の批評とは無関係であると言い切ってしまって本当によいのだろうか。これらの問いに答えるための手がかりは、二〇〇〇年に出版された『ロスト・イン・アメリカ』という本のなかにある。

『ロスト・イン・アメリカ』とは、稲川方人と樋口泰人によって編まれた座談集であり、参加しているのは安井のほか、青山真治、阿部和重、黒沢清、塩田明彦といった面々である（以下では、便宜的に、この七名を「LA派」と総称することとする）。座談の主題は、ほぼ一貫して、一九八〇年代と九〇年代のアメリカ映画に据えられている。一九八〇年代以降が選ばれた理由（のひとつ）は、一九九三年に出版された蓮實の『ハリウッド映画史講義』が一九三〇年代から八〇年代までのハリウッド映画の歴史を辿っていたためであり、したがって『ロスト・イン・アメリカ』は『ハリウッド映画史講義』での蓮實の議論を出版時点の現在にまで延長しようという意図をもって制作されたものだと言える。

この本のなかで安井は、一九八五年という年にアメリカ映画史におけるひとつの転換点を見出し、それ以前の一〇年間を「スピルバーグの時代」、以後の一〇年間を「キャメロンの時代」と呼ぶことを提案している[*36]。彼によれば、「スピルバーグの時代」は「シネマの時代」とも言い換えられる。なぜなら、「シネマ」をアメリカ映画に初めて意識的に導入した」のがスティーヴン・スピルバーグだからであり、たとえば『未知との遭遇』（一九七七年）のラストシーンで空から飛来する巨大なマザーシップは「理念としての「シネマ」を、一大スペクタクルとして視覚化したもの」と見なせるという[*37]。さらに安井は、『未知との遭遇』公開当時の蓮實の批評に書かれている「UFOが降下して来たから彼らが空を見上げていたのではない。彼らが空を見上げていたがゆえに、UFOが空から姿をみせたのである。この因果関係をとり違えてはならない」[*38]という言葉を引用したうえで、こう述べている。

この指摘は「スピルバーグの時代」にとって、とても重要な指摘になっているんですよ。どういうことかと言うと「この因果関係をとり違えてはいけない」とありますが、残念なことに、誰もがとり違えてしまったということです。「空を見上げる」という姿勢は、映画館でスクリーンを見上げる姿勢と同じですよね。で、「UFO」を「シネマ」に替えてもらえば分かると思うのですが、何が何だか分からないうちに、なんとなく椅子に座って、斜め上方のスクリーンをボーッと見上げていたら、いきなり「シネマ」が姿を見せて動揺する、という因果関係ならよかったんですよ。ところが、「シネマ」という何やら素晴らしいものがやって来るというので、誰も彼もが同じ姿勢でスクリーンを見上げている。要するに「シネマ」が到来したから、それに従ってしまったというわけです。この因果関係だと「作家主義政策」というダイナミックな運動を可能にした「シネマ」の理念的な機能は、あっさり失われてしまって、スターリン独裁時代のソビエトのように「シネマ」が権力的機能を果たすようになって、人民たちは「シネマ」に違反していないかと、常に怯えているような事態になってしまう。それだと、ちょっと大げさ過ぎるけど、スピルバーグによって輸入された「シネマ」は「スピルバーグの時代」において、理念的な機能から規範的な機能に変容したのは間違いないでしょう。[*39]

『未知との遭遇』が日本で公開されたのが一九七八年であること、そして〝シネマ〟は日本においては一九七〇年代に蓮實によって導入された概念だとのちに安井自身が記していることを踏まえて読むと、この発言は、否応なく、ある含意を帯びてしまうように思われる。それはすなわち、一九七〇年代以降の日本において、「「シネマ」に違反していないかと、常に怯えている」状態に陥ってしまったのは、蓮實の批評に魅せられ、それをとおして〝シネマ〟の何たるかを学んだいわゆる「シネフィル」たちにほかならない、という含意である。一九八五年前後の蓮實の批評に、「難解な文章」から「単純平易な文体」へ、あるいは韜晦趣味から啓蒙的態度へという「転回」が訪れていたとすれば、それは蓮實自身が、自らのふるまいが――「空を見上げていたがゆえに、UFOが空から姿をみせた」という「因果関係をとり違えてはならない」とあれほど注意したにもかかわらず――いつのまにか意図せざるかたちで「権力的機能を果た」してしまっていることに気づいたからではないのか[*40]。

この安井の発言が、さらには『ロスト・イン・アメリカ』の議論全体が、蓮實の影に覆われているように感じたのは私ばかりではない。たとえば脚本家の高橋洋は、さきの安井の発言を読んで「大いに得心がいった」と述べながらも、「そもそも「シネマ」なるものを、映画を映画たらしめる参照の規範と捉えること自体が、何か映画について語るための語りであるように思え」るという（至極まっとうな）違和感を表明したうえで、LA派の議論で「常に前提とされ、参照される蓮實重彦の『ハリウッド映画史講義』は、どこまでも「前提」であり「参照」であって、そこで語られている映画を自らの欲望の体験として、つまりはまったく異質な言語の介入によってもう一度語り直そうとする契機があまりに少ない、予定調和の不満を感じる」と漏らしている[*41]。

しかし同時に思い出さなくてはならないのは、安井にとって、のみならずLA派の全員にとって、『ロスト・イン・アメリカ』に収められている座談がおこなわれた一九九九年という現在は、もはや「シネマの時代」ではないということである。加えて象徴的なことに、この年は蓮實が東京大学総長を務めていた時期にもあたっている。次期総長に選出された直後の記者会見で蓮實は「向こう四年間は映画、文芸の評論活動は廃業せざるをえない」と宣言しており、その言葉どおり、蓮實の批評は一九九七年から二〇〇一年まで空白の期間を迎えることになる[*42]。〝シネマ〟は、かつてはたしかにそこにあったのだが、いまや見失われてしまった。そして、〝シネマ〟と〝シネマ〟ならざるものとの差異を教えてくれた蓮實の批評もまた、いまは奪われてしまっている。そうした現状を認識したうえで、なおも映画を語りつづけようとするLA派の苦闘の跡が、『ロスト・イン・アメリカ』という本にははっきりと刻まれている（もっとも、高橋に言わせればその苦闘も十分なものではないということになるのかもしれないが）。しかし、それにしても、なぜ『ロスト・イン・アメリカ』というタイトルなのだろうか。なぜ彼らはみなアメリカに取り残されているのか。彼らにとって、あるいは蓮實にとって、〝アメリカ〟とはいったい何なのか。

4　アメリカ

『ロスト・イン・アメリカ』の巻頭には、フランソワ・トリュフォーの「我々がアメリカ映画を愛したのは、その作品がどれも互いに似かよっていたからだ」という言葉がエピグラフとして引かれている[*43]。ここでトリュフォーが念頭に置いている「アメリカ映画」とはもちろん、「最近のアメリカ映画には、そういった惨憺たる例がいろいろなところに出てくるので、本当にアメリカ映画は死んでしまったなぁという気がいたします」という蓮實の一文における後者の「アメリカ映画」と重なるものである。それはすなわち、ハリウッドがスタジオ・システムを完成させ繁栄を極めた「黄金時代」に製作された一群の作品であり、ハワード・ホークスやジョン・フォードやラオール・ウォルシュといった輝かしい名前がクレジットされているいわゆる「古典的ハリウッド映画」の数々である。黄金時代の範囲をどう区切るかについては議論のあるところだが、蓮實の『ハリウッド映画史講義』では、それは一九三五年から「三〇年代の末までのほんの数年間」のことであったとされている[*44]。

先述のとおり、安井の言う〝シネマ〟の原型は古典的ハリウッド映画にある。それはまず、一九五〇年代にフランスの映画雑誌『カイエ・デュ・シネマ』に集った若い批評家たちによって理念化されたのであり[*45]、のちに映画監督としてヌーヴェル・ヴァーグを担うことになるトリュフォーやゴダールももとはそうした批評家たちのひとりであった。したがって「「シネマ」であるか否かを問う」蓮實の批評が「ヌーヴェル・ヴァーグの批評と同じものである」という安井の言葉は、古典的ハリウッド映画をひとつの理念として共有しているという点においては正しいものである。しかしながら、それへの向きあい方という点では、両者のあいだには明瞭な差異がある。その差異とは何かを蓮實が自ら説明していると思われる箇所を、ひとまず文脈を記さずに、引用してみよう。

おそらく、「アメリカ映画」という問題が、そのとき大きな比重をしめて彼らの頭上を旋回するだろう。ヌーヴェル・ヴァーグは、自信をこめて、また挑発的に、ハリウッド映画を擁護した。「73年の世代」は、この自信と挑発を継承しながらもそれに徹し切れず、もはや存在しないアメリカ映画に、より情動的な執着を示さざるをえないだろう。だが、その情動的な執着が決して郷愁ではないという一点だけは、見落してはなるまい。懐古趣味の醜さを回避しながら情動的な執着を示すこと、これが「73年の世代」に共通の聡明な慎しさにほかならぬ。この特集におさめられたエリセのスタンバーグ論がその事実を雄弁に語っているだろう。ヴェンダースにとってのニコラス・レイ、シュミットにとってのダグラス・サーク。そこにはもはや擁護することさえできない犠牲者たちへの諦念をこめた愛着が痛いまでに感じられる。そして、老優ハンク・ウォーデンが、ヴェンダースとイーストウッドとをともに信頼すべき作家として挙げているのは、決して偶然ではない。[*46]

これは『リュミエール』創刊号の、「73年の世代」と題された特集の冒頭に置かれた蓮實の文章のなかの一節である。「73年の世代」とは、「この年代の周辺で、注目すべき作品でデビューしたり、真に個性的な世界を獲得している作家たち」を指す言葉であり[*47]、特集のなかで取り上げられているのは、ヴィム・ヴェンダース、ヴィクトル・エリセ、ダニエル・シュミット、クリント・イーストウッドの四名である。彼らのあいだには、「ヌーヴェル・ヴァーグの作家たちの積極的な連帯とは異質の、ある負の連帯ともいうべきもの」があるようだと蓮實は言う。「おそらくそれは、ヌーヴェル・ヴァーグが破壊による構築の試みであったのに反して、「73年の世代」の前には、映画が、もはや、破壊の対象としては存在していなかったことからくるものだろう。その事実を象徴しているのが、73年のジョン・フォードの死なのである」*48。ここで述べられていることをより詳しく説明するために書かれたのが、さきの一節である。

しかしながら私には、この一節が、蓮實の批評において、あるいは少なくとも『監督 小津安二郎』において貫かれている姿勢を自己解説したものであるように思えてならない。なによりもまず、蓮實の最初の著書『批評 あるいは仮死の祭典』は一九七四年に出版されており、したがって一九七三年の周辺で「注目すべき作品でデビューした」という意味において蓮實もまたまぎれもなく「73年の世代」のひとりである。加えて、『監督 小津安二郎』が、小津を「奪われてしまった」という「情動的な執着」から出発しながらも決して「郷愁」や「懐古趣味」に陥ってはいないことは、すでに検討したとおりである。もちろん、小津は「犠牲者」であるとは言えないだろうし、小津の作品は「アメリカ映画」ではないはずなのだが、しかしたとえば蓮實の二冊目の著書である『反＝日本語論』(一九七七年)のなかには「日本映画がすばらしいのはそれが世界で最もアメリカ映画に近いからだ」という言葉も見られる*49。ところで、そもそも、さきの一節にいささか唐突に登場する「犠牲者」という言葉は何を意味しているのか。

「犠牲者たち」と呼ばれたニコラス・レイとダグラス・サークについては、『リュミエール』第三号での特集「ハリウッド50年代」においてあらためて取り上げられている。そこに蓮實が寄せた「翳りの歴史のために――ハリウッド50年代史」と題する文章が、のちに大幅な加筆修正を経て『ハリウッド映画史講義』の第一章を構成することになる。一九五〇年代とは、さきに見たように、ハリウッドのスタジオ・システムが「崩壊」してゆく時代である。この本の序章にある以下の記述は、「犠牲者」という言葉の意味を説明するものにもなっている。「第一章で擁護されることになる「五〇年代作家」たちは、まさに、映画であることのさまざまな条件を意識せざるをえない時代に映画との関係をとり結ばざるをえなかった不幸な存在なのだ。彼らは、巨匠たちのように、闘争を涼しい顔でやりすごし、なお傷つくふうもない無意識の振舞いを演じることはできないだろう。あるいは、母胎であることをやめ始めていた撮影所と、なお触れ合わざるをえなかったことが、彼らの不幸を加速させたといってもよいかもしれない。この世代の監督たちは、その意味で、いくえにも不幸なのである」＊50。

一九三〇年代の巨匠たちと五〇年代の犠牲者たち。この構図に伝統の継承者としての「73年の世代」を付け加えれば、二〇年をひとつの周期とするリズムが存在するかのような印象が得られる。そしてこの架空のリズムに身を委ねれば、一九九〇年代とは、二〇一〇年代とは、映画にとっていかなる時代なのかという問いへと導かれることになるだろう＊51。少なくとも、一九九九年に『ロスト・イン・アメリカ』の座談の収録のために集った者たちは、『ハリウッド映画史講義』の延長線上に一九九〇年代のアメリカ映画を位置づけるという目的を共有していたからには、このリズムを何らかのかたちで感じていたのかもしれない。とはいえもちろん、たんなる印象に基づくこうした指摘自体にはさしたる意味もなく、またアメリカ映画の現在を問うことも本稿の議論の主眼ではない。ここで問おうとしているのは、『ハリウッド映画史講義』において提示された以上のような構図をLA派が一九九〇年代にまで延長しようとした際に、なぜ〝シネマ〟と並んで〝アメリカ〟というもうひとつの理念が浮上したのか、である。

この問いを念頭に置きながら『ハリウッド映画史講義』を読むことによって気づかれるのは、特に一九五〇年代以降を扱った第三章に、「アメリカ合衆国に対する映画の闘い」とか「アメリカに抗って映画を擁護する」といった言葉が頻出していることである*52。たとえば第三章の冒頭で蓮實は、「「五〇年代作家」のなかでもとりわけ強靭であったはず」のロバート・アルドリッチが一九八三年に六五歳で亡くなった事実に触れ、「アルドリッチとともにハリウッドは消滅し、以後、合衆国で撮られる映画のほとんどは、たんなるアメリカ映画でしかなくなってしまうだろう」という「危惧の念」に「そのとき誰もが捉われた」と語り、さらにこう続けている。

> たんなるアメリカ映画とは、合衆国にほどよく類似することを無意識のうちに受け入れている映画のことだ。いわゆる「アメリカン・ニュー・シネマ」のしかるべき部分が、六〇年代を通じて、そうした風潮をとりわけ助長していたことはいうまでもない。それは、アメリカ合衆国に対する映画の敗北宣言を意味している。アルドリッチとともに消滅しようとしているハリウッドとは、合衆国にさからうことでおのれを支えてきた、ある独自の時空にほかならない。事実、ハリウッドで起こっていたことのほとんどは、ほぼ半世紀のあいだ、合衆国にとっては容認しがたいものばかりだったのである。アメリカ映画の歴史は、アメリカという国とそこで撮られる映画とが、決して同じ利益を共有していないという事実の貴重な証言なのだ。*53

「ハリウッドで起こっていたことのほとんど」が「合衆国にとっては容認しがたいものばかりだった」という言葉は、具体的には、一九五〇年代にハリウッドに在籍していた映画人たちの多くが、過去に左翼運動に関わっていたという理由で「赤狩り」の標的にされてしまったことや、一九四八年に合衆国最高裁判所が下した「パラマウント訴訟」への判決によって、各企業が製作と配給と上映を一手に担うという「垂直統合」のシステム――それは、一九二〇年代に定着して以来、ハリウッドの映画会社の基盤でありつづけていた――が独占禁止法に抵触すると見なされるようになったことなどを指している。つまりそれは、ありていに言えば、かつて〝シネマ〟を支えていた諸条件が、合衆国の歴史が辿った政治的および社会的な変化のゆえにもはや成り立ちえないものとなったということである。

仮に、蓮實にとって「「シネマ」であるか否か」だけが重要なのだとすれば、〝シネマ〟ではなくなった「たんなるアメリカ映画」にこだわりつづける理由はないはずである。じじつ、さきの一節においても「たんなるアメリカ映画」への態度は冷淡であるし、（おそらく『ハリウッド映画史講義』のなかでもっともよく参照されている）第三章の「物語からイメージの優位へ」と題された節の内容も、失われた〝シネマ〟を称揚し「たんなるアメリカ映画」の現状を憂えるものであるように見える。なにしろそこでは、一九三四年以来ハリウッドを支配していた「ヘイズ・コード」と呼ばれる自主検閲規則が一九六六年に実質的に廃止されたことが、「三〇年代のアメリカ映画の黄金時代を支え」ていた「物語優位の原則」を骨抜きにし、「見せることの至上権争いへと人を駆りたて」た結果、映画は「「たんなるビジネス」にすぎない「見世物」」へと変わってしまったと述べられているのだから[*54]。

しかしながら、根拠を挙げるまえにあえて断言すれば、蓮實にとって「たんなるアメリカ映画」が重要ではないなどということは決してありえない。『ハリウッド映画史講義』においても、終章の最後の段落にある「この書物が夢みているのは、あらゆるアメリカ映画がたんなるアメリカ映画となりながら、それが、間違ってもアメリカ合衆国にだけは似ないということなのだ」という一文から「たんなるアメリカ映画」への思い入れが窺えるけれども[*55]、これではまだわかりにくいだろう。あるいは、一九八五年になされた江藤淳との対談のなかで蓮實は「自分が何から批評的な姿勢を学んだかを考えてみると、それはどうしてもアメリカ映画なんです」と語っているが[*56]、これだけでは、ここで言われる

「アメリカ映画」とは「たんなるアメリカ映画」ではなく〝シネマ〟のことだという反論を招くかもしれない。ならば、たとえば次の一節はどうだろうか。

> 映画など、いつなくなっても一向に不思議ではないといまでは思っていますが、というより、『映画崩壊前夜』に記したように、映画はその生誕の瞬間から崩壊前夜にあるというのがわたくしの思いなのですが、それでも、アメリカ映画がそっくり消滅することは、どこか、地球の運行に支障をきたしかねない超自然的な現象のように思えてなりません。ことによると、映画の一カテゴリーとしてアメリカ映画があるのではなく、事態はその逆なのではないか。あるいは、映画とアメリカ映画は、アメリカ合衆国とアメリカ映画がそうであるように、まったく異なる存在なのかも知れない。それが途方もない錯覚だとは自覚しながらも、むしろその錯覚にひたすら固執しつつ、私は七〇年を超える歳月を今日まで過ごしてきました。*57

これは、二〇一〇年に出版された黒沢清と蓮實の対談集の巻頭に置かれた、黒沢への書簡ふうの文章のなかの一節である。擬似書簡という体裁のゆえか、この文章において蓮實は映画批評家としての来歴をかなり率直な言葉で語っており、そこには「七〇歳を超えてしまった「遅れてきた」批評家の言葉をなおも活気づけてくれるのが、明日もまた、これまで通り、面白いアメリカ映画が見られるはずだという楽天的な思いこみにほかならない」という言葉も見られる*58。かつて〝シネマ〟が存在したことなどもはやほとんど誰も憶えてはいない二〇一〇年にこの文章が書かれていることからも、ここで言われる「アメリカ映画」が「たんなるアメリカ映画」以外の何ものでもないことは明らかである。

しかし、言うまでもなく、映画のなかに〝シネマ〟と「たんなるアメリカ映画」（とその他の映画）があるという見立てと、アメリカ映画の下位区分として映画があるという見立てとのあいだには矛盾がある。そして、ほかならぬこの矛盾こそが、『ロスト・イン・アメリカ』の議論がいささか錯綜している原因であるようにも思われる。言い換えれば、LA派が直面し困惑させられたのは、『ハリウッド映画史講義』によればハリウッドはもはや〝シネマ〟を失い「たんなるアメリカ映画」を生み出す場所となってしまったはずなのに、その「たんなるアメリカ映画」はなぜかいまなおこんなにもおもしろい、という現実だったのではないか。実際、蓮實が東京大学総長に就任した一九九七年から『ロスト・イン・アメリカ』の座談が収録された一九九九年までのあいだに限っても、ポール・バーホーヴェンの『スターシップ・トゥルーパーズ』(一九九七年)やクエンティン・タランティーノの『ジャッキー・ブラウン』(同年)やジェイムズ・キャメロンの『タイタニック』(同年)やロバート・ゼメキスの『コンタクト』(同年)やスティーヴン・スピルバーグの『プライベート・ライアン』(一九九八年)やウェス・アンダーソンの『天才マックスの世界』(同年)など、めっぽうおもしろいアメリカ映画は怒濤の勢いで公開されつづけている(もちろん、LA派の全員がこれらのすべてを肯定的に評価しているわけではないのだが)。では、一九八三年のアルドリッチの死によって「アメリカ合衆国に対する映画の闘い」が映画の敗北に終わったのだとすれば、敗北以後のおもしろい「たんなるアメリカ映画」を生み出している「アメリカ合衆国」とは、いったいいかなる場所なのか。

〝アメリカ〟という理念は、おそらく、この問いに答えようとする過程で要請されたものである。そのことがもっともよく見てとれるのは、『ロスト・イン・アメリカ』の編者のひとりである樋口泰人が一九九九年に著した『映画とロックンロールにおいてアメリカと合衆国はいかに闘ったか』の冒頭の一節である。

> ふたつのアメリカがある。アメリカといっても、太平洋と大西洋の間に位置する北米大陸の南半分を占める、あのアメリカのことではない。地理的、経済的、政治的、文化的、などなど、具体的個別的に存在するそれぞれのアメリカは、すべて「合衆国としてのアメリカ」である。［…］それらをここでは単純に「合衆国」と呼ぶことにしよう。
> それに対して、唯一の絶対的なアメリカがある。「観念のアメリカ」と言ったらいいだろうか。それを「アメリカ」と呼ぶ。これは具体的には存在しないし、概念としてとらえることもできない。しかしその「アメリカ」があるからこそ、「合衆国」がアメリカになるような「アメリカ」である。だからそれは、意図的に反復することはできないし、再現することもできない。しかし、意図的に反復し、再現することの不可能の中に宿ることはある。*59

要するに、アメリカ合衆国を理念としての〝アメリカ〟と国家としての〝合衆国〟に分離するというのが樋口が採った戦略である。『ロスト・イン・アメリカ』というタイトルの由来（のひとつ）もここにあると思われる。この区別を用いれば、たとえば、映画が闘って敗れた相手は〝合衆国〟であり、おもしろい「たんなるアメリカ映画」をそうあらしめているものは〝アメリカ〟である、といった言い方もできるだろう。

しかしながら、この戦略には明らかな問題点がふたつある。第一に、樋口の言う〝アメリカ〟は安井の言う〝シネマ〟と同じくらい（あるいはそれ以上に）抽象的であり、高橋洋が〝シネマ〟に関して述べたのと同じく、映画（とロックンロール）を語るための語りであるという印象はどうしても拭えない。第二に、〝アメリカ〟と〝合衆国〟が別のものであるとしても、もし両者がまったく無関係なのだとすればもはや〝アメリカ〟をそう呼ぶ理由さえなくなってしまい、なぜ（映画に関してであれば）〝シネマ〟のような語を用いないのかを説明することができなくなってしまう。ゆえに樋口は、両者のあいだには「「アメリカ」があるからこそ、「合衆国」がアメリカになる」という関係があると言うのだが、しかしそれは〃合衆国〃があるからこそ〃アメリカ〃があるという常識的な関係の裏面でしかないのではないか。仮に〃合衆国〃が存在せず〃アメリカ〃だけがあるなどという事態が想定できるのだとすれば、そのときにもやはり、〃アメリカ〃をそう呼ぶ理由は失われる。したがってここには、〃アメリカ〃を理念化しようとすればするほど〃合衆国〃への依存を強めることになるという構造が成り立ってしまっている。この問題をひとまず、加藤典洋の言葉を転用して〃アメリカの影〃と呼んでおこう。

もっとも、「たんなるアメリカ映画」について考えることは〃合衆国〃について考えることと切り離せないというのは、至極当然のことであるようにも思える。ところが、蓮實の文章を読んでいてしばしば驚かされるのは、実のところ、それが〃アメリカの影〃からあまりにも自由であるというか、「たんなるアメリカ映画」は〃合衆国〃とは無関係なものであると蓮實が本当に考えているのではないかと思えてしまうことである。そうした驚きを感じられるもののひとつが、二〇〇三年に収録された阿部和重と蓮實の対談である。

たとえば、この対談のなかで阿部は、9・11テロののち、ジョージ・W・ブッシュ大統領が「テロとの戦い」の名のもとにイラク戦争へと踏み切ったという当時の合衆国の情勢を念頭に置きながら、「国際社会を説得する外交努力をおざなりにして」いる一方で「技術面では軍事革命を経て強大な力を得た」ために「万能感を持ってしまった」という「合衆国の一般的なイメージ」と、「物語性の部分の力が非常に低下している」一方で「映像表現のほうはIT革命など技術革新によって、ある種の万能性を得てしまっ」ている一九九〇年代以降の「ハリウッド映画のイメージ」とが「重なって見えてしまう」と語っている[*60]。これはもちろん、「この書物が夢みているのは、あらゆるアメリカ映画がたんなるアメリカ映画となりながら、それが、間違ってもアメリカ合衆国にだけは似ないということなのだ」という『ハリウッド映画史講義』の一文を前提とした発言であり、この本の著者の視点に立って見れば二〇〇三年のアメリカ映画はこう映るだろうと想定することも、決して不自然ではないように思われる。

しかしこの発言に対する蓮實の応答は「そうですね。だけど、その点は僕はまだ楽観している」とそっけない*61。それどころか、これよりもまえの箇所では「いまアメリカの悪口をいうことほど醜い振舞いはないと思っています」とさえ述べている*62。話題が具体的な作品へと及ぶと蓮實の「楽観」ぶりはさらに際立ち、たとえばサム・ライミの『スパイダーマン』(二〇〇二年)に触れながら「こんな監督が平気な顔して撮った映画が当たってしまうアメリカって国はやはり素晴らしい」と快哉を叫び、最後には「こうして見てくると、才能を持った人たちがこれだけいて、ことによると三〇年代、四〇年代よりも今のほうがアメリカ映画は充実してるかもしれない」と結論づけている*63。

それにしても——と、この発言を読むと考えてしまわずにはいられないだろう。それにしても、「73年の世代」に仮託するかたちで語られた、奪われた「アメリカ映画」に対する「情動的な執着」と、「たんなるアメリカ映画」はつねにおもしろいものだと信じるという「楽天的な思いこみ」とは、いったいなぜ、蓮實重彦というひとりの批評家のうちに同居することができているのだろうか、と。そしてここに至って、蓮實の批評に現れる〃凡庸さの臨界〃と〃贅沢な断言〃との関係を問うことから議論を始めた私たちは、円を描いてほとんど同じ場所に戻ってきてしまったことに気づかされる。あるいは、ひとつだけ手がかりを得て戻ってきたという意味では、この運動は円ではなく螺旋を描いていたと言えるかもしれない。その手がかりとは、蓮實重彦のふたつの顔のあいだには〃アメリカ合衆国〃という謎が横たわっている、という情報である。

「北米合衆国はすべて美しい」。一瞬、蓮實のジョン・フォード論の冒頭を想起させもするこの一文は、三島由紀夫の「美に逆らふもの」(一九六一年)の有名な一節のなかに見られるものである。

北米合衆国はすべて美しい。感心するのは極度の商業主義がどこもかしこも支配してゐるのに、売笑的な美のないことである。これに比べたら、イタリーのヴェニスは、歯の抜けた、老いさらばへた娼婦で、ぼろぼろのレエスを身にまとひ、湿つた毒気に浸されてゐる。いい例がカリフォルニヤのディズニイ・ランドである。ここの色彩も意匠も、いささかの見世物的侘びしさを持たず、いい趣味の商業美術の平均的気品に充ち、どんな感受性にも素直に受け入れられるやうにできてゐる。[*64]

もちろん蓮實であれば、きっと、ヴェニスは醜くディズニーランドは美しいなどとは決して言わないだろう。しかし三島の、ヴェニスの美を讃えディズニーランドの俗悪さを嫌うという(少なくともこの文章が発表された一九六一年当時には機能していたはずの)〝紋切型〟にきっぱりと背を向けたこの発言が、「人気商売に徹する」ための〝芸〟としてのみなされたものであるとはどうにも思えない。たとえば大塚英志は、この一節と江藤淳の『アメリカと私』(一九六五年)とを読みくらべながら、三島が「アメリカに対し一切、身構え」ていないことは「『アメリカと私』に於ける江藤のどうにも切ない肩の力の入り方と比較した時、余りに対照的である」と指摘し、さらにこう続けている。「少なくともアメリカに対する屈託が文学者に「日本」を発生させるという江藤的なプロセスからは三島由紀夫は全く自由であるという事実は重要だ。それどころか三島はアメリカ体験に於て「日本」を発見せずに「ディズニーランド」を発見してしまったのである」*65。

三島は一九二五年生まれ、江藤は一九三二年生まれ、そして蓮實は一九三六年生まれである。大塚が三島と江藤のあいだに見出した差異は、ほとんど同世代と言ってよいはずの江藤と蓮實のあいだにも見出せる。それは『オールド・ファッション』(一九八五年)という本に収められたふたりの対談からも窺えるけれども、より直接的なかたちで現れているのは、さきに引いた黒沢清への擬似書簡に蓮實が記した、アメリカ映画を見まくっていた若かりしころをふりかえる以下の一節である。

ところが、なぜかはうまく説明できないのですが、当時の私の頭の中で、アメリカ映画とアメリカ合衆国とが素直に結びつくことはまずありませんでした。とはいえ、それは、誰もが「ヤンキー・ゴー・ホーム」と唱えながら口々に反米的な思想を表明していたとき、アメリカ映画に愛着を覚えてしまう自分を無理にも正当化するための韜晦術ではありません。だから、ゴダールのように、「合衆国政府を憎悪しながらアメリカ映画を擁護する」といった意識的な振る舞いを演じていたわけではなかった。アメリカ映画はアメリカ合衆国を表象するものではない、つまり、アメリカという国はアメリカ映画ほど面白いはずがないというほとんど直感に近い確信から、つい数年前までの敵国への愛着など微塵も示さず、もっぱらアメリカ映画に愛着以上の思いをいだいていたのです。*66

対して、江藤にとっては、「ヤンキー・ゴー・ホーム」という言葉は重大なインパクトを持つものであったと加藤典洋は言う。「一九六〇年六月の、後に「ハガチー事件」の名で知られる羽田空港での騒乱の現場で耳にした「ヤンキー・ゴウ・ホーム！」の声は、それが反安保のデモンストレイターの側から出たものであるだけに、江藤にたいして強い衝撃を与えた。その幻滅は、彼を安保反対運動そのものから離脱させるに十分の効果をもった」[*67]。いま問題にしているのは、言うまでもなく、反米か親米かといった思想的立場ではなく、江藤の屈託と比較することによって際立つような、「アメリカ映画に愛着以上の思いをいだいてい」る蓮實がアメリカ合衆国に対して示す驚くほどの関心のなさである。

なぜそのような態度を一貫して維持しつづけられるのか。この問いもつまるところ、〝凡庸さの臨界〟と〝贅沢な断言〟とがなぜ蓮實の批評において共存できているのかという問いと同じものだろうし、ここまでの決して短くはない道のりを経たあとでも、その明確な答えを私はまだ見つけられていない。ただ、最後に三島を持ち出したために誤解されることのないよう付け加えておく必要があるのは、蓮實のふたつの顔という問題は、大澤真幸の「アイロニカルな没入」という言葉に収まるものでは決してないということである。

大澤の言う「アイロニカルな没入」とは、一九九五年の地下鉄サリン事件を契機に書かれた『虚構の時代の果て』（一九九六年）において提出された、ふざけてやっていると本人たちも自覚しているはずの行為に本気でのめりこむというオウム真理教信者たちのふるまい——すなわち、「内面的にはアイロニカルな意識をもって距離化しているイデオロギーに、行為の水準ではどうしようもなく没入《コミット》していく」[*68]というありさま——を名づけ分析するための概念である。言うなれば、〝芸〟として始めたはずの行為を続けているうちにいつのまにか「人気商売に徹する」ためという意識を欠落させ本気になってしまうということであるが、こう整理すると、そんなに簡単には断言できないと知りながらもつい、三島の自殺までの軌跡もまた「アイロニカルな没入」によって説明できるかのような印象に囚われてしまう。

他方で蓮實の言説は、その多くが、いっけんそう見えるのに反して、そもそもアイロニカルですらない。このことはいままでに挙げた数々の例によっても確認できただろう。すなわち、蓮實の言説の効果という面では、〃凡庸さの臨界〃へのラディカルな志向が〃贅沢な断言〃の威力を強めているという関係が成り立っているにしても、言説の生成という面では、〃凡庸さの臨界〃を突きつめた結果として〃贅沢な断言〃へと至るという関係が成り立っているとは思えず、たんにこのふたつがただ並存しているように見えるという点こそが肝腎なのだ。したがって、「アイロニカルな没入」という言葉よりもむしろ、東浩紀が斬新なかたちで読みなおしたアレクサンドル・コジェーヴの「アメリカ的「動物への回帰」と日本的スノビズム」という構図を借りて[*69]、蓮實においてはこのふたつが同居していると言った方が適切なのかもしれないが、問題をこう呼び換えたところで議論はほとんど前進していない。少なくともいま明らかなのは、蓮實のふたつの顔はきわめて微妙なバランスのうえにあるということであり、そのバランスは、三島においても最後まで維持されることはなかった――それが成り立っていた瞬間はたしかにあったにもかかわらず――ということである。では、私たちに、蓮實の批評から何かを受け継ぐことなどできるのだろうか。

　この問いに肯定的に答えるためのヒントが、黒沢清の以下の文章のなかに含まれているように思われる。これは、二〇〇一年（すなわち『ロスト・イン・アメリカ』のあと）に、既発表の原稿をまとめて『映画はおそろしい』という本を出版する際に黒沢が書き下ろした、「人間なんかこわくない」と題する終章のなかの一節である。

> ところでもうずいぶん前、「いかがわしさ」とか「出鱈目さ」とかいう言葉で懸命に擁護されようとしていた映画にまつわるひとつの事象が、ある時を境にしてぱったりと流行らなくなり、以降それについて言及する者もすっかりいなくなったという事実がある。当時、深作だって神代だって相米

だって充分いかがわしく出鱈目なようにも見えたのだが、それは何か違うな、という実感があり、その理由はどうやら彼らにはどことなく不変な感じがしなかったからだ。要するにあの頃、我々は「いかがわしさ」や「出鱈目さ」の名の元に、結局映画の不変性を求めていたのだ、と言える。だから、私を含めた当時の擁護者たちの口から出る具体例は、即ちペキンパーでありオルドリッチでありウォルシュでありマキノであり、つまりみな古典であって、ここに我々は反フォード的不変性を捏造しようとしていたわけだ。〔…〕そう、「いかがわしさ」や「出鱈目さ」がどうして歴史と関係あるのかさっぱりわからぬが、それを擁護するためには、それは不変でなければならず、不変の証明に我々が用いたのが歴史だったということなのだ。で、最後にはこの企ては失敗した。映画の歴史を語るためには有効だったかもしれない「いかがわしさ」や「出鱈目さ」も、現在この時に映画を撮るという局面では何ら機能しなかった。完全な敗北だった。そしてちょうどそんな時、カサベテスは登場した。*70

この文章は、黒沢が自らの映画作家としての歩みを顧みながら書いたものであり、蓮實の名前はどこにも登場していない。にもかかわらず、ここで黒沢は、一九七〇年代に立教大学で教えを受けた蓮實のことを念頭に置いているはずだと私が考えるのは、本稿がいままで論じてきたのも、ひとことで言えば、蓮實の「いかがわしさ」の不変性だったからである。ふたつの顔を持つ男(あるいは女)というのはそもそもいかがわしい存在であり、とはいえそんな人間はいくらでも見つかるけれども、蓮實ならざる者には成し遂げがたいのは、ふたつの顔を持ちつ、づけるということである。あるいはこの解釈が強引にすぎるというなら、より穏当な読みとして、「明日もまた、これまで通り、面白いアメリカ映画が見られるはずだという楽天的な思いこみ」を持ち出してもよいだろう。蓮實のこの「楽天的な思いこみ」は、アメリカ映画の不変性を信じるということにほかならない。その信念は「映画の歴史を語るためには有効だったかもしれない」が、「現在この時に映画を撮るという局面では何ら機能しなかった」。では黒沢はその局面をどう乗り越えたのか。

ここからさきへと話を進めるには、黒沢の映画を詳細に論じる必要がある。したがって本稿としては、黒沢は蓮實から何かを受け継ぐことに成功したという推察と、そのための方途を見出すきっかけがジョン・カサヴェテスの映画にあったらしいという指摘とをもって、ひとまずの結論とせざるをえない。「カサベテス作品が我々に対して、いや世界じゅうの恵まれない映画人たちに対してやったことは、それまで長く信じられていたフォード的理想像をことごとく粉砕してみせることであった」と黒沢は述べている。「フォード的理想像」の「粉砕」とは具体的には、「人間ドラマという一点で勝負する」ことなのだという*71。しかしそれは、カサヴェテスにとっては「人間ドラマなるものも、つまりは現在という逃げられない宿命が土壇場で提示した選択肢のひとつ」だったからであり、ゆえに「これで不変を手に入れたと思ったら大間違いである」。言い換えれば、黒沢にとってカサヴェテスとは、映画製作が「うんざりするほど現在に縛られた、本当は不変とは縁もゆかりもない営み」であることを知ってもなお映画を撮ろうとする者たちに、ひとつの「選択肢」を示してくれた存在であった*72。

この文章の最後の段落で黒沢は、「私は、やはりあらゆる歴史から切り離された現在この時の「いかがわしさ」と「出鱈目さ」を積極的に受け入れようと思う」と宣言している*73。ここで言われる「いかがわしさ」や「出鱈目さ」は、「あらゆる歴史から切り離された」という言葉から明らかなように、「不変」の対極にあるものとして再定義されている。すなわち、蓮實をとおして「いかがわしさ」を学んだ黒沢は、カサヴェテスをとおしてそれを「歴史から切り離」すことを学んだのだ——そんなふうに結論へと飛躍できればよいのだが、もちろん現時点ではこれはただの仮説にすぎず、さらなる議論は別稿に譲らなくてはならない。しかし仮に、黒沢のフィルモグラフィーから、彼が蓮實とカサヴェテスとを止揚してゆく軌跡を浮かび上がらせることに成功したとすれば、そのときには、ふたつの顔を持つ蓮實の「いかがわしさ」を不変ならざるものとして読み換える可能性もまた開かれるはずである。たんなるいかがわしい男としての蓮實をめぐって紡がれる新たな物語はきっと、蓮實が書いた小説のように、めっぽうおもしろいものとなるだろう。

ところで、カサヴェテスの鮮烈なデビュー作である*Shadows*（一九五九年）は、日本では『アメリカの影』と呼ばれている。そう、私たちはまたもやここに戻ってきてしまったのである。〝アメリカの影〟という問題は、いまだ解決されてはいない。

＊1 『週刊新潮』一九九七年二月二〇日号、新潮社、一三九頁。なお本稿において、引用文中の［ ］による省略および補足はすべて引用者によるものであり、引用文中の強調はすべて原文に基づくものである。また、引用文中に現れる「蓮實重彥」の表記が本来とは異なるものであった場合は、特に断りなくこれを改めた。

＊2 東浩紀＋大澤真幸『自由を考える――9・11以降の現代思想』、NHKブックス、二〇〇三年、一二五、一二七頁。

＊3 ちなみに蓮實によると、総長に就任してまもないころに、『博奕打ち　総長賭博』のポスターの鶴田浩二の顔を蓮實の顔に置き換えた画像が印刷されたTシャツが東京大学へ届けられるという出来事があったとのことである（蓮實重彥「フレデリック・ワイズマン――映画の極意」、『映画論講義』所収、東京大学出版会、二〇〇八年、一九九頁参照）。

＊4　蓮實重彦『夏目漱石論』、講談社文芸文庫、二〇一二年、三九頁。
＊5　蓮實重彦「大衆消費社会では知識人もまた絶えざる〝芸〟を要求される」、『凡庸さについてお話させていただきます』所収、中央公論社、一九八六年、一三〇頁。
＊6　同前、一三一、一三三頁。
＊7　同前、一四二頁。
＊8　蓮實重彦「凡庸さについて」、『凡庸さについてお話させていただきます』所収、七―四五頁参照。
＊9　蓮實重彦『監督 小津安二郎』、ちくま学芸文庫、一九九二年、一五頁。
＊10　同前、四〇頁。
＊11　同前、一一頁。
＊12　同前、二三八頁。
＊13　同前、二四〇頁。
＊14　同前、二五五頁。
＊15　同前、二五六―二五七頁。
＊16　同前、二五七―二五八頁。
＊17　蓮實『夏目漱石論』、二八頁。
＊18　蓮實重彦「ジョン・フォード、または翻える白さの変容」、『映像の詩学』所収、ちくま学芸文庫、二〇〇二年、一二頁。
＊19　蓮實重彦「映画と批評」、『映画 誘惑のエクリチュール』所収、ちくま文庫、一九九〇年、三五三頁。
＊20　蓮實重彦「蓮實重彦ベスト10&ワースト5十年史」、『映画はいかにして死ぬか――横断的映画史の試み』所収、フィルムアート社、一九八五年、二六四頁。
＊21　蓮實重彦「私は長嶋さんのやることならほとんど予言できます」、『スポーツ批評宣言 あるいは運動の擁護』所収、青土社、二〇〇四年、一一四頁。
＊22　阿部和重＋蓮實重彦「アメリカ映画の知性を擁護する」、阿部和重『映画覚書vol.1』所収、文藝春秋、二〇〇四年、四二四頁。
＊23　蓮實重彦「この映画作家の「謙虚」さの欠如は、見る者の「寛容」さの限界を超えている――テレンス・マリック監督『ツリー・オブ・ライフ』」、『映画時評2009–2011』所収、講談社、二〇一二年、一七四頁。

入江哲朗

＊24　この「誘惑」の存在を念頭に置くと、『監督 小津安二郎』のあとがきを締めくくる「小津安二郎は、わたくしにとって、決して死んではいない」という一文に込められた両義性が際立つように思われる（蓮實『監督 小津安二郎』、三八九頁）。この一文と見事な対照を成す——よく似ているという意味でも、ニュアンスに決定的な違いがあるという意味でも——のは、松浦寿輝の『エッフェル塔試論』（一九九五年）が文庫化された際に著者が付したあとがきのなかの、次の一文である。「その後も仕事でしばしばパリに行くが、視界の隅をエッフェル塔が掠めるたび、あれはわたしの塔だ、わたしの、わたしのものだという密かな思いが胸の中に昂まるのを抑えきれない」（松浦寿輝『エッフェル塔試論』、ちくま学芸文庫、二〇〇〇年、五四〇頁）。

＊25　『週刊新潮』一九九七年二月二〇日号、一三六頁。蓮實の長い一文の例としてはほかに、『シネマの記憶装置』（一九七九年）や『シネマの煽動装置』（一九八五年）などに収められている、『話の特集』での連載が挙げられる。そこでは原稿用紙七枚程度の枠が毎回ひとつづきの文によって埋められており、さらにそれらが単行本に収められる際には、各回の末尾と次の回の冒頭とが繋げられ、全体がひとつの文を成すに至っている。

＊26　私はかつて、蓮實の批評が孕むこうした問題を以下の拙稿において（不十分なかたちで、ではあるが）論じたことがある。入江哲朗「「市民性」と批評のゆくえ——〈まったく新しい日本文学史〉のために」、東浩紀＋北田暁大編『思想地図vol.2』所収、日本放送出版協会、二〇〇八年、四一七—四四六頁参照。

＊27　安井豊作「「シネマ」の貧困、貧困の「シネマ」I——現代アメリカ映画の一断面」、『シネ砦』第一号、ソリレス書店、二〇一五年、一三四頁。

＊28　ただし、過去にさまざまな媒体で書かれた映画に関する文章を集めて編まれた『シネマの記憶装置』では、全五章のうちの最初の三章にそれぞれ「シネマの記憶装置」、「フィルム断片、その引用と反復の記憶」、「映画の現在、その緩慢と弛緩の記憶」というタイトルが付されていることには注意する必要がある。ここからは、本文中に明確な規定はないにせよ、蓮實自身の意識においては「シネマ」と「フィルム」と「映画」という三つの言葉が使い分けられていることが見てとれる。

＊29　安井豊作「「転回」以後の蓮實重彥——「ハリウッド映画史講義」を読む」、『シネ砦 炎上す』所収、以文社、二〇一一年、九四頁。

＊30　蓮實『映画 誘惑のエクリチュール』、三九七頁。同様の例としてはほかに、一九八五年に収録された山田宏一および山根貞男との鼎談における蓮實の以下の発言がある。「ここ十年来、批評の質がかなり変って

来たのは確かだけれど、自分のしていることへの反省も含めて、どうも映画をとり逃した饒舌な言葉の羅列といった方向に進んで来ている。映画を輝かせるのではなく、自分を輝かせる技術ばかりが批評として確立してしまった感がある」(山田宏一＋山根貞男＋蓮實重彦「映画を輝かせるために」、『季刊リュミエール』第一号、筑摩書房、一九八五年、一七五頁)。

*31 安井「「転回」以後の蓮實重彦」、九五頁。

*32 ところで、さきに見たように、『映画 誘惑のエクリチュール』の文庫版あとがきによれば蓮實は一九八三年以降の七年間は「あえてこの種の映画論集を出版しまいと心に決めて」いたとのことであるが、一九八五年刊行の『映画はいかにして死ぬか』は「この種の映画論集」には含まれないのだろうか。同書のあとがきには次のように記されている。「啓蒙的な話し言葉で映画について語った文章を、活字にして読み返してみるのは奇妙な体験である。まず、執筆の孤独さが失われ、伝達への楽天的な意志があからさまにすべてを蔽いつくしているのはなんとも薄気味悪い。この薄気味悪さを映画の楽天性だとむりにも錯覚することで編まれたのが本書である」(蓮實『映画はいかにして死ぬか』、二七九頁)。要するに『映画はいかにして死ぬか』は例外的な著作だということになるのだろうが、「啓蒙的な話し言葉で映画について語った文章」を「むりにも」編纂して出版したという言葉からも、一九八五年前後に蓮實にもたらされた意識の変化が垣間見える。

*33 同前、一八頁。

*34 同前、三二、三四頁。

*35 正確には、『映画はいかにして死ぬか』では「映画の死」に関してもう一点、「映画はけっして永遠のものではなく、きわめて歴史的な体験なのだ」ということが強調されている(同前、五〇頁)。これは言い換えれば、映画は生まれたときからいつ死んでもおかしくないものであったし、いまもそうありつづけているということだろう。蓮實の二〇〇八年の著書『映画崩壊前夜』が「崩壊前夜」という言葉で言わんとしているのもこのことであるように思われる(蓮實重彦「映画崩壊前夜に向けて」、『映画崩壊前夜』所収、青土社、二〇〇八年、一〇―一二五頁参照)。この場合は、「崩壊」するとすればそれは〝シネマ〟ならざるものも含めた映画全体のはずである。しかしながら、同書においても述べられているように、こちらの意味での「映画の死」というテーマも一九七〇年代の蓮實の批評にすでに現れていたものであり、決して一九八五年前後にはじめて問題となったものではない。

*36 安井のこのアイデアは『ロスト・イン・アメリカ』ではじめて披露されたものではなく、一九九四年に書かれた彼の文章ですでに提出されている（安井豊作「シネマと構造——「キャメロンの時代」への断章」、『シネ砦 炎上す』所収、一一六—一二三頁参照）。

*37 青山真治＋阿部和重＋黒沢清＋塩田明彦＋安井豊『ロスト・イン・アメリカ』稲川方人＋樋口泰人編、デジタルハリウッド出版局、二〇〇〇年、一六三、一六九—一七〇頁。ちなみに安井は、二〇一〇年に筆名を以前の「安井豊」から「安井豊作」へと改めている。本稿では、書誌情報以外の部分はすべて「安井豊作」の表記で統一することとする。

*38 蓮實重彦「仰視と反復——スティーヴン・スピルバーグと『未知との遭遇』」、『シネマの記憶装置』所収、フィルムアート社、一九七九年、一二五頁。

*39 青山ほか『ロスト・イン・アメリカ』、一七二—一七三頁。

*40 蓮實にとってそれが意図せざるものであったことは、たとえば二〇〇七年の講演の記録である以下の文章からかなりはっきりと読みとれる。蓮實重彦「「モンゴメリー・クリフ（ト）問題」について——映画史のカノン化は可能か？」、『映画論講義』所収、二一—一九頁参照。

*41 高橋洋「おまえはただの現在にすぎない」、『映画の魔』所収、青土社、二〇〇四年、三三一、三三六—三三七頁。

*42 朝日新聞、一九九七年二月八日朝刊、三頁。とはいえ、この期間中にも蓮實は、海外においては映画批評家としての活動を精力的に続けていた。以下の文章でその経緯が語られている。蓮實重彦「廃業宣言以後」、『映画狂人最後に笑う』所収、河出書房新社、二〇〇四年、二二九—二五八頁参照。

*43 この言葉の出典は、『ロスト・イン・アメリカ』の座談のなかでも触れられているが、詳しくは以下のとおりである。Claude Chabrol, Jacques Doniol-Valcroze, Jean-Luc Godard, Pierre Kast, Luc Moullet, Jacques Rivette et François Truffaut, « Sept hommes à débattre », *Cahiers du cinéma*, nos. 150–51 (décembre 1963–janvier 1964): 16. 邦訳「ヌーヴェル・ヴァーグの見たハリウッド50年代」鈴木啓二訳、『季刊リュミエール』第三号、筑摩書房、一九八六年、一一七頁。なお原典へのアクセスにあたっては早稲田大学大学院の數藤友亮氏に便宜を図っていただき、のみならず氏からは、本稿の執筆に際しても有益な助言をいただいた。記して感謝申し上げる。

*44 蓮實重彦『ハリウッド映画史講義——翳りの歴史のために』、筑摩書房、一九九三年、二二一—二二三頁。ちな

みに「古典的ハリウッド映画」という言葉は、デイヴィッド・ボードウェル、ジャネット・スタイガー、クリスティン・トンプソンの三者の共著である *The Classical Hollywood Cinema*（一九八五年）によって映画研究の領域に定着したものである。『ハリウッド映画史講義』ではこの著作は参照されていない（少なくとも文献表には挙げられていない）が、「撮影所というシステム」が「まるで母胎のよう」な保護膜として機能していた時代のハリウッドの監督たちを「ひとまず「古典的」な作家と呼ぶことにしよう」とは述べられている（同前、八―九頁）。

＊45 そこで採られた戦略が「作家政策（politique des auteurs）」である。その内実についてはたとえば以下で簡明に解説されている。堀潤之「フランス映画批評とハリウッド」、『現代思想』二〇〇三年六月臨時増刊号、青土社、二五七―二五八頁参照。

＊46 蓮實重彥「なぜ「73年の世代」なのか」、『季刊リュミエール』第一号、一三頁。

＊47 同前、一二頁。

＊48 同前、一三頁。

＊49 蓮實重彥「シルバーシートの青い鳥」、『反＝日本語論』所収、ちくま学芸文庫、二〇〇九年、一六七頁。

＊50 蓮實『ハリウッド映画史講義』、九頁。

＊51 あるいは、このリズムを過去へと遡れば、一九一〇年代という時代を主題としたものはあるだろうか。領域を映画に限定しなければ、それはたしかに存在する。浅田彰と柄谷行人が編集委員を務めた季刊誌『批評空間』の第二号（一九九一年）に掲載された「「大正的」言説と批評」と題する文章がそれである（蓮實重彥「「大正的」言説と批評」、柄谷行人編『近代日本の批評Ⅲ　明治・大正篇』所収、講談社文芸文庫、一九九八年、一四五―一七六頁参照）。これは、「近代日本の批評」という総題を持つ連続討議の一環として同誌に収められた討議「大正批評の諸問題」をおこなうに際しての、議論の叩き台として書かれたものである（討議には、浅田、柄谷、蓮實のほかに、野口武彦と三浦雅士が参加している）。この文章からは、蓮實が大正という時代を、正確には一九一〇年から二三年までを、『物語批判序説』（一九八五年）や『帝国の陰謀』（一九九一年）といった著作において論じられたフランスの第二帝政期――それは、蓮實によれば、〝凡庸さ〟や〝紋切型〟といった概念が発明された時代である――の日本におけるカウンターパートとして捉えていることが窺える。

＊52 蓮實『ハリウッド映画史講義』、一四六、一六一頁。

＊53　同前、一四六頁。
＊54　同前、一七四―一七五頁。
＊55　同前、二一七頁。
＊56　江藤淳＋蓮實重彦『オールド・ファッション』、中公文庫、一九八八年、九七頁。
＊57　蓮實重彦「黒沢清監督に」、黒沢清＋蓮實重彦『東京から　現代アメリカ映画談義――イーストウッド、スピルバーグ、タランティーノ』所収、青土社、二〇一〇年、一一頁。
＊58　同前、二〇頁。
＊59　樋口泰人『映画とロックンロールにおいてアメリカと合衆国はいかに闘ったか』、青土社、一九九九年、七頁。
＊60　阿部＋蓮實「アメリカ映画の知性を擁護する」、四一五―四一六頁。
＊61　同前、四一六頁。ちなみに蓮實は、二〇〇一年一〇月に収録されたインタビューにおいて9・11テロについて訊かれて、こう答えている。「誰もが映画的だといいながら、あれで大儲けしようとするプロデューサーがいないというところに、現代のアメリカ映画の弱さがでているような気がします。どれほど非難されたって、やってしまう人がかつては必ずいたものです。それが大手には一人もいないのだから、変わったのは現実ではなく、映画会社のほうなのです」（蓮實重彦『「知」的放蕩論序説』、河出書房新社、二〇〇二年、八五頁）。これもまた、〔二〇一〇年代には「炎上案件」と見なされること必定の〕〝贅沢な断言〟の一例と言えるかもしれない。
＊62　阿部＋蓮實「アメリカ映画の知性を擁護する」、四一三頁。
＊63　同前、四二二、四五六頁。
＊64　三島由紀夫「美に逆らふもの」、『決定版三島由紀夫全集31』所収、新潮社、二〇〇三年、五四八頁。
＊65　大塚英志「三島由紀夫とディズニーランド」、『サブカルチャー文学論』所収、朝日文庫、二〇〇七年、五一〇頁。
＊66　蓮實「黒沢清監督に」、一〇頁。
＊67　加藤典洋「「アメリカ」の影――高度成長下の文学」、『アメリカの影』所収、講談社文芸文庫、二〇〇九年、二四頁。
＊68　大澤真幸『増補 虚構の時代の果て』、ちくま学芸文庫、二〇〇九年、二〇九頁。

＊69　東浩紀『動物化するポストモダン――オタクから見た日本社会』、講談社現代新書、二〇〇一年、九七頁。
＊70　黒沢清「人間なんかこわくない」、『映画はおそろしい』所収、青土社、二〇〇一年、二六二―二六三頁。
＊71　同前、二六〇頁。
＊72　同前、二六四頁。
＊73　同前、二六五頁。

入江哲朗

III

遭遇と動揺

濱口竜介

Ryusuke HAMAGUCHI

映画監督。一九七八年神奈川県生まれ。東京藝術大学大学院映像研究科修了。監督作品に『親密さ』（二〇一二年）、『なみのおと』『なみのこえ』『うたうひと』（二〇一一、二〇一三年、酒井耕との共同監督）、『ハッピーアワー』（二〇一五年）など。

どのように書き始めるのがよいのかわからない。今から話題となるそのひとのことをどう呼んだらよいのかがまずわからないからだ。「先生」と呼ぶことはできそうにない。それは敬意の欠如ではなく、事態はまったく逆なのだが、単純に私がそう呼びかける資格をまったく欠いているように思われるからだ。その理由は次章のエピソードに集約される。無駄な自分語りでもあるその章は、読み飛ばしていただいてもいっこうに構わない。

1 「遭遇」の失敗もしくは以前

私が一年浪人して大学入学したその前年から、蓮實重彥――とりあえずそう呼ぶしかない――は東京大学総長を務めていた。まったく恥ずかしい話なのだけれども、私は入学式の当日までその名も知らず、しかも彼の式辞を聞きながらすっかり眠りこけてしまった。ただ、おそらくこれは知性の欠如を示すものであっても、必ずしも私の不真面目を示すための挿話ではない。今『知性のために』(!)というタイトルのつけられた本に所収の式辞原稿を読み直せば、それはまさに通り一遍であることを徹底的に避けた、誠実な歓迎の言葉であったことがわかる。ただ、総長式辞をせいぜい「校長先生の訓話」の延長程度に捉え、やり過ごす準備しかしていなかった私は、五〇分弱に及んで間断なく繰り出される言葉に対して反応不全におちいり、そのまま眠りに落ちた。起きてもいっこうに式辞の終わる気配はなく、眠りに落ちることを繰り返した。ただ当然、それは私同様に理解が追いつかず「寝落ち」する入学生が続出する「事件」へと発展し、その晩の少し笑えるニュースにもなった。私は「入学式で眠りこける東大生」の映像に映っているのが自分でないこと、そして寝てしまったのが自分だけではないことにも密かに安堵したのを記憶している。このときはまだ気づいていないが、私は初手で蓮實重彥と出会い損ねたのだ。そして確かに「遭遇した」と言えるまでには長いまわり道がある。

蓮實重彥が大学総長である以上に、高名な文芸批評家であるという事実は、周囲から徐々に知らされていくことになる。予備校から一緒だった同学年の友人が「そんなことも知らずによく入ってきたな」という感じで「入門編」として『表層批評宣言』と『反=日本語論』を貸してくれた。返すとき「よくわからなかった」と伝えたときの彼の落胆(もしくは勝ち誇りかもしれない)もまたよく覚えている。読みこなしている者も多数いたので、それが一〇代終わりの青年に難解だったなどと言う気はない。ただ、大学に入って知的環境が激変したことだけは理解した。それはまず恐怖であったが、潜在的には喜びでもあったように思う。

蓮實重彥がもしかしたら高名な文芸批評家である以上に、蠱惑的な映画批評家であるという事実はしばらく実感し得ずにいた。私が大学に入学したときに蓮實重彥が総長であったという事実は、私が自分の映画観を形成する上で決定的な時期の大部分が彼の批評活動の休止期間にあたるということを意味する。いわばその「陥没地帯」で、ある種の抑圧を代行してくれたのは、大学の映画サークルの先輩たちだった。高校までそれなりに映画好きを自認していた私は（自分の周りにわざわざ一人で映画館に行くような人間が認められなかったというだけだが）、彼らの口にする、もしくは共有の映画感想ノートに書きつける作家や作品のタイトルをことごとく知らず、「それも見てないの？」という無言の圧力を感じて、雑誌『ぴあ』をめくって映画館に通うようになる。このときも独特の煽動的な文言の入ったチラシを手にした記憶はほとんどない。

先輩たちが（言外に）勧める映画を観に行き、少なからぬ映画を前にして、私はよく眠りに落ち、そして恥じた。自分は映画を見る上で決定的にセンスを欠いているのではないかと疑いつつ映画を見続けられたのは、目の醒めて見るそれらが自分を拒絶しているようには感じなかったからだ。特にヴィム・ヴェンダース、ヴィクトル・エリセの映画は、映画を見ることの快楽を説話の上でも、画面の上でもごく直接に提示して、映画を見続けることを励ましてくれたように思う。彼らが「七三年の世代」と呼ばれたのを知ったのがいつかは記憶にない。ただ映画を見て、映画を撮ることを繰り返す大学生活の中で、蓮實重彥はごくゆっくりと、着実に私の生活の中にその文章を浸透させていった、ということに尽きる。しかし、それはまだ「遭遇」とは言えない。そして、遅いといえばあまりに遅いそれは、小津安二郎生誕一〇〇周年にあたる二〇〇三年に起こる。

2　遭遇――『監督 小津安二郎』

二〇〇三年、大学は一年留年して卒業し、私は助監督として商業映画の現場で夏を過ごすのだが、その仕事ぶりは惨憺たるもので、夏の現場が終わっても先輩助監督たちに次なる現場に連れて行ってもらえるということもなく、フリーターとしてのその年の秋冬を過ごす。ただ、そのことは却って僥倖となった。その秋冬に京橋の国立フィルムセンターで小津安二郎の生誕一〇〇年を記念して行われた、現存する全作の回顧上映に通いつめる時間を私は手にしたのだ。そこで何より私にとって決定的であったのは、小津作品を蓮實重彥『監督 小津安二郎』と往復するように見続けたことだった。

大学時代に『監督 小津安二郎』をもちろん読んでいないわけもなく、ジョン・カサヴェテスについて書いた学士論文になぜか勢い余った引用すらしているのだが、書籍の序文に記されている通り「小津を見たいという欲望に煽られ、そのまま映画館に向かって走りだす」ことのできる時期に、瞳をスクリーンと往還させせながら新たに増補改訂された『監督 小津安二郎』を読むことが、私の人生をそっくり変えてしまうような体験を組織した。それは、既に見てもいたし読んでもいたそれらがまさに「生なましく」形を変えてゆく体験だった。

小津映画において〈器の中の食べ物が映らないこと〉〈二階へと続く家屋の階段が映らないこと〉〈人と人が居並ぶことが、説話論的持続=物語にとって決定的な事態を招き寄せること〉を指摘してゆく『監督 小津安二郎』が蓮實重彥の他の著作と同様に、観客の「見落とし」こそを指摘し続ける著作であることはよく知られているし、だからこそこの本を読むことは小津作品の相貌をまったく変えてしまう。しかし、既に『監督 小津安二郎』を一通り読んでもいた私に起きたのは、スクリーンで見た小津作品こそが『監督 小津安二郎』の「読み落とし」を指摘し、その本の相貌をまったく変えてしまう、というほとんど合わせ鏡のような体験だった。それは小津作品の補遺ではまったくなく、不可欠な片割れであることを知った。小津はただ『監督 小津安二郎』が書かれることのみを期待してそのフィルモグラフィを作り続けたのではないかという妄想じみた想いが湧いてきた。そうでなくて一体誰があのような孤独な作業を続けられるだろうか。しかし、それも本書を読むことでしか感知しえない孤独なのだ。ついに果たした「蓮實重彥」との遭遇は、小津安二郎によってもたらされたものだ。私にとって、事態は必ずしもその逆ではない。

『監督 小津安二郎』は己の視線をカメラに漸近させ続ける著者のみが可能にした潜在的な小津作品として存在している。だからその本は小津安二郎体験を常に更新し、「来るべき小津作品」を準備し続けるのだ。書物と映画が構成するこれほど幸福な循環、もしくは卑猥なまでの結合を私はほかに知らない。

『監督 小津安二郎』は『ジョン・カサヴェテスは語る』やロベール・ブレッソンの『シネマトグラフ覚書』と並んで、二〇代の私にとってほとんどバイブルと化した。それはカサヴェテスの言葉やブレッソンの思索がそうするように、私が制作することを励まし、叱咤した。しかし『監督 小津安二郎』は、映画作家の二人がどこか自分の方法を神秘化してそれを追い求めさせるのとはまったく違う態度で、映画制作の方法をきわめて顕示的に私に教育した。それは「見る」ということだ。カメラという自動機械への予め決められた敗北を生きながら、それでも「見る」ということを通じてしか映画が制作されえないというごく根本的な事実を『監督 小津安二郎』は示している。カメラが撮影現場で写し取ったものを、映写機はそのままスクリーンへと映し出す。つまりカメラと観客は同じものを見るという最早ほとんど意識さえされない事実を、何度でも生起する「できごと」へと一対の瞳が組織し直した書物、それが『監督 小津安二郎』だ。CGによってほとんど実写を用いたアニメーションと化した現代の映画を見る際

濱口竜介

にもその事実が未だ有効たりえるかという問いはピントが外れている。真に学ぶべき、刺激さるべきは「カメラのごとく見る」という馬鹿げた欲望の方だからだ。そして『監督 小津安二郎』が感動的な書物であるのは、おそらくは筆者が「映画そのものになりたい」といういっそう馬鹿げた欲望を、一切ドン・キホーテ的ではなく、きわめて厳密な手続きでもって遂行しようとすることに由来している。

『監督 小津安二郎』が小津体験の不可欠な片割れなのだとしたら、未だフランス語版と韓国語版しか存在しない本書の英訳や中国語訳は各作品の「4Kデジタル・リマスター」などを超えた重要プロジェクトとしてあるだろう。もちろんスペイン語版やイタリア語版、タイ語版があってもかまわない。とにかく、二〇二三年の小津安二郎生誕一二〇周年かつ没後六〇周年のタイミングまでにそれは達成されなければならない。個人的には、それは東京オリンピックなどよりもずっと人類にとって重要なことなのだという気がする。

話はここで終わってもよいかもしれない。しかし、もう少しだけ続けたい。今の私にとって重要なのは、必ずしも小津について語った蓮實重彥だけではないからだ。それについて述べるには、日本映画のもう一人の巨匠の名を召喚しなくてはならない。

3 動揺――「監督 溝口健二」

二〇〇三年から二〇〇七年までの五年間は、フィルムセンターにおいて小津安二郎、成瀬巳喜男、溝口健二、マキノ雅広の網羅的な回顧上映（マキノに関しては本数が多すぎるためそれは現存する全作ということではないが）が行われるという奇跡のような時間だった。テレビ制作会社でADをしていた二〇〇四年を除いて、フリーターもしくは大学院生としてその時期に東京で比較的自由な時間を持てたことに、

濱口竜介

誰ともなく感謝したい。映画好きとしての幸福な時間の中で件の「遭遇」を経た私は遅まきながら、批評家としての活動を再活発化させた蓮實重彥の組織・登壇する企画にできうる限り顔を出した。その中でも最も大規模なものはおそらく二〇〇三年の小津安二郎生誕一〇〇周年、そして二〇〇六年の溝口健二没後五〇周年を記念した国際シンポジウムだろう。今思い返しても、どちらも夢のような顔ぶれが集うシンポジウムであって、そこで受けた刺激がいかに今につながるかはまたまったく異なる一章が必要になる。けれど、ここで話題にしたいのはその『国際シンポジウム 溝口健二——没後五〇年「MIZOGUCHI 2006」の記録』に収められた蓮實重彥の『残菊物語』論だ。

「言葉の力」と題されたこの『残菊物語』論を読んだ時の鈍い動揺を忘れることができない。それまでに目を通していた蓮實重彥の批評とは一読して手触りの違うものだったからだ。それこそ「蓮實的」な批評の代名詞とも言うべき映画の画面における「主題」の発見、及びその列挙的な反復とそこからの飛躍、すなわち魔術的な説得力をこの『残菊物語』論が欠いていたからだと思う。

そこで顕揚されているのは、主演のひとり・お徳を演じる森赫子に宿った「言葉の力」である。しかし文中に

「言葉の力」といういい方を、綿密に書きこまれた完成度の高い脚本といった程度のことと理解してはなるまい。それはまた、ここぞというときに的確な台詞をいってのける役者の演技の巧みさといったことでもない。

とある通り、それは脚本にも役者の演技力にも究極的に帰されるものではない。「言葉の力」の正体は読む我々にとって宙吊りにされたまま、いくつかの台詞が実例として断定的に提示される。しかし、そ

れらの台詞が『残菊物語』の説話において担っている重大さは多くの場合あきらかでもあって、論は読者の「聞き逃し」を撃つものでもない。
当然いつも通り、論の中には溝口作品における画面の濃密な叙述が存在する。しかし、溝口が一シーン一ショットを手法として完成させたとも言えるこの作品において画面＝ショットの叙述は必然的に映画における「物語の解説」というおそらくは筆者自身が最も忌むべきものへと危うく接近していく。
この法外のアプローチは「主題論的批評」が小津安二郎に対して理想的に機能したようには、決して溝口に対しては機能し得ないということへの蓮實重彥自身の深い自覚に基づくものだろう。この『残菊物語』論に先立つ、二〇〇六年の回顧上映パンフレットに所収された「そして、船は行く」と題された溝口健二試論で、彼はこのように述べる。

かりに粗雑な認識から出たものであるにせよ、小津安二郎の作品に「小津」的なものをあれこれ指摘することは誰にでもできます。だが、［…］溝口健二の作品に「溝口」的なものを指摘することは、主題の上からも技法的にもきわめて難しい。ほら、ここに溝口健二が露呈していると自信をもって口にしうる一瞬を見定めがたいからです。

その後に、「船」という主題を提示するとはいえ、これは間違いなく溝口映画に画面の主題を探し求めた蓮實重彥の率直な実感だろう。もし仮に小津安二郎において機能し得たように、溝口健二作品に対して主題論的批評が機能しないのだとして、個人的には妄想含みで、そのことを確信することができる。おそらく、小津のキャメラポジション自体が、溝口との距離において、彼とまったく違う映画を作るために生まれているからだ。

その妄想は溝口健二の『藤原義江のふるさと』（一九三〇年）を見たときに始まる。この作品が私を驚かせたのは、溝口がトーキー以降の「長回し」やサイレント作品『瀧の白糸』『折鶴お千』で見せているある種の外連とも異なる、オーソドックスな古典ハリウッド映画的な話法を示していたからだ。もちろん一シーン一ショットがある種の「ショット内編集」であることを考えれば、溝口がアメリカ映画的な話法を体得していることは当然ですらあって、驚くに値しない。しかし、もし小津がこの作品を見ていたら、そしてその後のサイレント〜トーキーにおける溝口健二の話法の他の追随を許さない発展を見ていたらどう思うだろう、と想像する。溝口とはまったく異なるキャメラポジション、彼が決して置き得ない場所にカメラを置くことを選ぶのではないだろうか。それは人のからだに正対する位置だ。そこに溝口がカメラを置き得ないのは、その場所こそが溝口映画が生まれる淵源だからだ。それは「役者」の位置する場所、もしくはその背中によって本来撮るべき他方の顔が遮蔽されるポジションだ。このポジショニングがもたらした（あくまで結果的な）各画面の「類似」において、小津は自身の戦略を発見する。彼は当然、自分の作品のある一ショットが、自分のフィルモグラフィの他のショットと響き合うことにある程度意識的だったろう。顕示的な一つの画面が潜在的に無数の画面を潜在させるというその「重ね合わせ」は、映画が進行するうちに画面と物語が無限に分岐・複数化するえも言われぬ体験をつくりだす。しかも、画面同士の響き合いは小津作品を新たに見るたびに異なるものとなる。その体験全体を組織することこそ蓮實重彦が「主題論的体系」として白日の下に晒した小津安二郎の戦略ではなかったろうか。

そして、その戦略は実のところ溝口健二もまた「重ね合わせ」の人であったことに由来するのではないか。では、溝口健二の「重ね合わせ」とは何か。それは想像し得る最もオーソドックスな方法である。現場において脚本に基づき、その立体化を図る全スタッフ・キャストの力を「凝集」することだ。そして、蓮實重彦の『残菊物語』論はまさに溝口の「重ね合わせ」を解くための現場への旅としてある。

> 「そのことなら、……覚悟は決めてきております」の一行は、数ある台詞のなかでもひときわ寒々と孤立し、他との温度差をきわだたせている〈脚本〉。それが可能なのは、そうとひと息に口にする森赫子の緩やかな声の抑揚であり〈演技・録音〉、すらりと伸びた彼女の首筋であり〈造作・照明・撮影〉、誰かを見ているとも思えぬその動かぬ横顔の思いつめた孤独なのであり〈立ち上がったキャラクター=フィクション〉、ここしかないという肝心な瞬間にそうした細部を画面に結集してみせる溝口健二の演出の力があったからにほかならない。（〈〉、傍点は引用者）

照明・美術・衣装・メイク等々現場のあらゆる要素が反映して役者の演技ができあがる。それがフィクションという現実の空白地を出現させることがある。カメラ、そしてマイクが狙い定めるのはその出現したフィクション、それを立ち上げる「現場」そのものの記録であり、以上でも以下でもない。そして、フィクションを必ずや立ち上げるべくカメラそばを頑として動かない溝口がそのすべての不動の中心となる。論において「言葉の力」が原作由来のものでないと繰り返し確認されるのは、脚本家の依田義賢が溝口により現場に何度も呼び出され、台詞を改変させられたというエピソードを明らかに頭に入れた上で、「言葉の力」が立ち上がる場所があくまで「現場」であることを確認するためだろう。「言葉の力」がなぜ脚本にも役者の演技力にも帰されるものでないかは言うまでもなく、それが溝口の現場での「重ね合わせ」において生じる不定形の磁場だからだ。その出所や形を確定することはできない。この、方法自体はとりたてて特徴的ではない溝口の「現場」が語るべき言葉を奪っていく。しかし、手がかりはある。その磁場をじかに伝える森赫子／お徳の「声」だ。

実際、トーキー以降の溝口健二の作品の素晴らしさが、この作品で完璧な形式におさまったかにみえる名高いワンシーンワンショットの撮影技法にも増して、女の「言葉の力」にあることを誰もが認めざるを得ない。それほどまでに、ここでのお徳の声は、他をよせつけぬ凛々しさで見る者の心を騒がせる。

呟きこむような早口でもなく、ふと言葉につまって乱れることもないそのなだらかな声の抑揚が、身うちのお説教とも、思いこみからくる身勝手な饒舌とも異なる「言葉の力」となって、菊之助のもとにとどいているようだ。

何にもまして心を打たれるのは、お徳が初めて菊之助に「あなた」と呼びかける声の晴れがましさであり、軽やかではあるがどこか危うげなその抑揚である。（以上、傍点引用者）

人が激しく動揺するのはこのときだ。かつて蓮實重彦がこれほどに役者ともキャラクターともつかぬ人物の「声」に固執したことがあったろうか。もちろん、蓮實重彦は単に「瞳」の人ではない。彼の耳はいくつもの音響的主題を聞き取り、指摘してきた。その白眉がほかならぬ溝口健二の『近松物語』論「翳りゆく時間のなかで」（『季刊リュミエール』第四号所収）における「愛を予告する音楽」の指摘、そして『監督 小津安二郎〔増補決定版〕』「笑うこと」の章における音響と画面の不一致の指摘だろう。だがある役者の「声」の質をこのような執拗さで指摘したことはなかった。そんなアプローチは、あのロベール・ブレッソンに対してさえしていないはずだ。理由ははっきりしている。図像による例示さえ許されない音声それ自体の叙述は、当然どこまで言っても曖昧であり、それを同定する言葉は必然的な貧しさをまとわざるをえない。森赫子＝お徳の声を描写する「凛々しさ」も「なだらかさ」も「晴れがましさ」も、どれだけ周到に選ばれたとしてもその貧しさから逃れることはできないし、そのことを彼が自覚していないわけもない。にもかかわらず、彼は「貧しさ」の側に立ちながら叙述を続ける。そのことが人をこのうえなく動揺させる。

数十年来、自分の培った方法を投げ出し、耳を傾け、ひとりの女の臓腑の襞の波打ちを感じ取ろうとしている男。「声」。それが彼自身の提唱した「あらゆる映画はサイレント映画の一形態でしかない」という仮説を裏切ることであっても構わない。それは蓮實重彥という不世出の映画批評家が溝口健二の映画に迫るためにたどりついた唯一の方法なのだ。『残菊物語』とは、溝口健二とは、そして映画とは、それほどまでしなくては決して拮抗し得ない何ものかなのだ。

小津作品を見返したときの『監督 小津安二郎』がそうであったように、『残菊物語』を見返すこと、その中のお徳の声を聞き取ることは、「言葉の力」が『残菊物語』－溝口を語る無二のテキストであることを確信させる。叙述によってシーンのすべてを漏らさず立ち上げようとする蓮實重彥の執念に、カメラ脇を陣取ってそこから動かなかったという溝口健二自身の像が重ね合わせられる。そこにはやはり「映画になりたい」という馬鹿げた欲望をきわめて厳密な手続きでもって遂行しようとする極めて愚直な男の肖像が浮かび上がるのみだ。ここでも彼は、数十年前の自身の宣言を相も変わらず実行している。

真に機能した「方法」が人目に触れたりはせず、時空を超えた事件としてあり、いつまでも醜い「原理」や「体系」として抽象空間に残骸をさらしたりはしないということ、つまり「方法」は「批評」の前にも後にもなく、「批評」と同時的に体験されるものであって、その時にのみ積極的な価値を生

きうる［…］

これは「批評」を「制作」と置き換えてもまったく同様だろう。この『残菊物語』論を読んだ動揺が、今も私を次なる場所へと誘っている。

4　おわりに――「聞く視線」

先の引用は、友人から「入門編」として手渡された『表層批評宣言』からのものだ。その後、自身で買い求めた。果たして「入門」を果たせたろうか、と問うのはやめよう。同じく「入門編」として示された『反＝日本語論』（文庫版）の解説に付された（実のところ、一読して最も私を惹きつけた）シャンタル蓮實の一節を引用して、そろそろ終わりにしたいと思う。

時折り、夫と私とが撮った写真を見くらべて見ますと、二人の視線の違いがよくわかります。夫の写真では被写体は、あたりの風景に調和したかたちで位置づけられている。私の撮った写真では、被写体が周囲から切り離されている。ここにも、包括的な視線と集中的な視線とがはっきり出ているように思います。それは、ときどき夫の見せる、あの聞く視線ともいうべきものかもしれません。私の話に相槌をうつとき、彼は、私を見つめるのではなく、話している私を受け入れようとするかのようにやや瞳を伏せ、耳を傾けているのです。私は、小津安二郎の映画で真正面から相手を見つめる人物たちが、どれほど現実とは遠いかを日本に来て学びました。私は、二人の関係が維持されていることを示す小さな視線のタッチでとりかこまれることの意味を知ったのです。

妻は夫の「包括的な」画面をくまなく見尽くすような視線を指して「聞く視線」と呼んだ。このとき、彼が「耳」を使って、現場の臓腑の波打ちを聞き取ろうとしたのは『残菊物語』が最初の試みではまったくなかったことに思い当たる。蓮實重彦は稀代の聞き手でもあった。彼なくして、どれほど多くの言葉がしまいこまれたままだっただろうか。

ゴダールから、シュミットから、アレクサンドル・トローネから、中古智から、厚田雄春から驚きとともに（「そんなことを指摘されたのは初めてです！」）言葉の漏れ出すあの瞬間。まさか、こんな場所で、こんな時代に、自身の深奥にある秘密を明かすことになろうとは思わなかった人々のほとんど自動的に漏れ出てくる声－言葉は彼の批評活動が「表層批評」として括られることの矛盾を示して余りある。「瞳」の力だけでなく、これらの声－言葉の誕生を促した「耳」の力を、わかりきった事実と口にすることなく地道に顕揚してゆく必要があるだろう。単に蓮實重彦というひとの全体像を捉えるためではなく、我々自身が生きるために、それは不可欠なのだ。

思い返せば、そのひとは何よりも私の前に「声」として現れたのだった。それを「聞く視線」を持つに至ったかは未だにまったく自信が持てない。それでも言うならば、書かれた文字を、ほとんど自動的なリズムで長時間読み上げ続けるという形で行われたあのオーディオヴィジュアルとしての式辞は、私をそれまで経験したことのない眠りへと落とし込んだ。初めから、そのひとは私にとってあまりに映画に似ていたことに、ふと思い当たる。

胸の高鳴りをおさえながら

三宅 唱

Sho MIYAKE

映画監督。一九八四年札幌市生まれ。映画美学校第10期フィクション・コース初等科修了。一橋大学社会学部卒業。監督作品に、『やくたたず』（二〇一〇年）、『Playback』（二〇一二年）、『THE COCKPIT』（二〇一四年）など。

蓮實重彥という名前を最初に知ったときのことははっきりと覚えている。それは『村上龍対談集 存在の耐えがたきサルサ』を読んだときだった。村上龍の連載小説に夢中になり（中学生が独立国家をつくろうとする物語に自分を重ねていた）、ほかの著作にも興味を持って手にとった中にその対談集があった。ページをめくると、蓮實重彥という名の対談相手が開口一番、東大総長に就任したことを愚痴りはじめる。驚き、笑った。どうやらかなり偉い人らしいが、いわゆるただの偉い人ではなさそうだ。ふつうの大人はそういう本音を口にしないはずだった。まともではない。中学生なりに、学級委員長に選ばれて面倒臭がる奴、しかもそれをギャグにして笑いをとる反抗的な奴をイメージしながら読み進めた。内容は主に、村上龍が監督したばかりの映画やこれまでの小説について。話題に出てくる人物名や作品名でわかるのは『ダイ・ハード』だけ。ただちょうどその頃、自分でもごく短い小説を書いてみたり、ふとした思いつきで同級生たちと学校のビデオカメラを使って映画ごっこのようなことをしていた。とくに映画づくりは、こんなに面白いことはないと高熱が出るほどだった。だから、とあえて簡単に結びつけると、そこで交わされる映画づくりについての言葉はすべて他人事ではないと感じ、どきどきしながら読んだ。そこにはこんな問いが書かれてあった。

ひとが踊り出す瞬間をどのように撮るべきか。

キスをするために近づいていくふたりをどのように撮るべきか。

それを考える前に撮ってはいけないのではないか。

いったん本を置き、真剣に想像した。自分なりにその問いに答えてみたかった。キスもしたことがなかったのにどう考えたのだろう。とにかく、はじめての映画づくりの熱がぶりかえすかのような時間だった。蓮實重彥を知るということは、自分にとって、まだみたことのない世界を映画の一シーンのように想像する、その興奮を覚えることだった。映画をつくったときの高揚をいつか再び味わいたい。そうでなければきっと気が済まない。ただでさえ映画に前乗りになりはじめていたところを、うしろからさらに押されるような出来事だった。

この人ならきっとまた笑わせてくれ、刺激してくれるにちがいないと期待し、『監督 小津安二郎』の文庫本を買った。目次をみて、これはどこから読んでもよさそうだと適当にページを開いて読みはじめ、途中で読むのをやめた。扱われている映画をいますぐみたほうが良さそうだった。まだ一本もみたことがなかった。とはいえ当時の環境では何本かのビデオしか手に入らないことがわかり、また実家の居間がそれをみるにふさわしい場所とは思えず、結局また本を手にとり、同じように適当にページを開いた。映画の場面を想像させてくれそうなページを探し、さっと読み飛ばしたり、一部分だけ何度も読み返したりした。それを読むことで、映画をつくっているような気分になることができた。途中でようやく、順番を間違えるな、と自分に言い聞かせた。遊びの延長でたった一度だけ映画をつくり、たまたま映画批評を目にしたものの、そもそもろくに映画をみていなかった。まずはとことん映画をみようと決めた。

その後、上京してからは、決意通り先に映画をみたあとその批評を探し求めたこともあれば、本を読み続けたい誘惑に身を委ねてその逆になることもままあった。また、実際に蓮實さんの姿をみてみたいと青山ブックセンターでの「蓮實重彥とことん日本映画を語る」シリーズなどにのこのこと出掛け、著書にサインをもらったりした。強烈に思い出深いのは、はじまって早々にジョン・フォードの抜粋を上映したときのこと。「投げる」カットだけを並べたビデオをみた会場は一瞬で爆笑に包まれた。やっぱり笑わせてくれる、と思った。そして、講演などの直接的な場のみならず、映画美学校に通いはじめると講師たちが生徒の撮った課題を一度みただけで一カット目からすべて記憶していたり、東京大学で青山真治監督が担当していた講義にモグると『宇宙戦争』の冒頭をみせたあと学生に一カット目から順に言わせていたり、間接的にも影響下で映画を学んだ。そっくり真似をして、デートで映画をみた直後、一カット目がなにか覚えているかと、ムードもへったくれもなく尋ねたりもした。大学で自主映画を何本かつくり、映画評を書いて発表しはじめるころには、最初に名前を知ってから一〇年近く経ちつつあった。そんな折、開設から数年遅れでその存在を知ったウェブサイトのタイトル、「あなたに映画を愛しているとは言わせない」という言葉を目にしたときの動揺は忘れたくても忘れられない……。

ごく個人的な経験をだらしなく振り返りながら思ったのはまず、映画の発見と蓮實重彥の発見がほぼ同時だったという事実が自分にとってはつくづく大きいということだ。幼少の頃から進んで多くの映画をみてきた映画狂では決してないし、映画体験を蓮實以前／以後に分けることもほとんどできないか

三宅 唱

ら、その名前と仕事を大きな地図のなかに位置付けるようなことができない。また、蓮實さんのことを実在するひとりの人間としてみてきたというよりも、下手な喩えだが、ハスミシゲヒコと呼ばれる映画体験装置のようなものとして認識してきたから、蓮實重彥について書くことがなにか特別なことというより、映画をみること一般について書くことのようにも感じている。そして、自分自身が映画をつくった直後に、読むことのよろこびをつくることのよろこびとほとんど同じようなものとして覚えたからこそ、映画をみはじめ、やがてまた映画をつくったり、自分でも書いたりするようになったがゆえに、いまは映画をつくることが中心にあるといえばあるが、それでも映画をみたり読んだり書くことが、つくることとまったく別のこととはどうしても思えない。

ここで積極的に明らかにしたいのは、そんな自分個人のことではない。ここまで書きながら考えていたのは、自分のような出会い方に限らなくとも、あるいはこれまで深く映画に親しんだ人でなくとも、つまりだれがいつどのようなきっかけで蓮實重彥を読むことになっても、ひとはおそらく自分と同じように、映画をみたり、読んだり、つくったり、書いたりすることに共通する〈ある感覚〉を、そうと意識せずとも経験しうるのではないか、ということだ。

今回改めて、全てではないがいろいろと読み返しているとき、「胸の高鳴りをおさえながら」とか、「息を殺しながら」とか、「ほっと胸をなでおろす」といった言葉をいったん通り過ぎたあと、やや遅れてハッとした。決して頻繁にではないが、どこかにさりげなく、ただたしかにどの文中にも書かれている。スクリーンに映っているものをそのまま翻訳するような描写が続いたあとにふと挿入されるそうした言葉にさしかかるたび、自然と自分も同じように、いったん胸を高鳴らせたあとにそれをおさえたり、実際に息を殺したり、ほっと胸をなでおろしたりしていることに気がついた。ため息をついたり、微笑んだり、居心地の悪い思いをしたり、目頭が熱くなったり。映画に映るものに比べればごく控えめに書かれているこうした言葉は、映画をみているときの自分自身の存在をみつめ、その変化を捉えようとする、いわば〈切り返しショット〉のようなものだ。

この〈切り返し〉によってこそ、批評として読みはじめたはずのものが、いつのまにかそれがシナリオのようなものに姿を変え、そうと気づかないうちに映画をみる役を演じているかのような経験が生まれているのではないだろうか（そんなこといままでないという方は、ぜひ最初からこれがシナリオだと思って、演じてみていただきたい）。

どのタイミングで〈切り返し〉を書くかという演出術によって、まるで映画をみているような感覚、つまり、みることと読むことが重なりはじめるのだろう。そもそも、その演出家自身も同じく、かつてどこかで実際に胸の高鳴りをおさえたり、息を殺していたりしたはずだ。想像するとなんだか可笑しい。

そうした〈切り返し〉によって捉えられるアクションのなかでも、「胸の高鳴りをおさえながら」という仕草が個人的には好きだ。

わざわざ胸の高鳴りをおさえるなんて、かなり不思議な行為ではある。映画館からの帰りの電車のなか、今みたばかりの映画を思いだしながらじっと幸せに浸るときの感覚。声を出したり体をよじったりするわけにはいかないから、無表情を装って座っている。周囲のだれも気づかないが、自分だけは溢れ出すような感情を全身で、音もなく味わっている。これほど幸福なことはなかなかない。サッカーの試合でゴールを決めたあとの爆発する身体とは真逆の、だがそれと同じかそれ以上のよろこびが、胸の高鳴りをおさえるというごく小さなアクションによって生まれうる。余談めくが、ふと落ち込んだときやストレスを抱えたときに、もし自分がW杯に出場してゴールを決めたらと想像し、部屋や夜道で声を出し全身でそのよろこびを表現してみるとかなりの確率でやる気が湧いてくるのだが、なんのことはない、そんな不審な行動をとらなくても、椅子に座って目を閉じ、なにか映画の一シーンを丁寧に思い出すだけですっと楽になれることに最近気がついた。たいていは映画のことで頭を抱えているから、なるべく別のことを考えがちだが。

さて、この「胸の高鳴りをおさえながら」という仕草には、読むこととみることが重なるだけではなく、映画をつくるときの感覚もオーヴァーラップするように思う。冒頭に書いた、蓮實重彦からの問いをはじめて読んだ一五歳の自分が、キスもしたことがないのにその場面の演出を考えたときも、「胸の高鳴りをおさえながら」、想像した。正確にいえば、キスでどきどきしきってしまうとそこで想像が止まる。焦ってはいけない。頭のなかでキスを演じるのは自分ではなく、あくまで自分はそれを演出する側だ。だから努めて冷静に、胸の高鳴りをおさえる。ただ無感情になるのではなくて、演出する側がどきどきしないことにはいいキスシーンとはいえないはずだから、できるかぎり自分の感度をあげておく。想像し続けるためにはそんな過程を経る必要があって、またそうすることでよりいっそう胸が高鳴ってくる。どきどきしようとして、たしかにどきどきしはじめたら、そのどきどきをいったん落ち着け、そうすることでより強くどきどきすることが、ようするに映画を想像することのかけがえのないよろこびだった。それは簡単なことではないと思う。いま映画をつくるなかでの実感としても、たとえば脚本を書くときに胸が高鳴りはじめるとそれをおさえながら書き続けることは、書きなぐるのではなく誰にでもわかるように書くことにいつも難しさを感じるし、撮影中や編集中におけるそれぞれの難しさも、どこかで胸の高鳴りに関係している。

映画をみることと胸の高鳴りをおさえることは、身体のなかで一直線に結びついている。というのも、映画をみる状態、より丁寧にいえば、映画をみ続けられているという状態とは、たんにその映画が目を背けるほどにはつまらなくはない場合か、あるいは、必死に胸の高鳴りをおさえることで精一杯になり、文字通り「ただみつめ続けるほかない」場合だ。

「胸の高鳴りをおさえながら」だけではなく、蓮實重彥が選ぶどの〈切り返し〉も、映画をつくっているあいだに何度も味わう感覚だ。本番中の監督は息を殺してみつめているほかないし、うまくいったときはほっと胸をなでおろし、ため息をもらす。オーケーやNGをだすという、客観的にはまるでわからないようにも思える監督のほとんど唯一の仕事とは、自分の胸が高鳴ったかどうか、どきどきしたかどうかを周囲と共有することだ。映画監督は最初の観客であるというような文句があるが、つくることとみることに一致している感覚の言葉を〈切り返し〉として、蓮實重彥はそっとさりげなく自身の批評のなかに配置している。批評を読んだり書いたりする面白さとは、映画をみる面白さとは、いったいいつその胸の高まりが自分の身に起きるかをただ冷静にたしかめることなのかもしれない。

間違いなく自身が、たとえば『監督 小津安二郎』を書いている途中、きっと何度も映画を思い出すたび手をとめて走り回りたくなるような胸の高鳴りをおさえにおさえながら一語一語書いていったのだと思う。胸の高鳴りをおさえることなしにはなにも生まれなかった。もし、蓮實さんが胸の高鳴りに自分ひとりで身を任せてしまっていたら?

これまでの蓮實さんの仕事の途方に暮れるような巨大さをひとくくりにできるはずもなく、なにかまとめめいたことを書こうとは思わないから、ここではあくまで小さなこととして、蓮實重彥を読むときには胸の高鳴りをおさえるし、映画をみるとき、つくるとき、書くときにはおなじように胸の高鳴りをおさえるという、あたりまえといえばあたりまえのことを記しておきたい。それだけではないが、そういうところもある、というぐらいに読んでいただけたら嬉しい。

だれもが胸の高鳴りをおさえないことには、映画をつくることも、書くことも、読むこともできない。

三宅 唱

いや、胸の高鳴りを感じずともなにかできるのだろうが、それでは面白くないというのが、冒頭の「それを考える前に撮ってはいけないのではないか」という問いに結びつくのではないか。

ひとが踊りだす瞬間、キスをしようとふたりが近づいていく瞬間、自分の胸が高鳴っていくかどうかたしかに感じられること、そしてその胸の高鳴りをおさえるようにして撮ること……


……いや、よりもっと具体的なことの数々を学んできたはずだ。それがなにか、ひとつひとつ簡単に列記できるものなら自分のためにもそうしたいが、書くことができない。そのかわりに、胸の高鳴りをまだあまり感じたことがないというひとのために、つまり、蓮實重彦をまだまったく読んだことがないひとがこの文章を読むとは思えないから、まだ少ししか読んだことがないというひとのために、具体的には例えば映画美学校の後輩にあたるようなひとたち(といっても自分とほとんど年齢が変わらなかったりするが)のために、自分なりに入り口と、ありうる道筋のひとつをおおまかに示してみたい。これは、お節介かと思うかもしれないが、とにかくたんに読んでもらってからのほうがいろんな話がはやいから。

まず、なにか講演録から先に手にとる。ある映画作家について話されたものでもいいが、もうすこし大きな構えのものだ。たとえば、「映画からの解放——小津安二郎『麦秋』をみる」(『帰ってきた映画狂人』所収、河出書房新社)や、「大胆さと技法について」(『映画論講義』所収、東京大学出版会)など。読みやすさを喩えるなら、「胸の高鳴りをおさえながら」が「どきどきしながら」になっているから、あっという間に読み終わる。それから、『小津安二郎物語』(厚田雄春との共著)、『成瀬巳喜男の設計』(中古智との共著)、『光をめぐって』(編著)(いずれもリュミエール叢書、筑摩書房)などの映画の実作者たちへのインタビューを読み、逃げ出したくなるほどの面白さを持てあまして右往左往する。とくに前者二冊は、最後には果たしていま自分たちが映画をつくっていいものかと震えるような、あまりにも貴重なことが対話のなかで語られている。そこまで読みすすめるとおそらくまだ自分がみていない映画の数に呆然としはじめるので、その思いに素直に従って映画館や名画座に通いつめる。もしその時どうしてもガイドが必要というなら、『ジャンル別映画ベスト1000』や、あるいは数多くある対談（武満徹との共著『シネマの快楽』など）で話題にあがるタイトルだけいったん目を通す。映画をみたあと、それについて書かれている時評や、まとまった作家論などにあたっていく。おそらくもう一度その映画をみる必要に駆られたり、またはじめから読み直したりするだろう。どのタイミングかは各々に任せるとして、途中で映画をつくったり書いたりしていけば……きっと最初には予想もしなかった出来事が起きる。

「映画にかかわっていると予期せぬ出来事が起こる」というようなことが蓮實さんの文章には何度となく出てくるが、最後にまた、ごく個人的なことを。『Playback』を撮ったあと、もし蓮實さんに観てもらえるならばと願い、手紙を書いた。なるべく短いものにしたが、書き損じ続けて便箋を一冊使った。ある日郵便箱をあけると、すぐに名前が書かれた封筒がみえた。一度はみなかったことにしようと思った。その時点ではまだまったく面識がなかった。青山ブックセンターの喫煙所でたまたま隣に立ってタバコを吸ったこと、日仏学院の手洗いでたまたま隣になったことや、シネマヴェーラ渋谷のたまたま同じ列に座り『次郎長三国志 第三部』『次郎長三国志 第四部』をみたことなどがあったが、話しかけたことはなかった。はじめて挨拶をしたのは手紙を受け取ってからおよそ半年後。とある撮影のために朝からリハーサルをしていた日、休憩に近くのコンビニで会計をしていると、蓮實さんがひとりで入ってきた。不意打ちだった。思わず目を逸らし、足早に外に出て現場に戻ろうとしたが、ふと思いとどまって、外で待ってみることにした。とはいえ、短パンにサンダル履きだった。とてもではないが挨拶していい格好ではない気もして、すこし虚しくなってくる。やはり機会を改めようかと迷っているうちに、蓮實さんが外に出てきた。手にはコカ・コーラを持っていた。思いきって声をかけた。このとき自分

三宅 唱

がひとりではなく、撮影の四宮秀俊や女優の片方一予らが一緒にいたことで、もしかすると一瞬かなり警戒させてしまったのではとも思うが、こちらはすこし落ち着いた状態で自分の名前を告げることができた気がする。それからおよそ二年後、『THE COCKPIT』を持ってパリで開催されるシネマ・ドゥ・リールに参加し、ギヨーム・ブラック監督に再会し、東京に帰ってきた直後にその高揚にまかせて報告めいたメールを蓮實さんに送り、その数日後には、樋口泰人さんがニール・ヤングに取材するのに同行するため、ロサンゼルスにむかった。躁状態だった。メールの返信を受け取ったのは、モンテ・ヘルマン監督が旅行者向けに貸し出している自邸の一室だった。自分でも驚くほどミーハーな書き方をしていることは承知しているが、これは期待しようにもしようがない、思ってもみないようなことが人生には起こるのだと思った。つい最近、アテネ・フランセ文化センターで、松井宏とともにオットー・プレミンジャー監督についてレクチャーを担当するという機会があった。事前にたまたま『映画は判ってくれない』(梅本洋一)を開くとプレミンジャーについて書かれた短い文章があったので、当日に会場で松井に音読してもらった。客席にいた知人にあとできくと、前に座っていたひとがスマートフォンを取り出し、アマゾンのサイトを開いてその本をカートに入れていたという。思ってもみなかったことが起き、嬉しかった。こんなことが二度あると期待するわけではないが、単純に、批評をだれかの声を通してきくことは意外にも新鮮だった。いままでとは異なる批評の経験の方法として、自分で音読する、もしくはだれかの朗読を通して聴くというアイデアはどうだろうか。

胸の高鳴りはおさえようとすればするほど、いずれ自然と一人ではかかえきれないほど大きくなっていくものらしい。かつてどこかで蓮實さんがひとり一本の映画をみながらおさえにおさえた胸の高鳴りが、書き続けることによってなお次第に大きくなり、やがてまるで無関係だったはずのどこかの一五歳にまで届くという、誰も期待しようがなかった出来事がすでに起きた。では今後、自分が映画をつくったり、あるいは批評の朗読であれなんであれ、自分もまたおなじようにただ胸の高鳴りをおさえにおさえて生きていけば、どこかで同じように、まるで予想もしないことが起こるのか。正直にいえば、この文章を書く前は恥ずかしながら勝手に責任のようなものを感じ、本を読み返しては胸の高鳴りをおさえながら手を動かし、あるいは高鳴りにつられて書き損じたり書き飛ばしたりしていないか気にしながらゆっくりと書いてきたが、いまなにを期待しようとしなかろうと、思いも寄らないことがいつかどこかきっと起きるのだと思えば、なんだか楽になってくる気もする。

三宅唱

眼差しに導かれて

小森はるか
Haruka KOMORI
映像作家。一九八九年静岡県生まれ。東京藝術大学大学院美術研究科先端芸術表現専攻修了。二〇一二年四月、岩手県陸前高田市に拠点を移し、現在仙台在住。主な作品に、『波のした、土のうえ』(二〇一四年、瀬尾夏美と共同制作)、『息の跡』(二〇一五年)など。

はじめて蓮實さんに作品を観ていただいたのは本当に偶然のことだった。ある自主上映企画に参加していた時、プレス送付作業の担当リストにお名前を見つけて、手紙をこっそりいれたことがきっかけだった。あのリストがハ行から始まっていなかったら、送ってみようと思わなかっただろう。わたしが蓮實さんに出会ってから、といってもまだ一度もお会いしたことはないのだが、手紙を送ったのはそれともう一通だけである。たった二回かもしれないけれど特別な二回で、その間に経過した五年という時間も、表現と向き合い続ける覚悟を与えてくれた特別な時間だ。見ず知らずの者から送られてきた作品にお返事をくださったこと、今でも名前を覚えていてくださることに感謝する以外の言葉が出てこないが、作品を「映画」だとはじめて呼んでくれた蓮實さんとの出会いがなければ、作り手としての自覚も、表現へと結実させていく感覚も、今持っているものとは違っていただろう。

最初の手紙を送るきっかけとなった自主上映への誘いを受けたのは、二〇一一年に起きた大きな地震からまだ三ヶ月後で、大学の同級生の瀬尾夏美と東北へと通うようになっていた時だった。縁もゆかりもなかった土地との関わりは、二人でボランティアに行ったことから始まった。恥ずかしい話だが、震災の前までは選挙に行ったこともなかったし、ニュースを見たり新聞を読んだりする習慣もなく、社会で何が起こっていようと全く関心を寄せることがなかった。あの日に自分の体も、東京の街も一緒に揺れなかったら、東北を地続きの場所として想像することができなかったかもしれない。ちょうど大学院へと進学する春休みで、卒業式も中止になりバイトも辞めたばかりで暇だった。時間だけはあるのに、誰かの役に立つような技術も知識もなく、何もできずにテレビから流れてくる映像をひたすら見ていた。瀬尾からボランティアに行ってみないかと提案されてほっとしたのを覚えている。

まだ落ち着かない時期であったにもかかわらず、東北で出会った人たちは余所から来たわたしたちを食卓や居間に迎え入れてくれた。津波で壊された風景の中で、日常をもう一度立ち上げようとしていく気丈な振る舞いは、何が本当のことで、誰が正しいのかも分からなくなっていた現実のなかで、唯一信頼できるものだった。東京の学校の中でしか表現について考えて来なかったわたしに、それとは全く別の世界に表現の本質的なものがあると気づかせてくれた。失ってしまったたくさんの尊いものと、残されたものとを繋ぎ止める方法を、誰にも知られずにつくり出している人たちこそ、表現する切実さと向き合っているように感じた。

芸術に何ができるかと様々な人が口にし始める中で、作品や表現について考えを巡らすことは、おこがましいことのように思えて遠ざけていた。しかしカメラで記録すること、誰かに伝えることの役割を与えてくれたのは、東北に暮らす人たちだった。どれだけ大きな変化があっても、何もできないという

小森はるか

ことを実感しても、表現に向き合いたいという気持ちは変わらなかった。東北ではない場所でつくること、上映することに後ろめたさを抱きつつも自主上映への参加を決めたのは、その気持ちを投げ出したくなかったからだ。もう一つには、作品をつくる時間を無理矢理にでも拵えなければ、東北で見聞きしたことを誰かと話したり考えたりすることさえできずにいたからだった。

今まで作品に出演してくれた同級生の原麻理子さんが大切にしていた、ある戯曲のことを東北との行き来の中で思い出していた。その戯曲は「わが町」という有名な作品で、架空の田舎町の日常を、ある一日、主人公となる女性の結婚、死者の世界という三部構成によって描いた物語だった。原さんが惹かれていたのは、構成やストーリーではなく、戯曲に書かれたセリフやト書き一つ一つの言葉だった。この言葉の意味を、声にすることで咀嚼していく過程を記録したいと思った。今思えば直接的に「東北」のことを語り合うのではなく、媒介となる「わが町」があったからこそ、この作品に関わってくれた一人一人との共同の間に、耳を傾け合う余地が生まれたのだと思う。「わが町」を上演するという架空の本番に向けて、原さんの演出のもと俳優たちが行う稽古の様子と、わたし自身のふるさとの風景の中で原さんが演じるある女性の一日という二つの時間を交互につないだ四〇分程の作品『the place named』をつくった。明確なストーリーも展開もなく難解すぎてよく分からないとも言われたが、ここに残されたものすべてが、日常を紡ぎ出す東北の人々の営みを目にしなければ、カメラを向けようと思わなかったかけがえのないものたちだった。それはわたし個人の表現ではなく、言葉と風景とにひたすら向き合った人たちがつくり出した濃密な時間の集積だった。

東北での撮影は、作品にしようという思いではなくて、この土地で何を記録として残せるのかという葛藤だった。瀬尾とわたしはただ見聞きしたことを都市に持ち帰って言葉で報告するという活動を続けていた。周りからはその行為がアートや映画とは関係ないように思われていたし、一年も経たないうちに「震災とはこういうものなのだ」と一つの概念のように語る人が増え、報告という方法では届かなくなっていった。それはわたしたちが伝えようとする現実に対して知っていることがあまりにも浅かったことと、表現へと結実させなければ伝わらないということへの気付きだった。瀬尾はかなり早い段階から陸前高田に引っ越して絵を描きたいと口にしていたが、わたしはこの時期になってようやく決心することができた。

二〇一二年の春先、引っ越す家を探していた際「御礼」というタイトルの付いた一通のメールが届いた。作品について連ねられた言葉の最後に蓮實重彥と名前があった。日々、様々な映画が送られてくるのではないかと想像するが、すべてを観ていらっしゃるのか、たまたま手に取ってくださったのか、顔も名前も知らない者がつくったものを観てくれたことに驚いた。他の方にも手紙を書いてプレスを送っていたのだが、返事をくれたのは蓮實さんただ一人だった。ショットごとにここは非常によい、これはいかがなものかと感想を交えながら、はじまりから終わりまでの時間を追想するような文章だった。撮影や編集を通して繰り返し目にしていたはずなのに、わたしには見えていなかった動きの隅々まで、すべて見届けられたことを言葉が語っていた。うまく言えないが、カメラに写されたものたちが、人の眼差しによって成仏していくような感覚だった。それは誰の目でもいいわけではなくて、写す・観るという間に最良の関係があるのだろう。決して自分が良い写し手だという意味ではなく、その関係がいかに結ばれるかによって作品そのものの息づき方が変わっていくのだと感じた。自分の作品を何と呼んだらよいのか分からなかったのだが、観る人の眼差しに導かれるようにして、作品が最後に行き着くべき場所へ辿り着くという、贅沢すぎる経験をさせてもらった。そして、蓮實さんはその場所を映画だと言ってくれた。

メールの最後には「私の期待など何ほどのものでもありませんが、やはり期待させていただきます。」

小森はるか

と書かれていた。作り手にとって「期待」という言葉をかけてもらえることほど、幸せなことはない。それは単に良い作品を目指そうとするような欲を掻き立てる言葉ではなく、一生かかってでもつくり続けるという意志を支えてくれる言葉だ。わたしが期待を受け止めることができるとしたら、これから暮らし始める陸前高田の地で、いつか作品をつくることができた時だと、それしかないと思った。

陸前高田の隣町、住田町に引っ越してからの生活は、東京から通っていた時に触れていた時間とは全く異なるものだった。住んだからといって余所者であることに変わりはないのだが、風景も人々が語ってくれる言葉も、日常の中でしか出会うことのできないものばかりで、自分の体にも暮らすという一つの感覚が移されていくようだった。そしてこの日常から失われたものの一つ一つが何であったのかを具体的に知ることでもあった。人々が親しみをこめて呼ぶ「あの町」を見てみたいという気持ちが強くなるほど、それが叶わないことを実感していった。

わたしのつくる意志を支えてくれたもう一つの出会いは『阿賀に生きる』という映画だった。その制作過程を本に書き残してくれた佐藤真さんの言葉を繰り返し読み、暮らしながら記録することの喜びを、見えないものを写そうとする思いを同じように実感していった。阿賀に移り住み撮影に三年の時間をかけた七人の作り手たちとは、向き合う問題も時代も地域も違うかもしれないが、相談できる人が近くにいなかったわたしはここから学び何度も励まされた。実際に話を聞きたくなり思い立って、発起人となった旗野秀人さんや、カメラマンの小林茂さんの下を訪ねるようになった。阿賀へ行ったのは、映画が完成されてからちょうど二〇年を記念してつくられたニュープリントによって、再び全国各地で公開される時だった。新潟水俣病についてほとんど聞いたこともなかったという地元の若者たちが、この映画と出会い、当時上映することのできなかった阿賀野川流域を遡上する上映会をはじめる瞬間や、映画には使われなかったラッシュフィルムをもう一度見返し、編集しようとする姿に立ち会わせてもらった。それは旗野さんが現在までずっと続けてきた患者さんたちとの関わりや、伝えてきた意志を受け継ごうとする担い手を生み出すことにもつながっていた。この土地に生きる人たちの日常を映したものが、二〇年という時間を経てもう一度同じ土地の日常へと紡がれていく営みは、誰も想像することのできなかった映画の未来を見せてもらっているようだった。最後に流れるエンドロールに蓮實さんの名前を見つけた時、『阿賀に生きる』の完成に関わりがあったのだと気づいて嬉しかった。どこかに蓮實さんの書いた文章があるだろうと探した。そして、やっと見つかった本の中で、もう一度「期待」という言葉に再会した。この期待は、長年の時間を費やした制作方法からではなく、阿賀野川の流域に紛れもなく映画が生きていたと実感したことによると書かれていた。映画というものは、土地や人の暮らしの片隅にひっそりと身を置いて共に生き続けているものかもしれないと思えた時、近寄りがたいと感じていたその世界が、とても身近な場所に開かれていった。それはまさに現在の阿賀で目の当たりにしたことでもあった。まだ東京での公開すら決まっていなかった時、「期待」にこめられたものは、作り手に限らず未来に生きる人たちへ、わたし自身にも向けられた希望だと受け止めたい。

二年半の間、お蕎麦屋さんでバイトをしながら、休みの日には、かつての町並みの痕跡を探すように風景や人々の日常を記録した。撮ったものを見返しても目に見えぬものは写らないし、見えているものさえその輝きがこぼれ落ちていくように思えたが、それでもわたしはカメラを向け続けることしかできなかった。二〇一四年の夏、陸前高田では巨大な復興工事が本格化した。津波にのまれることのなかった山々が切り崩され、人々の暮らした町の上に、新しい町をつくるための一二メートルもの土が盛られるという工事だった。それはここで過ごした日々を思い出す場所を、失われたものたちを弔う場所を喪失することを意味していた。この町の痕跡との最後のお別れの時、住人の方と瀬尾とわたしの三者の共同によって、わたしたちが拾い集めてきたそれぞれの記録が表現へと実を結び、『波のした、土のうえ』

小森はるか

という映像作品となった。

そしてようやく、二〇一五年の春に二回目の手紙を送ることができた。数々の映画祭に応募しても全く引っかからなかったが、蓮實さんは充分過ぎるほど映画だと言ってくれた。誰が何と名付けるかという話ではなく、やりたいことを続けた先に映画の在り方が示されていくのだと励ましてくれたのではないだろうか。今わたしたちは自らの手で作品を日本各地へと運ぶ巡回展を開いている。展示の中でこの映像も上映していて、訪れた人たちによって様々な表情を持つ作品へ導かれていくのを実感している。

二〇一六年、すっかりあの町は土の下に埋もれてしまった。だがここに暮らす人たちは新しい町の上で、土の底に続いている町と繋がる方法を自らの手でつくり出していくだろう。そのことを瀬尾が書いた「二重のまち」という二〇年後の未来に生きる人を描いた物語が想像させてくれた。カメラは二つの町を写すことができるのだろうか。それにはどのくらい時間がかかるのかもわからないが、蓮實さんのいう「映画」を表現への手がかりとして、この町の現在を記録し続けたい。

私は如何にして心配するのをやめて「ハスミ・シゲヒコ」の影響を脱したか

内藤　篤

Atsushi NAITO

弁護士・名画座館主。一九五八年東京生まれ。東京大学法学部卒業。蓮實ゼミに一年半モグリで参加。著書に、『エンタテインメント契約法［第三版］』（商事法務、二〇一二年）、『円山町瀬戸際日誌——名画座シネマヴェーラ渋谷の10年』（羽鳥書店、二〇一五年）など。

世の中には、容易に他人に影響を受けてしまう人間というものがあって、たとえば塚本邦雄をかじれば高校の授業のノオトを旧仮名旧漢字で取ったり、花田清輝にハマるとあらゆる文章を『復興期の精神』の文体で書かずにはいられなくなる筆者などは、さしずめその最たるものと自覚はしているわけだが、ただ、それがそう悪いことなのかといえば、そうでもないとの思いもまた同時に抱いており、そうしたアンビバレントな感情は、たとえば「ハスミ・シゲヒコ」の手になる『シネマの記憶装置』などに接した若き日の筆者にあっては、法律家を志し、弁護士となってまでも、その日々に接する裁判所へ提出する訴状・準備書面の類においてさえ、不必要に長い、句点のないセンテンスを量産させる事態を招いたりもしたものだが、ただ不思議なことに、これら民事上の手続においては忌み嫌われる長文も、刑事手続を始動させる起訴状においては、その中心となる「犯罪を構成する事実」をひとつの句点もなく書きつなぐことが長年の慣例となっており、それ見ろ、法律関連文書を句点なく綴ることにタブーなどないではないか、などとうそぶいてもみたものだったが、まあ、自分自身の裁判において自分の文体が裁判官の心証を害して負けるのは仕方がないが、ひと様《クライアント》の裁判をオノレの文体の故に敗訴に導くようでは、これはさすがにまずかろうと思い直し、何十年かかけて、そうした「ハスミ・シゲヒコ」の「悪影響」を矯正すべく努めてきたわけではあるが、だがこうした駄文を書きだすと、すぐに句点がなくなってしまうというところにこそ、数十年の矯正の努力も消し飛ばしてしまう、その計り知れない影響力の強さが露呈しているというべきであって、それはあたかも、ナチ政権下で忠誠を誓って核爆弾の製造にいそしんできたストレンジラヴ博士が、第二次大戦後はアメリカ政府の庇護のもとで研究を継続しながらも、興奮するとあられもなく「ハイル！」などと口走って右手が上がってしまう事態と恥ずかしいまでに酷似しており、実のところ法曹として厳しい研鑽を積んだはずの己れの半生は何だったのかと思わぬでもないが、しかし、この「ハスミ・シゲヒコ」の影響力を問題にするならば、そのような文体的な影響力ないしは思想的影響力だけでなく、つまりは文学や映画の批評界はいうに及ばず、むしろ映画業界そのものに多大なインパクトを与えたものであって、端的にいえば、その批評文によって人を映画館へと走らせ、チケットを買わせて、業界自体を潤わしてみせたのであり、その魔力はなお、開館間もない映画館シネマヴェーラ渋谷で『次郎長三国志』を観たものの、そのあまりの不入りに衝撃を受けた「ハスミ・シゲヒコ」が、インターネット上で「とるものもとりあえず駆けつけねばならぬ!!!」と告知を行ったとたん、どっと観客が押し寄せたという「シネマヴェーラ伝説」(笑)によっても、いまだ有効であることを証明してみせもしたわけだが、ひるがえってわが身を顧みるに、いったい自分は人に影響を及ぼすような何かを成し遂げているのだろうかと自問するにつけ、かつて「ハスミ・シゲヒコ」の映画論ゼミに一年半にわたってモグリの受講生として、その教育者としての謦咳に接した身としては、一〇年ほど前から某大学の法科大学院にてエンタテインメント法なる講座を受け持ちながら、いつのまにやら自分が学生に教える立場にあることに戸惑いつつも、それでもかの映画論ゼミで「その映画には何が見えましたか」とひたすら問うていた師の身振りを模倣して、正解を探すのではなく、単に法律をあてはめるだけでもなく、現実を見ることを重視すると称した授業を行っていると、何年も前に卒業した当時の学生から、あれは役に立ったなどと感謝の言葉を述べられたりもし、ささやかながら己れの影響力もゼロというものでもないのかと、いかにも小人物《こもの》らしい納得をしてみたりもするが、それにつけても思い出されるのは、筆者が『ハリウッド・パワーゲーム――アメリカ映画産業の「法と経済」』という書物で平成三年度の芸術選奨文部大臣新人賞（評論部門）なる賞を受けた際に、なぜ自分がそんな大それた賞をもらえたのかと訝《いぶか》っていたおりに、それは「ハスミ・シゲヒコ」が選考委員の一人として拙著を推したものだと後に聞かされて、ひどく驚いたことがあったが、まあ、一介の弁護士風情に芸術選奨を与えてしまうというのも「如何なものか」な話であって、案の定というべきか、芸術選奨をもらった筆者は、その後これといった評論活動もせずにいたずらに齢を重ね、かろうじてシネマヴェーラ渋谷を開いたことで、何がしかの「芸術」への貢献はあったというべきなのか、そのようにして今日に至ったものだが、ここにも「ハスミ・シゲヒコ」の強大な影響力が見てとれるというべきであり、もっとも、この手の影響力の事例をあげはじめたら、キリのないことになるのは自明でもあり、そもそも、この駄文の目的は、「ハスミ・シゲヒコ」の影響力とは何か、その根拠は何かをさぐることにはなく、そうした影響力の持ち主が今日存在しないように見えることは、アートやアート産業にとってよいことといえるのかを問題にしたいものであって、ここいらでわが人生とそこに影響を及ぼし続けた「ハスミ・シゲヒコ」の話はおしまいとするにしても、おそらくはこうした影響力のよって来たるところは「ハスミ・シゲヒコ」独特の

「悪意」というか「非善意」のなせるわざであり、それはひとまずは「戦略」といいかえてもよいものだとは思うが、芸術選奨をもらっておいて、それを推した当人に対し「悪意の人」などとレッテル張りをする筆者も相当な「悪意」の人間だが、いやいやそういう意味ではなしに、単純なる善意を行使することこそが善だと多くの人が信じる世界にあって、その世界の中で一見互いに連携をもたなそうないくつかの点を辛抱づよく引き寄せる、蜘蛛の戦略（Strategia del Ragno）をもって事に当っているのが、「ハスミ・シゲヒコ」なる存在なのだということを言いたいわけであって、何せ蜘蛛のことだから、そこに普通の意味の善意などはないわけであり、それはたぶんどちらかといえば悪意に近いものだろうと想像するわけであるが、影響力の根拠をさぐるつもりはないといいつつも、いつのまにやら、その根拠の話をしているあたり、筆者も相当に混乱を来しているといえば来しており、そうなるともはや、今日において「ハスミ・シゲヒコ」のような影響力を及ぼせる人の不在がアートやアート産業にとってよいことなのかどうかも、もはやどうでもいいようにも思えてきて、もちろんそれはよくないことではあるのだが、しかし、「悪意の人」がいないと、それはどうにもならないことなわけで、あるいは二〇世紀後半に花開いた「ハスミ・シゲヒコ」という悪意とは、また別種の悪意が、今日求められているのやもしれず、そうしたことの詮索は、到底一介の弁護士にして映画館主の手には余ることであると、ここらあたりで筆を置くことにはなるのである。（敬称略）

恩師 蓮實先生

遠山右近

Ukon TOYAMA

行政官。一九六二年神奈川県生まれ。東京大学法学部卒業。

一九八一年四月、東京大学に入学し『フランス語の余白に』（朝日出版社、一九八一年）を教科書として使用する蓮實先生の第二外国語フランス語の授業を受けた。

勇気ある級友がシャンタル先生による教科書の録音を蓮實先生にねだり、寛容にもお許しいただいたことから、クラスの全員が恩恵にあずかった。そのおかげで、大切に仕舞い込んだ教科書を不覚にも発掘できずにいるものの、フランス第五共和国憲法の抜粋、「君の夢は何色？」と問いかける私信の一節などが、シャンタル先生の温かく低いお声で今でも頭の中に甦る。

『フランス語の余白に』の冒頭、見開き二ページの文章が、初めて目にした蓮實先生御自身によるテクストである。手元で教科書を確認できないが、読む者を映画館へと向かわせる力強い映画評論にも似て、第二外国語としてフランス語を学ぶとはどういうことなのか、何をすべきなのか、何は必須でないかを明快に提示し、手にした者をフランス語学習へと歩みださせる内容で、授業を受けたクラスからは、シャンタル先生のテープをねだった当人をはじめジャーナリスト等としてフランス語圏で勤務することとなった者が数名、文化人類学の道に進んだ者、フランス留学に至った者、国際交渉で同時通訳の英訳より発言者のフランス語を理解しようとする者などが出た。

『フランス語の余白に』の序文は、高校を卒業したばかりの一年生に明晰な文章を読む晴れやかな喜びを与えるものでもあった。高校時代、ある書き手の文章に辟易し、「何故、この人の文章を大量に読まされるのか?」と国語の教師に訴え、このように野蛮な問を発する生徒に誤魔化しは通用しないと、一瞬の逡巡の後、「大学入試に頻繁に出題されるから。特に……」と申し訳なさそうに答えられた経験があり、その率直さに触れてしばし反省したものの、著名で魅力的な題材を語りつつ、いつのまにか対象から逸脱し独自の論を語り始めているのでは、と胡散臭く感じる文章を読む苦痛は続いた。その後に蓮實先生の文章に触れることは、黄泉平坂を抜けて禊をする清々しさと呼びたくなるほどの爽快感があり、その喜びの感覚は、隅々までいきわたった本そのもののスタイリッシュな美しさ、暗誦したくなるほど音律的にも内容的にも優れた収録例文、シャンタル先生のテープなどと相俟って、学習意欲を高めたように思う。

外国語学習には意欲の持続が必要だが、第二外国語の場合、義務教育で開始される英語以上にそれが重要であろう。駒場の外国人教師の中には、フランス語の初修者に知的に高度な内容の理解は無理であるという意見を持ち続けた方もおられたようだが、日本語という使用言語の下では相応の知的水準を有しているはずの二〇歳前後の学生が、初学者として相対的に短い期間、第二外国語を習得しようとする場合、意欲を維持し目的をある程度達成する、という幾つもの要素を含む課題には、どのような対処方法がありうるのか。例えば原語で小説を読めば興味は持続するかもしれないが、日本語への置き換え作業に終始するリスクもあり、文法等の習得という語学の基本的要素も偏り、効率的とも言えない。

『フランス語の余白に』は、フランス語をフランス語として肉体化せよ、そのために和訳することなく書き写せと明確に指令する一方、パラグラフでの引用文はパラグラフとして面白く、単文の文例も興味深い内容だったと断片的ながら記憶している。語学習得には最初はチイチイパッパが不可避だと何かの折に先生も漏らしておられたが、大学生が第二外国語を学ぶ際に問題となる諸点への対処方法を、ネイティブスピーカーの発音まで添えて周到に具現化されたのが、あの教科書であったと思う。

そのおかげで我々は語学習得の難所をどうにか越えられたように思うし、編まれた教科書の意図を誰よりも理解される著者の教えを直接にいただけたことは、途方もない幸運だったというほかない。

第二外国語フランス語を初学者が学ぶ場合、課題の大きさ、習得の困難さが予め想定され、通常、達成程度に大きな期待は持たれないであろう。だが、「対象」とそれに向けた「行為」の関係は、難なくできていると思っていた「小説を読む」、「映画を観る」場合にも、実はそうでもないのだと先生の御著書によって認識した。読んでいるようで読めていない、観ているようで観られていない。「対象」に向けた「行為」は漫然と出来ていると断定できるほど生やさしいものではないのだと知った。

「映画を観る」ことが、スクリーン上のショットの連続を隅々までひたすら視野に入れ、見漏らさず、最後まで脳裏に焼き付け続けることであるとすれば、驚くべき集中力、体力、視力、意志力、記憶力が無ければ成し得ないであろう。映画館を出る人々は「自分は映画を観終えた」とまぎれもなく信じているだろうが、まばたきの瞬間、決定的な何かを見漏らす恐れを考えれば、そもそも一回で映画を観ることなど人間には不可能ではないか。「映画を観る」ためには、聴くための集中力も保ちつつ、一点を凝視す

遠山右近

ることなく視野を緩やかに広く取り、全てを見落とさぬよう数時間、視力を使うことになろうが、それはおよそ万人に可能な所為では無く、八方睨みの眼を持つ鬼神にあって初めて可能なのではと思えた。「映画を観る」には常ならぬ肉体的進化が必要なため、八ミリ映画を製作し自他ともに認める映画好きであった友人をしり込みさせたほど大量の映画を観る課題が、蓮實先生の映画ゼミでは課されていたのであろうか。

「読むこと」然り。方法論の選択、当て方、読み方によって見えてくるものが異なり、気付かなかったものが見えてくること、テクストをテクストとして正確に全体として受け止めることの真っ当さと困難さとを認識した。映画のショットを完璧に受け止め、記憶することに比べれば、静止している本の方はまだ何とかなりそうに思えたが、既知の何かへの分解や置換えには不可避的に齟齬が生じうること、ある部分を縮約した認識獲得をもってテクストを読んだとは言い難いことなどに気付かされ、全体として書物を受け止めるには「映画を観る」ことにも似た集中力、記憶力などが必要で、容易ではないと感じた。

通常、「読むこと」は書き手の行為に比べて容易なものと捉えられている気がするが、作品を総体として正確に読むことは、対象となる小説を書く行為に等しいか、あるいは情報の非対称性ゆえにより困難な場合すらあるように感じた。精緻なテクスト分析に値する書物ばかりではなかろうが、書かれていることを本当に読めているのか、理解できているのか、あるいは伝えたいことを正確に伝える文章が書けているかといった自問自答は今に至るまで折々に意識に上る。

例えば国際交渉等の際どのようにメモを取るか、社会人になって以来、試行錯誤した結果、現状、可能な限り原語（英語）での記録に努めている。筆記が間に合わない部分を記憶が鮮明なうちに思い起こし、補正しながら日本語で整理する。一連の作業を通じ、発言の行間、相手が何を言っていないかを含め、主張を総体として極力、正確に理解しようと努めると、次にすべきことは自ずと明らかになってくる。このため若手にも交渉記録などのメモ取りを奨励しているが、この作業をさせると、手始めに日本語のやり取りを記録させる場合でも、内容の核心的部分が面白いほど書き洩らされるのは興味深い。できるだけ正確にメモを取る作業を通じて向上するのは、デュクテーション技術のみならず、正確に理解する技術の水準でもあると経験的に確信しており、この水準が低いと、耳に留めた片言隻句を文脈から切り離して拾い上げ、正確でない「記録」を作成する恐れがあり、それは即ち、誤解の連鎖、交渉力の低下に直結する。「自分が書いたものが記録、したことが仕事」という知的とは言い難い作業が検証されずに反復されると、「バベルの塔」は同一言語を使用しているはずの民族内にもとめどなく建ち上がってしまう。

多様で断片的、質も様々な情報が行き交う現実の社会では、正確に細部を把握する努力と並行して対象の外縁、全体からも目をそらさず、その間を行きつ戻りつしながら相互の補正を続けることは、誤解やそこから生じるミスコミュニケーションを抑制するための基礎的な作法であり、正確な記録に努めることはその一手段であろう。重要部分、核心部分を抽出する、或いは要約を得るのは次の段階であり、細部と全体像の把握が不十分であれば、抽出理由すら曖昧になり、容易に核心を逸れ、混乱の要因となるだろう。そういった意識を持つに至ったのは、言語を肉体化する訓練や、「読むこと」・「観ること」に関する曖昧な生活感覚とは別次元の提示のおかげと深く感謝している。

我が国の現行制度上、大学は教育機関としての位置付けを基礎とし、教育、研究及びその発展の場とされている。とはいえ、海外の理科系の大学で共同研究を行う学生の目線からの話ではあるが、指導教官が講義を行う時間を何の疑問も無く「時間の無駄」と記述している例を目にしたことがあり、また、ある日、駒場の授業で何の告知も無いまま教官が三〇分現れず、諦めて学生が帰りかけたところで現れた御本人は、その後黒板に何かを書きかけたまま沈黙してしまい、結局ものの二〇分ほどで今日は終わると一方的に宣言し、教室を出て行かれ、あっけにとられたこともあった。もちろん、そのような出来事を三〇年以上経って生き生きと思い起こせるほど印象深く学生の記憶に残すことに何らかの教育効果があり得たと整理することも可能かもしれず、一貫した思考の流れ、集中して考えていたことがあと少しで何か判りかけているといった感覚を講義の開始という物理的制約で遮断される不快さも想像できなくはない。それでも、研究と教育との関係を当然のように前者が重要であると断じ、研究の場を確保する口実程度に学生の相手をすれば良いという意識は、可能な限り教育の場から排除されて欲しいと願う。

第二外国語の習得が高い水準に至らずに終わる確率を思えば、大学における教育機能の発揮や講義に割く時間を無駄とみなす立場からは、教養課程での第二外国語の授業は時間の無駄の最たるものと断じられるかもしれない。が、第二外国語の履修が高い達成に至らないという状況は、断じて自然現象などではなく、様々な要因が複合してもたらされているのだとすれば、教育機関である大学がその要因の分析や対処に真っ当に思いを致すことなく、「大学において教育は研究に劣後する。教育効率の低い教育は絶対的に研究に劣後する」といった感覚と共に放置するならば、組織の基礎的機能の低下を容認していることになりかねない。的確な対象の特定や論点の切りだしを行うことを知的活動の必須要素とするなら、組織の基礎的機能に関してそれらを行使せず、実態から乖離すること必定の序列的階層的思考の当てはめを黙認し、教育効果の水準が低いままであることは、学術の中心として深く専門の学芸を研究する大学の機能を重視する立場からも敵視されるべきではないか。

『フランス語の余白に』は、志も可能性も多様な不特定多数の学生を対象とする第二外国語学習に向け、的確な問題点抽出とそれへの対処方法を織り込んだ戦略的教科書であると同時に、フランス語、言語学、文学、欧州文化などに関する深い理解無くして生み出し得ない書物でもある。これこそが第二外国語フランス語学習教材の決定版ではないかと思われるのだが、三〇余年を経て書店で手軽に注文できない状況を前に、これをしのぐ、更に進化した教科書により第二外国語フランス語が学ばれるようになった結果であると信じたい。

教養学部長、副学長を歴任後、蓮實先生は東京大学第二六代総長に就任された。

総長選出の報道に接した際、それが社会的にはお祝い申し上げるべき出来事であり、蓮實総長の下で母校にもたらされる局面、局面での選択や判断の連鎖などを思えば大いに歓迎すべき有り難いことと理解しつつ、手放しで喜ぶことがためらわれた。組織・制度の変更があったとしても、些かもその果たすべき役割を低下させるべきではない東京大学の責任者への御就任は、諸々の行政的業務、管理や判断などに膨大な時間を要することとなる結果、教育・研究の本来の生なましさから隔てられざるを得ないことが想像されたからであり、その後、任期中「映画を観る」ことを大幅に断念されると先生が表明されるに至り、不安的中の感があった。「映画を観る」ことに尋常でない力を使われることを思えば、いかに常人と異なるとはいえ、体力や視力の低下を覚悟せざるを得ない数年後まで「映画を観る」ことを封印されるという宣言に、改めて総長職が重責かつ激務であることと、母校が置かれた状況の深刻さとを思った。

二〇世紀の終わりに我が国に生じた「行政改革のために独立行政法人制度を導入する、出来る限り幅広く」という政治的な流れの下、国立大学も国立大学法人制度に移行したが、国家財政の危機的状況が深刻化する中、いずれにせよ大学運営を取り巻く環境も厳しさを増していると考えるほかない。財政状

遠山右近

況の悪化とは、将来世代への負担の先送りが膨張することにほかならず、そうであれば債務返済を担わされる次世代の教育、国家の将来を展望した基礎的研究、高等教育等への投資は、本来、充実が望ましいはずだが、世界に類をみないほど悪化した財政状況の下では楽観は困難であろう。

あまり予算を要しないように感じていた法学部ですら、予算獲得にも関連する位置付けを得るための事務・準備が課題となっていると数年前に仄聞した。そのための事務や準備に事務担当者ではなく教授が相当の時間を費やす必要があるなど、一連の制度変更が事務作業の膨張を生み、結果的に教育・研究の充実を損なっていなければよいがと気にかかった。また、適切な資源配分の問題、例えば資金獲得技術の巧拙と真の資金需要とのマッチング等の問題が仮に生じると、対応が必要になることも想像された。蓮實先生が総長の任にあたられた期間は、そのような大学の制度変更、移行期に重なっている。

その頃、ふと開いた東京大学ホームページで蓮實総長の式辞等へのリンクを発見した。入学式、学位授与式などの機会に総長から特定の集団に向けられたメッセージに、その場に入ることを許されない者もテクストで接することが可能とは便利な世の中になったと驚いた。学生に向けられた総長告辞には、聞くことを想定した平明さと思考の精密さとが併存し、混同されて扱われがちだが間違っても取り違えてはいけない事柄や、うかつに陥っても容認してもいけない知性の行使を欠いた動きへの同調などが指摘されており、新たな一歩を踏みだす目の前の若者達に向けられた祝意や励ましは、『フランス語の余白に』の序文を思い起こさせる、まぎれもない蓮實先生御自身の言葉だった。

少し考えればわかるはずだ、と思える事柄が共感を持って認識されない事態を前に戸惑うことも少なくない現実社会の中で、それでも、やはり知性の行使を怠ったり、逃げたりしてはならないのだと感じた。学生時代と比べ劇的に変化したインターネットのおかげで、それが直接、向けられた人達とは時間も空間も異なる場所にいて、対象者でもないのに、ふいに、思いがけず激励を受けた気がした。

近年、「双方向性」が重要だとする指摘がしばしば見られ、講義もそうあるべきとの要望が出ると聞くが、内容を減らさずにそれは可能なのかとも感じる。聞くことに集中し続ける講義に比べ、スポーツのように展開される双方向のやり取りに参加すれば興味を持続しやすいかもしれないが、発話されるやり取りが齟齬の検証や異論の提起を十分に伴わないまま進行する可能性や、所定の時間で打ち切られる構造を思えば、「双方向的」な講義が優れていると一概には言えまい。そもそも知的活動について「双方向性」を同一の時空間に限定して捉える必要があるのだろうか。

真に知的な彫琢を経た成果物は、その場限りで費消されて終わることなく、時間、空間、国境、世代、性別を超えて見知らぬ相手にも力強く、生き生きと作用し、地球上のさまざまな場所で知性を働かせるよう呼びかけ、解読を挑み、映画館へと向かわせ、蓮實先生を待ち構えて話しかけずにはいられない人々を招き寄せたり、映画祭を開催させたりもしているのだと思う。そのような意味で、知性の行使とは瞬間、瞬間の判断に関わるものでありながら、本質的に場当たり的、刹那的なものではなく、成果物は時間を経て新鮮さを失わぬ一方で、新たな作用を受けるべく開かれてもおり、広範で多様な応答行動を気長に惹起する可能性ゆえに、時空を異にしても「双方向性」の基盤なのではないか。

組織は巨大化するほど細部の把握が困難になり、複数の専門分野で構成される大組織は分野ごとに分権化しやすく、委任される事項の増加は意思疎通を巡る問題を幾何級数的に惹起する可能性も孕んでいる。そのような組織を長として統括する職務をゆだねられた者は、どのようにふるまえば良いのか。

各分野の専門家に向かい信頼や尊敬といった言葉をつぶやきながら、構成員に物分かりの良い態度と謝辞を用意して対処していれば時間は穏やかに経過していくかもしれない。とはいえ組織には構成員各人の力量、意欲、努力のみでは越えられない問題が発生し、累積、複合化しながら困難さを増していくこともある。専門に応じた分権的管理は合理的である一方、硬直化に注意すべきでもあり、複数の分野が上手く連携すれば単純合計以上の力を発揮する場合もある。経年劣化の可能性に目をそむけるべきではなく、変化の激しい時代、昨日まで最適であった判断や選択が、今後もそうであるとは限らない。

内外から生じる様々な課題に組織が直面するのは自然なことだが、多様な分野を抱える大組織では、問題把握の遅れや、解決に向けた一歩をどのように踏み出してよいか判断しかねている間に事態が深刻化するなどの危険性も存在し、顕在化した問題は最終的に責任者の前に運ばれてくる。生じた事態への対処は迅速であるべきだが、可能なら先手を打って備えておくことが望ましい。それらに対する本質の見極め、分析、適切な対処方法を時間軸まで織り込みつつ、時機を失することなく決断していけるのは、組織に責任を負う者ということになる。真に対処すべき事柄の切り出しや報告が時宜を得て的確に行われるとは限らないため絶望的に困難にも見えるが、それでも取り組むべき仕事であり、内外の共感を得て関係者を動かす必要からも、事実を整理して論点を明確に提示すること、危機感や理解を共有することの他、協働するために信頼を得ること、手近な花火を上げること等も欠かせない。

課題への取組は、対症療法にとどまらず組織の潜在能力を顕在化させ高める契機ともなりえ、構成員に自信や喜びを与える可能性も有している。在任中に完結をみないと知りつつ最適な対処方法を見極め、任期中、できるだけのことをし、布陣を整え、組織の未来を託すことも必要であろう。

高度で多様な専門性、規模等は東京大学に遠く及ばないものの、組織を預かる経験等をした後、改めて先生が総長を務められた四年もの歳月を思う時、総長職の何たるかを知りえないながら困難さの片鱗を想像できるようになったかもしれないと感じている。

蓮實先生の授業、書物、告辞などに触れた者が、これからふいに何か面白いことをするかもしれず、全く無関係に地球のどこかで傑作映画が撮られるかもしれない。それらを目撃し、応答していただけるよう、先生が一日も長くお健やかであられることを願ってやまない。

遠山右近

不実なる誘いにのって

小川直人
Naoto OGAWA
学芸員／せんだいメディアテーク。一九七五年仙台市生まれ。映像分野の企画を担当しつつ、ウェブサイト「あなたに映画を愛しているとは言わせない」他、有志でも活動。プロジェクトFUKUSHIMA!、山形国際ドキュメンタリー映画祭のコーディネーターなど。

蓮實先生（習慣でそう呼ぶ）とせんだいメディアテークの縁は、二〇〇一年にさかのぼる。「一五〇年目の旅——マクシム・デュ・カン展」（二〇〇一年六月八日—七月四日）での講演がその始まりだ。フローベールの友人として知られる一九世紀フランスの文学者マクシム・デュ・カンが旅したエジプトで撮影した一五〇点あまりの写真を展示するこの展覧会は、私の先輩学芸員の手によるもので、『凡庸なる芸術家の肖像——マクシム・デュ・カン論』の執筆者として快く引き受けてくださったという。

せんだいメディアテークは、二〇〇一年一月二六日、建築家・伊東豊雄氏の設計により、街の中心部に近い並木路に開館した、新しいタイプの生涯学習施設である。従来の美術館や図書館、あるいは、コミュニティセンターとも異なる空間は、予想以上に街の人々が訪れるという幸先良い滑り出しをした一方で、運営を任された私たちは連日試行錯誤を繰り返していた。

講演当日の仕事はビデオ記録だった。そもそも芸術とは無縁の学校を卒業してこの仕事に就き、名ばかりの学芸員としてとりあえず上映事業に充てられた私は、いま正直に告白すれば、「蓮實重彥」という名前は知っていたものの、学生時代に著作は数えるほどしか読んだことがなく、ページを開いたとしても途中で挫折しているという、いわば、ごく普通の人間だった。だから数日前まで「気難しそうだけど挨拶くらいはしたほうがよいかな」と呑気に構えていた。

にもかかわらず、不意に機会は訪れる。講演の数日前、事前に挨拶してきた当時の館長（後に先生が「メディアテークの長なのだから、館長ではなく、テク長でしょう」と勝手に命名する）が「おもしろい方だったけど、無駄な話はまったくしない感じだった……待ち時間、誰が話し相手したらいいかしらね……」と首をかしげたのを見て、その場にいた一同に緊張感が走ったあと「じゃあ、小川さん相手してみたら」と。主担当は現場で忙しいだろうし、とりあえずでも上映事業を担うのだから何か話す話題でもあると思ったのか、それとも、生意気な新人を鍛えてもらおうと思ったのかは定かではないが、かくして蓮實先生と私の縁は二〇〇一年六月九日に生まれるのである。

当日、控え室代わりの応接テーブルで、蓮實先生、テク長、私の三人で何を話したのかは不思議なほど思い出せない。ただ、テク長の推察は外れ、意外なほど楽しく話をうかがって待ち時間は過ぎた気がする。あのときは緊張している私たちにむしろ気を遣って話を合わせてくれていたのだろう。

貴重かつ興味深い切り口ではあるものの、昨今の作家を扱うような派手さはない写真展にもかかわらず、講演の会場となったシアターには大勢の人が集まった。そして冒頭、「今日のお話の題は、「マクシム・デュ・カンとその時代」ということになっております。これは当たり障りのない題名ということかと思いますが、本来、大学で学生がそのような論文を書こうとすると、「何事か！」と私は言って抑圧し

小川直人

て止めさせてしまうような題なのであります……ここで私は主催者から頂戴した題を若干修正してお話ししたい……」。そのときの先輩の気持ちを考えると背筋が凍る思いがしたが、会場うしろでビデオカメラを構えながら、私ははじめて先生の講義を生で聴き、聴衆の一人として引き込まれていた。狂気／凶器とも言えるあの重厚な『凡庸なる芸術家の肖像』の著者の語り口は、どうしてもこんなに躍動的でおもしろいのだろう？

さて、そんなささやかな接点が、同じシアターで二〇〇二年からはじまるシリーズ講義『映画への不実なる誘い』へとつながる。「マクシム・デュ・カン展」から少し経ったころ、せんだいメディアテークのコンセプトブックを手がけた編集者と話をする機会があった（そこでもさまざまなエピソードが生まれるのだが今回は割愛する）。東京大学総長の任を終えた蓮實先生に、再び自由に映画論を語ってもらいたい、そして、それが東京ではなく、この仙台に生まれた新しい文化の場なら、なお良いのではないかと盛り上がり、相談の手紙を書いてみることにしたのだった。とはいえ、先端はおろか基礎すら怪しい自分に批評的に鋭い台詞が思いつくわけでもなく、ともかくも愚直に思いをしたためた。後にも先にも、手書きの依頼状を書いたことはこれよりほかにない。

しかし、数ヶ月のあいだ待てども梨の礫。やはり相手にされなかったかと諦めかけたころ、不意に返事が届いた。それも、快く引き受けてくださる、アイディアもあるという。

そこからは打ち合わせを重ねて準備を進めていったのだが、あれは打ち合わせというよりは勉強の場であった。付け焼き刃もいいところの知識しかなく、社会人としてもまだ心許ない若造に、根気強くつきあってくださったと思う。あまりにも出来が悪い生徒こそつい指導に熱が入るように、毎度上京してきては落ち着きなく帰っていく私を心配していたのかもしれない。

そうこうするうちに、シリーズの名前は『蓮實重彦　映画への不実なる誘い』と決まる。そうして二〇〇二年一一月二三日、『映画における国籍』と題する最初の講義が始まった。その後、二〇〇四年二月一四日まで、足かけ一年半にわたり、特別編をふくむ七回の講義と二回の上映が、せんだいメディアテークのシアターを会場に行われた（講義の一部は出版もされている——『映画への不実なる誘い　国籍・演出・歴史』[NTT出版、二〇〇四年]）。

また、このシリーズからはじまる共謀（まさしく「共謀」という言葉がふさわしい）はメディアテークにとどまらないものとなる。仙台での現場と併行して、有志でウェブサイト『映画への不実なる誘い』の制作に関わったり、さらには「こんな大事な機会なのに一冊のカタログもないのはおかしいですよね」という言葉にまたその有志が奮起し、二〇〇三年の小津安二郎生誕一〇〇年記念国際シンポジウムではプログラムブックを手がけることになり、仕事を終えてから私も東京へ出かけては編集の手伝いをした。

一二月一一日、小津安二郎の誕生日と命日であるシンポジウムの日、仕事を休んで上京し、間際に納品された本を手に客席に沈み込んでいると、開会の挨拶で謝辞のなかにせんだいメディアテークを挙げてくださったことを今でもよく憶えている。おそらく仙台にいる誰もここでメディアテークへ謝辞が送られているとは知らなかったはずだ。どこか愉快な気持ちになると同時に、先生の言葉に乗せられてずいぶん遠いところに来てしまったものだと思った。

ところで、蓮實先生はメディアテークにいらっしゃると、館内をふらふらと歩いては、ライブラリーで一般のお客さんにまぎれて本を読んでいたり、エントランスに集まる風俗店のチラシ撒きを仕事にしている人々の集まりを眺めてはおもしろがっていた。その様子は、かつて自分が抱いていた「難解な知識人」とはほど遠いものである。たしかに貫禄はあるけれども、しなやかな人という印象。

小川直人

しかし、そう思うに到ったのは、やはり直に先生の講義を何度も聴くことができたからであろう。とにかく無類に話がおもしろい。もちろんそう思ったのは私だけではない。『不実なる誘い』のアンケートには、聴衆の少なからぬ人々が「本にくらべてわかりやすかった」「こんなに話がおもしろい人だとは思わなかった」というような感想を残していくのだ。

恐れ多いことを承知で、ここである仮説を立ててみよう。〝ことによると〟蓮實重彥という人は、書くことが苦手なのではないか、あるいは、書くことよりも語ることが圧倒的に得手なのではないか？

蓮實先生の映画批評は「映画はそもそも無声映画である」という地点から批評する、いわば視覚優位のものと言えよう。他方、同時代性というものにあれだけ敏感でありながらも、音楽のそれについてはあまり語られない（あれだけ大胆で挑発的なことを繰り返すのに、音／音楽的な問題には異様に謙虚である。たとえば、「私の音楽的な同時代体験は一九六二年のパリのチェット・ベイカーで終わっている」［『Esquire』二〇〇八年二月号「ドキュメンタリーとフィクションのはざまで鳴る〝音〟」蓮實重彥×菊地成孔、『ユングのサウンドトラック』に収録］）。これはどうしたことか？

さきの恐れ多い仮説をまた言い換えるのならば、蓮實重彥という人は、ライブ／肉声の人である。書物というメディアの訴求力は、複数の言語で読まれる先生ならば特に大きなものであるし、現に私がそうであったように、蓮實重彥に最初に出会うのはテキストである人が圧倒的に多いのだから、あの何の前触れもなく本題に入る語り口や、伸びた背筋から発せられる声を知る人は相対的に少ないことになる。そして、本人は、膨大な著述があるにもかかわらず、音／音楽についてはほぼ語ろうとしない。そのため、蓮實重彥自身の音／音楽的魅力には気づくことがないまま、結果、多くの人は誤解し続けているのではないだろうか。それに、ライブ／肉声の人ならば、新しく生まれたばかりのメディアテークのような生々しい空間が、自由の身となった直後に語る場に選ばれたのも合点がいく。

うっかりつらつらと書いてしまった。開館以来さまざまなご縁をいただいたなかで、あまり表立って語ることのなかった個人的な話である。ただ、最後に記しておきたいのは、蓮實重彦という人は、その映画を見たということにおいては誰でも平等で、しかし、あなたは本当に見たのだろうか？と平然と問いかけてくる人であるということだ。当時の私のような者に対してもそれは変わらなかった。そして、それは学ぶ／教えるということの重要な構えであるとも思う。おおよそ先生と呼ばれる人々は（あるいは、学芸員と呼ばれるような人々も）どんなに考える素振りをしていても、結局は常に「私は知っている」ということを表現するのに熱心でしかない場合が多いものだが、私の知る蓮實先生は、テキストの難解さからはほど遠く、映画のためには滑稽なほど自ら奔走し、言葉巧みに人をけしかけ、気づけば遠くへ連れ出してしまう。「先生」と呼び捨てるのはしのびない、かくも教育的な煽動者なのである。

小川直人

蓮實のおじちゃま

とよた真帆　Maho TOYOTA

女優。学習院女子高等科在学中にモデルデビューし、八六年にアニエスbのモデルとしてパリコレクション等に出演。女優転向後、多数のドラマや映画、舞台に出演し、写真や絵画の個展を開催するなど多方面で活躍。二〇〇二年、映画監督の青山真治と結婚。

蓮實のおじちゃま。

のっけから爆弾発言的な一行ですが、私は幸せにも蓮實重彥先生をそう呼べる環境で育ちました。

出会いは学習院初等科、私が七歳の時。晴れて入学した同じクラスに蓮實先生のご子息、重臣くんがいらしたのです。先生の奥様はベルギーの方なので重臣くんはハーフです。まるで絵本の王子様のような美しい顔立ち、優しい佇まい、見かけ同様クリスタルのようにキラキラとした繊細な心をもっていた重臣くん。私はすぐに仲良くなりました。

そして参観日にいらした蓮實重彥先生と奥様は、当然のごとく重臣君のパパ、ママ＝蓮實のおじちゃま、蓮實のおばちゃまになったのです。今でも鮮明に覚えているのは体育の授業を体育館の扉のあたりで見守るおじちゃまのお姿。

背中に校庭に広がる青々とした緑を背負い微笑ましく重臣くんを見ていました。

お召しになっていた服のイメージは黒、今、考えれば子供の私に初めて〝ダンディズム〟を感じさせてくださったのも、その時の蓮實のおじちゃまだったのかもしれません。

奥様と並んで醸し出される雰囲気は高貴な香り、ヨーロッパの水が光る公園、石の街並み、マロニエの街路樹、子供ながらに気品のある大人をみた衝撃とでもいうのでしょうか、何だかよく分からないけれど初めてのツボを押されたような感覚。「なんだ？　この気分は……、気になって仕方ない」。ブルマを履き白い体育シャツ、赤いハチマキを頭に巻いた七歳児の私は体育の授業を受けながら純粋な感動と好奇心でなぎら健壱さんばりに、いや森繁久彌さんばりにチラチラしつこく二度見三度見、もしかしたら五度見以上おじちゃまを心のカメラで盗撮した失礼な子供だったことでしょう。それほどその時を鮮明に覚えているのです。

そしてその衝撃的な出会いからしばらくのち、重臣くんのお誕生会が蓮實邸で開かれることになり私もお招き頂きました。

掲載してあるこの写真がその時のもので本当に懐かしく思い出されます。蓮實のおばちゃまがお料理をつくってくださり、初めて食べるお料理の数々。記憶の中で鮮明なのはスープの中に「ラビオリ」のようなパスタが入っていた一品、初めて食べるお料理でしたので美味しくておかわりし食べ過ぎて迂闊にも気分が悪くなりまして、素直に「気持ち悪い」と言ったらおばちゃまが具合が悪いと勘違いされ、たいそう心配してくださいまして、申し訳ない気持ちでいっぱいになりました。美味しくて食べ過ぎての「気持ち悪い」を上手く説明できない子供、フランス語でどう言うの？　助けて……な自分に苛立ったのを覚えています（笑）。

とよた真帆

蓮實邸の近くにて。
とよた真帆は、中央の淡いマント姿の少女。
ラケットを持っているのが、重臣少年。

誕生会では、ピアノを弾いたりお部屋でお話したり公園に遊びに行ったり断片的ながら楽しい思い出です。壁にはパリの地図、今思い出してもやはりお家の中はヨーロッパの香りがいたしました。

初等科から中等科に進み男子部女子部と校舎が一駅違いで離れるため、重臣くんとは文化祭で会うくらいの頻度になりまして月日が流れます。

流れ流れて私が三四歳の時。

運命の神様がいると仮定してあえてそう表現すると、神様はこの素敵な蓮實家とのご縁をまた繋いでくださったのです——。二〇〇〇年、私は青山真治監督と『月の砂漠』という作品で出会います。秋の撮影も終了、年を越し三月、カンヌ映画祭に選ばれ記者会見で青山監督とまた再会して五月、カンヌに行き帰国してからやっとのこと、私からの積極的なアピールで結婚を前提のお付き合いがスタートしました。

ある日、多分、仕事の話からか蓮實重彥先生のお名前を聞きました。私は、「それって、重臣くんのパパ？ 蓮實のおじちゃま？」と聞く、青山は「おじちゃまぁ〜？」と絶句とともに素っ頓狂な声で聞き返す、という状況だったと思います。青山にとっては立教大学で映画を教わった恩師ですから尊敬する大先生な訳です。私と温度差があって当然。「いやぁ、蓮實重彥先生をおじちゃまって！ そんな奴初めて会った！」というような流れだった気がします。

怖いもの知らず、世間知らず、勉強不足、パブリックイメージは置いておいて中身はダンプカーのように芸能界を渡ってきた私は、青山監督がどのような環境で映画に出会いどなたに習い監督への道に進んだのかも知らず、おじちゃまとの繋がりも無知な状況でした。けれどご縁がまた繋がったと実感した瞬間でした。

とよた真帆

《おちゃめ編》
これは青山からの又聞きですから細かいディテールは定かではありません。ある日、青山が先生に私との結婚を報告した際、青山がこう言ったそうです。「重臣くんの同級生でとよた真帆という女優がいますが……」「あ、あの不良っぽい子ね？」「（苦笑）あの、この度、結婚することになりまして」「へえ、誰と？」「いえ、だから僕と」。蓮實重彥先生、小さくはっ！と息を飲む……。
先生、わたくし生意気を言いますが、、その反応は相当おちゃめです。

《再会》

そして青山と結婚後、あるパーティーの席で本当に三〇年近くぶりに蓮實重彥先生と再会出来たのです。

会場の席に座られた先生と奥様を発見！七歳児の感覚から変わっていない私は蓮實のおじちゃまに対する愛情が溢れ、お座りになられた場所に行き第一声、「蓮實のおじちゃまぁ〜！」

なんという事でしょう……私はアホです。蓮實先生のお顔が一気にポァ〜っと赤くなるのを見て、私は失言に焦りながら自分の無神経さを呪ったのでした。

頭の中では私のバカ！立場をわきまえろ！と思いつつもう止まらない感激の衝動はお隣のおばちゃまにも向けられ、「おばちゃま、大変ご無沙汰しております！」と言う有様。おじちゃまは重臣の同級生だよ、みたいなご説明をされていた雰囲気でした。冷静に考えれば当然のこと。普段、テレビで私をご覧になられていたか定かではありませんし、私は七歳児から三五、六歳に変貌し身長のイメージはほぼ倍（かなり大げさです）、顔はフルメイクだったのですから。少し戸惑いの表情ともとれたおばちゃまのお顔に、私も相手の気持ちをくまないポジティブすぎる挨拶の暴走の罪をいくえにも重ね、自ら頭がプチパニックを起こして行ったのです。

並んで座った私の鼻の穴は複雑な揺れる気持ちでまん丸に広がったままだったことをここで告白します。はい、私は感情が高ぶったり嘘をついたりすると鼻の穴がまん丸に開くんです。先生、公の場で突然のおじちゃま、おばちゃま呼ばわり、大変失礼いたしました！ごめんなさい。けれどそれほど、おじちゃま、おばちゃまとの再会は私にとって興奮剤のようでありました。子供の頃に脳裏に焼きついたマロニエの街路樹に佇む理想のカップルが、また優美なお姿でいらっしゃったのですから。

そして月日は流れ、また別のある日。

青山が先生と話した際、私にまたお言葉を頂きました。

「とよた真帆は正しい選択をする」。

私はそれを聞いて感動。何故なら産まれて数十年つねに何かを選択するとき、自分の心に正直にかつその事柄に誠意を持って最善の選択をしようと冷静を心がけてきたのです。若い頃は欲や感情に流され間違えたこともある、でも常に直感に従いながらも客観的な思考で正しいと思う選択することが私の芯であったのです。何についてそうおっしゃったかは定かではありませんが何よりの有難いお言葉。そして蓮實先生はやはり素晴らしい洞察力の方です。

とよた真帆

《先生と繋がった暖かな少しの時間》

ある日突然、青山を含む友人に悲しい出来事が起こりました。梅本洋一さんの死です。青山にとって語りつくせない恩があり、よき理解者であった梅本さんの死は、青山や仲間の方々にたとえようのない悲しみをもたらしました。

私と青山は青山演出の舞台『私のなかの悪魔』の本番真っ最中、主演の私も長台詞満載でしたが、運良く葬儀に参列することが出来ました。

青山斎場にてしめやかに行われた葬儀。波打つような美しい白い花の祭壇、先生をはじめ青山や友人たちは梅本さんへお別れの挨拶を次々にいたしました。

そして棺の蓋を閉める時にご遺体に花を皆でたむける際、蓮實重彦先生はスッと斎場の外に出られ、その儀式を見守っておられました。振り返り目に入ったそのお姿は、私が小学生の時に体育館の外から中を見守る先生のあの情景とリンクして、時空を超えたかのような瞬間。でも微笑ましいあの時のお顔とは正反対の悲しく見守る姿でありました。私は心配になりそっと近づき何気なく声をかけました。

先生は「亡くなった方の顔を見る、ということを私はしてよいものか理解出来ない、これは限られた身内だけが許される領域なのではないか」というような内容のお言葉を言われました。私はその時、また深く深く先生と繋がった気がしたのです。私も常日頃から葬儀に参列する際、亡くなった方の顔を見ることが苦手で正しいことなのか自問自答していたのです。聖域に踏み込むようで、その方の魂が抜けたお身体を見ることは果たして本人が望んでいることなのか、残されたものの単なるエゴじゃないか、と疑問に思っていたのです。

先生と並んで佇み溢れそうになる涙を堪えました。そしてその時に蓮實のおじちゃまは私にとっても〝先生〟になったのです。映画論や勉強を教えてくださる先生ではなく……人間としての。愛溢れる清らかなお方だと魂の奥深くで感じ繋がった気がしたのです。私は小さな声で答えました。

「私も、そう、思います……」。

外は霧雨がふり、先生と私は、斎場で悲しみにくれ梅本さんの棺に花を捧げる皆をただただ見つめていました。

この日が私にとって蓮實のおじちゃまが先生になった日。梅本さんが私にくれた最後の〝ギフト〟なのです。

私は幸せ者です。だって蓮實のおじちゃまと蓮實重彥先生を両方持っているのです。人生は不思議です。七歳児の私には想像も出来なかった、、人生は素敵です。だってこのようにここで蓮實先生のことを書ける大役のご縁を頂けたのですから。青山真治と私はいつまでもいつまでも蓮實重彥先生の生徒なのです。

とよた真帆

『伯爵夫人』とその著者を論じるための権力論素描
――編者あとがき――

工藤庸子 Yoko KUDO

ほどほどになさいませ、と申し上げたのに、嗚呼、やっぱり書いておしまいになった、と溜息まじりの独り言をいってみるこのわたしは、ちょうど昨年の今ごろ、文庫版『凡庸な芸術家の肖像』のための長い解説を校正したり、羽鳥書店の社長とまだ白紙に近いこの論集の構想を練ったりしていたのだが、その、ほどほどになさいませ、という台詞が向けられていた相手は、かならずしも『凡庸な芸術家の肖像』の著者その人ではなくて、正確にはマクシムの物語を語っている匿名の話者であったことも、ただちにお断りしておかねばならない。話題となっていたのは、第一部「XI　編集者は姦通する」のなかで披露されている一通の手紙であり、そこでマクシムはギュスターヴ相手に露骨にして具体的かつ過激な打ち明け話をやっているのだが、これを引用する匿名の話者の共犯者的な立ち位置を見咎めた解説者のわたしが、ひと言たしなめてみただけのこと。それはどうでもよいとして、一九世紀半ばのフランスで、作家志望の青年二人がその種のことがらについてあけすけな情報交換をやっていたこと自体は、まぎれもない文学史の事実である。

二〇一六年四月、ここ日本で『伯爵夫人』という小説が発表された。ちょうどこの月、著者は八〇歳の誕生日を迎え、安保関連法案が施行され、特定秘密保護法情報監視審査会の年次報告書が提出された。掲載誌『新潮』が書店に並んだのは、二〇一一年三月一一日から五年目に当たる日々だった。

今この文章を書いている本書の編者にとって、これは誠実に向き合うべき文学史の出来事である。もっとも予兆はたしかにあったのであり、これは不意打ちなどでは全然なかったというふりをすることは、いとも容易い。入江論文（四八九頁）の冒頭に紹介されたエピソードにもあるように、一九九七年二月、東大新学長に選出されたその人が『週刊新潮』の記者をまえにして、『秘本・草枕』というタイトルのソフトポルノを撮るつもりだったのに、これで老後の楽しみにとっておいた計画が不可能になったと嘆いたという話は、言行録として公表されている。学部長時代のその人が、ときおり研究室で煙草をくゆらせながら楽しげにその種の計画を話題にしておられた姿は、同僚として目の当たりにしていたし、その頃すでに書き溜めてあったという脚本の存在を否定しなければならぬ理由はどこにもない。そういえば文豪の『草枕』と元東大総長の『伯爵夫人』は、戦争の可視化という相似形の結末をもちますね、などとさりげなく解説しただけで、お茶を濁すこともできようが、わたしの羞恥心がそれを許さない。

お断りしておかねばならないが、一九六八年五月に学部学生であったわたしは、その後も日本の社会には女性の解放も性の解放も訪れなかったと確言できる世代の一人である。女性は愛を語っていればよく、性を論じるなどはもってのほかという精神風土。昔、あるところで思いきって「性愛」という言葉を使ったときに、心から敬愛する人に、きちんとしたご婦人が使う言葉ではないと優しくたしなめられ

工藤庸子

たことを懐かしく思いだす。当然のことながら、わたしはそのような時代環境によって育まれた言語的感性をもつ。それゆえ『伯爵夫人』を読むことが、翌日まで体の芯に疲労が残るほどの経験ではなかったと嘯《うそぶ》くつもりはない。しかし、たまたまスタール夫人の評伝を書きつつあるわたしは、その鈍い疲労感を親密圏にしまいこみ、公共圏に向けて本書の編者として発言したいと思う。考えてみれば偶然とはいいきれぬ機会なのである。支配的な精神に同調し沈黙してはならぬと覚悟を決めて、大革命とナポレオン独裁の半世紀を生きぬいた二世紀前の女性に、しばし背後霊になってもらうとしようか。

言語的体験としての解放と自由。学び、思考し、批評言語を修得することで、人の知性と感性は解き放たれる。それがスタール夫人がカントから学びとり、実践してみせた啓蒙というものだった。大学における指導や知識の伝授が啓蒙的であっていけないわけはないが、啓蒙の営みそのものは制度を必要としない。この論集も大学の研究室を基盤とはしていない。つまり主任教授とその一番弟子、二番弟子、等々による嫡子相続的な知の相続システムを念頭に置いて編まれてはいない。その人はたしかにアカデミズムの頂点に立ったという経歴をもつけれど、にもかかわらず、本書は啓蒙の茫漠とした圏域を想定し、広く執筆者を募って編集された。そのなかから、久山論文（三九五頁）をまっ先に紹介するのは、摂理のような偶然により、このタイミングで『伯爵夫人』が発表されてしまったからという理由による。

犯し犯されるポルノ的関係性を破棄してしまった曽根中生の倫理的認識の産物として、その監督作品を読み解くというのが、久山論文の趣旨である。この視点、この論理を応用すれば、わたしも『伯爵夫人』を論じることができる、とわたしは考えた。万人が修得できる批評言語を語りつづけた人物による啓蒙の成果である久山論文が、わたしを啓蒙したことになる。

ここでひと言いっておきたいのだが、卑猥な語彙があふれているとはしゃぐだけの批評とはいえぬ論評には、支配的な精神による暗黙の言論統制や、性的弱者に向けられた無言の圧力などを押し返し、目に見えぬ権力と性との関係を描出する力はない。楽しむのは自由だが、わざわざ公表するまでもないだろう。

犯し犯されるポルノ的関係性の破棄という話題にもどるなら、量産されるポルノ的作品の大半は、じっさい搾取する性と搾取される性の対立からなっている。そこに権力の犠牲になる弱き性という永遠の物語を見てとって、そのことだけを声高に指摘する批判者は、まちがいなく社会的正義という安全地帯に立てる。ある種のフェミニズムの言説が、サド裁判の告発と奇妙に似通ってしまうことがあるのは、そのためだ。反権力の言説が権力を補強してしまうというアイロニー。この種の二元論の罠に陥らぬよう、権力を解体する仕掛けが根源的な水準に張り巡らされているという意味で、『伯爵夫人』は曽根中生の作品と同様に、倫理的なポルノグラフィーであるといえる。

その話をするまえに、テクストが一つの現実として机上に置かれてしまった以上、ほどほどになさいませ、という冒頭の台詞を撤回しておかねばなるまい。要は程度の問題、濡れ場はほどほどが望ましい、という議論をもちこめば、出版物をめぐる世論の検閲や、これに見合った作家の自己規制に荷担することになる。公的機関の審査において、映像作品の猥褻性は露出されるものの寸法と秒数で測られるとかいうけれど、そうした統制の力学や同調圧力とは無縁な地平に身をおいて、論を起こすことにしよう。テクストにびっしりと貼りついた違反的な語彙は、ほどほどにせよと命じる支配的な精神への挑戦状、いや宣戦布告にちがいないのである。

一つのヒントが与えられている。一九二四年生まれで矍鑠《かくしゃく》たる現役のジャズ評論家、『伯爵夫人』の著者にとっては学習院と東大の先輩に当たる人物が、昭和一六年一二月八日の深夜、帝大法学部の受験や戦いの行く末を案じ、Tommy Dorsey and his OrchestraのCoctails for Twoのレコードを大音響でかけまくり、ご両親から「今晩だけはお止めなさい」と叱られたという（『瀬川昌久自選著作集1954-2014

チャーリー・パーカーとビッグ・バンドと私』河出書房新社、二〇一六年、四四八―四四九頁)。この猛者《もさ》の一二月八日の深夜の振る舞いに対する憧れから書かれたフィクションが、ほかならぬ『伯爵夫人』であるとのこと。これが唯一の鍵というつもりはないけれど、重要であるにちがいない情報を秘匿するほどに、わたしは身勝手ではない。

＊

まずは非＝権力的なものとして、性を即物的に提示しなければならない。そのためには、これを描写してはならない。作中人物の心理やドラマの因果関係の連鎖から、いさぎよくそれを切断してしまうこと。反復される主題論的なモチーフを、理不尽なものとして、思いきり宙に舞い上がらせ、一瞬、宙吊りにしてみせること。男の腕でシャンデリア近くまですっと持ち上げられる若い女の体のように。気を失う女もしくは男がその瞬間に首筋越しに見てしまう、白っぽくて奥行きのない、見えるはずのないあの空のように。気絶した女もしくは男の顔一面にぱっと霧のように吹きかけられる酒かシャンペンのように。

その人の著作で呪縛のようにくり返される数字、一〇プラス二のパーツからなる作品である。その音楽的な構成をCoctails for Twoの演奏に見立て、アップテンポのスウィングジャズを想像してみてもよいのだが、Tommy Dorsey and his Orchestraの予定調和的なセッションは、真珠湾攻撃の日の深夜の東京で帝大法科の受験を控えた青年が、傍若無人な大音響で響かせてこそ、全身全霊をこめた異議申し立ての迫力をもつ。

いっそここではCoctails for Twoと入力しただけで、誰でもウェブ上でアクセスできるミュージカル映画Murder at the Vanitiesの酒場における該当場面をご覧いただきたい。一九三四年、ヘイズ・コード実施直前のプレ・コードなどとも呼ばれる作品らしいけれど、話題にしたのはお色気の多寡ゆえではない。徹頭徹尾、笑わせるポルノとしての『伯爵夫人』のテクスト的な現実について蘊蓄を傾ける気は毛頭ないし、あの絶妙に唐突な、三つ扉の回転扉のばふりばふりという擬音語《オノマトペ》の効果一つとっても、説明することはむずかしい。ただ、ひと言だけ、こう言っておきたいのである——ね、見て見て、まさに、こういう感じなの!

自在なアドリブ演奏にも似た不条理な運動をみちびきいれるのは、夢のロジックである。なにしろ男と女がかわるがわる失神したり、昏睡状態に陥ったりするのだから、本来は覚醒した意識のもとに時空を構築するはずの小説の原理そのものが脅かされ、崩壊の危機にさらされる。たとえば伯爵夫人のまえで突っ立ったまま二朗の意識が薄れる、というところでパートⅢが終わり、パートⅣは別の場所でソファーに寝かされた状態で二朗が目覚めた瞬間に始まって、傍らの蓬子がすやすやと寝息を立てている、という一文で終わる。こんなところですやすやと寝息をたててる場合じゃありませんよ、という伯爵夫人の声で二朗が目覚めたところでパートⅤが始まると、ここはどうやらパートⅢを引きつぐ時空であるらしい。白昼夢ならぬ夢中夢? 夢の中の夢? それとも外の夢? 夢の外? 入れ子構造なんて生やさしいものではない。幾層にも折り重なり絡み合う時間の層をようやく二朗が脱出するのは、翌日の午後五時過ぎのこと。

思いきり眠ってしまったものだと呆れながらふと夕刊に目をやると、「帝国・米英に宣戰を布告す」の文字がその一面に踊っている。ああ、やっぱり。そう嘆息するのは昭和一六年一二月八日の東京という現実の時空に着地した人間である。国家権力による厳しい報道管制が敷かれたいた。その日、未明に真珠湾奇襲攻撃があり、一足遅れで英米に対し宣戦布告がなされ、日本は実質的に大東亜戦争に突入していたのだが、架空の街を彷徨っていた二朗は、ラジオの臨時ニュースも聞かず、開戦を告げるビラも見なかった。後戻りの効かぬ決断が下されていたことを、事後に知らされたという意味で、この作中人物の経験は日本国民を代表するものだ。青年が、二年後には学徒動員で戦地に送られる年齢であることを、わたしたちは知っている。

文学や映像作品における主題という次元でみれば、極限的な暴力である戦争と暴力性を秘めた性という組合せ自体は、むしろオーソドックスなものである。さらに、少なくとも二世紀以上にわたり、先鋭な哲学が権力と性の関係を考究してきたという歴史的な事実がある。なにしろこれは、一九七三年に三七歳で、フーコーにインタビューするかたわらジル・ドゥルーズの『マゾッホとサド』を翻訳出版した人によるフィクションなのである。そうはいっても『閨房哲学』と『毛皮を着たヴィーナス』と『伯爵夫人』における性と権力の関係を比較考察してみたら？　などと大それた問題提起をしてみても始まらないから、それはやめるとして、ここは『伯爵夫人』における戦争と性という具体的な主題構成も素通りし、控え目に抽象的な権力論の水準でテクストを読み解くにとどめたい。

性のテクニックに長けた中年の伯爵夫人にせよ、耳学問だけの未熟な娘の蓬子にせよ、あるいは甲斐甲斐しく二朗の世話を焼く御大家の奥さまにせよ群がる使用人たちにせよ、少なからぬ数の作中人物がいるなかで、完璧に言論の自由を行使しているのは、つねに女性である。決して女が口にしてはならぬと教えられてきた一連の語彙を――大新聞の書評欄が引用を控えねばならぬほどにスキャンダラスな一連の語彙を――作中人物の美しい女たちは涼しい顔をして、いや嬉々として、巧みな台詞回しによって、じつは品位を失うこともなく、堂々と駆使してみせる。大切なのは言葉であって、事物や仕草やイメージなどは、付随する何かにすぎないとでもいうように。これらの禁じられ貶められ虐げられてきた語彙を、わたしたち女がみずからの唇で解き放つ。絶対的に過剰なものとなった言葉たちは、一斉にテクストになだれ込み、艶《あで》やかに乱舞し、反乱を起こす！

反復される主題論的なモチーフや、荒唐無稽ともいえる物語展開の軽快な律動にくわえ、上質の笑いを誘い出す第三の仕掛け、そして前代未聞の起爆装置がここにある。二朗とやや保護者ぶった友人である濱尾との関係は、ギュスターヴとマクシム、あるいは『感情教育』のフレデリックとデロリエの関係に似ていなくもないが、彼らの対話は背伸びをしても、ほどほどになさいませ、というていど。つまりその種の語彙の使用法という意味で、一九世紀の作家志望の青年たちの手紙のように新鮮味に乏しい。身体的に二朗に似ているとされ、圧倒的な存在感をもつ二朗の祖父は、あの世の人であり、現世の口頭言語には参入できない。言語パフォーマンスにおいて、これほどまでに女性が優位に立つ世界なのだから、女性が虐げられた弱き性ではないことは読まなくとも想像できるだろう。法的な概念としての猥褻行為は被害者の存在を前提とするけれど『伯爵夫人』の男女の関係にはそうした権力構造が微塵もないのである。サドにもマゾッホにもキリスト教的な犠牲の観念がつきまとうのであり、そうした観点からしても、二一世紀の日本は『伯爵夫人』の個性を世界に誇ることができる。

この種の議論をそのままテクスト論的にシフトさせ、ここには覚醒した意識をもって小説の世界を家父長的に取り仕切る語り手がいない、と指摘することもできる。いいかえれば、テクストの大方は作中人物たちが発する言葉、能弁な女たちの長広舌と受け身な二朗の応答や内面の言葉によって埋めつくされている。お読みになった方は『伯爵夫人』のテクストに引用符がないことにお気づきだろう。引用符とは、提示された言葉に対して語り手が刻印する他者性のマークにほかならない。このテクストでは作中人物の言葉と語り手の担当する地の文との境界がきれいに抹消されており、おそらくそのためもあって、語り手の存在自体が曖昧にゆらめくかのようなのだ。あなたは、戦争について、いったい何をご存じだというの、いってご覧遊ばせな、という伯爵夫人の台詞でパートⅤが終わり、つづくパートⅥの冒頭の断章は、一見したところ、三人称小説における客観描写のような文体で始まっている。しかるに何段落か先に判明するところによれば、それは映画好きの二朗の記憶に贅沢に絡むように仕立てあげられた戦争場面の記述であり、じつは伯爵夫人の口を通して語られた想像上の光景が、聴き手の二朗によって自由間接話法的に反芻ないしは再話されたものであるらしい。語り手、というよりその人の用語によるなら匿名の話者の希薄化によって、いっそう非人称的になったフィクションのなかを、読む者は快適に夢見心地で運ばれてゆく。これは『伯爵夫人』がくりだしてみせる多様で斬新な叙述法の、ほんの一例にすぎない。目障りな語彙さえなければ文体研究の教材にしたいほど、精緻に仕立てあげられたテクストなのである。

ドラマの要《かなめ》に位置するのは、二朗と祖父と伯爵夫人。説話論的な位相において三人の男女のあいだには、ほぼ平等な力関係がなりたっている。二朗の亡くなった兄の説によれば、絶倫の祖父は「近代」への絶望ゆえに子をつくらずに性の快楽を求めたという。伯爵夫人はその祖父の隠し子だと仄めかす者もいるけれど、夫人自身はその人によって愛人として仕込まれ調教されたからこそ今の自分があると主張する。大団円のパートⅪ、舞台はどこでもない場所と名指された茶室。ところが、その晩、そのどこでもない場所で、と伯爵夫人は語る、たったひとつだけ本当のできごとが起こった。ここで、わたくしが、お祖父さまの子供を妊《みご》もってしまったのです。二朗より三日まえに生まれたその子は、祖父に認知されて一朗と名づけられたとのこと。こうして伯爵夫人に「家族の問題」を明かされた二朗はひたすら混乱する。自分はじつはその一朗ではないか、とすれば実の父は絶倫の祖父であり、実の母は伯爵夫人その人か……。ドラマの大詰めで無造作に舞台に投げこまれたような、この隠し子問題は見過ごせない。嫡子相続が支える「近代」なるものが、それこそ手榴弾で吹き飛ばされたような具合だからである。絶頂の喜劇的効果というべきか。

＊

本書の巻頭におさめたエッセイ「姦婦と佩剣――十九世紀のフランス小説『ボヴァリー夫人』を二十一世紀に論じ終えた老齢の批評家の、日本語によるとりとめもないつぶやき」を、今あらためてしみじみと読んでみる。著者その人がじっさいに聞きえたものとして想起されている、佩剣のガチャリという音は、同じ東京のどこかで二朗も聞いていたはずの、ばふりばふりと回る回転扉の音と共鳴し合っていたにちがいない。旧制高校の生徒が、さわやかな秋晴れの朝に通学電車のなかで『ボヴァリー夫人』という「淫らな本を読んでおった」ことで教練の教官である軍人に訓戒の枕を与えてしまったという話だが、厳しい言論統制の時代、小田急線の車中で読まれていた書物には、エッセイの著者の調査したところによると少なからぬ「伏せ字」があった。今では目にすることもむずかしい「伏せ字」版テクストの鋭利にして軽妙な分析を、わたしたちは本書で堪能することができる。お望みなら軍国主義国家のれっきとした専門職であったはずの検閲官による作業のいいかげんさを嗤い、作品読解能力の低さを嘆くこともできる。

ところで、かりにどこかで誰かにこう指摘されたとしたら？　今の日本に検閲制度はないのだし、元東大総長でもある人物が法外に「淫らな本」を一字の伏せ字もなく実名で発表し、それがスキャンダルにならぬていどには、世界は平和で自由なのである、と。そう聞かされた人は、なるほど『伯爵夫人』はひとたび伏せ字を管轄する公権力が介入すれば、まるごと消滅してしまうようなテクストであると思い当たり、それから、ふと安堵したりするのだろうか。誰しも安心したいという願望をもっている。支配的な精神に誘導された耳に心地よい言論は、そうした願望に先回りして不穏な反省的思考を封じようとするものだ。

工藤庸子

支配的な精神とは異なる意見を自分は述べる、とわが守護霊であるスタール夫人は『ドイツ論』の冒頭に書いている。それというのも、人はともすればある種の紋切型の思考に身をまかせてしまうからであり、それは真実にではなく権力に身をまかせるに等しい。こうして人間の理性は、文学や哲学の領域においてさえ、隷従に馴染んでゆくのである――二世紀前のフランスで、ナポレオンの立ちあげた高等教育から全面的に排除された女性全員の中の例外的な一名が、これだけのことを言っている。その事実に心を動かされずにいられようか。じっさい『ドイツ論』は内務省当局のいいかげんな検閲であちこち削除されたうえ、刷りあがった初版一万部は警察大臣の命令で断裁されてしまい、スパイ映画さながらに隠匿して国外に持ちだした校正刷や草稿が、三年後の一八一三年、スタール夫人がロシア経由でたどりついた亡命先のロンドンで、新たな版に組まれて奇跡的に甦った。このエピソードを紹介したのは、隷従に馴染んではならぬというひと言に賭けられた責任の大きさを想像していただきたいがためである。

スタール夫人の著作のなかで、紋切型と真実と権力をめぐる一文に出遭い、胸がときめいたのには、もちろん個人的な事情もあった。わたしはそこにフローベールの用語、さらにはフローベールやマクシム・デュ・カンを論じるその人の用語を見出した。同じ用語の存在が同じ論理構造を保証すると信じこむほどにナイーヴではないけれど、何かしら響き合うものがそこにないはずはない。フローベールとマクシム・デュ・カンの生きた第二帝政が、第一帝政の反復にしてパロディのようなものとして演じられたという一事をもってしても、ナポレオン一世と対峙せざるをえなかったスタール夫人の証言は貴重ではないか。『凡庸な芸術家の肖像』によれば、第二帝政は「柔軟きわまりない吸収装置としての権力機構」をもっていたという。だとしたらその「柔らかい権力」の参照点である第一帝政は「固い権力」と形容できるのか？　模範的な軍事クーデタを遂行したナポレオン・ボナパルトがその身体によって可視化する独裁体制を、とりあえずそう呼んでみてもよいという気はするが、紋切型と真実との関係をふくめ、この問いは先送りにしなければならない。

『凡庸な芸術家の肖像』の著者が、日本の現代にとっても同時代のものであるというフランス第二帝政の「柔らかい権力」は、いかにしてその歴史性とともに描出されうるか？　本書では、中島論文（二〇五頁）にくわえ、とりわけ田中論文（四六頁）が「政治を非深刻化する政治性」という位相でこの「権力に関わる巨大な問題」を軽やかに論じている。ところで、そこで指摘されているように瀟洒な『帝国の隠謀』が大柄な体躯の『凡庸な芸術家の肖像』の「弟」であるとするならば、『伯爵夫人』は艶やかな「母」のポジションで開花した書物のようにも思われる。

周知のようにルイ＝ナポレオンは、ナポレオン・ボナパルトの初婚の相手ジョゼフィーヌが前夫とのあいだにもうけた娘オルタンスを母として生まれている。父はナポレオン・ボナパルトの実弟ルイ。つまり戸籍上はナポレオン一世の甥にして血の繋がらぬ孫ということになるのだが、両親の仲が冷めていたところから不義の子という説もある。ここに母オルタンスの姦通によって生まれた異父弟のド・モルニーが絡み、印刷物による「行為遂行的」なクーデタにより、ルイ＝ナポレオンがナポレオン三世を名乗ったのが第二帝政である。以上は『帝国の隠謀』が内包する歴史の事実だが、一方フィクションの布置を見れば、こういうことになる。伯爵夫人が実母ではないかという二朗の想像がかりに図星だとすれば、本人は絶倫の祖父の孫ではなくて非嫡出子、まったく姿を見せぬ戸籍上の父は腹違いの兄、一朗という名ではない亡くなった兄は甥。

呪縛のように再現された「家族の問題」にエディプス的な深層心理を読みとろうというのではない。「近代」の嫡子相続に拠る正統性の論理を淫靡に壊乱する性の逸脱という、プルースト的でもある主題を見てとることは可能だが、『伯爵夫人』のあっけらかんとした喜劇性をまえにして、その方向に話題を深

工藤庸子

刻化するのは的外れだろう。それにしても、フランス第二帝政を軸足にして「近代」を考究してきた人の控え目な署名のようなものが、ここにあることはまちがいない。『凡庸な芸術家の肖像』と『帝国の隠謀』につづき『伯爵夫人』も権力論の系譜に連なるものとして読むことができる。

その人の権力論的な思考に馴染まぬ一連の語彙がある。近代の家父長的な秩序、体制と反体制、権力の主体とその客体、そして話を初めに戻せば、犯し犯されるポルノ的関係性における加害者と被害者……。口にした者に批判者として安全地帯に立つことを許し、不毛な二元論を誘発してしまいがちな一連の語彙。

その人の語彙集で「凡庸」と向き合うのが「非凡」ではなく「愚鈍」であることからしても想像されるように、非＝正統的なものという主題が、正統性への正面切っての異議申し立てとして定立されるはずはないのである。それはそれとして、まぎれもない権力の台座である正統性の論理へのそこはかとない違和感のようなものが、その人にたえずつきまとい、田中論文の示唆するように、テクスト上で乗り物の鈍い振動のような身体感覚に翻訳されている可能性は大いにあるとわたしも思う。

くり返すなら、奪取し奪取される可視的な権力を批判していればよいというものではない。目に見えぬ「柔らかい権力」の機能ぶりを記述しなければならない。『物語批判序説』の著者がいう「説話論的な磁場」のありようを描出し、そこで人は、語るのではなく、語らされてしまう、という状況について、フローベールの『紋切型辞典』の倒錯的な試みと関連づけながら論じなければならない。本書の互論文(二三〇頁)が鋭く分析するように、ソシュールにかかわる「悪しきイメージ化の戦略」を暴き、これに抵抗しなければならない。石橋論文(二二二頁)が指摘するように『ボヴァリー夫人』をめぐる「受け入れられやすいイメージ」の増殖を阻むために、テクスト的な現実に照準を狙い定めて二〇〇〇枚の論考を書かなければならない。

じっさい反復され承認され還元的なものとして定着してしまったイメージに抗うことはむずかしい。人がそうとは知らずに取り込まれてしまう紋切型のイメージは、あらゆるところに繁茂する。インターネットのメディア空間を覗くまでもない。ソシュールといえば、ああシニフィエとシニフィアンね、と鸚鵡返しに答え、『ボヴァリー夫人』といえば、ああ、あの姦通小説ね、ヒロインが自殺する、亭主は愚鈍な男で、とつづければよい。もしかしたら生まれたばかりの『「ボヴァリー夫人」論』さえ、早くも紋切型のイメージに取り込まれつつあるのかもしれない。ああ、あの気化の欲望ね、「埃」の話でしょ、と応じておけば、二〇〇〇枚の論考を読まなくてすむ。この種のイメージ化を拒む誠実な仕草によって、本書の菅谷論文（九四頁）や森元論文（二七一頁）が書かれていることはいうまでもない。

　その人の名を聞いたとたんに、ああ『凡庸な芸術家の肖像』と『「ボヴァリー夫人」論』というライフワークの姉妹篇をついに完成させた元東大総長ね、次は「ジョン・フォード論」だってね、としたり顔にうなずく人が、今や少なからずいるだろう。このイメージは、あまりに端正で、正統的とはいわぬまでも予定調和的な均衡におさまりすぎている。本書でいえば法外に長い片岡論文（二六三頁）が、この予定調和的な物語への抵抗であることも言いそえておきたいが、ともあれ『「ボヴァリー夫人」論』を論じ終えた時点でその人は、あまりにも見事な均衡に、そこはかとない違和感を覚えはじめたのかもしれない。そもそもライフワークという言葉はあまり好きではないのです、と独りつぶやきながら、その人はただちに「姦婦と佩剣」を書いて、少年期の不穏な時代に回帰した。少年マクシムの経験として回想される馬車の揺れと総長経験者の記憶に刻まれた公用車の不快な鈍い揺れ——田中論文で示された類縁性を引きつぐものとして、本人の身体感覚ともなりえたはずの小田急線の電車の振動がそこにある。ガチャリという不気味な佩剣の音が響く。『伯爵夫人』における人力車の揺れと海軍中佐のサーベルのがちゃりという音を予告するかのように。

工藤庸子

＊

ここから本来の「編者あとがき」となる。まず論集の編者がわたしであることの理由から述べたいのだが、そのためには一九九〇年春の思い出にさかのぼらなければならない。東京大学教養学部フランス語教室が初めて採用した女性教員への周囲の心遣いは温かかった。何人かの先輩の先生方が、かわるがわるお茶に誘ってくださったのだが、忘れもしない、その方との対話――「せっかく駒場の教師になったのだから……」「？……」「ぜひ、小説をお書きなさい」「！」「小説を書くといいですよ。ぜひ書いてご覧なさい」「……」このときの発話は、慇懃でありながら理不尽にも、二人称に対する命令法でなされたのだった。三年後の春、平の教員が理由もなく足を踏み入れる場ではない学部長室から呼び出しがあった。新学部長であるその方は、にこにこしながら、こうおっしゃる――「学生論文集、作りません？」「?!……」「作りましょう。ね、作りましょうよ」「……」なぜか一人称複数形で、少なくとも三度はくり返されたこのときの勧誘が、わたしの編者としてのキャリアの発端となった。

東京大学教養学部では、一九九三年四月に前期課程の新カリキュラムが施行された。戦後の新制大学発足以来、半世紀にわたって変わることなく継承されてきた教養科目の枠組が一挙に解体した。先例のないリベラル・アーツの展開される舞台となった駒場キャンパスは、ある種の知的昂揚につつまれていた。その一九九三年度に開講された全科目について、担当教員全員に問い合わせを送り、答案やレポートからこれぞという成果を推薦してもらう。優秀作品を顕揚するのではなく、制度化されたレポート作成や成績評価の営みを、教師と学生のあいだの孤独な往復運動から解放し、同時に新カリキュラムの全容を可視化しようという野心的な試みだった。情報公開、自己点検、外部評価などという語彙がようやく大学の公用語になり始めた時期で、まだ具体的に形になったものは何もない。

いうまでもなく、このような企画は本来であれば、教務委員会が素案を練って教授会で粛々と検討し、その承認を得たのちに予算の目処を立て、新たな委員会組織を立ちあげてから、おもむろに実行に移す。議論は年度を越えて長引き、廃案になる公算が大きい。なんの前ぶれもなく平の教務委員を呼び出して、編集委員会のメンバーにはあなたの好きな人をえらんでよい、わたしがイヤとはいわせませんから、などと誘惑するのは、どこか隠謀めいているではないか。多少の曲折はあったけれど『学生論文集 ΣΥΜΠΟΣΙΟΝ』は学部全体の合意と協力を得て、一九九四年の春、七〇〇〇名を超える前期課程の在学生に配布された。初々しい知性が開花した大ぶりの冊子は圧倒的な迫力によって多くの人を感動させた。こうしてわたしは、制度的な根拠や正統性にこだわらず、とりあえず発案し打診し呼びかけてみることの醍醐味を知ってしまったのである。

「われわれ」の大学なのだという実感のようなものが、じわじわとキャンパス内に浸透していった。あちこちのアドホックな集団から内発的な企画が立ちあがると、シンポジウムをやりましょう！と学部長が応じてくださる。「知の技法」は基礎演習の教材のタイトルという機能をはなれて日本語として定着した。教材が社会的なインパクトをもつためには、書物として洗練されたものになることも必要だった。当時、東京大学出版会の編集者だった羽鳥和芳さんは、一般の教員よりも駒場キャンパスで過ごす時間が長いといわれていた。

それもずいぶんと昔の話になった。二〇一四年の春から年末にかけて、わたしは鼎談や解説のために『「ボヴァリー夫人」論』二〇〇〇枚と『凡庸な芸術家の肖像』一七〇〇枚をくり返し読んでいた。そして、この途方もない姉妹篇を書きあげた著者であるその人を、本格的に論じた論考が、じつは存在しないことに気がついた。東京大学出版会の『UP』誌七月号に掲載するための『「ボヴァリー夫人」論』の書評が念頭にあった二〇一五年の春、なにやら胸中に疼くものがあり、これぞという執筆者の候補を狙い定めたうえで、五〇枚以上の力作を書いてほしいと交渉してみたらどうか、などと考えるようになっていた。まず思い浮かべたのは、四〇歳前後になっているはずのカリキュラム改革直後の世代、そして羽鳥書店の社長となっておられるかつての駒場担当編集者だった。三月の末、ある席で社長と顔を合わせて話題にしたところ、即決で企画がスタート。それとなくご本人の了解を得たうえで、論集の冒頭に置くことを前提とした『ＵＰ』九月号掲載の文章を執筆していただいた。文学から映画のほうに大きく舵を切り、二つの領域を架橋して活動の全体像を捉えたいという編集サイドの模索が、『ＵＰ』九月号のエッセイの内容とシンクロナイズして、その後の明確な方針となった。

力作の論文だけでなく、軽いエッセイも、海外からの声も、という方向で、さらに論集の構想はふくらんでゆく。執筆者は非嫡出子的な人が望ましい。もしかしたら、あの方も、この人も……ひょっとして身に覚えがおありでしょうか、といったやりとりがなかったわけではない。

年が明けて三月になり、とうに締め切りを過ぎても原稿が出揃うというにはほど遠い状況だったが、遅くとも六月の刊行をめざすなら、編者あとがきにとり組むタイムリミットか、と考え始めたところで『伯爵夫人』が雑誌に掲載された。摂理のような偶然というより偶然のふりをした摂理だろう。ほどほどになさいませ、とつぶやいてやりすごしたいという誘惑を覚えないわけではなかった。だが、それにしても『凡庸な芸術家の肖像』と『「ボヴァリー夫人」論』というライフワークの姉妹篇を世に送った元東大総長という完成されたイメージが、新たな論集によって補強され、世間に流通する紋切型となってゆくことを、わたしは望まないという明確な意思が、ほかならぬ『伯爵夫人』によって表明されてしまったことは疑いようもない。なるほど完成されたイメージを顕揚し、制度化することが目標であるのなら、正統性をもつ嫡子たちが一堂に会して年功序列の論文集を編めばよいのである。そうみずからに言い聞かせ、相変わらず粘っている何人かの執筆者の原稿提出をまたぬことにして、ささやかな『伯爵夫人』論」を素描してみたのが、上記の文章である。

四月下旬。その方の八〇歳の誕生日が近づいてくる。大方の参加者の原稿に目を通した今、この論集が「蓮實重彥のイメージ」を流動化することには、少なくとも成功したという満たされた思いを味わっている。『伯爵夫人』の登場に心底うろたえたわたしが、不意打ちに応答することに精力を使いはたし、本書に掲載された少なからぬ数の論考やエッセイの全体像と布置を示すなど、編者が本来はたすべき役割をはたしえなかったことについては、執筆者の方々はもとより読者の方々にもお詫び申し上げたい。もっとも、活気あふれる映画関係の論考や、その人の人間的な魅力にふれたエッセイなどは、それぞれのフィールドから、雄弁に読者に語りかけてくれるにちがいない。ご本人と言葉を交わしたこともない執筆者がかなりの割合を占めているおかげもあって、開放的かつ啓蒙的で穏やかな表情を湛えた論集になったように思う。

ここで反省めいたひと言を。七一年まえの終戦は、日本から軍人という職業を消滅せしめると同時に、高等教育の門戸を初めて男女平等に開放したのだった。今、若手研究者と呼ばれている世代は、かろうじて三代目というところだろうか。昔とちがって女性の名は異物ではなく、少数者として逆説的な商品価値をもつようになっている。この論集を編纂するにあたっても、去年の夏に編集会議を兼ねた会食があって以来、何人かの中心メンバーが手を尽くし、女性の参加を促さなかったわけではない。スタール夫人のいう「哲学」は、対象を論じる批評言語の営みを想定したものだとわたしは考えているのだが、そうした意味で、ほぼ同数の男女が平等の成果を挙げるまでには、まだしばらく時間がかかるのだろうと感じている。

なおのこと、誠実に原稿を仕上げてくださった執筆者の方々に、世代を超える信頼と友愛を、そして映画や表象文化の領域について構想にかかわり情報収集から海外との連絡役まで有能にこなしてくだ

工藤庸子

さった三浦哲哉さんには、格別の感謝の念をささげたい。羽鳥書店との共同作業は今回も幸福な経験となった。編者あとがきの前半は、女性編集者の矢吹有鼓さんを第一の読者として念頭におき、後半は盟友である羽鳥和芳さんへの共感をこめて書いたものである。

そして最後に、絶妙な距離をたもちつつ繊細な配慮によって企画を支えてくださった蓮實重彥先生には、万感の思いを込めて、もう一度、ほどほどになさいますよう、と申し上げておこう。

二〇一六年四月二九日

蓮實重彥（はすみ しげひこ）

フランス文学者・文芸批評家・映画批評家。東京大学名誉教授。

一九三六年東京生まれ。六〇年、東京大学文学部仏文科卒業。

大学院進学後、フランス政府給費生としてパリ大学に留学。

フローベール『ボヴァリー夫人』に関する論文で六五年に同大学文学人文科学部から博士号取得。

六八年、立教大学一般教育部専任講師としてフランス語を教え、
七〇年、東京大学教養学部専任講師に就き、立教大学では映画表現論を開講。

七四年助教授、八五年から八八年まで季刊映画雑誌『リュミエール』の編集責任者を務める。

八八年教授、九三年から九五年まで教養学部長、九五年から九七年まで副学長を歴任。

九七年四月から二〇〇一年三月まで東京大学二六代総長。


『反＝日本語論』（七七年、筑摩書房）で読売文学賞受賞。

『凡庸な芸術家の肖像――マクシム・デュ・カン論』（八八年、青土社、のちに講談社文芸文庫）で、
第三九回芸術選奨文部大臣賞受賞。

『監督 小津安二郎』（八三年、筑摩書房）の仏訳 *Yasujiro Ozu* がフランス映画批評家連盟文芸賞受賞。

二〇一四年六月に、原稿用紙二〇〇〇枚の書下ろし『「ボヴァリー夫人」論』を刊行（筑摩書房）。

「伯爵夫人」（『新潮』二〇一六年四月号）で、第二九回三島由紀夫賞受賞。

パリ第八大学名誉博士（九七年）、フランス政府「芸術文化勲章（コマンドール）」受賞（九九年）、
南京大学名誉教授（二〇〇〇年）、アジア工科大学名誉博士（二〇〇二年）。

『批評 あるいは仮死の祭典』 せりか書房、一九七四年（S49）五月
『反＝日本語論』 筑摩書房、一九七七年（S52）五月［ちくま文庫、ちくま学芸文庫］（中国語訳刊）
『フーコー・ドゥルーズ・デリダ』 朝日出版社、一九七八年（S53）二月［河出文庫］
『夏目漱石論』 青土社、一九七八年（S53）一〇月［新装版一九八七年（S62）、福武文庫、講談社文芸文庫］
『映画の神話学』 泰流社、一九七九年（S54）一月［ちくま学芸文庫］
『映像の詩学』 筑摩書房、一九七九年（S54）二月［ちくま学芸文庫］
『シネマの記憶装置』 フィルムアート社、一九七九年（S54）五月［新装版一九九七年（H9）］
『「私小説」を読む』 中央公論社、一九七九年（S54）一〇月［増補新装版一九八五年（S60）、講談社文芸文庫］
『表層批評宣言』 筑摩書房、一九七九年（S54）一一月［ちくま文庫］
『トリュフォーそして映画』（山田宏一との共著） 話の特集、一九八〇年（S55）八月
『大江健三郎論』 青土社、一九八〇年（S55）一一月
『事件の現場――言葉は運動する』（対談集） 朝日出版社、一九八〇年（S55）一二月［『饗宴Ⅱ』（日本文芸社）として一九九〇年（H2）再刊］
『フランス語の余白に』 朝日出版社、一九八一年（S56）四月
『小説論＝批評論』 青土社、一九八二年（S57）一月［新装版一九八八年（S63）、『文学批判序説 小説論＝批評論』河出文庫］
『フランス エナジー対話』（渡辺守章＋山口昌男＋蓮實重彦の共著） エッソ石油広報部、一九八二年（S57）七月［加筆修正され、岩波書店より一九八三年（S58）刊行］
『映画 誘惑のエクリチュール』 冬樹社、一九八三年（S58）三月［ちくま文庫］
『監督 小津安二郎』 筑摩書房、一九八三年（S58）三月［ちくま学芸文庫、増補決定版二〇〇三年（H15）］（仏

語・韓国語訳刊〕
『物語批判序説』　中央公論社、一九八五年（S60）二月〔中公文庫、新版二〇〇九年（H21）（中央公論新社）〕
『マスカルチャー批評宣言I――物語の時代』　冬樹社、一九八五年（S60）七月
『映画はいかにして死ぬか――横断的映画史の試み　蓮實重彥ゼミナール』　フィルムアート社、一九八五年（S60）八月
『シネマの煽動装置』　話の特集、一九八五年（S60）九月〔『映画狂人　シネマの煽動装置』（河出書房新社）として二〇〇一年（H13）再刊〕
『オールド・ファッション――普通の会話　東京ステーションホテルにて』（江藤淳との共著）　中央公論社、一九八五年（S60）一〇月〔中公文庫〕
『映画となると話はどこからでも始まる』（淀川長治＋山田宏一との共著）　勁文社、一九八五年（S60）一二月
『映画小事典』（共著）　エッソ石油広報部、一九八五年（S60）一二月
『陥没地帯』（小説）　哲学書房、一九八六年（S61）三月〔河出文庫、河出書房新社より二〇一六年（H28）再刊〕
『シネマの快楽』（武満徹との共著）　リブロポート、一九八六年（S61）一〇月〔河出文庫〕
『凡庸さについてお話させていただきます』　中央公論社、一九八六年（S61）一〇月
『闘争のエチカ』（柄谷行人との共著）　河出書房新社、一九八八年（S63）五月〔河出文庫〕
『映画千夜一夜』（淀川長治＋山田宏一との共著）　中央公論社、一九八八年（S63）六月〔中公文庫〕
『映画からの解放――小津安二郎『麦秋』を見る』　河合文化教育研究所、一九八八年（S63）九月
『凡庸な芸術家の肖像――マクシム・デュ・カン論』　青土社、一九八八年（S63）一一月〔ちくま学芸文庫、講談社文芸文庫、各上下〕
『小説から遠く離れて』　日本文芸社、一九八九年（H1）四月〔河出文庫〕
『小津安二郎物語』（厚田雄春との共著）　筑摩書房（リュミエール叢書1）、一九八九年（H1）六月
『饗宴I』（対談集）　日本文芸社、一九九〇年（H2）三月

『饗宴Ⅱ』（対談集）　日本文芸社、一九九〇年（H2）五月

『成瀬巳喜男の設計――美術監督は回想する』（中古智との共著）　筑摩書房（リュミエール叢書7）、一九九〇年（H2）六月

『シネクラブ時代　アテネ・フランセ文化センター／トークセッション』（淀川長治との共編）　フィルムアート社、一九九〇年（H2）八月

『光をめぐって――映画インタビュー集』　筑摩書房（リュミエール叢書9）、一九九一年（H3）八月

『帝国の陰謀』　日本文芸社、一九九一年（H3）九月

『映画に目が眩んで』　中央公論社、一九九一年（H3）一一月

『映画巡礼』　マガジンハウス、一九九三年（H5）九月

『ハリウッド映画史講義――翳りの歴史のために』　筑摩書房（リュミエール叢書16）、一九九三年（H5）九月

『ミシェル・フーコーの世紀』（渡辺守章との共編）　筑摩書房、一九九三年（H5）一〇月

『絶対文藝時評宣言』　河出書房新社、一九九四年（H6）二月

『いま、なぜ民族か』（山内昌之との共編）　東京大学出版会、一九九四年（H6）四月

『魂の唯物論的な擁護のために』（対談集）　日本文芸社、一九九四年（H6）四月

『誰が映画を畏れているか』（山根貞男との共著）　講談社、一九九四年（H6）六月

『オペラ・オペラシオネル』（小説）　河出書房新社、一九九四年（H6）一二月［二〇一六年（H28）再刊］

『文明の衝突か、共存か』（山内昌之との共編）　東京大学出版会、一九九五年（H7）四月

『映画に目が眩んで　口語篇』　中央公論社、一九九五年（H7）一〇月

『リュミエール元年――ガブリエル・ヴェールと映画の歴史』（編著）　筑摩書房（リュミエール叢書23）、一九九五年（H7）一二月

『地中海終末論の誘惑』（山内昌之との共編）　東京大学出版会、一九九六年（H8）九月

『われわれはどんな時代を生きているか』（山内昌之との共著）　講談社現代新書、一九九八年（H10）五月

『知性のために——新しい思考とそのかたち』 岩波書店、一九九八年（H10）一〇月
『デジタル小津安二郎展 キャメラマン厚田雄春の視《め》』（坂井健との共編） 東京大学総合研究博物館、一九九八年（H10）一二月
『20世紀との訣別——歴史を読む』（山内昌之との共著） 岩波書店、一九九九年（H11）二月
『齟齬の誘惑』 東京大学出版会、一九九九年（H11）九月
『映画狂人日記』 河出書房新社、二〇〇〇年（H12）三月
『映画狂人、神出鬼没』 河出書房新社、二〇〇〇年（H12）五月
『帰ってきた映画狂人』 河出書房新社、二〇〇一年（H13）二月
『映画狂人、語る。』 河出書房新社、二〇〇一年（H13）五月
『映画狂人、小津の余白に』 河出書房新社、二〇〇一年（H13）八月
『映画狂人シネマ事典』 河出書房新社、二〇〇一年（H13）一〇月
『映画狂人シネマの煽動装置』 河出書房新社、二〇〇一年（H13）一二月
『蓮實養老縦横無尽——学力低下・脳・依怙贔屓』（養老孟司との共著） 哲学書房、二〇〇一年（H13）一〇月
『私が大学について知っている二、三の事柄』 東京大学出版会、二〇〇一年（H13）一二月
『映画狂人のあの人に会いたい』 河出書房新社、二〇〇二年（H14）八月
『「知」的放蕩論序説』（絓秀実＋渡部直己＋守中高明＋菅谷憲興＋城殿智行との共著） 河出書房新社、二〇〇二年（H14）一〇月
『映画狂人万事快調』 河出書房新社、二〇〇三年（H15）二月
『大学の倫理』（アンドレアス・ヘルドリヒ＋広渡清吾との共編） 東京大学出版会、二〇〇三年（H15）三月
『小津安二郎生誕一〇〇年記念国際シンポジウム OZU 2003 プログラムブック』（山根貞男＋吉田喜重との共同監修） OZU 2003プログラムブック制作委員会、二〇〇三年（H15）一二月
『スポーツ批評宣言 あるいは運動の擁護』 青土社、二〇〇四年（H16）四月

『国際シンポジウム小津安二郎　生誕一〇〇年記念「OZU 2003」の記録』（山根貞男＋吉田喜重との共編）　朝日新聞社、二〇〇四年（H16）六月
『映画への不実なる誘い――国籍・演出・歴史』　NTT出版、二〇〇四年（H16）八月
『映画狂人最後に笑う』　河出書房新社、二〇〇四年（H16）九月
『成瀬巳喜男の世界へ』（山根貞男との共編）　筑摩書房（リュミエール叢書36）、二〇〇五年（H17）六月
『魅せられて――作家論集』　河出書房新社、二〇〇五年（H17）七月
『ゴダール革命』　筑摩書房（リュミエール叢書37）、二〇〇五年（H17）九月
『吉田喜重　変貌の倫理』（吉田喜重著、蓮實重彥編）　青土社、二〇〇六年（H18）一二月
『表象の奈落――フィクションと思考の動体視力』　青土社、二〇〇六年（H18）一二月
『「赤」の誘惑――フィクション論序説』　新潮社、二〇〇七年（H19）三月
『国際シンポジウム溝口健二　没後五〇年「MIZOGUCHI 2006」の記録』（山根貞男との共編）　朝日新聞社、二〇〇七年（H19）五月
『映画崩壊前夜』　青土社、二〇〇八年（H20）七月
『映画論講義』　東京大学出版会、二〇〇八年（H20）九月
『ゴダール・マネ・フーコー――思考と感性とをめぐる断片的な考察』　NTT出版、二〇〇八年（H20）一一月
『東京から　現代アメリカ映画談義――イーストウッド、スピルバーグ、タランティーノ』（黒沢清との共著）　青土社、二〇一〇年（H22）五月
『随想　Essais critiques』　新潮社、二〇一〇年（H22）八月
『映画長話』（青山真治＋黒沢清との共著）　リトルモア、二〇一一年（H23）八月
『映画時評 2009-2011』　講談社、二〇一二年（H24）五月
『『ボヴァリー夫人』論』　筑摩書房、二〇一四年（H26）六月
『「ボヴァリー夫人」拾遺』　羽鳥書店、二〇一四年（H26）一二月

『トリュフォー最後のインタビュー』（山田宏一との共著） 平凡社、二〇一四年（H26）一〇月

『映画時評 2012-2014』 講談社、二〇一五年（H27）七月

『伯爵夫人』（小説） 新潮社、二〇一六年（H28）六月

『陥没地帯／オペラ・オペラシオネル』（小説） 河出書房新社、二〇一六年（H28）七月

Suzuki Seijun : de woestijn onder de kersebloesem / Suzuki Seijun : the desert under the cherry blossoms（ゲストキューレターとしてカタログを編集、蘭英語併記） Film Festival Rotterdam Uniepers, 1991

Kawashima Yuzō & Mori Issei : Japanse meesters van de B-film / Kawashima Yuzō & Mori Issei : Japanese kings of the Bs（ゲストキューレターとしてカタログを編集、蘭英語併記） Film Festival Rotterdam Uniepers, 1991

一次與電影的悲劇性交往 蓮實重彥特集（許介鱗編）〈臺灣大學日本綜合研究中心叢刊〉國立臺灣大學日本綜合研究中心、一九九五年

Yasujirô Ozu（Ryôji NakamuraとRené de Ceccatryおよび著者自身による仏訳） «Collection Auteurs» Cahiers du cinéma, 1998

Mikio Naruse（山根貞男との共編） San Sebastián : Festival Internacional de Cine de San Sebastián ; Madrid : Filmoteca Española, 1998［本カタログを元に、日本語版『成瀬巳喜男の世界へ』（筑摩書房）、韓国語版を編集］

Flaubert : Tentations d'une écriture（工藤庸子との共編） Faculté des Arts et des Sciences de l'Université de Tokyo, Section des Etudes Françaises, 2001

La modernité après le post-moderne（アンリ・メショニックとの共編） Maisonneuve et Larose, 2002

Postmodernism in Asia : Its Conditions and Problems The University of Tokyo AEARU (Association of East Asian Research Universities), 2003

영화의 맨살——하스미 시게히코 영화 비평선（映画の素肌——蓮實重彥映画批評選） 이모션북스（エモーション・ブックス）、二〇一五年

「人生論書簡」（フロオベール『世界人生論全集10』）　筑摩書房、一九六三年（S38）一月
「書簡Ⅰ」（『フローベール全集8』）　筑摩書房、一九六七年（S42）一月
「野を越え、磯を越えて（抄）　トゥレーヌとブルターニュ（一八四七年）」（『フローベール全集8』）　筑摩書房、一九六七年（S42）一月
「書簡Ⅱ」（『フローベール全集9』）　筑摩書房、一九六八年（S43）三月
「フローベールにおけるフォルムの創造」（ジャン＝ピエール・リシャール、『フローベール全集別巻　フローベール研究』）　筑摩書房、一九六八年（S43）六月
「不滅の女」（アラン・ロブ＝グリエ、『去年マリエンバードで／不滅の女』）　筑摩書房、一九六九年（S44）二月
「書簡Ⅲ」（『フローベール全集10』）　筑摩書房、一九七〇年（S45）七月
『ゴダール全集』（全四巻、柴田駿との監訳）　竹内書店、一九七〇―七一年（S45-46）
「三つの物語」「十一月」（フロオベエル、新訳『世界文学全集17』）　講談社、一九七一年（S46）一〇月
『マゾッホとサド』（ジル・ドゥルーズ）　晶文社、一九七三年（S48）一月
『フーコーそして／あるいはドゥルーズ』　小沢書店、一九七五年（S50）一一月
『映画の夢　夢の批評』（フランソワ・トリュフォー、山田宏一との共訳）　たざわ書房、一九七九年（S54）三月
『わが人生　わが映画』（フランソワ・トリュフォー、山田宏一との共訳）　たざわ書房、一九七九年（S54）一二月
『映像の修辞学』（ロラン・バルト、杉本紀子との共訳）　朝日出版社、一九八〇年（S55）一月［ちくま学芸文庫］
『映画術』（アルフレッド・ヒッチコック＋フランソワ・トリュフォー、山田宏一との共訳）　晶文社、一九八一年（S56）一二月［改訂版『定本 映画術』一九九一年（H3）］
『家の馬鹿息子Ⅰ　ギュスターヴ・フローベール論　一八二一年より一八五七年まで』（ジャン＝ポール・サルトル、

平井啓之＋鈴木道彦＋海老坂武との共訳）　人文書院、一九八二年（S57）三月
『家の馬鹿息子II　ギュスターヴ・フローベール論　一八二一年より一八五七年まで』（ジャン＝ポール・サルトル、平井啓之＋鈴木道彦＋海老坂武との共訳）　人文書院、一九八九年（H1）一月
『ミシェル・フーコー思考集成』（全一〇巻、渡辺守章との共同監訳）　筑摩書房、一九九八年（H10）一一月―二〇〇二年（H14）三月
『家の馬鹿息子III　ギュスターヴ・フローベール論　一八二一年より一八五七年まで』（ジャン＝ポール・サルトル、平井啓之＋鈴木道彦＋海老坂武との共訳）　人文書院、二〇〇六年（H18）一二月

文庫

『表層批評宣言』　ちくま文庫、一九八五年（S60）一二月
『反＝日本語論』（解説＝シャンタル蓮實）　ちくま文庫、一九八六年（S61）三月
『夏目漱石論』（解説＝安原顯）　福武文庫、一九八八年（S63）五月
『オールド・ファッション――普通の会話　東京ステーションホテルにて』（江藤淳との共著）（解説＝絓秀実＋渡部直己による対談）　中公文庫、一九八八年（S63）一二月
『物語批判序説』　中公文庫、一九九〇年（H2）一〇月
『映画　誘惑のエクリチュール』（解説＝石原郁子）　ちくま文庫、一九九〇年（H2）一二月
『監督　小津安二郎』　ちくま学芸文庫、一九九二（H4）六月
『闘争のエチカ』（柄谷行人との共著）（解説＝大杉重男）　河出文庫、一九九四年（H6）二月
『小説から遠く離れて』（解説＝中沢新一）　河出文庫、一九九四年（H6）一一月
『陥没地帯』（解説＝武藤康史）　河出文庫、一九九五年（H7）二月
『フーコー・ドゥルーズ・デリダ』（解説＝松浦寿輝）　河出文庫、一九九五年（H7）五月

『凡庸な芸術家の肖像――マクシム・デュ・カン論（上下）』（解説＝井村実名子） ちくま学芸文庫、一九九五年（H7）六月

『文学批判序説 小説論＝批評論』（解説＝渡部直己） 河出文庫、一九九五年（H7）八月

『映画の神話学』（解説＝鈴木一誌） ちくま学芸文庫、一九九六年（H8）一月

『映画千夜一夜』（淀川長治＋山田宏一との共著） 中公文庫、二〇〇〇年（H12）一月

『傷だらけの映画史――ウーファからハリウッドまで』（山田宏一との共著）（解説＝中条省平） 中公文庫、二〇〇一年（H13）三月［リュミエール・シネマテーク・ブックレット（三菱商事＋クラウンレコード、一九八八年）を元に編集］

『シネマの快楽』（武満徹との共著）（解説＝武満眞樹） 河出文庫、二〇〇一年（H13）五月

『映像の詩学』 ちくま学芸文庫、二〇〇二年（H14）八月

『映像の修辞学』（ロラン・バルト著、杉本紀子との共訳） ちくま学芸文庫、二〇〇五年（H17）九月

『反＝日本語論』（解説＝シャンタル蓮實） ちくま学芸文庫、二〇〇九年（H21）七月

『夏目漱石論』（解説＝松浦理英子） 講談社文芸文庫、二〇一二年（H24）九月

『柄谷行人蓮實重彦全対話』（柄谷行人との共著） 講談社文芸文庫、二〇一三年（H25）七月

『「私小説」を読む』（解説＝小野正嗣） 講談社文芸文庫、二〇一四年（H26）九月

『凡庸な芸術家の肖像――マクシム・デュ・カン論（上下）』（解説＝工藤庸子） 講談社文芸文庫、二〇一五年（H27）五、六月

＊本目録は、蓮實重彦『「私小説」を読む』（講談社文芸文庫、二〇一四年）の前田晃一作成「著書目録」に準拠し、新著を加えた。

執筆者（掲載順）

＊略歴は掲載頁に記載

田中 純―表象文化論
阿部和重―作家
菅谷憲興―フランス文学
石橋正孝―フランス文学
橋本知子―フランス文学
森元庸介―思想史
柳澤田実―哲学・キリスト教思想
中島一夫―文芸批評
互 盛央―言語論・思想史
片岡大右―フランス文学・社会思想史
ペドロ・コスタ―映画監督
三浦哲哉―映画批評
クリス・フジワラ―映画批評
久山めぐみ―編集者
エイドリアン・マーティン―映画研究
中路武士―映画論・メディア論
リチャード・I・スヘンスキ―映画研究
イム・ジェチョル―映画批評
入江哲朗―アメリカ哲学・思想史・映画批評
濱口竜介―映画監督
三宅 唱―映画監督
小森はるか―映像作家
内藤 篤―弁護士・名画座館主
遠山右近―行政官
小川直人―学芸員
とよた真帆―女優

編者

工藤庸子（くどう ようこ）

フランス文学・ヨーロッパ地域文化研究。一九四四年埼玉県生まれ。東京大学名誉教授。著書に、『恋愛小説のレトリック――『ボヴァリー夫人』を読む』（一九九八年）、『ヨーロッパ文明批判序説――植民地・共和国・オリエンタリズム』（二〇〇三年）、『近代ヨーロッパ宗教文化論――姦通小説・ナポレオン法典・政教分離』（ともに東京大学出版会、二〇一三年）。訳書に、フロベール書簡選集『ボヴァリー夫人の手紙』（一九八六年）、バルガス・リョサ『果てしなき饗宴』（ともに筑摩書房、一九八八年）、ミシェル・フーコー『幻想の図書館』（哲学書房、一九九一年）、『いま読むペロー「昔話」』（羽鳥書店、二〇一三年）、マルグリット・デュラス『ヒロシマ・モナムール』（河出書房新社、二〇一四年）など。

論集 蓮實重彦

二〇一六年六月三〇日　初版［検印廃止］

編者　工藤庸子

ブックデザイン　原 研哉＋大橋香菜子

発行者　羽鳥和芳

発行所　株式会社 羽鳥書店
一一三—〇〇二二
東京都文京区千駄木五—二—一三—一階
電話番号　〇三—三八二三—九三一九［編集］
〇三—三八二三—九三二〇［営業］
ファックス　〇三—三八二三—九三二一
http://www.hatorishoten.co.jp/

印刷所　株式会社 精興社

製本所　牧製本印刷 株式会社

ISBN 978-4-904702-61-1　Printed in Japan